ROMANCES CAMPESTRES

GEORGE SAND pseudônimo masculino de Amantine Aurore Lucile Dupin de Francueil, nascida em 1º de julho de 1804 e tornada "baronesa Dudevant" pelo casamento (1822), é uma das figuras femininas mais destacadas do século XIX no cenário literário, político e intelectual. "Sand" era a redução do nome de seu amante e colega Jules Sandeau, com quem a escritora viveu um grande amor na década de 1830 e com quem assinou sua primeira novela. Engajada politicamente, George Sand chegou a redigir os *Boletins da República* e participar ativamente da tentativa de implantação do regime no país. Na esfera pessoal, tornou-se amiga de nomes ilustres da política e fez parte da constelação de artistas contemporâneos, entre os quais Gustave Flaubert, Honoré de Balzac, Victor Hugo e tantos outros. Causou furor na sociedade francesa por usar trajes tipicamente masculinos e por sua vida amorosa agitada. Em 1832, publicou seu primeiro livro independente, o romance *Indiana*. Buscando refúgio na vida rural de Nohant, compôs uma série de folhetins que formam estes *Romances campestres*. Sua obra é vasta em escopo e diversidade, com mais de setenta romances em seu nome e cinquenta volumes que abarcam contos, contos de fadas, peças de teatro e textos políticos. Faleceu em 8 de junho de 1876 no seu *château* em Nohant.

MÔNICA CRISTINA CORRÊA é graduada em letras (português, francês e italiano), mestre e doutora em língua e literatura francesas e tem pós-doutorado em literatura comparada (Brasil-França), todos os títulos obtidos pela Faculdade de Filosofia, Letras e Ciências Humanas da Universidade de São Paulo (USP). Traduziu obras de André Pieyre de Mandiargues, George Sand, Michel Serres, Tahar Ben Jelloun e Tzvetan Todorov. Em 2004, com apoio do governo francês, participou de uma residência na França para estudar a obra de George Sand. Foi colaboradora dos jornais *O Estado de S. Paulo* e *Valor Econômico* e das revistas *Cult*, *His-*

tória Viva e *Língua Portuguesa e Educação*. Responsabilizou-se pela curadoria de diversas exposições sobre a vida e a obra de Saint-Exupéry e sobre as empresas Latécoère e Aéropostale, e ainda correalizou o documentário *De Saint-Exupéry a Zeperri*, lançado em 2011 na França e no Brasil. Vive em Florianópolis, é membro do Instituto Histórico e Geográfico de Santa Catarina e preside a Associação Memória da Aéropostale no Brasil (Amab). Escreveu dois livros infantojuvenis, *O aviador e o pescador* (Unisul, 2014), vencedor do prêmio Saint-Exupéru Valeurs de Jeunesse (Francofonia) e *No ar, um ás* (Buqui, 2020), como parte de um projeto apoiado pela Embaixada da França no Brasil.

GEORGE SAND

Romances campestres

Tradução, organização, introdução e notas de
MÔNICA CRISTINA CORRÊA

COMPANHIA DAS LETRAS

Copyright © 2025 by Penguin-Companhia das Letras
Copyright da introdução © 2025 by Mônica Cristina Corrêa
Grafia atualizada segundo o Acordo Ortográfico da Língua Portuguesa de 1990, que entrou em vigor no Brasil em 2009.

Penguin and the associated logo and trade dress are registered and/or unregistered trademarks of Penguin Books Limited and/or Penguin Group (USA) Inc. Used with permission.

Published by Companhia das Letras in association with Penguin Group (USA) Inc.

TÍTULOS ORIGINAIS
La Mare au diable; *François le Champis*; *La Petite Fadette*

PREPARAÇÃO
Lizete Mercadante Machado

REVISÃO TÉCNICA
Maria Tereza de Queiroz Piacentini

REVISÃO
Carmen T. S. Costa
Érika Nogueira Vieira

Dados Internacionais de Catalogação na Publicação (CIP)
(Câmara Brasileira do Livro, SP, Brasil)

Sand, George, 1804-1876.
    Romances campestres / George Sand ; tradução, organização, introdução e notas de Mônica Cristina Corrêa. — 1ª ed. — São Paulo : Penguin-Companhia das Letras, 2025.

    Títulos originais: La Mare au diable ; François le Champis ; La Petite Fadette.
    ISBN 978-85-8285-188-3

    1. Romance francês I. Corrêa, Mônica Cristina. II. Título. III. Título: O pântano do diabo. IV. Título: O campesino. V. Título: Fadete.

24-231254   CDD-843

Índice para catálogo sistemático:
1. Romances : Literatura francesa 843

Cibele Maria Dias — Bibliotecária — CRB-8/9427

Todos os direitos desta edição reservados à
EDITORA SCHWARCZ S.A.
Rua Bandeira Paulista, 702, cj. 32
04532-002 — São Paulo — SP
Telefone (11) 3707-3500
www.penguincompanhia.com.br
www.companhiadasletras.com.br
www.blogdacompanhia.com.br

Sumário

Introdução — "Deixem o verde" —
   Mônica Cristina Corrêa   7

ROMANCES CAMPESTRES

O PÂNTANO DO DIABO   25
O CAMPESINO   149
FADETE   307

Apêndice — "O diabrete ardente"   497
Notas   507

Introdução

"Deixem o verde"

MÔNICA CRISTINA CORRÊA

George Sand é uma escritora francesa do século XIX que assinou suas obras sob esse pseudônimo masculino. Embora não se tratasse de atitude inédita na sociedade patriarcal da época, quando quase tudo para as mulheres era mais difícil, o ineditismo de George Sand não se limitava à alteração do nome, pois ela não era de modo algum uma dama recatada na aparência que, para escrever mais livremente, se escondia atrás de uma dissimulação. Na realidade, "Sand" era a redução do nome de seu amante e também escritor Jules Sandeau, com quem a escritora viveu um grande amor na década de 1830 e com quem assinou sua primeira novela. À época do romance entre os dois, George Sand ainda estava legalmente casada com Casimir Dudevant, com o qual tinha um casal de filhos. Além disso, ela usava às vezes trajes masculinos — e isso desde a infância, quando queria correr pelos campos e praticar equitação na região central da França, onde sua avó paterna a criou grande parte do tempo.

Por que não carregar tal hábito para Paris, a fim de sair tranquilamente à noite e sem gastar muito dinheiro? A toalete de uma mulher nos anos 1820-30, como se pode imaginar, custava bem mais caro do que a de um homem. Incluindo-se nesse perfil o hábito de fumar inveteradamente (cigarros, mas também charutos e cachimbo), tem-se George Sand "personagem real" que, talvez, pudesse entrar no rol dos muitos outros que a autora elaborou para seus romances publicados em folhetim e para as suas demais obras literárias. E não foi uma parca criação: ela escreveu em torno de noventa romances, trinta novelas, vinte peças de teatro, quinze contos, cinquenta prefácios e cerca de setecentos artigos jornalísticos.

Mas que esse "personagem" George não engane. O pseudônimo de Amantine Aurore Lucile Dupin de Francueil, nascida em 1º de julho de 1804 e tornada "baronesa Dudevant" pelo casamento (1822), remete a uma das figuras femininas mais destacadas do século XIX no cenário literário, político e intelectual. Ao abordar seu universo, deve-se levar em consideração o que observa o crítico Pierre Gamarra: "Há nela uma afirmação feminina e feminista que convém sempre destacar prioritariamente".[1] De todo modo, Aurore assinou George Sand durante a vida inteira e, ao escrever na primeira pessoa do singular, referiu-se a si mesma sempre no gênero masculino ("Me chame de George, no masculino, tenho a doença de não poder ouvir nem ler meu antigo nome", solicitou em carta a um amigo).

Apesar disso, é um posicionamento feminista (e feminino) que se revela tanto em sua vida livre e independente quanto em seus escritos, nos quais desfilam heroínas reivindicadoras de direitos das mulheres.[2] Essa característica se mostrava já na primeira de suas protagonistas, Indiana, que dava também título ao seu primeiro romance de sucesso, lançado em 1832. A autora tinha apenas vinte e oito anos e o livro era a estreia da produção literária torrencial de alguém que viveu até 1876, sempre escrevendo. Para além das obras, Sand legou à posteridade uma vastíssima correspondência (reunida em seis volumes) com amigos, amantes, editores, sem contar uma espécie de autobiografia, *História da minha vida*, obra monumental publicada em folhetim entre 1847 e 1854. Os escritos perfazem dez volumes.[3]

Mulher engajada politicamente, George Sand chegou a redigir os *Boletins da República* e participar ativamente da tentativa de implantação do regime no país. Na esfera pessoal, como sempre se colocou em pé de igualdade com os homens de seu tempo, Sand teceu relações de amizade com nomes ilustres da política e fez parte da constelação de artistas contemporâneos, entre os quais Gustave Flaubert, Honoré de Balzac, Victor Hugo, Eugène Delacroix, Franz Liszt e tantos outros. Independente, obteve o divórcio e teve relacionamentos com celebridades como o poeta Alfred de Musset, o dramaturgo Prosper Mérimée e o compositor Frédéric Chopin. No tempo de seu relacionamento com este último (1836-7), ela redigiu parte de seus romances ditos "campestres". Essa denominação se deve ao fato de George Sand, estrela das rodas literárias e políticas parisienses, ter vivido mais longa e intensamente no campo, na região central [da província francesa] do Berry, que ela também retratou em suas obras.

A AUTORA E A VIDA NA CAPITAL FRANCESA — "OH, PARIS É HORRÍVEL!"

Aurore nasceu em Paris. Era filha e neta de parisienses. No entanto, seus pais, Maurice Dupin de Francueil e Sophie-Victorie Delaborde, não pertenciam à mesma classe social, de modo que o lado aristocrático, representado pela avó paterna, Marie-Aurore, moveu céu e terra para tentar impedir a união do filho com uma mulher que ela certamente considerava inadequada para entrar em sua família (Sophie Delaborde era alguns anos mais velha que Maurice e já tinha uma filha). As tentativas de Marie-Aurore se mostraram infrutíferas, e o casamento se consumou; todavia, o nascimento da neta, a futura George Sand, dissipou parte de sua aversão àquele casamento. Em 1808, quando Amantine tinha quatro anos, a avó paterna a recebeu em sua residência de Nohant, situada em Indre, parte sul da região do Berry. A menina se encantou com a propriedade, sobretudo com a natureza circundante. E encantou definitivamente sua avó.

Dali em diante, George Sand teria como marca da vida e da obra o apego a Nohant e à natureza de modo geral, o que não sentia em relação à capital francesa, que iria frequentar na vida adulta e especialmente por razões profissionais.

Na infância ainda se sentia contente de ir à capital francesa encontrar a mãe e passar com ela algum tempo. Esta, por sua vez, não suportava Nohant e com alguma razão: em 8 de setembro de 1809, o casal Maurice e Sophie Dupin perdeu ali um bebê de dois meses; e, no dia 16, Maurice sofreu uma queda fatal de cavalo. As relações entre Sophie e a sogra, que nunca foram das melhores, deterioraram, e a tristeza de tudo o que acontecera afastou de vez a mãe de Amantine, levando-a a viver definitivamente em Paris. Assim, a menina passava alguns períodos na Cidade Luz ao lado da mãe. Mais tarde, na adolescência, ela foi educada num internato parisiense (1818-20), o Augustines.

Com o falecimento de avó paterna, Amantine Aurore, aos dezesseis anos, torna-se herdeira da propriedade de Nohant, da qual vinha aprendendo a cuidar. A partir daí, a vida de George Sand se dividirá entre o campo e Paris, mas estar na capital era desagradável para ela. Por isso, quando seus meios lhe permitiam, todas as residências que ela veio a ter na cidade eram cercadas de jardins ou mais afastadas do centro, conforme anota Claire le Guillout: "Ela deseja, como sempre, uma Paris no campo", ou ainda: "A Paris sonhada por George Sand é uma Paris campestre e provincial".[4]

Em mais de uma correspondência George Sand explicitará sua aversão a Paris, chegando a tachar a cidade de "Babilônia", onde "um luxo vão é mais obrigatório do que o bem-estar e encobre quase sempre o incômodo secreto de uma miséria iminente". Ora, suas palavras não deixam transparecer apenas desconforto pela falta da natureza no meio urbano, o que de fato ela virá a expressar outras vezes. A repulsa que relata advém prioritariamente da constatação da pobreza e suas mazelas. E este é mais um dos aspectos da obra de George Sand: a preocupação com a injustiça causada pelas diferenças sociais. Mas tais diferenças são mais flagrantes nos centros urbanos, especialmente na capital. O refúgio desse cenário caótico a escritora encontra em Nohant, no meio dos camponeses com que se habituou desde pequena.

É importante lembrar que a França, desde a Revolução de 1789 no Século das Luzes até a consolidação de sua terceira República após 1870, passou por quatro modelos políticos (o Antigo Regime, a Monarquia Constitucional, o Império e a República) e foi marcada por revoluções, a ponto de o historiador Max Gallo observar que "as revoluções constituíram o imaginário nacional. Elas fazem parte do ritual francês".[5] George Sand, idealizando desde sempre a justiça e a igualdade entre os seres humanos, não passou ao largo dos transtornos.

A escritora luta à sua maneira por um "mundo mais justo", pautado, decerto, nos ideais de liberdade, igualdade e fraternidade. Ela colabora com jornais, participa escrevendo o *Boletim da República*, chega a interceder pela libertação de amigos revolucionários presos. No entanto, o fracasso da República em 1848 faz com que ela se volte ao seu ambiente particular, seu refúgio: Nohant.

O REFÚGIO CAMPESTRE

Nohant é a metonímia de George Sand.
Évelyne Bloch-Dano

Para George Sand, como contraponto dos dissabores na capital, havia os domínios de Nohant, onde sua vida foi extraordinária. Hoje, o *château* onde residiu e a propriedade estão transformados em reduto da sua memória e preservam aspectos do seu cotidiano incomum.

Nohant, sob Sand, era animada como um centro cultural, que ela geria à sua maneira. Convidados, amigos ilustres se faziam presentes. Alguns permaneciam meses e até anos. Os saraus não faltavam, havia o piano de Chopin, parceiro amoroso da escritora, e as visitas de Franz Liszt. O filho favorito de Sand, Maurice Sand, que fora aluno de pintura de Eugène Delacroix, criou ali um teatro de marionetes para o qual Sand escreveu peças e cuja assistência contava também com os camponeses da região. Os hóspedes e convidados gozavam de um tratamento especial e refinado, pediam o que lhes faltasse para suas criações artísticas ou para uso pessoal. Bastava deixar bilhetes numa caixinha e, no dia seguinte, tudo estaria à mão. Assim, o amigo e hóspede Théophile Gautier revelou que, ao solicitar um pente através de um bilhete, encontrou em seu quarto trinta modelos no dia seguinte. Outro amigo ilustre que frequentava Nohant, Honoré de Balzac, apelidou a dona de "Lionne du Berry" (Leoa do Berry).

George Sand escrevia durante a noite, levantava-se perto do meio-dia e participava da animação no castelo. Acima de tudo, ela financiava o domínio, nada deixando faltar, menos ainda a seus empregados. Próxima dos camponeses, socialista por vocação, a escritora também ficou conhecida como a "boa senhora de Nohant" (*la bonne dame de Nohant*). Esse epíteto, todavia, teve algo de pejorativo, segundo alguns críticos, como se fosse o nome dado a uma vovozinha bondosa. Não que essa condição estivesse ausente dos atributos de Sand: quando Maurice se casou e lhe deu duas netinhas, ela exerceu o papel de avó com maestria e alegria. Dessa fase resultaram seus *Contos da vovó* (1872-6), reunindo as narrativas que fazia às duas crianças, Aurore e Gabrielle.

Berry não foi apenas o ambiente preferido de George Sand, mas uma terra sobre a qual ela escreveu. Além dos romances ambientados na região, Sand estudou suas lendas e, apoiando o filho numa pesquisa dos contos locais, publicou as *Lendas rústicas*, que ele ilustrou, em 1858. A coletânea se aproxima muitas vezes de um trabalho de etnografia e tem valor documental.

Maior conhecimento sobre esses tempos de Sand e sobre a região por ela cantada nos legou Edmond Plauchut,[6] um dos assíduos frequentadores do castelo. Ele escreveu *Autour de Nohant: Lettres de Barbès a George Sand*, publicado em 1897, e *Le Bérry: Les anciennes provinces de la France* — (*Revue des Deux Mondes*, 1892). Nesta última obra, ele registra: "Se escolhi a província em questão, é porque ela foi uma das últimas muralhas da antiga Gália, a mais antiga e a mais central das províncias da França".

Ao descrever a região do Berry como uma espécie de reduto da antiga cultura gálica, Plauchut a qualifica como um lugar onde, por isso mesmo, as tradições se preservaram mais. O autor perfaz todos os períodos históricos da província e relembra que a avó de George Sand comprou a propriedade de Nohant em 1793; ele também enumera as muitas reformas internas e externas que madame Aurore Dupin de Francueil realizou, o que incluiu a construção de alamedas e o plantio de pomares. Desse legado e sobre sua gente, Plauchut assinala: "É a alma do camponês dos campos do Berry, alma sempre simples apesar de uma fineza inata, tão bem destacada nos romances campestres de George Sand, alma leal e fortemente ligada a essa segunda pátria".

Foi então em Nohant que Sand se permitiu uma vida condizente com suas aspirações profundas em relação à família, aos afetos e à arte. Do centro fulgurante — a residência — ela percorria a região que admirava e amava, transformando-a em cenários, em objeto de reflexões e, finalmente, em seus romances campestres, cujas produções mais significativas foram O *pântano do Diabo* (1846), *O campesino* (1847) e *Fadete* (1848), as três obras apresentadas nesta edição.

O período em que George Sand escreve esses folhetins vai de 1846 a 1848. O primeiro romance, *O pântano do Diabo*, foi composto em apenas quatro dias. A proposta da autora, que é a de replicar uma história supostamente ouvida do linheiro da região numa ou duas vigílias noturnas, reflete-se na forma; ele se assemelha a um conto de tradição oral. Não é de estranhar, portanto, que num só fôlego a autora tenha contado a sua história.

Profundamente decepcionada com a Paris revolucionária de seu tempo e sobretudo com o fracasso da República e as revoluções sangrentas, a escritora, que tinha se retirado na província, propõe que seus romances campestres sejam "pastorais", que possibilitem ao leitor se deslocar de uma realidade excessivamente crua. Esse intento fica bem estabelecido numa espécie de preâmbulo a *Fadete* na forma de um diálogo entre a narradora e um amigo anônimo. Na discussão, a narradora relembra ao amigo que eles haviam tido a mesma conversa anteriormente e que "filosofavam" sobre "a atração que sentiram, em todas as épocas, os espíritos fortemente marcados por desgraças públicas, em se refugiar nos sonhos da pastoral".

Ainda assim, a visão que George Sand passa de sua região e dos personagens que ali vivem não é, como imaginou, meramente a de "pastorais" ou éclogas, apesar da presença de camponeses algumas vezes descritos como heróis românticos e idealizados. Nada disso se sobrepõe às preocupações sociais da autora. Ao contrário, seus romances campestres são repletos de temas feministas, da defesa das questões sociais e apresentam certo ineditismo literário tanto no contexto em que se situam, ou seja, o da literatura francesa do Oitocentos, quanto no conjunto da própria obra sandiana.

Nos três romances em questão, os personagens não são camponeses omissos nem distantes do mundo dito real. Acompanham as transformações impostas à sociedade daquele tempo. No enredo, expõe-se a problemática do casamento por amor; as uniões, na época, ainda eram prioritariamente baseadas nas relações familiares e de interesse comum, em especial o financeiro. O casamento por razões essencialmente afetivas podia interferir nas diferenças de classe, por exemplo. A autora colocará em cena três situações, uma em cada obra, em que as diferenças de classe social são vencidas pelo amor, como se no microcosmo da vida campestre se anunciassem mudanças prestes a preponderar em toda a sociedade francesa e alhures. Entretanto, George Sand não escamoteia os casos de violência doméstica existentes naquela sociedade, nem a posição de subserviência das mulheres do campo. Aí também revolucionária, a autora o faz quase em tom de denúncia, na medida em que ridiculariza os autores da violência, assegura um desfecho compensador às suas vítimas e uma "punição" aos agressores.

A LINGUAGEM DO CAMPO

> *Lugar-comum tão eficaz quanto problemático, o idealismo de George Sand lhe permitiu se inscrever duradouramente na história literária em face do realismo de Balzac ou Flaubert. Mas esse dualismo crítico pede uma superação.*
> Daniel Zanone

Ao elaborar seus romances campestres, George Sand se interroga sobre a questão da linguagem a ser empregada. Nos seus diálogos imaginariamente recriados como preâmbulo às obras, o desafio teria sido lançado pelo amigo anônimo, que lhe propõe escrever para ser compreendida tanto por um parisiense usuário da norma culta quanto por um camponês de falar regional. A tarefa da escritora seria o de se fazer entender por ambos!

Trata-se de uma missão quase impossível, conforme ela alerta para seu interlocutor: "Se eu fizer falar o homem do campo tal como ele fala, é preciso uma tradução paralela para o leitor civilizado". Impunha-se à autora a constatação de uma linguagem específica e dialetal. Ela se mostra consciente do problema de colocar na fala dos personagens do campo uma linguagem diferente da sua, pois prossegue: "Se o fizer falar como falamos, torno-o um ser impossível, ao qual se fará supor uma ordem de ideias que ele não tem".

Ora, essa dificuldade não foi, como é de se esperar, completamente superada. George Sand lançou mão do seu conhecimento do falar regional do Berry, mas também de neologismos e termos obsoletos, além de uma sintaxe nem sempre formal. Todavia, seus romances campestres puderam ser compreendidos pelo dito "leitor civilizado" e ainda o são. *O campesino* foi inclusive adaptado para teatro e fez enorme sucesso no palco do Odéon, em Paris (1849).

No entanto, em seu tempo, George Sand sofreu críticas por parte até de outros autores, como Émile Zola, que a acusou de idealizar camponeses em seus romances, figuras distantes do homem do campo "real". Já na pena de um dos maiores escritores daquele século, Honoré de Balzac, os camponeses seriam vistos com "realismo", portanto seriam "autênticos", segundo o mesmo Zola.

Decantado o tempo, não restam dúvidas de que tanto Balzac quanto Sand, pilares da literatura francesa do século XIX, retrataram a sociedade da época, mas não o fizeram da mesma forma. Um estilo não se sobrepõe ao outro, conforme o próprio Balzac escreveu numa carta à amiga Sand: "A senhora busca o homem tal como ele deveria ser; eu o tomo como ele é. Acredite, nós dois temos razão. Esses dois caminhos conduzem ao mesmo fim".[7]

Seja como for, positivas ou negativas, as críticas à obra de George Sand recaíram sobre o fato de ela ter certo "embelezamento" e otimismo. Tais características foram atribuídas, de um lado e de outro, ao fato de ela ser... mulher. Haja vista que Zola, no mesmo texto crítico, afirma: "Para mim, ela simplesmente permaneceu mulher, em tudo e sempre. É o que fez suas fraquezas e seu gênio".[8] Embora o escritor realista/naturalista faça as devidas ressalvas, a questão do gênero de George Sand como determinante na sua forma de criar não se subtrai, pois ele completa: "Ela era uma mulher superior, mulher de coração em chamas, mas mulher fatalmente ligada a seu sexo, a ele submetida e dele se descolando".[9]

No entanto, diferentemente do que afirmava Émile Zola sobre a superioridade da obra de Balzac, também Sand foi autora de um trabalho monumental, no qual se destacam seus romances campestres. Zola reconhece que são estes sua obra-prima, mas atribui isso ao fato de ter a escritora dado por eles "o melhor de si mesma" numa fase em que ela teria sido tomada pela necessidade de "calma e bondade apesar do barulho da revolução em Paris".[10] Mas não há (ainda bem!) unanimidade sobre essa visão. Enfim, não se trataria de atribuir à questão do gênero um parâmetro, haja vista que o escritor russo Dostoiévski, ao contrário, considerava Sand a "mãe do romance russo" — e isso não é dizer pouco. E há mais vanguardismo — e ineditismo — nos romances campestres de George Sand do que se supunha até recentemente.

A ATUALIDADE DE GEORGE SAND

Alguns são grandes homens. Ela é uma grande mulher.
Neste século que tem por lei concluir a Revolução
Francesa e começar a revolução humana, a igualdade
dos sexos fazendo parte da igualdade dos homens,
uma grande mulher era necessária.
Victor Hugo

Atualmente, as obras sandianas ambientadas no campo, suas descrições poéticas das paisagens e a importância atribuída às tradições se tornam relevantes em relação a um tema dos mais debatidos: a preservação da natureza.

Longe de versar sobre um mundo idealizado, Sand já se mostrava preocupada com o meio ambiente. Entre a capital mais cobiçada da Europa, Paris, e a vida simples do campo; ela decidiu onde estar.

Em tempos em que "ecologia" parece ser uma palavra de ordem, a obra da escritora se atualiza e surpreende ao trazer à tona uma mulher que, entre tantas atitudes pioneiras, teve o olhar aguçado para a botânica, a zoologia, isto é, para as ciências da natureza. Em várias passagens de seus romances é possível acompanhar como a autora faz a contemplação das plantas, dos rios, dos pássaros. É uma atitude surpreendente para uma escritora do Oitocentos, em que revoluções industriais e perspectivas progressistas não levavam em conta a preservação do meio ambiente.

Um texto de seus diários reflete a preocupação com esse tema. Trata-se da defesa da floresta de Fontainebleau (Île-de-France), visada à época pela especulação imobiliária, que tencionava destruir suas árvores. George Sand registra suas reflexões num texto impressionante no qual expõe, inclusive, a preocupação com as gerações futuras:

> Belas e majestosas até a decrepitude, [as árvores] pertencem aos nossos descendentes como pertenceram aos nossos ancestrais. Elas são os templos eternos cuja arquitetura poderosa e folhagem ornamental se renovam sem cessar; são os santuários de silêncio e devaneio onde as sucessivas gerações têm o direito de ir se recolher e buscar aquela noção séria da grandeza de que todo homem tem impressão e necessidade no fundo de seu ser.[11]

Essas linhas ecoam, de algum modo, os romances campestres da autora e permitem mensurar a importância que ela atribuía ao mundo natural. Leitora atenta de Jean-Jacques Rousseau, a escritora demonstrava a crença de que é necessário ao homem viver em harmonia com seu ambiente natural. Assim ela fez, em sua cara região do Berry, na magnífica propriedade em Nohant, onde todos os elementos lhe possibilitaram o sentimento de grandeza e o aprofundamento do ser.

Depois da ruptura com Frédéric Chopin, em 1817, George Sand, mulher de meia-idade, veio a conhecer um novo amor em 1851, o gravador Alexandre Manceau, que era amigo de seu filho Maurice e treze anos mais novo do que ela. Manceau exerceu um papel importante de companheirismo, afeto e apoio à grande castelã de Nohant. Eles tiveram uma residência também em Paris.

Infelizmente, Manceau contraiu tuberculose. George cuidou dele até sua morte em 1865. A escritora volta, então, definitivamente a Nohant, onde permanece com o filho, a nora e as duas netas. Serão anos de uma vivência profunda na região, com a liberdade que ela parecia enfim atingir na maturidade, conforme escreveu ao grande amigo Flaubert em 28 de julho de 1871: "Tenho uma saúde de ferro e uma velhice excepcional, bizarro porque minhas forças aumentam com a idade quando deveriam diminuir. O dia em que eu resolutamente enterrei a juventude, rejuvenesci vinte anos". Mas a senhora de Nohant já contava mais de setenta anos.

Em 1876, algumas cólicas de estômago e um abdome excessivamente inchado sinalizam que ela está doente. Para a época, a razão de seus males não era evidente. No início de junho, a doença de George Sand evolui para um estado grave, causado sobretudo por obstrução intestinal. Solange, sua filha, vai a Nohant. No dia 7, Sand abraça as netas e se despede. Edmond Plauchut ainda vem com o dr. Favre, mas nada pode ser feito. Uma longa agonia se segue, durante a qual a escritora sussurra: "Adeus, vou morrer... Deixem o verde". George Sand expirou no dia 8 de junho pela manhã.

A interpretação de suas últimas palavras fez seus próximos hesitarem, mas logo concluíram que se tratava de sua aversão aos símbolos clericais. Com efeito e de acordo com suas ideias, George Sand, republicana e socialista, sem jamais deixar de crer no "bom Deus" (como registra em suas obras campestres), se tornara anticlerical. Por isso, "deixem o verde" seria a indicação para que seus descendentes deixassem a natureza cobrir seu túmulo e neste não pusessem nenhum símbolo religioso.

No entanto, à luz dos recentes estudos sobre a obra sandiana, de seus escritos que revelam grande amor e apego à natureza, a sua postura visionária sobre a preservação do meio ambiente, não parece inadequado dar à frase uma interpretação mais ampla. Um passeio pelos domínios de Nohant atualmente permite que aflorem no visitante os sentimentos que animavam os camponeses de George Sand; mais do que isso, a natureza circundante, as flores perfumadas e o espírito da grande castelã parecem estar imperiosamente garantindo que, acima de tudo, deve perdurar o verde. Um último desejo inspirado no idealismo manifestado por Sand nas suas obras; coincidentemente, nos atinge em cheio na contemporaneidade. Que se releia George Sand!

Notas

1. Pierre Gamarra, *Notre amie George Sand: Une femme libre*. Montreuil: Temps des Cerises, 2004, p. 9.
2. George Sand se recusou veementemente a representar as feministas de sua época, que a queriam como símbolo da luta pela inclusão do voto feminino no sufrágio universal. Essa postura lhe valeu críticas. No entanto, deve-se destacar que a escritora considerava as mulheres escravizadas (com esta palavra) em relação ao status familiar, portanto o voto delas seria meramente guiado por seus maridos, pais, irmãos, enfim pelos homens, e a escritora defendia que primeiro as mulheres deviam assegurar seus direitos civis.
3. Embora *História da minha vida* contenha de fato elementos biográficos, não se pode dizer que escape de ser uma obra literária por excelência, na qual o principal personagem é

George/Aurore. Aos poucos, a leitura vai constituindo para o leitor um afresco do século XIX francês.
4. Claire le Guillou, *Le Paris de George Sand*. Paris: Alexandrines, 2017, pp. 71, 83. (Coleção Le Paris des écrivains.)
5. Max Gallo, *L'âme de la France: Une histoire de la Nation des origines à 1799 à nos jours*, t. 2. Paris: Fayard, 2007.
6. Edmond Plauchut é a única pessoa sem laços de sangue com a família de George Sand a ser enterrada em Nohant. Isso se deu pela profunda relação de amizade que ele teceu com os descendentes da adorada amiga escritora. Plauchut tinha família em Angoulême e seu irmão construiu o castelo de Fléac. Curiosamente, um dos seus sobrinhos, batizado com seu nome, emigrou para o Brasil no início do século XX, onde se casou com uma brasileira de São Vicente, São Paulo. Edmond Plauchut sobrinho era aviador e foi o primeiro piloto a realizar um voo oficial no Brasil, em 1911, no Rio de Janeiro.
7. Damien Zanone, "Un Idéalisme critique". *Magazine Littéraire*, n. 431, Paris, 2004, pp. 46-7.
8. Émile Zola, *Oeuvres complètes illustrées d'Émile Zola, Oeuvres critiques*, t. 2. Paris: Bibliothèque-Charpentier, 2013, p. 19.
9. Ibid.
10. Ibid.
11. George Sand, *Impressions et souvenirs*, Paris: Des Femmes, 2018, p. 248.

Romances campestres

O pântano do diabo

Nota do autor

Quando comecei, pelo *Pântano do diabo*, uma série de romances campestres que me propunha reunir sob o título de *Vigílias do linheiro*, não tive nenhum método, nenhuma pretensão revolucionária em literatura. Ninguém faz uma revolução sozinho, e é principalmente nas artes que a humanidade se completa sem saber muito bem como, pois cada um faz sua parte. Mas isso não se aplica ao romance de costumes rústicos: ele sempre existiu e sob todas as formas, ora pomposas, ora maneiristas, ora ingênuas. Eu disse e devo repetir aqui: o sonho da vida campestre foi todo o tempo o ideal das cidades e até mesmo o das cortes. Nada fiz de novo senão seguir a inclinação que leva o homem civilizado aos encantos da vida primitiva. Não quis criar uma nova língua, nem buscar uma nova maneira. Isso me foi afirmado, no entanto, em vários folhetins, mas sei melhor do que ninguém a que se devem meus próprios objetivos e me surpreendo sempre que a crítica vai tão longe, quando a mais simples ideia, a circunstância mais vulgar são as únicas inspirações a que as produções da arte se devem. Para o *Pântano do diabo*, em específico, o fato de ter colocado no prefácio uma gravura de Holbein que me chocou, uma cena real que tive sob os olhos na mesma hora, no tempo das semeaduras, eis tudo o que me levou a escrever esta história modesta, inserida no meio das humildes paisagens que eu percorria a cada dia. Se me perguntarem o que eu quis fazer, responderei que foi uma coisa muito tocante e muito simples e que não consegui conforme desejava. Eu vi, senti o belo no simples, mas ver e pintar são coisas diferentes! Tudo o que o artista pode esperar de melhor é comprometer os que também têm olhos de ver. Vejam, então, a simplicidade, vejam o céu e os campos, as árvores e os camponeses, sobretudo o que eles têm de bom e de verdadeiro: vocês os verão um pouco em meu livro, mas bem melhor na natureza.

George Sand
Nohant, 12 de abril de 1851

1. Do autor ao leitor

Ao suor de tua figura
Ganharias tua pobre vida,
Após longo labor e usura,
Eis que a morte te convida.

Esse quarteto em francês arcaico, colocado sob uma composição de Holbein, é de uma tristeza profunda em sua ingenuidade. A gravura representa um lavrador conduzindo seu arado no meio de um campo. Um vasto campo se estende ao longe, onde se veem umas cabanas pobres; o sol se põe atrás da colina. É o fim de uma dura jornada de trabalho. O camponês é um velho encarquilhado, maltrapilho. A quadriga de cavalos que ele empurra está magra, extenuada; a relha afunda num solo árido e resistente. Um único ser está alegre e buliçoso nessa cena de suor e usura. É um personagem fantástico, um esqueleto armado de um chicote, que corre na trilha ao lado dos cavalos apavorados e os chicoteia, servindo assim de lacaio ao velho lavrador. É a morte, esse espectro que Holbein introduziu alegoricamente na sucessão de temas filosóficos e religiosos, ao mesmo tempo lúgubres e bufões, intitulados *Simulacros da morte*.

Nessa coleção, ou melhor, nessa vasta composição em que a morte, exercendo seu papel em todas as páginas, é o vínculo e o pensamento dominante, Holbein fez comparecer os soberanos, os pontífices, os amantes, os jogadores, os beberrões, as noviças, as cortesãs, os malfeitores, os pobres, os guerreiros, os monges, os judeus, os viajantes, todo mundo do seu tempo e do nosso, e em todo lugar o espectro da morte debocha, ameaça e triunfa. De um único quadro ela está ausente. Aquele em que o pobre Lázaro, deitado no monturo na porta de um rico, declara que não a teme, sem dúvida porque ele nada tem a perder e porque sua vida é uma morte antecipada.

Seria consolador esse pensamento estoico do cristianismo meio pagão do Renascimento e as almas religiosas encontrariam nele guarida? O ambicioso, o espertalhão, o tirano, o devasso, todos esses pecadores soberbos que abusam da vida, e que a morte puxa pelos cabelos, vão ser punidos, sem dúvida; mas o cego, o mendigo, o louco, o pobre camponês serão recompensados por sua longa miséria apenas pela reflexão de que a morte não é um mal para eles? Não! Uma tristeza implacável, uma assustadora fatalidade pesa na obra do artista. Parece uma maldição amarga lançada contra a sorte da humanidade.

Aí é que está a sátira dolorosa, a verdadeira pintura da sociedade que Holbein tinha sob o olhar. Crime e infortúnio, eis o que o chocava, mas nós, artistas de outro século, o que pintaremos? Buscaremos no pensamento da morte a remuneração da humanidade presente? Vamos invocá-la como castigo pela injustiça e recompensa pelo sofrimento?

Não, não temos mais nada a ver com a morte, mas com a vida. Já não cremos no vazio do túmulo, nem na salvação comprada por uma renúncia forçada; queremos que a vida seja boa porque queremos que seja fecunda. É preciso que Lázaro deixe o monturo, a fim de que o pobre não mais se regozije com a morte do rico. É preciso que todos sejam felizes, a fim de que a felicidade de alguns não seja crime e maldição de Deus. É preciso que o lavrador, ao semear seu trigo, saiba que está trabalhando na obra da vida, e que ele não se regozije porque a morte o está rondando. É preciso enfim que a morte não seja mais nem o castigo pela prosperidade, nem a consolação ao desespero. Deus não a destinou nem a punir nem a recompensar pela vida, pois Ele abençoou a vida, e o túmulo não deve ser um refúgio ao qual se permite enviar aqueles a quem não se quer tornar felizes.

Alguns artistas de nosso tempo, olhando com seriedade o que os cerca, tratam de pintar a dor, a abjeção da miséria, o monturo de Lázaro. Isso até pode ser do domínio da arte e da filosofia; mas, ao pintar a miséria tão feia, tão aviltante, às vezes viciada e criminosa, tais artistas atingem a sua finalidade e seu efeito é salutar como gostariam? Não ousamos nos pronunciar a respeito. Pode-se dizer que, ao mostrar esse abismo cavado no solo frágil da opulência, eles assustam o rico mau, como no tempo da "dança macabra" lhe mostravam a cova escancarada da morte prestes a abraçá-lo com seus braços imundos. Hoje lhe mostram o bandido arrombando sua porta e o assassino espreitando seu sono. Confessamos que não compreendemos muito bem como o reconciliaremos com a humanidade que ele despreza, como o tornaremos sensível às dores do pobre que ele teme, se lhe mostramos esse pobre na forma de um condenado foragido e de um vagabundo noturno. A morte apavorante, rangendo os dentes e tocando violino nas imagens de Holbein e de seus precursores, não conseguiu, sob esse aspecto, converter os perversos e consolar as vítimas. Será que nossa literatura não estaria procedendo um pouco assim, como os artistas da Idade Média e do Renascimento?

Os beberrões de Holbein enchem suas taças com uma espécie de furor para afastar a ideia da morte que, invisível para eles, lhes serve de escanção. Os ricos maus de hoje pedem fortificações e canhões para afastar a ideia de uma revolta popular, trabalhando cuidadosamente na sombra que a arte lhes mostra, à espera do momento de se abater sobre o estado social. A Igreja da Idade Média respondia aos terrores dos poderosos da terra com a venda de indulgências. O governo de hoje acalma a inquietude dos ricos fazendo-os pagar por muitos guardas e carcereiros, cassetetes e prisões.

Albert Dürer, Michelangelo, Holbein, Callot, Goya criaram poderosas sátiras dos males de seus séculos e seus países. São obras imortais, páginas históricas de incontestável valor; não queremos negar aos artistas o direito de sondar as chagas da sociedade e de colocá-las a nu diante dos nossos olhos; mas não há outra coisa a fazer agora senão a pintura de pavor e de ameaça? Nessa literatura de mistérios e de iniquidade que o talento e a imaginação tornaram moda, preferimos as figuras doces e suaves às dos celerados de efeito dramático. Aquelas podem iniciar e conduzir conversões, estas dão medo, e o medo não cura o egoísmo, ele o aumenta.

Cremos que a missão da arte é uma missão de sentimento e de amor, que o romance de hoje deve substituir a parábola e o apólogo dos tempos ingênuos e que o artista tem uma tarefa maior e mais poética do que a de propor algumas medidas de prudência e de conciliação para atenuar o pavor que suas pinturas inspiram. Seu objetivo deveria ser o de fazer amar os objetos de sua solicitude e, se necessário, eu não os recriminaria se os embelezassem um pouco. A arte não é um estudo da realidade positiva; é uma busca da verdade ideal, e O vigário de Wakefield foi um livro mais útil e mais sadio para a alma do que O camponês pervertido e As ligações perigosas.

Leitor, perdoe-me essas reflexões, e queira aceitá-las à guisa de prefácio. Não haverá mais delas na historieta que vou lhes contar, e esta será tão curta e tão simples que eu precisava me desculpar antecipadamente, dizendo-lhe o que penso das histórias terríveis.

Foi por causa de um lavrador que me deixei levar nesta digressão. É justamente a história de um lavrador que eu tinha a intenção de lhe contar e que já, já lhe contarei.

2. O labor

Eu acabava de olhar por muito tempo e com uma profunda melancolia o lavrador de Holbein e estava passeando pelo campo, sonhando com a vida rural e com o destino do cultivador. Sem dúvida é lúgubre consumir suas forças e seus dias a fender o seio dessa terra ciumenta, cujos tesouros da fecundidade é preciso arrancar, quando um pedaço do pão mais escuro e grosseiro é, no fim da jornada, a única recompensa e o único proveito ligados a tão árduo labor. As riquezas que cobrem o solo, as colheitas, os frutos, a bestiagem orgulhosa que engorda nas vastas campinas são propriedade de alguns e instrumentos de cansaço e escravidão da maioria. Em geral, o homem abastado instintivamente não gosta dos campos nem das pradarias, nem do espetáculo da natureza, nem dos animais formosos que devem se converter em moedas de ouro para seu usufruto. O homem abastado vem buscar um pouco de ar e de saúde na temporada no campo; depois volta para gastar nas cidades grandes o fruto do trabalho de seus vassalos.

O homem trabalhador, por sua vez, está exaurido, infeliz demais, e totalmente apavorado com o futuro para gozar da beleza dos campos e dos encantos da vida rústica. Para ele também os campos dourados, as belas pradarias, os animais soberbos representam sacos de escudos dos quais ele só terá uma pequena parte, insuficiente para suas necessidades, no entanto é preciso encher, todo ano, esses malditos sacos para satisfazer o patrão e pagar o direito de viver parcimoniosa e miseravelmente em seus domínios.

Contudo, a natureza é eternamente jovem, bela e generosa. Ela verte poesia e beleza em todos os seres, em todas as plantas que nela se permitem desenvolver livremente. Ela possui o segredo da felicidade, e ninguém jamais logrou subtraí-lo. O mais feliz dos homens seria aquele que, possuindo a ciência de seu labor, trabalhando com as próprias mãos, tirando o bem-estar e a liberdade do exercício de sua força inteligente, tivesse tempo de viver segundo o coração e segundo o cérebro, de compreender sua obra e gostar daquela de Deus. O artista tem prazeres desse tipo na contemplação e na reprodução das belezas da natureza; mas, ao ver a dor dos homens que povoam esse paraíso da terra, o artista de coração justo e humano sente-se perturbado no meio de seu prazer. A felicidade estaria justamente onde — o espírito, o coração e os braços trabalhando em concerto sob o olhar da Providência — existisse uma santa harmonia entre a munificência de Deus e os júbilos da alma humana. Seria então que, em vez da morte compassiva e tenebrosa andando em sua trilha de chicote na mão, o pintor de alegorias poderia colocar a seu lado um anjo radioso, semeando de mãos cheias, nos sulcos fumegantes, o trigo bendito.

E o sonho de uma existência doce, livre, poética, laboriosa e simples para o homem do campo não é tão difícil de conceber a ponto de o relegarem às quimeras. A palavra triste e doce de Virgílio, "Felizes os homens do campo se conhecessem sua própria felicidade", é um lamento; mas, como todos os lamentos, é também uma predição. Um dia chegará em que todo lavrador poderá ser também um artista, se não para exprimir (o que terá pouca importância), ao menos para sentir o belo. Acredita-se que essa misteriosa intuição poética já esteja nele em estado de instinto e de vago devaneio? Naqueles que um pouco de fartura já protege e naqueles que o excesso de infortúnio não sufoca completamente, o desenvolvimento moral e intelectual, a felicidade pura, sentida e apreciada, está em estado elementar; e, aliás, se do seio da dor e da fadiga vozes de poetas já se ergueram, por que se diria que o trabalho braçal está excluído das funções da alma? Sem dúvida, essa exclusão é o resultado geral de um trabalho excessivo e de uma miséria profunda; mas que não se diga que quando o homem trabalhar moderada e utilmente só haverá maus obreiros e maus poetas. Quem tira nobres prazeres do sentimento da poesia é um verdadeiro poeta, ainda que não tenha feito um só verso em toda a sua vida.

Meus pensamentos haviam tomado esse rumo e eu não percebia que essa confiança na educabilidade do homem estava fortalecida em mim por influências externas. Eu caminhava às margens de um campo que alguns camponeses preparavam para a semeadura seguinte. O redondel era vasto como o do quadro de Holbein. A paisagem era também vasta e enquadrava grandes linhas de vegetação um pouco avermelhada com a proximidade do outono, aquele largo terreno de um castanho vigoroso, onde chuvas recentes haviam deixado, em algumas sendas, fios de água que o sol fazia brilhar como finas tiras de prata. O dia estava claro e morno, e a terra, frescamente aberta pelas rodas das charruas, exalava um vapor leve. No alto do campo, um velhote, cujas costas largas e rosto severo lembravam o de Holbein, mas cujas roupas não anunciavam a miséria, empurrava gravemente sua charrua, puxada por dois bois tranquilos, de pelagem de um amarelo-pálido, verdadeiros patriarcas da pradaria, altos de tamanho, um pouco magros, os chifres longos e achatados, desses velhos trabalhadores que a força do hábito tornou irmãos, como os chamam no campo, e que, privados um do outro, se recusam a trabalhar com um novo companheiro e se deixam morrer de tristeza. As pessoas que não conhecem o campo tacham de fábula o apego do boi por seu camarada de atrelagem. Que venham ver no fundo do estábulo um pobre animal magro, extenuado, batendo o rabo inquieto nos flancos descarnados, soprando com pavor e desdém a comida que lhe apresentam, com os olhos sempre voltados para a porta, raspando com o pé o lugar vazio a seu lado, farejando os jugos e as correntes que o companheiro usara e chamando-o sem cessar com mugidos deploráveis. O boiadeiro dirá: "É o par de bois que foi perdido; o irmão desse aí morreu e ele não vai mais trabalhar. Precisava engordá-lo para o abate; mas ele não quer comer e logo vai morrer de fome".

O velho lavrador trabalhava lentamente, em silêncio, sem esforços inúteis. Sua atrelagem dócil tampouco se apressava mais do que ele; mas, graças à continuidade de um labor sem distração e de um dispêndio de forças testadas e aprovadas, sua senda era cavada tão rápido quanto a de seu filho que conduzia, à pouca distância, quatro bois menos robustos numa veia de terras mais fortes e pedregosas.

Mas o que me chamou realmente a atenção foi um belo espetáculo, um tema nobre para um pintor. Na outra extremidade da planície arável, um homem jovem de boa aparência conduzia uma atrelagem magnífica: quatro pares de animais novos de pelagem mestiça de preto e fulvo com reflexos de fogo, de cabeças curtas e frisadas, que ainda cheiravam a touro selvagem, de olhos grandes e audaciosos, movimentos bruscos, um trabalho nervoso e trôpego daqueles que ainda se irritam com o jugo e o aguilhão e só obedecem tremendo de raiva à nova dominação imposta. É o que se chama de bois recentemente atrelados. O homem que os governava tinha de sulcar um canto dantes abandonado no pasto e cheio de troncos seculares, trabalho de atleta do qual mal davam conta sua energia, sua juventude e seus oito animais quase indômitos.

Uma criança de seis a sete anos, linda como um anjo, e de ombros cobertos, por cima da blusa, com uma pele de carneiro que o fazia parecer um santinho João Batista dos pintores da Renascença, andava na senda paralela à da charrua e batia no flanco dos bois com uma vara comprida e leve, armada com um aguilhão pouco afiado. Os soberbos animais tremiam sob a mãozinha da criança e faziam ranger os jugos e as correias amarradas à sua fronte, imprimindo ao timão violentos solavancos. Quando uma raiz travava a relha, o lavrador gritava com uma voz potente, chamando cada animal pelo nome, antes para acalmar que para excitar, pois os bois, irritados com aquela brusca resistência, saltavam, cavavam a terra com seus pés grandes e gretados, e teriam se jogado de lado arrastando o arado através dos campos se, com a voz e o aguilhão, o moço não segurasse os quatro primeiros, enquanto a criança governava os outros quatro. O menino, coitadinho, gritava também com uma voz que ele pretendia que parecesse terrível, mas que continuava doce como sua figura angelical. Tudo isso era pleno de força e de graça: a paisagem, o homem, a criança, os touros sob o jugo; e apesar daquela luta poderosa em que a terra era vencida, havia um sentimento de doçura e calma profunda que pairava sobre todas as coisas. Quando o obstáculo era superado e a atrelagem retomava seu andar constante e solene, o lavrador, cuja aparente violência não passava de um exercício de vigor e dispêndio de atividade, retomava de repente a serenidade das almas simples e lançava um olhar de contentamento paterno sobre seu filho, que se virava para lhe sorrir. Depois, a voz máscula do jovem pai de família entoava o canto solene e melancólico que a velha tradição da região transmite não a todos os lavradores indistintamente, mas aos mais habituados na arte de excitar e sustentar o ardor dos bois de carga. Esse canto, cuja origem talvez tenha sido considerada sagrada e ao qual misteriosas influências devem ter sido atribuídas outrora, tem a reputação de ainda hoje possuir a virtude de entreter a coragem desses animais, apaziguar seus descontentamentos e encantar o tédio de sua longa tarefa. Não basta saber conduzi-los direitinho traçando uma senda perfeitamente retilínea; aliviar-lhes o sofrimento tirando ou afundando corretamente o ferro na terra: não se é um perfeito lavrador sem saber cantar para os bois, e esta é uma ciência à parte, que exige apreço e jeito especiais.

Esse canto não passa, na verdade, de uma espécie de recitativo interrompido e retomado à vontade. Sua forma irregular e suas entoações desafinadas segundo as regras da arte musical o tornam intraduzível. Mas nem por isso deixa de ser um belo canto, e tão apropriado à natureza do trabalho que ele acompanha o andar do boi, a calma dos lugares agrestes, a simplicidade dos homens que o dizem, pois nenhum gênio estranho ao trabalho da terra o inventaria e nenhum cantor que não fosse um hábil lavrador dessa gleba saberia repeti-lo. Nas épocas do ano em que não há outro trabalho e movimento no campo senão o de arar, esse canto tão doce e potente se eleva como uma voz da brisa, com a qual sua tonalidade particular tem certa semelhança. A nota final de cada frase, sustentada e vibrada com uma duração e um fôlego de poder incrível, aumenta um quarto de tom falseando sistematicamente. É selvagem, mas de um encanto indizível, e quando se está habituado a ouvi-lo, não se concebe que outro canto possa elevar-se nessas horas e nesses lugares sem atrapalhar sua harmonia.

Pois tinha eu então diante dos olhos um quadro que contrastava com o de Holbein, ainda que fosse uma cena parecida. Em vez de um triste velho, um homem jovem e disposto; em vez de uma atrelagem de cavalos definhados e esgotados, um duplo quadríjugo de bois robustos e ardentes; em vez da morte, uma bela criança, em vez de uma imagem de desespero e de uma ideia de destruição, um espetáculo de energia e um pensamento de felicidade. É então que o versículo francês "Ganharás o pão com o suor do teu rosto etc."[1] e o "*fortunatos nimium, si sua bona norint, agrícolas*"² de Virgílio me vieram à mente e, vendo assim tão belo par, o homem e a criança, cumprir em condições tão poéticas e com tanta graça unida à força um trabalho cheio de grandeza e solenidade, senti uma piedade profunda misturada a um respeito involuntário. Feliz do lavrador! Sim, sem dúvida, eu estaria feliz em seu lugar se meu braço, de repente feito robusto, e meu peito, potente, pudessem assim fecundar e cantar a natureza, sem que meus olhos cessassem de ver e meu cérebro de compreender a harmonia das cores e dos sons, a nuança dos tons e a graça dos contornos; em suma, a beleza misteriosa das coisas! E, principalmente: sem que meu coração cessasse de estar em conexão com o sentimento divino que presidiu à criação imortal e sublime.

Mas que pena! Esse homem nunca compreendeu o mistério do belo, essa criança não o entenderá jamais!... Deus me livre crer que eles não sejam superiores aos animais que dominam e que não tenham por instantes uma espécie de revelação extática que lhes encanta a fadiga e adormece as preocupações! Vejo em sua nobre fronte o selo do Senhor, pois eles nasceram muito mais reis da terra do que aqueles que a possuem por terem pago. E prova de que o sentem é que não os deslocaríamos impunemente, pois amam o solo regado por seu suor; o verdadeiro camponês morre de nostalgia sob a farda do soldado, longe do campo que o viu nascer. Mas falta a esse homem uma parte dos deleites que tenho, deleites imateriais que lhe seriam devidos, a ele, o obreiro do vasto templo que só o céu poderia abranger. Falta-lhe a consciência de seu sentimento. Os que o condenaram à servidão já no ventre materno, não conseguindo lhe furtar o devaneio, furtaram-lhe a reflexão.

Pois bem! Tal como é, incompleto e condenado a uma eterna infância, ele ainda é mais belo do que aquele em que a ciência sufocou o sentimento. Não se elevem acima dele, vocês aí que se creem investidos do direito legítimo e imprescindível de comandá-lo, pois esse erro pavoroso que cometem prova que seus espíritos mataram seus corações e que vocês são os mais incompletos e os mais cegos dos homens...! Prefiro ainda a simplicidade da alma dele às falsas luzes das suas; e se eu tivesse que contar a vida dele, teria mais prazer em destacar seus aspectos doces e tocantes do que vocês teriam mérito em pintar a abjeção em que os rigores e o desprezo de seus preceitos sociais podem precipitá-lo.

Eu conhecia aquele jovem e aquela bela criança, sabia a história deles, pois tinham uma história, todo mundo tem uma, e cada um poderia se interessar pelo romance da própria vida, se a tivesse compreendido... Ainda que camponês e simples lavrador, Germain percebera seus deveres e suas afeições. Ele as contara ingênua e claramente para mim e eu o escutara com interesse. Depois de ter observado longamente aquele lavrador trabalhar, perguntei-me por que não escrever sua história, embora fosse uma história tão simples, tão linear e tão parcamente ornada quanto a senda que ele traçava com sua charrua.

No ano seguinte aquela senda será atulhada e coberta por uma nova senda. Assim se imprime e assim desaparece o traço da maioria dos homens no campo da humanidade. Um pouco de terra o apaga e as trilhas que cavamos se sucedem umas às outras como as tumbas nos cemitérios. A senda do lavrador não valeria a do ocioso, que mesmo assim tem um nome que se perpetuará por uma singularidade ou uma absurdidade qualquer, caso ele dê o que falar no mundo...?

Pois bem! Arranquemos, se possível, da nulidade e do esquecimento, a senda de Germain, o fino lavrador. Ele nada saberá a respeito, tampouco se preocupará com isso; mas eu terei algum prazer ao tentar.

3. Seu Maurice

— Germain — disse-lhe um dia seu sogro —, está na hora de você se decidir a arranjar outra mulher. Já vai fazer dois anos que está viúvo da minha filha e o seu primogênito tem sete anos. Você está chegando aos trinta, meu filho, e sabe que, passada essa idade, na nossa terra um homem é considerado velho para arranjar casamento. Você tem três belos filhos e até aqui eles não nos atrapalharam. Minha mulher e minha nora cuidaram deles o melhor que podiam e os amaram como se deve. Olha aí, o pequeno Pierre já está quase criado; toca os bois direitinho, é bem esperto para cuidar dos animais no pasto e forte o bastante para levar os cavalos ao bebedouro. Portanto, não é ele que nos preocupa. Mas os outros dois, que de qualquer jeito a gente ama, Deus sabe, esses pobres inocentes estão nos dando muita preocupação este ano. Minha nora está prestes a dar à luz e tem um pequenininho no colo. Quando esse que estamos esperando chegar, ela não vai poder mais cuidar da sua pequena Solange e menos ainda do Sylvain, que não tem nem quatro anos e não para quieto nem de dia nem de noite. Puxou a você, o que fará dele um bom obreiro, mas faz também uma criança danada, e minha velha já não corre tão rápido para pegar quando ele foge para os lados da fossa ou quando se joga aos pés dos animais. E depois, com esse que a minha nora vai pôr no mundo, o mais velho dela vai voltar durante um ano ou mais para o colo da minha mulher. Por isso os seus filhos estão nos deixando preocupados e sobrecarregados. Não gostamos de ver crianças malcuidadas; e quando a gente pensa nos acidentes que podem acontecer com eles por falta de vigilância, a gente não tem sossego. Você precisa então de outra mulher e eu de outra nora. Pense nisso, meu filho. Já o avisei várias vezes, o tempo passa, os anos não o esperarão. Pelos seus filhos e por nós, que queremos o bem da casa, você deve se casar de novo o quanto antes.

— Pois bem, meu sogro — respondeu o genro —, se o senhor quer tanto isso, preciso contentá-lo. Mas não quero esconder que será um grande sacrifício para mim e tenho tanta vontade de me casar quanto de me afogar. A gente sabe quem perdeu e não sabe quem vai encontrar. Eu tinha uma brava mulher, uma bela mulher, doce, corajosa, boa para o pai e a mãe, boa para o marido, boa para os filhos, boa para o trabalho, no campo como na casa, aplicada nas tarefas, boa em tudo, enfim; e quando o senhor a entregou para mim, quando a tomei, não botamos em nossas condições que eu iria me esquecer dela se tivesse o infortúnio de perdê-la.

— O que você diz é de bom coração, Germain — replicou seu Maurice —; eu sei que amou a minha filha, que a fez feliz e que, se pudesse contentar a morte indo no lugar dela, a Catherine estaria agora viva e você no cemitério. Ela merecia ser amada assim, mas se você não se consolar, nós também não nos consolamos. Mas não estou lhe dizendo para se esquecer dela. O bom Deus quis que ela nos deixasse, e nós não passaremos um dia sem fazê-la saber, por nossas orações, nossos pensamentos, nossas palavras e nossas ações, que respeitamos a sua lembrança e estamos magoados com sua partida. Mas se ela pudesse falar com você lá do outro mundo e lhe fazer saber sua vontade, ela o mandaria procurar uma mãe para esses pequenos órfãos. É tratar de achar uma mulher que seja digna de substituí-la. Não vai ser muito fácil; mas não é impossível; e quando a encontrarmos, você a amará como amava minha filha, porque você é um homem de bem; e agradecerá por ela nos fazer um favor e amar seus filhos.

— Está bem, seu Maurice — disse Germain —, farei sua vontade como sempre fiz.

— Eu lhe faço justiça, meu filho, pois você sempre escutou a amizade e as boas razões do seu chefe de família. Cuidemos juntos da escolha da sua nova mulher. Primeiro, não sou de opinião que você arranje uma mocinha. Não é o que precisa. A juventude é ligeira, e como é um fardo criar três filhos, principalmente quando são de outro casamento, precisa uma boa alma bem sábia, bem meiga e muito dedicada ao trabalho. Se a mulher não tiver mais ou menos a sua idade, ela não terá madureza suficiente para aceitar um dever desses. Vai achar você velho demais, e seus filhos, pequenos demais. Vai se lamentar e seus filhos vão padecer.

— É justamente o que me preocupa — disse Germain. — Se esses coitadinhos acabarem sendo maltratados, odiados, espancados?

— Deus nos livre! — replicou o velhote. — Mas as mulheres malvadas são mais raras na nossa terra do que as boas, e precisaria ser louco para não acertar na escolha da mulher que lhe convém.

— É verdade, meu sogro, há boas moças em nossa cidade. Tem a Louise, a Sylvaine, a Claudie, a Marguerite... enfim, a que o senhor quiser.

— Devagar, devagar, meu filho, todas essas moças são muito novas ou muito pobres... Ou ainda bonitas demais; afinal de contas é preciso pensar nisso também, meu filho. Uma bela mulher não é sempre tão jeitosa quanto as outras.

— O senhor quer então que eu pegue uma feia? — disse Germain um pouco preocupado.

— Não, feia não, pois é uma mulher que lhe dará outros filhos, e não há nada mais triste do que ter filhos feios, franzinos e malsãos. Mas uma mulher ainda fresca, com boa saúde, que não seja nem bonita nem feia, seria um bom negócio para você.

— Estou vendo — disse Germain sorrindo um pouco tristemente — que para arranjar uma mulher do jeito que o senhor quer, tem que fazer sob medida, ainda mais que o senhor não quer que seja pobre, e as ricas não são fáceis de conseguir, principalmente para um viúvo.

— E se ela também fosse viúva, Germain? E uma viúva sem filhos e de boas posses?

— Não conheço nenhuma, por enquanto, na nossa freguesia.

— Nem eu, mas há noutros lugares.

— O senhor tem alguém em vista, meu sogro; então me diga agora mesmo.

4. Germain, o fino lavrador

— Sim, tenho alguém em vista — respondeu seu Maurice. — É uma tal de Léonard, viúva de um Guérin, que mora em Fourche.

— Não conheço nem a mulher nem o lugar — respondeu Germain resignado, mas cada vez mais triste.

— Ela se chama Catherine, como a sua finada.

— Catherine? Ah, me fará gosto ter de dizer esse nome: Catherine! Porém, se eu não conseguir gostar dela tanto quanto da outra, vou sofrer mais ainda, pois vai me fazer lembrar toda hora.

— Eu lhe digo que a amará; é boa pessoa, uma mulher de bom coração, não a vejo há muito tempo, não era moça feia; mas já não é jovem, tem trinta e dois anos. Ela é de uma boa família, gente de bem e tem lá uns oito ou dez mil francos de terras, que venderia com prazer para comprar outras no lugar onde se estabelecer; pois ela também pensa em recasar, e eu sei que, se o seu temperamento o agradar, ela não acharia má a sua posição.

— O senhor já arranjou tudo isso?

— Sim, exceto a opinião de vocês dois; é o que precisaria perguntar a um e a outro, quando se conhecerem. O pai dessa mulher é meio parente meu e foi muito meu amigo. Sabe bem quem é o seu Léonard?

— Sim, eu o vi falando com o senhor nas feiras e na última os senhores estavam almoçando juntos; era sobre isso, então, que conversavam tanto?

— Sem dúvida; ele estava olhando você vender os animais e achou que se saía bem, que era um moço de boa aparência, parecia ativo e entendido; e quando eu disse para ele tudo o que você é e como tem se portado bem conosco nos oito anos em que vivemos e trabalhamos juntos, sem que jamais tenhamos dito uma palavra de mágoa ou raiva sequer, ele botou na cabeça de fazê-lo casar com a filha dele; o que também me é conveniente, confesso, pela boa reputação que ela tem e pela honestidade da família e os bons negócios que sei que eles têm.

— Vejo, sogro Maurice, que o senhor faz questão dos bons negócios.

— Sem dúvida, faço sim. E você também não faz?

— Faço, se o senhor quiser, para agradar; mas o senhor sabe que, por mim, eu nunca faço caso do que me cabe ou não nos nossos lucros. Eu não me meto a fazer partilhas, e minha cabeça não é boa para essas coisas. Conheço a terra, conheço os bois, os cavalos, as atrelagens, as sementes, o batente, as forragens. Quanto aos carneiros, à vinha, à jardinagem, aos aproveitamentos mínimos do cultivo mais delicado o senhor sabe que é com o seu filho e não me meto muito. Em relação ao dinheiro, minha memória é curta, preferia ceder tudo em vez de disputar o que é seu e meu. Tenho medo de me enganar e reclamar o que não é devido, e se os negócios não fossem tão simples e claros, eu não ganharia nada nunca.

— É uma pena, meu filho; por isso gostaria que você tivesse uma mulher de cabeça boa para me substituir quando eu não estiver mais aqui. Você nunca quis examinar nossas contas e poderia ter desavença com meu filho quando vocês não me tiverem mais para colocá-los de acordo e lhes dizer o que é de cada um.

— Que o senhor viva muito tempo, sogro Maurice! Mas não se preocupe com o que será depois do senhor; jamais brigarei com seu filho. Confio no Jacques como no senhor e como não tenho bens meus e tudo o que pode me caber provém da sua filha e pertence a nossos filhos, posso ficar tranquilo e o senhor também; Jacques não iria querer espoliar os filhos da irmã em prol dos seus, pois gosta deles quase tanto quanto dos seus próprios.

— Tem razão nisso, Germain. Jacques é um bom filho, um bom irmão e um homem que ama a verdade. Mas Jacques pode morrer antes de você, antes que vossos filhos estejam criados, e sempre se tem que pensar, numa família, em não deixar menores sem um chefe para aconselhá-los bem e resolver as encrencas. Senão os homens da lei se metem, os confundem e fazem torrar tudo em processos. Por isso não devemos pensar em botar em casa uma pessoa a mais, seja homem, seja mulher, sem levar em conta que um dia essa pessoa terá talvez de conduzir os negócios de uns trinta filhos, netos, genros e noras... Não se sabe o quanto uma família pode crescer e quando a colmeia está cheia demais e, ao dividir ou fazer a enxameação, cada um quer levar seu mel. Quando o tomei por genro, embora minha filha fosse rica e você pobre, não a recriminei por ter escolhido você. Via em você um bom trabalhador e sabia que a melhor riqueza para a gente do campo como nós é um par de braços e um coração como os seus. Quando um homem traz isso para uma família, traz o suficiente. Mas uma mulher é diferente: o trabalho dela na casa é bom para conservar, não para adquirir. Além disso, agora que você é pai e está procurando uma mulher, tem que pensar que seus próximos filhos, nada tendo a pleitear na herança daqueles do primeiro casamento, ficariam na miséria se você viesse a morrer, a menos que sua mulher já tenha alguns bens do lado dela. E depois, os filhos com que vai aumentar nossa colônia vão lhe custar um pouco para sustentar. Se caíssem nas nossas costas, nós os alimentaríamos, pode ficar certo, e sem nos queixar; mas o bem-estar de todo mundo diminuiria, e os primeiros filhos teriam alguma privação. Quando as famílias aumentam além da conta sem que os bens aumentem na mesma proporção, a miséria vem, por mais que a gente tenha força. São as minhas observações, Germain, pese, e trate de agradar à viúva Guérin, pois sua boa conduta e seus escudos trazem, neste caso, ajuda no presente e tranquilidade no futuro.

— Está falado, meu sogro. Vou tratar de agradar e que ela me agrade.

— Para isso é preciso você ir se encontrar com ela.

— Lá onde ela mora? Em Fourche? É longe daqui, não? E quase não temos tempo de sair nesta estação.

— Quando se trata de um casamento de amor, a gente já sabe que vai perder tempo; mas quando é um casamento de interesse entre duas pessoas que não têm caprichos e sabem o que querem, tudo se resolve logo. Amanhã é sábado; você fará sua jornada um pouco mais curta, partirá por volta das duas horas depois do jantar; estará em Fourche à noite; a lua está cheia agora, os caminhos estão bons e não passa de três léguas de terra. É perto do Magnier. Além disso, você pegará a égua.

— Preferia ir a pé com esse tempo fresco.

— Sim, mas a égua é bonita e um pretendente que chega em tão boa montaria tem melhor aparência. Ponha suas roupas novas; vai levar uma bela caça de presente para o seu Léonard. Você vai com a minha recomendação e proseará com ele, passe o dia de domingo com a filha dele e volte com um sim ou um não segunda-feira de manhã.

— Está entendido — respondeu Germain com tranquilidade; porém não estava realmente tranquilo.

Germain sempre vivera sabiamente como vivem os camponeses laboriosos. Casado aos vinte anos, amara apenas uma mulher na vida e, desde sua viuvez, ainda que tivesse um caráter impetuoso e amável, não rira nem folgara com nenhuma outra. Carregava fielmente um verdadeiro peso no coração e não era sem receio ou tristeza que estava cedendo ao sogro; mas o sogro sempre governara de modo correto a família, e Germain, que se devotara inteiramente à obra comum e, por conseguinte, àquele que a personificava, ao chefe de família, não cogitava se revoltar contra as boas razões, contra o interesse de todos.

Não obstante, estava triste. Raros eram os dias em que ele não chorava por sua mulher em segredo e, ainda que a solidão começasse a pesar, estava mais apavorado em fazer uma nova união do que desejoso de subtrair-se à sua mágoa. Pensava vagamente que o amor pudesse consolá-lo, vindo a surpreendê-lo, pois não há outro modo de o amor consolar. Não o encontramos quando procuramos; ele nos vem quando não esperamos. Aquele projeto frio de casamento que lhe mostrava seu Maurice, aquela noiva desconhecida, talvez até todo o bem que lhe diziam de seu discernimento e virtude, davam-lhe o que pensar. E ele ia divagando, como divagam os homens que não têm ideias suficientes para que combatam entre elas, isto é, não formulando a si mesmo grandes ideias de resistência e de egoísmo, mas sofrendo de uma dor surda, sem lutar contra um mal que era preciso aceitar.

No entanto, seu Maurice havia voltado à granja, enquanto Germain, entre o pôr do sol e o anoitecer, ocupava a última hora do dia fechando as brechas que os carneiros haviam feito na cerca de um terreno vizinho. Ele levantava galhos de pilriteiro e os sustentava com torrões de terra, enquanto os tordos piavam no bosque próximo, parecendo gritar-lhe que se apressasse, curiosos que estavam para vir examinar sua obra assim que ele partisse.

5. Dona Guillette

Seu Maurice encontrou em casa uma velha vizinha que viera buscar brasa para acender a lareira e prosear com sua mulher. Dona Guillette morava num casebre bem pobre a dois tiros de fuzil da fazenda. Mas era uma mulher ordeira e de força de vontade. Sua casa pobre era limpa e bem arrumada, suas roupas remendadas com cuidado anunciavam o respeito por si mesma em meio à penúria.

— A senhora veio buscar o fogo para a noite, dona Guillette — disse-lhe o velhote. — Quer mais alguma coisa?

— Não, seu Maurice — respondeu ela —, nada por enquanto. Eu não sou pedinchona, o senhor sabe, e não abuso da bondade dos meus amigos.

— Isso é verdade; por isso seus amigos sempre estão prontos a ajudar a senhora.

— Eu estava conversando com sua mulher e lhe perguntava se Germain finalmente decidiu se casar de novo.

— A senhora não é uma mexeriqueira — respondeu seu Maurice —, a gente pode falar na sua frente sem temer pelo assunto: assim já direi à minha mulher e à senhora que Germain está completamente decidido; ele vai partir amanhã para os domínios da Fourche.

— Até que enfim! — exclamou dona Maurice. — Esse pobre menino, Deus queira que encontre uma mulher tão boa e corajosa quanto ele!

— Ah! Ele vai à Fourche? — observou a Guillette. — Veja como é! Vem-me a calhar e já que o senhor me perguntou agorinha mesmo se eu queria mais alguma coisa, vou lhe dizer, seu Maurice, do que lhe ficaria agradecida.

— Pois diga, queremos ajudá-la.

— Eu queria que Germain fizesse o favor de levar minha filha com ele.

— Aonde? A Fourche?

— Não, não a Fourche; mas aos Ormeaux, onde ela vai passar o resto do ano.

— O quê! — exclamou dona Maurice. — A senhora vai se separar da sua filha?

— É preciso que ela se empregue e ganhe alguma coisa; me custa muito e também para ela, a pobre alma! Não conseguimos nos separar na época da festa de São João,[3] mas agora está chegando a festa de São Martinho[4] e ela precisa encontrar um bom lugar como pastora nas fazendas dos Ormeaux. O fazendeiro estava passando outro dia por aqui, voltando da feira. Viu a minha Mariazinha tomando conta dos três carneiros na comunal. "Você não está muito ocupada, minha pequena", ele disse, "e três carneiros para uma pegureira não é nada. Quer tomar conta de cem? Eu a levo. Nossa pastorinha adoeceu, está voltando para a casa dos pais e se você quiser vir em oito dias, terá cinquenta francos pelo resto do ano até o São João." A menina recusou, mas não conseguiu deixar de pensar no assunto e me contou por que, voltando à noite, ela me viu triste e apertada para passar o inverno, que vai ser duro e longo, pois vimos este ano as gruas e os gansos selvagens atravessando os ares um bom mês mais cedo que de costume. Choramos nós duas; mas, enfim, veio a coragem. Concluímos que não podíamos ficar juntas, pois mal temos o que dá para sustentar uma só pessoa em nosso quinhão de terra e como a Marie é um anjo (já está quase com dezesseis anos), tem de fazer como as outras, precisa ganhar o pão e ajudar a pobre mãe.

— Dona Guillette — disse o velho lavrador —, se bastassem cinquenta francos para consolá-la de suas penas e poupá-la de mandar sua filha para longe, juro, eu daria um jeito, ainda que cinquenta francos, para gente como nós, comece a pesar. Mas em todas as coisas é preciso consultar tanto a razão quanto a amizade. Mesmo se salvando da miséria deste inverno, a senhora não se salvaria da miséria do próximo, e quanto mais sua filha tardar a tomar uma decisão, mais ela e a senhora sofrerão para se separar. A Mariazinha está grande e forte e não tem com que se ocupar em sua casa. Poderia pegar costume de flauteio...

— Oh! Quanto a isso, nada temo — disse a Guillette. — Marie é valente tanto quanto poderia ser uma moça rica e poderia estar no comando de um trabalho pesado. Ela não fica um só instante de braços cruzados e, quando não temos lida, ela limpa e esfrega nossos móveis pobres e os deixa brilhando feito espelho. É uma criança que vale ouro e eu preferiria que se empregasse com vocês como pastora e não fosse tão longe com gente que não conheço. O senhor teria ficado com ela no São João se soubéssemos nos decidir; mas agora o senhor empregou todo mundo e só no São João do outro ano é que poderemos pensar nisso.

— Eh! Consinto de todo o coração, Guillette! Será um prazer. Mas enquanto isso, ela fará bem de aprender um trabalho e se habituar a servir os outros.

— É, sem dúvida a sorte está lançada. O fazendeiro dos Ormeaux mandou chamá-la esta manhã; nós dissemos que sim e ela precisa ir. Mas a coitadinha não sabe o caminho e eu não queria mandá-la tão longe sozinha. Já que o seu genro vai para Fourche amanhã, ele podia levá-la. Parece que é bem ao lado do senhorio aonde ela vai, pelo que me disseram, pois eu nunca fiz essa viagem.

— É logo ao lado e meu genro a levará. Assim deve ser, ele pode até levá-la na garupa da égua, o que vai poupar os sapatos dela. Olhe ele aí chegando para jantar. Diga-me,

Germain, a Mariazinha da dona Guillette vai de pastora para os Ormeaux. Você a leva no seu cavalo, não é?

— De acordo — respondeu Germain, que estava inquieto mas sempre disposto em ser útil ao próximo.

Neste nosso mundo aqui, uma mãe não cogitaria mandar uma filha de dezesseis anos com um homem de 28, pois Germain só tinha realmente vinte e oito anos; e embora, segundo as ideias da região, ele passasse por velho do ponto de vista do casamento, era ainda o mais belo homem do lugar. O trabalho não o enrugara nem encurvara como à maioria dos camponeses que têm dez anos de laboração nas costas. Ele tinha ainda vigor para trabalhar mais dez anos sem parecer velho; e só mesmo o preconceito de idade sendo muito forte no espírito de uma moça para impedi-la de ver que Germain tinha a tez fresca, os olhos vivos de um azul como o céu de maio, a boca rosada, os dentes estupendos, o corpo elegante e flexível como o de um cavalo novo que ainda não deixou os pastos.

Mas a castidade dos costumes é uma tradição sagrada em certas paragens afastadas do movimento corrompido das grandes cidades, e entre todas as famílias de Belair, a de seu Maurice era reputada por ser honesta e por servir à verdade. Germain ia buscar mulher; Marie era criança demais e pobre demais para que ele vislumbrasse algo nesse sentido, e a menos que ele fosse um ímpio e um homem mau, era impossível que tivesse um pensamento indigno para com ela. Seu Maurice não ficou minimamente preocupado em vê-lo colocar na garupa aquela moça bonita; a Guillette ter-lhe-ia feito injúria se lhe tivesse recomendado de respeitá-la como a uma irmã; Marie montou na égua chorando, depois de ter vinte vezes beijado a mãe e suas jovens amigas. Germain, que estava triste por sua vez, apiedava-se ainda mais da mágoa dela, e se foi com um ar sério, enquanto as gentes da vizinhança acenavam adeus à pobre Marie, sem pensar mal algum.

6. O pequeno Pierre

A Grise era jovem, bonita e vigorosa. Carregava sem esforço seu duplo fardo, baixando as orelhas, impaciente, como uma égua orgulhosa e ardente que era. Passando em frente ao vasto prado, viu sua mãe, que se chamava velha Grise, como ela se chamava Grise, e relinchou em sinal de adeus. A velha Grise se aproximou da cerca agitando as peias, tentou galopar à margem do prado para seguir a filha; depois, vendo-a disparar no trote, relinchou, por sua vez, e ficou pensativa, inquieta, com o nariz ao vento, a boca cheia do capim que já nem pensava mais em comer.

— Tadinho desse animal, sempre conhece a progenitura — disse Germain para distrair a Mariazinha de sua mágoa. — Isso me faz pensar que eu não dei um beijo no pequeno Pierre antes de partir. O danado do menino não estava lá! Ele queria, ontem à noite, me fazer prometer que o traria e chorou durante uma hora na cama. Esta manhã ainda tentou de tudo para me persuadir. Oh! Ele é tão esperto e carinhoso! Mas quando viu que não adiantava, o mocinho se zangou: foi para os campos e não o revi o dia todo.

— Eu vi — disse a Mariazinha fazendo esforço para conter as lágrimas. — Ele estava correndo com as crianças de Soulas para o lado das podas e bem que desconfiei que estava fora de casa fazia tempo, porque ele estava com muita fome, comendo ameixas e amoras no bosque. Dei para ele o pão da minha merenda e ele me disse: "Obrigado, minha formosa Marie: quando você vier a nossa casa, vou lhe dar um biscoito". É um menino muito bonzinho que o senhor tem, seu Germain!

— Sim, ele é bonzinho — concordou o lavrador — e não sei o que eu não faria por ele! Se a avó não tivesse sido mais arrazoada do que eu, não teria conseguido deixá-lo, pois chorava tanto que ficou com o coraçãozinho disparado.

— Pois é, por que não trazer, seu Germain? Ele não atrapalharia quase em nada e é tão sensato quando lhe fazem a vontade!

— Parece que ele seria demais aonde vou. Ao menos era a opinião de seu Maurice... Eu, todavia, pensava que, ao contrário, era bom ver como seria recebido e uma criança boazinha só poderia ser tratada com boa amizade... Mas dizem em casa que não é bom começar mostrando os fardos do casamento... Não sei por que estou lhe dizendo isso, Mariazinha, você não entende nada dessas coisas.

— Sim senhor, seu Germain; sei que vai se casar, minha mãe me disse e recomendou não contar para ninguém, nem de nossas bandas, nem aonde vou e o senhor pode estar descansado; não direi palavra.

— Faz bem, pois não está fechado, talvez eu não convenha à mulher em questão.

— Esperamos que sim, seu Germain. Por que então o senhor não lhe conviria?

— Quem sabe? Tenho três filhos e é pesado para uma mulher que não é a mãe deles!

— É verdade, mas seus filhos não são como outras crianças.

— Você acha?

— São bonitos como anjinhos e tão bem-educados que não há de haver mais amáveis.

— Tem o Sylvain, que não é muito conveniente.

— Ele é pequenininho! Pode ser muito levado, mas é tão esperto!

— É verdade que é esperto; e tem uma coragem! Não tem medo nem de vaca nem de touro, e se deixássemos, já montaria nos cavalos como o irmão mais velho.

— Eu, no seu lugar, teria trazido o mais velho. É claro que iam gostar do senhor na hora por ter um filho tão bonito!

— Sim, se a mulher gostar de crianças, mas e se ela não gostar?

— Será que existem mulheres que não gostam de crianças?

— Não muitas, eu acho; mas, enfim, existem, e é isso que me atormenta.

— O senhor não conhece nada dessa mulher, então?

— Tanto quanto você e receio não conhecer melhor depois de a ver. Não sou desconfiado. Quando me dizem boas palavras, acredito: mas estive mais de uma vez prestes a me arrepender, pois as palavras não são atos.

— Dizem que é uma brava mulher.

— Quem diz isso? Seu Maurice?

— Sim, seu sogro.

— Muito bem: mas ele também não a conhece.

— Pois o senhor a verá logo mais, prestará bastante atenção e espera-se que não vá se enganar, seu Germain.

— Olha, Mariazinha, ficaria satisfeito se você entrasse um pouco na casa antes de ir direto aos Ormeaux; você é astuta, sempre se mostrou esperta e presta atenção em tudo. Se vir alguma coisa que dê o que pensar, vai me avisar bem discretamente.

— Oh! Não, seu Germain, não farei isso! Temeria muito me enganar e, além disso, se uma palavra dita com leviandade viesse a desgostá-lo desse casamento, seus pais ficariam com raiva de mim e eu já tenho aborrecimentos suficientes para arranjar outros à coitada da minha mãe.

Quando assim confabulavam, a Grise soltou um guincho empinando as orelhas, depois voltou atrás e se aproximou do mato onde alguma coisa que ela começava a reconhecer a assustara antes. Germain deu uma espiada no mato e viu num buraco, sob galhos espessos e ainda frescos de um pezinho de carvalho, alguma coisa que tomou por um carneiro.

— É um bicho desgarrado — disse ele — ou morto, pois não se mexe. Talvez alguém esteja procurando por ele, precisa ver!

— Não é um bicho — exclamou Mariazinha —, é uma criança dormindo; é o seu pequeno Pierre.

— Por exemplo! — disse Germain descendo do cavalo. — Vejam esse pirralho dormindo aí, tão longe de casa e num buraco onde uma cobra poderia muito bem achá-lo!

Ele pegou no colo a criança que lhe sorriu abrindo os olhos e pôs os braços em torno do pescoço, dizendo: "Paizinho, vai me levar com você!".

— Ah! Sim, sempre a mesma ladainha! O que o senhor estava fazendo aí, Pierre teimoso?

— Estava esperando meu paizinho passar; estava olhando o caminho e de tanto olhar, dormi.

— E se eu tivesse passado sem ver, teria ficado a noite inteira fora e o lobo ia devorar você!

— Oh! Sabia que você vinha — respondeu o pequeno Pierre, confiante.

— Pois bem, agora, meu Pierre, me dê um beijo, diga adeus e volte rápido para casa se não quer que jantem sem você.

— Você não quer me levar, então! — exclamou o pequeno começando a esfregar os olhos para mostrar que tinha intento de chorar.

— Você sabe muito bem que vovô e vovó não querem — disse Germain, escondendo-se atrás da autoridade dos velhos sogros, como um homem que não conta com a sua própria.

Mas a criança não deu ouvidos. Abriu o berreiro, dizendo que, já que seu pai levava a Mariazinha, podia levá-lo também. Objetaram-lhe que era preciso atravessar florestas, que havia muitos animais ferozes que devoravam criancinhas, que a Grise não queria levar três pessoas conforme ela havia demonstrado na saída, e que na região aonde iam não havia cama nem jantar para garotos. Nenhuma dessas excelentes razões persuadiu o pequeno Pierre; ele se jogou no chão e rolou, gritando que seu paizinho não o amava mais e que, se não o levasse, ele não voltaria nem de dia nem de noite para casa.

Germain tinha um coração de pai tão mole e fraco quanto o de uma mulher. A morte da esposa, os cuidados que fora forçado a despender sozinho para com seus pequenos, também a ideia de que aqueles coitadinhos sem mãe precisavam ser muito amados, haviam contribuído para que ficasse assim; deu-se nele um rude combate, tanto que enrubescia por sua fraqueza e se esforçava para esconder seu mal-estar da Mariazinha, e o suor lhe veio à fronte, os olhos vermelhejaram, prestes a chorar também. Enfim, ele tentou zangar-se; mas, voltando-se para a Mariazinha, como para tomá-la por testemunho de sua firmeza de alma, viu que o rosto daquela boa moça estava banhado de lágrimas; como toda a coragem o abandonasse, foi-lhe impossível conter as suas, ainda que continuasse ralhando e ameaçando.

— Francamente, o senhor tem o coração duro demais — disse-lhe enfim a Mariazinha —, e quanto a mim, não conseguiria jamais resistir assim a uma criança que está tão magoada. Ora, seu Germain, leve o menino. Sua égua está habituada a conduzir duas pessoas e uma criança, prova disso é que seu sogro e a mulher, que é muito mais pesada do que eu, vão à feira sábado com o menino no lombo deste bom animal. O senhor pode colocá-lo montado na sua frente e eu prefiro ir sozinha a pé do que fazer esse pequeno sofrer.

— Não seja por isso — respondeu Germain, que estava morrendo de vontade de se deixar convencer. — A Grise é forte e levaria dois a mais, se houvesse lugar em suas costas. Mas o que faremos com essa criança na estrada? Ele terá frio, fome... E quem vai cuidar dele à noite e amanhã para botá-lo para dormir, lavá-lo e vesti-lo? Não ouso dar esse enfastiamento a uma mulher que não conheço e que vai achar, sem dúvida, que não tenho modos com ela logo no começo.

— Segundo a amizade ou desagrado que ela mostrar, o senhor logo a conhecerá, seu Germain, acredite; aliás, se ela rejeitar o Pierre, eu me encarrego dele. Irei à casa dela vesti-lo e o levarei aos campos amanhã. Eu o distrairei o dia todo e cuidarei para que nada lhe falte.

— Ele vai aborrecê-la, coitada! Ele vai incomodar um dia inteiro, é muito!

— Será um prazer, ao contrário; vai me fazer companhia e me tornará menos triste o primeiro dia que tiver de passar numa região nova. Eu imaginarei que ainda estamos em nossas terras.

A criança, vendo que a Mariazinha lhe dava razão, dependurou-se em suas saias e agarrou-as tanto que não dava para arrancá-lo dali sem machucar. Quando percebeu que o pai cedia, pegou a mão da Marie entre suas mãozinhas bronzeadas pelo sol e a abraçou pulando de alegria e puxando-a para a égua, com aquela impaciência ardente que as crianças manifestam em seus desejos.

— Vamos, vamos — disse a moça erguendo-o em seus braços —, tratemos de acalmar esse pobre coração que está pulando como um passarinho, e se ficar com frio quando a noite chegar, diga, meu Pierre, que enrolo você na minha capa. Beije o seu paizinho e peça perdão por ter bancado o malvado. Diga que isso não vai acontecer nunca mais! Nunca mais, entendeu?

— Sim, claro, contanto que eu faça sempre a vontade dele, certo? — disse Germain enxugando os olhos do pequeno com seu lenço. — Ah, Marie, você está mimando esse danado...! E realmente, você é uma moça boa demais, Mariazinha. Não sei por que não entrou de pastora em nossa casa no último São João. Você teria cuidado de meus filhos e eu preferiria lhe pagar bem para isso em vez de ir buscar uma mulher que talvez acredite estar me concedendo uma grande mercê de não os detestar.

— Não se deve ver as coisas pelo lado ruim — respondeu a Mariazinha, tomando a rédea do cavalo enquanto Germain colocava o filho na frente da grande sela forrada de couro de cabra. — Se sua mulher não gostar de crianças, o senhor pode me pegar para o serviço no ano que vem e, fique tranquilo, eu vou distraí-los tão bem que eles não vão perceber nada.

7. Na charneca

— E essa agora! — disse Germain quando já haviam dado alguns passos —, o que vão pensar em casa vendo que esse mocinho não voltou? Os avós vão ficar preocupados e começarão a procurá-lo em todo canto.

— O senhor dirá ao cantoneiro que trabalha lá em cima na estrada que o está levando e lhe recomendará que avise sua gente.

— É verdade, Marie, você pensa em tudo; eu não lembrava mais que Jeannie devia estar por ali.

— Justamente, ele mora bem perto da chácara e não deixará de fazer a incumbência.

Quando se tomou essa precaução, Germain pôs novamente a égua a trote, e o pequeno Pierre estava tão alegre que não se deu conta de que não havia jantado; mas o movimento do cavalo deixou o menino de estômago varado; ele começou, já ao fim de uma légua, a bocejar, empalidecer e confessar que estava morrendo de fome.

— Pronto, já começou — disse Germain. — Eu sabia que não iríamos longe sem esse mocinho gritar de fome ou sede.

— Estou com sede também! — disse o pequeno Pierre.

— Pois bem! Vamos então entrar na taberna Nascer do Dia, da dona Rebec, em Corlay. Bela placa, mas pobre casebre! Vamos, Marie, você também vai beber um dedo de vinho.

— Não, não, não preciso de nada — disse ela —, eu seguro a égua enquanto o senhor entra com o pequeno.

— Mas imagine só, boa alma, você deu esta manhã o pão da sua merenda ao meu Pierre e ficou em jejum, não quis jantar conosco em casa, não parava de chorar.

— Oh, eu não estava com fome, sofria demais! E juro que agora ainda não tenho nenhuma vontade de comer.

— Precisa se forçar, pequena, senão ficará doente. Nós temos chão para cobrir e não se deve chegar lá como famintos para pedir pão antes de dizer bom-dia. Eu mesmo quero lhe dar o exemplo, mesmo que não tenha muito apetite; mas vou conseguir, visto que, no fim das contas, também não jantei. Eu via você chorando, você e sua mãe, e me cortava o coração. Ora, vamos, vou amarrar a Grise na porta; desça, estou dizendo.

Entraram os três na casa de dona Rebec e, em menos de um quarto de hora, a senhora gorda e manca conseguiu lhes servir uma omelete de boa aparência, pão preto e vinho suave.

Os camponeses não comem rápido, e o pequeno Pierre tinha tanto apetite que se passou bem uma hora antes que Germain pudesse pensar em retomar a estrada. A Mariazinha comera por complacência primeiro; depois, pouco a pouco, a fome lhe viera: pois aos dezesseis anos não se pode fazer dieta por muito tempo e o ar dos campos é imperioso. As boas palavras que Germain soubera dizer para consolá-la e fazê-la tomar coragem produziram também seu efeito, ela se esforçou para se convencer de que sete meses passariam logo e para pensar na felicidade que teria em voltar à sua família e a seu vilarejo, pois seu Maurice e Germain estavam de acordo e prometeram empregá-la. Mas quando começava a alegrar-se e a brincar com o pequeno Pierre, Germain teve a infeliz ideia de fazê-la olhar pela janela da taberna: a bela vista do vale que se via inteiramente daquela altura e que é muito risonho, verde e fértil. Marie olhou e perguntou se ali se viam as casas de Belair.

— Sem dúvida — disse Germain —, a fazenda e até mesmo a sua casa. Olhe, aquele pontinho cinza, não muito longe do povoado em Godard, mais abaixo do sino.

— Ah! Estou vendo — disse a pequena; e aí recomeçou a chorar.

— Errei em lhe fazer pensar nisso — disse Germain —, só estou fazendo besteiras hoje! Vamos, Marie, vamos embora, minha filha; os dias estão curtos e em uma hora, quando a lua subir, não vai fazer calor.

Eles se puseram a caminho, atravessaram o grande bosque e, não querendo cansar demais a moça e a criança com um trote muito forte, Germain não podia incitar a Grise a ir muito rápido; o sol já se pusera quando eles deixaram a estrada para ganhar a floresta.

Germain conhecia o caminho até Magnier, mas pensou que seria mais curto se não pegasse a alameda de Chanteloube e descesse pela Presles e a Sépulture, direção que não tinha o hábito de tomar quando ia à feira. Ele se enganou e perdeu ainda um pouco de tempo antes de entrar na floresta; novamente entrou pelo lado errado e não percebeu, tanto que deu as costas a Fourche e saiu bem mais ao alto do lado de Ardentes.

O que o impedia então de orientar-se era uma neblina que se levantava com a noite, uma dessas neblinas das noites de outono que a brancura do luar torna mais vagas e mais enganadoras ainda. As grandes poças d'água disseminadas pelas clareiras exalam vapores tão espessos que, quando a Grise as atravessava, não as percebiam senão pelo estrépito de suas patas e pela dificuldade que ela demonstrava em tirá-las da vasa.

Quando enfim encontraram uma bela aleia bem plana e foram até o fim, Germain procurou ver onde estava e percebeu que se perdera, pois seu Maurice, ao explicar-lhe o caminho, dissera que na saída da mata ele tinha de descer um trecho do lado bem escarpado da colina, atravessar uma imensa planície e passar duas vezes pelos vaus do rio. Até lhe recomendara entrar naquele riacho com precaução, porque no início da estação houvera chuvas abundantes e a água podia estar um pouco alta. Não vendo nem descida, nem planície, nem riacho, mas a charneca plana e branca como um lençol de neve, Germain parou, procurou uma casa, esperou um passante e nada encontrou que o pudesse informar. Então retornou sobre seus próprios passos e entrou de novo na floresta. Mas a neblina se espessava ainda mais, a lua ficou completamente velada, os caminhos se tornaram pavorosos, os charcos profundos. Por duas vezes a Grise quase apeou; carregada como estava, perdia a coragem e, se mantinha o discernimento para não bater contra as árvores, não conseguia impedir que seus montadores tivessem que desviar de galhos grossos, os quais barravam o caminho na altura da cabeça e os colocava em grande perigo. Germain perdeu o chapéu num desses encontrões e teve muita dificuldade para recuperá-lo. O pequeno Pierre adormecera e, largado como um saco, embaraçava tanto os braços de seu pai que este não conseguia mais controlar nem dirigir o cavalo.

— Acho que estamos enfeitiçados — disse Germain, parando —, pois estes bosques não são tão grandes para nos perdermos, a menos que estivéssemos bêbados; mas faz umas duas horas que estamos girando sem conseguir sair do lugar. A Grise só tem uma ideia na cabeça: voltar para casa; e é ela que faz com que me engane. Se quisermos voltar para casa, é só deixar por conta dela. Mas quando estamos, talvez, a dois passos do lugar onde devemos dormir, só bancando o louco para renunciar e recomeçar uma estrada tão longa. Porém eu não sei mais o que fazer. Não vejo nem céu nem terra, e receio que esta criança pegue uma febre se ficarmos nesta neblina danada, ou que ele seja esmagado por nosso peso se o cavalo vier a se abater antes.

— Não precisamos insistir mais — disse a Mariazinha. — Vamos descer, seu Germain, me dê a criança, eu carrego e impedirei, melhor do que o senhor, que a capa caia e a deixe descoberta. O senhor conduz a égua pela rédea e vamos enxergar melhor quando estivermos mais perto do chão.

Isso só serviu para preservá-los de uma queda de cavalo, pois a neblina rastejava e parecia colar na terra úmida. A marcha era difícil e eles logo ficaram tão arrasados que pararam ao encontrar enfim um lugar seco sob os grandes carvalhos. A Mariazinha estava ensopada, mas não reclamava nem se preocupava com nada. Ocupada apenas com a criança, ela se sentou na areia e a deitou em seu colo enquanto Germain explorava a redondeza, depois de amarrar as bridas da Grise num galho de árvore.

Mas a Grise, que se desagradava muito daquela viagem, deu um coice, soltou as bridas, rompeu os arreios e, como por revanche, empinou-se uma meia dúzia de vezes e debandou pela mata, mostrando claramente que não precisava de ninguém para encontrar seu caminho.

— Pronto! — disse Germain, depois de ter em vão tentado resgatá-la. — Estamos aqui a pé e de nada nos adiantaria achar o caminho certo, pois teríamos de atravessar o riacho a pé; e vendo como as estradas estão cheias d'água, podemos ter certeza de que a planície está debaixo do rio. Não conhecemos as outras passagens. Temos então de esperar que essa neblina se dissipe; não há de durar mais que uma hora ou duas. Quando enxergarmos bem, vamos procurar uma casa, a primeira que estiver à margem da floresta, mas agora não podemos sair daqui; há por ali uma vala, um lago, sei lá o que, à nossa frente; e atrás eu saberia menos ainda dizer o que há, pois não entendo mais por qual lado chegamos aqui.

8. Sob os grandes carvalhos

— Pois bem! Paciência, seu Germain — disse a Mariazinha. — Até que não estamos mal nesta colina. A chuva não atravessa a folhagem desses carvalhos grandes e podemos acender fogo, pois estou sentindo uns tocos que não servem para nada e estão secos a ponto de queimar. O senhor tem fogo, seu Germain? Estava fumando agora há pouco o seu cachimbo.

— Eu tinha! Meu isqueiro estava na minha trouxa, na sela, com a carne de caça que levava à minha futura esposa, mas a maldita égua levou tudo, até meu casaco, que ela vai perder e rasgar em todos os galhos.

— Não vai não, seu Germain; a sela, o casaco, a trouxa, está tudo aqui no chão, aos seus pés. A Grise quebrou as fivelas e jogou tudo de lado quando saiu correndo.

— Mas é verdade, Deus, lógico! — exclamou o lavrador. — E, se tateando, acharmos um pouco de madeira morta, vamos conseguir nos secar e esquentar.

— Não é difícil — disse a Mariazinha —, a madeira morta está estalando em todo canto debaixo dos nossos pés; mas me dê cá primeiro a sela.

— O que quer fazer?

— Uma caminha para o pequeno: não, assim não, ao contrário; ele não vai rolar no vão; e ainda está bem quente do lombo do animal. Calce isso dos dois lados com essas pedras que o senhor está vendo ali!

— Não estou vendo nada! Você tem olhos de gato!
— Olhe! Já está pronto, seu Germain. Dê aqui o seu casaco, vou enrolar os pezinhos dele, e cobri-lo com a minha capa. Veja! Não está deitado como se estivesse na própria cama? Olhe como está quentinho!
— É verdade! Você cuida bem de crianças, Marie!
— Não é um bicho de sete cabeças. Agora, procure seu isqueiro na sua trouxa, vou arranjar a madeira.
— Essa madeira não vai pegar nunca, está úmida demais.
— O senhor duvida de tudo, seu Germain! O senhor não se lembra então de ter sido pegureiro e ter acendido grandes fogueiras nos campos, bem no meio da chuva?
— Sim, é o talento das crianças que guardam rebanhos; mas eu sou tocador de bois desde que aprendi a andar.
— É por isso que o senhor é mais forte dos braços do que amestrado das mãos. Aqui está pronta a madeira, vamos ver só se não pega! Dê aqui o fogo e um punhado de erva seca. Aí está! Assopre agora; o senhor não é asmático?
— Não que eu saiba — disse Germain, assoprando como um fole de forja.
Ao final de um instante a chama brilhou, espalhou primeiro uma luz vermelha e acabou por levantar-se em jatos azulados sob a folhagem dos carvalhos, lutando contra a bruma e secando pouco a pouco a atmosfera por uns três metros em volta.
— Agora vou me sentar perto do pequenino para que não caiam faíscas nele — disse a moça. — O senhor coloque madeira e alimente o fogo, seu Germain! Nós não pegaremos aqui nem febre nem resfriado, eu lhe garanto.
— Deus meu, você é uma moça esperta, sabe fazer fogo como uma feiticeirinha da noite. Eu me sinto todo reanimado e me volta a coragem. Pois com as pernas molhadas até os joelhos e a ideia de ficar assim até o nascer do dia, fiquei de muito mau humor agora há pouco.
— E quando se está de mau humor não se percebe nada — replicou a Mariazinha.

— Você nunca fica de mau humor?

— É, não, nunca. Para quê?

— Oh! Não serve para nada, decerto, mas de que jeito evitar quando a gente tem aborrecimentos! Deus sabe, aliás, que isso não lhe faltou, minha pobre pequena, pois nem sempre você foi feliz!

— É verdade, nós sofremos, a coitada da minha mãe e eu. Tínhamos lamentações, mas nunca desanimávamos.

— Eu não desanimaria por qualquer coisa que fosse, mas a miséria me aborreceria porque nunca me faltou nada. Minha mulher me fez rico e ainda sou; eu o serei enquanto trabalhar no sítio como meeiro: será para sempre, espero; mas cada um com a sua dor! Sofri de outra maneira.

— Sim, o senhor perdeu sua mulher e é lamentável!

— Não é mesmo?

— Oh! Chorei muito, de verdade, seu Germain! Pois ela era tão boa! Olhe, não falemos mais nisso, porque eu choraria de novo, todas as minhas mágoas estão voltando hoje...

— É verdade que ela gostava muito de você, Mariazinha! Fazia muito caso de você e da sua mãe. Ora! Você está chorando? Vejamos, minha filha, não quero chorar também eu...

— No entanto o senhor está chorando, seu Germain! O senhor também chora! Qual a vergonha para um homem chorar por sua mulher? Não se incomode, ora! Eu bem que partilho com o senhor essa dor!

— Você tem um bom coração, Marie, e me faz bem chorar com você. Mas aproxime seus pés do fogo; você está com as saias molhadas também, pobre menina! Olhe, vou me sentar perto do pequeno, aqueça-se um pouco mais.

— Estou bem aquecida — disse Marie —, e se o senhor quiser se sentar, pegue um pedaço do casaco, eu estou muito bem.

— O fato é que não estou mal aqui — disse Germain, sentando-se perto dela. — Só a fome me atormenta um pouco. Já são nove horas da noite e penei tanto andando nesses caminhos errados que estou me sentindo fraco. Você não está com fome também, Marie?

— Eu? De jeito nenhum. Não estou habituada, como o senhor, a fazer quatro refeições, tantas vezes me deitei sem cear que, uma vez mais, pouco me surpreenderia.

— Pois é muito conveniente uma mulher como você; não dá despesas — disse Germain sorrindo.

— Não sou uma mulher — disse ingenuamente Marie, sem perceber o teor que tomavam as ideias do lavrador. — O senhor está sonhando?

— Sim, acho que estou sonhando; é a fome que me faz divagar, talvez!

— O senhor é mesmo comilão! — retomou ela, alegrando-se um pouco por sua vez. — Muito bem! Se não consegue viver cinco ou seis horas sem comer, não tem aí na trouxa uma caça e fogo para assá-la?

— Diacho! É uma boa ideia! Mas e o presente do meu futuro sogro?

— Tem seis perdizes e uma lebre! Acho que não precisaria tudo isso para satisfazê-lo.

— Mas assar aqui, sem espeto e sem cães de chaminé para apoiar, vai virar carvão!

— De jeito nenhum — disse a Mariazinha —, eu me encarrego de assar na brasa sem gosto de fumaça. O senhor nunca caçou cotovia nos campos e cozinhou entre duas pedras? Ah! É verdade, eu esqueço que o senhor não foi pastor! Vejamos, despene essa perdiz! Não com tanta força! O senhor vai arrancar a pele.

— Você podia despenar a outra para me mostrar!

— O senhor quer então comer duas? Que ogro! Pronto, já estão despenadas, vou assar.

— Você seria uma perfeita taberneira, Mariazinha; mas infelizmente não tem taberna, e eu serei obrigado a beber água desse pântano.

— O senhor queria vinho, não é? E talvez café também? O senhor pensa que está na feira aqui no mato! Chame o dono da estalagem; licor aqui para o fino lavrador de Belair!

— Ah, sua malvada, está caçoando de mim? A senhorita não tomaria vinho, se tivesse?

— Eu? Bebi esta noite com o senhor, na Rebec, pela segunda vez na minha vida; mas se o senhor se comportar bem, vou lhe dar uma garrafa quase cheia, e do bom ainda!

— Como, Marie, você é mesmo uma bruxa?

— O senhor não cometeu a loucura de pedir duas garrafas de vinho à Rebec? Tomou uma com seu filho, e eu só tomei três goles daquela que botou na minha frente. No entanto, o senhor pagou ambas sem olhar.

— E daí?

— Então, coloquei no meu cesto a que não foi bebida, porque pensei que o senhor ou o pequeno teriam sede no caminho, então pronto.

— Você é a moça mais prevenida que já encontrei. Está vendo! E ela estava chorando, todavia, a pobrezinha, ao sair da taberna. O que não a impediu de pensar nos outros mais do que em si mesma. Mariazinha, o homem que se casar com você não será tonto.

— Espero, pois não gostaria de um tonto. Vamos, coma suas perdizes, elas estão assadas no ponto; e na falta de pão, o senhor se contentará com castanhas.

— E de onde diabos você pegou essas castanhas?

— Nossa, o senhor não viu...! Ao longo do caminho, peguei dos galhos, passando, e enchi meus bolsos.

— E estão cozidas também?

— Para que teria sido esperta se não as tivesse posto no fogo assim que o acendi? É sempre assim que se faz nos campos.

— Ah, pronto, Mariazinha, vamos cear juntos! Quero beber à sua saúde e lhe desejar um bom marido... Assim, como você mesma desejaria. Fale um pouco disso!

— Não poderia, seu Germain, pois ainda nem pensei nisso.

— Como, de jeito nenhum? Nunca? — disse Germain, começando a comer com um apetite de lavrador, mas cortando os melhores pedaços para oferecer à sua companheira, que recusou obstinadamente e se contentou com algumas castanhas.

— Diga, Mariazinha — retomou ele, vendo que ela não pensava em lhe responder —, não pensou ainda em casamento? Bem que tem idade para isso!

— Talvez; mas sou pobre demais. É preciso ao menos cem escudos franceses para se casar e eu tenho de trabalhar cinco ou seis anos para juntar esse dinheiro.

— Pobre menina! Eu queria que o seu Maurice me desse cem escudos para lhe oferecer de presente.

— Muito agradecida, seu Germain. Pois bem, e o que diriam de mim?

— O que quer que digam? Sabem que sou velho e que não posso casar com você. Então não suporiam que eu... Que você...

— Pronto, senhor lavrador! O seu filho acordou — disse a Mariazinha.

9. A oração da noite

O pequeno Pierre se erguera e olhava em torno de si com um ar pensativo.

— Ah! Ele é sempre assim quando vê que alguém está comendo, esse aí! — disse Germain. — Um barulho de canhão não o acordaria, mas quando são maxilares estalando perto dele, abre os olhos na hora.

— O senhor deve ter sido assim na idade dele — disse a Mariazinha, com um sorriso malicioso. — Vamos, meu pequeno Pierre, você está procurando seu mosquiteiro? Esta noite ele é feito de mato, minha criança, mas nem por isso seu pai está jantando menos. Quer comer com ele? Eu não comi a sua parte; apostava que você ia pedir.

— Marie, eu quero que você coma — interpelou o lavrador —, não comerei mais. Sou um voraz, um grosseiro: você está se privando por nós, não é justo, fico envergonhado. Olhe, isso me tira a fome, não quero que meu filho ceie se você não cear.

— Deixe-nos em paz — respondeu a Mariazinha —, o senhor não tem a chave do nosso apetite. O meu está trancado hoje, mas o do seu pequeno Pierre está aberto como o de um filhote de lobo. Veja como ele faz! Oh! Será também um tremendo lavrador!

De fato, o pequeno Pierre mostrou logo de quem era filho, e mal tinha despertado, sem entender onde estava, nem como ali chegara, pôs-se a devorar a comida. Depois, quando matou a fome, estando agitado como acontece com crianças que saem da rotina, ficou mais esperto, teve mais curiosidade e mais raciocínio que de costume. Perguntou onde se encontrava e, quando soube que era no meio de uma floresta, ficou com um pouco de medo.

— Tem feras malvadas nesta floresta? — perguntou ao pai.

— Não — fez o pai —, não tem. Não tenha medo de nada.

— Então você mentiu quando me disse que se eu viesse com você nas grandes florestas os lobos me levariam?

— Você está vendo este sabichão? — disse Germain embaraçado.

— Ele tem razão, o senhor lhe disse isso; ele tem boa memória, lembra-se. Mas aprenda, meu pequeno Pierre, que seu pai nunca mente. Nós passamos pelas grandes florestas quando você estava dormindo e agora estamos nos bosques, onde não há feras.

— Os bosques ficam bem longe das florestas?

— Bastante longe; além disso, os lobos não saem da floresta. E depois, se viessem aqui, seu pai os mataria.

— E você também, Mariazinha?

— E nós também, pois você nos ajudaria, não, Pierre? Você não tem medo? Bateria neles!

— É, sim — disse a criança orgulhosa, fazendo uma pose heroica. — A gente mataria eles!

— Não há ninguém como você para falar com as crianças — disse Germain à Mariazinha — e para fazer com que compreendam as coisas. É verdade que não faz muito tempo que você mesma era uma criancinha e você se lembra do que dizia sua mãe. Acho que quanto mais jovens somos, melhor nos entendemos com os menores. Tenho muito medo de que uma mulher de trinta anos, que não sabe ainda o que é ser mãe, só consiga com muito custo tagarelar e raciocinar com garotos.

— Por que não, seu Germain? Eu não sei por que o

senhor tem má impressão dessa mulher; o senhor vai voltar atrás!

— Aos diabos a mulher! Eu queria ter voltado atrás para não ter mais de ir lá. Eu lá tenho necessidade de uma mulher que nem conheço?

— Meu paizinho, por que você está falando o tempo todo da sua mulher hoje se ela morreu...?

— Pronto! Você não esqueceu da sua pobre mãe?

— Não, vi que puseram ela numa caixa branca bem bonita e que minha avó me levou perto dela para beijar e dizer adeus! Ela estava toda branca e fria e todas as noites a minha tia me faz rezar para o bom Deus para que ela vá se aquecer com ele no céu. Você acha que ela está lá agora?

— Espero, meu filho; mas sempre precisa rezar; sua mãe, que você ama, está vendo.

— Eu vou fazer a minha oração — replicou a criança —, não lembrei disso esta noite. Mas eu não consigo fazer sozinho; sempre esqueço um pedaço. A Mariazinha tem que me ajudar.

— Sim, meu Pierre, vou ajudar — disse a moça. — Venha aqui, ajoelhe no meu colo.

A criança se ajoelhou na saia da moça, juntou as mãozinhas e se pôs a recitar sua oração, primeiro com atenção e fervor, pois sabia muito bem o começo; depois com mais lentidão e hesitação, e enfim repetindo palavra por palavra o que lhe ditava a Mariazinha; até que chegou naquela parte da oração em que, dominado toda noite pelo sono, ele não conseguira aprender até o fim. Dessa vez ainda, o trabalho de atenção e a monotonia de sua própria entonação produziram o efeito costumeiro, ele só pronunciou com esforço as últimas sílabas, e ainda depois de pedir que lhe repetisse três vezes; a cabeça pesou-lhe e ele se debruçou sobre o peito de Marie: as mãos relaxaram, separaram-se e caíram abertas sobre os joelhos. À luz do fogo do acampamento, Germain olhou seu anjinho adormecido sobre o coração da moça que, sustentando-o nos braços e aquecendo seus cabelos loiros com o hálito puro, deixara-se ir também num devaneio piedoso e rezava mentalmente pela alma de Catherine.

Germain ficou enternecido, procurou o que dizer à Mariazinha para exprimir-lhe o que ela inspirava de estima e de reconhecimento, mas nada achou que pudesse expressar seu pensamento. Aproximou-se dela para beijar o filho que ela apertava contra o seio e teve dificuldade em tirar os lábios da fronte do pequeno Pierre.

— O senhor o está beijando com muita força — disse Marie, empurrando devagarinho a cabeça do lavrador —, vai acordá-lo. Deixe-me deitá-lo, pois ele já voltou a seus sonhos do paraíso.

A criança se deixou deitar, mas, ao estender-se sobre a pele de cabra da sela, perguntou se estava montado na Grise. Depois, abrindo os grandes olhos azuis e fixando-os nos galhos durante um minuto, pareceu sonhar acordado, ou perseguido por uma outra ideia que devia ter-se insinuado em sua cabeça durante o dia e se formulava com a chegada do sono.

— Meu paizinho, se você quer me dar outra mãe, quero que seja a Mariazinha.

E sem esperar pela resposta, fechou os olhos e adormeceu.

10. Apesar do frio

A Mariazinha não pareceu prestar muita atenção às palavras estranhas da criança, a não ser para tomá-las como prova de amizade; ela a envolveu com cuidado, animou o fogo e, como a neblina dormente sobre o pântano circundante não parecia absolutamente prestes a dissipar-se, Marie aconselhou Germain a se acomodar perto do fogo para tirar um sono.

— Vejo que está chegando o seu sono — disse-lhe ela —, pois o senhor já não diz palavra e está olhando para a brasa como o seu pequeno há pouco. Vamos, durma, eu velarei pela criança e pelo senhor.

— É você que dormirá — respondeu o lavrador — e eu guardarei a ambos, pois nunca tive tão pouca vontade de dormir, tenho cinquenta ideias na cabeça.

— Cinquenta é muito — disse ela com uma intenção pouco zombeteira —, há muita gente que se contentaria em ter ao menos uma!

— Pois bem! Se não sou capaz de ter cinquenta, há pelo menos uma que não me larga faz mais de uma hora.

— E vou lhe dizer qual é e também aquelas que o senhor tinha antes.

— Pois bem! Diga se a adivinha, Marie; diga-me você mesma, vai me agradar.

— Há uma hora — retomou ela — o senhor estava pensando em comer... e agora o senhor está pensando em dormir.

— Marie, não passo de um boiadeiro, mas realmente

você me toma por um boi. Você é uma moça malvada, e vejo que não quer conversar comigo. Dorme, então, é melhor do que criticar um homem que não está feliz.

— Se o senhor quer conversar, conversemos — disse a moça, deitando-se perto da criança, e apoiando a cabeça contra a trouxa. — O senhor está se atormentando, seu Germain, e nisso não está mostrando muita coragem para um homem. Que diria eu, se não me defendesse como posso contra a minha própria mágoa?

— Sim, sem dúvida, e é justamente isso que me preocupa, minha pobre criança! Você vai morar longe de seus parentes e numa região inóspita, de matagais e pântanos, onde pegará febres de outono, onde os bichos da lã não dão proveito, o que sempre faz sofrer uma pastora de boas intenções; enfim, estará no meio de estranhos que não serão talvez bons para você, que não compreenderão o seu valor. Olhe, isso me faz sofrer mais do que consigo dizer, e tenho vontade de levá-la de volta à sua mãe em vez de ir para Fourche.

— O senhor fala com muita bondade, mas sem razão, meu pobre Germain; não se deve ser covarde pelos amigos, e, em vez de me mostrar o lado ruim da minha sorte, o senhor deveria me mostrar o bom, como fazia quando lanchamos na Rebec.

— O que você quer que eu faça! Assim me pareceu àquela hora e no momento me parece outra coisa. Você faria melhor em encontrar um marido.

— Não dá, seu Germain, eu lhe disse; e como não dá, nem penso nisso.

— Mas, enfim, e se você o encontrasse? Talvez se me dissesse como desejaria que fosse, eu conseguiria pensar em alguém.

— Pensar não é encontrar. Eu não imagino nada porque não adianta.

— Não pensaria em achar um rico?

— Não, claro, pois sou pobre como Jó.

— Mas se ele fosse abastado, não seria nada mal estar

bem acomodada, bem nutrida, vestida e numa família de brava gente que lhe permitisse assistir sua mãe?

— Oh, para isso sim! Assistir minha mãe é tudo o que queria.

— E se achasse, e o homem não estivesse na flor da juventude, você não bancaria a difícil?

— Ah! Perdoe-me, seu Germain. É justamente do que eu faria questão. Não queria um velho!

— Sem dúvida, um velho, não; mas, por exemplo, um homem da minha idade?

— Na sua idade é velho para mim, seu Germain; eu preferia a idade do Bastien, ainda que Bastien não seja homem tão bonito como o senhor.

— Preferiria Bastien, o porqueiro? — disse Germain com humor. — Um rapaz que tem os olhos feito os dos animais que conduz?

— Eu passaria por cima dos olhos dele por causa de seus dezoito anos.

Germain se sentiu horrivelmente despeitado.

— Ora — disse ele —, vejo que você tem uma queda pelo Bastien. É no mínimo uma coisa esquisita!

— Pois é, seria uma ideia estranha — respondeu a Mariazinha às gargalhadas — e ele daria um marido esquisito! A gente pode fazer com o coitado tudo o que quiser. Por exemplo, outro dia eu peguei um tomate no jardim do padre, disse a ele que era uma maçã e ele mordeu como um glutão. Se o senhor visse que careta! Meu Deus, como ele é feio!

— Não gosta dele, pois que está zombando dele?

— Não seria um motivo. Mas não gosto dele: é brutal com a irmãzinha e é emporcalhado.

— Pois bem! Você não se sente inclinada por mais ninguém?

— O que o senhor tem com isso, seu Germain?

— Nada, é só coisa de conversar. Noto, mocinha, que você já tem um galanteador em vista.

— Não, seu Germain, o senhor se engana, não tenho ainda; poderá acontecer mais tarde, mas como só me casarei quando tiver amealhado um pouco, estou destinada a me casar tarde e com um velho.

— Pois então pegue um velho já.

— De jeito nenhum! Quando eu já não for jovem, tanto faz; agora, seria diferente.

— Estou vendo, Marie, que lhe desagrado: está bem claro — disse Germain com despeito e sem medir as palavras.

Mariazinha não respondeu. Germain se debruçou sobre ela: estava dormindo, vencida e aniquilada pelo sono, como fazem as crianças que adormecem ainda balbuciando.

Germain ficou contente que ela não tivesse prestado atenção a suas últimas palavras; reconheceu que não eram sábias, e se virou de costas para se distrair e mudar de pensamento.

Mas, por mais que fizesse, não conseguiu nem dormir nem pensar em outra coisa senão no que acabara de dizer. Virou-se vinte vezes em torno do fogo, afastou-se, voltou; enfim, sentindo-se agitado como se houvesse ingerido pólvora, apoiou-se na árvore que abrigava as duas crianças e as olhou dormir.

"Não sei como nunca reparei", pensava, "que esta Mariazinha é a moça mais bonita da região! Ela não tem muitas cores, mas tem um rostinho fresco como uma rosa campestre! Que boca gentil, que narizinho! Ela não é alta para sua idade, mas é feita como uma codorniz e ligeira como um pintassilgo! Não sei por que se dá tanta importância a uma mulher grande, gorda e bem corada... A minha era mais magra e pálida, e eu gostava dela acima de tudo... Esta é toda delicada, mas não se porta mal e é tão bonita de se ver quanto dá gosto de ver um cabritinho branco!"

"Além disso, que jeito meigo e honesto! Como se lê seu bom coração nos seus olhos, mesmo quando estão fechados para dormir! Quanto ao espírito, ela tem mais ainda que a minha querida Catherine, é preciso admitir, e não há como se entediar com ela... É alegre, esperta, trabalhadeira, amável e divertida. Não vejo o que de melhor alguém poderia desejar..."

"Mas por que estou pensando em tudo isso?", retomava Germain, tratando de olhar para outro lado. "Meu sogro não quereria nem ouvir falar e toda a família me acharia louco! Além disso, ela mesma não iria me querer, a pobre criança! Ela me acha velho demais, como disse... E não está interessada, importa-se pouco de ter ainda miséria e sofrimento, de usar roupas rotas e passar fome dois ou três meses por ano, contanto que um dia satisfaça seu coração e possa ter um marido que lhe agrade... e tem razão! Eu faria o mesmo no lugar dela... e, desde já, se pudesse seguir minha vontade, em vez de embarcar num casamento que não me sorri, escolheria uma moça do meu agrado..."

Quanto mais Germain procurava raciocinar e se acalmar, menos atingia seu objetivo. Ele não dava vinte passos dali sem se perder no nevoeiro; e de repente, encontrava-se de joelhos ao lado das duas crianças adormecidas. Uma vez mais quis até beijar o pequeno Pierre, que estava com um braço enlaçado no pescoço de Marie; enganou-se tanto que Marie, sentindo aquela respiração quente como fogo correr sobre os lábios, despertou e o olhou com um ar estupefato, nada entendendo do que acontecia com ele.

— Eu não estava vendo vocês, pobres crianças! — disse Germain retirando-se depressa. — Quase caí em cima de vocês e os machuquei.

Mariazinha teve a candura de crer nele e voltou a dormir. Germain passou do outro lado do fogo e jurou por Deus que não se mexeria até que ela acordasse. E manteve a palavra, mas não sem dificuldade. Achou que ficaria louco.

Enfim, perto de meia-noite o nevoeiro se dissipou e Germain pôde ver as estrelas brilhando por entre as árvores. A lua se libertou também dos vapores que a cobriam e começou a semear diamantes no musgo úmido. O tronco dos carvalhos permanecia numa majestosa obscuridade; mas, um pouco mais longe, os galhos brancos dos vidoeiros pareciam uma carreira de fantasmas em suas mortalhas. O fogo refletia no pântano e as rãs, começando a habituar-se, arriscavam algumas notas frágeis e tímidas; os galhos angulosos das velhas árvores, espetados de liquens pálidos, estendiam-se e cruzavam como grandes braços descarnados sobre a cabeça dos viajantes; era um belo lugar, mas tão deserto e tão triste que Germain, cansado de penar, pôs-se a cantar e jogar pedras na água para se distrair do tédio e espantar a solidão. Ele desejava também acordar a Mariazinha e, quando viu que ela se erguia e olhava o tempo, propôs-lhe retomar a estrada.

— Em duas horas — disse ele — a chegada do dia tornará o ar tão frio que não conseguiremos mais aguentar, apesar de nossa fogueira... Agora é bom tratar de partir, e encontraremos uma casa que nos receberá, ou ao menos alguma granja onde poderemos passar o resto da noite.

Marie não tinha energia e, apesar de ter ainda muita vontade de dormir, dispôs-se a seguir Germain. Este tomou o filho nos braços sem acordá-lo e quis que Marie se aproximasse dele para escondê-lo em seu casaco, já que ela não queria pegar de volta sua capa enrolada no pequeno Pierre.

Quando sentiu a moça tão perto de si, Germain, que havia se distraído e afastado um instante, voltou a perder a cabeça. Duas ou três vezes ele se afastou bruscamente e a deixou andando sozinha. Depois, vendo que ela sentia dificuldade em acompanhá-lo, esperava, puxava-a para perto de si e a apertava tão forte que ela estava surpresa e ao mesmo tempo zangada sem ousar dizer.

Como não sabiam absolutamente de que direção haviam partido, tampouco sabiam qual seguiam; tanto que subiram mais uma vez todo o bosque, viram-se de novo diante do matagal deserto, voltaram sobre seus passos e, depois de ter girado e andado muito tempo, avistaram claridade através dos galhos.

— Bem, aqui está uma casa — disse Germain — e pessoas já despertas, pois o fogo está aceso. Já deve ser tarde?

Mas não era uma casa: era a chama da fogueira que eles haviam coberto ao partir e que se reacendera com a brisa...

Eles haviam andado por duas horas para dar de novo no ponto de partida.

11. Ao relento

— Mas eu não acredito! — disse Germain batendo o pé. — Fizeram um sortilégio contra nós, é claro, e só conseguiremos sair daqui dia alto. Este lugar deve estar endiabrado.

— Ora, ora, não nos zanguemos — disse Marie — e vamos tirar vantagem disso. Faremos um fogo maior, o menino está tão bem enrolado que não corre nenhum risco e não é de passar uma noite fora que morreremos. Onde o senhor escondeu a sela, seu Germain? No meio do azevinho, seu amalucado! Muito cômodo ir lá buscar agora!

— Segure o menino, que eu arranjo cama para ele nos arbustos, não quero que você espete as mãos.

— Pronto, aqui está a caminha, e umas espetadelas não são machadadas — replicou a corajosa mocinha.

Ela fez novamente um colchão para o pequeno Pierre, que estava tão adormecido dessa vez que nada percebeu daquela nova viagem. Germain pôs tanta lenha no fogo que toda a floresta resplandeceu em volta: mas a Mariazinha não aguentava mais e, ainda que não reclamasse de nada, mal se sustentava nas pernas. Estava pálida e batia os dentes de frio e de fraqueza. Germain a tomou em seus braços a fim de aquecê-la; e a inquietude, a compaixão, movimentos de ternura irresistível tendo-se apoderado do seu coração, fizeram calar seus sentidos. Como por milagre, sua língua desatou e, sem sentir vergonha:

— Marie — disse —, você me agrada e estou muito infeliz de não lhe agradar. Se você quisesse me aceitar como seu marido, não haveria sogro, nem pais, nem vizinhos, nem conselhos que fossem me impedir de me entregar a você. Sei que você faria meus filhos felizes, que lhes ensinaria a respeitar a lembrança da mãe e, com a consciência tranquila, eu poderia contentar meu coração. Sempre tive estima por você e agora me sinto tão apaixonado que, se me pedisse por toda a minha vida as suas mil vontades, eu as juraria agora mesmo. Eu lhe rogo que veja como a amo e trate de esquecer a minha idade. Pense que é uma ideia falsa achar que um homem de trinta anos é velho. Aliás, eu só tenho vinte e oito! Uma moça teme ser criticada ao tomar um homem com dez ou doze anos mais do que ela porque não é costume na região; mas ouvi falar que noutros lugares não olham para isso; ao contrário, que preferem dar a uma jovem, como arrimo, um homem sensato e de comprovada coragem do que um rapazola que pode se desvirtuar e, apesar de parecer bom sujeito, se tornar um mau partido. Aliás, os anos nem sempre representam a idade. Isso depende da força e da saúde que se tem. Quando um homem é marcado pelo excesso de trabalho e miséria ou por má conduta, ele fica velho antes dos vinte e cinco anos. Enquanto eu... Mas você não está me escutando, Marie...

— Estou sim, seu Germain, escuto bem — respondeu a Mariazinha —, mas penso no que sempre me disse a minha mãe: que é lamentável para uma mulher de sessenta anos quando o marido tem setenta ou setenta e cinco e não pode mais trabalhar para nutri-la. Ele fica enfermo e é ela que tem de cuidar dele na idade em que começaria ela mesma a ter muita necessidade de cuidados e repouso. É assim que acabamos ficando na miséria.

— Os pais têm razão em dizer isso, eu concordo, Marie — replicou Germain. — Mas enfim, eles sacrificariam sempre a juventude, que é o melhor, a prever o que vamos nos tornar na idade em que já não servimos para nada, quando tanto faz acabar de um jeito ou de outro. Mas não corro risco de morrer de fome nos meus dias de velhice. Estou até em condições de economizar alguma coisa, já que, morando com os pais da minha mulher, trabalho muito e não gasto nada. Além disso, eu a amaria tanto que isso me impediria de envelhecer. Dizem que quando um homem é feliz, ele se conserva e eu sinto que sou mais jovem que o Bastien para amar você, pois ele não a ama, é muito tolo, infantil demais para compreender como você é bonita e boa e feita para ser cobiçada. Vamos, Marie, não me deteste, não sou um homem mau: fiz minha Catherine feliz, ela disse diante de Deus em seu leito de morte que nunca tivera de mim senão contentamento, e recomendou que eu me casasse de novo. Parece que seu espírito falou hoje com o filho, quando ele adormeceu. Você não ouviu o que ele disse? E como a boquinha dele tremia, enquanto os olhos, fixos no ar, viam alguma coisa que não conseguíamos ver! Ele estava vendo a mãe, com certeza, e era ela fazendo-o dizer que ele queria você para substituí-la.

— Seu Germain — respondeu Marie muito surpresa e pensativa —, o senhor fala honestamente e tudo o que diz é verdade. Estou certa de que faria bem em amá-lo, se isso não contrariasse demais seus pais: mas o que o senhor quer que eu faça? O coração não me fala pelo senhor. Gosto bastante do senhor, e ainda que sua idade não o enfeie, tenho medo. Parece-me que o senhor é para mim como um tio ou um padrinho; que eu lhe devo respeito e que haveria momentos em que o senhor me trataria mais como uma filha do que como sua mulher ou sua igual. Enfim, meus camaradas zombariam de mim talvez, e ainda que seja uma bobagem dar atenção a isso, acho que teria vergonha e ficaria um pouco triste no dia de minhas núpcias.

— São pensamentos de criança, você está falando exatamente como uma criança, Marie!

— Pois bem, eu sou uma criança — disse ela — e é por causa disso que temo um homem sensato demais. Bem se vê que sou jovem demais para o senhor, pois já está me recriminando de falar sem razão! Não posso ter mais razão do que comporta a minha idade.

— Lástima! Meu Deus, ai de mim que sou tão desajeitado em falar o que penso! — exclamou Germain. — Marie, a senhorita não me ama, é isso; a senhorita me acha simplório demais e tosco demais. Se gostasse um pouco de mim, não veria tão claramente meus defeitos. Mas a senhora não me ama, é isso!

— Pois bem, não é minha culpa — respondeu ela um pouco ofendida por ele não mais tratá-la por "você" —, faço o possível para ouvi-lo, mas quanto mais tento, menos consigo meter na cabeça que devêssemos ser marido e mulher.

Germain não respondeu. Pôs a cabeça entre as mãos e foi impossível à Mariazinha saber se estava chorando, se estava amuado ou se adormecera. Ela ficou um pouco preocupada de vê-lo tão sombrio e não adivinhar o que se passava na sua alma, mas não ousou mais lhe falar; e como estava muito surpresa com o que acabava de acontecer para ter vontade de dormir novamente, esperou o dia com impaciência, cuidando sempre do fogo e velando pela criança de quem Germain parecia não mais se lembrar.

No entanto, Germain não estava dormindo; ele não refletia sobre sua sorte e não fazia projetos corajosos, nem planos de sedução. Sofria, tinha uma montanha de amofinações no coração. Queria estar morto. Tudo lhe parecia ir mal para si e, se pudesse chorar, não seria pouco. Mas havia um pouco de raiva contra si mesmo, misturada à dor, e ele sufocava sem poder e sem querer se lamentar.

Quando o dia amanheceu e os ruídos do campo o anunciaram a Germain, ele tirou o rosto das mãos e se levantou. Viu que a Mariazinha tampouco dormira, mas não soube o que lhe dizer para marcar sua solicitude. Estava completamente desencorajado. Escondeu de novo a sela da Grise entre os arbustos, pegou sua trouxa no ombro e, segurando o filho pela mão:

— Agora, Marie, vamos tratar de acabar nossa viagem. Você quer que eu a leve aos Ormeaux?

— Vamos sair do bosque juntos — respondeu ela — e, quando soubermos onde estamos, iremos cada um para o seu lado.

Germain não respondeu. Ofendeu-se por a moça não lhe pedir para levá-la até Ormeaux e não se deu conta de que lhe propusera aquilo num tom que parecia suscitar uma recusa.

Um lenhador que encontraram ao fim de duzentas passadas os colocou no caminho certo e lhes disse que depois de passarem a grande pradaria era só um pegar a direita e o outro continuar em frente para chegarem a suas diferentes pousadas, as quais eram, aliás, tão vizinhas que se viam distintamente as casas de Fourche da fazenda dos Ormeaux e vice-versa.

Depois, quando agradeceram e já iam se afastar do lenhador, este se lembrou de lhes perguntar se não haviam perdido um cavalo.

— Encontrei — disse ele — uma bela égua cinza no meu pátio, onde talvez um lobo a tenha forçado a buscar refúgio. Meus cães uivaram de madrugada, e no amanhecer vi o equino no meu galpão, ela ainda está lá. Venham comigo e, se a reconhecerem, levem-na.

Germain, após descrever as características da Grise e se convencer de que se tratava mesmo dela, pôs-se a caminho para ir buscar sua sela. A Mariazinha ofereceu-se então para levar seu filho a Ormeaux, onde ele viria buscá-lo na volta de Fourche.

— Ele está um pouco sujo depois da noite que passamos — comentou ela. — Vou limpar suas roupas e lavar seu lindo narizinho, vou pentear, e quando ele estiver bonito e corajoso, o senhor poderá apresentá-lo à sua nova família.

— E quem lhe disse que quero ir à Fourche? — respondeu Germain com humor. — Talvez não vá!

— Vai sim, seu Germain, o senhor tem que ir, o senhor irá — retrucou a moça.

— Você tem pressa que eu me case com outra para que não a aborreça mais?

— Ora, seu Germain, não pense mais nisso: é uma ideia que lhe veio à noite porque essa aventura ruim lhe perturbou um pouco a alma. Mas agora o senhor precisa recobrar a razão; prometo esquecer o que me disse e nunca comentar com ninguém.

— Pois pode falar, se quiser. Eu não tenho costume de renegar minhas palavras. O que lhe disse é verdadeiro, honesto e não vou corar diante de ninguém.

— É, mas se sua futura esposa soubesse que, prestes a chegar, o senhor pensou em outra, ela ficaria pouco inclinada ao senhor. Assim, ponha atenção às palavras que disser agora, não me olhe assim diante dos outros, de um jeito todo especial. Pense no seu Maurice, que conta com sua obediência e ficaria zangado comigo se eu o desviasse de cumprir sua vontade. Bom dia, seu Germain, vou levar o pequeno Pierre para forçá-lo a ir até Fourche. É um refém que guardo comigo.

— Quer ir então com ela? — disse o lavrador a seu filho, vendo que ele grudava nas mãos da Mariazinha e a seguia resolutamente.

— Sim, pai — respondeu a criança, que escutara e compreendera à sua maneira o que, sem desconfiar, acabavam de dizer na frente dele. — Eu vou com a minha linda Marie; você vem me buscar quando acabar de casar, mas eu quero que a Marie continue sendo a minha mãezinha.

— Você está vendo o que ele quer! — disse Germain à moça. E acrescentou: — Escute, pequeno Pierre, eu desejo que ela seja sua mãe e continue sempre comigo; é ela que não quer. Trate de fazê-la conceder o que está me recusando.

— Pode deixar, meu pai, eu farei ela dizer sim; a Mariazinha sempre faz o que eu quero.

E se afastou com a moça. Germain ficou só, mais triste, mais irresoluto do que nunca.

12. A leoa da vila

Entretanto, quando Germain arrumou a desordem que a viagem causara em suas roupas e no equipamento do cavalo; quando montou na Grise e lhe indicaram o caminho de Fourche, pensou que não podia mais recuar e era preciso esquecer aquela noite de agitações como se tivesse sido um sonho perigoso.

Encontrou seu Léonard na soleira de sua casa branca, sentado num belo banco de madeira pintado de verde--espinafre. Havia seis degraus de pedras e um patamar, o que evidenciava que a casa tinha um porão. O muro do jardim e do linhal era rebocado de cal e areia. Era uma bela moradia, pouco faltava que fosse tida por uma casa burguesa.

O futuro sogro veio ao encontro de Germain e, depois de lhe ter pedido, durante cinco minutos, notícias de toda a sua família, acrescentou a frase consagrada a questionar polidamente aqueles que encontramos após o término de uma viagem:

— O senhor veio então passear por aqui?

— Vim vê-lo — respondeu o lavrador — e lhe apresentar este pequeno presente de caça da parte de meu sogro, dizendo, também por ele, que o senhor deve saber quais são as intenções da minha vinda.

— Ah! Ah! — exclamou seu Léonard rindo e batendo na barriga protuberante. — Vejo, escuto, entendo! — E piscando, acrescentou: — O senhor não seria o único a nos cumprimentar, meu jovem. Há três na casa, que estão esperando também. Não mando ninguém embora e ficaria muito constrangido de dar ou não consentimento a um ou a outro, pois são todos bons partidos. No entanto, por causa do seu Maurice e da qualidade das terras que os senhores cultivam, preferiria que fosse o senhor. Mas minha filha é maior e dona de seus bens; ela agirá segundo sua vontade. Entre, apresente-se, eu desejo que o senhor tire o número de sorte!

— Perdão, desculpe-me — respondeu Germain, muito surpreso de se ver como sobressalente onde contava ser único. — Eu não sabia que sua filha já possuía pretendentes e não vim para disputá-la com outros.

— Se o senhor achou que, porque demorou a chegar — respondeu sem perder o bom humor seu Léonard —, minha filha se encontrava desprovida, enganou-se redondamente, meu jovem. A Catherine tem com o que atrair os casadoiros e só terá a dificuldade da escolha. Mas entre em casa, digo-lhe, e não perca a coragem. É uma mulher que vale a pena disputar. — E empurrando Germain pelos ombros, com uma forte alegria: "Olhe, Catherine", exclamou ele entrando na casa, "tem mais um!".

Essa maneira jovial mas grosseira de ser apresentado à viúva, na presença dos outros suspirantes, acabou por perturbar e descontentar o lavrador. Ele se sentiu desajeitado e ficou alguns instantes sem ousar levantar os olhos para a bela e sua corte.

A viúva Guérin era bem-feita e não lhe faltava frescor. Mas tinha uma expressão no rosto e uma toalete que desagradaram imediatamente Germain. Tinha o ar astuto e cheio de si, e sua touca guarnecida de uma tripla fileira de rendas, o avental de seda e o xale de renda de seda preta correspondiam pouco à ideia que ele fizera de uma viúva séria e comportada.

Aquela ostentação de vestuário e aquelas maneiras desabridas o fizeram achá-la velha e feia, ainda que ela não fosse nem uma nem outra. Pensou que uma tão bela indumentária e que maneiras tão jocosas cairiam bem para a idade e para o fino espírito da Mariazinha, mas que aquela viúva tinha uma galhofa pesada e atrevida e que usava sem distinção seus belos adereços.

Os três pretendentes estavam sentados a uma mesa repleta de vinhos e carnes, que lá estavam permanentemente para eles todas as manhãs de domingo, pois seu Léonard gostava de ostentar os bens e a viúva também não se aborrecia de exibir a bela louça e de manter a mesa como uma ricaça. Germain, por mais simplório e confiante que fosse, observou as coisas com bastante perspicácia, e pela primeira vez na vida se colocou na defensiva ao brindar. Seu Léonard o forçara a tomar lugar com seus rivais e, sentando-se também ele à sua frente, tratava-o o melhor que podia e ocupava-se dele com predileção. A caça de presente, apesar do talho que lhe fizera Germain para seu próprio consumo, era ainda suficientemente farta para causar efeito. A viúva pareceu se impressionar, mas os pretendentes deram uma olhada com desdém.

Germain se sentia pouco à vontade naquela companhia e não comia com prazer. Seu Léonard brincou:

— Ei-lo bem triste, e o senhor está desprezando seu copo. Não se deve deixar que o amor tire o apetite, pois um galante em jejum não sabe encontrar palavras tão belas quanto aquele que iluminou as ideias com um bom trago de vinho.

Germain ficou mortificado que o supusesse já apaixonado, e o jeito afetado da viúva, que baixou os olhos sorrindo, como uma pessoa convencida, deu-lhe vontade de protestar contra seu pretenso fracasso; mas receou parecer descortês, sorriu e teve paciência.

Os galanteadores da viúva lhe pareceram três broncos. Deviam ser bem ricos para que ela aceitasse as pretensões deles. Um tinha mais de quarenta anos e era quase tão gordo quanto seu Léonard; outro era caolho e bebia tanto que embrutecia; o terceiro era jovem e assaz bonito, mas queria parecer engraçado e dizia coisas tão sem graça que fazia dó.

Não obstante, a viúva se ria como se admirasse todas aquelas estultices, e nisso não demonstrava bom gosto. Germain acreditou primeiro que ela estava arrebatada; mas logo percebeu que ele também era incentivado de uma maneira particular e que desejavam que se abrisse. O que foi uma razão a mais para ele se sentir e se mostrar mais frio e mais grave.

Deu a hora da missa e levantaram-se da mesa para irem juntos. Era preciso caminhar até Mers, a uns dois quilômetros dali, e Germain estava tão cansado que preferiria ter o tempo de tirar um sono antes; mas ele não tinha costume de faltar à missa e se pôs a caminho com os demais.

Os carris estavam cheios de gente e a viúva andava com um ar altivo, escoltada por seus três pretendentes, dando o braço ora a um, ora a outro, pavoneando-se e empinando o nariz. Ela bem que gostaria de exibir um quarto pretendente aos olhos dos passantes; mas Germain julgou tão ridículo ficar se arrastando atrás de um rabo de saia daquele modo, à vista de todo mundo, que se manteve a uma distância conveniente, conversando com seu Léonard e achando um jeito de distraí-lo e de ocupá-lo o bastante para que eles não parecessem fazer parte do bando.

13. O patrão

Quando chegaram ao vilarejo, a viúva parou para esperá-los. Ela queria de qualquer jeito entrar com todo mundo; mas Germain, tendo-lhe recusado tal satisfação, deixou seu Léonard, se demorou com vários conhecidos e entrou na igreja por outra porta. A viúva ficou despeitada.

Depois da missa, ela, se mostrando triunfante, percorreu todo o gramado em que se dançava e abriu a dança com seus três apaixonados sucessivamente. Germain a observou e achou que dançava bem, mas com afetação.

— Pois então — disse seu Léonard, batendo no ombro de Germain —, o senhor não vai tirar minha filha para dançar? O senhor é tímido demais!

— Não danço mais desde que perdi minha mulher — respondeu o lavrador.

— Pois bem, já que está procurando outra, o luto terminou no coração como nos trajes.

— Não justifica, seu Léonard; além disso, eu me acho velho demais e não gosto de dançar.

— Ouça — replicou Léonard, puxando-o para um canto isolado —, o senhor ficou desgostoso ao entrar na minha casa e ver o lugar já cercado de assentados, e percebo que é muito orgulhoso, mas isso não é razoável, meu rapaz. Minha filha está habituada a ser cortejada, principalmente nos últimos dois anos, quando terminou seu luto. E não cabe a ela tomar a iniciativa.

— Há dois anos que sua filha está para se casar e ainda não tomou uma decisão? — indagou Germain.

— Ela não tem pressa e está certa. Embora dê a impressão de não pensar muito, é uma mulher de bastante bom senso e sabe bem o que faz.

— Não me parece — disse Germain ingenuamente —, pois ela tem três galanteadores à sua volta e, se soubesse o que quer, haveria ao menos dois que acharia demais e aos quais pediria que ficassem em casa.

— E por quê? O senhor não entende nada, Germain. Ela não quer nem o velho, nem o caolho, nem o mocinho, tenho quase certeza; mas se ela os mandasse embora, pensariam que quer ficar viúva e não viriam outros.

— Ah, claro! Estes servem de anúncio.

— Como queira. Mas qual é o mal, se lhe convém?

— Cada um tem um gosto! — disse Germain.

— Vejo que não seria o seu. Ora, podemos nos entender, supondo-se que o senhor seja o preferido; poderiam lhe dar o lugar.

— Sim, supondo-se! E enquanto esperamos para saber, quanto tempo seria necessário ficar a ver navios?

— Depende do senhor, eu acho, se souber falar e persuadir. Até agora minha filha compreendeu que o melhor tempo da sua vida seria o que passaria se deixando cortejar e ela não tem pressa de se tornar a serva de um homem quando pode comandar vários deles. Assim, enquanto o jogo lhe agradar, ela pode se divertir; mas se o senhor lhe agradar mais que o jogo, o jogo poderá cessar. É só o senhor não refugar. Volte todos os domingos, tire-a para dançar, faça-a saber que o senhor está na fila e, se ela o achar mais amável e mais educado do que os outros, um belo dia vai lhe dizer, sem dúvida.

— Desculpe-me, seu Léonard, sua filha tem o direito de agir como bem entende e eu não tenho o direito de recriminá-la. No seu lugar, eu agiria de outro modo, colocaria mais franqueza e não faria perder tempo homens que sem dúvida alguma têm coisa melhor a fazer do que rodar em volta de uma mulher que zomba deles. Mas enfim, se ela encontra divertimento e felicidade nisso, não me diz respeito. Só preciso lhe dizer uma coisa que me constrange um pouco; lhe confessar, desde esta manhã, visto que o senhor começou se enganando sobre minhas intenções e não me deu o tempo de responder: tanto é que o senhor está pensando no que não existe. Saiba, pois, que não vim aqui com o intuito de pedir sua filha em casamento, mas de comprar um par de bois que o senhor quer levar na feira na semana que vem, os quais o meu sogro acha que lhe convêm.

— Estou vendo, Germain — respondeu Léonard muito tranquilamente. — O senhor mudou de ideia ao ver minha filha com seus apaixonados. Seja como quiser. Parece que aquilo que atrai uns repulsa outros e o senhor tem o direito de se retirar, pois ainda nada disse. Se quiser de fato comprar meus bois, venha vê-los no pasto; falaremos a respeito e, façamos ou não esse negócio, o senhor virá jantar conosco antes de retornar.

— Não quero incomodá-lo — replicou Germain —, o senhor talvez tenha o que fazer aqui, eu estou um pouco entediado de assistir à dança e não fazer nada. Vou ver seus animais e o encontrarei logo mais em sua casa.

Então Germain se esquivou e tomou a direção dos prados, onde seu Léonard com efeito lhe mostrara, de longe, uma parte do seu gado. Era verdade que seu Maurice queria comprar bois, e Germain pensou que se lhe levasse um belo par por um preço moderado seria mais facilmente perdoado por ter voluntariamente perdido aquela viagem.

Ele andou depressa e logo se achou a pouca distância dos Ormeaux. Sentiu necessidade de ir beijar seu filho e até de rever a Mariazinha, embora tivesse perdido esperanças e expulsado o pensamento de a ela atribuir sua felicidade. Tudo o que acabava de ver e ouvir, aquela mulher coquete e vã, aquele pai ao mesmo tempo astuto e limitado, que incentivava a filha em costumes de orgulho e deslealdade, aquele luxo das cidades que lhe parecia uma infração à dignidade dos hábitos do campo, aquele tempo perdido com palavras frívolas e estúpidas, aquele interior tão diferente do seu e sobretudo aquele mal-estar profundo que o homem do campo sente quando sai de seus hábitos laboriosos, tudo o que sofrera de aborrecimento e confusão havia algumas horas dava vontade a Germain de reencontrar seu filhinho e sua pequena vizinha. Se não fosse que estava apaixonado por esta, iria procurá-la para se distrair e assentar as ideias no lugar de costume.

Mas ele olhou em vão nos prados circundantes, não encontrou nem a Mariazinha nem o pequeno Pierre; todavia era a hora em que os pastores estão nos campos. Havia um grande rebanho numa palhoça; ele perguntou a um rapazote, que o guardava, se eram os carneiros do meeiro dos Ormeaux.

— É — disse a criança.

— E você é o pastor deles? Os meninos guardam rebanhos de lã nos sítios da sua freguesia?

— Não, estou guardando hoje porque a pastora foi embora; ela estava doente.

— Mas não tem uma nova pastora, que chegou esta manhã?

— É, sim, e ela também se foi.

— Como se foi? Ela não estava com uma criança?

— Sim, um menininho que chorou. Eles foram embora os dois depois de duas horas.

— Foram para onde?

— Para de onde vinham, parece, eu não perguntei...

— Mas por que foram embora? — disse Germain cada vez mais preocupado.

— Virgem, que sei eu?

— Não se entenderam quanto ao preço? Devia ter sido uma coisa combinada antes.

— Não sei dizer nada. Só vi os dois entrarem e saírem.

Germain se dirigiu para a fazenda e questionou os meeiros. Ninguém conseguiu lhe explicar o fato, mas repetiam que, depois de ter conversado com o fazendeiro, a moça fora embora sem nada dizer, levando a criança que chorava.

— Maltrataram meu filho? — exclamou Germain, cujos olhos se inflamaram.

— Era então seu filho? O que estava fazendo com aquela pequena? De onde vem o senhor e qual é a sua graça?

Germain, vendo que, segundo os costumes da freguesia, iam responder a suas perguntas com outras perguntas, bateu o pé com impaciência e pediu para falar com o patrão.

O patrão não estava; não tinha costume de ficar o dia inteiro quando vinha à fazenda. Ele montara no cavalo e partira sabe-se lá para qual de suas outras fazendas.

— Mas, afinal — disse Germain tomado por uma viva ansiedade —, os senhores não sabem a razão da partida dessa moça?

O meeiro trocou um sorriso estranho com sua mulher, depois respondeu que não sabia nada, que não tinha nada com isso. Tudo o que Germain conseguiu saber é que a moça e a criança haviam ido para o lado de Fourche. Ele correu para lá; a viúva e seus apaixonados não haviam voltado, nem seu Léonard. A criada lhe disse que uma moça e uma criança vieram procurá-lo, mas que, não os conhecendo, ela não quis recebê-los e os aconselhara a ir até Mers.

— E por que a senhora se recusou a recebê-los? — disse Germain, com azedume. — É todo mundo tão desconfiado nestas terras que não abre a porta ao próximo?

— Virgem! — respondeu a criada —, numa casa como esta temos razão de tomar cuidado. Respondo por tudo quando os patrões estão fora e não posso abrir ao primeiro que chega.

— É um costume muito feio — disse Germain — e

eu preferiria ser pobre a viver desse jeito cheio de medo. Adeus, moça! Adeus à sua região hostil!

Ele inquiriu nas casas das redondezas. Haviam visto a pastora e a criança. Como o pequeno partira de Belair de improviso, sem toalete, com sua blusa um pouco rasgada e a lã de carneiro no corpo, como também a Mariazinha estava, por essa razão, sempre muito pobremente vestida, tomaram-nos por mendigos. Ofereceram-lhes pão; a moça aceitou um pedaço para a criança que estava com fome, depois ela partiu muito rápido e ganhou os bosques.

Germain refletiu um instante, em seguida perguntou se o fazendeiro dos Ormeaux não viera a Fourche.

— Sim — responderam —, ele passou a cavalo há poucos instantes, depois dessa mocinha.

— Ele correu atrás dela?

— Ah! O senhor o conhece, então? — disse rindo o taberneiro do lugar, ao qual se dirigira. — Sim, decerto; é um galhardo endiabrado para correr atrás das moças. Mas não acho que a tenha alcançado, aquela lá; apesar de que... Se a tivesse visto...

— Já chega, obrigado! — E ele não correu, mas voou à estrebaria do seu Léonard. Jogou a sela na Grise, montou e partiu a grande galope na direção do bosque de Chanteloube.

Seu coração saltava de inquietude e de raiva, o suor lhe escorria pela fronte. Botava em sangue os flancos da Grise, que, vendo-se no caminho para sua estrebaria, não se fazia de rogada para correr.

14. A velha

Germain deu logo no lugar em que passara a noite às margens do pântano. O fogo ardia ainda; uma velha mulher juntava o resto da provisão de madeira morta que a Mariazinha havia empilhado ali. Germain parou para interrogá-la. Ela era surda e se enganou sobre suas perguntas:

— Sim, meu filho, é aqui o Pântano do Diabo. É um lugar ruim e não se deve abordá-lo sem jogar três pedras dentro dele com a mão esquerda e fazendo o sinal da cruz com a mão direita: isso espanta os espíritos. Caso contrário, acontecem infortúnios aos que aqui passam.

— Não estou falando disso — disse Germain, aproximando-se dela. E gritou: — A senhora não viu passarem aqui no bosque uma moça e uma criança?

— Sim — concordou a velha —, uma criança se afogou aqui!

Germain estremeceu da cabeça aos pés, mas felizmente a velha acrescentou:

— Já faz muito tempo isso; em memória ao acidente haviam plantado uma bela cruz, mas numa bela noite de grande temporal os maus espíritos a jogaram na água. Dá para ver ainda um pedaço. Se alguém tiver a infelicidade de parar aqui à noite, é certeza de que não conseguirá sair antes do amanhecer. Por mais que ande, ande, pode fazer quinhentos quilômetros no bosque e não vai sair do lugar.

A imaginação do lavrador se aguçou involuntariamente

com o que ouvia e a ideia da desgraça que faltava para justificar de vez as asserções da velha mulher se apoderou tanto de sua cabeça que ele sentiu gelar o corpo inteiro. Desesperado para obter mais informações, montou novamente no cavalo e recomeçou a percorrer o bosque, chamando pelo Pierre com todas as suas forças e assobiando, batendo o chicote, quebrando galhos para encher a floresta com o barulho de sua marcha, tentando ouvir em seguida se uma voz lhe respondia; mas ele só ouvia o sininho das vacas esparsas na mata e o grito selvagem dos porcos que disputavam as boletas.

Enfim, Germain ouviu atrás de si o barulho de um cavalo que corria em seu rastro, e um homem de meia-idade, moreno, robusto, vestido como um aburguesado, gritou para que parasse. Germain nunca vira o fazendeiro dos Ormeaux, mas um instinto de raiva o fez julgar imediatamente que era ele. Virou-se e, medindo-o da cabeça aos pés, esperou pelo que lhe tinha a dizer.

— O senhor não viu passar por aqui uma jovem de quinze ou dezesseis anos com um meninote? — indagou o fazendeiro afetando um ar de indiferença, embora estivesse visivelmente tocado.

— E o que o senhor quer com eles? — respondeu Germain sem tentar disfarçar a raiva.

— Poderia lhe dizer que o senhor não tem nada com isso, meu camarada! Mas não tenho razões para esconder, digo que é uma pastora que contratei para o ano sem conhecer... Quando a vi chegar, ela me pareceu jovem demais e fraca demais para a labuta da fazenda. Eu lhe agradeci, mas queria lhe pagar as despesas da sua pequena viagem e ela foi embora zangada enquanto eu estava de costas... E apressou-se tanto que até esqueceu uma parte dos seus pertences e da sua trouxa, que não contém grande coisa com certeza, alguns trocados provavelmente! Mas, afinal, como eu tinha de passar por aqui, pensei encontrá-la e lhe devolver o que esqueceu e o que lhe devo.

Germain tinha a alma honesta demais para não hesitar ouvindo aquela história, se não muito verossímil, ao menos possível. Ele despregou um olhar penetrante sobre o fazendeiro, que sustentava aquela investigação com bastante impudência ou candura.

"Quero ter o coração limpo", pensou Germain, e contendo sua indignação:

— É uma moça da nossa região, eu a conheço: deve estar por aqui... Avancemos juntos, nós a encontraremos sem dúvida.

— O senhor tem razão — disse o fazendeiro. — Avancemos... No entanto, se não a encontrarmos até o fim da estrada, desisto... Pois preciso pegar a estrada de Ardennes.

"Oh! pensou o lavrador, eu não o largo! Mesmo que tivesse de girar durante vinte e quatro horas com você em volta do Pântano do Diabo!"

— Espere! — disse de repente Germain, fixando os olhos num tufo de giestas que se agitavam de modo estranho. — Olá, olá! Pierre, é você, meu filho?

A criança, reconhecendo a voz do pai, saiu das giestas saltando como um cabritinho, mas, quando o viu em companhia do fazendeiro, parou apavorada e ficou insegura.

— Vem, meu Pierre! Vem, sou eu — exclamou o lavrador correndo atrás dele e saltando do cavalo para pegá-lo no colo. — E onde está a Mariazinha?

— Ela está ali se escondendo porque está com medo desse homem feio e malvado e eu também.

— Pois fique tranquilo, estou aqui... Marie! Marie! Sou eu!

Marie se aproximou rastejando e assim que viu Germain, que o fazendeiro seguia de perto, correu a se jogar em seus braços, colando-se nele como uma filha ao pai:

— Ah! Meu bravo seu Germain — disse-lhe ela —, o senhor me defenderá, não tenho medo com o senhor.

Germain teve um arrepio. Olhou Marie; ela estava pálida, suas roupas estavam rasgadas pelos espinhos de onde andara procurando a mata fechada, como uma presa perseguida pelos caçadores. Mas não havia nem vergonha nem desespero em sua figura.

— Seu patrão quer falar com você — disse-lhe ele, sempre observando seus traços.

— Meu patrão? — exclamou ela altivamente. — Este homem não é meu patrão nem nunca será! É o senhor, seu Germain, que é meu patrão. Quero que me leve de volta consigo... Eu lhe servirei de graça!

O fazendeiro, tendo avançado, fingiu um pouco de impaciência.

— Ei, pequena! — disse ele. —Você esqueceu em nossa casa alguma coisa que eu lhe trouxe de volta.

— De jeito nenhum, senhor. Eu não esqueci nada e não tenho nada a lhe pedir...

— Escute aqui — retrucou o fazendeiro —, tenho algo a lhe dizer... Vamos! Não tenha medo... só duas palavrinhas...

— Pode dizer alto... Não tenho segredos com o seu Germain.

— Venha pegar seu dinheiro, ao menos.

— Meu dinheiro? O senhor não me deve nada, graças a Deus!

— Bem que desconfiei — disse Germain à meia-voz —, mas dá na mesma, Marie... Escute o que ele tem a lhe dizer, pois estou curioso para saber. Você me dirá depois, tenho minhas razões para isso. Vá para perto do cavalo dele... Não a perco de vista.

Marie deu três passos na direção do fazendeiro, que lhe disse, inclinando-se sobre o arção de sua sela e baixando a voz:

— Pequena, aqui está um belo luís de ouro para você! Você não dirá nada, entendeu? Você vai dizer que a achei muito fraca para a labuta da minha fazenda... E que não se fale mais no assunto... Voltarei na sua casa um desses dias; se você não tiver dito nada, lhe darei mais alguma coisa... E depois, se for sensata, é só dizer: eu a levarei para a minha casa, ou vou conversar com você à noite nos prados. Que presente você quer que lhe traga?

— Aqui está, senhor, o presente que eu lhe dou! — respondeu em voz alta a Mariazinha, atirando-lhe na cara seu luís de ouro e muito rudemente. — Eu lhe agradeço muito, e lhe rogo, quando passar em nossas terras, que me mande avisar; todos os rapazes do meu lugar irão recebê-lo, porque na nossa freguesia gostamos muito dos burgueses que querem engabelar as pobres moças! O senhor vai ver, nós o esperaremos.

— A senhorita é uma mentirosa e uma espécie de língua solta! — retrucou o fazendeiro corroído, levantando seu bastão como ameaça. — Quer fazer crer no que não é verdade, mas não me tirará dinheiro; conhecemos as do seu tipo!

Marie havia recuado, apavorada; mas Germain se lançara à rédea do cavalo do fazendeiro e, sacudindo-o com força:

— Está entendido, agora! — disse-lhe. — E estamos vendo bem por que ele voltou... Desça, homem! Desça aqui! E conversemos nós dois!

O fazendeiro não se preocupou em aceitar o desafio; esporeou seu cavalo para incitá-lo e quis bater com o bastão nas mãos do lavrador para fazê-lo largar a presa; mas Germain se esquivou do golpe e, pegando-o pela perna, desarmou-o e o derrubou na relva. O fazendeiro ficou de pé e se defendeu vigorosamente, mas Germain o arrastou de novo para o chão, dizendo, quando o segurou sob si:

— Seu desalmado! Eu poderia moê-lo de pancada se quisesse! Mas não gosto de machucar, e além disso nenhum corretivo emendaria sua consciência... Entretanto, você não vai se mexer daqui até que tenha pedido perdão, de joelhos, a essa moça.

O fazendeiro, que conhecia esse tipo de coisa, quis levar na brincadeira. Alegou que seu pecado não era tão grave, pois só consistia em palavra e queria sim pedir perdão, contanto que beijasse a moça e todos fossem tomar um trago de vinho na taverna mais próxima e ficassem bons amigos.

— Você me dá pena! — respondeu Germain empurrando-lhe a cara contra a terra —, e eu tenho pressa em não ver mais a sua cara feia. Tome, enrubesça, se conseguir, e trate de pegar o rumo dos desavergonhados quando passar na nossa freguesia.

Ele pegou o bastão de azevinho do fazendeiro, quebrou-o em dois sobre o joelho para mostrar a força dos seus punhos e jogou os pedaços longe, com desprezo.

Depois, dando uma das mãos a seu filho e a outra à Mariazinha, afastou-se, tremendo de indignação.

15. O retorno à fazenda

Ao fim de um quarto de hora, eles haviam passado a brenha. Trotavam na estrada principal e a Grise relinchava a cada objeto que reconhecia. O pequeno Pierre contava a seu pai o que conseguira compreender do que se passara:

— Quando chegamos, aquele homem veio falar com a minha Marie no redil onde a gente logo foi para ver os lindos carneirinhos. Eu tinha subido na manjedoura para brincar e aquele homem lá não estava me vendo. Então ele disse bom dia à minha Marie e deu um beijo nela.

— Você permitiu que ele a beijasse, Marie? — questionou Germain tremendo de raiva.

— Pensei que fosse honestidade, um costume do lugar, nas chegadas, como na sua casa onde a avó beija as moças que começam a trabalhar para ela, demonstrando que as adota e será para elas como uma mãe.

— E então — retomou o menininho, que estava orgulhoso em ter uma aventura para contar —, aquele homem lá disse alguma coisa feia, alguma coisa que você me disse para nunca repetir e para não me lembrar: então eu esqueci rápido. Mas se o meu pai quer que eu diga o que era...

— Não, meu Pierre, não quero ouvir e quero que você jamais se lembre.

— Então eu vou deslembrar de novo — respondeu a criança. — E depois, aquele homem lá ficou parecendo bravo porque a Marie estava dizendo que ela ia embora. Ele disse que daria tudo o que ela quisesse, cem francos! E a minha Marie ficou brava também. Então ele veio contra ela, como se quisesse machucar. Eu fiquei com medo e me joguei na frente da Marie, gritando. Então aquele homem lá disse assim: "O que é isso aqui? De onde saiu essa criança? Joga isso fora". E ele levantou o bastão para me bater. Mas a minha Marie não deixou e ela falou assim pra ele: "Nós vamos conversar mais tarde, meu senhor, agora eu tenho que levar essa criança até Fourche e depois eu voltarei". E logo que saiu do redil, minha Marie me disse assim: "Vamos escafeder daqui, meu Pierre, vamos sair rápido, pois esse homem é malvado e só vai fazer mal para a gente". Então a gente passou por trás das granjas, passou num pradinho e chegou em Fourche para procurar você. Mas você não estava e não quiseram deixar a gente esperar. E então aquele homem lá, que tinha subido no cavalo preto dele, veio atrás da gente e a gente escapou mais longe e depois a gente se escondeu no bosque. E depois ele veio de novo e quando a gente ouvia que ele vinha vindo, a gente se escondia. E depois, quando ele tinha passado, a gente corria de novo para ir pra casa e depois, no fim, você chegou e encontrou a gente; e foi assim que aconteceu tudo. Não foi, Marie, que eu não esqueci nada?

— Não, meu Pierre, e isso tudo é a verdade. Agora, seu Germain, o senhor é testemunha e dirá a todo mundo de nossas bandas que se eu não pude ficar lá não foi por falta de coragem e vontade de trabalhar.

— E a você, Marie — disse Germain —, pergunto se quando se trata de defender uma mulher e punir um insolente, um homem de vinte e oito anos é velho demais! Bem que eu queria saber se o Bastien ou qualquer outro rapazola bonito, rico e dez anos mais novo do que eu não teria sido esmagado por "aquele homem lá", como diz o pequeno Pierre; o que achas?

— Eu acho, seu Germain, que o senhor me fez um grande favor e que lhe agradecerei toda a minha vida.

— E é tudo!

— Papai — disse a criança —, não lembrei de dizer à Mariazinha o que prometi pra você. Não deu tempo, mas eu vou falar para ela em casa, eu vou falar também para a minha vó.

Aquela promessa do filho fez então Germain refletir. Tratava-se agora de se explicar com seus pais e, ao lhes falar de suas desditas com a viúva Guérin, não de dizer quais outras ideias o haviam predisposto a tanta clarividência e severidade. Quando se está feliz e orgulhoso, a coragem de fazer os outros aceitarem a sua felicidade parece fácil; mas ser rechaçado de um lado, culpado de outro, não cria uma situação muito agradável.

Felizmente o pequeno Pierre dormia quando chegaram à fazenda, e Germain o deitou na cama, sem acordá-lo. Depois ele entrou em todas as explicações que podia dar. Seu Maurice, sentado em seu tamborete tripé, na entrada da casa, ouviu-o gravemente e, embora tenha ficado descontente com o resultado daquela viagem, quando Germain, contando-lhe o sistema de coquetismo da viúva, perguntou a seu sogro se ele tinha tempo para ir os cinquenta e dois domingos do ano fazer a corte à moça, arriscando ser mandado embora no fim do ano, o sogro respondeu, inclinando a cabeça em sinal de adesão:

— Você não está errado, Germain, isso não se faz.

E em seguida, quando Germain contou como fora forçado a trazer de volta a Mariazinha o mais rápido possível para subtraí-la aos insultos, talvez às violências, de um patrão indigno, seu Maurice aprovou novamente com a cabeça, dizendo:

— Você não está errado, Germain; é assim que se faz.

Quando Germain terminou sua narrativa e expôs todas as suas razões, o sogro e a sogra deram simultaneamente um grande suspiro de resignação, entreolhando-se. Depois o chefe de família se levantou, dizendo:

— Vamos. Que a vontade de Deus seja feita! O amor não se comanda.

— Venha cear, Germain — convidou a sogra. — É uma infelicidade que não tenha dado certo; mas enfim, Deus não queria, pelo que parece. Será preciso procurar alhures.

— É — acrescentou o velho —, como diz minha mulher, vamos ver alhures.

Não houve mais barulho na casa. Na manhã seguinte, o pequeno Pierre se levantou com as cotovias, ao raiar do dia, e, não estando mais agitado pelos acontecimentos extraordinários dos dias anteriores, caiu na apatia dos pequenos camponeses de sua idade, esqueceu tudo o que lhe troteara pela cabeça; só pensou em brincar com seus irmãos e bancar o homenzinho com os bois e cavalos.

Germain tentou esquecer também, mergulhando novamente no trabalho; mas se tornou tão triste e distraído que todo mundo notou. Não falava com a Mariazinha, tampouco a olhava; todavia, se lhe perguntassem em que prado ela estava e por que caminho passara, não havia hora do dia que não pudesse dizê-lo, caso quisesse responder. Ele não ousara pedir a seus pais que a acolhessem na fazenda durante o inverno, não obstante soubesse muito bem que ela devia passar necessidade. Mas isso não ocorreu e dona Guillette jamais conseguiu entender como sua pequena provisão de lenha não diminuía nem como seu galpão se encontrava cheio de manhã quando ela o deixara quase vazio à noite. Foi o mesmo com o trigo e as batatas. Alguém passava pela lucarna do sótão e esvaziava um saco no assoalho sem acordar ninguém e sem deixar traços. A velha ficou ao mesmo tempo inquieta e regozijante; fez a filha prometer que não diria nada, alegando que, se viessem a saber o milagre que acontecia em sua casa, iam tomá-la por bruxa. Bem que ela achava que aquilo tinha parte com o diabo, mas não tinha pressa de arranjar encrenca com ele apelando aos exorcismos do pároco em sua casa; ela pensava que chegaria a hora para isso quando Satã viesse lhe pedir a alma em troca das benfeitorias.

A Mariazinha conhecia melhor a verdade, mas não ousava falar a respeito com Germain, de medo de vê-lo voltar à ideia de casamento, e fingia, como ele, nada perceber.

16. Dona Maurice

Um dia dona Maurice, estando a sós no pomar com Germain, disse-lhe num tom amistoso:

— Meu pobre genro, acho que você não está bem. Não come tão bem como de costume, não ri mais, proseia cada vez menos. Será que alguém em nossa casa, ou nós mesmos, sem saber e sem querer, o faz sofrer?

— Não, minha mãe — respondeu Germain —, a senhora sempre foi tão boa para mim quanto a mãe que me pôs no mundo e eu seria um ingrato se me queixasse da senhora e do seu marido, ou de qualquer um na casa.

— Nesse caso, meu filho, é a mágoa pela morte da sua mulher que está voltando. Em vez de se apagar com o tempo, sua chateação está piorando e você precisa de qualquer jeito fazer o que seu sogro lhe disse muito sabiamente: precisa se casar de novo.

— Sim, minha mãe, seria meu desejo também; mas as mulheres que a senhora me aconselhou procurar não me convêm. Quando as vejo, em vez de esquecer minha Catherine, penso ainda mais nela.

— É que aparentemente, Germain, não soubemos adivinhar o seu gosto. Você precisa então nos ajudar nos dizendo a verdade. Sem dúvida, há em algum lugar uma mulher feita para você, pois o bom Deus não faz ninguém sem lhe reservar a felicidade numa outra pessoa. Se então você souber onde achar uma mulher que lhe serve, tome-a;

e seja ela bonita ou feia, jovem ou velha, rica ou pobre, estamos decididos, meu velho e eu, a dar nosso consentimento, pois estamos cansados de ver você triste e não podemos viver sossegados se você também não está.

— Minha mãe, a senhora é boa como o bom Deus, e meu pai também — respondeu Germain —; mas vossa compaixão não pode trazer remédio aos meus problemas: a moça que eu queria não quer nada comigo.

— É então porque é jovem demais? Apegar-se a uma jovenzinha é desrazão para você.

— Pois bem! É isso, minha querida mãe, tenho a loucura de me apegar a uma jovem e me culpo por isso. Faço o possível para não pensar, mas trabalhe ou descanse, esteja eu na missa ou na cama, com meus filhos ou com vocês, penso o tempo todo, não consigo pensar noutra coisa.

— Então é como um sortilégio que lhe fizeram, Germain? Só há para isso um remédio, é que essa moça mude de ideia e o escute. Então vou precisar me meter, e veja se dá. Você me dirá onde está ela e qual o seu nome.

— Ai de mim! Minha querida mãe, não ouso — disse Germain — porque a senhora vai caçoar de mim.

— Não vou caçoar de você, Germain, porque você está sofrendo e não quero aumentar sua dor. Seria a Franchete?

— Não, minha mãe, esta não é.

— Ou a Rosete?

— Não.

— Diz então, pois eu não pararei se tiver de nomear todas as moças da freguesia.

Germain baixou a cabeça e não conseguiu se decidir a responder.

— Vamos! — disse dona Maurice —, eu o deixo em paz por hoje, Germain; talvez amanhã você tenha mais confiança em mim, ou sua cunhada será mais hábil para questionar.

E ela pegou o cesto para ir estender a roupa nos arbustos. Germain fez como as crianças que não se resolvem e veem que não lhe darão mais atenção. Seguiu sua sogra e lhe nomeou enfim, tremendo, a Mariazinha, da Guillette.

Grande foi a surpresa da dona Maurice; era a última em quem pensaria. Mas teve a delicadeza de não se espantar e fazer seus comentários apenas mentalmente. Depois, vendo que seu silêncio deixava Germain arrasado, ela lhe estendeu o cesto, dizendo:

— E isso é algum motivo para não me ajudar no meu trabalho? Leve então esta remessa e venha falar comigo. Você refletiu bem, Germain? Está bem decidido?

— Ai de mim! Minha querida mãe, não é assim que se deve falar: estaria decidido se pudesse, mas como não sou ouvido, decidi me curar, se conseguir.

— E se não conseguir?

— Tudo tem seu tempo, dona Maurice: quando o cavalo está carregado demais, ele cai; e quando o boi nada tem a comer, ele morre.

— Quer dizer que vai morrer se não conseguir? Deus me livre, Germain! Não gosto que um homem como você diga essas coisas, porque quando diz, pensa. Você é muito corajoso e a fraqueza é perigosa nas gentes fortes. Vamos, tenha esperança; não concebo que uma moça na miséria, e à qual você dá a honra de desejar, possa recusá-lo.

— Mas é a verdade, ela me recusa.

— E quais razões lhe dá?

— Que a senhora foi muito boa com ela, que a família dela deve muito à vossa e que não quer causar desagrado a vocês me desviando de um casamento rico.

— Se ela disse isso, prova que tem bons sentimentos e é honesto de sua parte. Mas ao dizer isso, Germain, ela não o alivia, pois lhe disse sem dúvida que o ama e que o desposaria se quiséssemos?

— Aí está o pior! Ela diz que seu coração não é inclinado para mim.

— Se ela está dizendo o que não pensa para afastá-lo dela, é uma criança que merece que a gente a ame e que não façamos conta da sua juventude, por causa do seu grande arrazoamento.

— É? — indagou Germain, tomado de uma esperança que ainda não concebera. — Isso seria bem sábio e devido da parte dela! Mas se ela é tão razoável assim, temo que seja porque lhe desagrado.

— Germain — disse dona Maurice —, você vai me prometer que ficará tranquilo durante a semana toda; não se atormentará, comerá, dormirá e ficará alegre como antes. Falarei com meu velho e, se o fizer consentir, você saberá então o verdadeiro sentimento da moça.

Germain prometeu e a semana se passou sem que seu Maurice lhe dissesse uma palavra em particular e tampouco parecesse desconfiar de nada. O lavrador esforçou-se para parecer tranquilo, mas estava cada vez mais pálido e atormentado.

17. Mariazinha

Enfim, domingo de manhã, ao sair da missa, a sogra perguntou a Germain o que obtivera da sua bem-amada desde a conversação no pomar.

— Mas absolutamente nada — ele respondeu. — Eu não falei com ela.

— Como você quer convencê-la sem falar com ela?

— Só lhe falei uma vez. Foi quando estivemos juntos em Fourche; e, desde aqueles tempos, não lhe disse mais nenhuma palavra. Sua recusa me fez sofrer tanto que preferi não a ouvir dizer outra vez que não me ama.

— Pois bem, meu filho, é preciso que fale com ela agora. Seu sogro o autoriza a fazê-lo. Vá, decida-se. Eu estou dizendo e, se for preciso, mandando, pois não dá mais para você ficar nessa dúvida.

Germain obedeceu. Chegou à casa da Guillette, cabisbaixo e com aparência arrasada. A Mariazinha estava sozinha, ao canto do fogo, tão pensativa que não o ouviu entrar. Quando viu Germain diante de si, saltou surpresa da cadeira e ficou toda vermelha.

— Mariazinha — disse-lhe ele, sentando-se ao pé dela —, vim amolar e aborrecer você, bem sei; mas o homem e a mulher da nossa casa (designando assim, segundo o costume, os chefes da família) querem que fale com você e a peça em casamento. Você não quer, já espero por isso.

— Seu Germain — respondeu a Mariazinha —, é certo mesmo que me ama?

— Isso a incomoda, eu sei, mas não é minha culpa; se você pudesse mudar de opinião, eu ficaria contente demais, e sem dúvida não mereço que seja assim. Vejamos, olhe para mim, Marie, eu sou então horroroso?

— Não, seu Germain — respondeu ela sorrindo —, o senhor é mais bonito do que eu.

— Não zombe, me olhe com indulgência, não me faltam ainda nem cabelos nem dentes. Meus olhos lhe dizem que a amo. Olhe-me então nos olhos, está escrito, e qualquer moça sabe ler essa escritura.

Marie olhou então nos olhos de Germain com sua segurança jocosa; depois, de repente, virou a cabeça e começou a tremer.

— Ah! Meu Deus, eu a assusto — disse Germain —, você me olha como se eu fosse o fazendeiro dos Ormeaux. Não tenha medo de mim, eu peço, isso me magoa demais. Eu não lhe direi más palavras, não a abraçarei contra a sua vontade e quando você quiser, vou embora, é só me mostrar a porta. Ora, é preciso que eu saia para que você pare de tremer?

Marie estendeu a mão ao lavrador, mas sem voltar a cabeça inclinada para a lareira e sem dizer uma palavra.

— Entendo — disse Germain —, lamenta por mim, pois você é boa; está aborrecida de me tornar infeliz, mas não consegue me amar?

— Por que me diz essas coisas, seu Germain? — respondeu enfim a Mariazinha. — O senhor quer então me fazer chorar?

— Pobre menina, tem um bom coração, eu sei; mas não me ama e me esconde o rosto porque teme deixar-me ver seu desprazer e sua repugnância. Eu... eu não ouso nem apertar a sua mão! No bosque, quando meu filho dormia, e você dormia também, quase a beijei docemente. Mas eu ficaria morto de vergonha de lhe pedir e sofri tanto aquela noite quanto um homem supliciado aos poucos. Desde aquele tempo, sonho com você todas as noites. Ah! Como a beijava, Marie! Mas você, naquela hora, dormia sem sonhar. E agora, sabe o que acho? É que se você virasse para me olhar com os olhos que tenho para você, se aproximasse seu rosto do meu, creio que eu cairia morto de alegria. E você acha que se uma coisa dessas acontecesse, você morreria de raiva e de vergonha!

Germain falava como num sonho: sem ouvir o que dizia. A Mariazinha continuava tremendo; mas como ele tremia ainda mais, deixou de perceber. De repente ela se virou, estava banhada em lágrimas e o olhava com um ar de recriminação. O pobre lavrador acreditou que era o golpe de misericórdia e, sem esperar que este caísse sobre ele, levantou-se para sair, mas a moça o deteve envolvendo-o com os braços e, escondendo a cabeça em seu peito:

— Ah! Germain — disse ela soluçando —, não adivinhou que o amo?

Germain teria ficado louco se seu filho, que estava procurando por ele e entrou no casebre galopando loucamente num cavalo de pau, com a irmãzinha na garupa chicoteando com um galho de chorão aquele puro-sangue imaginário, não o tivesse chamado a si. Ele o ergueu e o pôs nos braços de sua noiva:

— Olhe — disse-lhe ele —, ao me amar, você fez mais de um feliz!

Apêndices

I. AS NÚPCIAS NO CAMPO

Aqui termina a história do casamento de Germain, tal como ele mesmo me contou, o fino lavrador que é! Peço-lhe perdão, leitor amigo, por não ter sabido traduzi-la melhor, pois é uma verdadeira tradução que se deve fazer da linguagem antiga e ingênua dos camponeses dos povoados de que faço trova (como se dizia outrora). Essas gentes falam um francês autêntico demais para nós e, desde Rabelais e Montaigne, os progressos da língua nos fizeram perder muitas das velhas riquezas.[5] É assim com todos os progressos, deve-se admitir. Mas ainda é um prazer ouvir esses idiomatismos pitorescos reinarem nas velhas regiões do centro da França; ainda mais que são a verdadeira expressão do caráter zombeteiramente tranquilo e agradavelmente jocoso das gentes que o usam. Touraine conservou um certo número precioso de locuções patriarcais. Mas Touraine se civilizou grandemente desde a Renascença. Está repleta de castelos, estradas, estrangeiros e de movimento. Berry[6] ficou estacionário e acho que, depois da Bretanha e de algumas províncias do extremo sul da França, é a região mais conservada que se pode encontrar atualmente. Certos costumes são tão estranhos, tão curiosos, que espero diverti-lo mais um bocadinho ainda, caro leitor, se você permitir que lhe conte com detalhes um casamento no campo, o de Germain, por exemplo, ao qual tive o prazer de assistir há alguns anos.

Pois, infelizmente, tudo se acaba. Só desde o tempo em que existo, fez-se mais movimento nas ideias e nos costumes da minha cidade do que jamais se viu durante séculos antes da Revolução. Metade das cerimônias celtas, pagãs na Idade Média, que ainda vi em pleno vigor na minha infância, já se extinguiu. Mais um ou dois anos talvez, e os trilhos das estradas de ferro passarão nos vales profundos, levando, com a rapidez de um raio, nossas antigas tradições e nossas maravilhosas lendas.

Era inverno, próximo ao Carnaval, época do ano em que é bem consentâneo em nossa região contrair núpcias. No verão quase não temos tempo, e os trabalhos de uma fazenda não podem suportar três dias de atraso, sem falar nos dias complementares afetados à digestão mais ou menos laboriosa da embriaguez moral e física que deixa uma festa. Estava eu sentado[7] ao pé de uma vasta e antiga lareira de cozinha, quando tiros de pistola, latidos de cães e sons agudos da cornamusa me anunciaram a aproximação dos noivos. Logo seu Maurice e dona Maurice, Germain e a Mariazinha, seguidos de Jacques e sua mulher, os principais parentes respectivos e padrinhos e madrinhas dos noivos entraram no pátio.

Não tendo a Mariazinha ainda recebido os presentes de núpcias, chamados desposórios, ela usava o que tinha de melhor em seu modesto vestuário: um vestido de lã escura, um fichu branco de franja longa em cores vivas, um avental carmim, um xale indiano vermelho muito em moda na época e hoje desprezado; uma touca de musselina bem branca, e, nessa forma felizmente conservada, lembrava o penteado de Ana Bolena e de Agnès Sorel. Ela estava fresca e sorridente, nada pomposa, ainda que tivesse razões para isso. Germain mostrava-se grave e enternecido junto dela, como o jovem Jacó saudando Raquel nas cisternas de Labão. Qualquer outra moça teria se dado ares de importância e uma conduta de triunfo, pois em nossas classes é significativo ser desposada por seus belos olhos. Mas os olhos da moça estavam úmidos e brilhantes de amor; bem se via que ela estava profundamente apaixonada e que não tinha tempo para se preocupar com a opinião alheia. Seu arzinho resoluto não a havia abandonado, mas tudo nela era franqueza e bem-querer; nada de impertinente em seu sucesso, nada de pessoal em seu sentimento e sua força. Não vi alhures noiva tão gentil, quando respondia francamente a suas jovens amigas que lhe perguntavam se ela estava contente.

— Virgem! Claro! Não me queixo do bom Deus.

Seu Maurice tomou a palavra; ele acabava de fazer os cumprimentos e convites usuais. Primeiro, amarrou na lareira um galho de louro ornado de fitas; este se chama arauto, isto é, a carta enunciativa; depois distribuiu a cada um dos convidados uma pequena cruz feita de um pedaço de fita azul cortada por outro pedaço de fita rosa; o rosa para a noiva, o azul para o esposo, e os convidados dos dois sexos tiveram que guardar esse sinal para ornar, elas a touca, eles a abotoadura, no dia das núpcias. É a carta de admissão, o bilhete de entrada.

Então seu Maurice fez suas saudações. Convidou o dono da casa e toda a sua companhia, isto é, todos os seus filhos, parentes, amigos e todos os empregados, à bênção, ao festim, ao divertimento, à dançata e tudo o que mais haveria. Não deixou de dizer:

— Tenho a honra de intimá-los.[8] Locução muito apropriada, embora nos pareça um contrassenso, pois exprime a ideia de prestar homenagem àqueles que disso julgamos dignos.

Apesar da liberdade do convite assim levado de casa em casa por toda a paróquia, a polidez, que é muitíssimo discreta entre os camponeses, recomenda que apenas duas pessoas de cada família o desfrutem, um dos cônjuges chefes da família e um de seus filhos entre todos.

Feitos esses convites, os noivos e seus pais foram jantar juntos na fazenda.

Mariazinha guardou seus três carneiros na comunal, e Germain trabalhou a terra como se nada acontecesse.

Na véspera do dia marcado para o casamento, por volta das duas horas da tarde, a música chegou, isto é, o tocador de cornamusa e o violeiro, com seus instrumentos ornados de longas fitas flutuantes, tocando uma marcha típica num ritmo um pouco lento para pés não aborígines, mas perfeitamente combinado com a natureza do terreno argiloso e os caminhos ondulados da região. Tiros de pistolas lançados pelos jovens e pelas crianças anunciaram o início das núpcias. Reuniram-se pouco a pouco, dançaram na relva na frente da casa para começar. Quando caiu a noite, as gentes começaram estranhos preparativos, separaram-se em dois bandos e, quando era noite alta, procederam aos esponsais.

Isso acontecia na moradia da noiva, o casebre de dona Guillette. Guillette levou consigo a filha, uma dúzia de lindas pastorinhas, amigas e parentes da moça, duas ou três respeitáveis matronas, vizinhas boas de bico, prontas para replicar, e rígidas guardiãs das antigas usanças. Depois ela escolheu uma dúzia de vigorosos campeões, seus parentes e amigos; por fim, o velho linheiro da paróquia, homem eloquente e bem falador.

O papel que desempenha na Bretanha o *bazvalan*,[9] alfaiate da cidade, é o que o linheiro ou o cardador de lã (duas profissões frequentemente reunidas numa única) faz em nossos campos. Ele está em todas as solenidades tristes ou alegres, porque é essencialmente erudito e bem-falante, e nessas ocasiões sempre tem o cuidado de trazer a palavra para cumprir com dignidade certas formalidades costumeiras de tempo imemorial. As profissões errantes, que introduzem um homem no seio das famílias sem lhe permitir que se concentre na sua própria, são propícias a tornar esse introdutor tagarela, agradável, contador e cantor.

O linheiro é particularmente cético. Ele e outro funcionário rústico, de que falaremos daqui a pouco, o coveiro, são sempre os espíritos fortes do lugar. Tanto falaram de mortos-vivos e conhecem tão bem todas as artimanhas de que esses espíritos malignos são capazes, que quase não os temem. É particularmente à noite que todos, coveiros, linheiros e fantasmas, exercem suas destrezas. É também à noite que o fiandeiro conta suas lamentáveis lendas. Permitam-me uma digressão...

Quando o cânhamo está no ponto, isto é, suficientemente ensopado nas águas correntes e meio seco na margem, levam-no ao pátio das habitações; colocam-no em pé em feixes que, com seus galhos afastados embaixo e suas cabeças ligadas como bolas, podem passar, à noite, por uma longa procissão de pequenos fantasmas brancos, fixados em suas pernas finas, e caminhando sem fazer barulho ao longo dos muros.

É no fim de setembro, quando as noites são ainda mornas, que na pálida claridade da lua começam a moer. Durante o dia, o cânhamo é aquecido no forno; à noite é retirado para ser moído quente. Usa-se para isso uma espécie de cavalete levantado por uma alavanca de madeira que, ao cair nas ranhuras, tritura a planta sem cortá-la. É então que se ouve à noite, nos campos, esse barulho seco e estanque de três golpes desferidos rapidamente. Depois, faz-se um silêncio, é o movimento do braço que retira o punhado de cânhamo para moê-lo na outra extremidade. E as três pancadas recomeçam, é outro braço que age sobre a alavanca, e assim por diante até que a lua seja ofuscada pelos primeiros raios da aurora. Como o trabalho só dura alguns dias do ano, os cães não se habituam e soltam uivos plangentes para todos os pontos do horizonte.

É o tempo dos ruídos insólitos e misteriosos no campo. Os grous emigrantes passam nas regiões onde, em pleno dia, o olho mal os distingue. Só são ouvidos à noite, e essas vozes roucas e gementes, perdidas nas nuvens, parecem o chamado e o adeus das almas atormentadas que se esforçam para encontrar o caminho do céu, que uma invisível fatalidade obriga a planar longe da terra, em torno da morada dos homens; pois esses pássaros viajantes têm estranhas incertezas e misteriosas ansiedades durante sua travessia aérea. Acontece-lhes às vezes de perder o vento, quando brisas caprichosas se combatem ou sucedem nas alturas. Então se vê, quando esses desvios acontecem durante o dia, o chefe da revoada flutuar a esmo nos ares, depois dar meia-volta e se recolocar no fim da falange triangular, enquanto uma sábia manobra de seus companheiros os coloca logo em ordem atrás dele. De repente, depois de vãos esforços, o guia esgotado renuncia a conduzir a caravana; outro se apresenta, tenta por sua vez e cede o lugar a um terceiro, que reencontra a corrente e engaja vitoriosamente a marcha. Mas quantos gritos, recriminações, admoestações, maldições selvagens ou questões inquietas são trocados numa língua desconhecida entre esses peregrinos alados!

Na noite sonora, ouvem-se esses clamores sinistros voltejando às vezes por muito tempo acima das casas e, como não dá para ver nada, sente-se sem querer uma espécie de receio e mal-estar simpático, até que a aluvião soluçante se tenha perdido na imensidão.

Há outros ruídos ainda que são próprios desse momento do ano e que acontecem principalmente nos pomares. A colheita dos frutos não está ainda feita e mil crepitações inusitadas fazem com que as árvores pareçam seres animados. Um galho range, curvando-se, sob o peso que chega de repente ao último grau de desenvolvimento, ou uma maçã se desprende e cai a nossos pés com um som surdo na terra úmida. Então ouve-se fugir, raspando nos galhos e ervas, um ser que não se vê; é o cão do camponês, esse rondante curioso, inquieto, às vezes insolente e covarde, que se enfia em todo canto, não dorme nunca, procura o tempo todo não se sabe o quê, espia, escondido no matagal, e foge ao barulho de uma maçã que cai, crendo que lhe tenham atirado uma pedra.

É durante essas noites, noites veladas e cinzentas, que o linheiro conta suas estranhas aventuras de fogo-fátuo e lebres brancas, de almas penadas e bruxos transformados em lobos, dos sabás[10] nos cruzamentos e de corujas profetizas no cemitério. Eu me lembro de ter passado assim as primeiras horas da noite em volta das moedoras em movimento, cuja percussão impiedosa, interrompendo a narrativa do linheiro no momento mais terrível, fazia-nos sentir um arrepio gélido nas veias. E muitas vezes também o bom homem começava a falar enquanto moía, e perdíamos quatro ou cinco palavras: eram palavras apavorantes, sem dúvida, que não ousávamos fazê-lo repetir e cuja omissão acrescentava um mistério mais assustador aos mistérios já sombrios de sua história. Era em vão que as serventes nos avisavam já ser muito tarde para ficar fora e que a nossa hora de dormir já tinha soado havia muito tempo; elas mesmas morriam de vontade de ouvir mais; e com que terror, em seguida, atravessávamos o vilarejo para voltar para casa! Quão profundo nos parecia o pórtico da igreja e quão espessa e escura a sombra das velhas árvores! Quanto ao cemitério, não o víamos, fechávamos os olhos ao ladeá-lo.

Mas o linheiro não é só o sacristão entregue exclusivamente ao prazer de assustar; gosta de fazer rir, é zombeteiro e sentimental segundo a circunstância, quando é preciso cantar o amor e o himeneu; é ele que recolhe e conserva em sua memória as mais antigas canções e as transmite à posteridade. Ele é então encarregado, nas núpcias, do personagem que veremos atuar na apresentação dos esponsais da Mariazinha.

II. OS ESPONSAIS

Quando todo mundo estava reunido na casa, fecharam, com o maior cuidado, as portas e as janelas; foram até trancar a lucarna do sótão, colocaram tábuas, cavaletes, troncos e mesas atravessadas em todas as saídas, como se estivessem preparados para defender uma sede; e fez-se dentro daquele interior fortificado um silêncio de espera bastante solene, até que ao longe se ouvissem cantos, risos e o som dos instrumentos rústicos. Era o bando do esposo, Germain à frente, acompanhado de seus mais audaciosos companheiros, do coveiro, dos parentes, amigos e empregados, que formavam um alegre e sólido cortejo.

No entanto, à medida que se aproximaram da casa, eles diminuíram o passo, concentraram-se e fizeram silêncio. As moças, trancadas na moradia, haviam se colocado às frestas das pequenas fendas, pelas quais os viram chegar e se desenvolveram em linha de batalha. Caía uma chuva fina e fria, que acentuava o picante da situação, enquanto um fogaréu crepitava no átrio da casa. Marie gostaria de abreviar as lentidões inevitáveis daquela tomada usual; não gostava de ver seu noivo se amofinando assim, mas não tinha voz ativa naquela circunstância e era obrigada a compartilhar ostensivamente do motim cruel de suas companheiras.

Quando os dois campos estavam assim presentes, uma descarga de armas de fogo, vinda de fora, botou em grande rumor todos os cães das redondezas. Os de casa se precipitaram para a porta latindo, crendo tratar-se de um ataque real, e as criancinhas, que as mães se esforçavam em vão para acalmar, puseram-se a chorar e a tremer. Essa cena toda foi tão bem representada que se um estrangeiro a visse teria pensado em se colocar na defensiva contra um bando de arruaceiros.

Então o coveiro, bardo e orador do noivo, pôs-se diante da porta e, com uma voz lamentável, entabulou com o linheiro, este na lucarna que se situava acima da mesma porta, o seguinte diálogo:

O COVEIRO:

— Ai de mim! Minhas boas gentes, meus caros paroquianos, pelo amor de Deus, abram a porta.

O LINHEIRO:

— Quem são vocês, então, e por que tomam a licença de chamar-nos seus caros paroquianos? Não os conhecemos.

O COVEIRO:

— Somos gente de bem e sofredora. Não tenham medo de nós, meus amigos! Deem-nos hospitalidade. Está caindo granizo, nossos pobres pés estão congelando e vimos de tão longe que nossos tamancos estão fendidos.

O LINHEIRO:

— Se vossos tamancos estão fendidos, podem procurar no chão, encontrarão fácil um pedacinho de vime para fazer cravinhos (pequenas lâminas de ferro em forma de arcos que se colocam nos tamancos fendidos para consolidá-los).

O COVEIRO:

— Cravinhos de vime, isso não é muito sólido. Estão a zombar de nós, boa gente, e fariam bem em abrir a porta para nós. Vemos luzir uma bela chama em sua moradia; sem dúvida puseram um espeto para assar e satisfazem o coração e a barriga. Abram, então, a pobres peregrinos que morrerão à vossa porta se não tiverem piedade.

O LINHEIRO:

— Ha! Ha! São peregrinos? Não era o que diziam. E de que peregrinação estão vindo, por favor!

O COVEIRO:

— Diremos quando abrirem a porta, pois vimos de tão longe que não vão querer acreditar.

O LINHEIRO:

— Abrir a porta para vocês? Até parece! Não vamos confiar em vocês. Ora vejamos: é de Saint-Sylvain de Pouligny que vocês estão chegando?

O COVEIRO:
— Estivemos em Saint-Sylvain de Pouligny, mas estivemos ainda bem mais longe.

O LINHEIRO:
— Então foram até Sainte-Solange?

O COVEIRO:
— Em Sainte-Solange estivemos, de certeza; mas estivemos ainda mais longe.

O LINHEIRO:
— Estão mentindo; vocês nem chegaram até Sainte-Solange.

O COVEIRO:
— Fomos mais longe, pois que a esta hora chegamos de São Thiago de Compostela.

O LINHEIRO:
— Que asneira nos contam? Não conhecemos essa paróquia. Vemos que são gente má, arruaceiros, imprestáveis e mentirosos; vão mais adiante cantar vossas lorotas; estamos prevenidos e cá vocês não entrarão.

O COVEIRO:
— Ai de mim! Meu pobre homem, tenha piedade de nós! Não somos peregrinos, adivinharam; mas somos infelizes caçadores perseguidos pelos guardas. Até os soldados estão atrás de nós e, se não nos esconderem dentro de vossa granja, seremos pegos e levados à prisão.

O LINHEIRO:
— E quem nos provará que desta vez são o que dizem? Pois já há uma mentira que não conseguiram sustentar.

O COVEIRO:
— Se quiser abrir para nós, mostraremos uma bela peça de caça que matamos.

O LINHEIRO:
— Mostre agora mesmo, pois estamos desconfiados.

O COVEIRO:
— Pois bem, abram uma porta ou janela que lhes passamos.

O LINHEIRO:

— Oh! Nadica! Nada, seu tolo! Estou olhando por uma frestinha e não vejo entre vocês nem caçadores nem caças.

Aqui, um rapaz boiadeiro, atarracado e de uma força hercúlea, destacou-se despercebido do grupo em que estava, levantou até a lucarna um ganso depenado, enfiado num espeto de ferro grande, ornado de buquês de palha e fitas.

— Ora essa! — exclamou o linheiro, depois de ter passado com precaução um braço para fora a fim de tatear o assado. — Isto não é uma codorna nem uma perdiz, não é nem lebre nem coelho, é alguma coisa como um ganso ou peru. Realmente, que belos caçadores! E essa caça não os fez nem mesmo correr. Vão mais longe, meus caros! Todas as vossas mentiradas são conhecidas, e podem ir cozinhar vossa ceia em casa. Não comerão a nossa.

O COVEIRO:

— Ai de nós! Meu Deus, onde iremos cozinhar nossa caça? É muito pouco para tantos que somos e, aliás, não temos fogo nem lar. A esta hora todas as portas estão fechadas, todo mundo está deitado; apenas vocês fazem núpcias em vossa casa, devem ter o coração bem duro para nos deixar gelando aqui fora. Abram para nós, brava gente, mais uma vez; não lhes ocasionaremos despesas. Vejam que trazemos o assado; basta um pouco de lugar em sua lareira, um pouco de chama para assar e iremos embora contentes.

O LINHEIRO:

— Acham que há lugar sobrando em nossa casa e que a lenha não nos custa nada?

O COVEIRO:

— Temos um montinho de palha para fazer fogo, nós nos contentaremos; deem-nos apenas permissão de colocar o espeto na sua lareira.

O LINHEIRO:

— Não vai dar, vocês nos causam desagrado e não piedade. É-me de aviso que estão bêbedos, que não precisam de nada e que querem entrar em nossa casa para roubar nosso fogo e nossas moças.

O COVEIRO:

— Visto que vocês não querem dar ouvidos a nenhum arrazoado, entraremos em vossa casa à força.

O LINHEIRO:

— Tentem, se quiserem. Estamos trancados o suficiente para não temer. E já que são insolentes, não lhes responderemos mais.

Foi então que o linheiro fechou com um barulhão a lucarna e desceu ao quarto embaixo, por uma escadinha de mão. Depois, pegou a noiva pela mão, e os jovens de ambos os sexos se juntaram a eles, puseram-se a dançar e a gritar alegremente enquanto as matronas cantavam com uma voz perfurante e soltavam grandes gargalhadas em sinal de desprezo e bravata contra os de fora que faziam o assalto.

Os assediadores, por sua vez, atacavam; descarregavam suas pistolas nas portas, faziam latir os cães, davam grandes socos nas paredes, sacudiam as persianas, soltavam gritos apavorantes; enfim, era uma baderna de ninguém mais se entender, uma poeira e uma fumaça de ninguém mais se ver.

No entanto, aquele ataque era simulado; ainda não havia chegado a hora de quebrar a etiqueta. Se conseguissem, rondando, achar uma passagem não vigiada, uma abertura qualquer, podiam tentar entrar de surpresa; então, se o portador do espeto conseguisse botar sua caça no fogo, uma vez constatada a dominação do lar, a comédia acabava e o noivo era vencedor.

Mas as saídas da casa não eram tão numerosas para que tivessem negligenciado as precauções de costume e ninguém se arrogou o direito de empregar a violência antes do momento certo para a luta.

Quando cansaram de pular e gritar, o linheiro pensou em capitular. Subiu novamente à lucarna, abriu-a com precaução e saudou com uma gargalhada os assediadores desapontados.

— Pois bem, meus rapazes — disse ele —, aí estão vocês bem vexados. Pensavam que nada era mais fácil do que cá entrar e estão vendo que nossa defesa é boa. Mas começamos a ficar com pena de vocês, se quiserem se submeter e aceitar nossas condições.

O COVEIRO:

— Falem, brava gente; digam o que é preciso fazer para achegar-se à vossa casa.

O LINHEIRO:

— É preciso cantar, meus amigos, mas cantar uma canção que não conheçamos e à qual não possamos responder com outra melhor.

— Não seja por isso! — respondeu o coveiro, e entoou com uma voz poderosa:

— *Fazia seis meses que era primavera,*

— *Eu passeava na graminha crescente* — respondeu o linheiro com uma voz um pouco rouca, mas terrível. — Estão zombando, minha pobre gente, cantando para nós uma velharia dessas? Vejam que os paramos na primeira palavra!

— *Era uma vez a filha de um príncipe...*

— *Que queria se casar* — respondeu o linheiro. — Podem passar para outra! Conhecemos essa um pouco demais!

O COVEIRO:

— Querem esta? *Voltando de Nantes...*

O LINHEIRO:

— *Eu estava bem cansado, vejam! Estava bem cansado.* Esta é do tempo da minha avó. Vejamos outra!

O COVEIRO:

— *Outro dia passeando...*

O LINHEIRO:

— *Ao longo desse bosque encantado*! Está aí uma que é tola! Nossas criancinhas não quereriam ter o trabalho de responder! Ora, é tudo o que sabem?

O COVEIRO:

— Oh! Nós lhes diremos tantas até ficarem esgotados.

E passou-se uma hora nesse combate. Como os dois antagonistas eram os mais fortes em canções da paróquia e seus repertórios pareciam inesgotáveis, aquilo poderia ter durado a noite inteira, ainda mais que o linheiro pôs um pouco de malícia em deixar cantar alguns lamentos em dez, vinte ou trinta pares de estâncias, fingindo, com seu silêncio, que se declarava vencido. Então triunfavam no campo do noivo, cantavam em coro a plena voz e acreditavam que daquela vez a parte adversária não conseguiria; mas, na metade da estância final, ouvia-se a voz rude e nasalada do velho linheiro balir os últimos versos, após o que, ele exclamava:

— Não precisam se cansar cantando uma tão comprida, minhas crianças! Nós a sabíamos na ponta da língua!

Uma ou duas vezes, no entanto, o linheiro fez careta, franziu as sobrancelhas e voltou-se com um ar desapontado para as matronas atentas. O coveiro cantava alguma coisa tão velha que seu adversário esquecera, ou talvez nunca a tivesse ouvido, mas logo as boas comadres grasnavam, com voz acre como a da gaivota, o refrão vitorioso, e o coveiro, obrigado a se render, passava a outras tentativas.

Demoraria muito esperar para saber de que lado ficaria a vitória, contanto que se oferecesse por esta um presente à altura.

Então começou o canto dos esponsais com um ar solene de canto da igreja.

Os homens de fora disseram em voz grave e em uníssono:

— *Abra a porta, abra,*
Minha querida Marie
Temos belos presentes a lhe apresentar
Ai de mim! Amiga minha, deixe-nos entrar.

Ao que as mulheres responderam, lá de dentro, em falsete e em tom dolente:

— *Meu pai tem mágoa, minha mãe grande tristeza,*
E moça muito querençosa eu sou
Abrir minha porta uma hora dessas não vou.

Os homens retomaram a primeira estância até o quarto verso, que modificaram assim:

— *Trago um belo regalo a lhe apresentar.*

Mas, em nome da noiva, as mulheres responderam da mesma maneira que a primeira vez.

Durante vinte estâncias, ao menos, os homens enumeraram todos os presentes do esponsal, mencionando sempre um objeto novo no primeiro verso: um lindo avental, belas fitas, uma roupa de lã, de renda, uma cruz de ouro e até uma centena de grampos para completar o enxoval modesto da noiva. A recusa das matronas era irrevogável, mas enfim os rapazes decidiram falar de um bom marido a ser apresentado e elas responderam dirigindo-se à noiva, cantando com os homens:

— *Abra a porta, abre,*
Linda Marie,
É um belo marido que lhe vem buscar,
Deixemos entrar, vamos abrir.

III. O CASAMENTO

Assim, o linheiro tirou a tranca de madeira que fechava a porta por dentro; era ainda, naquela época, a única fechadura conhecida na maioria das habitações de nossa vila. O bando do noivo irrompeu na moradia da noiva, mas não sem combate, pois os rapazes acuados na casa, até mesmo o velho linheiro e as velhas comadres, sentiam-se no dever de defender o lar. O portador do espeto, apoiado pelos seus, tinha de conseguir plantar o assado na lareira. Foi uma verdadeira batalha, ainda que se abstivessem de se bater e que não houvesse raiva naquela luta. Mas se empurravam e se apertavam com tanta força, e havia tanto amor-próprio em jogo naquela demonstração de forças musculares, que os resultados poderiam ter sido mais sérios do que aparentavam nos risos e nas canções.

O coitado do velho linheiro, que se debatia como um leão, ficou acostado à muralha e foi espremido pela multidão até perder a respiração. Mais de um campeão derrubado foi pisoteado involuntariamente, mais de uma mão enganchada no espeto ficou ensanguentada. Essas brincadeiras são perigosas e os acidentes graves nos últimos tempos fizeram com que os camponeses decidissem deixar cair em desuso a cerimônia dos esponsais. Creio que tenhamos visto a última delas nas núpcias de Françoise Meillant e, mesmo assim, a luta foi apenas simulada.

Essa luta foi ainda mais apaixonada nas núpcias de Germain. Havia uma questão de honra de uma parte e de outra em invadir e defender o lar da Guillette. O enorme espeto de ferro foi girado como um parafuso nos vigorosos punhos que o disputavam. Um tiro de pistola pôs fogo numa pequena provisão de bonecos de linho, colocada num caniço no teto. Esse incidente distraiu e, enquanto uns e outros se apressavam em apagar o princípio de incêndio, o coveiro, que subira ao sótão sem ser visto, desceu pela chaminé e pegou o espeto na hora em que o boiadeiro, que o defendia ao lado da lareira, o ergueu acima da cabeça para impedir que o arrancassem dele. Algum tempo antes do assalto, as matronas tiveram o cuidado de apagar o fogo, pois temiam que, ao se debater ali, alguém acabasse caindo e se queimasse. O coveiro, caçoísta, de conluio com o boiadeiro, apoderou-se então do troféu, sem dificuldade, e o jogou de través nos cães de chaminé. Pronto! Não era mais permitido tocá-lo. Ele saltou no meio do quarto e acendeu um resto de palha que cercava o espeto, para fazer simulacro do cozimento do assado, pois o ganso estava despedaçado e juncava o piso com seus membros esparsos.

Houve então muitos risos e conversas fanfarronas. Cada um mostrava os ferimentos que arranjara e, como frequentemente era a mão de um amigo que os provocara, ninguém reclamou nem querelou. O linheiro, meio achatado, esfregava o quadril dizendo que nem fazia caso, mas protestava contra a astúcia de seu compadre, o coveiro, e, não estivesse ele quase morto, o lar não teria sido conquistado assim tão facilmente. As matronas varriam o chão e a ordem se fazia. A mesa estava coberta de cântaros de vinho novo. Depois de brindar e retomar fôlego, o noivo foi levado ao meio do quarto e, armado de uma vara, teve de se submeter a uma nova prova.

Durante a luta, a noiva fora escondida com três de suas companheiras pela mãe, a madrinha e as tias, que mandaram as quatro moças se sentar num banco no canto recuado da sala e as cobriram com um grande lençol branco. As três companheiras escolhidas eram do mesmo tamanho da Marie e suas toucas de altura idêntica, de modo que, com o lençol cobrindo-as da cabeça até debaixo dos pés, ficava impossível distinguir umas das outras.

O noivo devia tocá-las com um pedaço da vara apenas para designar aquela que julgava ser a sua mulher. Davam-lhe o tempo de examinar, mas somente com os olhos, e as matronas vigiavam rigorosamente para que não houvesse trapaça. Se ele errasse, não poderia dançar com sua noiva à noite, mas tão somente com aquela que tivesse escolhido por engano.

Germain, vendo-se na presença de fantasmas cobertos com o mesmo sudário, temia muito se enganar e, de fato, isso acontecera com muitos outros, pois as precauções eram sempre tomadas com um cuidado conscienciosos. Seu coração estava disparado. A Mariazinha bem que tentava respirar com força e agitar um pouco o lençol, mas as rivais malévolas faziam o mesmo, empurravam o lençol com os dedos, e havia tantos sinais misteriosos quanto moças debaixo do véu. As toucas quadradas mantinham o véu de modo tão igual que era impossível ver a forma de uma fronte desenhada através das dobras.

Germain, depois de dez minutos de hesitação, fechou os olhos, encomendou a alma a Deus e esticou a vara ao acaso. E tocou a fronte da Mariazinha, que jogou longe o lençol clamando vitória. Houve então permissão para que se beijassem e, erguendo-a em seus braços robustos, ele a levou ao meio do quarto e abriu com ela o baile, que durou até as duas horas da manhã.

Então se separaram todos para se reunirem às oito horas. Como havia um certo número de jovens vindos das redondezas e não havia camas para todos, cada convidada do vilarejo recebeu em sua cama duas ou três jovens companheiras, enquanto os rapazes foram diretamente se deitar na forragem do sótão da chácara. Pode-se imaginar que ali quase não dormiram, pois só pensaram em atazanar uns aos outros, trocar paspalhices e contar histórias loucas. Nas núpcias, são a rigor três noites em claro, pelas quais não se lamenta.

Na hora marcada para a partida, depois que tomaram a sopa com leite temperada com uma forte dose de pimenta para abrir o apetite, pois os regalos de núpcias prometiam ser copiosos, juntaram-se no pátio da fazenda. Nossa paróquia tendo sido suprimida, era a dois quilômetros e meio de nossas casas que se devia buscar a bênção nupcial. Fazia um belo tempo fresco, mas os caminhos estavam muito arruinados e todo mundo se munia de um cavalo, levando consigo na garupa uma companheira, moça ou velha. Germain partiu montado na Grise que, bem nutrida, com novas ferragens e ornada de fitas, raspava o solo com impaciência e soltava fogo pelas ventas. Ele foi buscar a noiva na choupana com seu cunhado Jacques que, montado na velha Grise, pegou a sogra Guillette na garupa, enquanto Germain entrou no pátio da fazenda, com um ar de triunfo, conduzindo sua amada jovem mulher.

Então a alegre trupe se pôs a caminho, escoltada por crianças a pé, as quais corriam e davam tiros de pistola, fazendo saltar os cavalos. Dona Maurice acomodava-se numa pequena charrete com os três filhos de Germain e os menestréis. Eles abriam a marcha ao som dos instrumentos. O pequeno Pierre estava tão lindo que a velha avó ficou toda orgulhosa. Mas a criança impetuosa não parou muito tempo ao lado dela. Quando foi preciso fazer uma parada no meio do caminho para entrar numa passagem difícil, ele se esquivou e foi suplicar a seu pai que o deixasse sentar-se na frente da Grise.

— Ora bolas! — respondeu Germain. — Isso vai atrair más galhofas sobre você! Não se deve.

— Eu não ligo ao que vão dizer as gentes de Saint-Chartier — disse a Mariazinha.

— Pegue-o, Germain, eu lhe peço, ficarei ainda mais orgulhosa dele do que de minha toalete de núpcias.

Germain cedeu e o belo trio se lançou pelas fileiras no galope triunfante da Grise.

E, de fato, as gentes de Saint-Chartier, ainda que muito zombeteiras e um pouco galhofeiras para com as paróquias circundantes reunidas às suas, nem cogitaram rir ao ver tão belo esposo, tão linda noiva e uma criança que daria inveja à mulher de um rei. O pequeno Pierre trajava um terninho completo de lã azul-anil, uma pala vermelha tão graciosa e tão curta que mal lhe chegava abaixo do queixo. O alfaiate da cidade lhe apertara tanto as cavas que ele não conseguia aproximar os braços. Como estava orgulhoso! Usava um chapéu redondo com uma fita preta e dourada, e uma pluma de pavão saindo vigorosamente de um tufo de penas de galinha-d'angola. Um buquê de flores maior que sua cabeça lhe cobria o ombro e as fitas flutuavam até seus pés. O linheiro, que era também o barbeiro e o peruqueiro da redondeza, cortara seus cabelos em cuia, colocando-lhe na cabeça uma tigela e aparando em toda a volta o que estivesse mais comprido — método infalível para não errar as tesouradas. Assim tosada, a pobre criança estava menos poética, com certeza, do que com os longos cabelos ao vento e a pele de carneirinho de São João Batista; mas ele não achava e todos o admiravam, dizendo que parecia um homenzinho. Sua beleza triunfava sobre tudo; com efeito, sobre o que não triunfaria a beleza incomparável da infância?

A irmãzinha, Solange, usava pela primeira vez na vida uma touca no lugar do lencinho indiano que usam as menininhas até a idade de dois ou três anos. E que touca! Mais alta e maior que todo o corpo da coitadinha. E como ela se sentia bonita! Não ousava virar a cabeça, ficava durinha, pensando decerto que a tomariam pela noiva.

Quanto ao pequeno Sylvain, ele ainda usava camisola e, adormecido no colo da avó, não fazia ideia do que fossem núpcias.

Germain olhava seus filhos com amor e, chegando à prefeitura, disse à noiva:

— Olhe, Marie, chego aqui um pouco mais feliz do que no dia em que trouxe você de volta para casa, da floresta de Chanteloube, achando que você jamais me amaria; eu a peguei nos meus braços para pôr de volta no chão, como agora; mas pensava que não nos encontraríamos nunca mais sobre a boa Grise com essa criança no nosso colo. Olhe, eu a amo tanto, amo tanto esses pobres pequenos, que estou tão feliz que você me ame e que os ame, e meus pais a amem, e amo tanto a sua mãe e meus amigos, e todo mundo hoje, que queria ter três ou quatro corações para caber tudo. Verdade, um só é muito pouco para acomodar tantos amores e tantas alegrias! Estou até com dor de estômago.

Havia uma multidão à porta da prefeitura e da igreja para ver a bela noiva. Por que não diremos sua roupa? Caía-lhe tão bem! Sua touca de musselina clara e toda bordada tinha grandes franjas guarnecidas de renda. Naquele tempo, as camponesas não se permitiam mostrar um único fio de cabelo; e embora escondam sob as toucas magníficas cabeleiras enroladas em fitas de fio branco para sustentar o penteado, ainda hoje seria uma ação indecente e vergonhosa mostrar aos homens a cabeça descoberta. No entanto, elas se permitem agora deixar na fronte uma tirinha fina que as embeleza muito. Mas lamento pela touca clássica do meu tempo; aquelas rendas brancas transparentes sobre a pele tinham um caráter de antiga castidade que me parece mais solene, e quando o rosto ficava belo assim, era de uma beleza cujo charme e majestade inocente nada pode exprimir.

Mariazinha ainda usava uma dessas toucas e sua fronte estava tão alva e pura que ameaçava ofuscar o branco do tecido. Embora não tivesse pregado o olho a noite inteira, o ar da manhã e principalmente a alegria de uma alma tão límpida quanto o céu e ainda com um pouco de chama secreta, contida pelo pudor da adolescência, faziam subir às maçãs de seu rosto um brilho suave como o da flor do pessegueiro aos primeiros raios de abril.

Seu lenço branco, castamente cruzado sobre o peito, só mostrava os contornos delicados de um colo carnudo como o de uma pomba; sua combinação de tecido fino verde-murta desenhava a cintura fina, que parecia perfeita, mas que cresceria e se desenvolveria mais, pois ela não tinha nem dezessete anos. Ela usava um avental de seda violeta, com a pala, que nossos campesinos cometeram o erro de suprimir e que dava muita elegância e modéstia ao colo. Hoje, as moças exibem seus fichus com mais orgulho, mas não há mais em sua toalete aquela fina flor da antiga castidade que lhes fazia parecer virgens de Holbein. Elas estão mais coquetes, mais graciosas. O bom gosto de outrora era uma espécie de rigor severo que lhes tornava o raro sorriso mais profundo e mais ideal.

Na oferenda, Germain pôs, segundo o uso, a trezena, isto é, treze moedas de prata, na mão de sua noiva. Ele lhe pôs no dedo um anel de prata, de forma invariável há séculos, mas que a aliança de ouro substituiu depois. Ao sair da igreja, Marie lhe disse baixinho:

— É a aliança que eu queria? A que lhe pedi, Germain?
— Sim — respondeu ele —, a que estava no dedo da minha Catherine quando ela morreu. É a mesma aliança para meus dois casamentos.

— Eu lhe agradeço, Germain — disse a jovem mulher num tom sério e penetrante. — Eu morrerei com ela, e se for antes de você, guarde-a para o casamento de sua pequena Solange.

IV. O REPOLHO

Montou-se novamente nos cavalos e rapidamente se retornou a Belair. A refeição foi esplêndida e durou, entremeada de danças e cantos, até a meia-noite. Os velhos não saíram da mesa por catorze horas. O coveiro cozinhou e muito bem. Ele tinha reputação por isso, e só deixava os fornos para vir dançar e cantar entre cada serviço. No entanto, era epilético, o pobre Bontemps! Quem desconfiaria? Ele era jovial, forte e alegre como um moço. Um dia o encontramos como um morto, contorcido por seu mal, numa cova, na boca da noite. Nós o trouxemos para nossa casa numa carriola e passamos a noite a cuidar dele. Três dias depois, lá estava ele num esposório; cantava como um melro e saltava feito um cabrito, agitado como antes. À saída de um casamento, ele ia cavar uma cova e fechar um caixão. Cumpria devotadamente a tarefa, e, embora não transparecesse depois em seu bom humor, conservava daquilo uma impressão sinistra que acelerava a retomada de seus acessos. Sua mulher, paralítica, não se mexia da cadeira havia vinte anos. Sua mãe tem cento e quatro anos e ainda vive. Mas ele, coitado, tão alegre, tão bom, tão divertido, morreu no ano passado ao cair do sótão. Sem dúvida, fora acometido pelo fatal ataque de sua doença e, como de costume, escondera-se no feno para não assustar nem afligir a família. E terminou assim, de uma maneira trágica, uma vida estranha como ele mesmo, uma mistura de coisas lúgubres e loucas, terríveis e hilárias, entre as quais seu coração sempre permaneceu bom e seu caráter, amável.

Mas estamos chegando ao terceiro dia das núpcias, que é o mais curioso e se manteve com todo o seu rigor até os nossos dias. Não falaremos da tosta[11] que se leva ao leito nupcial; é de uma usança muito tola que faz sofrer o pudor da noiva e tende a destruir o das moças que assistem. Aliás, creio que seja uma usança de todas as províncias e que na nossa nada tenha de particular.

Assim como a cerimônia do esponsal é o símbolo da tomada do coração e do domicílio da noiva, a do repolho é o símbolo da fecundidade do hímen.[12] Depois do almoço do dia seguinte às núpcias começa essa bizarra representação de origem gaulesa,[13] mas que, passando pelo cristianismo primitivo, se tornou pouco a pouco uma espécie de mistério ou de moralidade bufona da Idade Média.

Dois rapazes (os mais alegres e mais bem-dispostos do bando) desaparecem durante o almoço, vão se fantasiar e enfim voltam escoltados por música, cães, crianças e tiros de pistola. Eles representam um casal de esmoleiros, marido e mulher, cobertos dos trapos mais miseráveis. O marido é o mais sujo dos dois, é o vício que o degrada assim; a mulher é só infeliz e aviltada pelas desordens de seu esposo.

Eles se intitulam o jardineiro e a jardineira e se dizem encarregados da guarda e da cultura do repolho sagrado. Mas o marido tem diversas qualificações, todas com um sentido. Chamam-no com indiferença de "o palhento", porque traz uma peruca de palha e de linho e, para esconder a nudez maldisfarçada pelos trapos, ele enrola as pernas e uma parte do corpo com palha. E faz assim uma barriga grande ou uma corcunda com palha ou feno sob a blusa; o "trapeiro", pois ele está coberto de trapos; enfim, o "pagão", o que é ainda mais significativo, pois supõe-se, por seu cinismo e deboches, que se resuma nele o antípoda de todas as virtudes cristãs.

Ele chega com o rosto rebocado de fuligem e de borra de vinho, às vezes usando uma máscara grotesca. Uma xícara de barro trincada ou um tamanco velho, pendurado à cintura por um barbante, lhe serve para pedir esmola para o vinho. Ninguém recusa e ele finge beber, depois espalha vinho pelo chão, em sinal de libação. A cada passo ele cai, rola na lama, finge estar afetado pela mais vergonhosa bebedeira. Sua pobre mulher corre atrás dele, levanta-o, pede socorro, arranca os cabelos de linho que lhe saem em mechas arrepiadas da touca imunda; ela chora por causa da abjeção de seu marido e lhe faz reprimendas patéticas.

— Desgraçado! — diz-lhe ela. — Veja ao que nos reduziu sua má conduta! Por mais que eu fie, trabalhe para você, remende suas roupas, você se rasga, enlameia sem parar. Você come meus bens, nossos seis filhos estão sem teto, vivemos num estábulo com os animais, eis-nos obrigados a pedir esmola e ainda por cima você é tão feio e nojento, tão desprezado, que logo vão nos jogar pão como aos cães. Ai de mim! Minhas pobres gentes, tenham piedade de nós! Tenham piedade de mim! Eu não mereço o meu destino e jamais uma mulher teve um marido tão esborralhado e mais detestável. Ajudem-me a levantá-lo, caso contrário os carros vão esmagá-lo como um caco de garrafa e ficarei viúva, o que acabaria de me matar de dor, embora todo mundo diga que seria uma grande felicidade para mim.

Tal é o papel da jardineira e suas lamentações contínuas durante a peça inteira. Pois é uma verdadeira comédia improvisada, encenada ao ar livre, nas trilhas, através dos campos, alimentada por todos os acidentes fortuitos que se apresentam e da qual todo mundo participa, as gentes das núpcias e de fora, hóspedes das casas e passantes dos caminhos durante três ou quatro horas do dia, como veremos. O tema é invariável, mas bordado infinitamente, e é aí que se deve ver o instinto mímico, a abundância de ideias bufonas, a facúndia, o espírito de réplica e até a eloquência natural de nossos camponeses.

O papel da jardineira é ordinariamente confiado a um homem magro, imberbe e de tez fresca, que sabe dar uma grande veracidade a seu personagem e fingir o desespero burlesco com suficiente naturalidade para que nos sintamos divertidos e entristecidos ao mesmo tempo, como se fosse um fato real. Esses homens magros e imberbes não são raros em nossas campanhas e, coisa estranha, são às vezes mais notáveis por sua força muscular.

Depois de constatado o infortúnio da mulher, os jovens do casamento a convencem a deixar aquele marido beberrão e se divertir com eles. Oferecem-lhe o braço e a levam. Pouco a pouco ela se deixa relaxar, alegra-se e põe-se a correr, ora com um, ora com outro, tomando ares desavergonhados; nova moralidade, o desvio do marido provoca e acarreta o da mulher.

O pagão desperta aí de sua embriaguez, procura com os olhos sua companheira, arma-se de uma corda e de uma vara e se apressa atrás dela. Então o fazem correr, escondem-se, passam a mulher de um a outro, tentam distrair e enganar o ciumento. Seus amigos se esforçam para embriagá-lo. Enfim, ele alcança a infiel e quer bater nela. O que há de mais real e bem observado nessa paródia das misérias e da vida conjugal é que o ciumento nunca mira os que lhe tomaram a mulher. É muito prudente com eles, quer somente pegar a culpada, porque supostamente ela não consegue resistir.

Mas quando ele levanta a vara e prepara a corda para amarrar a delinquente, todos os homens do casamento interferem e se põem no meio dos dois esposos: "Não bata nela! Nunca bata em sua mulher!", é a fórmula que se repete à saciedade nessas cenas. Desarmam o marido, forçam-no a perdoá-la, a beijar sua mulher, e logo ele afeta amá-la mais do que nunca. Ele se vai de braços dados com ela, cantando e dançando, até que um novo acesso de bebedeira o faça rolar no chão; e aí recomeçam as lamentações da mulher, seu desânimo, seus desvarios simulados, o ciúme do marido, a intervenção dos vizinhos e a reacomodação. Há nisso tudo um ensinamento ingênuo, até grosseiro, que cheira à sua origem medieva, mas que sempre causa impressão, se não aos noivos, apaixonados demais e sensatos demais hoje para precisar disso, ao menos às crianças e aos adolescentes. O pagão assusta e enoja tanto as moças, correndo atrás delas e fingindo querer beijá-las, que elas fogem com uma emoção que nada tem de fictícia. Sua face rebocada e seu grande bastão (inofensivo, no entanto) fazem com que os garotos soltem gritos. É a comédia de costumes em seu estado mais elementar e mais chocante.

Quando essa farsa foi devidamente encenada, é hora de irem procurar o repolho. Trazem uma padiola na qual se coloca o pagão armado de uma pá, uma corda e um grande cesto. Quatro homens vigorosos o suspendem nos ombros. Sua mulher o segue a pé, os anciãos vêm em grupo atrás deles com um ar grave e pensativo, depois os outros andam em casais no passo marcado pela música. Os tiros de pistola recomeçam, os cães urram mais do que nunca à vista do pagão imundo, assim triunfalmente carregado. As crianças o remedam como podem, com tamancos na ponta de um barbante.

Mas por que essa ovação a um personagem tão repugnante? Caminha-se à conquista do repolho sagrado, emblema da fecundidade matrimonial, e é esse beberrão embrutecido o único a poder colocar a mão na planta simbólica. Sem dúvida, há aí um mistério anterior ao cristianismo, que lembra a festa das Saturnais ou algum bacanal antigo. Quiçá esse pagão, que é ao mesmo tempo o jardineiro por excelência, seja ninguém menos do que Príapo em pessoa, o deus dos jardins e do deboche, divindade que deve, entretanto, ter sido casta e séria na origem, como o mistério da reprodução, mas que a licença e os costumes e o desvario das ideias degradaram insensivelmente.

Seja como for, a marcha triunfal chega à moradia da noiva e se introduz em seu jardim. Ali se escolhe o mais belo repolho, o que não se faz rapidamente, pois os anciãos fazem um conselho e discutem a perder de vista, cada um pleiteando pelo repolho que lhe parece o mais conveniente. Vota-se e, quando a escolha está feita, o jardineiro amarra sua corda em torno do cabo e se afasta o mais que permite a extensão do jardim. A jardineira cuida para que, em sua queda, o legume sagrado não seja danificado. Os bufões das núpcias, o linheiro e o coveiro, o carpinteiro ou o sapateiro (todos os que enfim não trabalham a terra e que, passando a vida na casa dos outros, têm reputação e de fato são mais espirituosos e têm mais palavrosidade que os simples agricultores) metem-se à volta do repolho. Um deles corta uma fatia com a pá, com tanta força que se diria que se tratava de abater um carvalho. O outro bota no nariz um prendedor de madeira[14] ou papelão que simula um par de óculos; ele faz o ofício de engenheiro, aproxima-se, afasta-se, traça um plano, cutuca os trabalhadores, estica linhas, banca o pedante, grita que vão estragar tudo, manda largar e retomar o trabalho segundo o seu desejo e, o mais longa e ridiculamente possível, dirige o fardo. Este é um acréscimo ao formulário antigo da cerimônia, a fim de zombar dos teóricos em geral, que o camponês comum despreza soberanamente, ou por ódio dos agrimensores que organizam o cadastro e repartem o imposto ou, enfim, dos empregados nas pontes e nos calçamentos que convertem as comunais em estradas e suprimem velhas trapaças caras ao camponês? Tanto é que o personagem da comédia se designa "o geômetra" e faz o possível para se tornar insuportável aos que seguram picaretas e pás.

Enfim, depois de um quarto de hora de dificuldades e de mascaradas, para não cortar as raízes do repolho e para arrancá-lo sem danos, enquanto pazadas de terra são lançadas no nariz dos assistentes (azar de quem não escapa rápido; seja bispo ou príncipe, deve ser batizado com terra), o pagão puxa a corda, a pagã estica seu avental, e o repolho cai majestosamente sob as aclamações dos espectadores. Então eles trazem o cesto e o casal pagão ali planta o repolho com todo o cuidado e precauções. Cercam-no de terra fresca, ou o escoram com varetas e cordões, conforme fazem as floristas das cidades com suas esplêndidas camélias em vaso; espetam maçãs vermelhas nas pontas das varetas; galhos de tomilho, de sálvia e louro em volta; orna-se o todo com fitas e bandeirolas; coloca-se o troféu na maca com o pagão, que deve mantê-lo em equilíbrio e evitar acidentes, e, enfim, saem do jardim em ordem e marchando.

Mas aí, quando se trata de atravessar a porta, assim como em seguida terão de entrar no quintal da casa do noivo, um obstáculo imaginário se opõe à passagem. Os carregadores do fardo escorregam, proferem grandes exclamações, recuam, avançam de novo e, como empurrados por uma força invisível, fingem sucumbir sob o peso. Enquanto isso os assistentes gritam, excitam e acalmam a atrelagem humana. "Muito bem, muito bem, criança! Aí, aí, coragem! Tomem cuidado! Paciência! Abaixem! A porta é muito baixa! Comprimam-se, ela é muito estreita! Um pouco para a esquerda, à direita agora! Vamos, força, vocês conseguiram!"

É assim que, nos anos de colheita abundante, o carro de bois, carregado além da conta de forragem ou de grãos, acaba muito largo ou muito alto para entrar sob o toldo da granja. É assim que se grita com os animais robustos para contê-los ou excitá-los, é assim que, com destreza e vigorosos esforços, faz-se passar a montanha de riquezas, sem desmoronar, no arco do triunfo rústico. É principalmente essa última charrua, chamada de feixeira, que demanda essas precauções, pois é também uma gesta campestre, e o último feixe tirado na última senda é colocado no alto do carro, ornado de fitas e de flores, assim como a fronte dos bois e o aguilhão do boiadeiro. Assim, a entrada triunfal e penosa do repolho na casa é um simulacro da prosperidade e da fecundidade que ele representa.

Uma vez no quintal do noivo, o repolho é erguido e levantado acima da casa ou da granja. Se há uma chaminé, um oitão, um pombal mais alto do que os outros cumes, é preciso, mesmo sob riscos, levar o tal fardo ao ponto mais alto da habitação. O pagão o acompanha até lá, fixa-o e rega com um grande jarro de vinho, enquanto uma salva de tiros de pistolas e de contorções alegres da pagã sinalizam sua inauguração.

A mesma cerimônia recomeça imediatamente. Vai-se desenterrar outro repolho com as mesmas formalidades no teto que sua mulher acaba de deixar para segui-lo. Esses troféus ficam até que o vento e a chuva destruam os cestos e levem o repolho. Mas duram o suficiente para dar alguma chance de sucesso à predição que fazem os anciãos, as matronas, ao saudá-los: "Belo repolho, dizem eles, viva e floresça para que nossa jovem noiva tenha uma bela criancinha antes do fim do ano; pois se você morrer logo, será sinal de esterilidade, e ficaria lá em cima na casa dela como um mau presságio".

O dia já está avançado quando todas essas coisas terminam. Só resta conduzir os padrinhos e madrinhas dos cônjuges. Quando esses pais putativos moram longe, acompanham-nos com a música e todos os convivas até os limites da freguesia. Ali, dança-se ainda no caminho e se beijam ao se separarem. O pagão e sua mulher são então limpos e vestidos apropriadamente — isso quando o cansaço de seus papéis não os força a tirar uma soneca.

Dançava-se, cantava-se e se comia ainda na quinta de Belair nesse terceiro dia de núpcias, à meia-noite, quando do casamento de Germain. Os anciãos, à mesa, não conseguiam ir embora, pudera! Só conseguiram recobrar as pernas e a cabeça no dia seguinte. Então, enquanto eles retornam à sua moradia, silenciosos e trôpegos, Germain, orgulhoso e disposto, sai para ir atrelar seus bois, deixando cochilar sua jovem companheira até o nascer do sol. A cotovia, que cantava subindo aos céus, parecia-lhe ser a voz do seu coração dando graças à Providência. A geada brilhando nos arbustos descarnados lhe parecia a brancura das flores de abril que precedem a aparição das folhas. Tudo estava risonho e sereno para ele na natureza. O pequeno

Pierre rira tanto e pulara tanto na véspera que não veio ajudá-lo a conduzir os bois; mas Germain estava contente de ficar sozinho. Pôs-se de joelhos na senda que iria reabrir e fez sua oração matinal com uma efusão tão grande que duas lágrimas lhe escorreram pelas faces ainda úmidas de suor.

Ouviam-se ao longe os cantos dos rapazes das paróquias vizinhas, que voltavam para casa repetindo com voz meio rouca os refrãos jocosos da véspera.

O campesino

Preâmbulo

O campesino foi publicado pela primeira vez no folhetim *Journal des Débats*.

Quando o romance chegava ao desfecho, outro desfecho mais sério acontecia na primeira menção a Paris no dito jornal. Era a catástrofe final da monarquia de julho nos últimos dias de fevereiro de 1848.

Desfecho este que causou, naturalmente, muito prejuízo ao meu, cuja publicação interrompida e atrasada só se completou, se bem me lembro, um mês mais tarde. Para os leitores que são artistas de profissão ou por instinto e se interessam pelos processos de confecção das obras de arte, acrescentarei aqui que, alguns dias antes da conversação de que este prefácio é o resumo, eu estava passando pelo caminho de Napes. A palavra "nape",[15] que na linguagem figurada da região designa a bela planta chamada nenúfar, ninfeia, descreve muito bem essas folhas largas que se estendem na água como toalhas de mesa; mas prefiro crer que se deva escrever, em francês, com um só P e fazê-la derivar de "napeia", o que não lhe altera em nada a origem mitológica.

O caminho de Napes, onde nenhum de vocês, caros leitores, provavelmente jamais venha a passar, pois não conduz a nada em que valha a pena enfiar-se, é uma quebrada bordejada por um regato em cuja água lamacenta crescem as mais belas ninfeias do mundo; mais brancas do que camélias, mais perfumadas do que lírios, mais puras do que vestidos vestais em meio a salamandras e cobras que vivem no lodaçal e nas flores, enquanto o martim-pescador, esse fulgurante pássaro das margens, arrasa num raio a admirável vegetação selvagem da cloaca.

Um menininho de seis ou sete anos, montado num cavalo em pelo, saltou com sua montaria o arbusto que estava atrás de mim, deslizou até o chão, abandonou o potro desgrenhado no pasto e voltou a saltar sobre o obstáculo que havia tão lestamente atravessado a cavalo no instante anterior. Não era assim tão fácil para suas pernas curtas; eu o ajudei e tive uma conversa com ele bem semelhante àquela que reportei no início do *Campesino*, entre a moleira e a criança abandonada. Quando lhe perguntei sua idade, que ele não sabia, saiu textualmente com esta réplica: dois anos. Ele não sabia nem seu nome, nem o de seus pais, nem de sua moradia; tudo o que sabia era manter-se sobre um cavalo indômito como um pássaro num galho sacudido por um temporal.

Criei vários campesinos dos dois sexos que vingaram tanto física quanto moralmente. Não é raro, entretanto, que essas pobres crianças sejam em geral propensas, pela ausência de educação nos campos, a se tornarem bandidos. Confiadas às mais pobres gentes, dada a falta de recursos a que são submetidas, são com frequência usadas para exercer, em prol de seus pais putativos, o vergonhoso ofício da mendicância. Não seria possível aumentar esses recursos e impor como condição que os campesinos não mendigassem, nem mesmo à porta de vizinhos e amigos?

Vivi essa experiência também: de que nada é mais difícil do que inspirar o sentimento de dignidade e o amor ao trabalho às crianças que começaram a viver conscientemente de esmola.

George Sand
Nohant, 20 de maio de 1852

Voltávamos do passeio, R*** e eu, à luz do luar, que prateava levemente as sendas na campanha ensombrecida. Era uma noite de outono morna e suavemente velada; observávamos a sonoridade do ar nessa estação e um não sei quê de misterioso então reinante na natureza. Dir-se--ia que, à aproximação do pesado sono do inverno, cada ser e cada coisa dão jeito de furtivamente gozar um resto de vida e de animação antes da letargia fatal do congelamento e, como se quisessem enganar a marcha do tempo, como se temessem ser surpreendidos e interrompidos nesses últimos embates de sua festa, os seres e as coisas da natureza procedem sem barulho e sem atividade aparente em sua embriaguez noturna. Os pássaros emitem gritos surdos em vez das alegres fanfarras de verão. O inseto nas trilhas deixa escapar às vezes uma exclamação indiscreta, mas logo se interrompe e vai rapidamente levar seu canto ou lamento a outro ponto de ajuntamento. As plantas se apressam em exalar um último perfume, ainda mais suave porque é mais sutil e como que contido. As folhas amarelejantes não ousam tremer ao sopro do ar e os rebanhos passam em silêncio, sem gritos de amor ou de combate.

Nós mesmos, meu amigo e eu, caminhávamos com certa precaução, e um recolhimento instintivo nos tornava mudos e atentos à beleza abrandada da natureza, à harmonia encantadora de seus últimos acordes, que se extinguiam num pianíssimo inapreensível. O outono é um andante melancólico e gracioso que prepara admiravelmente o solene adágio do inverno.

— Tudo está tão calmo — disse-me enfim meu amigo que, malgrado nosso silêncio, seguira meus pensamentos como eu seguira os seus —, tudo parece absorvido num devaneio tão estranho e tão indiferente às labutas, às previsões e às preocupações do homem, que me pergunto que expressão, que cor e que manifestação de arte e de poesia a inteligência humana poderia dar neste momento à fisionomia da natureza. E para melhor lhe definir a finalidade da minha busca, comparo esta noite, este céu, esta paisagem, apagados porém harmoniosos e completos, à alma do camponês religioso e sábio que trabalha e aproveita de seu labor, que goza a sua vida típica, sem necessidade, sem desejo e sem meios de manifestar e exprimir sua vida interior. Tento me colocar no centro desse mistério da vida rústica e natural, eu, civilizado, que não sei desfrutar somente por instinto e sou sempre atormentado pelo desejo de prestar contas aos outros e a mim mesmo da minha contemplação ou da minha meditação. "E então", continuou meu amigo, "tenho dificuldade em achar a relação que se pode estabelecer entre a minha inteligência que se aguça demais e a do camponês que não se aguça muito; assim como eu me perguntava há pouco o que a pintura, a música, a descrição, a tradução da arte, enfim, poderiam acrescentar à beleza desta noite de outono que se revela para mim por uma reticência misteriosa e me penetra por não sei qual comunicação mágica."

— Vejamos — respondi — se entendi bem como a sua pergunta se formula: esta noite de outubro, este céu incolor, esta música sem melodia marcada ou acompanhada, esta calma da natureza, este camponês que se encontra mais perto do que nós, por sua simplicidade, de gozá-la e compreendê-la sem a descrever, coloquemos tudo junto e chamemos de vida primitiva em relação à nossa vida desenvolvida e complicada, que chamarei de vida factícia. Você pergunta qual o vínculo possível, a ligação entre esses dois estados opostos da existência das coisas e dos seres, entre o palácio e a choupana, entre o artista e a criação, entre o poeta e o lavrador.

— Sim — replicou ele —, e precisemos: entre a língua que falam esta natureza, esta vida primitiva, esses instintos e a que falam a arte, a ciência, o conhecimento, em suma.

— Para ficar nesta linguagem que você adota, eu lhe responderei que entre o conhecimento e a sensação, a relação é o sentimento.

— E é precisamente sobre a definição desse sentimento que interrogo você, interrogando a mim mesmo. É ele que traz a manifestação que me embaraça: é ele que é a arte, o artista, como queira, encarregado de traduzir essa candura, essa graça, esse charme da vida primitiva àqueles que só vivem a vida factícia e que são, permita-me dizer, perante a natureza e seus segredos divinos, os maiores ignorantes do mundo.

— Você me pede nada menos que o segredo da arte; procure-o no âmago de Deus, pois nenhum artista poderá lhe revelar. O artista não sabe e não poderia ter ciência das causas de sua inspiração ou de sua impotência. Como é preciso fazer para exprimir o belo, o simples e o verdadeiro? Eu que sei? E quem poderia nos dizer? Os maiores artistas tampouco poderiam, porque se tentassem fazê-lo deixariam de ser artistas e se tornariam críticos e a crítica...!

— E a crítica — retomou meu amigo — gira há séculos em torno do mistério sem nada compreender. Mas me perdoe, não é bem o que eu perguntava. Estou sendo mais selvagem do que isso neste momento: estou revogando o poder da arte. Eu o desprezo, aniquilo, finjo que a arte não nasceu, que não existe, ou até que, se viveu, seu tempo acabou. Está gasta, não tem mais formas, não tem mais fôlego, não tem mais meios para cantar a beleza da verdade. A natureza é uma obra de arte, mas Deus é o único artista que existe e o homem não passa de um arranjador de mau gosto. A natureza é bela, o sentimento exala de todos os seus poros; o amor, a juventude, a beleza são imperecíveis. Mas o homem só dispõe, para senti-los e expressá-los, de meios absurdos e faculdades miseráveis. Seria melhor que ele não se metesse nisso, que ficasse mudo e se fechasse em sua contemplação. E então, o que você me diz?

— Estou de acordo, não pediria definição melhor — respondi.

— Ah! — exclamou ele. — Você vai longe demais e entra demais no meu paradoxo. Eu pleiteio: replique.

— Eu lhe replicarei então que um soneto de Petrarca tem sua beleza relativa, que equivale à beleza da água do Vaucluse; que uma bela paisagem de Ruysdaël tem seu charme, o qual equivale ao desta noite; que Mozart canta na língua dos homens tão bem quanto o rouxinol na dos pássaros; que Shakespeare transmite as paixões, os sentimentos e os instintos do modo como o homem mais primitivo e mais verdadeiro pode senti-las. Eis a arte, a relação, o sentimento, numa palavra.

— Sim, é uma obra de transformação! Mas e se ela não me satisfaz? Ainda que você tivesse mil vezes razão dentro dos parâmetros do gosto e da estética, e se eu acho os versos de Petrarca menos harmoniosos que o barulho da cascata e assim por diante? Se eu sustentar que há nesta noite um encanto que ninguém poderia me revelar sem que eu mesmo o tivesse desfrutado; e que toda a paixão de Shakespeare é fria diante daquela que vejo arder nos olhos do camponês ciumento que bate na sua mulher, o que você teria a me responder? Não se trata de persuadir meu sentimento. E se ele escapar aos seus exemplos, se resistir às suas provas? A arte não é, pois, um demonstrador invencível, e o sentimento nem sempre é satisfeito pela melhor das definições.

— Não vejo nada a responder, com efeito, senão que a arte é uma demonstração cuja prova é a natureza; que o fato preexistente dessa prova está sempre aí para justificar e contradizer a demonstração e que não se pode fazer uma boa demonstração se não se examinar a prova com amor e religião.

— Assim, a demonstração poderia passar ao largo da prova; mas e a prova, não poderia passar ao largo da demonstração?

— Deus poderia ficar sem a demonstração, certamente, mas você, que fala como se não fosse um dos nossos, aposto que não compreenderia nada da prova se não tivesse achado na tradição da arte a demonstração sob mil formas, nem se você mesmo não fosse uma demonstração sempre agindo sobre a prova.

— Eis aí do que me queixo. Queria me livrar dessa eterna demonstração que me irrita; aniquilar na minha memória os ensinamentos e as formas da arte; jamais pensar na pintura quando olho a paisagem, na música quando escuto o vento, na poesia quando admiro e experimento o conjunto. Queria desfrutar de tudo instintivamente, porque esse grilo que canta me parece mais alegre e inflamado do que eu.

— Você se queixa de ser homem, em suma?

— Não, queixo-me de não ser mais o homem primitivo.

— Resta saber se, sem compreender, o homem primitivo desfrutava.

— Eu não o suponho semelhante a um bruto. A partir do momento em que se tornou homem, ele compreendeu e sentiu diferentemente. Mas não consigo ter uma ideia nítida de suas emoções e é isso que me atormenta. Eu queria ser, ao menos, o que a sociedade atual permite que um grande número de homens seja do berço ao túmulo: queria ser camponês; o camponês que não sabe ler, aquele a quem Deus deu bons instintos, uma organização pacífica, uma consciência limpa; e imagino que, no embotamento das faculdades inúteis, na ignorância dos gostos depravados, eu seria tão feliz quanto o homem primitivo sonhado por Jean-Jacques.[16]

— Eu também sonho sempre com isso; quem já não sonhou? Mas esse fato não daria vitória ao seu raciocínio, pois o mais simplório e mais ingênuo dos camponeses já é artista; e aposto até que a arte dele é superior à nossa. Tem outra forma, mas ela fala mais à minha alma do que todas aquelas da nossa civilização. As canções, as narrativas, os contos rústicos pintam em poucas palavras o que nossa literatura só sabe ampliar e distorcer.

— Então, triunfei? — retomou meu amigo. — Essa arte é mais pura e melhor porque se inspira mais na natureza e está em contato direto com ela. Cheguei ao extremo quando disse que a arte não servia para nada; mas eu disse também que queria sentir à maneira do camponês e não me desdigo. Há algumas elegias bretãs feitas por mendicantes que valem pelo total de Goethe e Byron; em três pares de estrofes provam que a apreciação do verdadeiro e do belo foi mais espontânea e mais completa nessas almas simples do que nas dos mais ilustres poetas. E a música, então! Não temos em nossa região melodias admiráveis? Quanto à pintura, eles não a têm, mas a possuem em sua linguagem, que é mais expressiva, mais enérgica e cem vezes mais lógica do que a nossa língua literária.

— Admito — respondi —, e quanto a esse último ponto, principalmente, é o que me dá desespero: ser forçado a escrever na língua da Academia, quando conheço bem melhor outra, que é muito superior para expressar toda uma ordem de emoções, sentimentos e pensamentos.[17]

— Sim, sim, o mundo ingênuo! — disse ele. — O mundo desconhecido, fechado à nossa arte moderna e que estudo nenhum fará você, camponês por natureza, exprimir a si mesmo, se você quiser introduzi-la no domínio da arte civilizada, no comércio intelectual da vida factícia.

— Infelizmente — respondi —, já me preocupei muito com isso. Vi e senti por mim mesmo, junto a todos os seres civilizados, que a vida primitiva era o sonho, o ideal de todos os homens e de todos os tempos. Dos pegureiros de Longus até Trianon, a vida pastoral é um éden perfumado onde as almas atormentadas e lassas do tumulto do mundo tentaram se refugiar. A arte, essa grande bajuladora, essa caçadora complacente de consolações para as gentes felizes, atravessou uma série ininterrupta de pastorais. E com esse título, *História de pastorais*, sempre desejei fazer um livro de erudição e de crítica no qual analisaria todos esses diferentes sonhos campestres de que as altas classes se nutriram com paixão.

"Eu seguiria suas modificações sempre em relação inversa à depravação dos costumes, que foram se tornando puras e sentimentais, principalmente à medida que a sociedade estava corrompida e impudente. Queria poder encomendar tal livro a um escritor mais capaz do que eu para fazê-lo e o leria depois, com prazer. Seria um tratado de arte completo, pois a música, a pintura, a arquitetura, a literatura sob todas as suas formas — teatro, poema, romance, écloga, canção, as modas, os jardins, até os costumes —, tudo sofreu o arrebatamento do sonho pastoral. Todos esses tipos da idade de ouro, essas pastoras, que eram ninfas e depois marquesas, essas pastoras de Astreia que passam pelo Lignon de Forez, que usam pó e cetim sob Luís XV e nas quais Sedaine começa, ao final da monarquia, a dar coices, são todos mais ou menos falsos, e hoje em dia nos parecem tolos e ridículos. Acabamos com eles, não os vemos senão sob a forma de fantasmas na Ópera e, no entanto, eles reinaram nas cortes e fizeram os deleites dos reis que lhes tomavam emprestados o cajado e o bisaco.

"Perguntei-me muitas vezes por que não há mais pastores, visto que não somos tão apaixonados pela verdade nestes últimos tempos para que nossas artes e nossa literatura se deem o direito de desprezar esses tipos de convenção mais do que àqueles que a moda inaugura. Estamos hoje na energia e na atrocidade e bordamos na tela dessas paixões ornamentos que seriam terríveis a ponto de nos deixar de cabelos em pé, se conseguíssemos levá-los a sério."

— Se já não temos mais pastores — retomou meu amigo —, se a literatura já não tem mais esse ideal falso que valia o de hoje, não seria uma tentativa que a arte faz, por sua vez, de se nivelar para se colocar ao alcance de todas as classes de inteligência? O sonho de igualdade lançado na sociedade não leva a arte a se tornar brutal e ardente a fim de despertar os instintos e as paixões que são comuns a todos os homens, de qualquer classe que sejam? Ainda não chegamos ao verdadeiro. Este não está mais no real enfeado do que no ideal pomposo; mas o estamos procurando, é evidente, e se o procuramos mal, ficaremos ainda mais ávidos para encontrá-lo. Vejamos: o teatro, a poesia e o romance deixaram o cajado para pegar o punhal; quando põem em cena a vida rústica, dão-lhe certo caráter de realidade que faltava às pastorais de antigamente. Mas quase não há poesia, o que lamento; e não vejo ainda meio de destacar o ideal campestre sem o maquiar e obscurecer. Você sempre pensou nisso, eu sei; mas vai conseguir?

— Não tenho esperança — respondi —, pois a forma me falta e o sentimento que tenho da simplicidade rústica não encontra linguagem para se exprimir. Se eu fizer o homem do campo falar tal como ele fala, seria necessária uma tradução paralela para o leitor civilizado, e se o fizer falar como falamos, torno-o um ser impossível, ao qual se fará supor uma ordem de ideias que ele não tem.

— E, no entanto, se você o fizer falar como ele fala, a sua própria linguagem soaria o tempo todo como um contraste desagradável; você não ficaria, penso eu, ao abrigo dessa recriminação. Você pinta uma moça do campo, chama-a de Jeanne e coloca em sua boca palavras que a rigor poderia dizer. Mas você, romancista, que quer compartilhar com seus leitores a atração que sente em pintar esse tipo, você a compara a um druida, a Joana D'Arc, sei lá... Seu sentimento e sua linguagem fazem com os dela um efeito de disparate como o encontro de tons gritantes num quadro; e não é assim que posso entrar inteiramente na natureza, mesmo a idealizando. Você fez um estudo melhor sobre autenticidade no *Pântano do Diabo*. Mas ainda não estou contente; o autor, aqui e acolá, mostra um rabicho seu; encontram-se na obra *palavras do autor*, como diz Henri Monnier, artista que conseguiu ser verdadeiro na tarefa e que, por conseguinte, solucionou o problema que se colocara. Sei que o dilema que você tem não é mais fácil de resolver. Mas é preciso tentar mesmo assim, sob pena de não conseguir; as obras-primas sempre são tentativas felizes. Console-se de não realizar obras-primas, contanto que você faça tentativas conscienciosas.

— Estou antecipadamente consolado — respondi — e recomeçarei quando você quiser; aconselhe-me.

— Por exemplo — disse ele —, nós assistimos ontem a uma vigília rústica na fazenda. O linheiro contou histórias até duas horas da manhã. A servente do pároco o ajudava ou emendava; era uma camponesa um pouco instruída; ele, um camponês inculto, mas felizmente talentoso e muito eloquente à sua maneira. Ambos nos contaram uma história real, bastante longa, e que parecia um romance intimista. Você a guardou?

— Perfeitamente, e eu poderia repeti-la palavra por palavra na linguagem deles.

— Mas a linguagem deles exige uma tradução; é preciso escrever em francês, e não admitir nenhuma palavra que não o seja, a menos que seja tão inteligível que dispense uma nota para o leitor.

— Vejo que você me obriga a um trabalho de perder a cabeça, no qual eu nunca mergulhei senão para sair descontente comigo mesmo e penetrado de minha impotência.

— Não importa! Você vai mergulhar de novo, pois conheço vocês artistas; só se apaixonam diante de obstáculos e fazem malfeito o que é sem sofrimento. Vá, comece, conte-me a história do campesino, não como a ouvi com você. Era uma obra-prima da narração para nossos espíritos e para nossos ouvidos da região. Mas me conte como se tivesse à sua direita um parisiense falando a língua moderna e à sua esquerda um camponês diante do qual você não quer dizer uma frase, uma palavra em que ele não pudesse penetrar. Assim, você deve falar claramente pelo parisiense, simploriamente pelo camponês. Um vai recriminá-lo pela falta de cor; o outro, pela elegância. Mas eu estarei presente também; eu, que procuro por qual relação a arte, sem deixar de ser arte para todos, pode adentrar o mistério da simplicidade primitiva e comunicar à alma o encanto difundido na natureza.

— É então um estudo que vamos fazer nós dois?

— Sim, pois vou pará-lo onde você vacilar.

— Vamos nos sentar neste montículo juncado de serpão. Começo, mas antes permita que, para purificar a voz, eu faça algumas escalas.

— O quê? Não sabia que você era cantor.

— É uma metáfora. Antes de começar uma obra de arte, creio que é preciso colocar na memória um tema qualquer que possa nos servir de tipo e deixar o espírito entrar na disposição desejada. Assim, para me preparar ao que você me pede, preciso recitar a história da cadelinha de Brisquet, que é curta e sei de cor.

— O que é isso? Não me lembro.

— É um diapasão para a minha voz, escrito por Charles Nodier,[18] que ensaiava a dele de todos os modos possíveis; um grande artista, a meu ver, que não teve toda a glória que merecia porque, no número variado de suas tentativas, ele fez mais das ruins do que das boas; porém quando um homem fez duas ou três obras-primas, curtas que sejam, deve-se coroá-lo e perdoar seus erros. Aqui está a cadelinha de Brisquet. Escute.

E recitei a meu amigo a história da Bichonne, que o emocionou até as lágrimas e que ele declarou ser uma obra-prima do gênero.

— Eu deveria ser dissuadido do que vou tentar — disse-lhe —, pois essa odisseia da pobre cadelinha de Brisquet, que só demorei cinco minutos a recitar, não tem uma mancha, uma sombra sequer; é um puro diamante talhado pelo primeiro lapidário do mundo; pois Nodier era essencialmente lapidário em literatura. Eu não tenho ciência e preciso invocar o sentimento. E depois, não posso prometer ser breve; sei desde já que a primeira das qualidades, a de fazer bem e curto, faltará ao meu estudo.

— Vai logo — disse meu amigo, entediado com meus preâmbulos.

— É então a história de François, o campesino — retomei —, e tratarei de me lembrar do início, sem alteração. Foi a Monique, a velha empregada do pároco, que entrou no assunto.

— Um instante — disse meu ouvinte severo —, já vou pará-lo no título. *Champi* não é francês.[19]

— Peço perdão — respondi. — O dicionário o declara velho, mas Montaigne o emprega e não pretendo ser mais francês do que os grandes escritores que fazem a língua. Por isso não intitularei meu conto de "François, a Criança Enjeitada", "François, o Bastardo", mas "François le Champi", isto é, a criança abandonada nos campos, como se dizia outrora no mundo e como se diz ainda hoje em nossa terra.

I.

Numa manhã em que Madeleine Blanchet, a jovem moleira do Cormouer, chegava ao fim do prado para lavar roupa na fonte, encontrou um meninote sentado em frente à sua prancheta, brincando com a palha que serve de almofadinha para os joelhos das lavadeiras. Madeleine Blanchet, ao notar aquela criança, ficou surpresa de não a conhecer, pois não há caminhos muito frequentados por passantes naquelas bandas onde só se encontram as gentes do lugar.

— Quem é você, minha criança? — disse ela ao garotinho, que a olhava com um ar confiante, mas que não pareceu entender a pergunta.

— Como você se chama? — retomou Madeleine Blanchet, fazendo-o sentar-se ao lado dela e se ajoelhando para lavar.

— François — respondeu a criança.
— François do quê?
— Do quê? — disse a criança com ar simplório.
— De quem você é filho?
— Não sei, vai!
— Você não sabe o nome do seu pai!
— Não tenho pai.
— Então ele morreu?
— Não sei.
— E sua mãe?

— Ela fica por ali — disse a criança mostrando uma casinha muito pobre, a dois tiros do moinho e cujo teto de palha se via por entre os carvalhos.

— Ah! Sei — replicou Madeleine —, é a mulher que veio morar aqui, que se mudou ontem à noite?

— É — respondeu a criança.

— E vocês moravam em Mers!

— Não sei.

— Você é um menino pouco sabido. Sabe o nome da sua mãe, pelo menos?

— Sim, é Zabelle.

— Isabelle do quê? Você não sabe o outro nome dela?

— Juro que não, vai!

— O que você sabe não lhe cansará o miolo — disse Madeleine sorrindo e começando a bater a roupa.

— O que que é? — retrucou o pequeno François.

Madeleine o olhou de novo; era uma bela criança, tinha olhos magníficos. É uma pena, pensou, que tenha esse jeito tão ingênuo.

— Quantos anos você tem? — retomou ela. — Talvez também não saiba.

A verdade é que ele sabia tanto disso quanto do resto. Fez o que pôde para responder, envergonhado talvez de que a moleira o recriminasse por ser assim embotado, e saiu com esta réplica:

— Dois anos.

— Pois sim! — replicou Madeleine torcendo a roupa sem olhá-lo mais. — Você é um verdadeiro sonso e não se preocuparam muito em instruí-lo, tadinho. Você tem ao menos seis anos pelo tamanho, mas não tem mais que dois pelo raciocínio.

— Talvez! — concordou François. Depois, fazendo outro esforço consigo mesmo, como para sacudir o torpor da sua pobre alma, disse: — A senhora me perguntou como eu me chamo? Todo mundo me chama de François campesino.

— Ah! Entendo — disse Madeleine olhando-o com compaixão e sem mais se surpreender ao ver aquela bela criança tão suja, esfarrapada e abandonada ao embotamento de sua idade.

— Você está mal agasalhado — disse ela — e o tempo não está quente. Aposto que está com frio.

— Não sei — respondeu o pobre campesino, tão habituado a sofrer que não se dava mais conta.

Madeleine suspirou. Pensou no seu pequeno Jeannie, que só tinha um ano e dormia bem quentinho no berço, vigiado pela avó, enquanto o pobre campesino tremia sozinho à margem da fonte, poupado de um afogamento unicamente pela bondade da Providência, pois ele era tão simplório que não desconfiaria que se morre ao cair na água. Madeleine, que tinha o coração muito caridoso, pegou o braço do menino e o achou quente, embora ele estivesse com alguns calafrios e o seu lindo rosto se mostrasse pálido.

— Está com febre? — indagou ela.

— Eu não sei, vai! — respondeu a criança, que de fato estava febril.

Madeleine Blanchet tirou o xale de lã que lhe cobria os ombros e enrolou o campesino, que a deixou fazer e não mostrou nem surpresa nem contentamento. Ela tirou toda a palha que tinha sob os joelhos e lhe fez um leito onde ele não tardou a adormecer, e Madeleine terminou de lavar os cueiros do seu pequeno Jeannie, o que fez lestamente, pois estava amamentando e tinha pressa em reencontrá-lo.

Quando tudo estava lavado, a roupa molhada se tornara o dobro de pesada e ela não conseguiu carregar tudo. Ela deixou o batedor e uma parte da sua provisão à beira d'água, se prometendo acordar o campesino quando voltasse de casa, aonde levou em seguida tudo o que pôde consigo. Madeleine Blanchet não era nem grande nem forte. Era uma mulher muito bonita, de uma orgulhosa coragem e reconhecida por sua doçura e bom senso. Quando abriu a porta de casa, ouviu na pequena ponte da eclusa um barulho de tamancos que corriam atrás dela e, virando-se, viu o campesino que a alcançara e lhe trouxera seu batedor, o sabão, o resto da roupa e seu xale de lã.

— Oh! — exclamou ela, colocando-lhe a mão no ombro. — Você não é tão sonso quanto achei, pois é prestativo e quem tem bom coração nunca é tolo. Entre, minha criança, venha descansar. Vejam esse coitadinho, ele carrega peso maior do que o dele mesmo! "Olhe, mãe", disse ela à velha moleira que lhe apresentava seu filho bem fresquinho e sorridente, "aqui está um pobre campesino que parece doente. A senhora, que conhece bem a febre, precisa tratar de curá-lo."

— Ah, é a febre da miséria! — respondeu a velha, olhando François. — Isso se cura com sopa boa; mas esse aí não tem. É o campesino daquela mulher que se mudou ontem. É a inquilina do seu homem, Madeleine. Parece gente completamente desafortunada e acho que nem sempre paga.

Madeleine nada respondeu. Sabia que sua sogra e seu marido tinham pouca piedade e amavam mais o dinheiro do que ao próximo. Amamentou o filho e, quando a velha saiu para recolher seus gansos, pegou François pela mão, Jeannie no outro braço e foi com eles na Zabelle.

A Zabelle, que se chamava, com efeito, Isabelle Bigot, era uma solteirona de cinquenta anos, tão boa aos outros quanto dava para ser quando nada se tem e quando é preciso estremecer diante da vida pobre. Ela pegara François quando ele deixava a ama de leite, de uma mulher que havia então morrido e o tinha criado a partir daí a fim de obter todos os meses umas moedas de prata e fazer dele seu pequeno criado; mas ela perdera os animais e tinha de comprar outros a crédito, assim que pudesse, pois vivia unicamente de uma pequena ovelhada e de uma dúzia de galinhas que, por sua vez, viviam na comunal. A serventia de François, até que chegasse à idade da primeira comunhão, seria a de guardar esse parco rebanho à margem dos caminhos, depois do que ele seria empregado como desse, para ser porqueiro ou condutor de arado e, tendo ele bons sentimentos, daria à sua mãe adotiva uma parte da sua paga.

Era o dia seguinte à comemoração de são Martinho[20] e a Zabelle deixara Mers, ficando para trás sua última cabra como pagamento de um resto de aluguel devido. Ela vinha morar no pequeno logradouro dependente do moinho do Cormouer, com garantia apenas de um catre, duas cadeiras, uma arca e umas louças de barro. Mas a casa era tão ruim, tão mal vedada e de tão baixo valor que era preciso deixá-la vazia ou correr os riscos da pobreza dos locatários.

Madeleine conversou com a Zabelle e viu logo que não era uma mulher má, que faria honestamente todo o possível para pagar e que não lhe faltava afeição por seu campesino. Mas ela pegara o hábito de vê-lo sofrer sofrendo ela também, e a compaixão que a rica moleira testemunhava por aquela pobre criança lhe causou mais surpresa do que agrado.

Enfim, quando ela se recobrou do espanto e compreendeu que Madeleine não vinha para pedir, mas para lhe prestar um favor, sentiu confiança, contou-lhe longamente toda a sua história, que se parecia com a de todos os desafortunados, e lhe fez grande agradecimento pelo interesse. Madeleine a avisou de que faria todo o possível para socorrê-la, mas lhe rogou que nunca dissesse nada a ninguém, confessando que só poderia assisti-la às escondidas e que ela não era patroa em sua própria casa.

Ela começou por deixar à Zabelle seu xale de lã, fazendo-a prometer que já naquela noite cortaria uma roupa para o campesino e não mostraria os retalhos antes que estivesse costurado. Madeleine logo notou que a Zabelle se comprometeu a contragosto, pois achava o xale muito bom e útil para si mesma. Madeleine foi obrigada a lhe dizer que a abandonaria se, em três dias, não visse o campesino bem agasalhado.

— A senhora acha, pois — acrescentou Madeleine —, que a minha sogra, que fica de olho em tudo, não reconheceria meu xale nos seus ombros? A senhora quer então me causar aborrecimentos? Saiba que a assistirei de outra maneira, se a senhora for um pouco discreta nessas coisas. E escute: vosso campesino está com febre e, se a senhora não o curar bem, ele morrerá.

— A senhora acha? — disse a Zabelle. — Seria uma pena para mim, pois esta criança, a senhora vê, tem um coração como poucos; isso aí nunca reclama, é tão obediente quanto uma criança de família; é o contrário dos outros campesinos, que são terríveis e espeloteados, com a cabeça sempre cheia de malícia.

— Porque são rejeitados e porque os maltratam. Se este é bom, é porque a senhora é boa para ele, tenha certeza.

— É verdade — retomou a Zabelle —, as crianças têm mais sabedoria do que a gente pensa. Olhe, esse aí não é esperto; no entanto, ele sabe muito bem ser útil. Uma vez, quando eu estava doente no ano passado (ele só tinha cinco anos), cuidou de mim feito gente grande.

— Escute — disse a moleira —, a senhora me mande ele todas as manhãs e todas as noites, na hora em que dou a sopa para o meu pequeno. Farei bastante, ele comerá o que sobrar; não vão notar.

— Oh! É que eu não ousaria levá-lo, e por si mesmo ele não teria cabeça de saber a hora.

— Façamos uma coisa. Quando a sopa estiver pronta, eu porei a minha roca de fiar na ponte da eclusa. Olhe, daqui dá para ver bem. Então a senhora mandará a criança com um tamanco na mão, como se fosse buscar fogo; e como ele tomará a minha sopa, toda a vossa lhe sobrará. Os dois vão ficar mais bem nutridos.

— Está certo — respondeu a Zabelle. — Vejo que a senhora é uma mulher inteligente e tenho a felicidade de ter vindo parar aqui. Botaram-me muito medo de vosso marido, que passa por um homem rude, e se eu tivesse achado outra coisa, não teria ficado com a vossa casa, ainda mais que ela é ruim e ele me cobra muito caro. Mas vejo que a senhora é boa com os pobres e vai me ajudar a criar o meu campesino. Ah! Se a sopa pudesse cortar a febre dele! Só me faltava perder essa criança! É um lucro pequeno e tudo o que recebo do abrigo é para mantê-lo. Mas eu o amo como a um filho, porque vejo que é ele bom e me assistirá mais tarde. A senhora sabe que ele é bonito para sua idade e logo terá condições de trabalhar?

E assim François, o campesino, foi criado sob os cuidados e o bom coração de Madeleine, a moleira. Ele recobrou a saúde rapidamente, pois era bem constituído, como se diz na nossa região, feito de cal e areia, e não havia ricaço na freguesia que não desejasse ter um filho tão bonito de rosto e de membros tão bem torneados. Além disso, ele era corajoso como um homem; ia ao riacho como um peixe, mergulhava até a pá do moinho, temia tão pouco a água quanto o fogo; saltava nos potros mais aloprados e os conduzia ao pasto sem nem lhes passar uma corda em volta do focinho, usando seus próprios saltos para fazê-los andar direito e mantê-los pela crina para que pulassem os buracos. E o que ele tinha de singular é que fazia tudo isso de maneira muito tranquila, sem embaraço, sem nada dizer e sem perder o jeito simples e um pouco letárgico.

Esse jeito era a causa que o fazia passar por tolo; mas também é verdade que se fosse preciso achar gralhas na ponta do mais alto choupo ou encontrar uma vaca perdida bem longe de casa, ou ainda abater um tordo com uma pedrada, não havia criança mais audaciosa, mais ligeira nem mais certeira. As outras crianças atribuíam isso à sorte, que se acredita ser o quinhão dos campesinos neste mundo de cá. Assim, eles sempre o deixavam ser o primeiro nas brincadeiras perigosas.

— Com esse aí — diziam — nunca vai acontecer nada de mau, porque ele é campesino. Teme as intempéries a seleta semente em grão; mas não perece aquela que cresce sozinha no chão.

Tudo foi bem durante dois anos. A Zabelle achou meios

de comprar alguns animais, ninguém soube muito bem como. Ela fez pequenos serviços no moinho e obteve que o patrão Caçula Blanchet, o moleiro, mandasse consertar um bocadinho o teto da casa dela, na qual entrava água por todos os lados. Ela pôde se vestir um pouco melhor, assim como a seu campesino, e pareceu pouco a pouco menos miserável do que quando chegara. A sogra de Madeleine fez algumas reflexões bastante severas sobre a perda de alguns bens e sobre a qualidade do pão que se comia na casa. Uma vez até Madeleine foi obrigada a se imputar para não deixar suspeitarem da Zabelle; mas, contra a expectativa da sogra, Caçula Blanchet nem se zangou e fez vista grossa.

O segredo dessa complacência é que Caçula Blanchet estava ainda muito apaixonado por sua mulher. Madeleine era bonita e nada coquete; faziam-lhe elogios em todos os lugares e seus negócios iam muito bem; aliás, como ele era desses homens que não são malvados senão por receio de serem infelizes, tinha por Madeleine mais atenções do que se suporia ser ele capaz. Isso causava um pouco de ciúme na dona Blanchet e ela se vingava cometendo pequenas mesquinharias que Madeleine suportava em silêncio e sem jamais se queixar ao marido.

Era a melhor maneira de dar fim nas mesquinharias logo, e nunca se viu, com relação a isso, mulher mais paciente e sensata do que Madeleine. Mas dizem em nossa terra que o lucro da bondade é gasto mais rápido do que o da malícia e chegou o dia em que Madeleine foi questionada e admoestada por causa de suas caridades.

Era um ano em que o trigo havia congelado e o riacho, que havia transbordado, estragou o feno. O Caçula Blanchet não estava de bom humor. Um dia, quando ele voltava da feira com um confrade amigo seu que acabava de desposar uma belíssima moça, este último lhe disse:

— De resto, você também não tem do que se queixar, pois, no vosso tempo, a vossa Madelon era também uma moça muito aprazível.

— O que você quer dizer com "no meu tempo" e "a minha Madelon era"? Diria que estamos velhos, ela e eu? Madeleine só tem vinte anos e que eu saiba não ficou feia.

— Não, não, não estou dizendo isto — retrucou o outro. — Certamente Madeleine está ainda bem; mas, enfim, quando uma mulher se casa muito cedo, ela não há de ser olhada por muito tempo. Quando amamenta uma criança, fica já cansada; a sua mulher não era forte, prova disso é que está bem magra e perdeu a boa aparência. Será que está doente, a coitada da Madelon?

— Não que eu saiba. Por que você me pergunta isso?

— Virgem! Sei lá. Acho que ela tem um ar triste como alguém que está sofrendo e tem aborrecimentos. Ah! As mulheres são coisa que só dura um instante, como a vinha em flor. Não perco por esperar para também ver a minha ficar com uma cara chupada e uma aparência séria. É assim que a gente é, nós homens! Enquanto nossas mulheres nos dão ciúmes, ficamos apaixonados por elas. Ficamos zangados, a gente grita, até bate nelas às vezes; elas ficam magoadas, choram, não saem de casa, têm medo da gente, se aborrecem e não nos amam mais. E ficamos bem contentes, somos seus donos! Mas um belo dia percebemos que se ninguém mais deseja nossa mulher é porque ela ficou feia, então, veja só o destino! Deixamos de amá-las e desejamos a mulher dos outros... Boa noite, Caçula Blanchet, você abraçou a minha mulher um pouco apertado demais esta noite; vi muito bem e não disse nada. É para lhe dizer que agora nem por isso seremos menos amigos e que tratarei de não a tornar triste como a sua mulher, porque me conheço; se eu estiver com ciúmes, vou me tornar malvado, e quando não tiver razões para ter ciúmes, talvez eu fique ainda pior...

Uma boa lição serve para um espírito bom; mas o Caçula Blanchet, apesar de inteligente e ativo, tinha orgulho demais para ter boa cabeça. Ele voltou com os olhos vermelhos e o peito estufado. Olhou Madeleine como se não a visse há muito tempo. Percebeu que ela estava pálida e mudada. E lhe perguntou se estava doente num tom tão ríspido que ela ficou ainda mais pálida e respondeu com uma voz muito fraca que se sentia bem. Ele se enfureceu, Deus sabe por quê, e se pôs à mesa com vontade de arranjar briga com alguém. A oportunidade não tardou a surgir. Falou-se do encarecimento do trigo e a dona Blanchet observou, como fazia todas as noites, que se comia pão demais ali. Madeleine não disse uma palavra. O Caçula Blanchet quis torná-la responsável pelo desperdício. A velha declarou que surpreendera, naquela manhã mesmo, o campesino levando um meio pão... Madeleine deveria ter se zangado e enfrentado os dois, mas ela só fez chorar. Blanchet pensou no que havia dito seu compadre e ficou ainda mais azedo: tanto que, daquele dia em diante, vai saber o que aconteceu, mas ele deixou de amar sua mulher e a fez infeliz.

2.

Caçula Blanchet tornou Madeleine infeliz e, como nunca a houvesse mesmo feito feliz por completo, ela teve duplamente azar no casamento. Deixara-se casar, aos dezesseis anos, com aquele rubicundo que não era terno, que bebia demais aos domingos, ficava irado todas as segundas-feiras, magoado na terça e nos dias seguintes, trabalhando como um cavalo para recobrar o tempo perdido, pois era avarento, não tinha tempo para pensar em sua mulher. Ele era menos desgracioso sábado, porque cumprira sua tarefa e pensava em se divertir no dia seguinte. Mas um dia por semana de bom humor não é suficiente e Madeleine não gostava de vê-lo alvoroçado porque sabia que no dia seguinte à noite ele voltaria inflamado de cólera.

Mas como ela era jovem e gentil, e tão meiga que não havia jeito de ele ficar muito tempo zangado, ele tinha ainda momentos de justiça e amizade, em que lhe tomava as duas mãos, dizendo:

— Madeleine, não há mulher melhor do que a senhora e acho que foi feita para mim. Se eu tivesse desposado uma sirigaita como tantas que vejo, eu a teria matado ou teria me jogado debaixo da roda do meu moinho. Mas reconheço que você é sábia, laboriosa, e vale o seu peso de ouro.

Mas quando seu amor passou, o que aconteceu ao fim de quatro anos de casamento, ele já não tinha boas palavras a lhe dizer e ficou despeitado por ela nada responder às suas ruindades. Que ela respondesse! Ela sentia que seu marido era injusto e não queria fazer recriminações, pois empenhava o dever em respeitar aquele patrão que nunca pudera amar.

A sogra ficou contente de ver que seu filho voltava a ser o homem da casa; é assim que dizia, como se ele tivesse se esquecido de o ser e demonstrar. Ela odiava a nora porque a via como melhor do que si mesma. Não sabendo do que recriminá-la, lhe atribuía como defeito o de não ser forte, de tossir o inverno inteiro e de ter apenas um filho. Desprezava-a por isso e também porque Madeleine sabia ler e escrever, e aos domingos lia orações num canto do pomar em vez de ir mexericar e cochichar com ela e as comadres das redondezas.

Madeleine entregara sua alma a Deus e, achando inútil se queixar, sofria como se aquilo fosse merecido. Retirara seu coração da Terra e sonhava frequentemente com o paraíso, como uma pessoa que não se importaria de morrer. No entanto, cuidava da sua saúde e se obrigava a ter coragem, porque sentia que o seu filho só seria feliz por seu intermédio e aceitava tudo em prol do amor que lhe dedicava.

Ela não tinha grande amizade pela Zabelle, mas um pouco, porque aquela mulher, metade boa, metade interesseira, continuava a cuidar o melhor que podia do pobre campesino; e Madeleine, vendo como se tornam maus os que só pensam em si mesmos, era propensa a estimar os que pensavam um pouco nos outros. Mas como era a única, naquele lugar, que não se preocupava minimamente consigo mesma, encontrava-se muito solitária e se entediava demais, sem saber bem a causa de seu tédio.

Pouco a pouco, entretanto, observou que o campesino, já então com dez anos, começava a pensar como ela. Quando digo pensar, é preciso crer que ela o julgou por sua maneira de agir, pois a pobre criança mostrava tão escasso raciocínio nas palavras quanto no dia em que o questionara pela primeira vez. Ele não sabia dizer nada e, quando queriam fazê-lo conversar, ele era logo interrompido porque não sabia nada de nada. Mas se era preciso correr para fazer um favor, ele estava sempre pronto; e quando se tratava de Madeleine, ele corria antes que ela houvesse pedido. A crer em sua aparência, dir-se-ia que ele não compreendera do que se tratava, mas fazia a coisa pedida tão rápido e tão bem que ela mesma se maravilhava.

Um dia em que estava carregando no colo o Jeannie, deixando que o pequeno lhe puxasse os cabelos para fazê-lo rir, Madeleine lhe tomou a criança com uma ponta de descontentamento, dizendo meio sem querer:

— François, se começar desde já a suportar tudo dos outros, você não imagina onde eles vão parar.

E para sua grande estupefação, François lhe respondeu:

— Prefiro sofrer o mal em vez de fazer.

Madeleine, surpresa, olhou para o campesino nos olhos. Havia nos olhos daquela criança algo que ela nunca encontrara, mesmo nos das pessoas mais sensatas; alguma coisa de tão bom e decidido ao mesmo tempo, que ela ficou como aturdida em sua alma e, tendo se sentado na grama com seu pequeno no colo, fez com que o campesino se sentasse na barra de seu vestido, sem ousar lhe falar. Ela não podia explicar a si mesma por que sentia receio e vergonha em ter tantas vezes caçoado daquele menino por sua simplicidade. Sempre o fizera com doçura, é verdade, e talvez sua ingenuidade a houvesse feito apiedar-se e amá-lo ainda mais. Mas naquele momento imaginou que ele sempre compreendera suas zombarias e suportara sem conseguir responder.

Então ela esqueceu aquela pequena aventura, pois pouco tempo depois seu marido, tendo-se abasbacado por uma meretriz das redondezas, pôs-se a detestá-la de vez e a proibi-la de deixar que a Zabelle e seu menino pusessem os pés no moinho. Por isso, Madeleine só pensava num jeito de os socorrer ainda mais secretamente. Avisou a

Zabelle, dizendo-lhe que durante algum tempo ela faria de conta que a tinha esquecido.

Mas a Zabelle tinha muito medo do moleiro e não era mulher como Madeleine, de aguentar tudo pelo amor ao próximo. Ela raciocinou com seus botões e pensou que o moleiro, como patrão, poderia jogá-la na rua ou aumentar o aluguel, o que Madeleine não poderia remediar. Pensou também que, subordinando-se à dona Blanchet, ficaria bem com ela e tal proteção lhe seria mais útil do que a da jovem mulher. Foi então encontrar a velha moleira e assumiu ter aceitado ajuda da nora dela, dizendo que fora sem querer e somente por comiseração pelo campesino, que ela não tinha como sustentar. A velha odiava o campesino tão somente porque Madeleine se interessava por ele. Aconselhou a Zabelle a se livrar dele, prometendo-lhe, com essa condição, obter seis meses de crédito para o seu aluguel. Era novamente o dia seguinte à festa de são Martinho e a Zabelle não tinha dinheiro, visto que o ano estava ruim. Vigiavam Madeleine de muito perto havia algum tempo, de modo que esta não podia lhe dar dinheiro. A Zabelle tomou bravamente sua decisão e prometeu que já no dia seguinte devolveria o campesino ao abrigo.

Mal acabou de fazer essa promessa e já se arrependeu; sobretudo ao ver o pequeno François dormindo no catre pobre; sentiu o coração pesado como se fosse cometer um pecado mortal. Quase não dormiu, mas ainda de madrugada a velha Blanchet entrou na casa e lhe disse:

— Vamos, de pé, Zabeau! Você prometeu e tem que cumprir. Se esperar que a minha nora fale com você, sei que não fará nada. Mas é de interesse tanto dela quanto seu, precisa mandar esse menino embora. Meu filho o pegou em delito por causa da estupidez e da gula dele; minha nora o acocou e tenho certeza de que ele já virou ladrão. Todos os campesinos são ladrões de nascença e é loucura contar com essa canalhada. Está aí um que vai fazer com que você seja expulsa daqui, vai lhe dar má reputação, ser motivo para que meu filho bata na mulher dele um dia desses e, afinal de contas, quando ele crescer e ficar grande e forte, vai se tornar bandido nas estradas e envergonhar você. Vamos, vamos, avante! Trate de levá-lo pelos prados até Corlay. Às oito horas a diligência passa. Você sobe com ele e ao meio-dia, no mais tardar, estarão em Châteauroux. Você pode voltar esta noite, tome aqui uma pistola para fazer a viagem, e ainda sobra para comer alguma coisa na cidade.

A Zabelle acordou o menino, vestiu nele as melhores roupas, fez uma trouxa do resto dos trapos e, levando-o pela mão, partiu à luz do luar.

Mas à medida que andava e o dia nascia, seu coração falhava; ela não conseguia andar rápido e não conseguia falar e, quando chegou ao fim da estrada, sentou-se à beira de um buraco, mais morta do que viva. A diligência se aproximava. Mal daria tempo de chegar até ali.

O campesino não tinha o costume de se atormentar, até ali seguira a mãe sem nada suspeitar. Mas quando ele viu, pela primeira vez em sua vida, uma diligência daquelas vindo na direção deles, teve medo do barulho e se pôs a puxar a Zabelle para o prado de onde tinham acabado de desembocar. A Zabelle achou que ele compreendera a sua sorte e lhe disse:

— Vamos, meu pobre François, é preciso!

Essa palavra causou ainda mais medo em François. Ele achou que a diligência era um animal grande que corria e ia pegá-lo e devorá-lo. Astuto nos perigos que conhecia, o menino perdeu a cabeça e fugiu pelo prado gritando. A Zabelle correu atrás dele, mas, vendo-o pálido como uma criança que vai morrer, a coragem lhe faltou completamente. Ela o seguiu até o fim do prado e deixou passar a diligência.

3.

Eles voltaram por onde tinham vindo, até meio caminho do moinho, e ali, de fadiga, pararam. A Zabelle ficou preocupada de ver a criança tremer da cabeça aos pés e seu coração saltar a ponto de levantar sua camisinha pobre. Ela o fez sentar-se e tratou de o consolar. Mas não sabia o que estava dizendo e François não estava em condições de adivinhar. Ela tirou o pedaço de pão do seu cesto e quis persuadi-lo a comer; mas ele não tinha a menor vontade e eles ficaram ali muito tempo sem nada dizer.

Enfim, a Zabeau, que voltava sempre a suas ponderações, teve vergonha de sua fraqueza e pensou que, se reaparecesse no moinho com a criança, estaria perdida. Outra diligência passaria perto do meio-dia; ela decidiu repousar até o momento em questão para voltar à estrada; mas como François estava apavorado a ponto de perder o pouco juízo que tinha; como, pela primeira vez na vida, ele seria capaz de se obstinar, ela tentou acostumá-lo às sinetas dos cavalos, ao barulho das rodas e à velocidade da carruagem.

Mas, tentando lhe passar confiança, ela disse mais do que queria; talvez o arrependimento a fizesse falar sem querer; ou François ouvira, ao despertar, de manhã, certas palavras da velha Blanchet que lhe voltavam à mente; ou ainda suas parcas ideias clareavam de repente à aproximação do infortúnio: tanto que ele se pôs a dizer, olhando a

Zabelle com os mesmos olhos que surpreenderam e quase intimidaram Madeleine:

— Mãe, você quer me mandar embora longe de você, quer me mandar bem longe daqui e me deixar.

Depois a palavra abrigo, que mais de uma vez soltaram diante dele, voltou-lhe à memória. Ele não sabia o que era abrigo, mas isso lhe pareceu ainda mais assustador do que a diligência e ele exclamou, arrepiando-se:

— Você quer me pôr no abrigo!

A Zabelle fora longe demais para recuar. Acreditava que o menino estivesse mais instruído de sua sorte do que estava; sem supor que teria sido ainda mais desairoso enganá-lo e se livrar dele de surpresa, ela se pôs a lhe explicar a verdade e a querer fazê-lo compreender que ele seria mais feliz no abrigo do que com ela, que tomariam conta dele, que lhe ensinariam a trabalhar e o colocariam por um tempo na casa de alguma mulher menos pobre do que ela, a qual ademais lhe serviria de mãe.

Essas consolações acabaram de desolar o campesino. O desconhecimento do tempo vindouro lhe deu mais medo do que tudo o que a Zabelle tentou para persuadi-lo a desgostar de viver com ela. Ele a amava, aliás amava com todas as suas forças aquela mãe ingrata que não se importava com ele tanto quanto consigo mesma. Ele amava mais alguém, e quase tanto quanto à Zabelle: era Madeleine; mas ele não sabia que a amava e não o disse. Ele somente se deitou no chão soluçando e arrancando a grama com as mãos e cobrindo o rosto, como se sofresse de um ataque epilético. E quando a Zabelle, atormentada e impaciente de vê-lo assim, quis levantá-lo à força, ameaçando-o, ele bateu a cabeça com tanta força nas pedras que ficou todo ensanguentado e ela viu que ele ia se matar.

O bom Deus quis que naquele instante calhasse de Madeleine Blanchet passar. Ela não sabia nada da partida da Zabelle e da criança. Fora até a burguesa de Presles a fim de entregar a lã que lhe haviam mandado fiar miúdo, porque ela era a melhor fiandeira da região. Recebera dinheiro e voltava ao moinho com dez escudos no bolso. Quando atravessava o riacho numa dessas pequenas pontes de tábuas à flor da água como há muitas nas pradarias daquelas bandas, ouviu gritos de fender a alma e reconheceu de repente a voz do pobre campesino. Acorreu daquele lado e viu a criança toda ensanguentada se debatendo nos braços da Zabelle. Ela não compreendeu na hora, pois, vendo-se aquilo, parecia que a Zabelle batera com força nele e queria e tentava se livrar dele. Foi o que ela pensou, ainda mais que François, ao vê-la, correu em sua direção e se enrolou nas suas pernas como uma cobrinha, grudou em seus saiotes, gritando:

— Dona Blanchet, dona Blanchet, me salve!

A Zabelle era alta e forte e Madeleine pequena e magra como uma vara de junco. Todavia, ela não teve medo e, só de pensar que aquela mulher tinha enlouquecido e queria assassinar o menino, colocou-se na frente dele, completamente determinada a defendê-lo ou a se deixar matar enquanto ele escapasse.

Mas não foi preciso muitas palavras para se explicarem. A Zabelle, que sentia mais mágoa do que raiva, contou as coisas como eram. Isso fez com que François compreendesse enfim todo o infortúnio de seu estado e, dessa vez, ele tirou conclusão mais racional do que jamais supuseram que fosse capaz de ter. Quando a Zabelle terminou de dizer tudo, ele começou a grudar nas pernas e nas saias da moleira, dizendo:

— Não me mande embora, não deixe me mandarem embora!

E ele ia da Zabeau, que chorava, à moleira, que chorava ainda mais, dizendo toda sorte de palavras e orações, as quais não pareciam sair de sua boca, pois era a primeira vez que ele encontrava meios de dizer o que queria.

— Oh, minha mãe querida! — dizia ele à Zabelle —, por que você quer me abandonar? Quer então que eu morra da tristeza de não a ver mais? Que fiz para você não me amar mais? Eu não lhe obedeci sempre em tudo que me ordenou? E o que fiz de mal? Eu sempre cuidei dos nossos bichos, você mesma dizia, me beijava todas as noites, dizia que eu era seu filho, nunca me disse que não era minha mãe! Minha mãe, fique comigo, eu lhe imploro como se implora ao bom Deus! Tomarei sempre conta de você; trabalharei sempre para você; se não estiver contente comigo, pode me bater e não direi nada; mas espere, para me mandar embora, que eu tenha feito algo de mau.

E ele ia para Madeleine, dizendo:

— Dona moleira, tenha piedade de mim. Diga à minha mãe para ficar comigo. Eu nunca mais vou à sua casa, já que não querem, e quando a senhora quiser me dar alguma coisa, saberei que não devo pegar. Vou falar com o seu Caçula Blanchet e lhe direi para me bater e não brigar com a senhora por minha causa. E quando a senhora for aos campos, irei com a senhora, carregarei seu pequeno e o distrairei o dia todo. Farei tudo o que me disser e se fizer algo de errado, a senhora não gostará mais de mim. Mas não deixe me mandarem embora, eu não quero ir, prefiro me jogar no riacho.

E o pobre François olhava o riacho e chegava tão perto dali e dava para ver que sua vida estava por um fio; bastaria uma palavra de recusa para que se afogasse. Madeleine falava pela criança e a Zabelle morria de vontade de ouvi-la; mas ela se via perto do moinho e não era mais como quando estava perto da estrada.

— Vai, porcaria de criança — dizia ela —, eu vou ficar com você; mas você será causa de amanhã eu pedir pelo meu pão. Você é muito besta para compreender que é por sua culpa que vou chegar a isso e é para isso que vai me servir na vida ter carregado nas costas uma criança que não é nada minha, que não me traz o pão que come.

— Basta, Zabelle — disse a moleira pegando o campesino no colo e o levantando do chão para levá-lo, ainda que ele já estivesse bem pesado. — Olha, aqui estão dez escudos para pagar a sua fazenda ou para mudar alhures, se teimarem em expulsá-la da nossa terra. É dinheiro meu, dinheiro que eu ganhei; sei que me pedirão, mas pouco me importa. Podem me matar se quiserem, eu compro esta criança, ela é minha, não mais sua. A senhora não merece ficar com um menino de coração tão bom e que a ama tanto. Eu é que serei a mãe dele e terão de aguentar. A gente aguenta tudo pelos filhos. Eu me deixaria cortar em pedaços pelo meu Jeannie; pois bem! Aguentarei o mesmo por este aqui. Vem, meu pobre François. Você não é mais um campesino abandonado, entendeu? Você tem uma mãe e pode amá-la à vontade; ela lhe retribuirá de todo o coração.

Madeleine falava essas palavras sem saber muito bem o que dizia. Ela, que era a tranquilidade pura, estava com a cabeça pegando fogo. Seu bom coração estava revolto e ela realmente sentia raiva da Zabelle. François passara os dois braços em torno do pescoço da moleira e a apertava tão forte que ela perdeu a respiração, ao mesmo tempo que ele enchia de sangue sua touca e seu lenço, pois ele abrira vários buracos na cabeça.

Aquilo tudo teve tamanho efeito em Madeleine, ela ficou ao mesmo tempo com tanto dó e pavor, tanta mágoa e resolução, que se pôs a andar para o moinho com a coragem de um soldado que vai à linha de fogo. E, sem pensar que a criança era tão pesada quanto ela era fraca a ponto de mal conseguir carregar seu pequeno Jeannie, atravessou a pontezinha, que não estava bem assentada e afundava sob seus pés.

Quando chegou ao meio, ela parou. A criança se tornara tão pesada que ela fraquejava e o suor lhe escorria na fronte. Sentiu-se como se fosse cair de fraqueza e de repente lhe veio à mente uma bela e maravilhosa história que lera, na véspera, em seu velho livro *A vida dos santos*; era a história de são Cristóvão levando o menino Jesus para atravessar o riacho: achando-o muito pesado, o medo o paralisou. Ela se voltou para olhar o campesino. Ele estava com os olhos virados. E não a apertava com os braços; ele ficara magoado demais ou perdera muito sangue. O pobrezinho tinha desvanecido.

4.

Quando a Zabelle o viu assim, acreditou que François estivesse morto. O amor lhe voltou ao coração e, sem nem pensar no moleiro, nem na velha malvada, retomou o menino de Madeleine e se pôs a abraçá-lo gritando e chorando. Elas o deitaram no colo e, à beira da água, lavaram seus ferimentos e estacaram o sangue com seus lenços; mas elas nada tinham para fazê-lo voltar. Madeleine, aquecendo-lhe a cabeça contra o peito, soprava seu rosto e a boca, como se faz com os afogados. Isso o reconfortou, e, assim que ele abriu os olhos e viu o cuidado que tinham com ele, abraçou Madeleine e a Zabelle uma depois da outra com tanto ardor que elas foram obrigadas a detê-lo, temendo que ele voltasse à síncope.

— Vamos, vamos — disse a Zabelle —, precisamos voltar para casa. Não, nunca, jamais poderei deixar esta criança, estou vendo, e nem quero mais pensar nisso. Vou ficar com seus dez escudos, dona Madeleine, para pagar esta noite se me obrigarem. Mas não diga nada; irei encontrar amanhã a burguesa de Presles e pedir que não nos desminta e ela dirá, se for preciso, que ainda não lhe pagou pela sua fiadura, o que nos permitirá ganhar tempo e darei jeito tão bom, quando eu implorar, que ficarei quite com a senhora para que não seja molestada por minha causa. A senhora não pode ficar com este menino no moinho, vosso marido o mataria. Deixe-o comigo, juro que terei para com ele o mesmo cuidado de sempre, e se nos atormentarem de novo, avisaremos.

Quis a sorte que a volta do campesino se desse sem rumores e sem que ninguém notasse; pois calhou que dona Blanchet acabava de cair muito doente por um derrame, antes de poder avisar seu filho sobre o que exigira da Zabelle com relação ao campesino; e a primeira coisa que ele fez foi chamar esta mulher para vir ajudar no serviço da casa, enquanto Madeleine e a servente cuidavam de sua mãe. Durante três dias andaram para cima e para baixo no moinho. Madeleine não se poupou e passou três noites em pé à cabeceira da sogra, que entregou a alma nos braços da nora.

Essa fatalidade abateu durante algum tempo o humor aborrecível do moleiro. Ele amava sua mãe como podia amar e empenhou amor-próprio em fazê-la enterrar segundo suas posses. Esqueceu a amante durante o tempo necessário e até deu para ser generoso doando as roupas velhas da defunta às vizinhas pobres. A Zabelle teve sua parte nessas esmolas e o próprio campesino ganhou uma moeda de vinte soldos, porque Blanchet se lembrou de que, numa hora em que tinham todos muita pressa em arranjar sanguessugas para a doente, todo mundo correra em vão para procurar; enquanto isso, o campesino foi, sem falar nada, pescá-las num pântano onde sabia que havia e as trouxe em menos tempo do que os outros levaram para começar a procurar.

De modo que o Caçula Blanchet quase esqueceu seu rancor e ninguém soube no moinho do desvario da Zabelle para devolver o campesino ao abrigo. O negócio dos dez escudos de Madeleine voltou depois à tona, pois o moleiro não esquecera de mandar cobrar o aluguel da casa miserável da Zabelle. Mas Madeleine mentiu que os havia perdido no prado porque saíra correndo com a notícia do acidente da sogra. Blanchet os procurou muito tempo e bronqueou alto, mas não descobriu o emprego daquele dinheiro e não se desconfiou da Zabelle.

Desde a morte da mãe, o caráter de Blanchet mudou pouco a pouco sem, no entanto, emendar-se. Ele se entediou ainda mais em casa, tornou-se menos cauto com o que ali se passava e menos avarento nas despesas. Pois ele foi ficando alienado dos rendimentos do dinheiro; deu para engordar e a se tornar desajeitado e já não gostava do trabalho; procurava lucrar com negociatas de pouca credibilidade e com pequenas velhacarias que o teriam enriquecido se ele não tivesse se metido a gastar de um lado o que ganhava de outro. Sua concubina exercia sobre ele cada vez maior domínio. Ela o levava a feiras e assembleias para trapacear em traficâncias e levar uma vida de cabaré. Ele aprendeu a jogar e frequentemente teve sorte; mas teria sido melhor se perdesse sempre a fim de desgostar do jogo, pois aquele desregramento acabou por fazê-lo perder a cabeça e, à mínima perda que amargasse, ficava furioso contra si mesmo e mau para com todo mundo.

Enquanto levava essa vida vã, sua mulher, sempre sábia e terna, cuidava da casa e criava com amor o único filho. Mas ela se via duplamente como mãe, pois tomara pelo campesino um amor muito grande e zelava por ele quase tanto quanto por seu próprio filho. À medida que o marido ficava mais devasso, ela se tornava mais servil e mais infeliz. Nos primeiros tempos de sua libertinagem, ele se mostrou ainda muito rude, porque temia recriminações e queria manter a mulher amedrontada e submissa. Quando viu que, por natureza, ela odiava querelas e não mostrava ciúmes, tomou a decisão de deixá-la sossegada. Uma vez que sua mãe já não estava presente para excitá-lo contra a esposa, foi-lhe forçoso reconhecer que nenhuma mulher era mais econômica por conta própria do que Madeleine. Ele se acostumou a passar semanas inteiras fora de casa e quando voltava um dia, com o humor a fazer estrondos, era desencolerizado por um silêncio muito paciente que era surpreendente, e depois acabava por adormecer. Tanto que só o reviam quando estava cansado e precisava descansar.

Madeleine tinha de ser muito cristã para viver assim sozinha como uma solteirona com duas crianças. Mas, de fato, ela era mais cristã do que talvez uma religiosa; Deus lhe dera uma grande graça ao lhe ter permitido aprender a ler e a compreender o que lia. No entanto, ela sempre lia a mesma coisa, pois só possuía dois livros, o Santo Evangelho e o compêndio da *Vida dos santos*. O Evangelho a santificava e a fazia chorar sozinha quando lia à noite ao pé da cama de seu filho. A *Vida dos santos* lhe fazia outro efeito: era, sem comparação, como quando as gentes que nada têm a fazer leem contos e preparam a cabeça para os devaneios e as ilusões. Todas aquelas belas histórias lhe davam ideias de coragem e até de alegria. E às vezes, nos campos, o campesino a viu sorrir e enrubescer quando ela estava com o livro nos joelhos. Isso o surpreendia um bocado e ele teve muita dificuldade para entender como as histórias que ela se dava ao trabalho de lhe contar, arranjando-as um pouco para fazê-lo compreender (e também porque talvez ela não entendesse todas muito bem de cabo a rabo), podiam sair daquela coisa que ela chamava de seu livro. Deu-lhe também vontade de aprender a ler e ele aprendeu tão rápido e tão bem com ela que a deixou surpresa, e por sua vez ele foi capaz de ensinar ao pequeno Jeannie. Quando François chegou à idade da primeira comunhão, Madeleine o ajudou a instruir-se no catecismo, e o pároco da igreja deles regozijou-se com a esperteza e a boa memória daquela criança, que todavia sempre passara por um parvo, porque não tinha conversação e não era atrevido com ninguém.

Quando ele comungou, como já tinha idade de empregar-se, a Zabelle o viu entrar de bom grado como doméstico no moinho e o patrão Blanchet não se opôs, pois se tornou claro para todo mundo que o campesino era bom sujeito, muito laborioso, muito servil, mais forte, mais disposto e mais sensato do que todas as crianças da sua idade. Além disso, ele se contentava com dez escudos de paga e era bastante econômico empregá-lo. Quando se viu inteiramente a serviço de Madeleine e de seu caro pequeno Jeannie, que ele tanto amava, François ficou muito feliz, e quando compreendeu que com o dinheiro que ele ganhava a Zabelle poderia pagar seu aluguel e aliviar a maior das preocupações, achou-se rico como um rei.

Infelizmente, a pobre Zabelle não gozou muito dessa recompensa. À entrada do inverno, pegou uma doença feia e, apesar dos cuidados do campesino e de Madeleine, morreu no dia da Candelária, depois de ter melhorado tanto que a julgaram curada. Madeleine lamentou e chorou muito, mas tratou de consolar o pobre campesino que, sem isso, não teria nunca superado a dor.

Um ano depois, ele pensava ainda nela todos os dias e quase a todo instante e uma vez disse à moleira:

— Tenho como que um arrependimento quando rezo pela alma da minha pobre mãe; é de não a ter amado o suficiente. Estou certo de ter feito sempre o meu melhor possível para contentá-la, de nunca lhe ter dito senão boas palavras e tê-la servido em todas as coisas como sirvo à senhora; mas é preciso, dona Blanchet, que eu lhe confesse uma coisa que me pesa e pela qual peço perdão a Deus muitas vezes: é que desde o dia em que a coitada da minha mãe quis me devolver ao abrigo e a senhora me defendeu para impedi-la o amor que eu lhe tinha diminuiu, mesmo sem querer, em meu coração. Eu não tinha raiva dela, nem me permitia pensar que ela tivesse feito mal querendo me abandonar. Ela estava no seu direito; eu a atrapalhava, ela receava a vossa sogra e enfim ela estava fazendo aquilo muito contra a vontade; pois vi que me amava demasiadamente. Mas não sei como a coisa revirou dentro da minha cabeça, foi mais forte do que eu. Quando a senhora disse palavras que nunca esquecerei, passei a amá-la mais do que a ela, pensava mais na senhora do que nela. Enfim, ela está morta e eu não estou morto de dor como estaria se a senhora morresse.

— E quais palavras eu disse, meu pobre filho, para que você me tenha dado com isso toda a sua estima? Não me lembro.

— A senhora não se lembra? — disse o campesino, sentando-se aos pés de Madeleine, que fiava na sua fiandeira a ouvi-lo.

— Pois a senhora disse, dando dez escudos à minha mãe: "Tome, eu compro esta criança de você, ela é minha". E a senhora disse, me abraçando: "Agora, você não é mais campesino abandonado, você tem uma mãe que o amará como se o tivesse posto no mundo". A senhora não disse isso, dona Blanchet?

— É possível e eu disse o que pensava, o que ainda penso. Acha que faltei com minha palavra?

— Oh! Não! Só que...

— Só que...?

— Não, não direi, pois é ruim reclamar e não quero bancar o ingrato nem o desconhecedor.

— Sei que você não consegue ser ingrato e quero que diga o que tem no coração. Vejamos, o que lhe falta para ser meu filho? Diga e lhe ordeno como ordenaria ao Jeannie.

— Pois bem, é que... É que a senhora beija Jeannie muitas vezes e nunca me beijou desde o dia de que agorinha falamos. No entanto, sempre tive o cuidado de ter a cara e as mãos bem lavadas, porque sei que a senhora não gosta de crianças mal limpas e que a senhora está sempre lavando e penteando o Jeannie. Mas a senhora não me beija nem assim e minha mãe Zabelle também não me beijava muito. Mas noto que todas as mães acariciam seus filhos e é daí também que percebo que sempre serei um campesino abandonado e que a senhora não pode esquecer isso.

— Vem me dar um beijo, François — disse a moleira, sentando a criança no colo e beijando sua fronte com muito sentimento. — Errei, de fato, em nunca ter pensado nisso e você merecia mais de mim. Olhe, está vendo, eu o estou beijando de todo o coração e você está bem certo agora de que não é mais um campesino abandonado, não é?

O menino se atirou ao pescoço de Madeleine e ficou tão pálido que ela ficou surpresa e o tirou devagarinho do colo, tentando distraí-lo. Mas ele a deixou depois de pouco e fugiu sozinho como para se esconder, o que preocupou a moleira. Ela o procurou e encontrou de joelhos num canto da granja, banhado de lágrimas.

— Ora, vamos, François — disse ela erguendo-o —, não sei o que você tem. Se está pensando na pobrezinha da sua mãe Zabelle, precisa fazer uma oração por ela e vai se sentir mais calmo.

— Não, não — disse a criança enrolando a barra do avental de Madeleine e o beijando com todas as suas forças —, eu não estava pensando na minha pobre mãe. Não é a senhora que é minha mãe?

— E por que você está chorando, então? Assim me faz sofrer.

— Oh, não! Eu não estou chorando — respondeu François enxugando rapidamente os olhos e mostrando um jeito alegre —, quer dizer, eu não sei por que estava chorando. Verdade, sei lá, pois estou contente como se estivesse no paraíso.

5.

Daquele dia em diante, Madeleine passou a beijar aquele menino de manhã e à noite, nem mais nem menos do que se ele fosse seu filho, e a única diferença que fez entre Jeannie e François é que o mais novo era mais mimado e mais acarinhado, como cabia à sua idade. Ele só tinha sete anos enquanto o campesino tinha doze e François compreendia muito bem que um menino como ele não podia ser paparicado como um pequeno. Além disso, eles diferiam mais na aparência do que na idade. François era tão alto e forte que parecia um rapaz de quinze anos e Jeannie era magro e pequeno como a mãe, a quem puxara todinho.

De modo que chegou uma manhã em que ela recebia seu bom-dia na soleira da porta e o beijava como de costume, e sua criada lhe disse:

— Me é de opinião, sem vos ofender, nossa patroa, que esse rapazola está muito grande para ser beijado feito menininha.

— Você acha? — respondeu Madeleine, surpresa. — Mas então você não sabe a idade dele?

— Sim, ora, também não veria mal, mas é que ele é campesino e eu, que não passo de sua criada, não beijaria isso aí nem por um monte de dinheiro.

— O que você está dizendo é ruim, Catherine — retrucou dona Blanchet —, e principalmente não devia dizer isso na frente desta pobre criança.

— Que ela diga e que todos digam — replicou François com muita ousadia. — Eu não faço caso. Contanto que não seja campesino para a senhora, dona Blanchet, fico muito contente.

— Olha aí, está vendo então — disse a criada. — É a primeira vez que o escuto conversar tanto. Não é que você sabe pôr três palavras uma atrás da outra, François? Pois bem, verdade, eu achava que você não entendia nem o que a gente diz. Se soubesse que estava escutando, não teria dito na sua frente o que eu disse, pois não tenho nenhuma vontade de molestá-lo. Você é um bom menino, muito sossegado e complacente. Ora, ora, deixe isso para lá; se acho estranho que nossa patroa o beije é porque você me parece muito grande para isso e esse acarinhamento faz você parecer ainda mais tonto do que é.

Tendo assim reacomodado a coisa, a gorda Catherine foi fazer sua sopa e nem pensou mais naquilo. Mas o campesino seguiu Madeleine no lavatório e, sentando-se junto dela, falou-lhe mais uma vez do jeito que ele sabia falar com ela e somente para ela:

— A senhora se lembra, dona Blanchet, que uma vez eu estava aqui, há muito tempo, e a senhora me fez dormir no seu xale?

— Sim, minha criança, foi a primeira vez que nos vimos.

— Foi então a primeira vez? Eu não tinha certeza, não me lembro bem; pois quando penso naquele tempo, é como num sonho. E quantos anos faz isso?

— Há... espera, há mais ou menos seis anos, pois meu Jeannie tinha catorze meses.

— Quer dizer que eu não tinha ainda a idade que ele tem agora? A senhora acha que quando ele tiver feito a primeira comunhão vai se lembrar de tudo o que lhe acontece agora?

— Oh! Sim, eu me lembrarei — disse Jeannie.

— Depende — retrucou François. — O que você estava fazendo ontem a esta hora?

Jeannie, surpreso, abriu a boca para responder e ficou sem fala com um ar constrangido.

— Pois e você? Aposto que também não sabe — disse ao François a moleira, que tinha o costume de se divertir ouvindo-os prosear e tagarelar juntos.

— Eu? Eu — disse o campesino embaraçado —, espera aí... Eu estava indo aos campos e passei por aqui... E pensei na senhora; foi ontem, justamente, que me lembrei do dia em que a senhora me enrolou no seu xale.

— Você tem boa memória e é surpreendente que se lembre de tanto tempo atrás. E você se lembra de que estava com febre?

— Não, por exemplo!

— E que você carregou a roupa para mim até em casa sem que eu lhe pedisse?

— Também não.

— Eu sempre me lembro, porque foi assim que percebi que você tinha um bom coração.

— Eu também tenho um bom coração, não é verdade, mamãe? — disse o pequeno Jeannie apresentando à mãe uma maçã que ele havia comido pela metade.

— Certamente, você também, e tudo o que você vê o François fazer de bom, você fará também mais tarde.

— É sim — replicou a criança rapidamente. — Eu vou subir esta noite no jumentinho amarelo e vou levar ele no pasto.

— Pois sim — disse François, rindo. — E depois você também vai subir na sorva-grande para desaninhar as abelheiras? Até parece que vou deixar você fazer isso, pequerrucho. Mas me diga então, dona Blanchet, há uma coisa que quero lhe perguntar, mas não sei se a senhora quer me dizer.

— Vejamos.

— Por que acham que vão me aborrecer me chamando campesino abandonado? É ruim ser campesino?

— Claro que não, minha criança, pois não é sua culpa.

— E é culpa de quem?
— É culpa dos ricos.
— Culpa dos ricos, como assim?
— Você está me perguntando muitas coisas hoje, eu lhe explicarei isso mais tarde.
— Não, não; agora, dona Blanchet.
— Não posso lhe explicar... Primeiro, sabe o que é ser um campesino?
— Sim, é quando a gente é posto no abrigo pelo pai e pela mãe porque eles não tinham condições de alimentar nem de criar a gente.
— É isso. Você vê então que se há gente tão infeliz que não pode nem criar os próprios filhos, é culpa dos ricos que não os assistem.
— Ah! Está certo — respondeu o campesino, todo pensativo. — No entretanto, tem ricos bons, pois a senhora é uma, dona Blanchet; é só a gente estar no lugar certo para encontrar.

6.

No entanto o campesino, que ia devaneando e procurando razões para tudo desde que sabia ler e que tinha feito a primeira comunhão, ruminou em sua cabeça o que a Catherine dissera à dona Blanchet a respeito dele; por mais que imaginasse, não conseguia compreender por quê, ao se tornar grande, não devia mais beijar Madeleine. Ele era o menino mais inocente da terra e não suspeitava o que os garotos de sua idade aprendem bem rápido no campo.

Sua grande honestidade de espírito lhe vinha do fato de não ter sido criado como os outros. Sua condição de campesino, sem lhe causar vergonha, mantivera-o sempre desmalicioso; e embora ele não tomasse aquele nome por uma injúria, não se acostumava à surpresa de ter um atributo que o tornava sempre diferente daqueles com quem andava. Os outros campesinos são quase sempre humilhados por sua condição e os fazem duramente compreender que seu orgulho de cristão lhes foi tirado muito cedo. Eles são criados detestando quem os pôs no mundo, sem contar que também não gostam muito mais daqueles que os fazem nele permanecer. Mas aconteceu que François caíra nas mãos da Zabelle, que o amara e não o maltratava, e em seguida encontrara Madeleine, cuja caridade era maior e cujas ideias eram mais humanas que as de todo mundo. Ela fora para ele nem mais nem menos que uma boa mãe, e um campesino que encontra afeto é melhor do que qualquer criança, assim como é a pior quando se vê molestado e aviltado.

Assim, François não tivera jamais diversão e contentamento perfeito senão na companhia de Madeleine e, em vez de procurar outros pastores para brincar, criara-se sozinho ou pendurado nas saias das duas mulheres que o amavam. Quando estava com Madeleine, principalmente, sentia-se tão feliz quanto podia ser Jeannie e não tinha pressa em ir correr com os que logo o iam chamando de campesino, pois, no meio deles, François se sentia, de repente e sem saber por quê, como um estrangeiro.

Ele chegou então à idade de quinze anos sem conhecer a menor malícia, sem ter ideia do mal, sem que sua boca jamais houvesse dito uma palavra vil e sem que seus ouvidos as tivessem compreendido. No entanto, desde o dia em que Catherine criticara sua patroa pela amizade que lhe demonstrava, aquela criança teve o grande senso e o grande julgamento de não mais se deixar beijar pela moleira. Ele pareceu não pensar naquilo e talvez tivesse vergonha de bancar a menininha e o mimado, como dizia Catherine. Mas, no fundo, não era aquela vergonha que o detinha. Isso pouco lhe importaria se não tivesse como que adivinhado que, por amá-lo, aquela mulher podia sofrer recriminação. Por que uma recriminação? Ele não tinha explicação; e vendo que não a encontraria em si mesmo, não quis ter explicação de Madeleine. Ele sabia que ela era capaz de suportar a crítica por amizade e por seu bom coração, pois tinha boa memória e se lembrava de que Madeleine fora admoestada e correra o risco de apanhar por lhe ter feito o bem.

De modo que, por seu bom instinto, ele a poupou do desagrado de ser repreendida e zombada por causa dele. Compreendeu — que maravilha! —, a pobre criança compreendeu que um campesino não devia ser amado de outro modo senão em segredo e, para não causar desconforto a Madeleine, aceitaria não ser amado de jeito nenhum.

Ele estava atento à sua tarefa e como, à medida que crescia, tinha mais trabalho nos braços, aconteceu de, pouco a pouco, estar menos frequentemente com Madeleine. Mas não guardava mágoa porque, trabalhando, pensava que era por ela e que seria bem recompensado pelo prazer de vê-la durante as refeições. À noite, quando Jeannie adormecia, Catherine ia se deitar, François ainda ficava durante uma ou duas horas com Madeleine. Lia os livros para ela ou conversava enquanto ela trabalhava. As gentes do campo não leem rápido; tanto que os dois livros que eles tinham bastavam para contentá-los. Quando liam três páginas à noite, era muito, e quando o livro acabava, havia passado bastante tempo desde o começo para que recomeçassem da primeira página, da qual não mais se lembravam. E depois há duas maneiras de ler e seria bom dizer isso às gentes que se creem instruídas. Os que têm muito tempo para si e muitos livros devoram o quanto podem e enfiam umas tantas coisas na cabeça das quais o bom Deus não sabe patavinas. Os que não têm tempo nem livros ficam bem felizes quando caem num bom trecho. Eles o recomeçam cem vezes sem se cansar e a cada vez algum detalhe que não haviam notado muito bem lhes traz uma nova ideia. No fundo, é sempre a mesma ideia, mas é tão revirada, tão bem saboreada e digerida, que o espírito que a retém fica mais bem nutrido e mais sadio, por si mesmo, do que trinta mil cérebros cheios de vento e de frioleiras. O que vos digo, meus filhos, aprendi com o senhor pároco, que sabe bem disso.

No entretanto, essas duas pessoas viviam contentes do que tinham a consumir em matéria de saber e o consumiam devagarinho, ajudando-se uma à outra a compreender e a gostar daquilo que nos faz ser justos e bons. Daí advinha muita religião e muita coragem e não havia maior felicidade para elas do que se sentirem bem-dispostas para todo mundo e estarem em harmonia a todo tempo em todo lugar sobre a questão da verdade e a vontade de agir corretamente.

7.

Seu Blanchet não controlava mais a despesa que se fazia na casa, porque acertara uma quantia fixa do dinheiro que dava todo mês à sua mulher para a manutenção da casa e que era o mínimo possível. Madeleine conseguia, sem o chatear, privar-se dos próprios confortos e doar àqueles que ela sabia infelizes em torno dela; um dia um pouco de madeira, outro dia uma parte da sua comida e outro dia ainda alguns legumes, roupas, ovos, o que mais? Ela conseguia assistir o próximo e, quando lhe faltavam os meios, realizava com as próprias mãos o trabalho das gentes pobres e impedia que a doença ou a fadiga os levasse à morte. Madeleine fazia tanta economia, acomodava tão cuidadosamente seus trapos, que se diria que ela vivia bem; no entanto, como não queria que sua gente não sofresse por causa de sua caridade, ela se acostumara a comer quase nada, a nunca repousar e a dormir o mínimo possível. O campesino via aquilo tudo e achava muito simples, pois, tanto por sua natureza quanto pela educação que recebia de Madeleine, sentia-se inclinado ao mesmo gosto e ao mesmo dever. Somente às vezes se preocupava com o cansaço a que se submetia a moleira e se culpava por dormir demais e comer demais. Gostaria de poder passar a noite costurando ou fiando no lugar dela e, quando ela queria pagar o seu salário que aumentara até mais ou menos vinte escudos, ele ficava contrariado e a obrigava a guardar escondido do moleiro.

— Se a minha mãe Zabelle não tivesse morrido — dizia ele —, esse dinheiro seria para ela. E o que a senhora quer que eu faça com o dinheiro? Eu não preciso, já que a senhora cuida das minhas vestimentas e me fornece os tamancos. Guarde-o, pois, para os mais infelizes do que eu. A senhora já trabalha tanto para os pobres! E se me der dinheiro, será preciso que trabalhe ainda mais, e se cair doente ou morrer como a coitadinha da mãe Zabelle, eu me pergunto de que me serviria ter dinheiro no cofre? Iria trazer a senhora de volta ou impediria que eu me jogasse no rio?

— Nem pense, meu filho — disse Madeleine, um dia em que ele insistiu nessa ideia, como fazia de tempos em tempos —, se matar não é coisa de um cristão, e se eu morresse, seu dever seria o de sobreviver para consolar e apoiar meu Jeannie. Você faria isso, né?

— Sim, enquanto Jeannie fosse criança e precisasse da minha amizade. Mas depois...! Nem vamos falar disso, dona Blanchet. Eu não consigo ser bom cristão nesse caso. Não se canse tanto, não morra, se quiser que eu viva sobre a terra.

— Fique tranquilo, não tenho vontade de morrer. Estou bem. Sou feita para o trabalho e estou até mais forte agora do que na minha juventude.

— Na sua juventude! — exclamou François surpreso. — A senhora então não é jovem?

E teve medo de que ela já estivesse na idade de morrer.

— Acho que não tive o tempo de ser jovem — respondeu Madeleine, rindo como quem tem bom coração contra a má sorte — e agora tenho vinte e cinco anos, o que começa a contar para uma mulher do meu tipo, pois não nasci sólida como você, pequeno, e tive desgostos que me adiantaram mais do que a idade.

— Desgostos! Sim, meu Deus! No tempo em que seu Blanchet falava tão duro com a senhora, eu percebi. Ah! Que Deus me perdoe! No entretanto, não sou malvado; mas o dia que ele levantou a mão para a senhora, como se quisesse lhe bater... Ah! Ele fez muito bem em não ir em frente, pois eu tinha empunhado uma faca... ninguém percebeu... e eu ia partir para cima dele... Mas já faz muito tempo isso, dona Blanchet, pois me lembro de que eu não chegava ainda à altura da cabeça dele e hoje já vejo a raiz dos cabelos dele. E agora, dona Blanchet, que ele quase não lhe diz mais nada, a senhora já não está mais infeliz?

— Não estou mais, você acredita? — disse Madeleine um pouco vivamente, pensando que jamais tivera amor no seu casamento. Mas se conteve, pois aquilo não dizia respeito ao campesino; ela não devia deixar que uma criança ouvisse tais ideias. — Agora — continuou —, você tem razão, eu já não estou infeliz; vivo como quero. Meu marido é muito mais honesto comigo; meu filho faz proveito disso e eu não tenho nada do que reclamar.

— E eu, a senhora não me põe na conta? Eu...

— Pois bem! Você também está crescendo bastante e isso me dá contentamento.

— Mas lhe dou talvez contentamento de outro jeito?

— Sim, você se porta bem, tem sensatez em tudo e estou contente com você.

— Ah, se a senhora não estivesse contente comigo, que tipinho ingrato eu seria, um inútil depois do modo como me tratou! Mas há ainda outra coisa que deveria torná-la feliz se a senhora pensasse como eu.

— Pois diga, não sei qual é a artimanha que você está arranjando para me surpreender.

— Não tem artimanha, dona Blanchet, basta que eu me olhe e veja uma coisa; é que, mesmo que eu passasse fome, sede, calor e frio e ainda por cima eu fosse espancado quase até a morte todos os dias, e que só tivesse depois para repousar uma cama de espinhas ou um monte de pedras, bem... a senhora entende?

— Acho que sim, meu François; você não se acharia infeliz por todo esse mal, contanto que seu coração estivesse em paz com Deus?

— Isso primeiro e nem precisa dizer. Mas eu queria dizer outra coisa.

— Não peguei, e vejo que você é mais esperto do que eu.

— Não, não sou esperto. Digo que eu sofreria todas essas penas que pode ter um homem que vive a vida mortal e ainda estaria contente pensando que Madeleine Blanchet tem afeto por mim. E é por isso que eu dizia há pouco que se a senhora pensasse assim, diria: "François me ama tanto que estou contente de estar no mundo".

— Veja só! Você tem razão, minha pobre criança — respondeu Madeleine —, e as coisas que me diz me dão às vezes vontade de chorar. Sim, de verdade, seu afeto por mim é um dos bens da minha vida e o maior talvez, depois... ou melhor, quero dizer, junto com o do meu Jeannie. Como você tem mais idade, compreende bem o que lhe digo e também sabe me dizer com mais clareza o que pensa. Garanto que nunca me aborreço com vocês dois e só peço ao bom Deus uma coisa no momento, é poder ficarmos muito tempo como estamos, em família, sem nos separar.

— Sem nos separar, isso mesmo! — disse François. — Eu preferiria ser cortado em pedaços a deixá-la. Quem me amaria como a senhora me amou? Quem iria correr o perigo de ser maltratada por um pobre campesino e o chamaria de sua criança, de seu caro filho? Porque a senhora me chama muito frequentemente, quase sempre, assim. E mesmamente a senhora diz sempre, quando estamos sozinhos: "Me chame de mãe e não sempre de dona Blanchet". E não ouso, porque tenho muito medo de me acostumar e soltar essa palavra na frente dos outros.

— E daí?

— Oh! Daí que iriam recriminá-la e não quero que a aborreçam por minha causa. Eu não sou orgulhoso, veja! Não preciso que saibam que a senhora me tirou do meu estado de campesino abandonado. Estou bem feliz de saber, por mim mesmo, que tenho uma mãe de quem sou filho! Ah! A senhora não pode morrer, dona Blanchet —

insistiu o pobre François olhando-a com um ar triste, pois ele tinha às vezes pensamentos de infortúnio. — Se a perdesse, eu não teria ninguém na terra, pois a senhora irá com certeza no paraíso do bom Deus e eu não sei se sou merecedor para ter a recompensa de ir com a senhora.

François tinha em tudo o que dizia e em tudo o que pensava como que um aviso de algum grande infortúnio e, pouco tempo depois, esse infortúnio lhe caiu sobre a cabeça.

Ele se tornara o menino do moinho. Era ele que ia buscar o trigo da clientela, sobre seu cavalo, e o entregava transformado em farinha. Isso o obrigava a fazer muitas vezes longas corridas e igualmente ele ia com frequência à amante do Blanchet, que morava a meia légua do moinho. Ele não gostava nada dessa incumbência e não parava nem um minuto sequer na casa quando o trigo já estava pesado e medido...

Nesta parte da história, a contadora parou.

— Vocês sabem que faz muito tempo que estou falando? — disse ela aos paroquianos que a escutavam. — Não tenho mais o fôlego dos meus quinze anos e é do meu aviso que o linheiro, que conhece o caso melhor do que eu, poderia muito bem tocar adiante. Ainda por cima, chegamos num ponto em que já não me lembro mais tão bem.

— E eu — respondeu o linheiro — sei muito bem por que a senhora já não é tão memoriosa no meio como era no começo; é que começa a ficar ruim para o campesino e a senhora tem pena, porque tem um coração mole, como todas as devotas, para as histórias de amor.

— Então vai virar história de amor? — indagou Sylvine Courtious, que lá se encontrava.

— Ah bom! — retomou o linheiro —, eu sabia que ia fazer as mocinhas ficarem de orelha em pé ao soltar essa palavra. Mas paciência, o lugar de onde vou retomar, com a responsabilidade de levar a história a bom termo, ainda não é o que vocês queriam saber. Onde a senhora parou, comadre Monique?

— Eu estava na amante do Blanchet.

— É isso — disse o linheiro. — Essa mulher se chamava Sévère e seu nome não lhe caía muito bem, pois ela não tinha nada de severidade. Ela sabia muito bem ter conversa para boi dormir com as gentes cujos escudos queria ver reluzir ao sol. Não se pode dizer que fosse malvada, pois tinha um humor alegre e despreocupado, mas tirava tudo para si mesma e nunca sentia pena pelos prejuízos dos outros, contanto que fosse vitoriosa e festejada. Tinha ficado na moda na região e, dizem, encontrara gente demais que gostasse dela. Era ainda uma mulher muito bonita e atraente, viva apesar de corpulenta e fresca como uma rosa. Ela não prestava muita atenção ao campesino, e se o encontrava no seu sótão ou no seu quintal, lhe dizia alguma estultice para zombar dele, mas sem malquerer, e para o divertimento de vê-lo corar, pois ele corava como uma menina quando aquela mulher lhe falava, e se sentia constrangido. Ele a achava com um toque de atrevimento e ela lhe parecia ser feia e malvada, embora não fosse nem um nem outro, ao menos a malvadeza não lhe vinha senão quando a contrariavam em seus interesses ou em seu contentamento de si mesma; e igualmente é preciso dizer que ela gostava tanto de dar quanto de receber. Era generosa por pavoneamento e gostava de agradecimentos. Mas, na ideia do campesino, era tão somente uma endiabrada que induzia dona Blanchet a viver com pouco e a trabalhar acima de suas forças.

Entretanto, aconteceu que o campesino entrava em seus dezessete anos e dona Sévère achou que ele estava um moço diabolicamente belo. Ele não se parecia com as outras crianças do campo, que são corpulentas e atarracadas nessa idade e não têm cara de que vão desabrochar e se tornar alguma coisa dois ou três anos mais tarde. Ele era já grande, bem constituído; tinha pele branca até mesmo no tempo das colheitas, e os cabelos encaracolados, que eram como acastanhados na raiz e acabavam em fios dourados.

— E é assim que a senhora gosta, dona Monique? Os cabelos, digo, sem falar nada dos rapazes.

— Isso não é da sua conta — respondeu a empregada do pároco. — Conte a sua história.

— Ele continuava pobremente vestido, mas gostava de asseio, como Madeleine Blanchet lhe ensinara; e como era, tinha uma aparência que não se via nos outros. A Sévère viu tudo isso aos poucos, e enfim viu tão bem que botou na cabeça de descontraí-lo um pouco. Ela não tinha preconceitos e quando ouvia dizer: "É pena que um rapaz tão bonito seja um campesino abandonado", respondia: "Os campesinos têm jeito de ser belos, pois foi o amor que os botou no mundo".

E eis o que inventou para se encontrar com ele. Ela fez o Blanchet beber mais do que o razoável na feira de Saint-Denis-de-Jouhet e, quando viu que ele não era mais capaz de pôr um pé na frente do outro, recomendou a seus amigos do lugar que o fizessem se deitar. Então ela disse a François, que viera com o patrão para conduzir os animais à feira:

— Pequeno, vou deixar minha égua para o seu patrão voltar amanhã de manhã; você monta na dele e me leva na garupa para casa.

O arranjo não era do gosto de François. Ele disse que a égua do moinho não era bastante forte para carregar duas pessoas e que se oferecia para reconduzir a Sévère, ela montada no animal, ele na do Blanchet; que ele voltaria ali com outra montaria o quanto antes para buscar o patrão, tomando o cuidado de estar bem cedinho em Saint-Denis-de-Jouhet: mas a Sévère o ouviu tanto quanto o tosquiador escuta o carneiro e o mandou obedecer. François tinha medo dela, porque, como Blanchet só via através de seus olhos, ela podia mandar que o dispensassem do moinho se ele a descontentasse, ainda mais que era São João. Ele a pôs então na garupa, sem desconfiar, o pobre rapaz, que não era o melhor jeito de escapar à sua má sorte.

8.

Quando François e Sévère se puseram a caminho estava escurecendo e, ao passarem sobre a tábua do lago de Rochefolle, já era noite alta. A lua não havia ainda despontado das florestas, e as trilhas que são, daquele lado, completamente esburacadas pelas águas de fonte não tinham nada de bom. E se François, entediado com a Sévère, picava a égua e andava rápido era porque queria estar junto da dona Blanchet.

Mas a Sévère, que não parecia assim tão apressada de chegar a sua casa, se pôs a bancar a madama e a dizer que estava com medo, que era preciso ir devagar, pois a égua não erguia bem as patas e arriscava cair.

— Que nada! — retrucou François sem dar ouvidos —, seria então a primeira vez que ela iria rezar ao bom Deus; pois, sem comparação com o santo batismo, nunca vi égua tão pouco devota.

— Você é espirituoso, François — ironizou a Sévère, como se François houvesse dito alguma coisa muito engraçada e completamente nova.

— Ah! De jeito nenhum, meu Deus — respondeu o campesino, pensando que ela zombava dele.

— Ora, você não vai trotar na descida, imagino?

— Não tenha medo, vamos trotar muito bem.

O trote, na descida, cortava a respiração da gorducha Sévère e a impedia de conversar, coisa que a contrariou, pois ela contava enredar o jovem rapaz com suas palavras. Mas ela não quis demonstrar que não era suficientemente jovem nem bela para aguentar o cansaço e não pronunciou uma palavra durante um bom trecho do caminho.

Quando estavam perto do bosque de castanheiras, ela achou de dizer:

— Espere, François, você precisa parar, meu amigo François: a égua acaba de perder uma ferradura.

— Ainda que estivesse desferrada, eu não tenho nem pregos nem martelo para calçá-la.

— Mas não se deve perder o ferro. Custa dinheiro! Desça, estou dizendo, e procure.

— Cáspite, eu procuraria umas duas horas sem achar nessas avencas! E meus olhos não são lanternas.

— São, sim, François — disse a Sévère num tom metade sonso, metade amistoso —, seus olhos brilham como vaga-lumes.

— É porque a senhora os está vendo atrás do meu chapéu? — respondeu François, nada contente pelo que ele tomava por zombarias.

— Não estou vendo agora — respondeu a Sévère com um suspiro tão gordo quanto ela —, mas vi outras vezes!

— Eles nunca lhe disseram nada — retomou o campesino inocente. — A senhora poderia deixá-los sossegados, pois tampouco lhe fizeram nem farão nenhuminha insolência.

— Acho — disse então a criada do pároco — que o senhor poderia pular um pedaço da história. Não é muito interessante saber todas essas más intenções que buscou essa mulher má para desafiar a religião de nosso campesino.

— Fique tranquila, comadre Monique — respondeu o linheiro —, pularei tudo o que for preciso. Sei que estou falando diante de jovens e não direi nada de mais. Paramos nos olhos de François, que a Sévère queria tornar menos honestos do que ele se vangloriava de ter para com ela.

— Que idade o senhor tem então, François? — foi o que ela lhe disse, tentando tratá-lo de senhor para fazê-lo compreender que não queria mais tratá-lo como um garoto.
— Oh, meu Deus, não sei direito — respondeu o campesino, percebendo que lá vinha ela com seus embustes. — Não me divirto muito fazendo a conta dos meus dias.
— Dizem que você só tem dezesseis anos — retomou ela —, mas eu aposto que já tem vinte, está alto e logo terá barba.
— Pouco me importa — disse François, bocejando.
— Nossa! Você está indo rápido demais, meu rapaz. Pronto, perdi minha capanga!
— Diacho! — disse François, que não a supunha tão matreira como ela era. — A senhora então vai precisar descer para procurá-la, pois talvez tenha coisa importante?
Ele desceu e a ajudou a arriar; ela não perdeu de se apoiar nele e ele a achou pesada com uma saca de trigo.
Ela fingiu procurar a capanga, que guardara no próprio bolso — e ele se afastou cinco ou seis passos dela, segurando a égua pela rédea.
— E você não vai me ajudar a procurar? — fez ela.
— Tenho que segurar a égua — ele disse —, pois está pensando em seu potrinho e fugiria se a largasse.
A Sévère procurou sob os pés da égua, bem ao lado de François, e nisso ele percebeu que ela não havia perdido nada, a não ser a razão.
— Não estávamos aqui ainda quando a senhora gritou por sua capanga. Muito difícil que a encontre por aqui.
— Você acha então que é uma embustice, malandrinho? — respondeu ela, querendo lhe puxar a orelha —; pois acho que você está bancando o malandrinho...

Mas François deu um passo atrás e não quis entrar na brincadeira.

— Não, não — disse ele —, se a senhora achou seus escudos, vamos embora, pois tenho mais vontade de dormir do que de me divertir.

— Então confabulemos — disse a Sévère quando se empoleirou atrás dele —, isso encanta, como se diz, o tédio do caminho.

— Não preciso de nenhum encantamento — replicou o campesino —, não estou entediado.

— Eis a primeira coisa amável que você me diz, François!

— Se é uma bela coisa, saiu sem querer, pois não sei dizer.

A Sévère começou a se encolerizar; mas ela não se rendera ainda à verdade. "Esse rapaz deve ser tão simplório quanto um passarinho", pensou. "Se eu o fizesse perder o caminho, seria obrigado a se demorar um pouco comigo."

E toca tentar enganá-lo e empurrá-lo para a esquerda quando ele queria pegar a direita.

— O senhor está nos desviando — lhe dizia ela —, é a primeira vez que passa nestes lugares. Conheço melhor que o senhor. Escute-me ou vai me fazer passar a noite no bosque, meu jovem!

Mas François, quando passava apenas uma vez por um caminhozinho, reconhecia-o como se ali estivesse há um ano.

— Não, não — contestou ele. — É por aqui, não me desacertei. A égua também reconhece bem e eu não tenho vontade de passar a noite nestes bosques.

Tanto que ele entrou nos domínios de Dollins, onde morava a Sévère, sem se deixar atrasar mais do que quinze minutos e sem ter aberto os ouvidos nem como um buraquinho de agulha às pudicícias dela. Quando chegaram, ela quis detê-lo, expondo que a noite estava muito escura, que a água havia subido e que os vaus estavam cheios. Mas o campesino não ligava para tais perigos e, aporrinhado com tantas palavras tolas, firmou-se bem e, sem nem piscar, pôs a égua a galopar e voltou rapidamente ao moinho, onde Madeleine Blanchet o aguardava, aflita por seu atraso.

9.

O campesino não contou a Madeleine as coisas que a Sévère lhe insinuara; ele não ousaria nem mesmo pensar nisso. Não digo que eu teria sido tão bem-comportado quanto ele no encontro; mas, enfim, o bom comportamento não prejudica e estou dizendo as coisas como são. Esse rapaz era assim como deve ser uma moça de bem.

Mas, matutando à noite, dona Sévère se voltou contra ele e achou que era talvez menos bronco do que desprezível. A esse pensamento seu cérebro ferveu, bem como sua bílis; grandes preocupações de desforra lhe passaram pela cabeça.

A tal ponto que na manhã seguinte, quando Caçula Blanchet estava novamente junto dela, meio desentorpecido, ela lhe deu a entender que o seu empregado do moinho era um insolente, que ela fora obrigada a mantê-lo nas rédeas e lhe dar uma cotovelada na cara porque ele tivera a ideia de lhe dizer floreios e beijá-la nos bosques, na volta, à noite.

Nem precisava tanto para tirar Blanchet do sério; mas ela ainda achou que não era suficiente e escarneceu dele por deixar em sua casa, junto de sua mulher, um criado com idade e humor para desentediá-la.

De repente, lá estava Blanchet com ciúmes da amante e da mulher. Ele pega seu bordão de azevinho, enfia o chapéu até os olhos como apagador sobre uma vela e corre ao moinho sem pestanejar.

Por sorte, não encontrou ali o campesino. François fora abater e cortar uma árvore que Blanchet havia comprado de Blachard de Guérin e só voltaria à noite. Bem que ele teria ido encontrá-lo durante a tarefa, mas receava que, se mostrasse despeito, os jovens moleiros de Gérin viriam a zombar dele e de seu ciúme, que por sinal não tinha mais cabimento depois do abandono e do desprezo que ele reservara à sua mulher.

Ele o esperaria voltar, não fosse o tédio de passar o resto do dia em casa, e a briga que queria arrumar com sua mulher não teria duração para ocupá-lo até a noite. Não dá para a gente se agastar por muito tempo quando a gente se agasta sozinho.

No fim das contas, ele passaria por cima das zombarias e do tédio pelo prazer de dar uma lição no pobre campesino; mas como, ao andar, ele se aprumou um pouco, pensou que aquele campesino do mal já não era uma criancinha e, como ele estava na idade de enfiar o amor na cabeça, também estava na idade de se invocar ou se defender no braço. Tudo isso fez com que Blanchet tentasse recobrar o bom senso, enchendo a cara sem nada dizer, revirando na cabeça o discurso que faria à sua mulher, sem saber direito por onde começar. Ele lhe dissera num tom áspero, ao entrar, que tinha de ser ouvido, e ela ficara ali, como de costume, triste, um pouco orgulhosa, sem nada dizer.

— Dona Blanchet — falou ele, enfim —, tenho uma ordem a lhe dar e, se a senhora fosse a mulher que parece e pela qual passa por ser, a senhora não teria esperado ser advertida.

Aí ele parou, como para retomar o fôlego, mas de fato sentia-se quase envergonhado do que ia dizer, pois a virtude estava escrita na figura da sua mulher como uma oração num Livro de horas.

Madeleine não lhe deu assistência para que se explicasse. Quase sem respirar, esperou a conclusão, pensando que ele a recriminaria por alguma despesa, sem nem de longe esperar pelo que ele enfim falou.

— A senhora está fazendo como se não me escutasse, dona Blanchet — retomou o moleiro —, e, no entanto, a coisa está clara. Trata-se de jogar aquilo fora e o quanto antes, porque já estou farto.

— Jogar o quê? — indagou Madeleine estupefata.

— Jogar o quê! A senhora não ousaria dizer jogar quem?

— Por Deus! Não; não sei de nada. Fale, se o senhor quer que eu entenda.

— A senhora me fará sair do sério — gritou o Caçula Blanchet, urrando como um touro. — Eu lhe digo que esse campesino está de mais na minha casa e que, se ainda estiver aqui amanhã de manhã, eu é que o botarei para fora no muque, a menos que ele prefira ficar debaixo da roda do meu moinho.

— Aí estão palavras cruéis e numa má ideia, patrão Blanchet — disse Madeleine, que não pôde evitar de empalidecer até ficar da cor da sua touca. — O senhor acabará por perder seu ofício se mandar embora esse rapaz; pois o senhor não encontrará jamais um parecido para o trabalho e que se contente com tão pouco. O que lhe fez então o coitado do menino para que queira expulsá-lo tão duramente?

— Ele me faz passar por um estúpido e eu lhe digo, senhora minha mulher, que não pretendo ser motivo de riso na redondeza. Ele é o patrão da minha casa e o trabalho que ele faz merece ser pago com pauladas.

Foi preciso um pouco de tempo para que Madeleine ouvisse o que seu marido queria dizer. Ela não tinha a menor ideia e lhe apresentou todas as boas razões que pôde para apaziguá-lo e impedi-lo de se obstinar naquela fantasia.

Mas foi pena perdida; ele só ficou mais zangado e, quando viu que ela se afligia por perder seu bom servidor François, voltou à ciumeira e lhe disse palavras tão duras que enfim ela tratou de ouvir e se pôs a chorar de vergonha, de orgulho e muita dor.

E a coisa foi piorando; Blanchet jurou que ela estava apaixonada por aquela mercadoria de abrigo, que ele enrubesceria por causa dela e, se ela não pusesse o campesino à porta sem demora, prometia surrá-lo e moer como a um grão.

No que ela respondeu mais alto do que de costume que era ele o patrão para mandar embora quem bem lhe parecesse, mas não para ofender nem insultar sua mulher honesta, e que ela se queixaria ao bom Deus e aos santos do paraíso de como uma injustiça lhe podia ser tão grande e tão dolorosa. E assim, de palavra em palavra, ela conseguiu, malgrado sua própria vontade, recriminá-lo por seu mau comportamento e a lhe mandar uma boa verdade: que porco quando está no chiqueiro quer jogar lama em todo mundo.

A coisa entornou ainda mais e, quando Blanchet começou a ver que estava errado, a cólera foi seu único remédio. Ele ameaçou Madeleine de lhe calar a boca com um bofetão e o teria feito se Jeannie, atraído pelo barulho, não tivesse se posto entre eles sem saber o que estava acontecendo, mas pálido e desfeito de ouvir aquele bate-boca. Blanchet quis empurrá-lo e ele chorou, o que deu ao pai motivo para dizer que ele era mal-educado, um poltrão, choramingas e que a mãe não fizera dele nada de bom. Depois, tomou coragem e se levantou brandindo no ar seu bordão e jurando que mataria o campesino.

Quando o viu assim doido enfurecido, Madeleine se jogou à sua frente, e com tanta ousadia que ele ficou desmontado e se deixou levar pela surpresa; ela lhe tirou das mãos o bordão e o jogou longe no riacho. Depois lhe disse, sem nada titubear:

— O senhor não vai se arruinar ouvindo sua cabeça ruim. Pense que é um infortúnio quando acontece de não nos conhecermos mais e se o senhor não tem humanidade, pense em si mesmo e nas consequências que uma má ação pode trazer à vida de um homem. Há muito tempo, meu marido, o senhor leva mal a sua e segue de trem e a galope por um mau caminho. Eu o impedirei, ao menos hoje, de se jogar num mal pior, que seria sua punição neste mundo aqui embaixo e no outro. O senhor não vai matar ninguém; vai retornar, isso sim, de onde o senhor encafifou de buscar vingança por uma afronta que não lhe fizeram. Saia, sou eu que estou mandando em seu interesse e é a primeira vez na minha vida que lhe dou uma ordem. O senhor a escutará, porque vai ver que nem por isso perco o respeito que lhe devo. Juro por minha fé e minha honra que amanhã o campesino não estará mais aqui e o senhor poderá voltar sem perigo de o encontrar.

Dito isso, Madeleine abriu a porta da casa para que seu marido saísse e o Caçula Blanchet, todo confuso de vê-la tomar esses modos, contente, no fundo, de partir e ter obtido a submissão sem arriscar a pele, plantou novamente o chapéu na cachola e, sem mais nada dizer, voltou à casa da Sévère. Ele se vangloriou bastante para esta e, entre outras coisas, de ter feito sua mulher e o campesino sentirem sua vara verde; mas como nada disso ocorreu, a Sévère gozou de um prazer falso.

Quando Madeleine Blanchet ficou completamente só, mandou seu rebanho e sua cabra aos campos sob a guarda de Jeannie e foi ao final da eclusa do moinho, num canto do terreno que o curso das águas havia erodido em volta e onde haviam crescido tantas raízes e galhada nos velhos tocos de árvores que nada se via nem de perto. Era ali que ela ia frequentemente falar sobre suas razões ao bom Deus, porque não era incomodada e podia se manter escondida atrás das plantas selvagens, como uma galinha-d'água em seu ninho flutuante feito de galhinhos verdes.[21]

Assim que chegou, se ajoelhou para fazer uma boa oração, da qual precisava muito e da qual esperava grande conforto, mas não pôde pensar em outra coisa senão no pobre campesino que tinha de mandar embora e que a amava tanto e morreria de tristeza. Tanto que não conseguiu dizer nada ao bom Deus, apenas que estava infeliz demais de perder seu único apoio e se separar de seu filho de coração. Então ela chorou tanto e tanto, que foi milagre conseguir voltar, pois ficara tão sufocada que tinha se abandonado sobre a vegetação e perdido os sentidos durante mais de uma hora.

No cair da noite ela tratou, no entanto, de se recompor; e como ouviu Jeannie trazendo os animais e cantando, levantou-se como pôde e foi preparar a sopa. Pouco depois, ouviu chegarem os bois que traziam o carvalho comprado por Blanchet e Jeannie correu muito alegre para seu amigo François, pois estava chateado por não o ter visto durante o dia. Esse pobre menino Jeannie sofrera, havia pouco, de ver seu pai fazer maus olhos à sua querida mãe, e havia chorado nos campos sem conseguir compreender o que ouvira entre os dois. Mas tristeza de criança e orvalho da manhã não duram e ele já não se lembrava de mais nada. Pegou François pela mão e, saltando como uma perdiz, trouxe-o para perto de Madeleine.

Não precisou que o campesino olhasse a moleira duas vezes para perceber seus olhos vermelhos e sua palidez. "Meu Deus", pensou, "há uma desgraça na casa", e se pôs a empalidecer também e a tremer e a olhar Madeleine, pensando que ela lhe falaria. Mas ela o fez se sentar e lhe serviu sua refeição sem nada dizer. Ele não conseguiu engolir nem uma colherada. Jeannie comia e se entretinha sozinho, porque a mãe o beijava de tempos em tempos e o incentivava a comer bem.

Quando ele se deitou, enquanto a criada arrumava o quarto, Madeleine saiu e fez sinal a François para que a seguisse. Ela desceu o prado e andou até a fonte. Ali, tomando toda a coragem, disse-lhe:

— Meu filho, o infortúnio caiu sobre sua cabeça e Deus nos dá um duro golpe. Você vê como estou sofrendo; pelo afeto que tem por mim, trate de ter o coração menos frouxo, pois se você não me apoiar, não sei o que será de mim.

François não adivinhou nada, tanto que supôs primeiro que o mal vinha do seu Blanchet.

— O que a senhora está me dizendo? — perguntou a Madeleine, beijando-lhe as mãos como se ela fosse sua mãe. — Como pode pensar que me faltaria coração para a consolar e apoiar? Eu não serei seu servidor enquanto estiver na terra? Não sou o seu filho que trabalhará para a senhora e que a esta altura já tem forças para não deixar que nada lhe falte? Não ligue para o seu Blanchet, deixe-o gastar seus bens, pois é o que tem na cabeça. Eu a nutrirei, vestirei, a senhora e nosso Jeannie. Se for preciso que a deixe por um tempo, irei me empregar não muito longe daqui, por exemplo, para poder encontrá-la todos os dias e vir passar com a senhora os domingos. Mas estou bem forte para lavrar e ganhar o dinheiro necessário para a senhora. A senhora é tão sensata e vive com tão pouco! Não precisa se sacrificar tanto pelos outros e vai estar melhor. Ora, ora, dona Blanchet, minha mãe querida, acalme-se e não chore, pois se a senhora chorar, eu vou morrer de tristeza.

Madeleine, tendo visto que ele não captara e que era preciso lhe dizer tudo, encomendou sua alma a Deus e decidiu, a duríssimas penas, que era obrigada a fazê-lo.

10.

— Ora, François, meu filho — disse-lhe Madeleine —, não se trata disso. Meu marido não está ainda arruinado; até onde consigo saber a situação de seus negócios, e se fosse apenas o receio de faltar, você não me veria tão triste. Não tem medo da miséria quem se sente corajoso para trabalhar. Já que é preciso lhe dizer por que tenho o coração apertado, saiba que o seu Blanchet se levantou contra você e não quer mais suportá-lo em casa.

— Então é isso? — disse François se levantando. — Que ele me mate agora, porque eu não posso mesmo viver depois de um golpe desses. Sim, que ele acabe comigo, pois há muito tempo o incomodo e ele tem ódio dos meus dias, bem sei. Vamos lá, onde ele está? Eu quero encontrá-lo e lhe dizer: "Explique-me por que está me expulsando. Talvez eu encontre o que responder às suas ideias erradas. E se o senhor se obstinar, diga-me, para que eu... para que eu...". Não sei o que estou dizendo, Madeleine, juro! Não sei, não me conheço mais, não estou vendo com clareza; estou com o coração transpassado e a cabeça girando; é claro, vou morrer ou ficar louco.

E o pobre campesino se jogou no chão e batia na cabeça com os punhos, como no dia em que a Zabelle quis reconduzi-lo ao abrigo.

Vendo aquilo, Madeleine reencontrou sua grande coragem. Ela lhe pegou as mãos, os braços e o sacudiu bem forte, obrigou-o a escutá-la.

— Se o senhor não tem mais vontade e submissão do que uma criança — disse-lhe —, não merece a amizade que lhe tenho e me dará vergonha tê-lo criado como um filho. Levante-se. E veja que o senhor já tem idade de um homem e não convém a um homem espernear como o senhor está fazendo. Entenda-me, François, e me diga se gosta de mim o suficiente para superar sua dor e passar um tempinho sem me ver. Olhe, minha criança, vem a calhar para a minha tranquilidade e minha honra, já que, sem isso, meu marido me causará sofrimentos e humilhações. Assim, você deve me deixar hoje mesmo, por amizade, como eu o acolhi até hoje por amizade. Pois a amizade se prova por meios diferentes, segundo o tempo e as eventualidades. E você deve me deixar imediatamente porque, para evitar um desatino da parte dele, eu prometi que você não estaria mais aqui amanhã. É amanhã São João, é preciso que você vá arrumar emprego e não muito perto daqui, pois se tivermos condições de nos ver frequentemente, será pior na cabeça do seu Blanchet.

— Mas qual é então a ideia dele, Madeleine? Do que ele reclama de mim? No que me comportei mal? Ele acha ainda que você está errada em casa por me fazer o bem? Não pode ser, pois eu, agora, sou da casa! Não como mais do que para matar a fome, não tiro uma palha. Talvez ele ache que é porque ganho minha paga e a considere custosa. Pois bem, me deixe ir falar com ele para lhe explicar que desde a morte da minha mãe Zabelle eu nunca quis aceitar um centavo da senhora; ou, se não quiser que eu lhe diga isso, pois se ele soubesse a faria devolver o valor das minhas pagas que a senhora usou em obras de caridade... Bem, farei isso nos seguintes termos que vou propor. Eu lhe oferecerei ficar a seu serviço por nada. Desse modo, ele não poderá mais me achar prejudicante e vai me suportar perto da senhora.

— Não, não, não, François — replicou vivamente Madeleine —, não dá: e se você lhe disser uma coisa dessas, ele vai alimentar contra você e contra mim uma raiva que traria desgraças.

— Mas então por quê? — insistiu François. — Por que isso? Só pelo prazer de nos fazer sofrer ele está bancando o desconfiado?

— Minha criança, não me pergunte o que está na cabeça dele contra você; eu não posso lhe dizer. Tenho muita vergonha por ele e é melhor para todos nós que você não tente imaginar. O que lhe posso afirmar é que deve cumprir seu dever para comigo e ir embora. Você está grande e forte, pode passar sem mim; ao mesmo tempo, vai ganhar melhor a vida alhures, pois não quer receber nada de mim. Todas as crianças deixam suas mães para ir trabalhar e muitas vão para longe. Você fará como as outras e eu terei o sofrimento que têm todas as mães, vou chorar, pensarei em você, rezarei a Deus de manhã e à noite para que Ele lhe guarde de todo o mal...

— É! E a senhora vai arranjar outro criado que a servirá mal, que não terá o menor cuidado com seu filho nem com seus bens, que vai odiá-la, talvez, porque o seu Blanchet ordenará a ele não lhe dar ouvidos e essa pessoa irá contar tudo o que a senhora faz de bem como se fosse de mal. E a senhora será infeliz; e eu não estarei mais aqui para defendê-la ou consolar! Ah! A senhora acha que eu não tenho coragem porque estou triste? A senhora acha que estou pensando em mim e me diz que eu teria lucro noutro lugar! Eu não estou pensando em mim nisso tudo! O que me importa ganhar ou perder? Não estou me perguntando como vou lidar com minha dor. Que eu viva ou morra, é como Deus quiser, e isso não importa, pois me impedem de empregar minha vida para a senhora. O que me angustia, e a isso não posso me submeter, é que estou vendo chegar o seu sofrimento. A senhora será pressionada também, e se me afastam do caminho é para pisar mais livremente em vossos direitos.

— Ainda que o bom Deus permitisse isso — disse Madeleine —, é preciso saber suportar o que não se pode evitar. É preciso, principalmente, não piorar a má sorte ao ficar empacado. Imagine que estou muito infeliz e pense quão pior eu ficaria se soubesse que você está doente, desgostoso de viver e não aceitando se consolar. Em vez disso, se eu encontrar um pouco de alívio no meu sofrimento, vai ser ao saber que você está bem e mantém a coragem e a saúde por amor a mim.

Esse último bom argumento deu ganho a Madeleine. O campesino se rendeu e lhe prometeu, de joelhos, como se promete em confissão, fazer o possível para suportar bravamente a sua pena.

— Vamos — disse ele enxugando os olhos úmidos —, eu partirei bem cedinho e lhe digo adeus aqui, minha mãe Madeleine! Adeus por toda a vida, talvez, pois a senhora não me diz se poderei jamais a rever e conversar com a senhora. Se acha que essa felicidade não deve mais acontecer, não diga nada, pois eu perderia a coragem de viver. Deixe-me manter a esperança de reencontrá-la um dia aqui nesta fonte, onde a encontrei pela primeira vez há quase onze anos. Desde aquele dia até hoje, só tive contentamento, e a felicidade que Deus e a senhora me têm dado não posso deixar no esquecimento, mas em lembramento para me ajudar a aceitar, a partir de amanhã, o tempo e a sorte como vierem. Vou-me com o coração transpassado e petrificado de angústia, pensando que não a deixo feliz e que lhe retiro, ao me retirar do vosso entorno, o melhor de vossos amigos; mas a senhora me diz que se eu não tentasse me consolar, ficaria desolada. Eu me consolarei então, como puder, pensando na senhora, e sou muito amigo da sua amizade para querer perdê-la ao me tornar covarde. Adeus, dona Blanchet, deixe-me um pouco aqui sozinho; eu estarei melhor quando tiver chorado à saciedade. Se lágrimas minhas caírem nesta fonte, a senhora pensará em mim todas as vezes que vier aqui lavar roupa. Quero também colher menta aqui para perfumar minha roupa, porque daqui a pouco vou fazer minha trouxa; e enquanto eu sentir esse cheiro, imaginarei que estou aqui e a estou vendo. Adeus, adeus, minha cara mãe, não quero voltar a casa. Eu poderia beijar meu Jeannie sem acordá-lo, não tenho coragem. A senhora o beijará por mim, lhe peço, e para que ele não chore, a senhora lhe dirá amanhã que logo voltarei. Assim, me esperando, ele se esquecerá um pouco de mim e, com o tempo, a senhora lhe falará do seu pobre François para que ele não se esqueça completamente. Dê-me sua bênção, Madeleine, como fez no dia de minha primeira comunhão. Preciso dela para ter a graça de Deus.

E o pobre campesino se ajoelhou dizendo a Madeleine que se ele, sem querer, alguma vez lhe tivesse feito alguma ofensa, que ela o perdoasse.

Madeleine jurou que nada havia a perdoar, e que lhe daria uma bênção à qual pretendia dar um efeito tão propício como a de Deus.

— Pois bem! — disse François —, agora que voltarei a ser um campesino abandonado e que ninguém me amará mais, a senhora não quer me beijar como me beijou, por favor, no dia da minha primeira comunhão? Precisarei muito me lembrar disso tudo para estar certo de que a senhora continua, em seu coração, a me servir de mãe.

Madeleine beijou o campesino no mesmo espírito de religião de quando ele era criança. No entanto, se tivessem visto, dariam razão a seu Blanchet por sua zanga e criticariam aquela mulher honesta que não pensava em mal algum e a quem a Virgem Maria não viu como pecadora por sua ação.

— Nem eu — disse a criada do pároco.
— Muito menos eu — retomou o linheiro. E continuando, contou:

Ela voltou para casa, mas a noite toda nada dormiu. Ouviu François entrar para vir fazer sua trouxa no quarto ao lado e o ouviu também sair no despontar do dia. Não se mexeu até que ele estivesse um pouco mais longe para não transformar sua coragem em fraqueza, e quando o ouviu passar sobre a pontezinha, abriu com sutileza uma fresta da porta sem se mostrar, a fim de o ver de longe ainda uma vez. Ela o viu parar e olhar o moinho, como para lhes dizer adeus. Depois ele se foi bem depressa, após ter colhido uma folhagem de choupo, que colocou no chapéu, como é o costume quando a gente quer demonstrar que está à procura de um emprego.

O patrão Blanchet chegou perto do meio-dia e não disse uma palavra a respeito, até que sua mulher lhe disse:

— Pois bem, é preciso tratar de achar outro rapaz para o moinho, pois François partiu e aí está o senhor sem criado.

— Basta, minha mulher — respondeu Blanchet —, eu vou, e já aviso para a senhora para não contar com um jovem.

Foi todo o agradecimento que ele fez à sua submissão e ela se sentiu tão ofendida que não pôde evitar de demonstrar:

— Caçula Blanchet, obedeci à vossa vontade; mandei embora um bom sujeito sem motivo, e contra a vontade, não lhe escondo. Não lhe peço para me agradecer; mas, por minha vez, lhe dou uma ordem: é de não me fazer afronta, porque não mereço.

Ela disse aquilo de um modo que Blanchet não conhecia e teve efeito sobre ele.

— Vamos, mulher — disse estendendo a mão —, façamos as pazes sobre isso e não pensemos mais. Talvez eu tenha sido um pouco precipitoso em minhas palavras; mas é que, a senhora vê, eu tinha razões para não confiar naquele campesino. É que o diabo, bom pai, sempre insufla a libertinagem neles. Quando são bons sujeitos de um lado, são maus rapazes noutro ponto. Eu sei bem que encontrarei dificultosamente um criado tão rude para o trabalho quanto aquele lá; mas o diabo, que é seu pai, lhe sussurrou a libertinagem nos ouvidos e sei de uma mulher que teve do que reclamar.

— Essa mulher não é a vossa — respondeu Madeleine — e pode ser que ela esteja mentindo. Quando ela falar a verdade, não haverá do que suspeitar de mim.

— E estou suspeitando de você? — disse Blanchet dando de ombros. — Eu só tinha suspeitas junto dele, e uma vez que foi embora, nem penso mais. Se eu disse alguma coisa que desagradou você, pense que eu estava de brincadeira.

— Tais brincadeiras não são do meu gosto — replicou Madeleine. — Guarde-as para aquelas que gostam.

II.

Nos primeiros dias, Madeleine Blanchet levou mais ou menos bem a sua mágoa. Ela soube, por seu novo criado, o qual havia encontrado François procurando trabalho, que o campesino se pusera de acordo sobre dezoito pistolas[22] por ano com um agricultor para os lados de Aigurande, o qual possuía um bom moinho e terras. Ficou contente de saber que ele estava bem empregado e fez o possível para voltar às suas ocupações sem muito lamento. Mas, apesar de seu esforço, a saudade foi grande e ela ficou muito tempo doente, com uma febrezinha que a consumia devagar, sem que ninguém prestasse atenção. Bem que François dissera que, ao partir, levaria consigo o melhor amigo dela. Ficou tomada de tédio ao se ver completamente só e não ter ninguém com quem conversar. Mimou ainda mais seu filho Jeannie, que era, de verdade, um menino meigo e tão afável quanto um cordeirinho.

Mas além de ser muito novo para compreender tudo o que ela poderia dizer a François, ele não tinha os mesmos cuidados e atenções que, na mesma idade, o campesino tivera por ela. Jeannie amava sua mãe e mais até do que o comum entre as crianças, porque ela não era uma mãe como essas que a gente vê todos os dias. Mas ele não se surpreendia nem se comovia tanto por ela quanto François. Ele achava muito simples ser amado e acarinhado tão fielmente. E aproveitava isso como um bem que lhe fosse devido. O campesino, ao contrário, reconhecia o mínimo afeto e fazia tantos agradecimentos pela conduta dela, sua maneira de falar, olhar e enrubescer e chorar que, com ele, Madeleine esquecia que não tinha tido descanso, nem amor nem consolação em seu casamento.

Ela passou a pensar em sua desgraça quando voltou ao seu deserto e ruminou longamente todas as penas que aquela amizade e companhia deixaram em suspenso. Não tinha mais ninguém para ler com ela, para se interessar pela miséria do mundo com ela, rezar com um só coração e até recrear-se honestamente de quando em quando, com palavras de boa-fé e bom humor. Nada do que via, nada do que fazia tinha mais gosto para ela, nem lembrava o tempo em que tivera o bom companheiro tranquilo e amistoso. Se ia à vinha ou às suas árvores frutíferas, ou ao moinho, não havia um palmo de terra, um cantinho onde ela não tivesse passado dez mil vezes com aquela criança pendurada nas suas saias ou com aquele corajoso servidor apressado ao seu lado. Ela ficou como se tivesse perdido um filho de grande valor e de grande esperança e, por mais que amasse o que lhe restava, havia uma metade de seu amor com a qual não sabia o que fazer.

Seu marido, vendo-a arrastar um mal-estar e tendo piedade do ar de tristeza e tédio que ela demonstrava, receou que ficasse muito doente e ele não tinha vontade de perdê-la, porque ela mantinha seus bens em ordem e cuidava, de um lado, daquilo que ele corroía de outro. A Sévère não o queria aguentar no seu moinho e ele sentia que tudo iria mal para ele naquela parte de seus bens se Madeleine não cuidasse, e, repreendendo-a como habitualmente, e se queixando que ela não tomava conta direito, ele não tinha expectativa de esperar melhor por parte de outra mulher.

Ele maquinou então, para curá-la e desentediá-la, encontrar uma companhia para ela e a coisa veio a calhar, pois, tendo morrido seu tio, a mais jovem de suas irmãs, que estava sob sua tutela, lhe caiu no colo. Primeiro ele havia pensado em colocá-la para residir na casa da Sévère, mas seus outros parentes se envergonhariam e, além disso, quando a Sévère viu que a mocinha ia chegando aos quinze anos e se revelava linda, não quis mais ter em casa o benefício da tutela e disse a Blanchet que a guarda e a vigilância de uma jovem lhe pareciam aventureiras demais.

Em razão disso, Blanchet, que via lucro em ser o tutor da irmã porque o tio que a criara a havia beneficiado no seu testamento e que não queria confiar sua manutenção a outro parente, levou-a ao moinho e mandou a mulher considerá-la como irmã e companheira e que a ensinasse a trabalhar e a fizesse ajudar na limpeza da casa, mas lhe tornasse a tarefa suave para que ela não tivesse vontade de ir viver alhures.

Madeleine aceitou de bom grado o dito arranjo de família. Mariette Blanchet agradou imediatamente pela vantagem de sua beleza que, justamente, havia desagradado a Sévère. Madeleine pensava que um bom espírito e um bom coração caem bem com uma bela figura e recebeu a jovem moça não tanto como uma irmã quanto como uma filha que substituiria, talvez, o pobre François.

Durante aquele tempo, o pobre François suportava seu sofrimento com paciência o mais que podia e não era fácil, pois jamais nem homem nem criança fora alvo de semelhante mal. Começou por ficar doente e foi talvez uma felicidade para ele, pois pôde sentir o bom coração dos patrões, que não o mandaram para o hospital e o mantiveram em sua casa, onde ele foi bem tratado. Aquele moleiro não se parecia nada com o Caçula Blanchet; e sua filha, que tinha uns trinta anos e não estava ainda estabelecida, tinha a reputação de ser caridosa e ter boa conduta.

As gentes viram logo que, apesar do acidente, eles haviam feito, com relação ao campesino, um bom achado. Ele era tão robusto e tão encorpado que se safou da doença mais rápido do que qualquer um e até mesmo se pôs a trabalhar antes de estar curado, o que não o fez recair. Sua consciência o atormentava para reparar o tempo perdido e recompensar os patrões pela afabilidade deles. Durante mais de dois meses, no entanto, ele se ressentia do seu mal e, ao começar a trabalhar de manhã, tinha o corpo aturdido como se tivesse caído da cumeeira de uma casa. Mas pouco a pouco ele se aquecia e evitava dizer o mal que sentia para se recompor. Logo ficaram tão contentes com seus serviços que lhe confiaram a governança dos bens e de coisas que estavam acima do seu emprego. Achavam bom que ele soubesse ler e escrever e lhe fizeram manter as contas, coisa que ainda não haviam podido fazer, o que havia muitas vezes atrapalhado os negócios do moinho. Enfim, ele ficou tão bem como possível em sua infelicidade e como, por prudência, não se vangloriava de ser campesino, ninguém reprovava a sua origem.

Mas nem os bons tratamentos nem a ocupação nem a doença podiam fazê-lo esquecer Madeleine e aquele caro moinho de Cormouer e o seu pequeno Jeannie nem o cemitério onde jazia a Zabelle. Seu coração estava sempre longe dele e, aos domingos, ele só fazia pensar nisso, o que não o deixava repousar nunca das fadigas da semana. Ele estava tão distante do seu lugar, a mais de quarenta quilômetros da região, que nunca tinha novidades. Pensou primeiro em se acostumar, mas a inquietude lhe devorava o sangue e ele inventou meios para saber ao menos duas vezes no ano como vivia Madeleine: ele ia às feiras, onde buscava o olhar de algum conhecido do seu antigo lugar e, quando encontrava, inquiria sobre todo mundo que conhecia, começando, por prudência, por aqueles com quem se preocupava menos, para chegar a Madeleine, que lhe interessava mais e, desse modo, tinha alguma notícia dela e de sua família.

— Mas agora já está tarde, senhores meus amigos, e estou cochilando na minha história. Amanhã, se quiserem, eu lhes contarei o resto. Boa noite, companhia.

O linheiro foi se deitar e o meeiro, acendendo o lampião, reconduziu a comadre Monique ao presbítero, pois era uma mulher de idade que não enxergava bem para ir sozinha.

12.

Na manhã seguinte nos encontramos na fazenda e o linheiro retomou assim a sua narrativa:

— Já fazia uns três anos que François morava na região d'Aigurande, pelos lados de Villechiron, num belo moinho que se chamava Haut-Champault ou Bas-Champault ou Drechampault, pois nessas regiões, como na nossa, Champault é um nome difundido. Fui duas vezes àquelas paragens e é belo e bom lugar. O povo do campo é mais rico, mais bem instalado e vestido; ali se faz mais comércio e, embora seja a terra rala, ela é mais rentável. O terreno é, entretanto, bem acidentado. As rochas o perfuram e os riachos o erodem muito. Mas é belo e agradável assim mesmo. As árvores são maravilhosamente bonitas e os dois rios Creuses correm ali dentro e com grandes ramagens, claros com suas águas cristalinas.

Os moinhos são mais abundantes do que na nossa região e aquele onde residia François era dos melhores. Um dia de inverno, seu patrão, que se chamava Jean Vertaud, lhe disse:

— François, meu servidor e amigo, quero ter uma conversinha com você e lhe peço me dar atenção. Há já um pouco de tempo que nos conhecemos, você e eu, e se ganhei bem nos meus negócios, se meu moinho prosperou, se tive a preferência entre todos os confrades, se, ao fim, pude aumentar meus bens, não escondo que é para com você que tenho obrigação. Você me serviu não como um doméstico, mas como um amigo e um parente. Você se dedicou aos meus interesses como se fossem seus. Regeu meus bens como eu nunca saberia fazer e mostrou que tem, em tudo, mais conhecimento e entendimento do que eu. O bom Deus não me fez suspeitoso e eu teria sido sempre enganado se você não tivesse controlado todas as gentes e coisas ao meu redor. As pessoas que cometiam abusos da minha bondade gritaram um pouco e você quis astutamente carregar tudo nas costas, o que o expôs, mais uma vez, a perigos dos quais sempre se saiu com coragem e doçura. Pois o que me agrada em você é que tem o coração tão bom quanto a cabeça e a mão. Você gosta da ordem e não da avareza. Você não se deixa enganar como eu e, no entretanto, gosta como eu de socorrer o próximo. Para aqueles que estavam verdadeiramente sofrendo, você foi o primeiro a me aconselhar a ser generoso. Para os que fingiam, você estava pronto a evitar de ter afinidade. E depois você é sábio para um homem do campo. Tem ideia e raciocínio. Tem invenções que lhe são de valia sempre e todas as coisas em que põe a mão se tornam boas no fim. Estou então contente com você e queria contentá-lo da mesma maneira de minha parte. Diga-me então, muito francamente, se não deseja alguma coisa de mim, pois eu nada lhe recusaria.

— Não sei por que o senhor me pergunta isso — respondeu François. — Haveria de ser, patrão, porque lhe pareci descontente com o senhor e isso não é. Eu lhe peço que tenha certeza.

— Descontente, eu não digo. Mas enfim, você tem um jeito, normalmente, que não é de um homem feliz. Você não tem alegria, não ri com ninguém, não se diverte nunca. É tão comportado que eu diria que está sempre de luto.

— O senhor me culpa, patrão? Nisso não posso contentá-lo, porque não gosto nem de bebida nem de dança; não frequento nem cabaré nem assembleias; não sei canções nem piadas para fazer rir. Não me divirto com nada que me desvie do meu dever.

— No que você merece ser tido em grande estima, meu rapaz, e não seria eu que o culparia. Se estou lhe dizendo isso é porque tenho imaginação de que você carrega alguma preocupação. Talvez você ache que aqui faz muitos sacrifícios pelos outros e que nada lhe retornará nunca.

— O senhor está errado em crer nisso, patrão Vertaud. Estou tão bem recompensado quanto podia desejar e em nenhum lugar eu teria encontrado tanta garantia que, por sua própria vontade e sem que eu o incomodasse, o senhor quis me fixar. Assim, o senhor me aumentou todo ano e no São João passado me deu cem escudos, o que é um preço muito afanoso para o senhor. Se isso começasse a atrapalhá-lo, eu abriria mão com prazer, acredite.

13.

— Vejamos, François, não estamos nos entendendo — retomou o patrão Jean Vertaud —, não sei mais por onde começar. Você, no entretanto, não é tolo e eu achei que havia posto as palavras na sua boca; mas já que você é envergonhado, vou ajudá-lo mais. Você não tem inclinação por nenhuma moça na região?

— Não, meu patrão — replicou diretamente o campesino.

— Verdade?

— Dou a minha palavra.

— E não vê alguma que o agradasse se tivesse meios de cortejá-la?

— Não quero me casar.

— Olha essa! Você é muito jovem para responder. Mas por quê?

— Por quê! Isso lhe importa então, meu patrão?

— Talvez, porque tenho interesse por você.

— Vou lhe dizer: eu não tenho motivo para esconder. Eu nunca conheci nem pai nem mãe... E, olhe, tem uma coisa que nunca lhe disse: não seria obrigado, mas se o senhor me tivesse questionado, eu não lhe teria dito uma mentira. Sou campesino abandonado, venho do abrigo.

— Minha nossa! — exclamou Jean Vertaud, um pouco desconcertado com aquela confissão. — Eu nunca pensaria.

— Por que o senhor nunca pensaria...? O senhor não responde, patrão? Pois bem, vou responder pelo senhor. É que, vendo-me um bom sujeito, o senhor ficaria surpreso que um campesino abandonado pudesse ser. É então uma verdade que os campesinos abandonados não inspiram nada de confiança às gentes e que há alguma coisa contra eles? Não é justo, não é humano isso; mas enfim é assim e a gente é obrigado a se conformar, pois os melhores corações não estão isentos e o senhor mesmo...

— Não, não — disse o patrão se recompondo, pois ele era um homem justo e só queria renegar um mau pensamento —, não quero ser contrário à justiça e se tive um momento de deslize aqui, você pode me absolver, já passou. Então você acha que não pode se casar porque é um campesino abandonado?

— Não é isso, patrão, não me preocupo com o impedimento. Há toda sorte de ideia nas mulheres e algumas têm tão bom coração que seria até uma razão a mais.

— Pois então! É verdade — disse Jean Vertaud. — As mulheres valem mais que nós, entretanto! E depois — fez ele, rindo-se — um belo rapaz como você, todo verdinho de juventude, que não é destrambelhado nem de ideias nem de corpo, pode muito bem despertar o prazer e se mostrar carinhoso. Mas vejamos o seu motivo.

— Escute — disse François —, fui tirado do abrigo e nutrido por uma mulher que eu não conheci. Em sua morte, fui recolhido por outra que me pegou por um pequeno lucro de pensão acordada pelo governo àqueles da minha espécie; mas ela foi boa para mim, e quando tive o infortúnio de perdê-la, eu não seria consolado sem o apoio de outra mulher, que foi ainda a melhor das três e por quem eu guardei tanta estima que não quero viver para outra que não seja ela. Eu a deixei, todavia, e talvez não a reveja nunca mais, pois ela tem bens e pode ser que nunca precise de mim. Mas pode ser também que o marido dela que, me disseram, está doente desde o outono e que fez muitas despesas que nem se sabe, morra em breve e lhe deixe mais dívidas do que bens. Se isso acontecesse, não escondo do senhor, meu patrão, que eu voltaria à região onde ela está e não teria outro cuidado nem outra vontade senão a de assisti-la, ela e o filho, e impedir, com meu trabalho, que a miséria os oprimisse. Eis por que eu não quero compromisso que me prenda alhures. Estou aqui por ano, mas, no casamento, eu estaria ligado por toda a vida. Seria, além disso, muita obrigação nas minhas costas ao mesmo tempo. Quando eu tiver mulher e filho, não é certo que possa ganhar o pão para manter dois lares; tampouco é certo, mesmo que o impossível me fizesse encontrar uma mulher com alguns bens, que eu me desse o direito de tirar a meu bel-prazer da minha casa para levar à casa da outra. Assim, pretendo ficar solteiro. Sou jovem e tenho ainda tempo pela frente; mas se acontecesse que eu enfiasse na cabeça algum namorico, faria tudo para me corrigir, porque mulher, o senhor vê, só tem uma para mim e é a minha mãe Madeleine, que não se envergonhava da minha condição de campesino abandonado e que me criou como se tivesse me posto no mundo.

— Pois bem, o que você me conta, meu amigo, me faz ter ainda mais consideração por você — respondeu Jean Vertaud. — Não há nada tão feio quanto a ingratidão, nem tão belo como a recordação dos favores recebidos. Eu teria uma boa razão a lhe dar para mostrar que poderia desposar uma jovem mulher que tem o mesmo coração que você e que o ajudaria a dar assistência à velha; mas, por essas razões, preciso consultar e quero falar com alguém a respeito.

Não seria preciso ser muito esperto para adivinhar que, em sua boa alma e seu bom julgamento também, Jean Vertaud tinha imaginado um casamento entre sua filha e François. Não era feia a sua filha e, se tinha um pouco mais de idade que François, ela tinha dinheiro o suficiente para compensar a diferença. Era filha única, um bom partido. Mas até ali ela não tinha intenção de se casar, o que deixava o pai bem contrariado. Ora, como ele via há certo tempo que a moça considerava muito a François, ele a consultara, por sua vez; e como ela era muito reservada, ele teve alguma dificuldade em fazê-la confessar. No final, ela consentira, sem dizer sim nem não, que seu pai tratasse com François o assunto do casamento e esperou um pouco mais angustiada do que queria demonstrar, para saber a ideia do rapaz.

Jean Vertaud bem que desejou lhe dar melhor resposta, primeiro pela vontade que tinha de vê-la se estabelecer, depois porque não podia desejar melhor genro que François. Além da amizade que tinha por ele, via claramente que aquele rapaz, por mais pobre que tivesse chegado a sua casa, valia ouro numa família, por conta do seu entendimento, da sua velocidade no trabalho e da boa conduta.

A questão da campesinagem[23] incomodou um pouco a moça. Ela tinha uma ponta de orgulho, mas logo tomou sua decisão e lhe foi despertado o gosto ao ouvir que François estava refratário ao amor. As mulheres são pegas pela contrariedade; se François tivesse tentado dar um jeito de fazer esquecer o entrave do seu nascimento, teria sido mais esperto do que foi ao mostrar desgosto pelo casamento.

De sorte que a filha de Jean Vertaud se decidiu naquele dia por François, coisa que ainda não havia feito.

— Só por isso? — dizia ela ao pai. — Ele acha então que não teríamos coração e meios de assistir uma velha mulher e acolher seu filho? Ele não deve ter entendido o que o senhor insinuava, meu pai, pois, se soubesse que se tratava de entrar na nossa família, saberia também que não seria atormentado por isso.

E à noite, na vigília, Jeannette Vertaud disse a François:

— Eu o tinha em grande consideração, François, mas agora tenho ainda mais, desde que meu pai me contou sobre seu afeto por uma mulher que o criou e por quem o senhor deseja trabalhar por toda a vida. É seu dever ter sentimentos... Eu gostaria muito de conhecer essa mulher para estar em condições de ajudá-la na oportunidade, porque você lhe conservou muito apego; ela deve ser uma mulher de bem.

— Ah! Sim — disse François, que tinha prazer em falar de Madeleine —, é uma mulher que pensa corretamente, uma mulher que pensa como os senhores aqui.

Aquela palavra alegrou a filha de Jean Vertaud, e achando-se certa do seu feito:

— Eu gostaria — disse ela — que se ela ficasse infeliz, como o senhor receia, que viesse morar conosco. Eu o ajudaria a cuidar dela, pois ela já não é jovem, certo? Ela não está doente?

— Doente? Não — disse François. — Sua idade não é para estar doente.

— Então ela ainda é jovem? — disse a Jeannette Vertaud, que já ficou com a pulga atrás da orelha.

— Oh! Não, ela não é muito — respondeu François, simplesmente. — Não tenho lembramento da idade que ela pode ter agora. Para mim é como minha mãe, e eu não olhava seus anos.

— Ela esteve assim bem, essa mulher? — perguntou a Jeannette, depois de ter titubeado um pouco para fazer essa pergunta.

— Bem? — disse François um pouco surpreso. — A senhora quer dizer mulher bonita? Para mim ela é bastante bonita como é; mas para dizer a verdade, nunca pensei nisso. O que importaria para a minha amizade? Se ela fosse feia como o diabo, eu nunca teria percebido.

— Mas enfim, o senhor poderia dizer mais ou menos que idade ela tem?

— Espere! O filho dela tem cinco anos menos do que eu. Pois então! É uma mulher que não é velha, mas não é bem jovem, é aproximadamente como...

— Como eu? — disse a Jeannette se forçando um pouco para rir. — Nesse caso, se ela ficar viúva, não teria mais tempo de se casar novamente, certo?

— Depende — respondeu François. — Se o marido não acabar com tudo o que lhe resta de bens, não lhe faltarão pretendentes. Há gajos que, por dinheiro, se casariam tanto com a própria tia quanto com a própria sobrinha.

— E o senhor não estima esses que se casam por dinheiro?

— Nunca passaria pela minha cabeça — respondeu François.

O campesino, por simplório que fosse de coração, não era simplório de espírito a ponto de não acabar entendendo o que lhe insinuavam, e o que ele dizia, não dizia sem intenção. Mas a Jeannette não se deu por vencida, e até ficou um pouco mais enamorada dele. Ela havia sido muito cortejada, sem se preocupar com nenhum galanteador. O primeiro que lhe convinha era o que lhe dava as costas, de tanto que as mulheres têm o espírito bem-feito.

François percebeu, pelos dias continuados, que ela estava com alguma preocupação, não comia quase nada e, quando ele parecia não a ver, mantinha os olhos colados nele. Essa fantasia o aborreceu. Ele tinha respeito por aquela boa moça e via que, quanto mais bancava o indiferente, mais apaixonada ela se tornava. Mas ele não gostava dela; se a tomasse, seria mais pela razão e por dever do que por amor.

Isso o fez pensar que não devia ficar muito tempo mais na casa do Jean Vertaud, porque, cedo ou tarde, esse negócio traria desgosto ou alguma encrenca.

Mas aconteceu, naquela época, uma coisa muito particular que quase mudou todas as suas intenções.

14.

Uma manhã, o pároco de Aigurande veio para passear no moinho de Jean Vertaud e permaneceu um tempinho na propriedade, até que pôde abordar François num canto do jardim. Então fez ares de segredo e lhe perguntou se ele era o François dito Fraise,[24] nome que lhe teriam dado no estado civil onde fora apresentado como campesino abandonado, por causa de uma marca que ele tinha no braço esquerdo. O pároco lhe perguntou também sua idade aproximadamente, o nome da mulher que fora sua nutriz, as moradias que ele tivera e finalmente tudo o que podia saber do seu nascimento e da sua vida.

François foi verificar seus documentos e o pároco pareceu muito contente.

— Pois bem! — disse-lhe. — Venha amanhã ou esta noite à paróquia e que ninguém saiba o que tenho a lhe informar, pois me foi proibido espalhar e é uma questão de consciência para mim.

Quando François foi à paróquia, o pároco, tendo fechado bem as portas do quarto, tirou do seu armário quatro pedacinhos de papel fino e disse:

— François Fraise, aqui estão quatro mil francos que lhe envia sua mãe. Estou proibido de lhe dizer seu nome, o local onde ela reside nem se está viva ou morta atualmente. Foi um pensamento religioso que a levou a se relembrar do senhor e parece que ela sempre teve a intenção de fazer isso, visto que conseguiu reencontrá-lo, mesmo morando longe. Ela soube que o senhor é bom sujeito e lhe dá meios de se estabelecer, à condição de que o senhor não fale, a não ser à mulher que quiser desposar, desta doação aqui. Ela me encarregou de consultá-lo para a entrega ou depósito e me roga que lhe empreste meu nome, se necessário, para que o negócio permaneça em segredo. Farei então o que o senhor quiser, mas tenho ordem expressa de lhe dar dinheiro em troca de sua palavra de nada dizer nem fazer que possa vazar o segredo. Sei que podemos contar com sua palavra, o senhor me pode dar?

François prestou juramento e deixou o dinheiro ao pároco, pedindo-lhe que aplicasse como achasse melhor; pois ele conhecia aquele pároco como bom e estes são como as mulheres, totalmente bons ou totalmente pusilânimes.

O campesino voltou para casa mais triste do que alegre. Pensou em sua mãe e daria os quatro mil francos para vê-la e abraçá-la. Mas também pensava que talvez ela tivesse acabado de falecer e que seu presente era uma das disposições que se herdam com a morte; e isso o deixava ainda mais sério por estar privado de guardar seu luto e lhe mandar rezar missas. Morta ou viva, ele rogou a Deus por ela, para que Ele perdoasse o abandono que fizera de seu filho, assim como seu filho a perdoava de todo o coração, rogando também a Deus que perdoasse suas próprias faltas.

Ele tratou de nada deixar transparecer, mas por quinze dias ficou como que enterrado em seus devaneios nas horas das refeições e os Vertaud ficaram admirados.

— Esse rapaz não nos diz tudo que pensa — observava o moleiro. — Deve estar com a cabeça no amor.

"Talvez seja por mim", pensava a moça, "e ele é muito delicado para confessar. Tem medo de que o achemos mais doido pela minha riqueza do que pela minha pessoa; tudo o que faz é para evitar que adivinhem sua preocupação."

Aí ela meteu na cabeça de seduzir o acanhado rapaz e

o papariqueu tão honestamente com palavras e olhares que ele foi um pouco sacudido no meio dos seus aborrecimentos.

E algumas vezes pensava que era rico o bastante para socorrer Madeleine em caso de desgraça e podia muito bem se casar com uma moça que não lhe exigisse fortuna. Ele não estava apaixonado por mulher nenhuma, mas notava as boas qualidades de Jeannette Vertaud e temia mostrar um mau coração ao não corresponder às intenções dela. Outras vezes sua mágoa lhe doía e ele quase não tinha vontade de se consolar. Mas de repente, numa viagem que fez a Crevant para os negócios do patrão, reencontrou um operário mineiro que era domiciliado perto de Presles e lhe falou sobre a morte do Caçula Blanchet, acrescentando que ele deixava uma grande enrascada nos negócios e que não se sabia se a viúva se sairia bem ou mal.

François não tinha motivo para amar nem para lamentar o patrão Blanchet. Mas, se era religioso a ponto de, ouvindo a notícia da morte dele, ter os olhos úmidos e a cabeça pesada como se fosse chorar, é porque pensava que àquela hora Madeleine chorava pelo marido, perdoando tudo e não se lembrando de nada, a não ser que era o pai do seu filho. E o lamento de Madeleine ecoava no seu espírito e o forçava a chorar também pela dor que ela haveria de estar sentindo.

Ele teve vontade de montar no seu cavalo e correr atrás dela; mas pensou que devia pedir permissão ao patrão.

15.

— Patrão — disse François a Jean Vertaud —, preciso partir por um tempo, curto ou longo, não posso lhe garantir nada. Tenho um negócio para os lados do meu antigo lugar e lhe obsecro a me deixar ir de bom grado; pois, para lhe dizer a verdade, se o senhor me negasse essa permissão, eu não poderia lhe agradar e partiria mesmo contra a sua vontade. Desculpe-me por lhe dizer a coisa como ela é. Se o aborrecer, terei grande pesar, e é por isso que lhe peço, como agradecimento pelos serviços que lhe pude prestar, que não leve a mal e me perdoe a falta que cometo agora ao deixar o trabalho. Pode ser que eu volte no fim da semana se, aonde vou, não precisarem de mim. Mas pode ser que eu só volte mais tarde no ano ou nem volte; não quero enganá-lo. Todavia, farei o possível e virei oportunamente lhe dar uma mão se houver alguma coisa que o senhor não possa desembaraçar sem mim. E antes de partir eu gostaria de encontrar um bom operário que me substitua e a quem, se o senhor precisar para convencimento dele, eu lhe deixarei o que me é devido da minha paga desde o último São João. Assim, a coisa pode se arranjar sem o prejudicar e o senhor me dá um aperto de mão para me desejar felicidade e me alegrar um pouco do lamento que sinto em lhe dizer adeus.

Jean Vertaud sabia muito bem que o campesino não buscava frequentemente ser contentado, mas quando o queria, era bem determinado e nem Deus nem o diabo podiam com ele.

— Contente-se, meu rapaz — fez ele estendendo-lhe a mão —, eu mentiria se dissesse que não me importo. Mas em vez de ter um desacordo com você, consinto em tudo.

François gastou o dia seguinte todinho à procura de um substituto para a moagem e achou um muito corajoso que saía do Exército e ficou muito contente de encontrar trabalho bem pago num bom patrão, pois Jean Vertaud tinha tal reputação e nunca fizera mal a ninguém.

Antes de se pôr a caminho, como pretendia, no despontar do dia seguinte, François quis dizer adeus a Jeannette Vertaud na hora do jantar. Ela estava sentada à porta da granja, alegando ter dor de cabeça e que não comeria. Percebendo que ela havia chorado, ele ficou com o espírito atormentado. Não sabia por onde começar para agradecer por seu bom coração e lhe dizer que não ia embora sem mais nem menos. Sentou-se ao lado dela num toco de choupo que estava por ali e tentou falar com ela, sem achar uma mísera palavra. Então, ela que o via muito bem sem olhar para ele, pôs o lenço nos olhos. Ele levantou a mão como para pegar a dela e reconfortá-la, mas se deteve pela ideia de que não poderia lhe dizer, em sã consciência, o que ela gostaria de ouvir. E quando a pobre Jeannette viu que ele permanecia calado, teve vergonha de sua mágoa, levantou-se devagarinho sem mostrar rancor e foi para dentro da granja chorar o quanto tinha para chorar.

Ela ficou ali um tempinho, pensando que ele viria, talvez, e se decidiria a lhe dizer alguma palavra boa, mas ele se conteve e foi jantar bastante triste e sem nada dizer.

Seria falso afirmar que ele nada sentira por ela ao vê-la chorar. Ele teve uma pontada no coração e pensava que poderia ter sido feliz com uma pessoa tão bem afamada, que tinha tanto gosto nele e não era desagradável de acariciar. Mas ele desconfiava de todas essas ideias, pensando em Madeleine, que podia precisar de um amigo, de um conselho, de um servidor e que por ele — quando ainda não passava de uma pobre criança completamente esbulhada, corroída por febres — trabalhara e como nenhuma outra enfrentara o mundo.

"Vamos", disse a si mesmo de manhã, acordando antes do dia raiar, "não se trata de namorico, de sorte, de tranquilidade para você. De bom grado você esqueceria que é um campesino abandonado e enfiaria os dias passados debaixo do tapete, como outros que aproveitam os bons tempos sem olhar para trás. Sim, mas Madeleine Blanchet está aí no seu pensamento para lhe dizer: cuidado para não ser esquecidiço e pense no que fiz por você. Avante, então, e Deus assista Jeannette com um namorado mais gentil do que seu servidor!"

Ele pensava assim ao passar sob a janela da valente patroa e quis, se o tempo estivesse propício, lhe deixar, contra a vidraça, uma flor ou uma folhagem em sinal de adeus; mas era a manhã de Reis; a terra estava coberta de neve e não havia uma única folha nos galhos, uma violetinha sequer na pastagem.

Ele inventou de colocar num lenço branco a fava que ganhara na véspera ao abrir seu bolo-rei,[25] prendendo o lenço numa barra da grade da janela de Jeannette para demonstrar que a teria considerado sua rainha se ela tivesse aparecido no jantar.

"Uma fava não é grande coisa", pensava ele, "é uma marquinha de honestidade e amizade que me desculpará por não ter me despedido."

Mas ele ouviu em si mesmo como que uma palavra que o desaconselhava de fazer aquela oferenda, mostrando-lhe, mais uma vez, que um homem não deve agir como essas moças que querem que as amem, que pensem nelas e sofram por elas quando não têm a menor preocupação em corresponder.

"Não, não, François", disse para si mesmo, colocando a prenda no bolso e dobrando o passo, "é preciso querer o que se quer e se fazer esquecer quando a gente mesmo já decidiu esquecer."

Foi então que andou a passos largos, e não estava ainda a dois tiros do moinho de Jean Vertaud e já via Madeleine na sua frente, imaginando também ouvir uma vozinha fraca que lhe pedia ajuda. E esse sonho o conduzia e ele já pensava estar avistando a grande árvore da esquina, a fonte, o prado Blanchet, a eclusa e a pequena ponte e Jeannie correndo ao seu encontro; e nada da Jeannette Vertaud em tudo isso podia segurá-lo ou impedir de correr.

Ele andou tão rápido que não sentiu a friagem nem pensou em beber nem comer nem respirar enquanto não deixou a estrada principal e pegou, pelos desvios do caminho de Presles, a cruz de Plessys.

Quando ali chegou, pôs-se de joelhos e beijou a madeira e a cruz com o afeto de um bom cristão que reencontra um velho conhecido. Depois, começou a descer a grande carreira que tinha forma de caminho, exceto por ser da largura de um campo, e que é a mais bela comuna do mundo em termos de beleza visual, ar livre e céu aberto, numa jusante tão abordável que, em tempos de gelo, dava para percorrer de carro de bois e ir mergulhar no riacho que fica embaixo sem fazer alarde.

François, que desconfiava da coisa, tirou os tamancos mais de uma vez e chegou sem se esborrachar até a passarela. Deixou Montipouret à esquerda, não sem dizer um bom-dia ao velho sino que é o amigo de todos, pois é sempre ele que se mostra primeiro aos que voltam ao lugar e que lhes tira da enrascada quando estão no caminho errado.

Quanto aos caminhos, não os quero mal de tanto que são risonhos, verdejantes e aprazíveis de ver em tempo quente. Há alguns onde não se pega queimadura de sol. Mas estes são os mais traidores, porque poderiam levar a Roma, quando se crê ir a Angibault. Felizmente, o bom sino de Montipouret não é modesto em se mostrar e não há clareira pela qual não passe a ponta de seu chapéu reluzente para nos dizer se estamos virando para o Bise [vento do norte] ou do Galerne [vento do nordeste].

Mas o campesino não precisava de guia para se conduzir. Ele conhecia tão bem todas as trilhas, todos os cantos, todos os atalhos, todas as tréguas e pistas e até as passagens das cercas, que em plena noite teria conseguido passar tão direto quanto um pássaro no céu pelo caminho mais curto da terra.

Era quase meio-dia quando François viu o teto do moinho Cormouer por entre os galhos desfolhados e ficou contente em perceber, pela fumacinha azulada que subia da casa, que a moradia não estava abandonada aos ratos.

Passou acima do prado Blanchet para chegar mais rápido, o que fez com que não passasse perto da fonte, mas como as árvores e arbustos não tinham folhas, viu reluzir ao sol a água cintilante que jamais congela porque é de fonte. As margens do moinho estavam bem congeladas, ao contrário, e tão escorregadias que não se podia ser desastrado e andar sobre as pedras e bordas do riacho. Ele viu a velha roda do moinho, toda escurecida por causa do tempo e da moagem, com grandes pontas de gelo que lhe pendiam dos dentes, fininhos como agulhas.

Mas faltavam muitas árvores em volta da casa e o lugar estava muito mudado. As dívidas do finado Blanchet haviam sido demolidoras e se via em muitos locais, vermelho como sangue de cristão, o pé de grandes álamos recentemente cortados. A casa parecia malconservada por fora; o teto não estava muito bem coberto e o forno estava meio emperrado por força do congelamento.

Além disso, o que ainda era entristecedor é que não se ouvia barulho em toda a moradia, nem alma, nem corpo, nem animais, nem gentes; exceto por um cachorro de pelo cinzento malhado de preto e branco, desses pobres cães do campo que chamamos de vira-latas ou sem dono, que saiu do cercado e veio latindo ao encontro do campesino;

mas ele se aquietou em seguida e, se arrastando, foi deitar em suas pernas.

— Olhe só, Labriche, você me reconheceu? — lhe disse François. — Eu não o teria reconhecido, pois você está tão velho e acabado que as costelas aparecem e sua barba ficou toda branca.

François falava assim olhando o cachorro, porque ele se sentia apreensivo; era como se quisesse ganhar tempo antes de entrar em casa. Tivera muita pressa até o último momento, mas agora estava com medo, porque imaginava que não veria mais Madeleine, que ela estava ausente ou morta no lugar do marido, que lhe haviam dado uma notícia falsa ao anunciarem o falecimento do moleiro; enfim, ele passava por todos os devaneios que a gente enfia na cabeça quando atinge aquilo que mais deseja.

16.

François enfim empurrou a tranca da porta e viu à sua frente, em vez de Madeleine, uma bela e jovem moça, vermelha como a aurora da primavera e desperta como um pintarroxo, que lhe disse com um ar receptivo:

— O que o senhor quer, moço?

François não a fitou muito tempo, por mais bonita que ela fosse, e lançou os olhos em torno do quarto para procurar a moleira. Tudo o que viu foi que as cortinas da cama dela estavam fechadas e que, com certeza, ela se achava ali dentro. Ele nem pensou em responder à bela moça, que era a irmã caçula do finado moleiro e tinha o nome de Mariette Blanchet. Foi direto à cama amarela, abriu sutilmente a cortina, sem fazer barulho nem pergunta; e ali viu Madeleine Blanchet deitada, completamente pálida, adormecida e abatida pela febre.

Ele a observou longamente, sem se mexer e sem dizer nada; e apesar da tristeza em encontrá-la doente, apesar do medo de que ela podia morrer, estava feliz por ter sua figura diante de si e pensar: "Estou vendo Madeleine".

Mas Mariette Blanchet o tirou devagarinho de perto da cama, fechou novamente a cortina e, fazendo-lhe sinal para ir com ela junto à lareira, indagou:

— Ah, moço, quem é e o que deseja? Não o conheço e o senhor não é daqui. O que o traz?

François nem ouviu o que ela perguntava e, em vez de

lhe dar uma resposta, fez perguntas: há quanto tempo a senhora Blanchet estava doente, se ela estava em perigo e se a estavam tratando de sua doença. Ao que Mariette lhe respondeu que ela estava doente desde a morte do marido por causa da extrema fadiga que tivera ao cuidar dele, a assisti-lo dia e noite; que ainda não haviam chamado o médico e iriam solicitá-lo se ela piorasse; que quanto a cuidar bem dela, aquela que lhe falava não se poupava, como tinha o dever de fazer.

A essa fala, o campesino a fitou nos olhos e não precisou perguntar seu nome; além do que, ele ficara sabendo que mais ou menos quando da sua partida seu Blanchet havia posto a irmã junto da mulher. Surpreendeu na linda figura daquela jovenzinha uma parecença bem marcada com o deplorável do moleiro defunto. Existem muitas fuças finas como aquela, que parecem com outras desagradáveis sem que se possa dizer como isso é possível. E apesar de Mariette Blanchet ser aprazível de se ver, enquanto seu irmão era mais desagradável, restava-lhe um traço de família que não enganava. Só que esse traço fora repulsivo e colérico na cara do defunto e o jeito da Mariette era mais o de uma pessoa que zomba do que de uma que se zanga; e de uma que nada teme mais do que de uma que pretende que a temam.

Tanto que François não se sentiu nem totalmente aflito nem totalmente tranquilo com a assistência que Madeleine podia receber daquela jovenzinha. Sua touca era muito delicada, bem plissada e bem presa; seus cabelos, que ela usava um pouco à moda das artesãs, eram muito brilhosos, bem penteados, bem puxados em alinhamento; para uma cuidadora, suas mãos eram muito brancas e igualmente branco era seu avental. Por fim, ela era bastante jovem, vivaz e desenvolta para ficar pensando dia e noite numa pessoa sem condições de ajudar a si mesma. Isso fez François, sem nada mais perguntar, sentar-se ao canto da lareira, decidido a não sair dali sem ver se iria para melhor ou pior a aflição de sua cara Madeleine.

A Mariette ficou muito surpresa de o ver fazer tão pouca cerimônia e tomar posse do fogo, como se entrasse na própria casa. Ele baixou o nariz para a lenha e não parecia de humor para conversar; ela não ousou se informar mais sobre quem ele era e o que requeria.

Mas depois de um momento entrou Catherine, a criada da casa há quase dezoito ou vinte anos; e, sem prestar atenção nele, ela se aproximou da cama da patroa, a examinou com precaução e foi à lareira para ver como a Mariette preparava a infusão. Todo o comportamento dela demonstrava grande interesse por Madeleine, e François, que sentia a veracidade da coisa, num fremir de tempo teve vontade de lhe dizer bom dia, mas...

— Mas — disse a criada do pároco, interrompendo o linheiro — o senhor está usando uma palavra que não convém. Um fremir não significa um instante, um minuto.

— Pois lhe digo — retomou o linheiro — que um instante não quer dizer nada e que um minuto é longo demais para que uma ideia surja na nossa cabeça. Não sei em quantos milhões de coisas se poderia pensar em um minuto. Em vez disso, para ver e ouvir uma coisa que acontece, só precisa o tempo de um fremir. Eu direi um pequeno fremir, se a senhora quiser.

— Mas um fremir de tempo! — repetiu a velha purista.

— Ah! Um fremir de tempo! Isso a embaraça, comadre Monique? E não vai tudo num fremir? O sol quando a gente vê surgir em lufadas de fogo no seu nascer, e seus olhos que piscam olhando para ele? O sangue que nos salta nas veias, o relógio da igreja que nos descasca, migalha por migalha, como a peneira ao grão, o seu terço quando a senhora reza, seu coração quando o pároco demora a voltar, a chuva caindo gota a gota e mesmo, pelo que se diz, a terra que gira como uma roda de moinho? A senhora não sente o galope, nem eu; é porque a máquina está bem lubrificada; mas é preciso que haja fremir, pois vivemos uma grande volta nas vinte e quatro horas. E para isso dizemos também um giro de tempo, para dizer um certo tempo. Eu digo então um fremir e não vou abrir mão. E não me corte mais a palavra, se a senhora não quiser tomá-la de mim.

— Não, não, sua máquina está bem lubrificada também — respondeu a velha. — Faça fremir mais um pouco a sua língua.[26]

17.

Eu dizia então que François teve a tentação de cumprimentar a gorda Catherine e se fazer reconhecer. Mas como, no mesmo fremir de tempo, ele tinha vontade de chorar, teve vergonha de bancar o tolo e nem levantou a cabeça. Mas a Catherine, que se abaixara perto do fogo, avistou as pernas grandes dele e recuou assustada.

— O que é que é isso? — perguntou a ela a Mariette, cochichando no canto do quarto. — De onde saiu esse cristão?

— Pergunte você para ele — respondeu a jovenzinha —, lá sei eu? Nunca o vi. Ele entrou aqui como numa hospedagem, sem dizer nem bom dia nem boa noite. Perguntou sobre a disposição de minha cunhada, como se fosse um parente ou herdeiro; e aí está ele sentado ao fogo, como você vê. Fale com ele, eu não me incomodo. Talvez seja um homem que não está bem.

— O quê! A senhorita acha que ele tem o espírito desarranjado? Não parece, contudo, ter jeito malvado, pelo que posso ver, pois ele está escondendo a cara.

— E se ele tiver maus pensamentos, no entretanto?

— Não tenha medo, Mariette, estou aqui para segurá-lo. Se ele a aborrecer, eu jogo uma chaleirada de água fervendo nas pernas dele e um candelabro na cabeça.

Enquanto elas mexericavam desse jeito, François pensava em Madeleine.

"Essa pobre mulher", pensava ele, "que só teve tristeza e prejuízo a suportar com seu marido, está aí, doente, por tê-lo socorrido e reconfortado até a hora da sua morte. E está aí essa mocinha que é a irmã do finado, uma criança mimada e, pelo que vejo pela cara e pelo que ouvi dizer, não demonstra muita preocupação. Se ela ficou cansada e chorou, não parece muito, pois tem o olhar sereno e claro como um sol."

Ele não conseguia evitar de olhar acima do seu chapéu, pois nunca vira tão fresca e tão vigorosa beleza. Mas se ela mexia um pouco com sua visão, nem por isso tocava seu coração.

— Ora, ora — disse Catherine sussurrando ainda com a jovem patroa —, vou falar com ele. Precisamos saber o que vai desembuchar.

— Fale com ele dignamente — recomendou a Mariette. — Não há que irritar o homem; estamos sozinhas na casa, Jeannie talvez esteja longe e não nos ouviria gritar.

— Jeannie? — disse François, que de tudo o que elas balbuciavam só ouviu o nome do seu amigo. — Onde ele está, o Jeannie, que não vejo? Ele cresceu belo e forte?

"Olha só", pensou Catherine, "ele pergunta isso porque tem más intenções, talvez. Quem, Deus do céu, será esse homem? Não conheço nem a voz nem o tamanho; quero ter o coração sossegado e vou olhar a cara dele."

E como não era mulher de recuar diante do diabo, corpulenta como um lavrador e astuta como um soldado, ela avançou bem perto dele, decidida que estava a lhe arrancar ou derrubar o chapéu para ver se era lobisomem ou homem batizado. Ela partiu para o assalto ao campesino, bem longe de pensar que fosse ele, pois, além de não ser do seu humor pensar mais na véspera do que no dia seguinte, e porque colocara o campesino havia muito tempo no esquecimento total, ele, por sua vez, estava tão emendado e com tão bela aparência que ela teria olhado três vezes antes de o reconhecer; mas ao mesmo tempo que ela ia cutucar e forçar com palavras, Madeleine acordou e chamou Catherine, dizendo, com uma voz tão fraca que quase não se ouvia, que estava ardendo de sede.

François se levantou tão rápido que teria sido o primeiro a acorrer, não fosse pelo receio de lhe causar muita emoção. Ele se contentou de apresentar bem vivamente a infusão a Catherine, que a pegou e se apressou de levar à patroa, esquecendo-se de inquirir por ora sobre qualquer coisa que não fosse o estado dela.

A Mariette se apresentou ao dever soerguendo Madeleine em seus braços para que ela bebesse, e não foi má ideia, pois Madeleine se tornara franzina que dava dó.

— E como a senhora se sente, minha irmã? — perguntou-lhe Mariette.

— Bem! Bem, minha criança — respondeu Madeleine, com um tom de pessoa que vai morrer, pois ela não se queixava jamais a fim de não afligir os outros. — Mas — disse ela, olhando para o campesino — não é o Jeannie aqui? Quem é, minha criança, se não estou sonhando, este homenzarrão ao lado da lareira?

E a Catherine respondeu:

— Não sabemos, nossa patroa; ele não fala, está aqui como um forasteiro.

E o campesino fez um pequeno movimento olhando para Madeleine, pois ele continuava com medo de surpreendê-la muito de repente e morria de vontade de falar com ela. A Catherine o viu naquele instante, mas não o conhecia do jeito que ele tinha se tornado depois de três anos e disse, pensando que Madeleine estava com medo:

— Não se preocupe, patroa, eu ia botar ele para fora quando a senhora chamou.

— Não o mande sair — disse Madeleine, com uma voz um pouco mais forte e abrindo mais a cortina da cama, pois eu o conheço e ele agiu bem vindo me ver. — Venha, venha, meu filho; eu pedia todos os dias a Deus a graça de lhe dar minha bênção.

E o campesino correu e caiu de joelhos diante da cama, chorando a dor e a alegria que lhe sufocavam. Madeleine lhe tomou as duas mãos, depois a cabeça, beijou-o e disse:

— Chame Jeannie, Catherine, chame Jeannie para que ele também fique contente. Ah! Agradeço a Deus, François, e quero morrer agora se for a vontade Dele, pois aqui estão os meus filhos criados e eu poderei lhes dizer adeus.

18.

A Catherine correu rapidamente a procurar Jeannie, e a Mariette estava tão ansiosa para saber o que tudo aquilo queria dizer que a seguiu para interrogá-la. François permaneceu sozinho com Madeleine, que o beijou de novo e se pôs a chorar; em seguida fechou os olhos e ficou ainda mais abatida e afundada. François não sabia como tirá-la daquela apatia; estava enlouquecido e só podia segurá-la em seus braços, chamando-a de querida mãe, querida amiga e orando, como se a coisa estivesse em seu poder para que ela não expirasse tão rápido e sem ouvir o que ele queria lhe dizer.

E ele a tirou de sua fraqueza, tanto com boas palavras quanto com cuidados bem adequados e carinhos honestos. Ela voltou a ver e ouvir. E ele lhe dizia que tinha adivinhado que ela precisava dele e que tinha quitado tudo e vindo para não mais partir, contanto que ela lhe pedisse para ficar e, se quisesse pegá-lo como criado, ele não lhe pediria mais do que o prazer de o ser e a consolação de passar todos os seus dias em sua obediência. E dizia também:

— Não me responda, não fale, minha querida mãe, a senhora está muito fraca, não diga nada. Só olhe para mim se lhe agrada me rever e eu entenderei que aceita minha amizade e meu serviço.

E Madeleine olhava para ele de um jeito sereno e o ouvia com tanta consolação que se achavam ambos felizes e contentes apesar da desgraça daquela doença.

Jeannie, que a Catherine tinha chamado aos gritos, chegou para tomar parte da alegria com eles. Ele se tornara um belo rapaz entre catorze e quinze anos, não muito forte mas aprazivelmente vívido, e tão educado que só dizia palavras de dignidade e amizade.

— Oh! Estou contente de vê-lo assim, meu Jeannie — disse François. — Você não está muito alto nem muito gordo, mas isso me agrada, porque imagino que ainda vai precisar de mim para subir nas árvores e passar o riacho. Você continua delicado, estou vendo, mas não doente, né? Pois bem! Você ainda será minha criança por um tempinho se não se incomodar; precisará ainda de mim, sim, sim; como no tempo passado, você me obrigará a fazer todas as suas vontades.

— É, minhas quatrocentas vontades — concordou Jeannie —, como você falava naquele tempo.

— Isso mesmo! Ele tem boa memória! Ah, como é gracioso, Jeannie, não ter esquecido do seu François! Mas ainda temos quatrocentas vontades por dia?

— Oh! — exclamou Madeleine. — Ele se tornou muito sensato, só tem duzentas.

— Nem mais nem menos? — perguntou François.

— Bem que eu gostaria — respondeu Jeannie —, porque a minha mamãe querida está começando a rir um pouco, então estou de acordo com tudo o que quiserem. E também, do mesmo modo, direi que tenho agora mais de quinhentas vezes por dia a vontade de que ela se cure.

— Falou muito bem, Jeannie — disse François. — Está vendo como esse aí aprendeu a falar bem? Vá, meu menino, suas quinhentas vontades serão ouvidas por Deus no céu. Vamos cuidar tão bem da sua mamãe querida e reconfortá-la e fazê-la rir pouco a pouco, que sua fadiga irá embora.

A Catherine estava na soleira da porta, muito curiosa de entrar para ver François e falar com ele também; mas a Mariette a segurava pelo braço e não parava de questionar.

— Como — dizia ela —, é um campesino? Ele parece no entretanto muito honesto!

E o olhava de fora pela fresta da porta, que entreabria um pouco.

— Mas como ele é amigo da Madeleine?

— Eu lhe disse que ela o criou e que ele era muito bom sujeito.

— Mas ela nunca falou dele, nem você — insistia a jovem.

— Ah! Ave! Eu nunca teria pensado nisso; ele não estava mais aqui e eu quase nem me lembrava; ademais eu sabia que nossa patroa passou sofrimentos por causa dele e não queria fazê-la desesquecer.

— Sofrimentos? Que sofrimentos?

— Ave! Porque ela se apegou com ele e era natural; tinha tão bom coração, essa criança! E vosso irmão não quis suportá-lo na casa; a senhorita sabe que ele nem sempre foi gracioso, o vosso irmão!

— Não falemos isso agora que ele morreu, Catherine!

— Tá bem, tá certo, não pensarei mais, meu Deus; é que tenho a ideia curta! E no entretanto só faz quinze dias! Mas me deixe entrar, senhorita, quero lhe servir jantar, me é de parecença que ele deve estar com fome.

E ela escapou para ir beijar François; pois ele era um rapaz tão belo que ela não tinha lembramento de ter dito, noutros tempos, que preferiria beijar seu tamanco a beijar um campesino.

— Ah, meu pobre François — lhe disse ela —, estou contente de vê-lo. Achava que você nunca voltaria. Mas vejamos então, patroa, como ele ficou? Fico surpresa em como a senhora o reconheceu de súbito. Se a senhora não tivesse dito que era ele, acho que eu precisaria de tempo para reparar. E ele está bonito! Ah, está! E começando a ter barba, é! Não dá para ver muito ainda, mas dá para sentir. Nossa Senhora! Não pinicava quando você foi embora, François, e agora pinica um pouco. E aqui está ele forte, meu amigo! Que braços, que mãos, que pernas! Um trabalhador como esse vale por três. Quanto lhe pagam então por lá?

Madeleine ria devagarinho ao ver a Catherine contente com François, e ela o olhava, contente também por reencontrá-lo em tão bela juventude e saúde. Ela queria ver seu Jeannie chegar ao mesmo estado, no fim do seu crescimento. A Mariette, por sua vez, tinha vergonha de ver a Catherine tão atrevida em olhar um rapaz e ficava corada, mesmo sem pensar mal. E quanto mais ela evitava olhar François, mais ela o via e o achava, como dizia a Catherine, bonito às maravilhas e firme nos pés como um carvalho novo.

Sem perceber, ela se pôs a servi-lo muito honestamente, a encher seu copo com o melhor vinho rosé do ano e a adverti-lo quando, de tanto olhar Madeleine e Jeannie, ele esquecia de comer.

— Coma um pouco mais — dizia ela —, o senhor quase não se alimentou. Devia ter mais apetite, já que veio de longe.

— Não se preocupe comigo, senhorita — respondeu, por fim, François —, estou contente demais de estar aqui para ter muita vontade de beber e comer. Ah! Pronto! Vejamos — disse à Catherine quando a mesa foi tirada —, me mostre um pouco o moinho da casa, pois tudo me pareceu descuidado e preciso conversar com você.

E quando ele a levou para fora, questionou-a sobre a situação dos negócios, como homem que entende e quer saber tudo.

— Ah! François — respondeu a Catherine, começando a chorar —, tudo vai de mal a pior, e se ninguém vier em socorro da minha pobre patroa, acho que essa mulher malvada vai botá-la para fora e a fará gastar tudo o que tem em processos.

— Não chore, pois me constrange ouvir — disse François —, e trate de me explicar direitinho. Que mulher malvada você quer dizer? A Sévère?

— Sim, minha nossa! Ela não está contente em ter arruinado nosso patrão defunto. Ela agora tem pretensões sobre tudo o que ele deixou. Faz cinquenta processos, diz que o Caçula Blanchet lhe deixou dez notas promissórias e quando ela tiver vendido tudo o que nos resta, ainda não estará paga. Todos os dias ela nos manda oficiais de diligências e as despesas já aumentaram muito. Nossa patroa, para contentá-la, já pagou o que pôde e por causa do golpe que é para ela, mais a fadiga que a doença do seu homem lhe ocasionou, tenho medo de que ela morra. Dentro em pouco estaremos sem pão nem lenha, pelo jeito que a coisa anda. O rapaz do moinho nos deixou, porque lhe deviam ordenado há dois anos e não podíamos pagar. O moinho não funciona mais e, se continuar assim, perderemos nossa freguesia. Salvamos os cavalos e a colheita, mas vai ser vendido também; vamos abater todas as árvores. Ah! François, é uma desolação.

E ela recomeçou a chorar.

— E você, Catherine — disse-lhe François —, você é credora também? Seus ordenados foram pagos?

— Credora, eu! — respondeu a Catherine, mudando da voz dolente para uma voz de boi. — Jamais, jamais! Sejam meus ordenados pagos ou não, isso não interessa a ninguém.

— Melhor assim, Catherine, está certo! Continue cuidando bem da sua patroa e não se preocupe com o resto. Ganhei um pouco de dinheiro nos meus patrões e tenho com o que salvar os cavalos, a colheita e as árvores. Quanto ao moinho, vou ter uma conversinha com ele e, se estiver quebrado, não preciso de artesão para botá-lo para dançar. É preciso que o Jeannie, que é presto como uma borboleta, corra agorinha até à noite e ainda amanhã desde cedo, para dizer a todas as freguesias que o moinho está chiando como dez mil diabos e que o moleiro está esperando a farinha.

— E um médico para nossa patroa?

— Pensei nisso, mas quero ver ainda hoje até à noite para me decidir sobre isso. Os médicos, você sabe, Catherine, veja o que penso, vêm a calhar quando os doentes não podem dispensá-los; mas se a doença não é forte, a gente se salva melhor com a ajuda do bom Deus do que com as drogas deles. Sem contar que a figura do médico, que cura os ricos, muitas vezes mata os pobres. O que compensa e diverte os opulentos, angustia aqueles que veem essas figuras só no dia do perigo e isso lhes revira o sangue. Tenho comigo que a dona Blanchet vai logo se curar ao ver a assistência para seus negócios. E antes que terminemos essa prosa, Catherine, diga-me ainda uma coisa; é uma palavra de verdade que lhe peço e não precisa ter peso de consciência para me dizer. Não sairá daqui e, se você se lembra bem de mim, e não mudei, deve saber que um segredo fica bem guardado no coração do campesino.

— Sim, sim, eu sei — concordou a Catherine —, mas por que você está se tratando de campesino? É um nome que não lhe cabe mais, pois você não merece, François.

— Não ligue para isso. Eu sempre serei o que sou, não tenho costume de me apoquentar o espírito. Diga-me então o que acha da sua patroazinha, a Mariette Blanchet?

— Ora veja! Ela é uma moça linda! O senhor já tem ideia de desposá-la? Ela tem do quê; o irmão não pôde tocar nos bens dela, que eram bens de uma menor, e se o senhor tiver arranjado uma herança, patrão François...

— Os campesinos abandonados nunca têm herança — cortou François — e quanto a desposar, tenho tanto tempo de pensar em casamento quanto uma castanha na panela. O que quero saber de você é se essa moça é melhor do que o irmão defunto e se Madeleine terá contentamento com ela ou sofrimento se a conservar na casa.

— Isso — disse a Catherine — o bom Deus poderia lhe dizer, mas não eu. Até agora, ela é sem malícia e sem noção de grande coisa. Aquela ali gosta da toalete de toucas de renda e de dança. Aquela ali não é interessada e é tão mimada e bem tratada por Madeleine que não tem motivo para mostrar os dentes. Aquela ali nunca sofreu, não saberíamos dizer o que vai dar.

— Ela era apegada ao irmão?

— Não muito, senão quando ele a levava às assembleias, e nossa patroa queria observar que não convinha levar uma moça de bem em companhia da Sévère. Então a pequena, que só tinha o prazer na cabeça, fazia carícias no irmão e bico para a Madeleine, que era obrigada a ceder. E dessa maneira, a Mariette não é tão inimiga da Sévère quanto eu gostaria. Mas não se pode dizer que ela não é amável e como deve com a cunhada.

— Basta, Catherine, não lhe pergunto mais nada. E a proíbo apenas de dizer o que quer que seja a essa mocinha sobre a conversa que acabamos de ter juntos.

François cumpriu muito bem o que havia anunciado à Catherine. Ao anoitecer, pela diligência de Jeannie, chegou trigo para moer, e já à noitinha o moinho estava arrumado; o gelo quebrado e derretido em volta da roda, a máquina engraxada, os pedaços de madeira consertados onde tinham sido quebrados. O valente François trabalhou até duas da manhã e às quatro já estava de pé. Entrou pé ante pé no quarto da Madeleine e, achando ali a boa Catherine em vigília, inquiriu sobre a doente. Ela havia dormido bem, consolada pela chegada de seu caro servidor e pela assistência que ele lhe trazia. E como a Catherine se recusava a deixar a patroa antes de a Mariette se levantar, François lhe perguntou a que horas se levantava a beleza de Cormouer.

— Não antes do amanhecer — fez Catherine.

— Como assim, restam ainda duas horas a esperá-la e você não dormirá nada?

— Durmo um pouco de dia, na minha poltrona ou na granja, na palha, enquanto dou comida para as vacas.

— Pois bem! Vá se deitar agora — disse François. — Esperarei aqui a mocinha para lhe mostrar que há os que se deitam mais tarde do que ela e se levantam cedo de manhã. Vou tratar de examinar os papéis do defunto e os que os oficiais trouxeram desde a sua morte. Onde estão?

— Ali no cofre da Madeleine — apontou a Catherine. — Vou acender a lamparina para você, François. Vamos, coragem, e trate de nos tirar da trapalhada, já que você conhece as escritas.

E ela foi se deitar, obedecendo ao campesino como a um chefe da casa; tanto é verdade que se diz que aquele que tem boa cabeça e bom coração comanda em todo lugar o que é direito seu.

19.

Antes de começar a tarefa, François, assim que ficou sozinho com Madeleine e Jeannie, pois o jovem rapaz dormia ainda no mesmo quarto da mãe, veio verificar como dormia a doente e achou que ela já estava bem melhor do que quando de sua chegada. Ficou contente ao pensar que ela não precisaria de médico e ele, sozinho, pela consolação que lhe daria, salvaria sua saúde e sua sorte.

Pôs-se a examinar os papéis e foi logo ao que pretendia a Sévère e o que restava de bens a Madeleine para satisfazer a outra. Além de tudo o que a Sévère havia torrado e feito o Caçula Blanchet torrar, ela ainda se dizia credora de duzentas pistolas e Madeleine quase já não tinha mais bens próprios, somando-se a herança deixada a Jeannie por Blanchet, herança esta que se reduzia ao moinho e suas dependências: seria mais ou menos o pátio, o prado, as construções, o jardim, o carvalhal e a plantação; pois todos os campos e todas as outras terras haviam derretido feito neve nas mãos do Caçula Blanchet.

"Graças a Deus", pensou François, "tenho quatrocentas pistolas com o senhor pároco de Aigurande e, supondo-se que eu não consiga fazer melhor, Madeleine conservará ao menos sua moradia e o produto de seu moinho e o que resta do seu dote. Mas acho que a gente ao menos pode sair dessa. Primeiro, saber se as notas subscritas por Blanchet à Sévère não foram extorquidas por astúcia e torpeza, em seguida dar uma sondada sobre as terras vendidas. Sei bem como esses negócios são tramados e, pelo nome dos adquirentes, ponho minha mão no fogo se não encontrar ali um ninho de trapaceiros."

O negócio é que Blanchet, dois ou três anos antes de seu fim, premido por dinheiro e assolado de más dívidas para com a Sévère, vendera a baixo preço a quem se apresentasse, fazendo assim passar suas notas promissórias à Sévère e acreditando se livrar dela e dos compadres que a haviam ajudado a arruiná-lo. Mas ele se tornou o que se vê frequentemente na venda a crédito. Quase todos os que se apressaram em comprar, farejando o cheiro bom da terra fecunda para os trigais, não tinham um tostão para pagar e era com grande sacrifício que saldavam os juros. Isso podia durar dez ou vinte anos, era dinheiro empregado para a Sévère e seus companheiros, mas mal-empregado, e ela resmungava muito contra a grande pressa do Caçula Blanchet, temendo nunca ser paga. Ao menos é como ela dizia, mas era uma especulação como qualquer outra. O camponês, mesmo miserável, sempre paga os juros, de tanto que teme largar o pedaço que tem e que algum credor possa retomá-lo se ficar insatisfeito.

Todos nós, gente honesta, sabemos como funciona a coisa, e mais de uma vez nos acontece de enriquecer às avessas comprando um belo bem a preço baixo. Mas por mais baixo que seja, é muito para nós. Temos olhos de cobiça maiores do que nossos bolsos e nos esforçamos para cultivar um campo cujo lucro não cobre a metade dos juros que reclama o vendedor e, quando tivermos lavrado e suado durante a metade da vida, estaremos arruinados, e só a terra ficará enriquecida com nossos fardos e labores. Ela valerá o dobro e é a hora de vendermos. Se a vendemos bem, estamos salvos; mas nem sempre é assim. Os juros nos deixaram tão desvalidos que temos de nos apressar e vender por qualquer preço. Se nos obstinamos, os tribunais nos obrigam, e o primeiro vendedor, se estiver ainda vivo, ou seus herdeiros retomam a terra do jeito que estiver; equivale dizer que durante longos anos eles puseram sua terra em nossas mãos a oito e dez de cem,[27] e a recobram quando ela vale o dobro em função dos nossos cuidados, de uma boa cultura que não lhes custou nem trabalho nem despesa e, além disso, por efeito do tempo que sempre faz valorizar a propriedade. Assim, vamos sempre ser arruinados como pobres peixinhos por peixes grandes que nos caçam; e sempre punidos por nossas cobiças, e simples como éramos antes.

Assim, a Sévère tinha seu dinheiro empregado numa boa hipoteca sobre sua própria terra e com juros altos. Mas nem por isso ela tirava as garras da sucessão do Caçula Blanchet, porque ela o havia tão bem manipulado que ele se comprometeu com os adquirentes de suas terras e foi fiador para eles pelo pagamento.

Vendo toda essa velhacaria, François ponderava sobre o meio de reaver as terras por bom preço, sem arruinar ninguém, e aprontar uma boa para a Sévère e sua trupe, fazendo com que perdessem a especulação.

A coisa não era simples. Ele tinha dinheiro bastante para reaver quase tudo pelo preço de venda. Nem a Sévère nem ninguém podia recusar o reembolso; os que tinham comprado, tinham todos vantagem em revender rapidamente e se livrar da ruína vindoura, pois lhes digo, jovens e velhos a quem falo, uma terra comprada a crédito é uma patente de mendicância para os seus dias de velhice. Mas por mais que eu diga, vocês não vão deixar de ter a doença compradeira. Ninguém pode ver ao sol a fumaça de uma senda lavrada sem ter a febre de querer ser seu dono. E é o que François temia muito: aquela febre alta do camponês que não quer se desfazer da sua gleba.

Vocês conhecem isso, a gleba, crianças? Foi um tempo em que a gente falava muito disso nas paróquias. Diziam que os antigos senhores nos haviam atado a isso para nos fazer perecer de tanto suar, mas que a Revolução havia cortado a corda e não puxaríamos mais o arado do patrão como bois; a verdade é que nós mesmos somos atrelados ao nosso próprio arado e não suamos menos e perecemos do mesmo jeito.

O remédio, pelo que dizem os burgueses da nossa terra, seria nunca precisar nem ter vontade de nada. E domingo passado dei uma resposta a um aí que estava me pregando isso muito bem, que se pudéssemos ser razoáveis, nós os pequenos, para nunca comer, sempre trabalhar, não dormir e beber a bela água cristalina sem incomodar as rãs, chegaríamos a uma boa economia, nos julgariam sábios e gentis, plantados a esperar os cumprimentos.

Seguindo a coisa como você e eu, François, o campesino, queimava o cérebro para achar o jeito de convencer os compradores a lhe revender. E o que ele achou de fazer, no fim, foi lhes soprar na orelha uma mentirinha, de que a Sévère mais arvorava do que era de fato rica; que ela estava crivada de dívidas e que, assim que desse, seus credores iam lhe tomar todos os créditos e bens. Ele lhes diria a coisa confidencialmente, e, quando os tivesse apavorado bastante, faria agir Madeleine Blanchet com o dinheiro que ele tinha para reaver as terras a preço de venda.

Ele tinha consciência, no entanto, dessa mentirada, até que lhe veio à mente fazer a cada um daqueles pobres adquirentes uma pequena vantagem para compensá-los pelos juros que já haviam pagado. E desse modo ele faria Madeleine voltar aos seus direitos e gozos, ao mesmo tempo que salvaria os adquirentes de toda ruína e prejuízo. Quanto à Sévère e ao descrédito que seu argumento lhe poderia ocasionar, ele não teve peso algum de consciência. Afinal, a galinha pode tentar tirar alguma vantagem do pássaro malvado que depenou seus pintinhos.

Então Jeannie despertou e se levantou devagarinho para não incomodar o repouso da mãe; depois, tendo dito bom-dia a François, não perdeu tempo para correr a avisar o restante das freguesias que o desarranjo do moinho estava arrumado e havia um bom moleiro lá.

20.

O dia já ia alto quando a Mariette Blanchet saiu do ninho, bem paramentada no seu luto, com um preto e um branco tão bonitos que se poderia dizer que era uma pica-pica. A coitadinha tinha uma grande preocupação. É que aquele luto a impediria, por um tempo, de ir dançar nas assembleias, e todos os galanteadores iam ficar com pena dela e ela tinha tão bom coração que lamentava muitíssimo por eles.

— Como! — fez ela, vendo François arrumar os papéis no quarto da Madeleine —, o senhor é pau pra toda obra aqui, seu moleiro! Faz a farinha, cuida dos negócios, faz o chá, logo vamos vê-lo costurar e fiar...

— E a senhorita — disse François, que percebeu logo que o olhavam com olhos mansos enquanto o cutucavam com a língua —, eu não vi até agora nem fiar nem costurar; me é de parecer que logo vão lhe mandar dormir até meio-dia e a senhorita faz bem. Isso conserva a tez fresca.

— Olha só, patrão François, já nos dizemos verdades... Tome cuidado com esse jogo: também sei o que dizer.

— Espero a sua vez, senhorita.

— Virá; não tenha medo, belo moleiro. Mas onde foi parar a Catherine para que o senhor esteja aí cuidando da doente? Vai precisar de uma touca e de um saiote?

— Sem dúvida a senhora pedirá, em seguida, uma camisa e um gorro para ir ao moinho? Pois, se não faz o trabalho de mulher, que seria o de vigiar um tantinho junto à sua irmã, a senhorita deseja tirar a palha e rodar o moinho. Assim que der a ordem, trocamos nossas roupas.

— Diríamos que o senhor está me dando sermão?

— Não, eu o recebi da senhorita primeiro e por isso honestamente lhe devolvo o que me emprestou.

— Bom, o senhor gosta de rir e provocar. Mas está perdendo seu tempo; não estamos alegres aqui. Não faz muito tempo estávamos no cemitério e, se o senhor ficar tagarelando assim, não vai dar descanso à minha cunhada, que precisa muito.

— É por isso que a senhorita não deveria erguer tanto a voz, pois eu estou falando baixinho e a senhorita não está falando agora como deveria no quarto de uma doente.

— Basta, por favor, patrão François — disse a Mariette baixando o tom, mas enrubescendo de despeito. — Faça--me a gentileza de ver se a Catherine está por aí e por que ela deixa a minha cunhada por sua conta.

— Queira desculpar, senhorita — disse François, sem se irritar mais —, como não podia deixá-la sob seus cuidados, porque a senhorita é dorminhoca, ela foi obrigada a confiar nos meus. E quanto a chamá-la, eu não o farei, pois essa pobre mulher está esbagaçada de cansaço. Faz quinze noites que ela fica acordada, sem querer vos ofender. Eu a mandei se deitar e até meio-dia e pretendo fazer o trabalho dela e o meu, porque é justo que cada um ajude o outro.

— Escute, patrão François — fez a pequena, mudando subitamente de tom —, o senhor parece querer me dizer que só penso em mim e que deixo todo o sacrifício aos outros. Talvez, de fato, eu devesse ter vigiado na minha vez, se a Catherine tivesse me dito que ela estava cansada. Mas ela dizia que não estava e eu não via que a minha cunhada corresse grande perigo. De modo que o senhor me julga ter mau coração e não sei de onde tirou isso. O senhor só me conhece de ontem e não temos ainda familiaridade juntos para que me repreenda como está fazendo. O senhor age exageradamente como se fosse o chefe da família, e no entretanto...

— Vamos, diga, bela Mariette, diga o que a senhoria tem na ponta da língua. E no entretanto fui aceito e criado por caridade, não é?, e não posso ser da família porque não tenho família; não tenho direito a isso sendo campesino abandonado! É tudo o que tinha vontade de me dizer?

Respondendo diretamente à Mariette, François a olhava de um modo que a fez enrubescer até o branco dos olhos, pois ela viu que ele aparentava um homem severo e bem sério, ao mesmo tempo que mostrava tranquilidade e doçura e não havia jeito de o irritar nem o levar a pensar ou falar injustamente.

A pobre mocinha sentiu como que um pouco de medo, justo ela que geralmente não tinha papas na língua; de forma que o medo não a impedia de ter certa vontade de agradar àquele belo gajo, que falava muito firme e olhava muito francamente. Tanto que, vendo-se toda confusa e embaraçada, ela teve dificuldade de se controlar para não chorar e virou rápido o nariz para outro lado a fim de que ele não a visse naquela comoção.

Mas ele viu e lhe disse de modo amigável:

— A senhorita não me zangou, Mariette, e tampouco a senhorita tem motivo de se zangar. Não penso mal da senhorita. Somente vejo que é jovem, que a casa está passando por infelicidade e que a senhorita não presta atenção e é preciso que lhe diga como penso.

— E como o senhor pensa? Diga logo de uma vez, para que eu saiba se é amigo ou inimigo.

— Acho que, se a senhorita não gosta da preocupação e da amolação que nos damos por aqueles que amamos e que estão em má situação, deve se isolar, zombar de tudo, pensar na sua toalete, nos seus apaixonados, no seu futuro casamento e não achar ruim que a gente se ocupe aqui no seu lugar. Mas se tem coração, linda criança, se ama sua cunhada e seu gentil sobrinho, tal e qual a pobre servidora fiel que é capaz de morrer numa coleira como um bom cavalo, é preciso se levantar um pouco mais cedo, cuidar da Madeleine, consolar Jeannie, desonerar a Catherine e, principalmente, tapar as orelhas à inimiga da casa, que é a dona Sévère, uma alma má, acredite. Eis como penso e nada mais.

— Fico contente de saber — disse a Mariette um pouco secamente — e agora o senhor me dirá com que direito deseja que eu pense do seu modo.

— Oh! É assim — respondeu François. — Meu direito é o direito do campesino e para que a senhorita não ignore, da criança aceita e criada aqui pela caridade da dona Blanchet; o que é motivo para que eu tenha o dever de amá-la como minha mãe e o direito de recompensá-la por seu bom coração.

— Nada tenho para o culpar por isso — retomou a Mariette —, vejo que não tenho nada melhor a fazer senão estimá-lo agora e em boa amizade com o tempo.

— Está bom para mim — disse François —, me dê um aperto de mão.

E ele avançou na direção dela lhe estendendo a mão, sem nenhum desengonçamento. Mas essa criançona de Mariette foi logo picada pela mosca da sedução e, retirando sua mão, disse que não era conveniente para uma moça dar assim a mão a um rapaz.

François se pôs a rir daquilo e a deixou, vendo que ela não era franca e que antes de tudo queria se exibir. "Ora, minha bela", pensou ele, "você não entende e não seremos amigos como você gostaria."

Ele foi até Madeleine, que acabava de despertar e que lhe disse, apertando suas duas mãos:

— Dormi bem, meu filho, e Deus me abençoou de me mostrar primeiro o seu rosto no meu despertar. Por que meu Jeannie não está com você?

Depois, quando a coisa lhe foi explicada, ela disse também palavras de amizade à Mariette, preocupada de que ela tivesse passado a noite a vigiá-la e assegurando que não precisava de tantas atenções para sua doença. Mariette esperava que François fosse dizer que ela tinha se levantado bem tarde; mas François nada falou e a deixou com Madeleine que, já não sentindo mais febre, queria tentar se levantar.

No fim de três dias, ela estava tão bem que pôde conversar sobre seus negócios com François.

— Mantenha-se em repouso, minha querida mãe. Eu perdi um pouco da ingenuidade lá e entendo bem de negócios. Quero tirá-la disso e vou conseguir. Deixe-me cuidar disso, não desminta nada do que direi e assine o que eu lhe apresentar. Desse jeito, como estou tranquilizado com sua saúde, vou à cidade consultar os homens da lei. É dia de feira e encontrarei muita gente que quero ver, e conto que não perderei meu tempo.

Ele fez como dizia, e quando se aconselhou e se informou com os homens da lei, viu que as últimas notas que Blanchet havia subscrito para a Sévère podiam ter matéria para um bom processo, pois ele as havia assinado com a cabeça virada de febre, de vinho e de tolice. A Sévère imaginava que Madeleine não ousaria pleitear, com medo dos gastos. François não queria dar à dona Blanchet o conselho de ficar à mercê de processos, mas pensou razoavelmente terminar a coisa com um arranjo fazendo-a primeiro economizar e, como ele precisava de alguém para levar a palavra ao inimigo, fez um plano que saiu o melhor possível.

Havia três dias ele vinha observando a pequena Mariette para ver que ela ia todos os dias passear do lado de Dollins, onde residia a Sévère, e que tinha maior amizade com aquela mulher do que ele poderia desejar, por causa, principalmente, de ali ela poder encontrar jovens conhecidos e burgueses que a galanteavam. Não que quisesse lhes dar ouvidos; ela era moça inocente ainda e não acreditava no lobo tão perto dos carneirinhos. Mas ela gostava dos galanteios e tinha sede disso como uma mosca tem do leite. Ela se escondia muito da Madeleine para dar seus passeios e como Madeleine não era mexeriqueira com outras mulheres e ainda não saía do quarto, não viu nada nem desconfiou de nada. A gorda Catherine não era moça de adivinhar nem de observar a mínima coisa. Tanto que a pequena botava a boina na cabeça e, sob o pretexto de conduzir ovelhas nos campos, as deixava sob a guarda de algum pastorzinho e ia se exibir em má companhia.

21.

François foi se plantar bem no caminho de Mariette, no vau do riacho, e como ela usava a passarela perto de Dollins, encontrou o campesino encavalado na tábua, com uma perna pendurada sobre a água e com cara de homem que não tem pressa para os negócios. Ela ficou vermelha como uma cereja e, se não tivesse tido tempo de fazer de conta que estava ali por acaso, teria virado de costas.

Mas como a entrada da passarela estava repleta de galhos, ela só percebeu o lobo quando estava entre seus dentes. Ele mantinha o rosto virado para o seu lado e ela não viu nenhum meio de avançar nem de recuar sem ser observada.

— Ora essa, seu moleiro — fez ela, retribuindo com audácia —, o senhor não poderia ficar um tiquinho mais para lá para deixar as pessoas passarem?

— Não, senhorita — respondeu François —, pois sou o guarda da passarela esta tarde e exijo de todo mundo o pagamento de pedágio.

— Ficou louco, François? Aqui nas nossas plagas a gente não paga e o senhor não tem direito de passagem, passarela, passadiço ou passadouro, como se diz talvez lá pelas plagas de Aigurande. Mas fale como quiser e saia daí depressinha; não é lugar para brincadeira, o senhor vai me derrubar na água.

— A senhorita acha então — disse François sem se mexer, cruzando os braços — que estou com vontade de rir com você e que meu direito de pedágio é apenas para cortejá-la? Tire isso da cabeça, senhorita: eu quero lhe falar sensatamente e vou lhe dar passagem se me der permissão para acompanhá-la por um trecho do caminho para conversar com você.

— Isso não convém absolutamente — disse a Mariette um pouco atiçada pela ideia do que François queria lhe falar. — O que diriam de mim na região, se me achassem sozinha pelos caminhos com um rapaz que não é meu pretendente?

— Está certo — disse François. — A Sévère não estando para impor respeito, daria o que falar; é por isso que a senhorita vai à casa dela: a fim de passear no seu jardim com todos os seus pretendentes. Pois bem! Para não a constranger, falarei aqui mesmo e em duas palavras, pois é um negócio que tem urgência e é o seguinte: a senhorita é uma boa moça, deu o coração à sua cunhada Madeleine; está vendo que ela está encrencada e gostaria muito de tirá-la disso, não é verdade?

— Se é isso que quer me falar, escuto — respondeu a Mariette —, pois o que está dizendo é verdade.

— Pois bem, boa senhorita — disse François se levantando e ficando ao lado dela contra a margem da pequena ponte —, você pode ser de grande préstimo à dona Blanchet. Porque para a felicidade e interesse dela, a senhorita, que está bem com a Sévère, precisa fazer essa mulher consentir com um arranjo; ela quer duas coisas que não podem ser feitas ao mesmo tempo: tornar a sucessão do patrão Blanchet caução do pagamento pelas terras que ele lhe vendeu para pagar a ela mesma e, em segundo lugar, exigir o pagamento das notas promissórias para si mesma. Por mais que ela conteste e atormente essa pobre sucessão, não conseguirá que se ache o que não há. Faça--a entender que, se ela não exigir que a gente garanta o pagamento das terras, poderemos pagar as promissórias;

mas se ela não permitir que a gente se livre de uma dívida, não teremos com o que lhe pagar a outra, e ao nos levar a despesas que nos esgotam, sem lucros para ela, ela corre o risco de perder tudo.

— Isso me parece certo — disse a Mariette —, ainda que eu não entenda nada de negócios, mas, enfim, entendo isso. E se por acaso eu a convencer, François, o que seria melhor para a minha cunhada, pagar as promissórias ou ser dispensada da caução?

— Pagar as promissórias seria o pior, porque seria mais injusto. A gente pode contestar essas notas e acionar; mas para acionar é preciso dinheiro, e a senhorita sabe que não há na casa e não haverá nunca. Desse jeito, se o que resta à sua cunhada for em processo ou em pagamento para a Sévère, tanto faz para ela, enquanto para a Sévère é melhor ser paga sem a gente acionar. Arruinada por arruinada, Madeleine prefere deixar levarem tudo o que lhe resta a continuar à mercê de uma dívida que pode durar tanto quanto a sua vida, pois os adquirentes do Caçula Blanchet não são muito bons pagadores; a Sévère sabe muito bem disso e ela será forçada um dia a reaver as terras, coisa que não lhe desagrada, pois é um bom negócio reaver as terras melhoradas depois de ter tirado grandes lucros disso ao longo do tempo. Assim a Sévère não arrisca nada em nos liberar e ainda fica com o pagamento das promissórias garantido.

— Farei como me ensina — disse a Mariette — e, se eu não conseguir, não me tenha estima.

— Então boa sorte, Mariette, e boa viagem — disse François saindo da frente.

A pequena Mariette foi ao Dollins muito contente de ter uma bela desculpa para se mostrar lá e ficar bastante tempo e retornar nos dias seguintes. A Sévère fingiu gostar do que ela lhe contou; mas no fundo, jurou a si mesma não ter pressa. Ela sempre detestara Madeleine Blanchet por causa do afeto que, sem querer, seu marido era obrigado a ter por ela. A Sévère pensava mantê-la entre suas garras por toda a vida e preferiria renunciar às promissórias, que sabia não valerem grande coisa, a renunciar ao prazer de molestá-la fazendo-a endossar uma dívida sem fim.

François entendia bem a coisa e queria levá-la a exigir o pagamento daquela dívida para ter a oportunidade de comprar de volta os bens valiosos de Jeannie daqueles que os haviam adquirido por quase nada. Mas quando Mariette veio lhe trazer a resposta, ele viu que o enrolavam com apalavrados que, de um lado, a mocinha gostaria muito de fazer durar suas comissões e, de outro, a Sévère ainda não tinha chegado ao ponto de desejar mais a ruína de Madeleine do que o dinheiro de suas notas.

Para fazê-la chegar lá numa laçada, ele chamou a Mariette de lado dois dias depois:

— A senhorita não deve ir hoje a Dollins, minha cara. A sua cunhada soube, não sei como, que a senhorita tem ido um pouco mais do que todos os dias e ela disse que lá não é lugar de uma moça direita. Tentei convencê-la dos motivos pelos quais você frequentava a Sévère em seu interesse, mas ela me culpou e à senhorita também. Ela disse que preferiria ser arruinada a vê-la perder a honra, que a senhorita está sob sua tutela e ela tem autoridade sobre você. A senhorita será impedida à força de sair se não impedir a si mesma de bom grado. Ela não falará com você se não tocar no assunto, pois ela não a quer chatear, mas está muito zangada com a senhorita e seria desejável que lhe pedisse perdão.

Nem bem François soltou o cachorro e ele já se pôs a latir e a morder. Ele avaliara corretamente o humor da pequena Mariette, que era precipitoso e inflamável como o de seu irmão defunto.

— Ora bolas, por Deus! — exclamou ela —, agora a gente vai obedecer como uma criança de três anos a uma cunhada! Só falta dizerem que ela é minha mãe e lhe devo obediência! E de onde ela tirou que estou perdendo minha honra? Diga-lhe, por favor, que está tão bem trancada quanto a dela e até melhor. E o que sabe ela da Sévère, mulher que vale mais que outras? A gente é desonesta porque não passa o dia inteiro a costurar, fiar e fazer orações? Minha cunhada é injusta porque está discutindo interesses com ela e se acha no direito de tratá-la de qualquer maneira. É imprudente para ela, pois se a Sévère quisesse a expulsaria da casa onde ela mora; o que prova que a Sévère não é tão má como se diz é que ela não faz isso e tem paciência. E eu, que tenho a complacência de me meter nas suas encrencas, que não são da minha conta, veja só como me agradecem. Ora, ora, François, saiba que nem sempre os mais sábios são os mais rabugentos e que, indo à casa da Sévère, eu não faço nenhum mal a mais do que aqui.

— A ver! — disse François, que queria fazer a espuma subir na panela —, vossa cunhada talvez não esteja errada em pensar que a senhorita não faz ali o bem. E olhe, Mariette, estou vendo que você tem muita pressa de ir lá! Isso não é correto. A coisa que tinha a dizer para os negócios de Madeleine está dita e se a Sévère não responde é porque não quer responder. Não volte mais lá, então, acredite, ou também vou crer, como Madeleine, que a senhorita não vai com boas intenções.

— Está então decidido, patrão François — fez Mariette fervendo de raiva —, que o senhor também vai bancar o patrão comigo? O senhor se acha o homem da nossa casa, substituindo o meu irmão. O senhor nem tem barba na cara para me fazer sermão e o aconselho a me deixar em paz. Vossa criada — disse ela ainda reajustando a touca na cabeça —, se minha cunhada perguntar por mim, o senhor lhe dirá que estou na casa da Sévère e se ela o mandar me buscar, o senhor vai ver só como será recebido.

Aí ela jogou com força a tranca da porta e se foi com o pezinho rápido a Dollins; mas como François tinha medo de que a fúria dela esfriasse no caminho, ainda mais que o tempo estava congelante, ele a deixou avançar e, quando ela se aproximou da moradia da Sévère, ele botou sebo nas canelas, correu como um desenfreado e a alcançou para lhe fazer crer que tinha sido enviado por Madeleine à sua procura.

Aí ele a espetou com palavras até fazê-la levantar a mão. Mas ele se esquivou dos tapas, sabendo que raiva passa com os golpes e mulher que bate fica aliviada de seu despeito. Ele escapou, e assim que ela chegou na Sévère, fez um escândalo. Não que a pobre criança tivesse más intenções; mas não soube esconder a primeira explosão de raiva e pôs a Sévère em tamanha corrosão que François, andando a passos miúdos pela senda aberta no fim do carvalhal, ouvia-as rufar e assobiar como fogo numa granja de palha.

22.

O negócio andou como ele queria e ele estava asseverado que partiria no dia seguinte para Aigurande, onde pegou seu dinheiro com o pároco e voltou à noite, trazendo seus quatro documentos fininhos que tinham grosso valor e não faziam mais barulho no bolso do que uma migalha de pão num gorro. No fim de oito dias, souberam novidades da Sévère. Todos os adquirentes das terras de Blanchet estavam intimados a pagar; nenhum podia, e Madeleine estava ameaçada de pagar no lugar deles.

Assim que ela tomou conhecimento, caiu num grande temor, pois François não a havia ainda advertido de nada.

— Bom — disse ele, esfregando as mãos —, não há mercador que sempre ganhe nem ladrão que sempre pilhe. Dona Sévère vai perder um ótimo negócio e a senhora vai fazer um bom. Tanto faz, minha querida mãe; faça como se a senhora achasse que está perdida. Quanto mais a senhora sofrer, mais alegria ela terá em fazer o que acha que lhe faz mal. Mas esse mal será a sua salvação, pois a senhora, pagando à Sévère, reaverá toda a herança do seu filho.

— E com o que você quer que eu pague, meu filho?

— Com o dinheiro que está no meu bolso e que é seu.

Madeleine tentou não aceitar; mas o campesino era cabeça-dura — dizia ele — e não se podia arrancar o que ele guardara à chave. Ele correu até o notário para depositar as duzentas pistolas em nome da viúva Blanchet e a Sévère foi efetivamente paga, fosse como fosse, assim como os outros credores da sucessão, que estavam mancomunados com ela.

E quando a coisa chegou ao ponto em que François já havia até indenizado os pobres adquirentes por seus sofrimentos, ainda lhe restava o que pleitear e fez saber à Sévère que ele ia entrar com um bom processo sobre as promissórias que ela havia extraído do defunto por fraude e malícia. Ele espalhou uma história que teve grande repercussão na localidade. É que, vasculhando numa velha parede do moinho para plantar uma estaca, ele teria encontrado o cofrinho da velha finada avó Blanchet, cheio de belos luíses de ouro em moeda antiga e que, por esse meio, Madeleine estava mais rica do que nunca. Cansada de guerra, a Sévère entrou em acordo, esperando que François tivesse posto um pouco desses escudos, encontrados a calhar, na ponta dos dedos, e que, bajulando-o, ela veria ainda mais do que ele mostrava.

Mas foi trabalho em vão; ele a levou por um caminho tão estreito que ela acabou devolvendo as promissórias em troca de cem escudos.

Então, para se vingar, ela fez a cabeça da pequena Mariette, sugerindo-lhe que o cofrinho da velha Blanchet, sua avó, deveria ter sido dividido entre ela e Jeannie e que ela tinha direito e devia prestar queixa contra sua cunhada.

O campesino foi então obrigado a dizer a verdade sobre a origem do dinheiro que fornecera e o pároco de Aigurande lhe enviou as provas para o caso de processo.

Ele começou por mostrar tais provas à Mariette, rogando que não saísse espalhando aquilo inutilmente e lhe demonstrando que ela podia ficar tranquila. Mas a Mariette não estava nada tranquila. Seu cérebro fora incendiado em toda aquela confusão de família e a coitada estava tentada pelo diabo. Malgrado a bondade com que Madeleine sempre tivera para com ela, tratando-a como filha e lhe satisfazendo todos os caprichos, ela enfiou na cabeça um pensamento ruim contra a cunhada e um ciúme cujo motivo exato, por falsos escrúpulos, não se atreveria a denominar. Mas o motivo exato é que, no meio de suas brigas e raivas contra François, ela encasquetou com ele devagarinho e sem desconfiar da boa peça que lhe aprontava o diabo. Quanto mais ele a repreendia por seus caprichos e deslizes, mais ela se acaturrava em agradá-lo.

Ela não era moça de se amofinar de sofrimento nem de se desmanchar em lágrimas; mas não tinha descanso ao pensar que François era um rapaz tão bonito, rico, honesto, tão bom para todo mundo e de conduta tão reta, corajoso, que era homem de dar até a última gota de sangue pela pessoa que amasse; e que nada disso era por ela, que se podia dizer a mais bela e mais rica da localidade e que tinha pretendentes apaixonados de sobra.

Um dia, ela abriu o coração a sua amiga falsa, a Sévère. Foi no pasto, que fica no final do caminho para Napes. Há ali uma velha macieira que já estava toda florida porque esses negócios se arrastavam; chegado o mês de maio, Mariette estava a guardar suas ovelhas à margem do riacho quando a Sévère veio mexericar com ela debaixo da macieira florida.

Mas, por vontade do bom Deus, François, que se achava também por ali, ouviu a conversa delas; pois vendo a Sévère entrar no pasto, ele desconfiou que ela vinha tramar alguma coisa contra Madeleine; o riacho estando baixo, ele andou devagarinho à margem, sob arbustos que são tão altos naquele local que mesmo uma charrete de feno passaria por baixo. Quando chegou ali, sentou-se na areia sem nem respirar e arrebitou as orelhas.

E eis como trabalhavam as duas línguas afiadas de mulher. Primeiro, a Mariette havia confessado que entre todos os seus galanteadores não havia um só que lhe agradasse porque um moleiro, que não era nada galanteador com ela, era o único que lhe tirava o sono. Mas a Sévère tinha em mente matrimoniar a mocinha com um conhecido seu, que fazia tanta questão que prometera um belo presente de núpcias à Sévère se ela conseguisse fazê-lo se casar com a pequena Blanchet. Parece, inclusive, que a Sévère fez que lhe dessem um adiantamento desse aí como de vários outros. Assim ela fez todo o possível para que Mariette desgostasse de François.

— Que beleza esse campesino! — disse ela. — Como, Mariette, uma moça da sua classe desposaria um campesino abandonado! Você iria então se chamar Dona Moranguinho? Pois ele não tem outro nome. Eu teria vergonha por você, pobre alma. E tem mais; a senhorita seria obrigada a disputá-lo com sua cunhada, pois ele é amigo íntimo dela, verdade clara como estamos aqui você e eu.

— Isso, Sévère — fez a Mariette se indignando —, a senhora já me deu a entender mais de uma vez; mas eu não teria como acreditar, minha cunhada está numa idade...

— Não, não, Mariette, vossa cunhada não tem idade para ficar sem isso; ela mal tem trinta anos e esse campesino não passava de um patifezinho quando vosso irmão o surpreendeu aconchegado com sua mulher. É por isso que um dia ele o surrou com um cabo de chicote e o botou para fora da casa dele.

François teve muita vontade de pular os arbustos e ir dizer à Sévère que ela mentia, mas se controlou e ficou quieto.

E a Sévère pintou a coisa de todas as cores e soltou mentiradas tão escabrosas que François ficou com a cara em fogo e lhe custou ser paciente.

— Então — fez a Mariette — ele está tentando desposá-la agora que está viúva; ele já lhe deu uma boa parte do seu dinheiro e vai querer ter ao menos o gozo do bem que resgatou.

— Mas ele vai se dar mal — retrucou a outra —, pois Madeleine buscará outro mais rico agora que ela o depenou; e encontrará. Ela precisa pegar um homem para cuidar dos seus negócios e, esperando que ache o que procura, vai manter esse grande imbecil que não serve para nada mas desentedia a sua viuvez.

— Se é assim que ela age — disse a Mariette toda despeitada —, cá estou eu numa casa muito honesta e nada arrisco de aguentar! A senhora sabe, pobre Sévère, que sou uma moça muito mal instalada e que vão falar mal de mim? Olhe, não posso ficar lá, preciso me retirar. Pois sim! Lá está uma dessas devotas que veem maldade em tudo, porque elas só têm vergonha diante de Deus! Eu a aconselho a nada falar de mim e da senhora agora! Pois bem, vou me despedir e vou morar com a senhora; se ela se zangar, responderei; se me forçar a voltar com ela, vou dar queixa e fazer com que saibam quem ela é, a senhora entende?

— Há melhor remédio, Mariette, é que você se case o quanto antes. Ela não lhe recusará seu consentimento, pois tem pressa, tenho certeza, de se ver livre da senhorita. A senhorita atrapalha a relação dela com o belo campesino. Mas a senhorita não pode esperar, veja; vão dizer que ele é de vocês duas e ninguém mais vai querer desposá-la. Case-se então e escolha aquele que vou lhe aconselhar.

— Está conversado! — concordou a Mariette quebrando seu cajado de pastora contra a velha macieira. — Eu lhe dou minha palavra. Vá buscá-lo, Sévère, que ele venha esta noite em casa pedir minha mão e que nossos proclamas sejam publicados no próximo domingo.

23.

Nunca François estivera tão triste quanto ficou ao sair da margem do riacho onde ficara escondido para ouvir aquela tagarelice feminil. Ele sentia o coração pesado como uma rocha e, bem no meio do caminho de volta, quase perdeu a coragem de retornar para casa e pegou a trilha de Napes para se sentar no bosque de carvalhos no final do prado.

Quando se viu ali sozinho, desatou a chorar feito criança, de tristeza e de vergonha, pois estava muito envergonhado de ser acusado e de pensar que a coitadinha da querida amiga Madeleine, que por toda a vida ele amara tão honesta e devotadamente, só ganharia com seu serviço e sua boa intenção a injúria de ser maltratada pelas más línguas.

— Meu Deus! Meu Deus! — dizia ele falando sozinho e no fundo de si mesmo. — Será possível que o povo seja tão malvado e uma mulher como a Sévère tenha tanta insolência de medir por si uma mulher honrada como minha cara mãe? E essa porqueirinha da Mariette, que devia ter o espírito voltado à inocência e à verdade, uma criança que ainda não conhece o mal, ela, ao contrário, escuta palavras do diabo e acredita nelas como se conhecesse bem a mordida dele! Nesse caso, outros acreditarão e, como a maioria das gentes que vive vida mortal é acostumada ao mal, quase todo mundo pensará que se gosto da dona Blanchet e ela gosta de mim é porque tem amor em jogo.

Nisso, o pobre François se pôs a fazer um exame de

consciência e se perguntar, em grande devaneio, se ele tinha alguma culpa dos maus pensamentos da Sévère a respeito de Madeleine; se ele agira bem em todas as coisas, se não havia dado o que pensar, sem querer, por falta de prudência e discrição. E por mais que procurasse, nada encontrava que alguma vez pudesse ter parecido uma coisa dessas, nem mesmo a mais pálida ideia. E assim pensando e devaneando, ele refletiu: "Eh! Ainda que a minha amizade se tornasse amor, que mal o bom Deus acharia nisso, agora que ela está viúva e dona de si para se casar? Eu lhe dei boa parte dos meus bens, assim como a Jeannie. Mas me resta o suficiente para ainda ser um bom partido e ela não prejudicaria seu filho ao me tomar por marido. Não haveria ambição da minha parte em desejar isso e ninguém poderia lhe fazer crer que a amo por interesse. Sou campesino, mas ela não liga para isso. Ela me amou como um filho, o que é o maior de todos os afetos, e poderia muito bem me amar de outra maneira. Estou vendo que seus inimigos vão me obrigar a deixá-la se eu não me casar com ela; e a deixar mais uma vez prefiro morrer. Além disso, ela ainda precisa de mim e seria covarde deixar tanta confusão nas suas costas quando ainda tenho força para poder servi-la. Sim, tudo o que é meu deve ser para ela e como ela está sempre falando em ficar quite comigo com o tempo, preciso tirar isso da sua cabeça pondo tudo em comum, com a permissão de Deus e da lei. Ora, ela precisa manter a boa reputação por causa do filho e somente o casamento pode impedir que a perca. Como é que até agora eu não tinha pensado nisso e foi preciso uma língua de cobra para me mostrar? Eu era simplório demais, não desconfiava de nada e minha pobre mãe é tão boa para os outros que nem se importa de ser prejudicada por causa deles. Vejamos, tudo é para o bem na vontade do Céu, e dona Sévère, querendo fazer o mal, fez o favor de me ensinar meu dever".

E sem mais se surpreender nem se questionar, François retomou seu caminho, decidido a falar logo em seguida com a dona Blanchet a respeito de sua ideia e lhe pedir, de joelhos, para tomá-lo como seu protetor, em nome de Deus e para a vida eterna.

Mas quando chegou a Cormouer, viu Madeleine fiando lã na soleira da porta e, pela primeira vez na vida, sua figura lhe causou um efeito que o deixou completamente medroso e petrificado. Em vez de, como de costume, ir direto até ela, olhando-a com os olhos bem abertos e lhe perguntando se ela se sentia bem, ele parou na pontezinha como se examinasse a eclusa do moinho e a olhava de soslaio. E quando ela se virava para ele, ele se virava para o outro lado, não sabendo o que tinha e por que um negócio que lhe parecera há pouco muito honesto e vindo a propósito se tornava tão pesado de confessar.

Então Madeleine o chamou, dizendo:

— Venha aqui perto de mim, pois preciso falar com você, meu François. Estamos sozinhos, venha se sentar ao me lado e me dê seu coração como ao padre que nos confessa, pois quero a verdade.

François se achou reconfortado com aquele discurso de Madeleine e, sentando-se ao lado dela, disse:

— Fique certa, minha querida mãe, que lhe dou meu coração como a Deus e que a senhora terá de mim verdade de confissão.

Ele imaginava que ela talvez tivesse ouvido alguma conversa que lhe dava a mesma ideia que a ele, do que ele se alegrou bastante e esperou que ela falasse:

— François, você está com seus vinte e um anos e pode pensar em se estabelecer: você teria alguma outra ideia?

— Não, nenhuma ideia contrária à vossa — respondeu François, enrubescendo completamente de contentamento. — Continue, minha cara Madeleine.

— Pois bem, eu esperava o que você fosse me dizer e acho mesmo que adivinhei o que lhe convém. Pois bem! Já que é sua ideia, é a minha também e talvez eu tenha pensado nisso antes de você. Eu esperava saber se a pessoa gostava de você e eu juraria que se ela ainda não gosta, logo que vai gostar. Não é o que você acha também e não quer me contar em que ponto vocês estão?... E por que você está me olhando desse jeito confuso? Não estou falando muito claro? Mas estou vendo que você tem vergonha e é preciso ajudá-lo. Pois bem! Ela fez bico a manhã inteira, a coitadinha da criança, porque ontem à noite você a provocou com palavras e talvez ela pense que você não gosta dela. Mas vi muito bem que você gosta dela e que, se a repreende um pouco por suas pequenas fantasias, é que você sente um pinguinho de ciúmes. Você não deve se ater a isso, François. Ela é jovem e bonita, o que é razão de perigo, mas se ela gostar de você, vai se tornar sensata sob seu comando.

— Eu queria muito saber — disse François, magoado — de quem a senhora está falando, querida mãe, pois não estou entendendo nada.

— Verdade mesmo? — disse Madeleine. — Você não sabe? Será que sonhei isso ou você queria guardar segredo de mim?

— Um segredo da senhora? — disse François pegando a mão de Madeleine, e depois a largando para pegar a ponta do seu avental, que amassou como se estivesse com um pouco de raiva e aproximou da boca como se quisesse beijá-lo, e deixou enfim como fizera com a mão dela, pois sentiu como se fosse chorar, como se fosse se zangar, como se fosse ter vertigem e tudo isso um depois do outro.

— Ora — disse Madeleine, surpresa —, você está magoado, meu filho, prova de que está apaixonado e as coisas não andam do jeito que você gostaria. Mas lhe garanto que a Mariette tem um bom coração e ela está magoada também e, se você lhe disser abertamente o que pensa, ela lhe dirá, do lado dela, o que pensa de você.

François ficou de pé e, sem nada dizer, andou um pouco no pátio e depois voltou e disse a Madeleine:

— Estou surpreso com o que a senhora tem em mente, dona Blanchet; quanto a mim, nunca pensei nisso e sei muito bem que a senhorita Mariette não tem gosto nem estima por mim.

— Ora, ora — disse Madeleine —, olha como o despeito o faz falar, criança! Então não vi que você tinha conversas com ela e lhe dizia palavras que eu não ouvia, mas que ela parecia entender, visto que ficava vermelha como uma brasa no fogo? Não vejo que ela sai do pasto todos os dias e larga o rebanho sob a guarda de um e de outro? Nossos trigais sofrerão um pouco se os carneirinhos os atingirem, mas enfim, eu não a quero contrariar nem lhe falar de carneiros quando ela está com a cabeça em combustão pelo amor e pelo casamento. A coitadinha da menina está na idade em que a gente cuida mal das ovelhas e pior ainda do coração. Mas é uma grande felicidade para ela, François, que, em vez de encasquetar com algum desses maus sujeitos que eu temia que ela viesse a conhecer na Sévère, ela teve a sensatez de se apegar a você. É uma grande felicidade para mim também pensar que, casado com a minha cunhada, que considero quase como se fosse minha filha, você viverá e permanecerá perto de mim, que será da família e que eu poderei, ao vos abrigar, trabalhar com vocês e, criando vossos filhos, quitar para com você todo o bem que me fez. Assim, não destrua a felicidade que eu construí com isso na minha cabeça por causa de criancices. Veja com clareza e se cure de todo o ciúme. Se a Mariette gosta de bancar a bela, é porque quer agradar você. Se ela está um pouco ociosa há um tempinho, é porque pensa demais em você; e se alguma vez ela me fala com um pouco de vivacidade, é que seu humor reage às suas picuinhas e não sabe no que se pegar. Mas a prova de que é boa e quer ser sábia é que conheceu a sua sabedoria e sua bondade e o quer ter como marido.

— A senhora é boa, minha cara mãe — disse François, todo tristonho. — Sim, é a senhora que é boa, pois crê na bondade dos outros e está enganada. Mas eu lhe digo que se a Mariette é boa também, o que não quero negar por receio de lhe fazer injustiça diante da senhora, é de uma maneira que não se assemelha à vossa e que, por essa razão, não me agrada nem um pinguinho. Não me fale mais dela então. Eu lhe juro, por minha fé e minha lei, meu sangue e minha vida, que estou tão apaixonado por ela quanto pela velha Catherine, e que, se ela pensasse em mim, seria um infortúnio para ela, pois eu não corresponderia nadinha. Não tente então fazê-la dizer que me ama; vossa sabedoria incorreria em erro e a senhora iria me arranjar uma inimiga. Muito pelo contrário, escute o que ela lhe dirá esta noite e deixe-a desposar Jean Aubard, por quem ela se decidiu. Que se case o quanto antes, pois ela não está bem em vossa casa. Ela se desagrada e não lhe dará alegria.

— Jean Aubard! — exclamou Madeleine —, esse não convém, é estúpido e ela é muito espirituosa para se submeter a um homem que não é.

— Ele é rico e ela não se submeterá a ele. Ela o fará saracotear, é o homem que lhe convém. A senhora quer ter confiança em seu amigo, minha cara mãe? A senhora sabe que não a aconselhei mal até agora. Deixe ir embora essa mocinha que não a ama como deveria e que não a conhece pelo que a senhora vale.

— É a mágoa que o faz falar, François — disse Madeleine pondo a mão sobre sua cabeça e o sacudindo um pouco para tirar a verdade dali. Mas François, completamente aborrecido por ela não querer acreditar, retirou-se e lhe disse, com voz descontente (e era a primeira vez na vida que brigava com ela):

— Dona Blanchet, a senhora, para mim, não é justa. Eu lhe digo que essa moça não gosta da senhora. A senhora me obriga a lhe dizer, contra a minha vontade, pois eu não vim aqui para trazer intriga e desconfiança. Mas enfim se o digo é porque tenho certeza, e a senhora pensa que depois dessa eu a amo? Ora, é a senhora que não me ama mais, visto que não quer acreditar em mim.

E, transtornado pela aflição, François foi chorar sozinho perto da fonte.

24.

Madeleine estava ainda mais confusa que François e gostaria de ter ido questioná-lo melhor e o consolar; mas foi impedida por Mariette, que veio, de um jeito estranho, lhe falar de Jean Aubard e lhe anunciar seu pedido. Madeleine, sem conseguir tirar da cabeça que tudo aquilo era fruto de uma briga de namorados, tentou lhe falar de François, ao que Mariette respondeu, num tom que a magoou e que ela não conseguiu entender:

— Aquelas que gostam de campesinos abandonados que os mantenham para seu divertimento; quanto a mim, sou uma moça honesta e não é porque meu pobre irmão está morto que deixarei que ofendam a minha honra. Só dependo de mim, Madeleine, e se a lei me manda lhe pedir conselho, não me obriga a escutar quando me aconselha mal. Eu lhe peço para não me contrariar agora, pois eu poderia contrariá-la mais tarde.

— Não sei o que você tem, pobre criança — disse-lhe Madeleine, com grande ternura e tristeza —, a senhorita está me falando como se não tivesse por mim estima nem amizade. Acho que você tem uma contrariedade que embrulha a sua cabeça neste momento; eu lhe peço que pense três ou quatro dias antes de se decidir. Direi a Jean Aubard para voltar e se você pensar a mesma coisa depois de um pouco de reflexão e tranquilidade, como ele é homem honesto e bastante rico, eu a deixarei livre para desposá-lo. Mas aí está você num embrasamento que a impede de conhecer a si mesma e fecha seu julgamento ao afeto que lhe tenho. Estou magoada, mas como vejo que você também está, perdoo.

Mariette sacudiu a cabeça para fazer crer que desprezava aquele perdão e foi enfiar seu avental de seda para receber Jean Aubard, que chegou uma hora depois com a gorda da Sévère toda endomingada.

Madeleine, com o choque, começou a pensar que, na verdade, a Mariette se comportara mal com ela ao trazer em sua casa, para um negócio de família, uma mulher que era sua inimiga e que ela não podia ver sem enrubescer. Contudo, foi honesta para com o pretendente e lhe serviu um refresco sem demonstrar despeito nem rancor. Ela tinha receio de tirar Mariette do sério ao contrariá-la. Disse que não se opunha às vontades de sua cunhada, mas que pedia três dias para dar a resposta.

Sobre isso a Sévère disse com insolência que era muito longo. E Madeleine respondeu tranquilamente que era muito curto. E aí Jean Aubard se retirou, besta como uma pedra, rindo como um idiota; pois ele não duvidava que a Mariette estivesse louca por ele. Havia pagado para acreditar nisso e a Sévère fazia valer seu dinheiro.

Retirando-se, essa aí disse à Mariette que tinha mandado fazer crepes em sua casa para as tratativas e que, embora dona Blanchet atrasasse os acordos, era preciso comer o ragu. Madeleine tentou dizer que não convinha a uma moça ir com um rapaz do qual ainda não havia recebido a palavra de seu parentesco.

— Nesse caso, não irei — disse a Mariette, toda abespinhada.

— Vai sim, vai sim, a senhorita deve vir — insistiu a Sévère. — Não é dona de si mesma?

— Não, não — retrucou a Mariette. — A senhora está vendo que minha cunhada me manda ficar.

E entrou no seu quarto batendo a porta; mas só passou e saiu pela outra cerca da casa, foi juntar-se à Sévère e ao galanteador no fim do prado, rindo e fazendo insolências contra Madeleine.

A pobre moleira não pôde evitar de chorar vendo como as coisas estavam.

"François tem razão", pensou ela, "essa moça não gosta de mim e seu coração é ingrato. Ela não quer entender que estou agindo por seu bem e que desejo sua felicidade e a quero impedir de fazer uma coisa de que vá se arrepender. Ela ouviu maus conselhos e estou condenada a ver essa infeliz da Sévère trazer sofrimento e malícia para a minha família. Eu não merecia todas essas penas e devo me submeter à vontade de Deus. Ainda bem para o meu François, que viu mais claro do que eu. Ele sofreria muito com uma mulher dessas!"

Ela o procurou para lhe dizer o que pensava; mas o achou chorando junto à fonte e, imaginando que se ressentia por Mariette, fez o que pôde para o consolar. Mas quanto mais ela se esforçava, mais ela o fazia sofrer porque ele via que no fundo ela não queria compreender a verdade e que seu coração não poderia virar para ele do jeito que ele queria.

À noite, depois que Jeannie se deitou e dormiu no quarto, François ficou um pouco com Madeleine, tentando se explicar. Ele começou por lhe dizer que a Mariette tinha ciúmes dela, que a Sévère dizia coisas e mentiradas abomináveis. Mas Madeleine não via mal algum.

— E que coisas se pode fazer comigo? — disse ela, simplesmente —, que ciúme se pode botar na cabeça dessa pobre louquinha da Mariette? Enganaram-no, François, e tem outra coisa: por alguma razão de interesse que saberemos mais adiante. Porque ciúme não pode ser; não estou mais em idade de preocupar uma jovem e bela moça. Eu já tenho quase trinta anos e, para uma mulher do campo que teve tantas penas e fadiga, é idade para ser mãe dela. Só o diabo poderia dizer que eu o vejo de outro jeito senão como filho, e a Mariette deve saber que eu desejava casar vocês dois. Não, não acho que ela tenha um pensamento tão ruim ou não me diga isso, minha criança. Seria vergonhoso demais e sofrimento para mim.

— E no entretanto — disse François se esforçando para falar de novo e baixando a cabeça para o fogo da lareira para impedir que Madeleine visse sua confusão —, o seu Blanchet teve um pensamento ruim assim quando quis que eu deixasse a casa!

— Então você sabe disso agora, François — disse Madeleine. — Como você sabe? Eu não disse e nunca diria. Se a Catherine lhe falou, fez mal. Uma ideia dessas deve chocar e fazer você sofrer tanto quanto a mim. Mas não pensemos mais nisso e perdoemos o meu finado marido. A abominação volta para a Sévère. Mas agora a Sévère não pode mais ter ciúme de mim. Não tenho mais marido, estou velha e feia mais do que ela poderia desejar nestes tempos e não estou chateada, pois isso me dá o direito de ser respeitada e tratar você como meu filho e procurar uma mulher bela e jovem que fique contente de viver perto de mim e me ame como mãe. É todo o meu desejo, François, e nós acharemos, fique tranquilo. Azar da Mariette se ela desconhece a felicidade que eu lhe daria. Vamos, vá se deitar e coragem, minha criança. Se eu acreditasse ser um empecilho para o seu casamento, eu lhe pediria para me deixar agora. Mas esteja certo de que não posso preocupar o povo e que não vão jamais supor o impossível.

François, ouvindo Madeleine, pensava que ela tinha razão, de tanto que estava acostumado a acreditar nela. Ele se levantou para dizer boa-noite e se foi; mas ao pegar sua mão, eis que pela primeira vez na vida ele resolveu olhar para ela com intenção de saber se ela estava velha e feia. Verdade é que de tanto ser sábia e triste, ela tinha uma ideia errônea sobre isso; era ainda mulher tão bonita quanto fora antes.

E de repente François a viu bem jovem e a achou linda como a virgem e seu coração saltou como se tivesse subido à torre de um sino. E foi se deitar no moinho onde ele tinha uma cama bem limpinha num cercado de tábuas por entre as sacas de farinha. Quando ficou ali sozinho, pôs-se a tremer e sufocar como de febre. Claro, ele só estava doente de amor, pois acabara de se sentir arder pela primeira vez por uma grande golfada de chama, já que durante toda a vida ele só fora aquecido devagarinho sob cinzas.

25.

A partir daquele momento, o campesino ficou tão triste que dava dó de ver. Ele trabalhava por quatro, mas não tinha nem alegria nem descanso, e Madeleine não conseguia fazê-lo dizer o que ele tinha. Por mais que jurasse que não tinha nem estima nem lástima pela Mariette, Madeleine não queria acreditar e não achava nenhuma outra razão para seu sofrimento. Ela se afligia de vê-lo sofrer e não ter mais sua confiança e já era muito surpreendente para ela achar aquele jovem rapaz tão obstinado e orgulhoso em seu despeito.

Como não era de natureza atormentadora, tomou a decisão de não mais falar a respeito disso com ele. Ela tentou ainda fazer a Mariette voltar atrás, mas foi tão mal recebida que perdeu a coragem e se manteve calada, com o coração muito angustiado, mas sem querer demonstrar nada, com receio de aumentar o sofrimento de outrem.

François a servia e assistia sempre com a mesma coragem e a mesma honestidade de antes. Como no tempo passado, ele lhe fazia companhia o mais que podia, mas não lhe falava mais da mesma maneira. Estava sempre numa confusão ao lado dela. E ficava rubro como fogo e branco como neve no mesmo minuto, tanto que ela acreditava que ele estivesse doente, e lhe pegava o punho para verificar se não estava com febre, mas ele o retirava como se ela o tivesse machucado ao tocá-lo, e às vezes lhe dizia palavras de recriminação que ela não compreendia.

E todos os dias aquele sofrimento aumentava entre eles. Durante aquele tempo, o casamento da Mariette com Jean Aubard ia de vento em popa e o dia marcado foi aquele em que acabava o luto da senhorita Blanchet. Madeleine tinha medo desse dia; ela achava que François ficaria louco e queria mandá-lo passar um tempinho em Aigurande, na casa de seu ex-patrão Jean Vertaud, para se dissipar. Mas François não queria que a Mariette pudesse crer no que a Madeleine se obstinava em pensar. Ele não mostrava aborrecimento algum diante dela. Falava em boa amizade com seu pretendente e, quando reencontrava Sévère pelos caminhos, fazia gracejos para lhe mostrar que não tinha medo dela. No dia do casamento, ele quis assistir e, como estava muito contente de ver aquela mocinha sair de casa e livrar Madeleine de sua falsa amizade, não passou pela cabeça de ninguém que ele jamais estivesse caído por ela. Até mesmo Madeleine começou a crer na verdade a partir dali ou a pensar ao menos que ele se tinha consolado. Ela recebeu as despedidas da Mariette com o bom coração de sempre, mas como aquela mocinha guardara um rancor contra ela por causa do campesino, logo percebeu que era deixada sem saudade nem bondade. Avezada ao sofrimento que era, a boa Madeleine chorou por sua malvadeza e rezou ao bom Deus por ela.

Passados uns oito dias, François lhe disse de repente que tinha um negócio em Aigurande e que iria lá por uns cinco ou seis dias, coisa que não a surpreendeu, até a alegrou, pois pensou que uma mudança faria bem à saúde dele, já que ela o julgava doente por ter sufocado demais a sua dor.

Quanto a François, a dor de que ele parecia recaído aumentava todos os dias no seu coração. Ele não conseguia pensar em outra coisa, dormisse ou velasse, estivesse ele longe ou perto, Madeleine estava sempre em seu sangue e diante dos seus olhos. É verdade que toda a vida ele passara a amá-la e a pensar nela. Mas até aqueles últimos tempos, esse pensamento tinha sido seu prazer e sua consolação, em vez que agora se tornara de repente todo o seu infortúnio e desatino. Enquanto esteve contente em ser seu filho e amigo, nada desejou de melhor sobre a Terra. Mas tendo o amor transtornado sua cabeça, ele estava infeliz como uma pedra. Imaginava que ela não poderia jamais mudar como ele. Recriminava-se por ser jovem demais, por tê-la conhecido infeliz demais e criança demais, por ter dado muito trabalho e aborrecimento àquela pobre mulher e não ser um motivo de orgulho, mas de preocupação e compaixão. Enfim, ela lhe parecia tão bela e amável, tão acima dele e tão desejável que, quando ela dizia que estava fora da idade e da beleza, só o fazia para impedi-lo de a pretender.

Todavia, a Sévère e a Mariette, com sua trupe, começavam a arrasá-la pesadamente por causa dele, e ele tinha muito medo de que, com o escândalo lhe chegando aos ouvidos, ela ficasse aborrecida e desejasse vê-lo partir. Ele pensava que Madeleine tinha bondade demais para lhe pedir, mas que sofreria ainda por ele como já sofrera, e pensou em pedir conselho sobre tudo isso ao pároco de Aigurande, que ele havia reconhecido como um homem justo e temente a Deus.

Ele foi, mas não o encontrou. O pároco se ausentara para ir ver seu bispo e François veio pernoitar no moinho de Jean Vertaud, aceitando passar ali dois ou três dias a visitá-los, esperando que o pároco retornasse.

François encontrou seu valoroso patrão, um homem tão falante e amigo quanto o deixara, e achou também sua digna filha prestes a se casar com um bom sujeito, que ela tomava um pouco mais por razão do que por paixonite, mas por quem tinha felizmente mais estima do que repugnância. Isso deixou François mais à vontade com ela do que havia sido antes e, como na manhã seguinte era domingo, ele conversou longamente com ela e sentiu confiança para lhe contar todas as aflições das quais tinha a felicidade de ter salvado a dona Blanchet.

E daqui e dali, Jeannette, que era bastante clarividente, adivinhou logo que aquela amizade mexia com o campesino mais do que ele dizia. E, de repente, ela pegou seu braço e disse:

— François, você não deve me esconder nada. Agora estou sensata e você vê, não tenho vergonha de dizer que pensei no senhor mais do que o senhor havia pensado em mim. Você sabia e não correspondeu. Não quis me enganar e o interesse não o levou ao que muitos outros teriam feito no seu lugar. Por essa conduta e pela fidelidade que o senhor manteve para com uma mulher que o acolheu e uma mulher a quem ama acima de tudo, eu o estimo e, em vez de renegar o que senti pelo senhor, fico contente de relembrar. Conto que o senhor me considerará melhor por lhe dizer isso e digo que você me retornará a justiça de reconhecer que não tive despeito nem rancor da sua sabedoria. Eu quero lhe dar uma prova ainda maior, e eis como pretendo fazer. O senhor ama Madeleine Blanchet, não simplesmente como mãe, mas belamente como uma mulher que tem juventude e atrativos e de quem o senhor desejaria ser o marido.

— Oh! — disse François, enrubescendo como uma moça —, amo-a como minha mãe e tenho o coração cheio de respeito.

— Não duvido — retomou Jeannette —, mas você a ama de duas maneiras, pois sua figura me diz uma enquanto sua palavra me diz outra. Pois bem! François, você não ousa dizer a ela aquilo que também não ousa me confessar e você não sabe se ela pode corresponder às suas duas maneiras de amá-la.

Jeannette Vertaud falava com tanta doçura, sensatez e se mantinha diante de François com uma amizade tão verdadeira que ele não teve coragem de mentir e, apertando sua mão, disse-lhe que a considerava como sua irmã e que ela era a única pessoa no mundo a quem tinha a coragem de dar acesso ao seu segredo.

Jeannette então lhe fez várias perguntas e ele lhe respondeu com toda a verdade e certeza. Ela lhe disse:

— Meu amigo François, aqui está. Eu não posso saber o que pensará Madeleine Blanchet, mas vejo muito bem que o senhor vai ficar dez anos ao lado dela sem ter a ousadia de lhe contar seu sofrimento. Pois bem, eu saberei para você e lhe direi. Partiremos amanhã, meu pai, o senhor e eu, e iremos como para conhecer e visitar como amigos a digna pessoa que criou nosso amigo François; você levará meu pai a passear pela propriedade, como para lhe pedir conselhos, e eu conversarei durante esse tempo com Madeleine. Irei bem devagarinho e só falarei da sua ideia quando ela confiar em mim e eu tiver a confiança dela.

François quase se pôs de joelhos diante de Jeannette para agradecer por seu bom coração e tudo foi acordado com Jean Vertaud, que sua filha instruiu com a permissão do campesino. Eles se puseram a caminho na manhã seguinte, Jeannette na garupa do pai, e François foi uma hora antes para avisar Madeleine da visita que chegaria.

Foi ao pôr do sol que François chegou a Cormouer. Ele pegou um temporal por toda a estrada; mas não se queixou, pois tinha esperança na amizade de Jeannette e seu coração estava mais tranquilo do que na ida. A chuvarada gotejava nos arbustos e os melros cantavam como loucos para uma brisa que o sol lhes enviava antes de se esconder para os lados do Grand-Corlay. Os passarinhos, em grandes bandos, voejavam diante de François de galho em galho e a algazarra que faziam lhe alegrava o espírito. Ele se lembrou do tempo em que era pequenino e ia flanando pelos prados e assobiando para atrair os passarinhos. Então viu um belo pisco-chilreiro, que noutros lugares se chama de dom-fafe, agitando-se em volta de sua cabeça como para lhe anunciar boa sorte e boa-nova. E isso o fez rememorar uma canção bem antiga que lhe cantava sua mãe Zabelle para niná-lo, no falar dos velhos tempos da nossa região:

> *Une pive*
> *Cortive,*
> *Anc ses piviots,*
> *Cortiviots,*
> *Livardiots,*
> *S'en va pivant*
> *Livardiant,*
> *Cortiviant.*[28]

Madeleine não esperava que ele voltasse tão cedo. Tinha até medo de que ele nem voltasse mais e, vendo-o, não pôde se conter e correu até ele e o beijou, o que fez o campesino enrubescer tanto que ela se surpreendeu. Ele a avisou sobre a visita que receberia e para que ela não ficasse desconfiada, pois se diria que ele tinha tanto medo de ser descoberto quanto em não o ser, ele a fez entender que Jean Vertaud tinha ideia de comprar uma propriedade na região.

Então Madeleine se pôs a trabalhar para preparar tudo e festejar o melhor que podia os amigos de François.

Jeannette foi a primeira a entrar na casa, enquanto seu pai colocava o cavalo no estábulo, e, assim que viu Madeleine, gostou dela com grande amizade e foi recíproco; começando por um aperto de mãos, elas se puseram quase em seguida a se abraçar como pelo amor de François e a se falar sem embaraço, como se de longo tempo se conhecessem. A verdade é que eram duas boas naturezas de mulher, que o par valia muito. Jeannette não negava um resto de mágoa ao ver Madeleine tão querida pelo homem que ela própria amava ainda um tiquinho; mas não lhe vinham ciúmes e ela queria se consolar pela boa ação que praticava. De seu lado, Madeleine, vendo aquela moça bem-feita e de figura atraente, imaginou que fosse por ela que François tinha amor ou ressentimento, que ela havia acertado com ele e vinha então lhe anunciar; e do mesmo modo, Madeleine tampouco teve ciúmes, pois nunca pensara em François senão como num filho criança que ela teria posto no mundo.

Mas à noite, depois do jantar, enquanto o compadre Vertaud, um pouco cansado da estrada, foi se enfiar na cama, Jeannette levou Madeleine para fora, dando a entender a François que ficasse um pouco afastado com Jeannie, de modo a voltar quando a visse de longe baixar seu avental, que estava levantado do lado; e então ela cumpriu sua missão de sã consciência e tão corretamente que Madeleine não teve jeito de rebater. Mas, sim, ela ficou muito surpresa à medida que a coisa se explicava. Primeiro, acreditou que era mais uma prova do bom coração de François, que queria evitar as maledicências e ser útil a ela por toda a vida. E queria recusar, achando que era devoção excessiva para um homem tão jovem querer desposar uma mulher mais velha do que ele; ele se arrependeria mais tarde e não poderia manter sua fidelidade muito tempo sem ter tédio ou arrependimento. Mas Jeannette a fez saber que o campesino estava apaixonado por ela de modo tão forte e rude que estava perdendo o sono e a saúde.

O que Madeleine não conseguia imaginar, pois ela vivera tão comportada e contida, sem jamais bancar a bela, não se mostrando fora de casa e não ouvindo nenhum elogio, que ela não fazia mais ideia do que pudesse parecer aos olhos de um homem.

— Enfim — disse-lhe Jeannette —, como ele a acha tão ao seu gosto e morrerá de tristeza se a senhora o recusar, ainda quer se obstinar a não ver e não crer no que lhe digo? Se o fizer, é que essa pobre criança não lhe agrada e que a senhora estaria contrariada em fazê-lo feliz.

— Não diga isso, Jeannette — respondeu Madeleine —, eu o amo quase tanto quanto, senão tanto quanto ao meu Jeannie e se eu tivesse adivinhado que ele me tinha em seu pensamento de outra maneira, é de se crer que eu não teria ficado tão tranquila no meu afeto. Mas o que a senhorita quer? Eu não imaginava nada disso e ainda estou tão aturdida que não sei como lhe responder. Eu lhe peço tempo para pensar e falar com ele, para que eu possa saber se não se trata de um devaneio ou despeito por outra coisa que o move, ou ainda um dever que quer cumprir comigo, pois tenho medo disso, principalmente, e acho que ele já me recompensou pelos cuidados que tive com ele, e me dar também sua liberdade e sua pessoa seria demais, a menos que ele me ame como a senhorita crê.

Jeannette, ouvindo isso, baixou seu avental e François, que não estava longe e de olho nela, veio a seu lado. Jeannette espertamente pediu a Jeannie que lhe mostrasse a fonte e eles se foram, deixando juntos Madeleine e François.

Mas Madeleine, que imaginara poder questionar bem tranquilamente o campesino, se viu de repente intimidada e envergonhada como uma moça de quinze anos; pois não é a idade, é a inocência do espírito e da conduta que causam essa vergonha, tão agradável e tão honesta de ver; e François, vendo sua cara mãe se tornar corada como ele, tremer como ele, adivinhou que isso era ainda mais importante para ele do que o jeito sereno dela de todos os dias. Ele pegou sua mão e o braço e não conseguiu lhe dizer absolutamente nada. Mas, como mesmo tremendo ela queria ir para o lado onde estavam Jeannie e Jeannette, ele a deteve como à força e a fez voltar para ele. E Madeleine, sentindo o quanto seu desejo o tornava atrevido para resistir ao dela, compreendeu melhor do que por palavras que não era mais seu filho campesino, mas seu apaixonado François que passeava a seu lado.

E quando eles haviam andado um tempinho sem se falar, mas se segurando pelo braço, tão apertados quanto a vinha na vinha, François lhe disse:

— Vamos à fonte, talvez ali eu ache a minha língua.

E na fonte eles já não encontraram mais nem Jeannette nem Jeannie, que haviam entrado em casa. Mas François recobrou a coragem de falar, lembrando-se de que fora ali que vira Madeleine pela primeira vez e ali também que se despedira dela, onze anos depois. Deve-se crer que ele falou muito bem e que Madeleine nada achou que responder, pois ainda estavam ali à meia-noite; ela chorava de alegria e ele lhe agradecia de joelhos por aceitá-lo como seu marido.

— Aqui acaba a história — disse o linheiro —, pois das núpcias eu teria muito a vos dizer; eu fui e no mesmo dia em que o campesino desposou Madeleine, na paróquia de Mers, Jeannette se casou também na paróquia de Aigurande. E Jean Vertaud quis que François e sua mulher, e Jeannie, que estava muito contente com aquilo tudo, com todos os seus amigos, parentes e conhecidos, fossem à casa dele como um retorno das núpcias, que foi dos mais belos, honestos e divertidos que eu já vi.

— A história então é verdadeira em todos os pontos? — perguntou Sylvine Courtioux.

— Se não for, poderia ser — respondeu o linheiro — e se não me crê, vá lá ver.

Fadete

Prefácios

I

Nohant, setembro de 1848

Falando da República com que sonhamos e aquela a que nos submetemos, tínhamos chegado ao lugar do caminho sombreado onde o serpão convida ao descanso.

— Você se lembra — me disse ele — de que estávamos passando por aqui há um ano e nos demoramos até tarde? Pois foi aqui que você me contou toda a história do campesino e o aconselhei a escrevê-la no estilo familiar com que me narrou.

— E eu imitava o jeito do nosso linheiro. Sim, me lembro e me parece que, desde aquele dia, vivemos dez anos.

— No entanto, a natureza não mudou — retomou meu amigo —, a noite continua pura, as estrelas continuam brilhando, o orégano selvagem continua perfumado.

— Mas os homens pioraram e nós como os demais. Os bons se tornaram fracos; os fracos, medrosos; os medrosos, covardes; os generosos, matreiros e os céticos, perversos; os egoístas, ferozes.

— E nós — disse ele —, o que éramos e o que nos tornamos?

— Éramos tristes, nos tornamos infelizes — lhe respondi.

Ele me culpou pelo meu desânimo e quis me provar que

as revoluções não são um mar de rosas. Eu sabia disso e não me preocupava muito por mim; mas ele quis também me provar que a escola do infortúnio era boa e desenvolvia forças que a calma acaba por entorpecer. Eu não era da mesma opinião naquele momento; não podia tão facilmente concordar com os maus instintos, as más paixões e as más ações que as revoluções trazem à tona.

— Um pouco de incômodo e um aumento de trabalho podem ser salutares para gente da nossa condição — dizia eu —, mas um aumento de miséria é a morte do pobre. E depois, vamos pôr de lado o sofrimento material: há na humanidade, hoje, um sofrimento moral que não pode trazer nada de bom. O malvado sofre e o sofrimento do malvado é a raiva; o justo sofre e o sofrimento do justo é o martírio ao qual poucos homens sobrevivem.

— Você então está perdendo a fé? — perguntou meu amigo, escandalizado.

— É o momento da minha vida, ao contrário — disse eu —, em que tive mais fé no futuro das ideias, na bondade de Deus, nos destinos da revolução. Mas a fé se conta por séculos e a ideia abrange o tempo e o espaço sem levar em conta dias e horas; nós, míseros humanos, contamos os instantes de nossa rápida passagem e saboreamos a alegria ou a amargura sem ter como nos furtar de viver pelo coração e pelo pensamento com nossos contemporâneos. Quando eles erram, ficamos transtornados; quando se perdem, nos desesperamos; quando sofrem, não podemos ficar tranquilos e felizes. A noite está bonita, diz você, e as estrelas brilham. Sem dúvida, e essa serenidade dos céus e da Terra é a imagem da imperecível verdade cuja origem divina os homens não podem esgotar nem perturbar. Mas, enquanto contemplamos o éter e os astros, enquanto respiramos o perfume das plantas selvagens e a natureza canta ao nosso redor seu eterno idílio, tem gente sufocando, definhando, chorando, reclamando, expirando em mansardas e nos cárceres. Jamais a raça humana fez ouvir um lamento mais surdo, mais rouco e mais ameaçador. Tudo isso passará e o futuro é nosso, eu sei. Mas o presente nos dizima. Deus reina sempre, mas nesta hora não governa.

— Faça um esforço para sair desse abatimento — me disse meu amigo. — Pense na sua arte e trate de reencontrar algum encanto para si mesmo nos prazeres que ela lhe impõe.

— A arte é como a natureza — eu disse —, é sempre bela. É como Deus, que sempre é bom, mas há momentos em que ela se contenta de existir no estado de abstração para só se manifestar mais tarde, quando seus adeptos forem dignos dela. Seu sopro reanimará então as liras por muito tempo mudas; mas poderemos fazer vibrar as que estiverem trincadas pela tempestade? A arte está hoje em decomposição para uma nova eclosão. É como todas as coisas humanas, em tempo de revolução, como as plantas que morrem no inverno para renascer na primavera. Mas o mau tempo faz perecerem muitos gérmens. O que importam para a natureza algumas flores ou alguns frutos a menos? O que importam na humanidade algumas vozes extintas, alguns corações enregelados pela dor ou pela morte? Não, a arte não conseguiria me confortar diante dos que sofrem hoje sobre a Terra pela justiça e pela verdade. A arte viverá bem sem nós. Magnífica e imortal como a poesia, como a natureza, ela sorrirá sempre sobre nossas ruínas. Nós, que atravessamos estes dias nefastos, antes de ser artistas, tratemos de ser homens; temos coisa mais importante para deplorar além do silêncio das musas.

— Ouça o canto da lavragem — disse meu amigo. — Este, ao menos, não insulta nenhuma dor e há talvez mais de mil anos que o bom vinho de nossos campos semeia e se consagra, como as bruxas de Fausto, sob influência dessa cantilena simples e solene. Ouvi o recitativo do lavrador entrecortado por longos silêncios, admirei a variedade infinita que a oscilação grave do seu improviso impunha ao velho tema sacramental. Era como um devaneio da própria natureza ou como uma fórmula misteriosa pela qual a terra proclamava cada fase da união de sua força com o trabalho do homem. O devaneio em que mergulhei e ao qual esse canto nos predispõe por uma irresistível fascinação mudou o curso das minhas ideias.

— O que você me dizia aqui no ano passado é muito certo — falei. — A poesia é alguma coisa de maior que os poetas, está fora deles, acima deles. As revoluções nada podem. Oh, prisioneiros agonizantes! Oh, cativos e vencidos de todas as nações, mártires de todos os progressos! Haverá sempre no sopro do ar que a voz humana faz vibrar uma harmonia benfazeja que penetrará vossas almas com um alívio religioso. Nem precisa tanto; o canto do pássaro, o crepitar do inseto, o murmúrio da brisa, o próprio silêncio da natureza, sempre entrecortado por alguns misteriosos sons de uma indizível eloquência. Se essa linguagem furtiva chegar até seus ouvidos, mesmo que por um instante, você escapa pelo pensamento do jugo cruel do homem e sua alma plana livremente na criação. Aí reina esse encanto soberano que é verdadeiramente de posse comum, do qual o pobre goza, não raramente, mais do que o rico; e que se revela mais voluntariamente à vítima do que ao carrasco.

— Você vê — disse meu amigo — que, por mais aflitos e infelizes que estejamos, não nos podem tirar essa doçura de amar a natureza e repousar em sua poesia. Pois bem, visto que não podemos mais dar isso aos infelizes, continuemos a fazer a arte como a entendíamos outrora, isto é, celebremos, bem devagarinho, essa poesia tão doce; vamos exprimi-la, como o néctar de uma planta benéfica, sobre as feridas da humanidade. Sem dúvida, haveria muitos outros remédios a encontrar na busca das verdades aplicáveis à sua salvação material. Mas outros além de nós vão se ocupar melhor disso; e como a questão vital imediata da sociedade é uma questão de fato neste momento, tratemos de amenizar a febre da ação em nós e nos outros com alguma distração inocente. Se estivéssemos em Paris, não nos reprovaríamos por ir de tempos em tempos ouvir música para nos refrescar a alma. Uma vez que estamos aqui no campo, escutemos a música da natureza.

— Já que é assim — disse eu ao meu amigo —, voltemos aos nossos carneiros, isto é, a nossas pastorais. Você se lembra de que antes da revolução estávamos filosofando justamente sobre a atração que sentiram, em todas as épocas, os espíritos fortemente marcados por desgraças públicas, em se refugiar nos sonhos da pastoral, num certo ideal da vida campestre tão mais ingênuo e infantil quanto mais brutais fossem os costumes e mais sombrios os pensamentos no mundo real?

— É verdade, e nunca senti isso mais do que agora. Eu lhe confesso que estou tão lasso de girar num círculo vicioso de política, tão aborrecido de acusar a minoria que governa para logo ser forçado a reconhecer que essa minoria foi eleita pela maioria, que eu queria esquecer tudo isso, nem que fosse por uma noite, para escutar aquele camponês que cantava agorinha, ou você mesmo, se quisesse me narrar um daqueles contos que o linheiro da sua vila ensinou durante as vigílias de outono.

— O lavrador não cantará mais hoje — respondi —, pois o sol se pôs e ele já está guardando seus bois, deixando o arção na senda. O linho está ainda de molho no rio e não é nem mesmo o tempo de colocá-lo de pé amarrado em feixes, que ao luar parecem fantasminhas enfileirados ao longo das cercas e das choupanas.[29] Mas conheço o linheiro; tudo o que pede é para contar histórias, e ele não mora longe daqui. Podemos ir convidá-lo para cear e, como faz bastante tempo que ele não macera,[30] e portanto não tem comido poeira, ele estará ainda mais falador e com mais fôlego.

— Pois bem, vamos buscá-lo — disse meu amigo, já todo contente — e amanhã você escreverá sua narrativa para dar sequência, com *O pântano doDiabo* e *O campe-*

sino, a uma série de contos regionais que vamos intitular classicamente *As vesperais do linheiro*.

— E dedicaremos essa antologia a nossos amigos prisioneiros; já que nos proibiram de falar de política, só poderemos lhes fazer contos para os distrair e adormentar. Este aqui dedico especialmente a Armand...[31]

— Inútil nomeá-lo — retrucou meu amigo. — Veriam nisso um sentido oculto no seu apólogo e descobririam aí alguma abominável conspiração. Sei muito bem de quem você fala e ele o saberá também, sem nem mesmo você traçar a primeira letra do nome dele.

O linheiro, depois ter ceado bem, vendo à sua direita um jarro grande de vinho branco e à esquerda um pote de tabaco para abastecer seu cachimbo a noite toda, contou-nos a seguinte história.

II
Nohant, 21 de dezembro de 1851

Foi depois dos dias nefastos de 1848 que, perturbado e oprimido até o fundo da alma pelas tempestades exteriores, me esforcei para reencontrar, na solidão, senão a calma, ao menos a fé. Se exercesse a profissão de filósofo, eu poderia crer ou pretender que a fé nas ideias traz a paz de espírito diante dos fatos desastrosos da história contemporânea; mas não é assim para mim e confesso humildemente que a certeza de um futuro providencial não conseguiria fechar o acesso, numa alma de artista, à dor de atravessar um presente obscurecido e dilacerado pela guerra civil.

Para os homens de ação que se ocupam pessoalmente da causa política há, em todo partido, em toda situação, uma febre de esperança ou de angústia, uma ira ou uma alegria, a embriaguez do triunfo ou a indignação da derrota. Mas para o pobre poeta, como para a mulher ociosa, que contemplam os eventos sem ver neles interesse direto e pessoal qualquer que seja o resultado da luta, há o horror profundo do sangue derramado de uma parte e de outra e uma espécie de desespero perante esse ódio, essas injúrias e ameaças, essas calúnias que alcançam o céu como um holocausto impuro em consequência das convulsões sociais.

Nesses momentos, um gênio tempestuoso e poderoso como o de Dante escreve com lágrimas, com sua bílis, com os nervos, um poema terrível, uma trama repleta de torturas e gemidos. É necessário estar mergulhado como aquela alma de ferro e de fogo para prender a imaginação nos horrores do inferno simbólico quando se tem sob os olhos o doloroso purgatório da desolação sobre a terra. Em nosso tempo, mais fraco e mais sensível, o artista, que é apenas o reflexo e o eco de uma geração muito parecida com a dele, sente a necessidade imperiosa de desviar o olhar e distrair a imaginação voltando-se a um ideal de calma, de inocência e de fantasia. É sua enfermidade que o faz agir assim, mas ele não deve enrubescer por isso, pois é também seu dever. Nos tempos em que o mal vem do fato de os homens não se conhecerem e se detestarem, a missão do artista é a de celebrar a doçura, a confiança, a amizade, e de lembrar aos homens endurecidos ou desencorajados que os costumes puros, os sentimentos ternos e a equidade primitiva são ou podem ainda ser deste mundo. As alusões diretas às desgraças de agora, o apelo às paixões que fermentam não são o caminho da salvação: vale mais uma doce canção, um som de flauta rústica, um conto para ninar criancinhas, sem pavor e sem sofrimento, do que o espetáculo dos males reais reforçados e enegrecidos pelas cores da ficção.

Pregar a união quando se está degolando é gritar no deserto. Há momentos em que as almas estão tão agitadas que ficam surdas a qualquer exortação direta. Desde as jornadas de junho, das quais os eventos atuais são a inevitável consequência, o autor do conto que se vai ler se impôs a tarefa de ser amável, ainda que esteja mortificado de tristeza. Ele deixou ridicularizarem suas pastorais, como havia deixado ridicularizarem todo o resto, sem se preocupar com julgamentos de certa crítica. Ele sabe que agradou aos que gostam desta nota, e que agradar aos que sofrem do mesmo mal que ele, a saber, o horror do ódio e das vinganças, é lhes fazer todo o bem que puderem aceitar: o bem fugitivo, alívio passageiro, é verdade, porém mais real do que uma declamação apaixonada, e mais tocante do que uma demonstração clássica.

George Sand

I.

Os negócios de seu Barbeau da Cosse não iam nada mal, tanto que ele era do conselho municipal de sua comuna. Tinha dois sítios que lhe garantiam o sustento da família e um lucro acima do mercado. Colhia em seus prados e tinha feno para encher carroças e, com exceção daquele que ficava à beira do ribeirão, um pouco prejudicado pelo junco, era uma forragem conhecida nos arredores por ser de primeira qualidade.

A casa de seu Barbeau era bem construída, telhada, bem localizada na costa, com um jardim produtivo e uma vinha de seis alqueires. Por fim, ele tinha, atrás de sua granja, um belo pomar, que chamamos na nossa terra de horto, tão farto de ameixas quanto de cerejas, peras ou sorvas. Igualmente, as nogueiras de suas margens eram as mais antigas e maiores dos arrabaldes.

Seu Barbeau era um homem de fibra, bom coração e muito devotado à família, sem por isso ser injusto com seus vizinhos ou paroquianos.

Ele já tinha três filhos quando dona Barbeau, vendo sem dúvida que daria conta de cinco, e que era preciso apressar-se porque a idade lhe chegava, achou de lhe dar dois ao mesmo tempo, dois belos meninos; e como eram tão parecidos que mal se podia distingui-los um do outro, reconheceu-se logo que se tratava de gêmeos babaços, de perfeita semelhança.

Dona Sagete,[32] que os amparou em seu avental quando vieram ao mundo, não se esqueceu de fazer no primogênito uma pequena cruz debaixo do braço com sua agulha, pois — dizia ela — um pedaço de fita ou uma correntinha podem confundir e fazer perder o direito de primogenitura. Quando a criança estiver mais forte — disse — será preciso fazer-lhe uma marca que nunca se apague; coisa que não deixaram de cumprir.

O primogênito foi chamado Sylvain, a quem logo fizeram Sylvinet, para distingui-lo do tio que lhe serviu de padrinho; e o caçula foi chamado Landry, nome que guardou conforme recebera no batismo, pois ao outro tio que era o padrinho costumava-se, desde a juventude, chamar de Landriche.

Seu Barbeau ficou um pouco surpreso, na volta da feira, ao ver duas cabecinhas no berço.

— Oh! Oh! — fez ele. — O berço é muito pequeno. Amanhã de manhã preciso aumentá-lo. — Ele era marceneiro à sua maneira; sem ter aprendido, tinha feito a metade de seus móveis. Foi, pois, toda a surpresa que teve e tratou de ir cuidar de sua mulher, que bebeu um copo cheio de vinho quente e não podia estar melhor. — Você trabalha tão bem, mulher — disse-lhe ele —, que é capaz de me dar coragem. Olhe só, mais dois para sustentar, dos quais não tínhamos a menor necessidade; quer dizer que não posso parar de cuidar das nossas terras nem de criar nossa bestiagem. Fique tranquila; trabalharemos; mas não vá me dar três da próxima vez; já seria demais.

Dona Barbeau se pôs a chorar e seu Barbeau ficou muito penalizado.

— Ora, tenha dó, deixe disso — disse ele —, não precisa ficar magoada, minha querida mulher. Não estou falando isso para recriminar, ao contrário, é um jeito de lhe agradecer. Essas duas crianças são bonitas e bem-feitas; não têm defeitos no corpo e estou contente.

— Ai, meu Deus — respondeu ela —, eu sei que você não está me recriminando, homem, mas estou assim porque me disseram que não há maior risco nem maior transtorno do que criar gêmeos babaços. Eles fazem mal um ao outro e, quase sempre, precisa que um dos dois morra para que o outro vingue.

— Ora essa! — exclamou o pai. — É verdade? Para mim, são os primeiros babaços que vejo. Não é coisa frequente. Mas está aí a dona Sagete que tem conhecimento no assunto e vai nos dizer como é que é.

Dona Sagete, tendo sido chamada, respondeu:

— Podem crer: esses dois babaços vão viver muito bem e não ficarão mais doentes do que ficam outras crianças. Há cinquenta anos que sou parteira e vejo nascer, viver ou morrer todas as crianças deste cantão. Portanto não é a primeira vez que recebo gêmeos. Primeiro, a semelhança não faz mal nenhum à saúde deles. Há alguns que se parecem tanto quanto eu e o senhor e muitas vezes acontece de um ser mais forte e o outro fraco; o que faz com que um viva e o outro morra; mas vejam os seus, são ambos bonitos e encorpados como se fossem únicos. Eles não se prejudicaram um ao outro na barriga da mãe; vieram os dois sem fazê-la sofrer demais e sem sofrerem. Eles são umas belezuras e só pedem para viver. Console-se, então; dona Barbeau, a senhora vai ter gosto de vê-los crescer; e, se continuarem assim, só os senhores e os que os virem todos os dias vão poder distingui-los, pois nunca vi gêmeos tão idênticos. Parecem duas perdizes saindo do ovo; são tão bonitinhas e tão parecidas que só a mãe perdiz as reconhece.

— Ainda bem! — fez seu Barbeau coçando a cabeça; mas ouvi dizer que os gêmeos babaços se apegam tanto um ao outro que, quando se separam, não conseguem mais viver, que um dos dois, pelo menos, deixa-se consumir pela tristeza e a mágoa até morrer.

— É a verdade verdadeira — disse dona Sagete —; mas escutem o que esta mulher experiente vai lhes dizer. Não tenham deslembrança, pois, quando seus filhos estiverem em idade de deixá-los, talvez eu já não esteja neste mundo para aconselhá-los. Prestem atenção: assim que seus gêmeos começarem a se reconhecer, não os deixem sempre juntos. Levem um ao trabalho enquanto o outro toma conta da casa. Quando um for pescar, mandem o outro ir caçar; quando um guardar rebanhos, que o outro vá ver o gado na pastagem. Quando a um derem vinho para beber, deem ao outro um copo de água e reciprocamente. Não ralhem ou não os corrijam ao mesmo tempo; quando um estiver de chapéu, que o outro esteja de boné; e que, principalmente, suas camisolas não sejam do mesmo azul. Enfim, de todos os jeitos que puderem imaginar, impeçam que eles se confundam um com o outro e se acostumem a ficar um sem o outro. Tenho muito medo de que o que estou dizendo lhes entre por um ouvido e saia por outro, mas, se não fizerem assim, vão se arrepender amargamente um dia.

Dona Sagete falava sério e acreditaram. Prometeram-lhe fazer como estava dizendo e lhe deram um bom presente antes de dispensá-la. Depois, como ela havia recomendado que os gêmeos não fossem amamentados com o mesmo leite, procuraram logo se informar sobre uma ama de leite.

Mas não as havia por ali.

Dona Barbeau, que não contava com duas crianças e que amamentara ela mesma todos os outros filhos, não tomara precauções. Foi preciso que seu Barbeau fosse procurar uma ama de leite nos arredores; e durante esse tempo, como a mãe não podia deixar padecerem seus bebês, deu o peito tanto a um quanto ao outro.

A nossa gente não se decide rápido e, por mais rica que seja, sempre é preciso pechinchar um pouco. Sabe-se que os Barbeau tinham como pagar, e pensava-se que a mãe, que já não era tão jovem, não poderia manter os gêmeos sem se esgotar. Todas as amas de leite que seu Barbeau conseguiu encontrar pediram então dezoito livras por mês, nem mais nem menos do que a um burguês.

Seu Barbeau não queria dar mais do que doze ou quinze livras, estimando que era muito para um camponês. Ele correu de todos os lados e brigou um pouco sem resolver nada. O negócio não tinha muita pressa; pois duas crianças tão pequenas não podiam cansar a mãe e eles eram tão bem-comportados, tão tranquilos, muito pouco chorões, que não davam mais trabalho do que se fosse só um na casa. Quando um dormia, o outro também dormia. O pai havia dado jeito no berço e, quando choravam ao mesmo tempo, acalentavam e acalmavam a eles também ao mesmo tempo.

Enfim, seu Barbeau fez um acordo com uma nutriz por quinze livras e ainda os cem contos para as mantas de tricô, quando sua mulher lhe disse:

— Bah! Meu marido, eu não vejo por que vamos gastar cento e oitenta ou duzentas livras por ano, como se fôssemos senhores e damas e como se eu não estivesse em idade de amamentar meus filhos. Tenho leite mais do que suficiente para isso. Eles já têm um mês, nossos meninos, e veja como estão bem! Essa Merlaude que você arranjou como ama para um deles não tem a metade da minha força e saúde; o leite dela já é de dezoito meses e não serve para uma criança tão pequena. A Sagete nos disse para não alimentar nossos gêmeos com o mesmo leite para evitar que se apeguem demais, é verdade isso, mas ela não disse também que era preciso cuidar dos dois do mesmo jeito, porque, afinal de contas, os gêmeos não têm a vida tão forte como a das outras crianças? Prefiro que os nossos se amem demais a sacrificar um pelo outro. E depois, qual dos dois vamos mandar à ama? Eu confesso que sofreria em me separar tanto de um quanto do outro. Posso dizer que amei todos os meus filhos, mas não sei o que acontece, está parecendo que esses dois são ainda os mais bonitinhos e mais bonzinhos que carreguei nos meus braços. Tenho por eles um não sei quê que me dá medo o tempo todo de perdê-los. Eu lhe peço, meu marido, que não pense mais nessa criadeira; faremos com o resto tudo o que Sagete recomendou. Não dá para crianças de peito ficarem tão apegadas; quando muito, na mamada, descobrem os pés com as mãozinhas?

— O que você diz não está errado, mulher — respondeu seu Barbeau, olhando a dona Barbeau que ainda era vigorosa como poucas. — Mas e se, no que essas crianças forem crescendo, sua saúde vier a se deteriorar?

— Não tenha medo — respondeu dona Barbeau —, tenho um apetite como se tivesse quinze anos; aliás, se eu sentir que estou esgotada, prometo não esconder, e estará sempre em tempo de colocar um desses coitadinhos fora de casa.

Seu Barbeau se rendeu, ainda mais que ele não gostava de fazer despesas à toa. Dona Barbeau amamentou seus gêmeos sem reclamar e sem sofrer, e estava tão bem que, dois anos depois da amamentação de seus pequenos, pôs no mundo uma linda menina que se chamou Nanete e que ela também amamentou. Porém já era demais e ela teria tido dificuldades em levar a cabo, caso sua filha mais velha, que estava no primeiro filho, não a tivesse aliviado de tempos em tempos, dando o seio à irmãzinha.

Assim, toda a família cresceu e pululou logo ao sol, os tiozinhos e tiazinhas com os sobrinhos e sobrinhas, que nada tinham de mais ou menos turbulentos ou comportados uns que outros.

2.

Os gêmeos cresciam de fazer gosto, sem ficar mais doentes do que outras crianças, e tinham também temperamento tão calmo e acomodado que se diria até que eles não sofriam tanto com o nascimento dos dentes e com o crescimento quanto os demais pequenos.

Eles eram loiros e loiros ficaram por toda a vida. Tinham ótima aparência, grandes olhos azuis, ombros bem constituídos, o corpo ereto e bem posto, mais tamanho e robustez que todos os de sua idade, e toda a gente da região que passava pelo burgo da Cosse parava para olhá-los, para maravilhar-se com o porte deles, e ia embora dizendo: "Que beleza esse par de garotos".

Acontece que, desde cedo, os babaços se acostumaram a ser examinados e questionados, e a não ficarem acanhados nem tontos ao irem crescendo. Eles ficavam à vontade com todo mundo e, em vez de se esconderem atrás dos arbustos, como fazem as crianças de nossa região quando veem um estranho, enfrentavam o primeiro que passasse, mas sempre muito educadamente, e respondiam a tudo o que lhes perguntavam, sem baixar a cabeça e sem se fazerem de rogados. Num primeiro momento, não se fazia entre eles nenhuma diferença, eram tal e qual. Mas, depois de observá-los por uns quinze minutos, via-se que Landry era um pinguinho maior e mais forte, que tinha os cabelos um pouco mais espessos, o nariz mais forte e o olho mais vivo. Ele tinha também a fronte mais larga e um ar mais decidido, e do jeitinho que seu irmão tinha um sinal na bochecha direita, ele o tinha na esquerda e muito mais marcado. A gente da região os distinguia bem; mesmo assim, demorava um instante e, no cair da noite ou a uma curta distância, quase todos se enganavam, ainda mais que os gêmeos tinham a voz muito semelhante, e que, sabedores de que confundiam todos, respondiam um pelo outro sem se dar ao trabalho de avisar do engano. O próprio seu Barbeau se atrapalhava às vezes. Conforme anunciara a Sagete, somente a mãe não se atrapalhava nunca, nem que fosse na noite mais profunda nem a qualquer distância que os visse chegando ou ouvisse falando.

De fato, um valia pelo outro, e se Landry tinha uma coisinha de alegria e de coragem a mais que o primogênito, Sylvinet era tão amistoso e fino de espírito que não dava para gostar menos dele do que do caçula. Pensou-se bem, durante três meses, em impedi-los de se acostumar um ao outro. No campo, três meses é bastante para observar uma coisa que não é do costume. Todavia, por um lado não percebiam que isso teve grande efeito; de outro, o pároco dissera que dona Sagete estava gagá e que aquilo que o bom Deus havia colocado nas leis da natureza não podia ser desfeito pelos homens, de modo que pouco a pouco esqueceram tudo o que haviam prometido fazer. A primeira vez que lhes tiraram os cueiros para levá-los à missa de calças foram vestidos com o mesmo pano, pois foi um saiote de sua mãe que serviu às duas roupas e o corte foi o mesmo, bem como o alfaiate da paróquia, já que não se conhecia nenhum outro.

Quando foram pegando mais idade, observou-se que tinham o mesmo gosto para cores, e quando a tia Rosete quis dar de presente uma gravata a cada um, escolheram ambos a mesma gravata lilás no mercador que ia em seu cavalo percherão, mostrando sua mercadoria de porta em porta. A tia perguntou-lhes se era porque queriam sempre estar vestidos um igual ao outro. Mas os babaços não chegavam a isso; Sylvinet respondeu que era a mais bela cor e o desenho mais bonito de gravata que havia no cesto do mercador, e em seguida Landry afirmou que todas as outras gravatas eram feias.

— E a cor do meu cavalo — indagou o mercador sorrindo —, o que acham dela?

— Muito feia — respondeu Landry. — Parece uma gralha velha.

— Muito feia mesmo — concordou Sylvinet. — É realmente uma gralha mal depenada.

— A senhora vê — disse o mercador à tia, com um ar judicioso —, essas crianças têm a mesma visão. Se um vê amarelo o que é vermelho, logo o outro verá vermelho o que é amarelo e não se deve contrariá-las nisso, pois dizem que, quando se quer impedir babaços de se considerarem como duas partes de um mesmo desenho, eles se tornam idiotas e não sabem mais o que dizem.

O mercador dizia isso porque suas gravatas lilases estavam mal tingidas e ele queria vender duas de uma vez.

Com o passar do tempo, tudo continuou a mesma coisa e os gêmeos foram vestidos de forma tão parecida que se acabava por confundi-los mais ainda e, fosse por malícia infantil, ou por força da lei da natureza que o padre acreditava impossível desfazer, quando um havia quebrado a ponta do salto, o outro logo quebrou um pedaço do salto do mesmo pé; quando um rasgava o casaco ou o boné, sem tardar, o outro imitava tão bem o rasgo que parecia ter sido ocasionado pelo mesmo acidente; e depois, lá estavam nossos babaços rindo e se fazendo sorrateiramente de inocentes quando lhes perguntavam como aquilo havia acontecido.

Felicidade ou infortúnio, esse apego aumentava cada vez mais com a idade, e no dia em que aprenderam a raciocinar um pouco, esses meninos achavam que não conseguiam se divertir com outras crianças se não estivessem os dois; certa vez, tendo o pai tentado ficar com um deles durante o dia e o outro permanecido em casa com a mãe, os dois ficaram tão tristes, tão pálidos e preguiçosos que se pensou que estavam doentes. Depois, quando se reencontraram à noite, foram pelas sendas de mãos dadas, e não queriam mais voltar, de tão bem que estavam juntos e também porque estavam um pouco amuados com os pais por lhes terem causado aquela chateação. Nem tentaram mais recomeçar, pois é preciso dizer que o pai e a mãe, assim como os tios e tias, irmãos e irmãs, tinham pelos babaços um carinho que acabava virando certa fraqueza. Os meninos ficavam convencidos de tanto receber elogios e também porque eram realmente crianças nada feias, nem tontas nem malvadas. De tempos em tempos, seu Barbeau se preocupava um pouco com o que seria daquele hábito de estarem sempre juntos quando tivessem idade de homem e, lembrando-se das palavras de dona Sagete, tentava deixá--los com ciúme um do outro. Se faziam alguma coisinha errada, ele puxava as orelhas de Sylvinet, por exemplo, dizendo a Landry: "Desta vez, vou perdoar você, porque está sempre mais quieto". Mas isso consolava Sylvinet que, com as orelhas quentes, via que o irmão havia sido poupado, e Landry chorava como se tivesse sido ele a receber o corretivo. Tentou-se também dar para um só alguma coisa que ambos desejavam, mas logo em seguida, se fosse alguma coisa boa de comer, eles dividiam; ou se fosse qualquer brinquedinho ou espadinha, eles a tornavam comum, ou se davam e trocavam, sem distinção entre meu e seu. Fizessem um elogio ao comportamento de um, fingindo não fazer justiça ao outro, este ficava feliz e orgulhoso de ver encorajarem e acariciarem seu irmão gêmeo e se punha a lisonjeá-lo e acariciar também. Enfim, era inútil querer separá-los de corpo ou de alma, e como ninguém gosta de contrariar crianças que ama, mesmo que seja para o bem delas, deixaram logo as coisas correrem como quis Deus; ou fizeram dessas picuinhas uma provocação em que os babaços não caíam. Eles eram bastante espertos, e às vezes, para que os deixassem tranquilos, fingiam brigar e se bater; mas era só diversão, e tomavam cuidado, ao rolar no chão, para não se machucarem; se algum tonto se surpreendia em vê-los em alguma briguinha, eles se escondiam para rir dele e ouviam-se os dois tagarelando e cantarolando juntos como dois melros no mesmo galho.

Apesar dessa grande semelhança e dessa grande inclinação, Deus, que nada fez de absolutamente igual no céu e na Terra, quis que eles tivessem um destino muito diferente e foi então que se viu que eram duas criaturas separadas na razão do bom Deus e diferentes em seu próprio temperamento.

Só se viu uma amostra, e essa amostra veio assim que eles fizeram juntos a primeira comunhão. A família de seu Barbeau aumentava, graças às duas filhas mais velhas que não se delongavam para botar no mundo belas crianças. O filho mais velho, Martin, um moço bonito e corajoso, já trabalhava; seus genros também se esforçavam, mas nem sempre o trabalho rendia muito. Tivemos, em nossa região, uma sequência de anos ruins, tanto por intempéries quanto por embaraço do comércio, que mais tiraram dinheiro do bolso da gente do campo do que trouxeram. Tanto que seu Barbeau não tinha o suficiente para manter todo o seu pessoal consigo, e foi necessário pensar em empregar seus babaços noutras casas. Seu Caillaud, da Priche, ofereceu-lhe ficar com um deles para tocar bois, porque ele tinha ali muitas terras para cuidar, já que seus filhos eram ou muito grandes ou pequenos demais para fazê-lo. Dona Barbeau teve muito medo e tristeza quando o marido lhe falou disso pela primeira vez. Dir-se-ia que ela nunca previra que a coisa pudesse atingir seus babaços, e, no entanto, ela se preocupara com isso a vida toda; mas como era muito submissa ao marido, não soube o que dizer. O pai também tinha lá suas preocupações e vinha preparando a coisa havia tempos. Primeiro os gêmeos choraram e passaram três dias pelos campos e pastos, sem serem vistos, exceto na hora das refeições. Não diziam uma palavra aos pais, e quando lhes perguntavam se haviam pensado em obedecer, nada respondiam, mas refletiam muito quando estavam juntos.

Nos primeiros dias só fizeram se lamentar e se segurarem pelo braço como se tivessem receio que viessem separá-los à força. Mas seu Barbeau não faria isso. Ele tinha a sabedoria do camponês, que é feita de metade de paciência e metade de confiança no efeito do tempo. Assim, na manhã seguinte, os babaços, vendo que não os forçavam e que contavam que o bom senso lhes viria, ficaram mais assustados com a vontade paterna do que se tivessem sofrido ameaças e punições.

— Precisamos nos ajeitar — disse Landry — e saber qual de nós irá, pois nos deixaram a escolha e seu Caillaud disse que não podia ficar com os dois.

— Que me importa se vou ou fico — disse Sylvinet —, já que temos de nos separar? Não estou pensando só em ter de ir morar noutro lugar; se fosse com você, eu logo me desacostumaria aqui de casa.

— A gente fala assim, mas aquele que ficar com nossos pais terá mais consolação e menos aborrecimentos do que aquele que não vir mais nem babaço nem pai nem mãe, nem jardim, nem bichos, nem tudo aquilo de que sempre gostou.

Landry pensava isso com um ar bastante resoluto; mas Sylvinet se punha a chorar; pois não era tão decidido quanto seu irmão e a ideia de tudo perder e deixar para trás ao mesmo tempo o fez sofrer tanto que ele não conseguiu controlar as lágrimas.

Landry chorava também, mas não tanto nem da mesma maneira; pois ele pensava sempre em tomar para si a parte mais pesada do sacrifício e queria ver o que seu irmão conseguia suportar, a fim de lhe poupar todo o resto. Logo percebeu que Sylvinet tinha mais medo do que ele de ir morar num lugar estranho e dar-se a uma família que não era a sua.

— Escute, mano — disse a ele —, se podemos decidir sobre nossa separação, melhor que eu vá. Você sabe que sou um pouco mais forte quando estamos doentes, o que sempre acontece ao mesmo tempo; a febre sempre pega mais forte em você do que em mim. Dizem que morreremos, talvez, se nos separarem. Acho que não morrerei; mas prefiro não responder por você, é por isso que prefiro saber que você está com a nossa mãe, que vai consolar e cuidar de você. De fato, se fazem uma diferença entre nós em casa, o que nem parece, acho que é você o mais querido, e sei que é o mais carinhoso e mais amistoso. Fique então, eu partirei. Nós não ficaremos longe um do outro. As terras de seu Caillaud são encostadas às nossas e nos veremos todos os dias. Eu gosto da labuta e isso me distrairá, e como corro mais do que você, virei mais rápido encontrá-lo assim que acabar a minha jornada. E você, sem ter muito o que fazer, irá passear e me verá no trabalho. Vou me preocupar bem menos com você do que se você estivesse fora e eu em casa. Assim, eu lhe peço que fique aqui.

3.

Sylvinet não quis nem ouvir aquilo; ainda que para seu pai, mãe e irmãzinha Nanete ele tivesse o coração mais mole que o de Landry, ele se apavorara em deixar o fardo nas costas do seu caro babaço gêmeo.

Depois de terem discutido bastante o assunto, tiraram no palito e a sorte se voltou para Landry. Sylvinet, não satisfeito com a prova, quis tentar cara ou coroa com uma moeda graúda. Deu cara três vezes para ele: continuava sendo Landry que devia partir.

— Você está vendo que o destino quer assim — disse Landry — e você sabe que não se deve contrariar o destino.

No terceiro dia Sylvinet chorou bastante ainda, mas Landry quase já não chorou. A primeira ideia da partida lhe havia talvez causado um sofrimento maior do que a seu irmão, porque ele sentia maior coragem e não cogitara contrariar seus pais; mas, de tanto pensar em seu infortúnio, acabou por aceitá-lo, e fez muitos arrazoamentos enquanto, de tanto ficar se lamentando, Sylvinet não tivera coragem de arrazoar: tanto que Landry estava tão decidido a partir quanto Sylvinet não estava pronto para vê-lo ir.

Além do mais, Landry tinha um pouco mais de amor-próprio que seu irmão. Tanto lhes disseram que nunca passariam de meios-homens se não tratassem de se largar, que Landry, já começando a sentir o orgulho de seus catorze anos, tinha vontade de mostrar que não era mais criança. Ele sempre fora o que persuadia e conduzia seu irmão, desde a primeira vez que foram procurar um ninho no alto de uma árvore até aquele dia. Mais uma vez, ele conseguira tranquilizar o irmão e, à noite, voltando para casa, declarou a seu pai que os dois se resignavam ao dever, que haviam tirado na sorte e era a ele, Landry, que caberia conduzir os bois da Priche.

Seu Barbeau sentou os dois meninos no colo, ainda que já fossem grandes, e lhes falou assim:

— Meus filhos, vocês estão na idade da razão, reconheço vossa submissão e estou muito contente por isso. Lembrem-se de que quando os filhos são obedientes ao pai e à mãe agradam a Deus do céu, que lhes recompensa um dia ou outro. Não quero saber qual de vocês dois aceitou primeiro. Mas Deus sabe e o abençoará por ter falado bem, como abençoará o outro por ter sabido escutar o primeiro.

Então ele levou os gêmeos até a mãe para que ela os cumprimentasse, mas custou tanto à dona Barbeau segurar as lágrimas que ela não pôde lhes falar e se contentou em beijá-los.

Seu Barbeau, que não era desajeitado, sabia muito bem qual dos dois havia tido mais coragem e qual era o mais apegado. Ele não quis deixar esfriar a boa vontade de Sylvinet, pois via que Landry estava complemente decidido por si mesmo e que uma única coisa, a mágoa do irmão, podia fazê-lo vacilar. Ele despertou Landry antes do amanhecer, tomando muito cuidado de não sacudir o mais velho, que dormia ao lado dele.

— Vamos, pequeno — disse-lhe baixinho —, precisamos ir para a Priche antes que sua mãe o veja, pois você sabe que ela está chateada e é preciso poupá-la das despedidas. Vou levá-lo ao seu novo patrão e carrego a sua trouxa.

— Não direi adeus ao meu irmão? — perguntou Landry. — Ele vai ficar com raiva se eu sair sem avisá-lo.

— Se seu irmão acorda e o vê partir, vai chorar, acordar vossa mãe e vossa mãe vai chorar mais alto ainda, por causa de vosso sofrimento. Vamos, Landry, você é um menino de bom coração, e não vai querer botar sua mãe doente. Cumpra seu dever inteiramente, meu filho; parta como se nada fosse. Esta noite ainda, eu levarei seu irmão a você, e como amanhã é domingo, você virá ver sua mãe de dia.

Landry obedeceu bravamente e passou pela porta de casa sem olhar para trás. Dona Barbeau não dormia tão tranquilamente a ponto de não ter ouvido o que seu homem dizia a Landry. A pobre mulher, percebendo o arrazoado do marido, não se mexeu e se contentou de abrir um pouco a cortina da cama para ver Landry sair. Ficou com o coração tão pesado que se jogou aos pés da cama para ir abraçá-lo, mas parou em frente à cama dos gêmeos, onde Sylvinet ainda dormia a sono solto. O pobre rapazinho chorara tanto em três dias e quase três noites, que fora esvaído pela fadiga, e tinha até um pouco de febre, pois se virava e revirava em seu travesseiro, soltando grandes suspiros e gemendo sem conseguir acordar.

Então dona Barbeau, vendo e observando o babaço que lhe restara, não pôde deixar de pensar que teria sido aquele a lhe causar maior sofrimento se houvesse partido. Verdade seja dita que ele era o mais sensível dos dois, fosse porque tinha o temperamento mais fraco, fosse porque Deus, em sua lei da natureza, devia ter escrito que entre duas pessoas que se amam, seja de amor ou de amizade, há sempre uma que tem de doar mais do que a outra. Seu Barbeau tinha um pinguinho de preferência por Landry, porque o menino demonstrava mais apreço ao trabalho e à coragem do que pelos carinhos e atenções. Mas a mãe tinha esse pinguinho de preferência pelo mais gracioso e mais carinhoso, que era Sylvinet.

Lá estava ela então a olhar seu pobre garoto, todo pálido e desfeito, pensando que seria um pecado colocá-lo já como empregado; que Landry era mais parrudo para enfrentar o fardo e, aliás, o apego dele pelo irmão e pela mãe não corria o risco de virar doença. "É um menino que tem uma grande consciência de seu dever", pensava ela, "mas ainda assim, se não tivesse o coração um pouco duro, não teria partido daquele jeito, sem titubear, sem virar-se para trás nem derramar uma só lágrima. Ele não teria tido a força para dar dois passos sem ajoelhar-se e implorar coragem ao bom Deus, teria então se aproximado da cama, onde eu fingia dormir, só e unicamente para me olhar e beijar a ponta do meu mosquiteiro. Meu Landry é mesmo um verdadeiro rapaz. Só precisa viver, trabalhar e mudar de lugar. Mas este aqui tem um coração de menina; é tão terno e meigo que é impossível não o amar de todo o coração."

Assim divisava em si dona Barbeau ao voltar para a cama, onde não dormiu mais, enquanto seu Barbeau levava Landry através dos prados e pastagens para as bandas da Priche.

Quando eles chegaram a certa altura, de onde não se veem mais as casas da Cosse assim que se começa a descer, Landry parou e se voltou para trás. O seu coração apertou e ele se sentou nas samambaias sem conseguir dar mais nenhum passo. Seu pai fez de conta que não percebeu e continuou andando. Depois de algum tempo, ele o chamou muito docemente, dizendo:

— Já amanheceu, meu Landry; vamos nos apressar se queremos chegar antes de o sol nascer.

Landry se levantou, e como havia jurado não chorar diante do pai, engoliu as lágrimas que lhe vinham aos borbotões. Ele fez como se tivesse deixado cair seu canivete do bolso e chegou à casa da Priche sem ter mostrado sua dor, a qual, no entanto, não era pequena.

4.

Seu Caillaud, vendo que dos gêmeos lhe trouxeram o mais forte e diligente, folgou em recebê-lo. Ele bem sabia que aquilo não teria sido decisão sem sofrimento, e como era um homem honesto e um bom vizinho, muito amigo de seu Barbeau, fez o que pôde para elogiar e encorajar o rapazinho. Mandou logo que lhe dessem a sopa e um pichel de vinho para lhe desafogar o coração, pois era fácil ver a mágoa que ali pesava. Levou-o em seguida consigo para amarrar os bois e cumprimentou-o pelo modo como fazia. De fato, Landry não era principiante naquela tarefa, já que seu pai tinha um belo par de bois, os quais ele frequentemente ajustava e conduzia às mil maravilhas. Assim que o rapaz viu os bois robustos do seu Caillaud, que eram os mais bem cuidados, mais bem nutridos e os mais fortes da raça de toda a região, sentiu-se tocado em seu orgulho por ter tão belo par de bois na ponta de sua aguilhada. Ademais, ele estava contente de mostrar que não era nem desajeitado nem covarde e que não havia nada de novo a lhe ensinarem. Seu pai não deixou de fazê-lo valer, e, quando chegou a hora de partir para o campo, todos os filhos de seu Caillaud, meninos e meninas, grandes e pequenos, vieram abraçar o rapaz, e a mais jovem entre as meninas lhe colocou um ramo de flores com fitas no chapéu porque era seu primeiro dia de serviço e uma espécie de dia de festa para a família que o recebia. Antes de deixá-lo, o pai lhe fez uma admoestação na presença de seu novo patrão, ordenando-lhe que o contentasse em todas as coisas e tomasse conta do gado como se fosse seu.

Landry, tendo prometido fazer o melhor que pudesse, foi à labuta, portando-se bem e trabalhando o dia todo, e daí retornou com grande apetite, pois era a primeira vez que ele trabalhava tão duro, e um pouco de fadiga é um remédio soberano contra a tristura.

Todavia foi mais penoso para o pobre Sylvinet na Babaçoaria — tenho que lhes dizer que a casa e a propriedade do seu Barbeau, situadas no burgo da Cosse, haviam tomado esse nome desde o nascimento das crianças e porque, pouco tempo depois, uma serviçal da casa havia posto no mundo um par de gêmeas que não sobreviveram. Ora, como os camponeses dão alcunhas e apelidos, a casa e a terra haviam recebido o nome de Babaçoaria e, em toda parte onde apareciam Sylvinet e Landry, as crianças não deixavam de gritar em volta deles: "Lá vão os babaços da Babaçoaria!".

Então, havia grande tristeza aquele dia na Babaçoaria de seu Barbeau. Assim que Sylvinet despertou, não vendo seu irmão ao lado, suspeitou a verdade, mas não podia acreditar que Landry tivesse partido daquele jeito, sem se despedir; em meio à sua dor, ficou com raiva do irmão:

— O que foi que lhe fiz — dizia à mãe — e em que pude contrariá-lo? Fiz tudo o que ele me aconselhou; e quando me pediu que não chorasse na frente de vocês, mamãe querida, segurei o choro a ponto de minha cabeça latejar. Ele tinha me prometido não partir sem me dizer ainda coisas para me dar coragem e sem almoçar comigo na ponta do Canhameiral, no lugar onde tínhamos costume de ir conversar e nos divertir os dois. Eu queria arrumar a trouxa dele e lhe dar meu canivete, que é melhor que o dele. Vocês então arrumaram as coisas dele ontem à noite, sem me dizer nada, minha mãe, e sabiam que ele queria ir embora sem se despedir de mim?

— Fiz a vontade do seu pai — explicou dona Barbeau.

E disse o que pôde para consolá-lo. Ele não queria escutar nada e só quando viu que a mãe também chorava foi que se pôs a abraçá-la, e, pedindo-lhe perdão por ter aumentado o sofrimento dela, prometeu ficar ao seu lado para compensá--la. Mas assim que ela o deixou para se dedicar ao galinheiro e à roupa, ele se pôs a correr para as bandas da Priche, sem nem mesmo pensar aonde ia, mas se deixando levar pelo instinto como um pombinho que corre atrás de sua pombinha sem errar o caminho.

Ele teria ido até a Priche se não tivesse encontrado seu pai que vinha de lá e o tomou pela mão para levá-lo de volta, dizendo:

— Vamos lá esta noite, mas não precisa desconcentrar seu irmão enquanto ele está trabalhando; não haveria de agradar ao patrão dele; além disso, a dona da nossa casa está sofrendo e estou crente que é você que a consolará.

5.

Sylvinet voltou a grudar na barra das saias de sua mãe como uma criancinha e não largou dela o dia inteiro, falando o tempo todo de Landry e, sem conseguir parar de pensar no gêmeo, passou por todos os lugares e recantos onde eles tinham o costume de ficar juntos. À noite, ele foi à Priche com seu pai, que quis acompanhá-lo. Sylvinet estava louco para abraçar seu irmão, não conseguira nem jantar, de tanto que tinha pressa em partir. Contava que Landry viria correndo ao seu encontro, imaginava todo o tempo que o veria acorrer. Mas Landry, mesmo tendo muita vontade de fazê-lo, não se mexeu. Ele temia que as mocinhas e os rapazes da Priche zombassem dele por aquele apego de babaços que passava por uma espécie de doença, tanto que Sylvinet o encontrou à mesa, bebendo e comendo como se tivesse por toda vida pertencido à família Caillaud.

Assim que Landry o viu entrar, no entanto, o coração lhe saltou de alegria e, se não tivesse se contido, teria derrubado a mesa e o banco para abraçá-lo o quanto antes. Mas não ousou, porque seus patrões o olhavam curiosamente, vendo graça naquela ligação como se fora uma coisa nova e um fenômeno da natureza, segundo dizia o professor da escola local.

Assim, quando Sylvinet veio se jogar nos seus braços, chorando, e o estreitou contra si feito um passarinho no ninho se encostando no irmão para se aquecer, Landry ficou contrariado por causa dos outros, sem deixar de ficar contente por si mesmo; mas ele queria parecer mais sensato que seu irmão e lhe fazia sinal de tempos em tempos para conter-se, coisa que surpreendeu e aborreceu profundamente Sylvinet. Foi então que seu Barbeau pôs-se a conversar e beber um trago ou dois com seu Caillaud; os dois gêmeos saíram juntos, Landry querendo muito estimar e acariciar seu irmão em segredo. Mas os outros rapazes os observaram de longe; e inclusive a pequena Solange, a mais jovem das meninas de seu Caillaud, que era curiosa e xereta como um ratinho, seguiu-os com passinhos até o aveileiral; ria encabulada quando prestavam atenção nela, mas não desencasquetava, pois imaginava que ia ver alguma coisa de singular, muito embora não soubesse o que podia haver de surpreendente no apego entre dois irmãos.

Sylvinet, apesar de ter-se surpreendido pelo jeito tranquilo com que seu irmão o havia abordado, não pensou em lhe fazer reprimenda, de tão contente que estava de encontrar-se com ele. No dia seguinte, Landry, sentindo-se dono de seu tempo, uma vez que seu Caillaud o dispensara do trabalho, partiu tão cedo que imaginava surpreender seu irmão na cama. Mas, apesar de Sylvinet ser o mais dorminhoco dos dois, ele havia se levantado na mesma hora em que Landry passava a cerca do pasto, e para lá correu descalço, como se alguma coisa lhe dissesse que seu babaço se aproximava dele. Foi para Landry um dia de total contentamento. Fazia-lhe gosto rever sua família e sua casa desde que soubera que não viria todos os dias, e que aquilo seria, para ele, uma espécie de recompensa. Sylvinet esqueceu todo o seu sofrer até a metade do dia. No almoço, pensou que jantaria com seu irmão; mas quando terminou o jantar, pensou que a ceia seria a última refeição e começou a ficar inquieto e incomodado. Ele cuidava do seu babaço e o acarinhava de todo o coração, dando-lhe o que havia de melhor para comer, o miolo do seu pão e o mais saboroso da sua salada; e se preocupava com a roupa, o calçado dele, como se devesse este partir para bem longe e assim fosse digno de pena, sem perceber que era ele próprio, entre os dois, a suscitar mais pena, pois era o mais aflito.

6.

A semana transcorreu assim, Sylvinet indo ver Landry todos os dias e Landry parando com ele um ou dois instantes quando vinha para os lados da Babaçoaria; Landry foi se adaptando cada vez melhor à situação, Sylvinet não se adaptou de jeito nenhum e contava os dias, as horas, como uma alma penada.

Landry era o único que podia chamar seu irmão à razão. Assim, foi àquele que a mãe recorreu para que encorajasse e tranquilizasse este; pois dia após dia a aflição do pobre menino aumentava. Ele não brincava mais, só trabalhava se mandado; levava a irmãzinha para passear, mas quase não falava com ela nem pensava em diverti-la, cuidava apenas para que ela não caísse nem se machucasse. Assim que desviavam os olhos dele, o rapaz saía sozinho e se escondia tão bem que não se sabia onde encontrá-lo. Ele se enfiava em todas as valas, no mato, em todas as ravinas onde costumava brincar e prosear com Landry e se sentava nos troncos onde haviam estado juntos, metia os pés em todos os riachos onde haviam patinado como dois verdadeiros patinhos; ficava feliz quando encontrava alguns pedaços de madeira que Landry havia ceifado com seu pequeno cepo, ou algumas pedrinhas de que este se servira como conca ou pedra para acender fogo. Ele as recolhia e escondia no buraco de uma árvore ou debaixo de um casco de madeira, a fim de vir pegá-las e olhá-las de tempos em tempos, como se fossem coisas de importância. Ia rememorando e escarafunchando na cabeça para achar todas as pequenas recordações de sua felicidade passada. Aquilo não significaria nada para qualquer outra pessoa, mas para ele era tudo. Ele não se preocupava com o tempo vindouro, pois não tinha coragem de pensar numa sequência de dias tais como os que estava enfrentando. Só pensava no tempo passado e se consumia num contínuo devaneio.

Por vezes, imaginava ver e ouvir seu babaço e falava sozinho, crendo que lhe respondia. Ou dormia onde estava, sonhando com ele; e quando despertava, chorava por estar só, não medindo suas lágrimas nem as retendo, porque esperava que, pela simples força, a fadiga desgastaria e abateria seu tormento.

Uma vez que foi vagar pelas bandas das talhadias de Champeaux, ele encontrou no regato que nasce do bosque na estação das chuvas, e que estava então quase todo seco, um desses pequenos moinhos que as crianças de nossa região fazem com gravetos e que são tão finamente ajustados que giram com a corrente de água e lá ficam por muito tempo, até que outras crianças os quebrem ou que as enxurradas os levem. Aquele que Sylvinet encontrou, são e inteiro, lá estava havia mais de dois meses e, como o lugar era deserto, o moinho não fora visto nem estragado por ninguém. Sylvinet o reconhecia por ter sido obra de seu babaço e, quando o fizeram, eles haviam prometido um ao outro que viriam vê-lo; mas nem se lembraram mais daquilo e, depois, haviam feito muitos outros moinhos noutros lugares.

Sylvinet folgou então em reencontrá-lo e o levou um pouco mais para baixo, onde o regato se retirara, para vê-lo girar e lembrar-se do quanto se divertira Landry ao lhe dar o primeiro impulso. E depois o deixou, dando-se o prazer de sonhar que voltaria no primeiro domingo com Landry para lhe mostrar como seu moinho havia resistido por ser sólido e bem construído.

Mas não se conteve de voltar sozinho no dia seguinte; encontrou a margem do regato revolvida e pisoteada pelas patas de bois que ali foram beber e que puseram para pastar perto das talhadias. Ele avançou um pouco e viu que os animais haviam pisado em seu moinho e o tinham posto em migalhas, das quais só encontrou umas poucas. Então ficou com o coração pesado e imaginou que alguma desgraça devia ter acontecido naquele dia a seu babaço e correu até a Priche para certificar-se de que nada havia de mal. Mas como se deu conta de que Landry não gostava de vê-lo durante o dia, pois receava irritar seu patrão ao se deixar distrair, contentou-se de olhá-lo de longe enquanto o outro trabalhava, sem se deixar ver. Teve vergonha de confessar a ideia que o fizera acorrer; voltou sem dizer nada e ficou sem falar com ninguém até muito tempo depois.

Como foi ficando pálido, dormindo mal e quase não comia nada, sua mãe estava muito aflita e não sabia o que fazer para consolá-lo. Ela tentava levá-lo junto à feira, ou enviá-lo àquelas de animais com o pai ou os tios; mas nada o entretinha nem divertia e seu Barbeau, sem nada dizer em casa, tentava persuadir seu Caillaud a empregar os dois babaços. Mas seu Caillaud lhe respondia uma coisa à qual ele dava razão.

— Na suposição de que eu os pegasse ambos por um tempo, nem ia durar, pois para gente como nós, onde se precisa de um empregado, não se precisa de dois. No final do ano, o senhor ia precisar de novo arranjar outro lugar para um deles. E o senhor percebe que se o Sylvinet estivesse num lugar onde fosse obrigado a trabalhar, não ia ficar pensando tanto e ia fazer como o outro, que tomou corajosamente uma decisão? Cedo ou tarde o senhor teria de chegar a isso. Talvez o senhor não consiga empregá-lo onde quer, e se essas crianças precisarem ficar ainda mais longe e só se verem de semana em semana ou de mês em mês, é melhor começar a acostumá-las a não ficarem grudadas desse jeito. Seja então mais sensato, meu velho, não dê tanta atenção ao capricho de um filho a que sua mulher e seus outros filhos deram ouvidos demais e mimaram demais. O mais difícil já foi feito e o senhor pode crer que ele se acostumará com o resto, se o senhor não ceder.

Seu Barbeau se rendia e reconhecia que quanto mais Sylvinet via seu babaço, mais vontade tinha de vê-lo. E jurava que no próximo São João tentaria empregá-lo para que, ao ver Landry cada vez menos, ele se dobrasse e vivesse com os outros e não se deixasse levar por um apego que já estava virando febre e languidez.

Mas ele não devia ainda falar disso à dona Barbeau; pois, à primeira palavra, ela vertia todas as lágrimas do corpo. Ela dizia que Sylvinet era capaz de se matar e seu Barbeau ficava muito aflito.

Landry, aconselhado por seu pai e pelo patrão, e também por sua mãe, não deixava de argumentar com seu pobre babaço; mas Sylvinet não se defendia, prometia tudo, e não conseguia se superar. Havia em seu sofrer alguma coisa que ele não dizia, pois não saberia como dizer: era que, bem lá no fundo do seu coração, brotara uma inveja terrível com relação a Landry. Ele estava contente, mais contente do que jamais estivera, de ver que todo mundo estimava seu irmão e que seus novos patrões o tratavam tão amistosamente quanto se fosse um filho da casa. Mas se isso o regozijava por um lado, de outro o afligia e ele se ofendia ao ver Landry corresponder demais, segundo ele, àquelas novas amizades. Ele não suportava que, à mínima palavra de seu Caillaud, por mais calma e pacientemente que o chamassem, Landry corresse vivamente a seu desejo, deixando ali pai, mãe e irmão, mais preocupado em não faltar para com seu dever do que para com o afeto deles, e mais pronto à obediência do que seria capaz Sylvinet quando se tratava de ficar alguns instantes a mais com o objeto de um amor tão fiel.

Então o pobre garoto punha na cabeça uma preocupação que nunca tivera antes: a de pensar que era o único a amar e que seu afeto era mal correspondido; e que havia de ter sido sempre assim, sem que ele soubesse, ou ainda que, desde algum tempo, o amor de seu babaço esfriara porque ele encontrara alhures pessoas que lhe convinham e apraziam mais.

7.

Landry não podia adivinhar aquele ciúme do irmão, pois, no seu natural, nunca tivera, por sua vez, ciúme de ninguém na vida. Quando Sylvinet vinha vê-lo na Priche, Landry, para distraí-lo, levava-o ver os grandes bois, as belas vacas, a consequente bezerrada e as fartas colheitas da fazenda de seu Caillaud; pois Landry estimava e tinha consideração por tudo aquilo, não por inveja, mas pelo gosto pelo trabalho e pela terra, pela criação de animais e pela formosura e perfeição de todas as coisas do campo. Ele sentia prazer em ver limpa, gorda e reluzente a burrica que levava para pastar e não suportava que a mínima tarefa fosse feita sem consciência, nem que nada entre os presentes do bom Deus, que pudesse viver e frutificar, fosse largado e negligenciado e como que desprezado. Sylvinet olhava tudo isso com indiferença e ficava surpreso que seu irmão prezasse tanto aquelas coisas que para ele não significavam nada. Ficava desconfiado de tudo e dizia a Landry:

— Você está todo apaixonado por esses bois parrudos; não pensa mais em nossos tourinhos que são tão vivos e que eram, entretanto, dóceis e gentis conosco, a ponto de se deixarem amarrar mais facilmente por você do que por nosso pai. Você simplesmente nem me pediu notícias da nossa vaquinha que dá um leite muito bom e que me olha com um arzinho triste, a coitada, quando lhe dou de comer, como se compreendesse que estou sozinho e como se quisesse me perguntar onde está o outro babaço.

— É verdade que ela é um bom animal — dizia Landry —, mas olhe então estas daqui! Você verá ordenhá-las e nunca na vida terá visto tanto leite de uma vez.

— Pode ser — retomava Sylvinet —, mas leite tão bom e de tão bom creme quanto o leite da Brunete, aposto que não, pois os pastos da Babaçoaria são melhores do que estes daqui.

— Diacho! — dizia Landry —, eu acho que meu pai trocaria, todavia, e de bom grado, se lhe dessem os fenos graúdos de seu Caillaud pela junqueira da beira d'água!

— Oras! — retrucava Sylvinet dando de ombros —, há na junqueira árvores mais bonitas do que as vossas, e quanto ao feno, se é raro, é fino, e quando o guardamos, fica como um bálsamo ao longo do caminho.

Eles discutiam assim sobre nada, pois Landry sabia que não há melhores bens do que aqueles que se tem, e Sylvinet não pensava mais nos seus bens do que nos de outrem ao desprezar os da Priche; no fundo de todas aquelas palavras ao vento havia, de um lado, o rapaz que estava contente em trabalhar e viver em qualquer lugar e de qualquer modo que fosse e, de outro, aquele que não conseguia compreender que seu irmão tivesse, separadamente dele, um momento de prazer e tranquilidade.

Se Landry o levava ao jardim de seu patrão e, tagarelando com ele, interrompesse para cortar um galho morto num enxerto ou para arrancar uma erva daninha que atrapalhava os legumes, Sylvinet se irritava que ele tivesse sempre uma ideia de ordem e de serviço para os outros, em vez de estar, como ele, solícito ao mínimo sussurro ou palavra de seu irmão. Ele não demonstrava nada porque tinha vergonha de se sentir fácil de chocar; mas na hora de deixá-lo, dizia-lhe frequentemente:

— Convenhamos, você já está cansado de mim hoje, talvez esteja mesmo saturado de me ver demorar por aqui.

Landry nada compreendia daquelas recriminações que o faziam sofrer e, por sua vez, recriminava seu irmão que não queria nem conseguia se explicar.

Se o pobre rapaz tinha ciúme das mínimas coisas que ocupavam Landry, tinha-o ainda mais forte das pessoas por quem Landry mostrava apego. Ele não suportava que Landry fosse camarada e de bom humor com outros moços da Priche e, quando o via cuidar da pequena Solange, acariciá-la ou brincar com ela, recriminava-o por esquecer sua irmãzinha Nanete que era, no seu entender, cem vezes mais bonita, mais arrumada e amável do que aquela menina feiosa.

Mas como nunca se faz justiça ao se permitir que o coração seja devorado pela inveja, quando vinha à Babaçoaria, Sylvinet achava que o irmão se ocupava demais com sua irmãzinha. Criticava-o por dar atenção somente a ela e por não ter junto dele senão tédio e indiferença.

Enfim, seu afeto tornou-se pouco a pouco tão exigente e seu humor tão triste, que Landry começava a sofrer com aquilo e a não mais se sentir tão contente em vê-lo muito frequentemente. Ele ficava um pouco cansado de se ver recriminar por ter aceitado seu destino conforme fazia e, parecia, Sylvinet teria ficado infeliz do mesmo modo caso conseguisse tornar seu irmão menos infeliz do que ele. Landry entendeu e quis fazê-lo entender que o apego, à força de ser excessivo, pode às vezes se tornar um mal. Sylvinet não quis ouvir aquilo e até considerou de uma grande dureza o que seu irmão acabava de dizer; tanto que começou a ignorá-lo de tempos em tempos e a passar semanas inteiras sem ir à Priche, mesmo morrendo de vontade de fazê-lo, mas se conteve e meteu orgulho numa coisa em que jamais caberia um só pingo disso.

Aconteceu até que, de palavras em palavras e de irritações em irritações, o pobre Sylvinet, levando sempre a mal tudo o que Landry lhe dizia de mais sensato e de mais honesto para levantar-lhe o ânimo, acabou por ter tanto desapontamento, que imaginava, por um momento, estar odiando o objeto de tanto amor, e saiu de casa, um domingo, para não passar o dia com o irmão que, no entanto, não deixara uma só vez de vir.

Essa malevolência de criança magoou profundamente Landry. Ele amava o prazer e a turbulência porque, a cada dia, tornava-se mais forte e mais desenvolto. Em todas as brincadeiras, era o primeiro, o mais sutil de corpo e observador. Era assim um pequeno sacrifício que ele fazia por seu irmão: deixar os rapazes da Priche, todo domingo, para passar o dia inteiro na Babaçoaria, onde não se podia falar a Sylvinet de ir brincar na praça da Cosse, nem mesmo passear aqui ou acolá. Sylvinet, que permanecera criança de corpo e mente, muito mais do que seu irmão, e que só tinha uma ideia — a de amá-lo unicamente e ser amado da mesma forma —, queria que eles fossem sozinhos a seus lugares, conforme dizia, a saber, nos cantos e esconderijos aonde tinham ido se divertir com brincadeiras que já não eram de sua idade, tais como fazer carriolas de galhos, ou pequenos moinhos, ou alça-pés para pegar passarinhos; ou ainda casinhas com pedrinhas e campos do tamanho de um lenço de bolso, que as crianças fingem lavrar de várias maneiras, imitando no pequeno espaço o trabalho que veem fazer os camponeses, semeadores, aradores e desbastadores e colhedores, ensinando, assim, uns aos outros, numa horinha, todas as maneiras de cultivo e colheita que recebe e dá a terra no correr do ano.

Essas diversões não eram mais do gosto de Landry, que agora praticava ou ajudava a praticar a coisa verdadeira, e ele gostava mais de conduzir uma carroça grande com seis bois do que amarrar um carrinho de galhos no rabo de seu cachorro. Ele teria preferido ir fazer esgrima com os rapazes mais fortes de sua fazenda, jogar boliche, visto que se tornara bom em levantar a bola e fazê-la rolar corretamente a trinta passos. Quando Sylvinet consentia em ir, em vez de brincar, metia-se num canto sem falar nada, pronto para se entediar e atormentar se Landry parecia estar se divertindo ou entusiasmado pela brincadeira.

Enfim, Landry aprendera a dançar na Priche e, ainda

que tal gosto lhe tivesse vindo tarde pelo fato de Sylvinet nunca o ter tido, ele já dançava tão bem quanto os que treinam desde que sabem andar. Ele era considerado bom dançarino de quadrilha na Priche, e ainda que não achasse prazer em beijar as moças, como é costume fazer a cada dança, ficava contente de beijá-las, pois isso o tirava, aparentemente, da infância; e gostaria até que elas fizessem um pouco de maneiras, como fazem com os homens. Mas elas ainda não faziam e as maiores até o agarravam pelo pescoço, rindo, o que lhe desagradava um pouco.

Sylvinet o viu dançar uma vez, e isso foi causa de um de seus maiores desapontamentos. Ele ficou com tanta raiva de vê-lo beijar uma das filhas de seu Caillaud que chorou de ciúmes e achou a coisa completamente indecente e pouco cristã.

Assim, então, cada vez que sacrificava sua diversão em consideração ao irmão, Landry não passava um domingo muito aprazível. No entanto, ele nunca faltara, esperando que Sylvinet lhe fosse agradecido; tampouco se lamentava do tédio; tudo com o propósito de agradar ao irmão.

Por isso, quando viu que o irmão, que procurara encrenca durante a semana, havia ainda saído de casa para não se reconciliar com ele, ficou por sua vez magoado e, pela primeira vez desde que deixara sua família, chorou muitas lágrimas e foi se esconder porque tinha vergonha de mostrar a mágoa aos pais e receava aumentar o sofrimento que possivelmente já tinham.

Se alguém deveria sentir ciúmes, Landry teria, entretanto, mais motivos do que Sylvinet. Sylvinet era o mais amado pela mãe e até por seu Barbeau — ainda que este tivesse uma preferência secreta por Landry, mostrava a Sylvinet mais complacência e agrados. O pobre menino, sendo o mais fraco e o menos sensato, era também o mais mimado porque tinham mais medo de magoá-lo. Ele tivera melhor sorte, visto que estava na família e seu babaço tomara para si a ausência e o sacrifício.

Pela primeira vez, o bom Landry raciocinou assim e achou seu babaço totalmente injusto para consigo. Até ali seu bom coração o havia impedido de considerá-lo errado e, em vez de acusá-lo, condenava a si mesmo por ter saúde demais, ardor demais no trabalho e no prazer e por não saber dizer palavras tão doces, nem se tomar de tantas atenções delicadas quanto seu irmão. Mas daquela vez ele não conseguiu achar em si nenhum pecado contra a amizade; pois, para vir, aquele dia, ele renunciara a uma boa partida de pesca de caranguejos que os garotos da Priche haviam planejado a semana inteira e na qual lhe garantiram muita diversão se ele os quisesse acompanhar. Havia então resistido a uma grande tentação e, na sua idade, não era pouca coisa. Depois de ter chorado bastante, parou para escutar alguém que estava chorando mais longe dele e falando sozinho, como é sempre o costume das mulheres do campo quando elas têm uma grande mágoa. Landry reconheceu logo que era sua mãe e correu para ela.

— Que tristeza! Será que é preciso, meu Deus — dizia ela, soluçando — que essa criança me dê tanta preocupação! Ele vai acabar me fazendo morrer, é claro.

— Sou eu, minha mãe, que lhe dá preocupação? — exclamou Landry atirando-se a seu pescoço. — Se sou eu, castigue-me e não chore. Não sei em que pude contrariá-la, mas lhe peço perdão assim mesmo.

Naquela hora, a mãe reconheceu que Landry não tinha o coração tão duro como ela imaginara. Abraçou-o bem forte e, sem saber muito bem o que dizia de tanto que sofria, disse que era de Sylvinet e não dele que se queixava; que, quanto a ele, fizera ela às vezes uma ideia injusta e que lhe fazia reparação; mas que Sylvinet parecia estar ficando louco, e ela estava preocupada porque ele saíra sem comer nada, antes do amanhecer. O sol começava a se pôr e nada de ele voltar. Haviam-no visto para os lados do rio e finalmente dona Barbeau temia que ele tivesse se jogado ali para dar cabo de seus dias.

8.

A ideia de que Sylvinet pudesse ter vontade de se destruir passou da cabeça da mãe para a de Landry tão facilmente quanto uma mosca cai numa teia de aranha, e ele se pôs a procurar pelo irmão freneticamente. Estava muito magoado e, enquanto ia correndo, pensava: "Talvez minha mãe tivesse razão de me recriminar antes por meu coração duro. Mas agora o do Sylvinet deve estar muito doente para causar tanto sofrimento à nossa pobre mãe e a mim".

Ele correu por todos os lados sem encontrá-lo, chamando-o sem obter resposta, perguntando a todo mundo, sem que ninguém pudesse lhe dar notícias. Enfim, viu-se ao lado da junqueira e ali entrou, pois se lembrou de que havia por lá um lugar a que Sylvinet era afeiçoado. Era uma grande vala que o rio causara na terra, desenraizando dois ou três alnos que haviam ficado atravessados na água, com as raízes viradas para cima. Seu Barbeau não quisera retirá-los. Ele os tinha sacrificado porque, da maneira como haviam caído, continham ainda a terra que ficara presa em grandes blocos às suas raízes, o que vinha bem a calhar; a água fazia em todos os invernos muitos estragos na sua junqueira e a cada ano lhe comia um pedaço do pasto.

Landry se aproximou então da vala, pois seu irmão e ele costumavam dizer que aquele lugar era a junqueira deles. Ele nem se deu ao trabalho de desviar até o canto em que eles mesmos haviam feito uma escadinha com terrão, apoiada em pedras e em ramos, que são grandes raízes saindo da terra e rejeitos. Saltou o mais longe que pôde para atingir logo o fundo da vala, pois havia à margem da água tantos galhos e mato mais altos do que ele que, se seu irmão estivesse lá, não conseguiria vê-lo, a menos que entrasse.

Avançou por ali com grande emoção, pois não lhe saía da cabeça o que a mãe lhe dissera, ou seja, que Sylvinet estava a ponto de querer pôr fim a seus dias. Ele foi e voltou por todas as folhagens e percorreu todas as grandes pastagens, assobiando para o cão que certamente seguira Sylvinet, pois durante todo o dia não o haviam visto pela casa, tampouco como ao seu jovem dono.

Mas, por mais que Landry chamasse e procurasse, ele se encontrava sozinho na vala. Como era um rapaz que fazia muito bem todas as coisas e na hora certa, examinou todas as margens para ver se achava alguma pegada, ou algum deslizamento de terra que não estivesse ali antes. Foi uma busca bastante triste e muito embaraçosa, pois havia um mês que Landry não via o lugar; por mais que o conhecesse como à palma de sua mão, era bem possível ter havido alguma pequena mudança. Toda a margem direita estava gramada e mesmo, no fundo da vala, o junco e a cola-de--cavalo haviam crescido tão densamente na areia que não dava para ver nada que se assemelhasse ao tamanho de um pé e pudesse ser uma pegada. Entretanto, de tanto escarafunchar, Landry encontrou, no fundo, a pista do cachorro e até um lugar com capim amassado, como se Finot ou qualquer outro cão de seu tamanho tivesse se aninhado ali.

Aquilo lhe deu o que pensar e ele foi examinar de novo a margem d'água. Achou que havia encontrado uma marca recente, como se uma pessoa a tivesse efetuado com o pé, saltando ou escorregando; e ainda que a coisa não estivesse clara, pois podia ser também obra de um desses ratos-d'água que reviram, cavam e roem nesses lugares, ele se desesperou tanto que suas pernas amoleceram e ele caiu de joelhos como para encomendar sua alma a Deus.

Ficou assim por um tempinho, sem forças nem coragem para dizer a ninguém sobre o que muito temia e olhando o rio com os olhos marejados, como se quisesse lhe pedir satisfações do que este havia feito do seu irmão.

E, durante esse tempo, o rio corria tranquilamente, farfalhando nos galhos que pendiam e mergulhavam ao longo de suas margens, indo às terras, com um barulhinho de quem ri e zomba na surdina.

O pobre Landry se deixou vencer e tomar pela ideia de infortúnio, tanto que perdeu a cabeça e que, de uma simples aparência que podia não pressagiar nada, ele fez uma coisa de perder a fé no bom Deus.

"Esse riacho malvado que não diz nada", pensou, "e que me deixaria chorar um ano sem me devolver meu irmão, e aqui é justamente a parte mais funda dele, onde caíram tantos cascos de árvores desde que ele vem arruinando o pasto que, se a gente entrasse, nunca mais conseguiria sair. Meu Deus! Mesmo que o coitado do meu babaço esteja aí, bem no fundo da água, deitado a dois passos de mim, sem que eu consiga vê-lo ou encontrá-lo por entre os galhos e bambus; mesmo assim eu tentaria descer!"

Foi então que ele começou a chorar por seu irmão e a lhe fazer recriminações; e nunca em sua vida sentira tamanha dor.

Enfim, teve a ideia de ir consultar uma mulher viúva que se chamava Fadet e morava ao final da junqueira, bem pertinho do caminho que dá no baixio. Aquela mulher, que não tinha nem terra nem bens além de seu pequeno jardim e seu casebre, não se preocupava em ganhar seu pão; por causa de seu muito conhecimento sobre os males e estragos do mundo; de todos os lados vinham consultá-la. Ela curava com segredo, que quer dizer que, como por meio do segredo, ela tratava feridas, luxações e outros estropiamentos. Ela bem que engazopava um pouco, porque tirava de nós doenças que nunca tivemos, tais como o deslocamento do estômago ou a queda da tela da barriga, e, quanto a mim, nunca pus fé cega nesses acasos, como tampouco botei grande crédito no que se dizia dela; que conseguia fazer o leite de uma boa vaca passar para o corpo de uma outra ruim por mais velha e subnutrida que fosse esta.

Mas quanto aos bons remédios que ela conhecia e aplicava para resfriamento do corpo, a que a gente chama de sangradura; quanto aos emplastros que botava nos cortes e queimaduras; quanto às beberagens que compunha contra a febre, não tem suspeição de que ganhava bem seu dinheiro e que curou abundoso número de doentes, os quais os médicos teriam deixado morrer caso fossem tentados os remédios deles. Ao menos era o que ela dizia, e aqueles a quem havia salvado preferiam crer a arriscar-se.

Como no campo nunca se é sábio sem ser um pouco bruxo, muitos achavam que dona Fadet sabia ainda mais do que queria contar e lhe atribuíam o poder de fazer achar coisas perdidas, até pessoas; enfim, pelo fato de ter ela muita capacidade e raciocínio para ajudar a sair do sofrimento em muitas coisas possíveis, inferia-se que ela podia fazer outras que não o são.

Como as crianças gostam de ouvir todo tipo de histórias, Landry ouvira dizer na Priche, onde a gente é sabidamente mais crédula e simplória do que na Cosse, que dona Fadet, por meio de certa semente que ela jogava na água dizendo sortilégios, podia fazer achar o corpo de uma pessoa afogada. A semente boiava e afundava na água e, onde a vissem parar, era certo de encontrar o pobre corpo. Há muitos que pensam que o pão bento tem a mesma virtude, e em quase todos os moinhos o conservam para esse efeito. Mas Landry não tinha pão bento, dona Fadet morava ao lado da junqueira e o desatino não dá muita sensatez.

Lá estava ele então a correr até a vivenda de dona Fadet e lhe narrar seu sofrimento, rogando-lhe para vir até a vala com ele a fim de tentar, com seu segredo, fazê-lo encontrar seu irmão, vivo ou morto.

Mas dona Fadet, que não gostava de ver abusarem de sua reputação, nem de expor seu talento por ninharia, caçoou dele e mandou-o embora rudemente, porque ela não estava contente que, com o passar do tempo, tivessem chamado a parteira dona Sagete em seu lugar para as mulheres em trabalho de parto na casa da Babaçoaria.

Landry, que era de natureza um pouco orgulhosa, talvez reclamasse ou se irritasse num outro momento: mas estava tão arrasado que não disse uma palavra e se foi para o lado da vala, decidido a se jogar na água, ainda que não soubesse nem mergulhar nem nadar. Mas, quando andava cabisbaixo e com os olhos fixos no chão, sentiu que alguém lhe batia no ombro e, virando-se, viu a neta de dona Fadet, a quem as gentes da região chamavam de Fadete, tanto porque era seu sobrenome quanto porque julgavam que ela fosse também um pouco bruxa. Vocês sabem todos que o *fadet*, duende que alhures também se chama diabrete, é muito bonzinho, mas um pouco malicioso. Chamam-se também fadas as feiticeiras nas quais, por nossas bandas, já não se crê. Mas se isso quisesse dizer uma pequena fada, ou a fêmea do diabrete, todo mundo, ao vê-la, imaginava estar diante do duende, de tanto que ela era pequena, magra, descabelada e intrépida. Era uma criança muito conversadeira e zombeteira, viva como uma borboleta, curiosa a não mais poder e encardida como um grilo-preto.[33]

E quando comparo a pequena Fadete com um grilo, é dizer-vos que não era bonita, pois esse pobre cri-cri dos campos é ainda mais feio do que o das chaminés. No entanto, se vocês se lembram de terem sido crianças e brincado com ele, exasperando-o e o fazendo gritar sob vossas botas, devem saber que ele tem uma carinha que não é estúpida e que dá mais vontade de rir do que se zangar: por isso as crianças da Cosse, que são tão espertas quanto as outras e observam as semelhanças e encontram as comparações, chamavam a Fadete de grilinho quando queriam exasperá-la, mas era também uma maneira carinhosa; pois temendo-a um pouco por causa da malícia dela, não a detestavam, já que ela lhes contava contos de toda sorte e lhes ensinava sempre brincadeiras novas, as quais tinha a engenhosidade de inventar.

Mas todos os seus nomes e apelidos acabam me fazendo esquecer aquele que recebera no batismo, que mais tarde vocês talvez tenham vontade de saber. Ela se chamava Françoise; é por isso que sua avó, que não gostava de trocar os nomes, chamava-a sempre Fanchon.

Como desde muito tempo havia uma rixa entre as gentes da Babaçoaria e dona Fadet, os babaços não falavam muito com a pequena Fadete; guardavam até mesmo certo distanciamento e nunca haviam brincado com ela nem com seu irmãozinho, o Gafanhoto, que era ainda mais escanifrado e mais travesso e estava sempre pendurado nela, zangando-se quando ela corria sem esperá-lo, tentando lhe atirar pedras quando ela zombava dele, cheio de uma raiva maior do que ele, que era tão franzino, atormentando-a mais do ela queria, pois ela era de humor alegre e riso fácil. Mas havia uma cisma por conta de dona Fadet que alguns, especialmente os de seu Barbeau, pensavam que o grilídeo e o gasparinho, ou se vocês preferem, o grilo e o gafanhoto, lhes trariam desgraça se fizessem amizade com eles. Isso não impedia, contudo, que as duas crianças lhes falassem, pois não eram encabuladas e a pequena Fadete não deixava de assediar os babaços da Babaçoaria com toda sorte de bufonaria e de alcunhas, tão logo os via se aproximar.

9.

Dessarte, o pobre Landry, um pouco agastado com o tapa que acabava de levar no ombro, virou-se, viu a pequena Fadete e, não muito longe, atrás dela, Jeanet, o Gafanhoto, que a seguia mancando, visto que era destrambelhado e cocho de nascença.

Primeiro Landry quis não prestar atenção e continuou seu caminho, pois não estava com humor para rir, mas Fadete lhe disse, reincidindo em seu outro ombro:

— Cuidado! Cuidado! Lá vai o babaço malvado, metade de moleque que perdeu a outra metade!

Foi então que Landry, que já não era insultado, mas provocado, voltou-se novamente e desferiu um soco contra a pequena Fadete; se não tivesse se esquivado, bem que ela teria sentido, pois o babaço já contava seus quinze anos e não era maneta; e ela, que tinha lá seus catorze, era tão miúda que não lhe davam doze e, ao vê-la, pensava-se que ela iria se quebrar ao menor toque.

Mas ela era muito esperta e alerta para receber pancadas; o que perdia em força no uso das mãos, ganhava em velocidade e ardileza. Ela pulou de lado bem na hora e, por pouco, Landry não acertou o punho e o nariz numa árvore grande que estava entre eles.

— Grilo maligno — disse-lhe o pobre babaço, enfurecido —, você não deve ter coração para vir agastar alguém que está sofrendo como eu. Há muito tempo que fica me provocando e me chamando de metade de moleque. Morro de vontade hoje de quebrá-la em quatro, você e o seu gafanhoto maldoso, para ver se os dois juntos formam um quarto de alguma coisa que preste.

— Ah é? O belo babaço da Babaçoaria, senhor da junqueira à margem do riacho — respondeu a pequena Fadete, sempre troçando —, é um completo tonto em ficar de mal comigo, pois eu vinha lhe dar notícias de seu babaço e lhe dizer onde o achar.

— Agora é diferente — retrucou Landry, acalmando-se mais do que depressa. — Se você sabe, Fadete, diga e ficarei contente.

— Não tem mais Fadete nem grilo com vontade de o contentar a esta altura — replicou ainda a pequena. — O senhor me tinha dito besteiras e teria me batido se não fosse tão pesado e atarracado. Vá procurar sozinho aquele abilolado do seu babaço, já que o senhor é tão sabido para encontrá-lo.

— Fui muito tolo em lhe dar ouvidos, menina maligna — disse então Landry lhe dando as costas e continuando a andar. — Você sabe tanto quanto eu onde está meu irmão e você não é mais sábia do que sua avó, aquela velha mentirosa e bem pouca porcaria.

Mas a pequena Fadete, puxando por uma pata seu gafanhoto, que conseguira alcançá-la e colar à sua saia de má qualidade toda encardida, pôs-se a seguir Landry, sempre zombando e lhe dizendo que sem ela ele nunca encontraria seu babaço. Tanto que Landry, sem poder se livrar dela e imaginando que, por alguma bruxaria, sua avó ou talvez ela mesma, mancomunada com o diabrete do rio, impediriam que ele reencontrasse Sylvinet, tomou a decisão de passar adiante da junqueira e voltar para casa.

A pequena Fadete o seguiu até a passagem do pasto e ali, quando ele desceu, ela se empoleirou feito uma gralha na cerca e gritou para ele:

— Adeus, então, belo babaço sem coração, que larga o

irmão para trás. Pode esperá-lo para o jantar, você não o verá hoje nem amanhã, pois onde ele está não se mexe mais do que uma pedra e... Olha o temporal chegando. As árvores vão cair no rio ainda esta noite e o rio levará Sylvinet longe, tão longe, que jamais você o reencontrará.

Todas aquelas palavras ruins, que Landry escutava quase sem querer, fizeram com que um suor frio lhe corresse pelo corpo inteiro. Ele não acreditava absolutamente, mas, enfim, a família Fadet tinha reputação por ter tamanho entendimento com o diabo que não dava para ficar muito certo de que não fosse nada.

— Vai, Fanchon — disse Landry, parando —, você quer só me tirar o sossego ou me dizer, de verdade, se você sabe do meu irmão?

— E o que você me dará antes de começar a chuva, se eu o fizer encontrá-lo? — indagou a Fadete, pondo-se em pé na tábua da cerca e mexendo os braços como se quisesse alçar voo.

Landry não sabia o que podia lhe prometer e começou a achar que ela queria ludibriá-lo para lhe tirar algum dinheiro. Mas o vento que soprava nas árvores e o trovão que começava a estrondear lhe metiam no sangue uma espécie de pavor. Não que temesse temporais, mas, de fato, aquele temporal viera de repente e de uma maneira que não lhe parecia natural. Possível é que, em seu tormento, Landry não o tenha visto formar-se por detrás das árvores do rio, ainda mais que, tendo ficado duas horas no fundo da vala, ele só pôde ver o céu quando saiu dali. Com efeito, só se deu conta do temporal na hora em que a pequena Fadete o anunciou; e no mesmo instante a saia dela foi inflada; seus cabelos negros feiosos, soltando-se da chapeleta que nunca estava bem colocada, escapando sobre uma das orelhas, levantaram-se como crina; o boné do Gafanhoto fora levado por um forte pé de vento e foi com muito sacrifício que Landry impediu que seu chapéu também voasse.

Então o céu, em dois minutos, tornou-se complemente escuro e a Fadete, de pé na cerca, pareceu-lhe duas vezes maior que de costume; enfim, é preciso confessar que Landry estava com medo.

— Fanchon — disse ele —, eu cedo se você me ceder meu irmão. Talvez você o tenha visto, talvez saiba muito bem onde ele está. Seja uma boa menina. Não sei qual graça você acha no meu sofrer. Mostre-me seu bom coração, vou acreditar que você vale mais que sua aparência e suas palavras.

— E por que eu seria boa com você — retrucou ela —, quando me trata de maligna sem que eu nunca lhe tenha feito mal? Por que eu teria bom coração com dois babaços que são orgulhosos como pavões e nunca me demonstraram a mínima amizade?

— Vai, Fadete — replicou Landry —, você quer que eu lhe prometa alguma coisa; diga-me logo do que tem vontade e lhe darei. Quer meu canivete novo?

— Deixe ver — disse Fadete, saltando como uma rã ao lado dele.

E quando viu a faca, que não era ruim e pela qual o padrinho de Landry havia pago dez soldos na última feira, ela ficou tentada por um instante, mas logo, achando que era muito pouco, perguntou se ele lhe daria sua pequena galinha branca, que não era maior do que uma pomba e tinha penas até a ponta dos dedos.

— Eu não posso lhe prometer a minha galinha branca porque ela é da minha mãe — respondeu Landry; mas prometo pedir para você, e lhe adianto que minha mãe não a recusará porque vai ficar tão contente de rever Sylvinet que nada lhe custará recompensar você.

— Ora pois! — retrucou a Fadete. — E se eu quisesse vosso cabrito de focinho preto, dona Barbeau me daria também?

— Meu Deus! Meu Deus! Como você demora para decidir, Fanchon! Olhe, uma palavra basta: se meu irmão está em perigo e você me levar agora até ele, não há em nossa casa galo nem galinha, cabra nem cabrito, que meu pai e minha mãe, tenho total certeza, não lhe dessem em agradecimento.

— Pois bem, veremos, Landry — disse a pequena Fadete estendendo sua mãozinha seca ao babaço, para que ele a apertasse em sinal de acordo, coisa que ele não fez sem tremer um pouco, pois, naquele momento, ela estava com os olhos tão ardentes que parecia um duende em pessoa. — Eu não lhe direi neste momento o que quero de você, eu não sei ainda: mas lembre-se do que me prometeu agora e, se não cumprir, farei com que todos saibam que não se pode afiançar a palavra do babaço Landry. Digo-lhe adeus aqui; não se esqueça de que não lhe reclamarei nada até o dia em que tiver decidido procurá-lo para requerer uma coisa a meu bel-prazer e que você fará sem demora nem queixume.

— Até que enfim! Fadete, está prometido, selado — garantiu Landry batendo-lhe na mão.

— Vai! — disse ela com um arzinho todo orgulhoso e contente. — Volte daqui para a margem do riacho; vá descendo até escutar balidos e onde vir um carneirinho pardo, você verá logo seu irmão; se não acontecer como lhe digo, considero que você está dispensado de sua palavra.

Então o Grilo, tomando o Gafanhoto debaixo do braço sem dar importância ao fato de que tal coisa não agradava ao menino, que se debatia como uma enguia, saltou bem no meio dos arbustos e Landry os viu e ouviu como se tivesse sonhado. Ele não perdeu tempo se perguntando se a pequena Fadete zombara dele. Correu num só fôlego à parte baixa da junqueira; seguiu-a até a vala, e ia passar além dali sem descer, pois já havia inspecionado suficientemente o lugar e tinha certeza de que Sylvinet não estava; mas, quando ia se afastando, ouviu balir um carneirinho.

"Deus do céu", pensou, "essa menina me anunciou a coisa, estou ouvindo o carneiro, meu irmão está aí. Mas se está morto ou vivo, não sei." E saltou dentro da vala e entrou no mato. Seu irmão não estava ali, mas seguindo o curso da água, a dez passos, e sempre ouvindo o carneiro balir, Landry viu na outra margem seu gêmeo sentado, com um carneirinho que segurava na blusa e era realmente de cor parda, da ponta do focinho até a ponta do rabo.

Como Sylvinet estava vivinho e não parecia arranhado ou roto nem no rosto nem na roupa, Landry ficou tão aliviado que começou por agradecer ao bom Deus em seu coração, sem pensar em pedir-Lhe perdão por ter recorrido à ciência do diabo para ter aquela felicidade. Mas, quando ia chamar Sylvinet, que não o estava vendo e tampouco parecia ouvi-lo por causa do remoinhar forte da água nas pedras daquele lugar, parou a fitá-lo; pois estava surpreso em encontrá-lo do jeito que a pequena Fadete havia predito, bem no meio das árvores que o vento revolvia furiosamente e se mexendo tanto quanto uma pedra.

Todo mundo sabe, no entanto, que é perigoso ficar à margem de nosso rio quando a ventania se levanta. Todas as margens são minadas por baixo, e não há temporal que não arranque boa quantidade desses chorões cujas raízes sempre são curtas, a menos que sejam muito grandes e velhos e aí poderiam muito bem cair em cima da gente sem avisar. Mas Sylvinet, que nada tinha de louco, parecia não estar levando em conta o perigo. Ele pensava tão pouco nisso quanto se estivesse abrigado numa boa granja. Cansado de correr o dia inteiro e de vagar sem rumo, se, por felicidade, ele não se afogara no rio, podia-se dizer ainda assim que estava afogado em suas mágoas e no seu próprio despeito, a ponto de ficar como um toco, com os olhos fixos na corrente d'água, a cara pálida como uma flor de lótus, a boca semiaberta como um peixinho que boceja ao sol, os cabelos desgrenhados pelo vento e sem prestar atenção nem mesmo ao carneirinho, que ele encontrara perdido nos pastos e do qual tivera pena. Ele o prendera bem em sua blusa para levá-lo ao dono; mas no caminho se esquecera de ir perguntando de quem era o carneiro perdido. Ele o segurava no colo, deixando-o gritar sem ouvi-lo, apesar de o coitadinho produzir uma voz desolada e olhar em torno de si com os olhos claros arregalados, surpreso em não ser escutado por alguém de sua espécie, além de não reconhecer nem seu pasto, nem sua mãe, nem seu estábulo naquele lugar sombrio e cheio de mato, diante de uma forte corrente de água que muito provavelmente lhe botava bastante medo.

10.

Se Landry não estivesse separado de Sylvinet pelo rio, que no total de seu percurso não tem mais do que quatro ou cinco metros (como se diz nestes novos tempos), mas que é, em alguns pontos, tão fundo quanto largo, ele poderia, seguramente, ter-se jogado, sem refletir, ao pescoço do irmão. Mas uma vez que Sylvinet nem mesmo o tinha visto, Landry teve tempo de pensar na maneira como o despertaria de seu devaneio e em como o persuadiria a voltar para casa; pois, se não era esse o intento daquele pobre resmungão, ele podia muito bem sair correndo para o outro lado e Landry não encontraria tão cedo um vau ou baixio para alcançá-lo.

Landry, tendo pensado um pouco com seus botões, perguntou-se como seu pai, que tinha sensatez e prudência que valiam por quatro, agiria em semelhante encontro; ele concluiu que seu Barbeau o abordaria calmamente, sem nada manifestar, para não mostrar a Sylvinet o quanto ele causara de angústia e também para não lhe causar muito arrependimento, nem o encorajar demais a fazer de novo num outro dia de despeito.

Ele se pôs então a assobiar como se chamasse os melros para cantar, como fazem os pegureiros quando seguem pelo mato ao cair da noite. Isso fez com que Sylvinet levantasse a cabeça e, ao ver o irmão, teve vergonha e se levantou apressadamente, crendo que não havia sido visto.

Então Landry fez como se tivesse acabado de avistá-lo e lhe disse, sem gritar muito, pois o riacho não cantava tão alto a ponto de impedir de escutar:

— Ei, Sylvinet, você está aí, então? Esperei por você a manhã toda e, vendo que você tinha saído por tanto tempo, vim passear por aqui enquanto esperava o jantar, quando contava reencontrar você em casa; mas já que está aqui, vamos voltar juntos. Vamos descer o riacho, cada um por uma margem, e nos encontraremos no vau das Rouletes (era o vau que ficava pertinho da casa de dona Fadet).

— Vamos andar — disse Sylvinet, pegando o carneirinho que, como não o conhecia direito, não o seguia por conta própria; e eles desceram o riacho sem ousar se fitar um ao outro, pois temiam mostrar o sofrimento por terem se zangado e o gosto que sentiam de se reencontrar.

De tempos em tempos, Landry, para fazer parecer que não acreditava no despeito do irmão, dizia uma palavra ou duas, sempre andando. Perguntou-lhe primeiro onde ele encontrara aquele carneirinho pardo, e Sylvinet não sabia dizer muito bem, pois não queria confessar que andara muito longe e não sabia nem mesmo o nome dos lugares por onde passara. Então Landry, vendo seu embaraço, disse:

— Você me relatará mais tarde, pois o vento está forte e o tempo não está muito bom para ficar debaixo das árvores à margem da água; mas, por sorte, a água do céu está começando a cair e o vento não demora a baixar também. — E ele pensava: "É verdade mesmo, o Grilinho me disse que eu o encontraria antes de começar a chuva. Deveras, aquela menina sabe mais do que nós".

Ele não cogitava que passara um bom quarto de hora se explicando com dona Fadet, enquanto lhe suplicava e ela se recusava a escutá-lo e que a pequena Fadete, que ele só vira ao sair da casa, podia muito bem ter visto Sylvinet durante aquela explicação. Enfim, tal ideia lhe passou pela cabeça; mas como ela sabia tão bem por que ele estava sofrendo quando o abordara, uma vez que ela não estava quando ele se explicava com a velha? Daquela vez, não lhe ocorreu que ele perguntara pelo irmão a várias pessoas ao vir à junqueira e que alguém podia ter falado disso diante da Fadete; ou ainda que a pequena podia ter escutado o final daquela conversa com a avó, às escondidas, como sempre fazia para ficar sabendo de tudo o que pudesse satisfazer sua curiosidade.

Sylvinet, do seu lado, pensou consigo na maneira como explicaria seu mau comportamento com relação ao irmão e à mãe, pois ele não esperava pelo fingimento de Landry e não sabia qual história inventar, logo ele, que nunca mentira na vida e nada escondera de seu babaço.

Por isso estava muito pouco à vontade ao passar o vau; pois chegara até ali sem achar nada para sair daquela enrascada. Assim que atingiram a margem, Landry o abraçou; e mesmo sem querer, ele o fez com mais emoção que de costume; mas se absteve de interrogá-lo, vendo logo que Sylvinet não saberia o que dizer, e o levou para casa, falando-lhe de todo tipo de coisa, menos daquela que apertava o coração de ambos. Passando em frente à casa de dona Fadet, ele olhou para ver se estava a pequena Fadete e sentiu vontade de ir lhe agradecer. Mas a porta se encontrava fechada e só se ouvia o a voz do Gafanhoto que berrava porque sua avó o havia chicoteado, coisa que acontecia todas as noites, merecesse ele ou não.

Sylvinet ficou com pena ao ouvir chorar aquele pivete e disse a seu irmão:

— Está aí uma casa cruel onde sempre se ouvem gritos e pancadas. Sei muito bem que não há nada pior nem tão malévolo quanto esse Gafanhoto; quanto ao Grilo, não lhe daria um tostão. Mas essas crianças são muito infelizes por não terem pai nem mãe e de dependerem dessa bruxa velha, que está sempre com maldades e não ensina nada para elas.

— Não é assim na nossa casa — respondeu Landry. — Nunca levamos, nem de pai nem de mãe, nem um tapinha, e mesmo quando nos repreendiam por nossas travessuras de criança, era com tanta calma e doçura que os vizinhos não ouviam. Há gente assim, que é feliz demais e não reconhece as regalias; e, no entanto, a pequena Fadete, que é a criança mais infeliz e maltratada por aqui, está sempre rindo e nunca reclama de nada.

Sylvinet compreendeu a reprimenda; sentiu-se arrependido por seu erro. Ele já se sentia desde a manhã e, vinte vezes, tivera vontade de voltar; a vergonha o deteve. Naquele momento, seu peito encheu e ele chorou sem nada dizer, mas o irmão lhe tomou a mão, dizendo:

— Aí vem uma chuva forte, meu Sylvinet, vamos galopar para casa.

Puseram-se então a correr, Landry tentando fazer Sylvinet rir e este se esforçando para contentá-lo.

No entanto, na hora de entrar em casa, Sylvinet tinha vontade de se esconder na granja, pois temia que seu pai o repreendesse. Mas seu Barbeau, que não levava as coisas tão a sério quanto sua mulher, contentou-se em gracejar; e dona Barbeau, a quem o marido dera sabiamente a lição, tentou esconder o tormento que havia passado. Só quando ela tratava de fazer com que seus babaços se secassem em frente à lareira e de lhes servir o jantar é que Sylvinet percebeu que ela havia chorado e, de tempos em tempos, ela o olhava com um ar de preocupação e mágoa. Se estivesse sozinho com ela, ele lhe pediria perdão e a acarinharia até que fosse consolada. Mas o pai não gostava muito desses fricotes e Sylvinet foi obrigado a ir para a cama imediatamente após o jantar, sem nada dizer e cedendo à fadiga. Ele não havia comido nada durante o dia; assim que devorou seu jantar, do qual tinha grande necessidade, sentiu-se como que embriagado e precisou deixar que o babaço o desvestisse e deitasse. Landry ficou ao seu lado, sentado à beirada da cama, segurando-lhe uma das mãos.

Quando viu que ele adormecera, Landry se despediu de seus pais e não percebeu que a mãe o beijara com mais amor do que outras vezes. Sempre acreditara que ela não podia amá-lo tanto quanto a seu irmão, e não tinha ciúmes, pensando que era o menos amável e que tinha então a parte que lhe cabia. Resignava-se a isso tanto por respeito a sua mãe quanto por amor ao babaço, que sentia, mais do que ele, necessidade de carícias e consolação.

Na manhã seguinte, Sylvinet correu para a cama de dona Barbeau antes que ela se levantasse e, abrindo o coração, confessou seu arrependimento e vergonha. Contou como estava infeliz havia algum tempo, nem tanto por estar separado de Landry, mas porque imaginava que Landry não o amava. E quando a mãe o questionou sobre essa injustiça, ele não conseguiu dar motivos, pois aquilo era nele como uma doença que não podia evitar. A mãe o compreendia mais do que queria demonstrar, pois o coração de uma mulher é muito comumente tomado desses tormentos e ela mesma se ressentira ao ver Landry tão tranquilo em sua coragem e virtude. Mas, daquela vez, ela reconhecia que o ciúme é ruim em todos os amores, mesmo naqueles que Deus nos dá em maior abundância, e se absteve de encorajar aquilo em Sylvinet. Fez com que ele lembrasse o sofrimento que causara ao irmão e a grande bondade que este tivera em não reclamar nem se mostrar chocado. Sylvinet reconheceu também e concordou que seu irmão era melhor cristão do que ele. Fez promessa e tomou a resolução de curar-se e sua vontade era sincera.

Mas sem querer, e ainda que parecesse consolado e satisfeito, e sua mãe lhe enxugasse todas as lágrimas, respondesse a todas suas queixas com arrazoados fortalecedores, ainda que ele fizesse de tudo para agir simples e justamente com seu irmão, ficou no seu coração um foco de amargura. "Meu irmão", pensava ele sem querer, "é o mais cristão e mais justo de nós dois, minha mãe querida está dizendo e é a verdade; mas se ele me amasse tanto quanto o amo, não poderia resignar-se como faz." E ele pensava no jeito sereno e quase indiferente com que Landry o reencontrara à beira do riacho. Rememorava como o ouvira assobiar para os melros, procurando-o, naquela hora em que ele verdadeiramente pensava em se jogar no rio. Pois se não tinha tal ideia ao sair de casa, tivera-a mais de uma vez, ao anoitecer, crendo que o irmão não o perdoaria jamais por tê-lo repudiado e evitado pela primeira vez na vida. "Se tivesse sido ele a me fazer tal afronta", pensava, "eu nunca me conformaria. Estou muito contente que ele me tenha perdoado, mas eu achava que ele não me perdoaria tão facilmente." E então aquela criança infeliz suspirava se combatendo e se combatia suspirando.

Todavia, como Deus nos recompensa e sempre ajuda, mesmo pelo pouco de boa intenção que temos em Lhe agradar, aconteceu que Sylvinet ficou mais sensato durante o resto do ano; ele se absteve de querelar e repudiar seu irmão, amou-o enfim mais pacificamente, e sua saúde, depois de ter se abalado com todas aquelas angústias, se restabeleceu e fortaleceu. Seu pai o fez trabalhar mais, percebendo que quanto menos ele escutasse a si mesmo, melhor ficaria. Mas o trabalho que a gente faz na casa dos pais não é nunca tão duro quanto o que é comandado em casa alheia. Assim, Landry, que quase não se poupava, ficou mais forte e maior em tamanho naquele ano do que seu babaço. As pequenas diferenças que sempre se observaram entre eles se tornaram mais notórias e, do espírito, passaram ao físico. Landry, depois de fazer quinze anos, tornou-se de fato um belo rapaz, e Sylvinet ficou como um jovenzinho bonito, mais magro e menos corado que seu irmão. Assim, nunca mais os tomaram um pelo outro e, apesar de sempre parecerem irmãos, não se notava imediatamente que eram babaços.

Landry, que teoricamente era o caçula, tendo nascido uma hora depois de Sylvinet, parecia, a quem os visse pela primeira vez, o primogênito ou mais velho um ou dois anos. E isso aumentava a simpatia de seu Barbeau que, do jeito autêntico das gentes do campo, valorizava a força e o tamanho acima de tudo.

II.

Nos primeiros tempos que se seguiram à aventura de Landry com a pequena Fadete, o rapazinho teve alguma preocupação com a promessa que lhe fizera. No momento em que ela o salvara do tormento, ele teria se comprometido por seus pais a lhe dar tudo o que havia de melhor na Babaçoaria: mas quando viu que seu Barbeau não levara a sério as manhas de Sylvinet e não mostrara preocupação, ele temeu que, quando a Fadete viesse reclamar a recompensa, seu pai a pusesse porta afora, zombando da sua bela ciência e da bela palavra que Landry empenhara.

Aquele medo deixava Landry todo envergonhado de si mesmo e, à medida que sua mágoa foi se dissipando, ele se julgou muito simplório por ter acreditado em bruxaria no que lhe tinha acontecido. Ele não tinha certeza de que a pequena Fadete tivesse zombado dele, mas sentia que dava para ter suas dúvidas sobre isso e não encontrava boas explicações para falar a seu pai a fim de lhe provar que fizera bem em comprometer-se de modo tão sério; por outro lado, também não via como romper o tal compromisso, pois havia jurado de alma e consciência.

Mas, para seu grande espanto, nem na manhã seguinte ao trato, nem no mês, nem mesmo na estação, ele ouviu falar da pequena Fadete na Babaçoaria nem na Priche. Ela não se apresentou nem na casa de seu Caillaud pedindo para falar com Landry, nem no seu Barbeau para reclamar coisa nenhuma e, quando Landry a viu de longe nos campos, ela não veio para o seu lado e não pareceu prestar atenção alguma nele, coisa que não lhe era costumeira, pois ela corria atrás de todo mundo, fosse para xeretear, fosse para rir, gracejar com os que estavam de bom humor ou perturbar e ridicularizar os que não estavam.

Mas sendo a casa de dona Fadet vizinha da Priche e da Cosse ao mesmo tempo, era inevitável que num dia ou noutro Landry desse de cara com a pequena Fadete numa das sendas, e quando a senda não é larga, ao passar, a gente é obrigado a se dar um tapinha nas costas ou trocar uma palavra.

Foi num final de tarde, quando a Fadete recolhia seus gansos, com o Gafanhoto sempre no seu encalço; e Landry, que havia ido buscar suas éguas no pasto, trazia-as tranquilamente à Priche, que eles se cruzaram no caminho que desce da Croix des Bossons, no vau das Roulettes, que é tão estreito entre duas depressões, que não tinha jeito de se evitarem. Landry ficou todo pálido pelo medo que teve de que ela lhe cobrasse sua palavra e, não querendo incentivar a Fadete, saltou sobre uma das éguas assim que a avistou, esporeou com força para sair no trote; mas como todas as éguas ficam entravadas por causa das patas amarradas, aquela em que ele montou não avançou depressa. Landry, vendo-se perto da pequena Fadete, não ousou olhá-la e fingiu virar-se como para ver se os potros o seguiam. Quando olhou para a frente, a Fadete já havia passado por ele e nada dissera; não sabia nem mesmo se ela olhara para ele ou se, com o olhar ou o sorriso, lhe solicitara um boa-noite. Ele só viu Jeanet, o Gafanhoto, que, sempre travesso e malvado, pegou uma pedra para jogar nas patas de sua égua. Landry bem que teve vontade de lhe desferir uma chicotada, mas teve medo de parar e ter de se explicar com a irmã do moleque. Então ele fez de conta que não percebeu e se foi sem olhar para trás.

Todas as outras vezes que Landry reencontrou a pequena Fadete foi mais ou menos a mesma coisa. Pouco a pouco, ele foi ficando mais seguro para olhá-la, pois, à medida que a idade e a razão lhe chegavam, ele já não se preocupava tanto com coisa tão pequena. Mas quando enfim tomou coragem para fitá-la tranquilamente, como se esperasse que ela quisesse lhe dizer qualquer coisa, ficou surpreso em ver que aquela menina lhe virava a cara de propósito, como se tivesse dele o mesmo medo que ele tinha dela. Isso o desintimidou muito e, como tinha o coração justo, perguntou-se se não cometera um grande erro em nunca agradecer pelo prazer que, fosse por ciência ou por acaso, ela lhe proporcionara. Ele tomou a resolução de abordá-la na próxima vez que a visse, e, apresentando-se a ocasião, deu ao menos dez passos em sua direção para começar a lhe dizer bom-dia e a conversar com ela.

Mas quando se aproximava, a pequena Fadete tomou um ar orgulhoso e quase zangado; enfim, ao decidir encará-lo, foi com tanto desprezo que o demoliu e ele não ousou lhe dirigir a palavra.

Foi a última vez no ano que Landry a reencontrou de perto, pois a partir daquele dia a Fadete, levada por não sei qual fantasia, o evitou tanto que, assim que o via de longe, virava para outro lado, entrava num domínio ou fazia um grande desvio para não o ver. Landry pensou que estava zangada por ele ter sido ingrato; mas a repugnância que ela demonstrava era tão grande que ele não conseguiu se decidir a tentar nada para reparar o seu erro.

A pequena Fadete não era uma criança como as outras. Ela não era melindrosa por natureza e o era até muito pouco, pois gostava de provocar injúrias ou zombarias, de tanto que tinha a língua afiada para responder e ter sempre a última palavra e também a mais mordaz. Nunca a viram resmungar e a recriminavam pela falta do orgulho que convém a uma mocinha, quando a gente já tem lá seus quinze anos e começa a se sentir gente grande. Ela mantinha os modos de um meninote e fingia, mesmo, atormentar com frequência Sylvinet, incomodá-lo e exasperá-lo quando o surpreendia nos devaneios aos quais ele se entregava às vezes. Ela o seguia até um pedaço do caminho quando o encontrava; zombando de sua "babaceria", atormentava o coração do coitado, dizendo que Landry não o amava e fazia pouco do seu sofrimento.

Assim, o pobre Sylvinet, que, ainda mais do que Landry, acreditava que ela fosse feiticeira, surpreendia-se que ela adivinhasse seus pensamentos e a detestava com todas as suas forças. Tinha desprezo por ela e pela família dela e, do mesmo modo como ela evitava Landry, ele evitava aquele Grilo maligno que — dizia — cedo ou tarde seguiria o exemplo da mãe, que tivera má conduta, largando o marido para finalmente ir atrás dos soldados. Aquela lá tinha ido embora como uma viandante logo depois do nascimento do Gafanhoto e, desde aí, nunca mais se ouviu falar dela. O marido morreu de tristeza e vergonha; foi assim que a velha dona Fadet se viu obrigada a se encarregar das duas crianças, das quais cuidava muito mal, tanto por causa de sua sovinice quanto pela idade avançada, que não lhe permitia tomar conta dos dois nem os manter limpos.

Por todas essas razões, Landry, que, no entanto, era menos orgulhoso do que Sylvinet, sentia aversão pela Fadete e, lamentando ter-se relacionado com ela, evitava deixar que alguém soubesse disso. Ele escondia isso até mesmo de seu babaço, pois não queria confessar a preocupação que tivera com ele; e Sylvinet, por sua vez, escondeu todas as malvadezas que lhe fazia a pequena Fadete, com vergonha de dizer que ela adivinhara seu ciúme.

Mas o tempo passava. Na idade em que estavam os babaços, as semanas são como meses e os meses são como anos, tamanhas as mudanças que eles sofrem no corpo e no espírito. Logo Landry esqueceu sua aventura e, depois de ter ficado um pouco atormentado com a lembrança da Fadete, pensou naquilo tanto quanto se tivesse sonhado.

Havia praticamente dez meses que Landry começara na Priche e se aproximava São João, que era a época do fim de seu trato com seu Caillaud, mas aquele homem de bem estava tão contente com o rapaz que decidira aumentar-lhe os ganhos para não o deixar ir embora; e Landry não queria outra coisa senão ficar perto de sua família e renovar com a gente da Priche, que lhe convinha muito. Ademais, ele se apegara numa amizade por uma sobrinha de seu Caillaud, que se chamava Madelon e era um encanto de mocinha. Ela, com um ano a mais que ele, tratava-o ainda como criança, mas isso ia diminuindo a cada dia e, enquanto no início do ano ela caçoava dele quando ele tinha vergonha de beijá-la nas brincadeiras ou na dança, no final ela enrubescia em vez de provocá-lo e não ficava mais sozinha com ele no estábulo ou na granja. A Madelon não era pobre e um casamento entre eles poderia muito bem ser arranjado com o passar do tempo. Enfim, seu Caillaud, vendo que as duas crianças começavam a se procurar e recear uma à outra, dizia a seu Barbeau que eles poderiam formar um belo par e que não havia mal em deixá-los se conhecer melhor e aos poucos.

Foi acordado então, oito dias antes de São João, que Landry ficaria na Priche, e Sylvinet na casa dos pais, pois a maturidade chegara a este, e como seu Barbeau tinha tido febres, esse seu filho podia ser muito útil na lida de suas terras. Sylvinet tivera muito medo de ser mandado longe, e tal receio fizera bem para ele; pois cada vez mais ele se esforçava em vencer os excessos de seu apego por Landry, ou ao menos em não deixar transparecer tanto. A paz e a felicidade haviam então retornado à Babaçoaria, ainda que os babaços só se vissem duas ou três vezes por semana. São João foi para eles um dia de felicidade; foram juntos à cidade para ver os rapazes arranjar emprego na cidade e no campo e a festa que se seguiu na grande praça. Landry dançou mais de uma quadrilha com a bela Madelon; e Sylvinet, para aprazer-lhe, tentou dançar também. Ele não se saía muito bem; mas Madelon, que lhe testemunhava muita estima, o tomava pela mão, frente a frente, para ensiná-lo a marcar o passo; e Sylvinet, estando com o irmão, prometeu aprender a dançar bem, a fim de compartilhar um prazer pelo qual, até então, havia recriminado Landry.

Ele não sentia muito ciúme de Madelon, pois Landry ainda tinha suas reservas para com ela. Além disso, Madelon elogiava e encorajava Sylvinet. Ela ficava à vontade com ele e, alguém que não conhecesse, julgaria que era aquele babaço, entre os dois, que ela preferia. Landry poderia ter ficado com ciúmes, se não fosse, por natureza, inimigo desse sentimento; e talvez alguma coisa lhe dissesse, apesar de sua grande inocência, que Madelon agia assim apenas para agradá-lo e ficar mais tempo ao lado dele.

Tudo correu do melhor modo possível durante três meses, até o dia de Santo Andoche, que é a festa do padroeiro do burgo da Cosse e cai nos últimos dias de setembro.

Aquele dia, que era sempre para os dois babaços uma grande e bela festa porque havia dança e gincanas de toda sorte sob as grandes nogueiras da paróquia, trouxe-lhes sofrimentos pelos quais jamais esperariam.

Seu Caillaud havia dado a Landry permissão para na véspera ir dormir na Babaçoaria a fim de que pudesse participar da festa logo de manhã; ele então partiu antes do jantar, bem contente de ir surpreender seu babaço, que só o esperava na manhã seguinte.

É a estação em que os dias começam a ficar curtos e a noite cai rápido. Landry nunca tivera medo de nada em pleno dia; mas não seria nem de sua idade nem de sua região se ele gostasse de se ver sozinho à noite pelas sendas, especialmente no outono, que é uma estação em que os bruxos e duendes começam a dar o ar da graça, por causa das neblinas que os ajudam a esconder suas maldades e malefícios. Landry, que costumava sair sozinho a qualquer hora para recolher seus bois, não estava preocupado justamente naquela noite mais do que noutras; mas andava rápido e cantava alto, como se faz sempre quando está escuro, pois se sabe que o canto do homem incomoda e afasta os animais maus e as gentes malvadas.

Quando Landry estava no lugar do vau de Roulettes, que assim se chama por causa das pedrinhas redondas que ali se encontram em grande quantidade, ele arregaçou um pouco as pernas de suas calças, pois a água podia chegar ao calcanhar, e prestou bastante atenção para não pisar em falso porque o vau era enviesado e tanto à direita quanto à esquerda havia buracos traiçoeiros. Landry conhecia tão bem o vau que era raro se enganar. Além disso, via-se dali, através das árvores que estavam despojadas da metade de suas folhas, a pequena claridade que provinha da casa de dona Fadet; e, olhando aquela claridade, por pouco que andasse naquela direção, não tinha como errar o caminho.

Estava tão escuro debaixo das árvores que Landry tateou o vau com seu cajado antes de entrar. Ele ficou surpreso de achar a água mais alta que de costume, ainda mais que ouvia o barulho das eclusas que tinham sido abertas há algum tempo. Contudo, como ele enxergava bem a luz do cruzamento da Fadete, arriscou. Mas, com dois passos, a água ficou acima de seus joelhos e ele se retirou, calculando que tinha se enganado. Tentou um pouco mais acima e um pouco mais abaixo e, tanto ali como aqui, encontrou buracos ainda mais profundos. Não havia chovido, as eclusas ainda rugiam: a coisa era então muito surpreendente.

12.

"Devo", pensou Landry, "ter pegado o caminho errado na bifurcação, pois justamente agora estou vendo à minha direita a lamparina da Fadete, que deveria estar à minha esquerda."

Ele refez o caminho até a Croix-au-Lièvre e girou de olhos fechados para se desorientar; quando observou as árvores e arbustos em torno de si, ele se viu no caminho certo e voltou até o riacho. Mas, ainda que o vau lhe parecesse cômodo, não ousou dar três passos porque viu, de repente, quase atrás de si, a claridade da casa da Fadete, que deveria estar bem à sua frente. Voltou à margem e aquela claridade lhe pareceu então como devia estar. Retomou o vau enviesando num outro sentido e, dessa vez, a água quase lhe bateu na cintura. Continuou a avançar, entretanto, augurando que houvesse encontrado um buraco, mas do qual sairia se andasse em direção à luz.

Ele fez bem de parar, pois o buraco afundava cada vez mais e ele acabou ficando com água até os ombros. A água estava fria e ele ficou um instante a se perguntar se voltaria atrás, pois lhe parecia que a luz tinha trocado de lugar e ele até a viu se mexer, correr, saltitar, passar de uma margem à outra e finalmente se mostrar dupla, refletida na água, onde ficava como um pássaro pairando com as asas abertas e fazendo um barulhinho de crepitação como uma vela de resina.

Dessa vez Landry teve medo e quase perdeu a cabeça; ele tinha ouvido dizer que não há nada de mais abusivo nem malvado do que aquele fogo que brinca de desnortear os que o olham e os conduz ao mais profundo das águas, rindo-se a seu modo e zombando da angústia alheia.

Landry fechou os olhos para não ver e, virando-se bruscamente, pelo sim pelo não, saiu do buraco e voltou à margem. Jogou-se então na relva e olhou o diabrete que continuava sua dança e seu riso. Era realmente uma coisa feia de ver. Ora ele fugia como um martim-pescador, ora desaparecia completamente. E outras vezes se tornava grande como a cabeça de um boi e em seguida miúdo como um olho de gato; acorria perto de Landry, girava em torno dele tão rápido que ele ficava atordoado e, enfim, notando que o rapaz não queria segui-lo, voltava a excitar-se no bambuzal, onde parecia zangar-se e dizer insolências.

Landry não ousava se mexer, pois voltar atrás não era jeito de espantar o diabrete. Sabe-se que ele se obstina em correr atrás dos que correm e que se põe de través no seu caminho até os deixar loucos e fazer cair numa cilada. Ele tremia de medo e de frio, quando ouviu atrás de si uma vozinha muito doce, que cantava:

> *Fadet, fadet, fadete, cadê?*
> *pega tua vela e teu corneto,*
> *peguei capa e capete;*
> *toda fada tem seu diabrete.*[34]

E logo a pequena Fadete, que se apressava alegremente em passar a água sem mostrar medo nem espanto com o diabrete, topou em Landry, que estava sentado no chão, no breu, e se esquivou xingando como um moleque, e dos piores.

— Sou eu, Fanchon — disse Landry, se levantando —, não tenha medo. Não sou inimigo.

Ele falava assim porque tinha quase tanto medo dela quanto do diabrete. Ouvira sua canção e vira que ela estava fazendo uma conjuração ao fogo-fátuo, o qual dançava e revirava como um louco diante dela como se tivesse muito prazer em vê-la.

— Vejo, belo babaço — disse então a pequena Fadete, depois de pensar um pouco consigo mesma —, que você me bajula porque está quase morto de medo e a sua voz treme no gogó tanto quanto a da minha avó. Pois é, pobre querido, à noite você não é tão orgulhoso quanto de dia e aposto que não ousa passar a água sem mim.

— Ora bolas, acabei de sair daí — disse Landry — e quase me afoguei. Você vai se arriscar, Fadete? Não tem medo de errar o vau?

— E por que eu erraria? Mas estou vendo o que preocupa você — respondeu a Fadete, rindo. — Vamos, me dê a mão, palerma; o diabrete não é tão malvado quanto você acha, só faz mal a quem se amedronta com ele. Estou acostumada a vê-lo e nos conhecemos.

Então, com mais força do que Landry poderia supor, ela o puxou pelo braço e o levou ao vau correndo e cantando:

Peguei capa e capete,
Toda fadete tem um diabrete.

Landry não ficou mais à vontade na confraria da pequena bruxa do que estava na do duende. No entanto, como preferia ver o diabo na aparência de um ser de sua própria espécie à de um fogo tão sorrateiro e fugaz, não opôs resistência e logo ficou seguro, sentindo que Fadete o conduzia tão bem que ambos andavam no seco, sobre pedregulhos. Mas como andavam rápido e abriam uma corrente de ar ao fogo, eram sempre seguidos por aquele fogo-fátuo, conforme o chama o professor da escola de nossa região, que conhece muito bem essa coisa e afirma que não precisa ter medo nenhum disso.

13.

Talvez dona Fadet também fosse entendida no assunto e tivesse ensinado à neta a não temer aqueles fogos da noite; ou também, de tanto vê-los, pois havia muito deles nos arredores do vau de Roulettes e era um grande acaso que Landry não os tivesse ainda visto de perto, talvez a pequena imaginasse que o espírito que os soprava não era malvado e só fazia o bem. Percebendo que Landry tremia todinho à medida que o fogo-fátuo se aproximava deles, ela disse:

— Seu tonto, esse fogo não queima, e, se você fosse esperto o bastante para manejá-lo, veria que nem deixa marca.

"Pior ainda", pensou Landry, "fogo que não queima, sabemos o que é; não pode vir do bom Deus, pois o fogo de Deus é feito para aquecer e queimar." Mas ele não manifestou seu pensamento à pequena Fadete e, quando se viu são e salvo na margem, teve vontade de largá-la ali plantada e sair correndo para a Babaçoaria. Mas ele não tinha o coração ingrato e não quis ir sem lhe agradecer.

— É a segunda vez que me faz um favor, Franchon Fadet — disse-lhe —, e eu não valeria nada se não lhe dissesse que me lembrarei disso por toda a minha vida. Estava lá como louco quando você me encontrou; o diabrete me atazanava e enfeitiçava. Eu nunca teria atravessado o riacho ou talvez nem nunca conseguisse sair dali.

— Talvez você tivesse passado sem penar nem correr

perigo se não fosse tão estúpido — respondeu-lhe Fadete. — Eu nunca acreditaria que um rapaz do seu tamanho, que já tem dezessete anos e que não vai demorar para ter barba na cara, fosse tão fácil de assustar e estou contente de vê-lo desse jeito.

— E contente por quê, Franchon Fadete?

— Porque não gosto de você — disse ela com um tom de desprezo.

— E por que ainda não gosta de mim?

— Porque não o estimo — respondeu ela —, nem ao senhor, nem ao senhor seu babaço, nem a vosso pai e vossa mãe, que são orgulhosos porque são ricos e acham que não fazemos mais do que nossa obrigação em servi-los. Eles lhe ensinaram a ser ingrato, Landry, e é o pior defeito de um homem, depois do de ser medroso.

Landry se sentiu muito humilhado com as recriminações daquela mocinha, pois reconhecia que realmente não estavam de todo erradas, e respondeu:

— Se estou em falta com você, Fadete, culpe somente a mim. Nem meu irmão nem meu pai nem minha mãe nem ninguém em nossa casa ficou sabendo do socorro que uma vez você me prestou. Mas desta vez eles saberão e você terá a recompensa como quiser.

— Ah! Você já está todo orgulhoso — replicou a pequena Fadete — porque imagina que com os seus presentes pode ficar quite comigo. Você pensa que sou como a minha avó que, contanto que lhe deem algum dinheiro, tolera as desonestidades e insolências de todo mundo. Pois muito bem, eu não preciso de vossas doações e desprezaria tudo o que viesse de vossa parte, pois você não teve a bondade de achar uma simples palavra de agradecimento e amizade a me dizer depois de quase um ano que o curei de um grande sofrimento.

— Estou em falta com você, confesso, Fadete — disse Landry, que não deixava de se surpreender pela maneira como a ouvia argumentar pela primeira vez. — Mas é também culpa sua. Não foi bem um feitiço me fazer achar meu irmão, pois você tinha acabado, sem dúvida, de vê-lo enquanto eu me explicava com a sua avó; e se você tivesse mesmo um bom coração, você, que está me recriminando por não ter, em vez de me fazer sofrer e esperar e me fazer empenhar uma palavra que podia comprometer, você teria dito na hora: "Dispare pelo pasto que você o verá no rebite da água". Não teria lhe custado muito; em vez disso, você fez uma brincadeira de mau gosto com meu sofrimento e é no que deu a paga do favor que me fez.

A pequena Fadete, que sempre tinha a réplica pronta, ficou pensativa um instante. Depois disse:

— Estou vendo que você fez de tudo para afastar o reconhecimento do seu coração e imaginar que nada me devia por causa da recompensa que o fiz me prometer. Mais um golpe; seu coração é duro e mau mesmo, pois você não notou que nada reclamei, nem mesmo o recriminei por sua ingratidão.

— É verdade, Fanchon — disse Landry, que estava mesmo de boa-fé —; estou errado, eu senti e tive vergonha; deveria ter falado com você; e tive a intenção de fazê-lo, mas você me fez uma cara tão corrosiva que eu não soube como agir.

— E se você tivesse vindo na manhã seguinte do acontecido me dizer uma palavra de amizade, não teria me encontrado corrosiva; saberia na hora que eu não queria paga e seríamos amigos: mas agora tenho má impressão de você e deveria ter deixado você se virar com o fogo-fátuo. Boa noite, Landry da Babaçoaria, vá secar suas roupas, dizer a seus pais "sem aquele Grilo maltrapilho, eu teria, por Deus, bebido muita água no rio esta noite".

Assim falando, a pequena Fadete lhe deu as costas e andou para os lados de sua casa, cantando:

Toma tua porção e tua lição,
Landry Barbeau, seu babação.

Dessa vez, Landry sentiu como um grande arrependimento na alma; não que estivesse disposto a algum tipo de amizade por uma menina que parecia ter mais esperteza do que bondade e cujos maus modos não agradavam nem mesmo àqueles que zombavam deles. Mas ele tinha o coração altaneiro e não queria guardar um erro em sua consciência. Correu atrás dela e, pegando-a pela capa:

— Vejamos, Fanchon Fadet, é preciso que esse negócio se resolva e termine entre nós. Você não está contente comigo, tampouco estou contente comigo mesmo. Você precisa me dizer o que deseja e até amanhã trarei.

— Eu desejo não o ver nunca mais — respondeu Fadete muito duramente — e qualquer coisa que me traga, fique sabendo que jogarei no seu nariz.

— Eis palavras muito rudes para alguém que lhe oferece reparação. Se não quer um presente, deve haver um meio de lhe fazer um favor e mostrar que lhe quero bem e não mal. Então, diga o que tenho que fazer para contentá-la.

— Você saberia por acaso me pedir perdão e desejar minha amizade? — disse Fadete, parando.

— Perdão é pedir demais — respondeu Landry, que não podia vencer sua altivez em relação a uma menina que não era considerada de acordo com a idade e que não se portava sempre tão razoavelmente quanto deveria. — Quanto à sua amizade, Fadete, você tem uma cabeça tão estranha que não me inspiraria muita confiança. Peça então uma coisa que eu possa dar imediatamente sem ter que pedir de volta.

— Muito bem — disse a Fadete com uma voz clara e seca —, será como deseja, babaço Landry. Eu lhe ofereci pedir perdão e não quer. No momento eu reclamo o que me havia prometido, que é obedecer ao meu comando no dia em que eu solicitar. Esse dia não passará de amanhã no Santo Andoche e eis o que quero: que você dance comigo três quadrilhas depois da missa, duas quadrilhas depois das vesperais e ainda duas quadrilhas depois do Angelus, o que dará sete. E durante o dia todo, desde que você levantar até ir deitar, não dançará nenhuma outra quadrilha com quem quer que seja, moça ou mulher. Se não fizer isso, saberei que tem três coisas bem feias: a ingratidão, o medo e a falta de palavra. Boa noite, eu o espero amanhã à porta da igreja, para abrir a dança.

E a pequena Fadete, que Landry seguira até sua casa, deu uma carreira e entrou tão rápido que a porta foi fechada e trancada antes que o babaço pudesse dizer palavra.

14.

Landry achou a ideia de Fadete tão estranha que pensou antes em rir do que se zangar.

"Aí está", pensou, "uma menina mais para louca do que má, e mais desinteressada do que eu supunha, pois sua paga não arruinará minha família."

Mas, pensando melhor, ele achou a quitação de sua dívida mais dura do que parecia. A pequena Fadete dançava muito bem; ele a tinha visto gingar nos campos ou à beira dos caminhos com os pastores e se saía como um diabrete, tão vivaz que era difícil acompanhar seu ritmo. Apenas que era tão pouco bonita e mal paramentada, mesmo aos domingos, que nenhum rapaz da idade de Landry dançaria com ela, menos ainda na frente de todo mundo. No máximo roceiros e os meninos que ainda não haviam feito a primeira comunhão a consideravam digna de ser tirada para dançar; e as belas moçoilas do campo não gostavam de tê-la na roda. Landry sentiu-se então completamente humilhado por ficar dedicado a um par daquele tipo; e quando se lembrou de que pedira à bela Madelon que lhe prometesse ao menos três quadrilhas, perguntou-se como ela suportaria a afronta que seria forçado a fazer ao não ir reclamá-las.

Como estava com frio e fome e continuava com medo de que o fogo-fátuo se aproximasse dele, andou rápido sem pensar muito e sem olhar para trás. Assim que chegou, secou-se e contou que não vira o vau por causa da noite escura e que tivera dificuldades em sair da água; mas teve vergonha de confessar o medo que passara e não falou nem do fogo-fátuo nem da pequena Fadete. Deitou-se pensando em deixar para se atormentar com a consequência daquele malfadado encontro só de manhã; porém, por mais que fizesse, dormiu muito mal. Teve mais de cinquenta sonhos, nos quais viu a pequena Fadete cavalgando o capeta, que era como um galo vermelho segurando numa das patas o seu lampião de chifre polido com uma vela dentro, cujos reflexos se espalhavam por toda a junqueira. E então a Fadete transformava-se num grilo do tamanho de uma cabra e trilava, com voz de grilo, uma canção que ele não conseguia entender, mas em que ouvia sempre palavras repetidas: grilinho, diabrete, corneto, capeta, fogo, babaço, Sylvinet. Ele ficou com a cabeça cheia e a claridade do fogo-fátuo lhe parecia tão viva e pronta que, quando despertou, sentia ainda os seus orbíteos, os quais são pequenas bolhas pretas, vermelhas e azuis que parecem estar ainda diante de nossos olhos, como acontece quando olhamos fixamente as órbitas do Sol ou da Lua.

Landry ficou tão cansado daquela noite ruim que cochilou durante toda a missa e não ouviu sequer uma palavra do sermão do pároco, que elogiou e magnificou a não mais poder as virtudes e propriedades do bom santo Andoche. Ao sair da igreja, Landry estava tão cheio de languidez que se esquecera da Fadete. No entanto, ela estava em frente ao vestíbulo, logo depois da bela Madelon, que permanecera ali completamente certa de que seria a primeira a ser tirada para dançar. Mas quando ele se aproximou para lhe falar, foi obrigado a ver o Grilo que deu um passo à frente e lhe disse bem alto, com inigualável ousadia:

— Vamos, Landry, você me convidou ontem à noite para a primeira dança e estou contando que não vamos perdê-la.

Landry ficou vermelho como fogo e, vendo Madelon ficar vermelha também pela grande surpresa e despeito que teve com semelhante aventura, tomou coragem contra a pequena Fadete:

— É possível que tenha prometido dançar com você, Grilo — disse-lhe ele —, mas havia pedido a outra antes e chegará a sua vez depois que eu tiver cumprido minha primeira promessa.

— De jeito nenhum — retrucou a pequena Fadete com firmeza. — Sua lembrança falha, Landry; você não prometeu a ninguém antes de mim, pois a palavra que estou cobrando é do ano passado e você só fez renová-la ontem à noite. Se a Madelon tem vontade de dançar com você hoje, está aí seu babaço, que é muito parecido com você e que ela pegará no seu lugar. Um vale pelo outro.

— O Grilo tem razão — respondeu a Madelon com orgulho, tomando a mão de Sylvinet —; já que você fez uma promessa antiga, é preciso mantê-la, Landry. Também gosto de dançar com seu irmão.

— Sim, sim, é a mesma coisa — disse Sylvinet, ingenuamente. — Vamos dançar os quatro.

Foi preciso deixar as coisas assim para não chamar a atenção de todo mundo, e o Grilo começou a saltitar com tanto orgulho e presteza que nunca uma quadrilha foi tão bem marcada nem enlevada. Se ela fosse graciosa e meiga, daria gosto de ver, pois dançava maravilhosamente e não havia bela que não quisesse ter sua leveza e postura; mas o coitado do Grilo estava tão malvestido que parecia dez vezes mais feio que de costume. Landry, que não ousava mais olhar Madelon de tanto que fora contrariado e humilhado diante dela, olhou a dançarina e a achou muito mais feia do que nos trapos de todos os dias; ela acreditava ter se embelezado, porém seus trajes davam vontade de rir.

Ela usava um chapelete todo amarelado pelo mofo que, em vez de ser pequenino e bem amarrado por trás, segundo a nova moda na região, mostrava de cada lado de sua cabeça dois orelhões bem grandes e achatados; e, atrás da cabeça, a fita caía até o pescoço, o que a fazia parecer-se com sua avó e lhe deixava a cabeça do tamanho de uma cuia em cima dum pescocinho magro feito um bastão. Seu saiote de lã grosseira estava uns dois palmos curto demais; e como ela havia crescido durante o ano, os braços magros, queimados de sol, saíam-lhe das mangas como duas patas de aranha. Ela usava também um avental vermelho encarnado que herdara da mãe, do qual estava orgulhosa e cuja pala — coisa que as jovens já não usam há dez anos — ela não pensara em tirar. De fato, a pobre menina não era das mais coquetes; não o era nem um pouco, aliás, e vivia como um moleque, sem se preocupar com a aparência, e só gostava de brincadeiras e gargalhadas. Assim, ela mais parecia uma velha endomingada e a desprezavam por sua deselegância, a qual não era ditada pela miséria, mas pela avareza da avó e por sua própria falta de bom gosto.

15.

Sylvinet achava estranho que seu babaço tivesse cismado com a Fadete de quem ele, por sua vez, gostava menos ainda do que o irmão. Landry não sabia como explicar a coisa e queria ter se enfiado num buraco no chão. A Madelon ficou bem desalegre, e apesar da ginga com que a pequena Fadete levava suas pernas, a cara de ambos estava tão triste que pareciam chegar de um enterro.

Assim que acabou a primeira dança, Landry se esquivou e foi se esconder no seu canto. Mas, depois de um instante, a pequena Fadete, escoltada pelo Gafanhoto que, pelo fato de ter uma pena de pavão e uma pedra imitando ouro no boné, estava mais raivoso e mais chorão que de costume, veio logo cobrá-lo de novo, trazendo consigo um bando de garotinhas mais jovens do que ela, pois as de sua idade quase não a frequentavam. Quando Landry a viu com toda aquela galinhada, com a qual ela pretendia contar por testemunho em caso de recusa, submeteu-se e a conduziu para debaixo das nogueiras, onde gostaria de encontrar um canto para dançar com ela sem ser notado. Para sua felicidade, nem Madelon nem Sylvinet estavam daquele lado, nem as gentes da região; e ele quis aproveitar a ocasião para cumprir sua tarefa e dançar a terceira quadrilha com a Fadete. Só havia estranhos em volta deles, os quais não prestaram muita atenção.

Assim que terminou, Landry correu buscar Madelon para convidá-la a vir sob o caramanchão comer mingau com ele. Mas ela dançara com outros que lhe haviam feito prometer deixar-se regalar e ela o recusou com uma ponta de orgulho. Depois, vendo que ele ficara num canto com os olhos cheios de lágrimas, pois o despeito e o orgulho a tornavam mais bela do que nunca, e parecia que todos notavam isso, ela comeu rápido, levantou-se da mesa e disse bem alto:

— As vesperais estão tocando; com quem vou dançar depois? — Ela se virara para o lado de Landry, contando que ele diria bem rápido "comigo!". Mas, antes que ele pudesse abrir a boca, outros se ofereceram e Madelon, sem se dar ao trabalho de lhe dirigir um olhar de reprovação ou piedade, foi às vesperais com seus novos galanteadores.

Assim que as vesperais começaram, Madelon partiu com Pierre Aubardeau, seguido de Jean Alandenise e de Etienne Alaphippe, e todos os três a fizeram dançar, um após o outro, pois assim tinha de ser, já que era moça bonita e cheia de dotes. Landry a espiava pelo canto do olho, enquanto a pequena Fadete ficara na igreja fazendo longas orações, umas após as outras; assim fazia todos os domingos, fosse por grande devoção, segundo alguns, fosse, segundo outros, para melhor esconder sua parte com o diabo.

Landry ficou muito contrariado em ver que Madelon não demonstrava a mínima inquietude por ele, que ela estava vermelha como um morango de prazer e se consolava muitíssimo bem da afronta que ele se vira forçado a lhe fazer. Deduziu, então, algo que não lhe passara pela cabeça antes, a saber, que ela ficara um pouco coquete demais por ressentimento, mas que, em todo caso, ela não lhe era muito apegada, visto que se divertia muito bem sem ele.

É verdade que ele reconhecia estar errado, ao menos aparentemente; mas ela o vira muito magoado no caramanchão e poderia ter adivinhado que havia naquilo alguma coisa que ele gostaria de poder explicar. Mas ela não dava a menor importância, se mostrava alegre feito uma cabrita, enquanto ele estava com o coração partido.

Quando ela acabou a dança com seus três pares, Landry se aproximou, desejando falar-lhe em segredo e se justificar como podia. Não sabia como fazer para puxá-la de lado, pois estava numa idade em que ainda não se tem muita coragem com as mulheres; assim, não conseguiu achar nenhuma palavra adequada e a pegou pela mão para que o seguisse; mas ela lhe disse com um ar meio despeitado, meio condescendente:

— Opa, Landry, você quer então me tirar para dançar no fim?

— Dançar não — respondeu ele, pois não sabia fingir nem cogitava mais em faltar com sua palavra —, mas lhe dizer alguma coisa que você não pode deixar de ouvir.

— Oh! Se você tem um segredo a me contar, Landry, será da próxima vez — respondeu Madelon, tirando a mão. — Hoje é dia de dançar e de se divertir. Não esgotei ainda as minhas pernas e já que o Grilo gastou as suas, vá deitar se você quiser; eu vou ficar.

Foi então que ela aceitou a proposta de Germain Audoux, que vinha vindo tirá-la para dançar. E quando deu as costas a Landry, este ouviu Germain Audoux que lhe dizia, referindo-se a ele:

— Está aí um mancebo que achava que era a sua vez nesta quadrilha.

— Talvez — disse Madelon, dando de ombros —, mas não era para o bico dele!

Landry ficou muito chocado com aquela fala e se pôs perto da dança para observar todos os modos de Madelon que, mesmo sem ser desonestos, eram tão orgulhosos e de tamanha insolência que ele ficou desapontado; e quando ela voltou para o lado dele, como ele a fitasse com olhos que zombavam um pouco, ela disse, por bravata:

— Pois é, Landry, você não consegue arranjar uma dançarina hoje. Você será, pode apostar, obrigado a voltar ao Grilo!

— E voltarei de bom grado — respondeu Landry —,

pois, se não é a mais bela da festa, continua sendo a que dança melhor.

Aí ele foi aos arredores da igreja procurar a pequena Fadete e a trouxe à dança diante de Madelon e dançou duas quadrilhas sem sair dali. Dava gosto ver como o Grilo estava orgulhoso e contente! Ela não escondia seu aprazimento, seus olhinhos pretos espertos reluziam e ela levantava a cabecinha e a chapeleta como uma galinha pomposa.

Mas, infelizmente, seu triunfo causou despeito em cinco ou seis meninos que a tiravam sempre para dançar e que, não podendo mais se aproximar, eles, que nunca tiveram orgulho dela, e que a estimavam muito por sua dança, puseram-se a criticá-la e a recriminar seu orgulho e a cochichar ao seu redor:

— Olha só o Grilinho que pensa encantar Landry Barbeau! Grilheta, espoleta, fogueta, gata grelhada, resmungueta — e outras coisas frívolas segundo o costume local.

16.

Além disso, quando a pequena Fadete passava perto deles, puxavam-lhe a manga ou punham o pé à sua frente para derrubá-la e havia os mais novinhos e os menos educados que batiam na aba da sua touca e a viravam de uma orelha à outra, gritando:

— Olha o birote, o birotão da dona Fadet!

O pobre Grilo distribuiu cinco ou seis tapas a torto e a direito; mas isso tudo só serviu para atrair a atenção sobre ela, e as pessoas do lugarejo começaram a dizer:

— Mas olha só nossa Grilinha, que sorte teve hoje que Landry Barbeau a tirou para dançar o tempo todo! É verdade que ela dança bem, mas está bancando a moça bonita e se dando ares de importância feito uma sirigaita.

E houve quem dissesse a Landry:

— Ela lhe fez algum sortilégio, pobre Landry, pois você só olha para ela? Ou é você que quer virar feiticeiro e logo mais o veremos andando com o capeta?

Landry ficou mortificado, mas Sylvinet, a quem nada parecia tão excelente ou estimável quanto seu irmão, ficou ainda mais admirado em ver que ele se prestava às gargalhadas de tanta gente, inclusive de estranhos que começavam também a se meter, fazendo perguntas e dizendo:

— É um belo rapaz, mas, espera lá, o que tem na cabeça de se meter com a mais feia de toda a assembleia?

Madelon veio, com ares de triunfo, escutar todas aquelas zombarias e, sem piedade, acrescentou sua palavra:

— Os senhores querem o quê? Landry é ainda uma criancinha e, na idade dele, contanto que encontre com quem conversar, não faz conta se é uma cara de cabra ou uma figura cristã.

Sylvinet pegou então Landry pelo braço, dizendo-lhe baixinho:

— Vamos embora, meu irmão, ou acabaremos nos zangando, pois estão caçoando e o insulto que dirigem à pequena Fadete volta para você. Não sei o que lhe deu na cabeça hoje de dançar com ela quatro ou cinco vezes seguidas. Parece que você está procurando o ridículo; acabe com essa diversão, estou pedindo. É bom para ela se expor à rudez e ao desprezo dos outros. É só o que ela procura, é do seu gosto, mas não do nosso. Vamos embora, a gente volta depois do Angelus e você dança com a Madelon, que é uma moça adequada. Sempre lhe disse que você gostava demais de dança e que isso o levaria a fazer coisas insensatas.

Landry o seguiu dois ou três passos, mas se voltou ao ouvir grande clamor; viu a pequena Fadete, que Madelon e as outras moças haviam deixado às zombarias de seus galanteadores e a quem os moleques, incentivados pelas gargalhadas, acabavam de arrancar o chapelete com um soco. Ela estava com os longos cabelos negros caindo nas costas e se debatia com raiva e mágoa, pois daquela vez nada dissera que a fizesse merecer ser tão maltratada; ela chorava de raiva sem conseguir recuperar seu chapelete, que um moleque malvado levava na ponta de um pau.

Landry achou a coisa muito má e, com seu bom coração, moveu-se contra a injustiça, agarrou o moleque, tirou-lhe o chapelete e o pau, com o qual lhe aplicou uma boa pancada no traseiro, voltou para o meio dos outros e os botou para correr só de aparecer e, pegando o Grilo pela mão, devolveu-lhe o chapeuzinho.

A vivacidade de Landry e o medo dos meninos fizeram com que os assistentes rissem muito. Aplaudiram Landry;

mas como Madelon virava a coisa contra ele, houve ainda rapazes da idade de Landry, e até mais velhos, que pareciam rir às suas custas.

Landry perdera a timidez; sentia-se corajoso e forte e um não sei quê do homem-feito lhe dizia que estava cumprindo seu dever em não permitir que se maltratasse uma mulher, feia ou bonita, pequena ou grande, que ele tomara como par à vista de todos. Ele percebeu a maneira como o olhavam do lado de Madelon e foi direto encarar os Aladenise e os Alaphilippe, dizendo:

— Muito bem! Vocês aí, o que têm a dizer? Se a mim me convém dar atenção a essa moça, em que vos ofende? E se estão chocados, por que se viram para cochichar? Não estou aqui na sua frente? Não estão me vendo? Disseram aí que sou ainda uma criancinha, mas não tem homem nem grandalhão aqui que fale na cara! Estou esperando que me digam e veremos se alguém aqui vai molestar a moça com quem a criancinha está dançando.

Sylvinet não largara seu irmão e, ainda que não o aprovasse por ter levantado a querela, estava disposto a apoiá-lo. Havia quatro ou cinco rapazes que eram maiores que os gêmeos, mas, quando os viram tão resolutos, pensaram melhor antes de se baterem por tão pouco, não deram um pio e se entreolharam, como para se perguntarem qual deles tinha a intenção de enfrentar Landry. Nenhum se apresentou e Landry, que não havia largado a mão de Fadete, lhe disse:

— Ponha seu chapeuzinho, Fanchon, e vamos dançar; quero ver quem vai arrancá-lo.

— Não — disse a pequena Fadete, enxugando as lágrimas —, já dancei bastante por hoje e o considero quite com o resto.

— Nada disso, nada disso, é preciso dançar mais — insistiu Landry, que estava ardendo de coragem e orgulho. — Ninguém vai dizer que você não pode dançar comigo sem ser insultada.

E ele a fez dançar e ninguém lhes dirigiu uma palavra nem um olhar atravessado. Madelon e seus admiradores haviam ido dançar alhures. Depois daquela quadrilha, a pequena Fadete disse baixinho a Landry:

— Agora está bom, Landry. Estou contente com você e lhe devolvo sua palavra. Vou voltar para casa. Dance com quem quiser esta noite.

Ela se afastou pra buscar o irmãozinho que estava se batendo com outras crianças e foi embora tão rápido que Landry não viu nem por onde ela se retirou.

17.

Landry foi jantar em casa com seu irmão e, como Sylvinet estivesse muito preocupado com tudo o que se passara, ele lhe contou o quanto havia penado na véspera, à noite, com o fogo-fátuo, e como a pequena Fadete o livrara, fosse por coragem ou por magia. Ela lhe pedira como recompensa que a tirasse para dançar sete vezes na festa de Santo Andoche. E não lhe falou do resto, não querendo jamais dizer quanto medo tivera de encontrá-lo afogado no ano anterior e isso era sábio, pois as más ideias que as crianças enfiam na cabeça acabam voltando logo caso nos descuidemos e lhes falemos delas.

Sylvinet aprovou o irmão por ter mantido a palavra e lhe disse que o transtorno que aquilo lhe trouxera aumentava na mesma medida a estima que lhe era devida. Mas, mesmo tendo ficado muito assustado com o perigo que Landry correra no rio, Sylvinet não ficou reconhecido à pequena Fadete. Ele sentia em relação a ela tamanho distanciamento que não quis acreditar que o tivesse encontrado ali por acaso nem socorrido por bondade.

— Foi ela — disse — que conjurou o diabrete para perturbar a sua alma e afogá-lo; mas Deus não permitiu porque você não estava nem nunca esteve em pecado mortal. Então esse Grilo malvado, abusando da sua bondade e da sua gratidão, o obrigou a fazer uma promessa que ela sabia muito desagradável e prejudicial a você. É muito má essa menina: todas as bruxas gostam do mal, não há bruxas boas. Ela sabia que ia indispor você com a Madelon e nossos conhecidos de bem. Queria também fazer você brigar e, se pela segunda vez o bom Deus não o tivesse defendido contra ela, você poderia ainda ter tido uma encrenca pior e caído em desgraça.

Landry, que facilmente enxergava com os olhos do irmão, pensou que talvez ele tivesse razão e quase não defendeu Fadete. Eles conversaram sobre o fogo-fátuo, que Sylvinet nunca vira e sobre o qual ficara muito curioso ao ouvir falar, sem contudo desejar vê-lo. Mas não se atreveram a falar à mãe, porque ela tinha medo só de pensar; nem ao pai, porque ele zombava e já vira mais de vinte fogos daqueles sem dar importância.

Devia-se dançar até a madrugada; mas Landry, que estava com o coração pesado por ter-se aborrecido muito com Madelon, não quis aproveitar da liberdade que Fadete lhe concedera e foi ajudar seu irmão a recolher os animais no pastio. E como isso o levou à metade do caminho da Priche e ele estava com dor de cabeça, despediu-se do irmão no final da junqueira. Sylvinet não quis que ele passasse no vau de Roulettes, receando que o diabrete ou o Grilo lhe fizessem ainda alguma artimanha malvada. Fez-lhe prometer que pegaria o caminho mais longo e atravessaria a passarela do grande moinho.

Landry fez como desejava seu irmão e, em vez de atravessar a junqueira, desceu a trilha que segue a costa de Choumois. Não estava com medo de nada porque havia ainda barulho por conta da festa. Ele ouvia tanto um pouco das musetas quanto os gritos dos dançarinos de Santo Andoche e bem sabia que os espíritos só praticam suas malignidades quando todo mundo está dormindo na região.

Ao chegar à ponta da costa, bem no fim do carril, ele ouviu uma voz que parecia estar gemendo ou chorando e primeiro achou que fosse um maçarico. Mas, à medida que foi se aproximando, pareciam gemidos humanos e, como o coração nunca lhe falhava quando se tratava de coisas com os seres de sua espécie e principalmente na hora de levar ajuda, desceu diretamente no fundo do carril. Mas a pessoa que assim pranteava fez silêncio ao ouvi-lo chegando.

— Quem está chorando aqui? — perguntou ele, com voz firme. Nada lhe responderam.

— Alguém está ferido? — fez ele ainda.

E como nada diziam, pensou em ir embora; mas antes quis olhar entre as pedras e os cardos que entulhavam o lugar e logo viu, sob o clarão da lua que começava a nascer, uma pessoa deitada no chão, com o rosto para a frente e sem se mexer, como se estivesse morta, fosse porque não estava muito mais do que isso ou porque estava jogada ali numa grande aflição e, para não se deixar ver, não quis se mover.

Landry nunca vira nem tocara um morto. A ideia de que ali estivesse um lhe provocou grande emoção; mas ele superou porque pensou que devia dar assistência ao próximo e foi resolutamente tatear a mão daquela pessoa deitada que, vendo-se descoberta, levantou-se um pouco assim que ele chegou perto; e então Landry descobriu que era a pequena Fadete.

18.

Landry ficou primeiro chateado por toda hora ser obrigado a cruzar a pequena Fadete em seu caminho, mas como ela parecia estar sofrendo, ele teve compaixão. Eis a conversa que tiveram:

— Como isso, Grilo, é você que está chorando assim? Alguém bateu em você ou perseguiu de novo e você está chorando e se escondendo?

— Não, Landry, ninguém me molestou desde que tão bravamente você me defendeu; e aliás, não tenho medo de ninguém. Estava escondida para chorar, é só, pois não há nada tão estúpido quanto mostrar o sofrimento aos outros.

— Mas por que você está sofrendo assim? É por causa das maldades que lhe fizeram hoje? Foi um pouco culpa sua; mas é preciso que você se console e não se exponha mais.

— Por que você diz, Landry, que foi minha culpa? Foi um ultraje que fiz em querer dançar com você e sou a única moça que não tem o direito de se divertir como as outras?

— Não é isso, Fadete; eu não recriminei a senhorita por ter desejado dançar comigo. Eu fiz o que você queria e me portei como deveria. Seu erro é de antes, não de hoje, e se o cometeu, não foi para comigo e sim consigo mesma, a senhorita sabe disso.

— Não, Landry, juro pelo amor de Deus, não sei que erro é este; nem nunca pensei em mim, e se me recrimino por alguma coisa é de lhe ter causado tanto desagrado contra a minha vontade.

— Não falemos de mim, Fadete, eu não estou fazendo nenhuma queixa, falemos da senhorita; e já que não reconhece seus defeitos, quer que eu, de boa-fé e boa amizade, lhe diga quais são?

— Sim, Landry, quero e considerarei isso a melhor recompensa ou a melhor punição que me possa dar pelo bem ou mal que eu lhe tenha feito.

— Muito bem, Fanchon Fadet, já que você está falando sabiamente e que, pela primeira vez na vida, eu a vejo meiga e tratável, vou lhe dizer por que não a respeitam como uma moça de dezesseis anos deveria poder exigir. É que você não tem nada de uma moça e tudo de um moleque na sua aparência e nas suas maneiras; você não se cuida. Para começar, você não tem a aparência asseada e bem-cuidada e se faz parecer feia com sua roupa e seu linguajar. Você bem sabe que as crianças a chamam de um nome ainda pior do que Grilo. Elas a chamam muitas vezes de fanchona. Então, acha que é lógico, aos dezesseis anos, ainda não parecer uma moça? Você trepa nas árvores como uma verdadeiro esquilo e quando monta numa égua, sem rédea nem sela, a faz galopar como se ela fosse montada pelo diabo.[35] É bom ser forte e ágil; é bom também não ter medo de nada, é uma vantagem da natureza para um homem. Mas para uma mulher é muito, é demais, e parece que você quer chamar a atenção. Assim, todo mundo nota e atazana você, gritam atrás de você como atrás do diabo. Você é espirituosa e responde com artimanhas que fazem rir aqueles que não têm nada com isso. Também é bom ser mais espirituoso que os outros; mas mostrando isso, fazemos inimigos. Você é curiosa e quando descobre os segredos dos outros, joga na cara deles duramente, tanto que logo você tem do que reclamar. Isso dá medo e detestamos

aqueles que nos amedrontam. Nós lhes fazemos mais mal
do que eles a nós. Enfim, se você é ou não uma bruxa,
quero crer que tem conhecimentos, mas espero que não se
tenha dado aos maus espíritos; você tenta se parecer com
eles para apavorar os que a zangam; dá sempre uma má
reputação fazer isso. Eis os seus erros, Fanchon Fadet, e
é por causa deles que lhe fazem isso. Rumine um pouco
a coisa e você vai ver que, se quiser ser um pouco como
os outros, agradeceriam pelo que você tem de melhor e a
mais do que eles em sua sabedoria.

— Eu lhe agradeço, Landry — respondeu a pequena
Fadete, com um ar muito sério, depois de ter ouvido religiosamente o babaço. — Você me disse mais ou menos o
que todos recriminam em mim e com muita honestidade e
jeito, coisa que não fazem; mas agora quer que lhe responda e, para isso, quer se sentar ao meu lado por um instante?

— O lugar não é agradável — disse Landry, que não
se preocupava muito em se demorar demais com ela e
pensava o tempo todo na má sorte que a acusavam de
jogar sobre os desavisados.

— Não acha o lugar agradável — retrucou ela — porque vocês, ricos, são difíceis. Precisam de grama boa para
se sentar e podem escolher entre seus prados e jardins. Os
mais belos lugares e a melhor sombra. Mas os que nada
têm não pedem tanto ao bom Deus e se acomodam na
primeira pedra do caminho para repousar a cabeça. Os
espinhos não machucam seus pés e onde estiverem observam tudo o que é belo e provém do céu e da terra. Não há
lugar feio, Landry, para aqueles que conhecem a virtude e
a candura de todas as coisas que Deus criou. Eu sei, sem
ser bruxa, para que servem as mínimas ervas que você esmaga sob seus pés; e quando sei para que são usadas, eu as
olho e não desprezo nem o cheiro nem a aparência delas.
Digo isso, Landry, para ensinar já, já outra coisa que se
relaciona tanto com as almas cristãs quanto com as flores
dos jardins e dos arbustos do caminho; é que se despreza

frequentemente o que não parece nem bonito nem bom e por isso a gente se priva do que é de valia e salutar.

— Não entendo bem aonde você quer chegar — disse Landry, sentando-se ao lado dela; e ficaram um momento sem falar, pois a pequena Fadete tinha o espírito distante nas ideias que Landry não conhecia; e quanto a ele, apesar de ter um pouco de confusão na cabeça, não conseguia deixar de ter prazer ouvindo aquela moça, pois nunca ouvira uma voz tão doce e palavras tão bem ditas quanto as palavras e a voz da Fadete naquele instante.

— Escute, Landry — disse-lhe ela —, eu estou mais para dar dó do que para culpar; e se cometi erros contra mim mesma, nunca os cometi graves contra os outros; e se o mundo fosse justo e sensato, daria mais atenção ao meu coração do que à minha cara feia e aos meus trajes rotos. Olhe um pouco e fique sabendo, se não conhece, qual foi o meu destino desde que vim ao mundo. Não lhe falarei mal da coitada da minha mãe que todos culpam e insultam sem que esteja aqui para se defender e sem que eu possa fazê-lo, eu, que não sei muito bem o que ela fez de mal nem por que foi levada a isso. Pois bem, o mundo é tão cruel que, mal minha mãe partiu, quando eu chorava por ela ainda amargamente, ao mínimo despeito que as outras crianças tinham contra mim, por brincadeira, por um nada que entre elas se perdoariam, me recriminavam pela falta da minha mãe e queriam me forçar a enrubescer por isso. Talvez no meu lugar uma menina sensata, como você diz, se humilhasse em silêncio, pensando que era prudente abandonar a causa de sua mãe e deixar que a injuriassem para preservar a si mesma. Mas eu, como vê, não conseguia. Era mais forte do que eu. Minha mãe sempre foi minha mãe e, seja como for, que a reencontre ou nunca mais escute falar dela, eu a amarei sempre, de todo o meu coração. Assim, quando me chamam de filha de andarilha e mercadora, fico com raiva, não por minha causa: sei que isso não pode me ofender, já que nada fiz de mal; mas por causa dessa pobre querida mulher que meu dever obriga a defender. E como não posso nem sei defendê-la, eu a vingo, dizendo aos outros as verdades que merecem e mostrando que não valem mais do que aquela em quem atiram pedras.[36] Eis por que dizem que sou curiosa e insolente, que surpreendo seus segredos para divulgá-los. É verdade que o bom Deus me fez curiosa; se é que ser assim significa querer saber o segredo das coisas. Mas se tivessem sido bons e humanos comigo, eu nem cogitaria em satisfazer minha curiosidade às custas do próximo. Teria ficado com a diversão do conhecimento dos segredos que me ensina minha avó para a cura do corpo humano. As flores, as ervas, pedras, moscas, todos os segredos da natureza, seria o bastante para me ocupar e divertir, eu que gosto de vagar e vasculhar em todo canto. Teria ficado sempre sozinha, sem ter aborrecimento, pois meu maior prazer é ir aos lugares não frequentados e devanear sobre cinquenta coisas de que nunca ouço falar entre pessoas que se acreditam muito espertas e prevenidas. Se me deixei atrair pelo comércio do meu próximo foi por desejo de ajudá-los com os pequenos conhecimentos que me vieram e dos quais minha avó mesma tira proveito sem nada dizer. E em vez de todas as crianças da minha idade... cujos machucados e doenças eu curava e às quais ensinava meus remédios sem nunca pedir recompensa... me agradecerem honestamente, fui tratada de bruxa; e os que vinham de mansinho me rogar quando precisavam de mim, me diziam besteiras mais tarde, na primeira oportunidade.

"Isso me corroía e eu poderia tê-los prejudicado, pois se sei coisas para fazer o bem, também sei para fazer o mal; no entanto, nunca as usei; não tenho rancor e se me vingo com palavras é porque desabafo dizendo o que me vem à ponta da língua e logo depois nem penso mais e perdoo, assim que Deus manda. Quanto a não cuidar nem da minha pessoa nem dos meus modos, isso deveria mostrar que não sou tão louca para me achar bonita, pois sei que sou tão feia que ninguém pode olhar para mim. Disseram isso para mim muitas vezes para que eu soubesse; e vendo o quanto as pessoas são duras e desprezíveis para com aquelas às quais o bom Deus não deu muitos atributos, comecei a gostar de desagradá-las, consolando-me com a ideia de que minha cara nada tinha de repugnante para o bom Deus e para o meu anjo da guarda, os quais não a recriminariam mais do que eu mesma faço. Assim, não sou como aqueles que dizem 'olha lá uma lagarta, um bicho feio; como é feia, é preciso matá-la!'. Eu não esmago a pobre criatura do bom Deus, e se a larva cai na água, estendo-lhe uma folha para que se salve. E por causa disso dizem que gosto dos animais maus e sou bruxa, porque não gosto de judiar de uma rã, de arrancar as patas de uma vespa ou pregar um morcego vivo numa árvore. 'Pobre bicho', digo para ele, 'se devêssemos matar tudo o que é feio, eu teria tanto direito de viver quanto você.'"

19.

Landry ficou, não sei como, emocionado com a maneira com que a pequena Fadete falava humilde e tranquilamente de sua feiura e, lembrando-se de sua figura, que ele quase não enxergava no escuro do carril, ele disse sem pensar em lisonjeá-la:

— Mas Fadete, você não é tão feia quanto pensa ou quer dizer. Há outras bem mais desagradáveis do que você a quem não se recrimina.

— Que eu o seja um pouco a mais ou a menos, não se pode dizer, Landry, que eu seja uma moça bonita. Ora, não tente me consolar, pois não tenho mágoa.

— Ave! Quem sabe como você seria se estivesse vestida e penteada como as outras? Há uma coisa que todo mundo diz: que se não tivesse o nariz tão curto, a boca tão grande e a pele tão escura, não seria nada mal, pois dizem também que, em todos os lugares daqui, não há par de olhos como os seus e, se você não tivesse o olhar tão insolente e zombeteiro, gostariam de ser vistos por eles.

Landry falava assim, sem muito se dar conta do que dizia. Ele estava evocando os defeitos e as qualidades da pequena Fadete; e pela primeira vez lhe prestava uma atenção e interesse dos quais não se julgaria capaz um pouco mais cedo. Ela levou em consideração, mas não deixou nada transparecer, já que era muito esperta para levar a coisa a sério.

— Meus olhos veem bem o que é bom — disse ela — e com piedade o que não é. Assim, consolo-me muito de desagradar a quem não me agrada e não entendo por que todas as moças bonitas, que vejo serem cortejadas, são sirigaitas com todo mundo, como se todo mundo fosse do gosto delas. Para mim, se eu fosse bonita, eu não iria querer demonstrar nem me tornar amável senão para quem me conviesse.

Landry pensou em Madelon, mas a pequena Fadete não o deixou com essa ideia; ela continuou falando da seguinte maneira:

— Aí estão, pois, Landry, todos os meus erros para com os outros, é o de não implorar sua piedade ou indulgência por minha feiura. É de me mostrar sem nenhum artifício para disfarçá-la e isso os ofende e faz esquecerem que muitas vezes lhes fiz o bem, jamais o mal. Por outro lado, mesmo que eu cuidasse da minha aparência, onde eu ia ter dinheiro para me arrumar? Por acaso já mendiguei, ainda que não tenha um tostão? Minha avó me dá alguma coisa a não ser um teto e o que comer? E se não sei tirar partido dos pobres rebanhos que a coitada da minha mãe me deixou, é culpa minha se ninguém me ensinou e desde os dez anos fui abandonada sem amor nem piedade de ninguém? Eu sei bem das recriminações que me fazem e você teve a caridade de me poupar: dizem que tenho dezesseis anos e que poderia me empregar, que assim teria garantias e meios para me sustentar; mas que o amor pela preguiça e pela vagabundagem me detém junto à minha avó, que nem gosta de mim e que tem condições de arranjar uma empregada.

— E então, Fadete, não é verdade? — indagou Landry. — Vivem criticando você por não gostar de trabalho e sua avó mesma diz a quem quiser ouvir que faria melhor em ter uma doméstica no seu lugar.

— Minha avó diz isso porque gosta de me dar bronca e reclamar. No entanto, quando falo em deixá-la, ela me detém, porque sabe que lhe sou mais útil do que quer admitir. Ela não tem mais vista nem pernas de quinze anos para achar as ervas com que faz seus pós e beberagens e há algumas que é preciso ir procurar bem longe e em lugares bem difíceis. Aliás, eu lhe disse, eu mesma encontro nas ervas virtudes que ela não conhece e ela fica muito surpresa quando lhe faço drogas cujo efeito vê depois. Quanto a nossos animais, são tão bonitos que toda a gente fica surpresa em ver um rebanho desses com pessoas que não têm pasto senão o comunal. Pois bem, minha avó sabe a quem ela deve ovelhas com tão boa lã e cabras com tão bom leite. Vá lá, ela não tem vontade que eu a deixe, e lhe valho mais do que lhe custo. Eu gosto da minha avó, ainda que me brutalize e me prive muito. Mas tenho outra razão para não a deixar e lhe direi se quiser, Landry.

— Pois bem, diga — respondeu Landry, que não se cansava de ouvir Fadete.

— É que minha mãe deixou nos meus braços, quando eu não tinha nem dez anos, uma pobre criança bem feia, tão feia quanto eu e ainda mais desgraçada, porque ele é cocho de nascença, cativo, adoentado, corcunda e só fica chorando e aprontando, porque está sempre sofrendo, o coitado! E todo mundo o atazana, repudia e avilta meu pobre Gafanhoto! Minha avó o repreende muito rudemente e bateria demais nele se eu não o defendesse, fingindo brigar com ele em seu lugar. Mas tenho sempre o cuidado de não tocar nele de verdade e ele bem sabe! Assim, quando faz alguma bobagem, ele corre a se esconder nas minhas saias e me diz: "Me bate antes que a vó me pegue". E eu bato de mentirinha e o danado finge que está gritando. Depois eu cuido dele; não consigo impedir que esteja sempre em trapos, o coitadinho; mas quando tenho alguma roupa, eu arrumo para vesti-lo e o trato quando está doente, mas minha avó o deixaria morrer, pois ela não sabe cuidar de crianças. Enfim, eu o mantenho vivo, esse magricela, que sem mim seria muito infeliz e logo estaria debaixo da terra ao lado do nosso pobre pai, que eu não pude evitar que morresse. Não sei se lhe faço um favor em mantê-lo vivo, torto e desagradável como é; mas é mais forte do que eu, Landry, e quando penso em me empregar para ter algum dinheiro para mim e sair da miséria em que estou, meu coração se parte de piedade e me recrimina, como se eu fosse a mãe do meu gafanhoto e como se eu o visse perecer por minha causa. Eis todos os meus erros e minhas faltas, Landry. Agora, que o bom Deus me julgue, eu perdoo os que não me conhecem.

20.

Landry ia escutando a pequena Fadete com grande contenção de espírito e sem achar como retrucar nenhuma de suas razões. Por último, a maneira como ela falava de seu irmãozinho, o Gafanhoto, causou-lhe um efeito como se, de repente, ele sentisse amizade por ela e como se quisesse tomar seu partido contra todo mundo.

— Desta vez, Fadete — disse ele —, quem não lhe desse razão seria o primeiro a errar, pois o que você diz está muito certo e ninguém duvidaria do seu bom coração nem do seu bom pensamento. Por que você não se deixa conhecer pelo que é? Não falariam mal de você e há até os que lhe fariam justiça.

— Eu lhe disse, Landry — retomou ela. — Não preciso agradar quem não me agrada.

— Mas se você está me dizendo, é que...

Então Landry parou, completamente surpreso do que quase dissera e, retomando:

— É então — fez ele — porque você me estima mais do que aos outros? Eu achava que você me odiasse por eu não ter nunca sido bom com você.

— É possível que o tenha odiado um pouco — respondeu a pequena Fadete —, mas já foi e não é mais assim a partir de hoje e vou lhe dizer por quê, Landry. Eu o achava orgulhoso e você é; mas sabe superar o orgulho para cumprir seu dever, e tem nisso ainda maior mérito. Eu o achava ingrato e, apesar de o orgulho que lhe ensinaram o levar a isso, você é tão fiel à sua palavra que é fácil eximi--lo. Enfim, eu o achava um poltrão e por isso era levada a desprezá-lo; mas vejo que você só tem superstição e que a coragem, quando se trata de um perigo real a enfrentar, não lhe falta. Você dançou comigo hoje, ainda que fosse muito humilhado. Você veio, mesmo depois das vesperais, me buscar atrás da igreja quando eu já o perdoara no meu coração depois de ter feito minha oração e quando eu não pensava mais em atormentá-lo. Você me defendeu contra as crianças malvadas e provocou os rapazes que, se não fosse você, teriam me maltratado. Enfim, esta noite, me ouvindo chorar, você veio para me dar assistência e me consolar. Não pense, Landry, que um dia esquecerei essas coisas. Por toda a vida você terá prova de que tenho lembramento e poderá me requerer, na sua vez, tudo o que quiser, seja quando for. Assim, para começar, eu sei que o fiz sofrer hoje. Sim, eu sei, Landry, sou bruxa o suficiente para ter adivinhado, ainda que, de manhã, não tivesse suspeitado disso. Vá lá, saiba que tenho mais astúcia do que malvadeza e que, se soubesse que você estava apaixonado pela Madelon, não o teria indisposto com ela, como fiz ao forçá-lo a dançar comigo. Eu estava me divertindo, é verdade, de ver que para dançar com uma feiosa como eu, você deixava de lado uma bela; mas achava que fosse somente uma espetada no seu amor-próprio. Quando, pouco a pouco, entendi que era verdadeira mágoa no seu coração e, mesmo sem querer, você olhava o tempo todo para o lado da Madelon e que seu despeito lhe dava vontade de chorar, eu chorei também, verdade! Chorei quando você quis brigar com os galantes e você pensou que eram lágrimas de remorso. É por isso que eu estava chorando ainda amargamente quando você me surpreendeu aqui e por que chorarei até que tenha reparado o mal que causei a um bom e bravo rapaz como agora vejo que você é.

— E supondo-se, minha pobre Fanchon — disse Landry todo comovido pelas lágrimas que ela recomeçava a verter —, que me tenha causado um desentendimento com uma moça por quem eu estivesse apaixonado como você diz, o que você poderia fazer para nos reconciliar?

— Confie em mim, Landry — respondeu a pequena Fadete. — Não sou estúpida a ponto de não saber me explicar melhor. A Madelon saberá que a culpa foi toda minha. Eu confessarei a ela e o tornarei inocente como um anjo. Se ela não lhe der de volta a sua amizade amanhã é porque nunca o amou e...

— E eu não devo lamentar, Fanchon; e como ela nunca me amou, de fato, você vai ter um trabalho inútil. Não o faça, então, console-se pelo pequeno dissabor que me causou. Eu já estou curado.

— Essas mágoas não se curam tão rápido — respondeu a pequena Fadete. Em seguida, mudando de opinião, disse: — A menos, como dizem por aí, que seja o despeito que o faz falar, Landry. Quando você tiver dormido sobre isso, a manhã virá e você ficará bem triste até fazer as pazes com aquela bela moça.

— Pode até ser — disse Landry —, mas agora juro que não sei de nada e que nem penso nisso. Parece que é você que está acrescentando mais estima do que realmente tenho por ela; quanto a mim, se já tive, era tão pouquinha que quase não tenho lembramento.

— É estranho — disse a Fadete, suspirando —, é então assim que vocês, rapazes, amam?

— Ave! Vocês, moças, não amam de outro jeito melhor, pois se chocam tão facilmente e se consolam bem rápido com o primeiro que chega. Mas estamos falando de coisas que talvez a gente ainda não entenda, ao menos você, minha pequena Fadete, que caçoa dos apaixonados. Eu acho que você está rindo de mim agora mesmo, querendo ajeitar minhas histórias com a Madelon. Não se preocupe, estou dizendo, pois ela poderia achar que mandei você fazer isso e estaria enganada. Depois, talvez se zangasse em pensar que pedi que me apresentassem a ela como um apaixonado confesso; pois a verdade é que eu nunca lhe disse uma palavra de namorico e que, se gostei de ficar junto dela e de tirá-la para dançar, ela nunca me deu coragem para lhe fazer declarações. Assim, deixemos a coisa passar; ela voltará por si mesma se quiser; e se não voltar, acho que não vou morrer por isso.

— Sei melhor do que você o que pensa a esse respeito, Landry — replicou a pequena Fadete. — Acredito quando diz que não demonstrou sua amizade à Madelon pelas palavras; mas ela precisaria ser bem simplória para não ter visto em seus olhos, especialmente hoje. Como fui a causa do seu desentendimento, é preciso que seja também a causa do seu contentamento, e é uma boa oportunidade para fazer com que a Madelon compreenda que você a ama. E sou eu quem deve fazê-lo e o farei com tanta fineza e tão pontualmente que ela não poderá acusá-lo de ter me encomendado. Confie, Landry, na pequena Fadete, na pobre feiosa que não tem o interior tão feio quanto o exterior; e me perdoe por tê-lo atormentado, pois reverterá num grande bem para você. Você saberá que, se é muito doce ter o amor de uma bela, é útil ter a amizade de uma feia; pois as feias são desinteressadas e nada lhes dá despeito nem rancor.

— Sendo você bonita ou feia, Fanchon — disse Landry tomando-lhe a mão —, acho que já entendi que sua amizade é uma coisa muito boa, e tão boa que o amor talvez seja má comparação. Você é cheia de bondade, agora estou vendo; pois lhe fiz uma grande afronta hoje que você não quis levar em consideração. E quando você diz que me portei bem com você, eu acho que agi muito desonestamente.

— Como isso, Landry? Eu não sei em quê...

— É que não beijei você nenhuma vez na dança, Fanchon, e no entanto era meu dever e meu direito, já que é o costume. Eu a tratei como se faz com as menininhas de dez anos, que não nos inclinamos para beijar e, no entanto, você é quase da minha idade; não passa de um ano de diferença. Com isso lhe fiz uma injúria e você, e se não fosse uma moça tão boa, teria percebido.

— Nem pensei nisso — disse a pequena Fadete, e se levantou, pois sentia que estava mentindo e não queria deixar transparecer. — Olhe — continuou ela, esforçando-se para parecer alegre —, escute como os grilos cantam nos trigais; estão me chamando pelo meu nome, e a coruja lá embaixo está gritando a hora que as estrelas marcam no relógio do céu.

— Estou ouvindo também e preciso voltar para a Priche; mas antes que lhe diga adeus, Fadete, você não quer me perdoar?

— Mas eu não estou com raiva de você, Landry, e não tenho o que lhe perdoar.

— Sendo assim — disse Landry, todo agitado por um não sei quê desde que ela lhe falara de amor e amizade, com uma voz tão doce que as do pisco balbuciando ao dormir nos arbustos pareciam duras. — Sendo assim, você me deve um perdão: é o de me dizer que preciso beijá-la agora para reparar a omissão que fiz durante o dia.

A pequena Fadete estremeceu um pouco; depois, logo retomando seu bom humor:

— Você quer, Landry, que o faça expiar um erro com uma punição. Pois bem, eu o absolvo, meu rapaz. Já foi bastante ter tirado a feia para dançar, seria virtude demais querer beijá-la.

— Ora, não diga isso — exclamou Landry, pegando-lhe a mão e o braço de uma vez. — Eu acho que beijá-la não é uma punição... a menos que a coisa a magoe ou repugne vindo de mim...

E quando acabou de dizer isso, teve tamanho desejo de beijar a pequena Fadete que tremia de medo que ela não consentisse.

— Escute, Landry — disse-lhe ela com uma voz doce

e lisonjeira —, se fosse bonita, eu lhe diria que não é nem lugar nem hora de beijar escondido. Se fosse coquete, eu acharia, ao contrário, que é hora e lugar, porque a noite esconde minha feiura e não há ninguém aqui para envergonhá-lo por sua fantasia. Mas, como não sou nem coquete nem bonita, eis o que lhe digo: aperte minha mão em sinal de amizade honesta e ficarei contente em ter sua amizade, eu, que nunca a tive e não desejarei outra.

— Sim, aperto a sua mão de todo o meu coração, está entendendo, Fadete? Mas a mais honesta amizade, e é a que tenho por você, não impede que a beije. Se me nega essa prova, pensarei que você ainda tem alguma coisa contra mim.

E tentou beijá-la de surpresa; mas ela resistiu e, como ele se obstinasse, ela começou a chorar, dizendo:

— Me deixe, Landry, você está me fazendo sofrer muito.

Landry parou muito assustado, e tão aflito de vê-la ainda em lágrimas, que teve como que um ressentimento:

— Estou vendo que não diz a verdade falando que minha amizade é a única que quer ter. Você tem outra mais forte que a impede de me beijar.

— Não, Landry — respondeu ela, soluçando —, tenho medo de que, por ter-me beijado de noite, sem me ver, você comece a me odiar quando me vir durante o dia.

— Por acaso nunca a vi? — disse Landry, impacientado. — Não estou vendo agora? Olhe, vem um pouco à luz da lua, estou vendo bem e não sei se você é bonita ou feia, mas gosto da sua figura, pois gosto de você, eis tudo.

E assim a beijou, primeiro tremendo, depois veio com tanto gosto que ela teve medo e lhe disse, repelindo-o:

— Basta, Landry! Basta! Parece que me beija com raiva ou pensando na Madelon. Acalme-se, eu falarei com ela amanhã e amanhã a beijará com mais alegria do que lhe posso dar.

Então ela saiu rapidamente das proximidades da carreira e partiu com seus pés ligeirinhos. Landry estava como louco e teve vontade de correr atrás dela. Deteve-se três vezes antes de decidir descer do lado do rio outra vez. Por fim, sentindo que o diabo estava atrás dele, pôs-se a correr também e só parou na Priche.

Na manhã seguinte, quando foi ver os bois bem cedo, preparando-os e acariciando-os, pensou intimamente naquela conversa de uma longa hora que tivera no carril de Chaumois com a Fadete e que lhe parecera um instante. Ainda tinha a cabeça pesada de sono e cansaço mental por causa do dia tão diferente do que deveria ter sido. Via-se transtornado e apavorado com tudo o que sentira por aquela moça, que lhe vinha diante dos olhos, feia e malvestida, como sempre a conhecera. Ele imaginava por um instante ter sonhado com o desejo que tivera de beijá-la e com o contentamento que sentira ao abraçá-la contra o peito, como se tivesse um grande amor por ela, como se ela lhe parecesse de repente a mais bela e amável moça sobre a Terra.

"Deve ser feiticeira como dizem, ainda que negue", pensava, "pois certamente ela me enfeitiçou ontem à noite e nunca, em toda a minha vida, senti por pai, mãe, irmã ou irmão, menos ainda pela bela Madelon, nem mesmo por meu caro babaço Sylvinet, uma atração pela amizade como a que, durante dois ou três minutos, essa diabrete me causou. Se tivesse conseguido ver o que estava no meu coração, o coitado do Sylvinet logo iria ficar mordido de ciúmes. Pois o apego que eu sentia com a Madelon não criava problemas para meu irmão; mas, se em vez disso, eu ficasse um só dia que fosse enlouquecido e inflamado do jeito que fiquei por um instante ao lado daquela Fadete, eu me tornaria insensato e só ela existiria para mim no mundo."

E Landry se sentia como que sufocado de vergonha, de cansaço e de impaciência. Ele se sentava na manjedoura de seus bois e tinha medo de que a encantadora lhe tirasse a coragem, a razão e a saúde. Mas, quando o dia estava alto e os trabalhadores da Priche se levantaram, começaram a zombar de sua dança com o Grilo feioso e a pintaram tão grosseira, tão mal-educada, tão mal-aparatada em suas zombarias que ele não sabia onde se enfiar, tamanha a vergonha, não somente do que haviam visto, mas daquilo que ele estava escondendo muito bem.

Ele não se zangou, ainda assim, porque as gentes da Priche eram seus amigos e não punham má intenção em suas troças. Teve até coragem de lhes dizer que a pequena Fadete não era o que se pensava e que valia por muitas outras e que era capaz de fazer grandes favores. Aí, ralharam de novo.

— A mãe dela, vá lá — retrucaram —, mas ela é uma criança que não sabe nada, e se você tiver um animal doente, não aconselho a seguir seus remédios, pois é uma tagarelinha que não conhece o menor segredo para curar. Mas tem o de fazer adormecer os moleques e, pelo que parece, como você quase não a largou na Santo Andoche, tome cuidado, pobre Landry; pois logo vão chamá-lo de grilão da grilinha e diabrete da Fadete. O diabo iria correr atrás de você. Georgeon[37] viria puxar seus lençóis na cama e amarrar a crina da nossa cavalaria. Tem que mandar exorcizar o Landry.

— Eu acho — dizia a pequena Solange — que ele deve ter posto uma meia do avesso ontem de manhã. Isso atrai os bruxos e a pequena Fadete logo percebeu.

21.

Durante o dia, Landry, ocupado com a semeadura, viu passar a Fadete. Ela andava rápido e ia para o lado das podas onde Madelon preparava folhagem para seus carneiros. Era hora de desatrelar os bois, pois eles já haviam cumprido sua meia jornada e Landry, levando-os ao pasto, olhava o tempo todo a pequena Fadete correndo, andando tão ligeira que mal dava para ver se encostava na grama. Estava curioso para saber o que ela ia dizer a Madelon e, em vez de se apressar para ir tomar a sopa que o esperava na fenda ainda quente que o ferro da charrua acabava de abrir, ele foi devagarinho ao longo da área das podas para escutar o que tramavam juntas aquelas duas moçoilas. Não conseguia vê-las e, como Madelon murmurava respostas com uma voz surda, não sabia o que ela estava dizendo; mas a voz da pequena Fadete era clara mesmo sendo suave, e ele não perdia nenhuma de suas palavras, ainda que ela não estivesse absolutamente gritando. Ela falava dele a Madelon, fazendo-a saber — conforme lhe prometera — da palavra que empenhara dois meses antes de obedecer a uma coisa que ela viria a requerer segundo seu desejo. E explicava isso tão humilde e gentilmente que dava gosto ouvi-la. Depois, sem falar do fogo-fátuo nem do medo que Landry havia passado, narrou que ele quase se afogara tomando o caminho errado no vau das Roulettes, na véspera da Santo Andoche. Enfim, ela expôs do lado bom tudo o que acontecera e demonstrou que todo o mal vinha da fantasia e da vaidade que ela tivera em dançar com rapaz já feito, justo ela, que só dançara até então com garotos.

Aí Madelon, como enfurecida, levantou a voz para dizer:

— O que eu tenho com tudo isso? Com a sua vida e os babaços da Babaçoaria? E não pense, Grilo, que você me faz a afronta ou inveja.

E a Fadete retomou:

— Não diga coisas tão duras ao coitado do Landry, Madelon, pois Landry lhe deu seu coração e se você não quiser ficar com ele, ele vai ficar tão magoado que nem sei dizer.

No entanto, ela falou com tão belas palavras, num tom tão terno e fazendo a Landry tamanhos elogios que ele gostaria de ter guardado todas as suas maneiras de falar para usá-las em alguma oportunidade, e enrubescia de prazer vendo-se aprovado daquele jeito.

Madelon também se surpreendeu, por sua vez, pelo falar bonito da pequena Fadete, mas ela a desdenhava demais para demonstrar:

— Você é uma bela linguaruda e uma atrevida e pelo jeito sua avó lhe ensinou a tentar mandingar os outros; mas não gosto de prosear com bruxas, traz desgraça e peço que me deixe, Grilo chifrudo. Você já achou um galanteador, guarde para você, minha linda, pois é o primeiro e o último que vai se encantar com a sua fuça feia. Quanto a mim, não queria resto seu, nem que fosse o filho do rei. O seu Landry não passa de um tonto, e ele deve ser bem pouca coisa já que, pensando que o tomou de mim, você já está me pedindo para pegá-lo de volta. Está aí um belo galante para mim, de quem nem a pequena Fadete quer saber!

— Se é isso que a fere — respondeu Fadete com um tom que tocava o mais profundo do coração de Landry — e se você é orgulhosa a ponto de não querer ser justa sem antes me humilhar, pode ficar sossegada; então, ponha sob seus pés, bela Madelon, o orgulho e a coragem do pobre grilo dos campos. A senhorita acha que desdenho o Landry e que, se não fosse por isso, eu não lhe pediria para perdoá-lo. Pois bem, saiba, se lhe apraz, que o amo há muito tempo já: que ele é o único rapaz em que pensei e talvez aquele em que pensarei toda a minha vida, mas sou sensata e orgulhosa o suficiente para nunca cogitar ser amada. Sei quem ele é e quem sou. Ele é bonito, rico e considerado; sou feia, pobre e desprezada. Sei muito bem que ele não é para mim, e a senhorita devia ter visto como ele me desdenhava na festa. Então, fique satisfeita, já que aquele que a pequena Fadete não ousa nem olhar, olha para você com olhos cheios de amor. Vingue-se da pequena Fadete zombando dela e retomando aquele que ela nem ousaria disputar com você. Que não seja por amizade por ele, seja ao menos para punir minha insolência; e prometa que, quando ele vier se desculpar, vai aceitar e lhe dar um pouco de consolação.

Em vez de apiedar-se diante de tanta submissão e devotamento, Madelon mostrou-se muito dura e tocou a pequena Fadete, não parando de lhe dizer que Landry era exatamente aquilo de que ela precisava e que, quanto a si mesma, achava-o criança e tonto demais. Mas o grande sacrifício que fez a Fadete não foi em vão, apesar do rechaço da bela Madelon. As mulheres têm o coração desse feitio: basta que um jovem rapaz comece a ser estimado e bajulado pelas outras para já lhes parecer um homem. Madelon, que nunca pensara seriamente em Landry, se pôs a pensar bastante nele assim que expulsou a Fadete. Ela rememorou tudo o que aquela bela faladeira lhe dissera do amor de Landry e, pensando que Fadete estava apaixonada a ponto de ousar confessar, glorificou-se de poder armar uma vingança contra a pobre menina.

À noite, ela foi à Priche, que ficava a um tirinho de sua morada e, sob pretexto de estar procurando um de seus animais que se misturara nos campos com os de seu tio, deixou-se ver por Landry e, com o olhar, incentivou-o a se aproximar dela para conversar.

Landry bem que percebeu, pois, desde que a pequena Fadete se metera na história, ele estava com o espírito singularmente aguçado.

"A Fadete é uma feiticeira", pensou ele, "fez-me voltar às boas graças da Madelon e fez mais por mim numa prosa de um quarto de hora do que eu saberia fazer num ano. Tem uma alma maravilhosa e um coração como raramente faz o bom Deus."

E, pensando nisso, ele olhava Madelon, mas tão tranquilamente que ela se retirou sem que ele tivesse ainda decidido lhe falar. Não que tenha ficado envergonhado na sua frente; sua vergonha sumiu sem que soubesse como; mas, junto com a vergonha, foi-se o prazer que tivera em vê-la e também a vontade que sentira de ser amado por ela.

Assim que acabou de jantar, ele fez como se fosse dormir. Mas se esgueirou no vão entre a cama e a parede, deslizou rente a esta e se dirigiu para o vau das Roulettes. O fogo-fátuo ainda fazia ali sua dancinha naquela noite. Do mais longe que o viu saltitar, Landry pensou: "Melhor assim, eis o diabrete, Fadete não há de estar longe". Ele passou o vau sem ter medo, sem se enganar, e foi até a casa de dona Fadet, xereteando e olhando de todos os lados... Mas ficou um bom tempo sem ver luz nem ouvir barulho algum. Todo mundo estava deitado. Esperou que o Grilo — que frequentemente saía depois que a avó e o Gafanhoto adormeciam — estivesse vagando em algum lugar ali nos arredores. Ele se pôs a vagar também. Atravessou a junqueira, foi ao carril do Chamois, assobiando e cantando para se fazer notar; mas só encontrou a doninha que fugia pelo sapé e a coruja que cantava na árvore. Teve de voltar sem poder agradecer à boa amiga que tanto o ajudara.

22.

A semana inteira passou sem que acontecesse de Landry reencontrar Fadete, coisa que o deixou muito surpreso e preocupado. "Ela vai achar de novo que sou ingrato", pensava ele, "todavia, se não a vejo, não é por falta de esperá-la ou de procurar por ela. Devo tê-la magoado beijando-a quando ela quase não queria, no carril e, no entanto, não foi por má intenção, nem com ideia de ofendê-la."

E ele refletiu durante aquela semana mais do que refletira em toda a vida; não estava vendo claramente nos seus miolos, mas estava pensativo e agitado e precisava se forçar a trabalhar; pois nem os grandes bois, nem a charrua reluzente, nem mais a bela terra vermelha, úmida da chuva fina de outono, lhe serviam para suas contemplações e devaneios.

Landry foi ver seu babaço quinta-feira à noite e o achou preocupado também. Sylvinet tinha um caráter diferente do seu, mas semelhante às vezes, em contrapartida. Parecia que ele adivinhava que alguma coisa havia perturbado a tranquilidade do irmão, entretanto estava longe de supor o que podia ser. Ele lhe perguntou se havia feito as pazes com Madelon e, pela primeira vez, ao dizer que sim, Landry lhe contou uma mentira de propósito. O fato é que Landry não dissera uma palavra a Madelon e pensava ter tempo para isso; nada o apressava.

Enfim era domingo e Landry chegou entre os primeiros para a missa. Entrou antes que o sino tocasse, sabendo que a pequena Fadete costumava ir nesses horários, porque ali fazia longas orações, das quais todos zombavam. Ele viu uma pequena, ajoelhada na capela da Santa Virgem, que, de costas, escondia o rosto nas mãos para rezar com recolhimento. Era exatamente a postura da Fadete, mas não era nem sua chapelete nem sua silhueta, e Landry saiu novamente para ver se não a encontraria sob o caramanchão, que em nossa região chamamos de "trapeira", pois são mendigos maltrapilhos que ali ficam durante as celebrações.

Os trapos da Fadete foram os únicos que ele não viu, e ouviu a missa sem achá-la; foi somente no prólogo que, ao olhar novamente aquela menina que rezava tão devotadamente na capela, ele a viu levantar a cabeça e reconheceu seu Grilo, num vestuário e aparência completamente novos para ele. Continuava sendo o seu traje pobre, o saiote de pano barato, o avental vermelho e o chapelete de linho sem renda; mas ela alvejara, cortara novamente e costurara tudo isso no correr da semana. Seu vestido estava mais longo e caía convenientemente sobre as meias, que estavam bem alvejadas, assim como o chapeuzinho, que tomara uma nova forma e se encaixava direitinho sobre os cabelos negros bem alisados; o lenço era novo e de um belo amarelo-claro que lhe destacava a pele morena. Ela aumentara o corpete e, em vez de parecer uma estátua de madeira vestida, tinha a cintura fina e flexível como o corpo de uma linda abelha-flor. Além disso, não sei com qual mistura de flores ou ervas ela lavara durante oito dias o rosto e as mãos, mas sua tez pálida e as mãos pequenas tinham a aparência limpa e suave como a de um pilriteiro branco da primavera.

Landry, vendo-a tão mudada, deixou cair seu livro de horas e, com o barulho que fez, a pequena Fadete virou-se completamente e o olhou ao mesmo tempo que ele estava olhando para ela. E ela ficou um pouco vermelha, não mais que o botão da roseira; mas isso a tornou quase bela, ainda mais que seus olhos pretos, os quais ninguém nunca achou de criticar, deixaram escapar um fogo tão claro que ela pareceu transfigurada. E Landry pensou de novo: "Ela é feiticeira; quis se tornar bonita de feia que era; ei-la bela por milagre". Ele ficou petrificado de medo; seu medo não o impedia, no entanto, de sentir tamanha vontade de se aproximar dela e lhe falar que, até o final da missa, seu coração pulou de impaciência.

Mas ela não o olhou mais e, em vez de se pôr a correr e pular com as crianças depois de sua oração, foi-se tão discretamente que mal a viram tão mudada e emendada. Landry não ousou segui-la, sobretudo porque Sylvinet não desviava o olhar dele; mas depois de uma hora conseguiu escapar e, dessa vez, o coração o levando e dirigindo, ele encontrou a Fadete, que guardava comportadamente seus animais no caminhozinho aberto a que chamamos Traine-au-Gendarme[38] porque um soldado do rei foi ali assassinado pelas gentes da Cosse, nos tempos antigos, quando se queria forçar o coitado do povo a pagar a talha e fazer a corveia, contrariamente aos termos da lei que já era dura o bastante tal como a haviam concebido.

23.

Como era domingo, a pequena Fadete não costurava nem fiava ao tomar conta de suas ovelhas. Ela se ocupava numa diversão tranquila que as crianças de nossa região levam às vezes muito a sério. Procurava o trevo de quatro folhas que se acha muito raramente e traz felicidade aos que podem tocá-lo com as mãos.

— Encontrou, Fanchon? — indagou Landry assim que se viu a seu lado.

— Eu o encontrei muitas vezes — respondeu ela —, mas não traz felicidade como se crê e de nada me servem três pingos dele no meu punhado.

Landry sentou-se junto dela como se fosse prosear. Mas de repente ele se sentiu mais envergonhado do que jamais ficara junto a Madelon e, por ter intenção de dizer muitas coisas, não conseguiu achar uma só palavra.

A pequena Fadete também ficou envergonhada, pois se o babaço não lhe dizia nada, ele a olhava com olhos inusuais. Enfim, ela lhe perguntou por que ele parecia surpreso de olhá-la.

— A menos que seja porque arrumei meu chapéu. Nisso segui seu conselho e pensei que, para ter a aparência razoável, era preciso começar por me vestir razoavelmente. Assim, não ouso me mostrar, pois tenho medo de que me recriminem de novo e que digam que tentei ficar menos feia e de nada adiantou.

— Digam o que quiserem — retrucou Landry —, mas não sei o que você fez para ficar bonita; a verdade é que hoje você está e que só um cego para não ver.

— Não caçoe, Landry — retrucou a pequena Fadete. — Dizem que a beleza vira a cabeça das belas e que a feiura faz a desolação das feias. Eu me habituei a assustar e não quero me tornar estúpida achando que agrado. Mas não é disso que você veio me falar e espero que me diga se a Madelon o perdoou.

— Não vim para falar da Madelon. Se ela me perdoou, sei lá, nem procuro me informar. Sei apenas que você falou com ela e tão bem que lhe devo um grande agradecimento.

— Como você sabe o que lhe falei? Ela lhe contou, então? Nesse caso, vocês fizeram as pazes?

— Não fizemos as pazes; não nos gostávamos tanto, ela e eu, para estar em guerra. Sei que você falou com ela porque ela falou para alguém que me contou.

A pequena Fadete enrubesceu muito, o que a embelezou de novo, pois nunca até aquele dia tivera aquela cor honesta de recato e prazer que orna as mais feias; mas, ao mesmo tempo, ela se constrangeu pensando que a Madelon devia ter repetido suas palavras, tornando-a motivo de chacota por causa do amor por Landry que ela lhe havia confessado.

— O que a Madelon falou de mim? — perguntou ela.

— Ela disse que eu era um grande tonto, que não agradava a nenhuma moça, nem mesmo à pequena Fadete; que a pequena Fadete me desprezava, fugia de mim, escondia-se a semana inteira para não me ver, apesar de que, a semana inteira, eu tivesse procurado e corrido de todos os lados para encontrar a pequena Fadete. Sou eu então o motivo de riso do povo, Fanchon, porque sabem que amo você e você não me ama.

— Pois aí estão falas maldosas — respondeu Fadete muito surpresa, pois ela não era suficientemente bruxa para adivinhar que, naquele momento, Landry era mais esperto do que ela. — Eu não achava a Madelon tão mentirosa e pérfida. Mas é preciso perdoá-la por isso, Landry, pois é o despeito que a faz falar e o despeito é amor.

— Talvez — disse Landry —, e é por isso que você não tem raiva de mim, Fanchon. Você me perdoa tudo porque, de mim, tudo despreza.

— Não merecia que me dissesse isso, Landry; não, de verdade, eu não merecia. Nunca fui tão louca a ponto de dizer a mentirada de que me acusam. Falei outra coisa para a Madelon. O que lhe disse era só para ela, mas não podia prejudicar você e deveria lhe provar, ao contrário, a estima que tenho por você.

— Escute, Fanchon — disse Landry —, vamos parar de discutir sobre o que você disse ou não disse. Quero consultar você, que é sábia. Domingo passado, no carril, tomei por você, sem saber como me veio isso, uma amizade tão forte que durante a semana inteira não comi nem dormi suficientemente. Não quero lhe esconder nada, porque com uma moça tão esperta como você seria coisa à toa. Confesso então que tive vergonha do meu afeto na segunda-feira de manhã e queria ter fugido bem longe para não cair de novo nessa paixonite. Mas segunda-feira à noite já estava tão recaído que passei o vau sem me preocupar com o fogo-fátuo que tentava me impedir de procurar você, pois ainda estava lá, e, quando ele deu sua gargalhada malvada, fiz a mesma coisa para ele. Desde segunda-feira, todas as manhãs, fico como um imbecil, porque caçoam do meu apego por você; e todas as noites estou como louco porque sinto meu gostar mais forte que a vergonha. E hoje a vejo gentil e com tão boa aparência que todo mundo vai se surpreender também e antes de quinze dias, se você continuar assim, não somente vão me perdoar por estar apaixonado, mas também haverá outros que também o estarão completamente. Não tenho então nenhum mérito em amá-la; você não me deve preferência. No entanto, se lembrar do último domingo, dia de Santo

Andoche, vai se lembrar também de que lhe pedi, no carril, a permissão para beijá-la e o fiz de todo o coração como se você não houvesse jamais tido a reputação de feia e odiosa. Eis meu direito, Fadete; me diga se isso pode contar e se a coisa a aborrece em vez de persuadir.

A pequena Fadete estava com rosto entre as duas mãos e não respondeu. Landry pensava, pelo que ouvira de sua conversa com Madelon, que era amado por ela e é preciso dizer que tal amor lhe fizera tanto efeito que desencadeou imediatamente o seu. Mas, vendo a pose vergonhosa e triste daquela pequena, começou a recear que ela tivesse inventado uma história a Madelon para, com boa intenção, fazer dar certo o arranjo que estava negociando. Isso o tornou ainda mais apaixonado e ele ficou muito magoado. Tirou-lhe as mãos do rosto e a viu tão pálida que parecia estar morrendo; e como ele a repreendia vivamente por não responder ao desvario que sentia por ela, ela deixou-se ir ao chão, juntando as mãos e suspirando, porque estava sufocada, e caiu de fraqueza.

24.

Landry teve muito medo e bateu em suas mãos para fazê-la voltar a si. Suas mãos estavam frias como pedras de gelo e duras como madeira. Ele as aqueceu e esfregou muito tempo nas suas e, quando ela conseguiu falar, disse:

— Acho que você está fazendo brincadeira comigo, Landry. Tem coisas com que não se deve brincar. Eu lhe peço então para me deixar em paz e nunca mais falar comigo, a menos que tenha alguma coisa a me pedir, caso este em que estarei sempre a seu serviço.

— Fadete, Fadete — disse Landry —, o que você está dizendo não é bom. É você que está brincando comigo. Você me detesta, porém me fez pensar outra coisa.

— Eu! — disse ela muito aflita. — O que lhe fiz crer? Eu lhe ofereci e dei uma boa amizade como a que tem seu babaço por você, e talvez melhor, pois não tem ciúme e, em vez de atravancar seus amores, eu o ajudei.

— É verdade. Você foi boa como o bom Deus e eu é que estou errado em criticá-la. Perdoe-me, Fanchon, e me deixe amá-la como puder. Não será, talvez, tão calmamente como amo meu babaço ou minha irmã Nanete, mas prometo não tentar beijá-la se lhe causa repulsa.

E, pensando consigo, Landry imaginou que, com efeito, a pequena Fadete só tinha por ele uma amizade bem tranquila; e como não era nem frívolo nem fanfarrão, ficou tão receoso e tão pouco próximo dela, como se não tivesse escutado com seus próprios ouvidos o que ela dissera a seu respeito à bela Madelon.

Quanto à pequena Fadete, era esperta o suficiente para reconhecer enfim que Landry estava real e loucamente apaixonado, e pelo imenso prazer que sentia nisso tivera um esmorecimento durante um instante. Mas ela temia perder muito rápido uma felicidade tão rapidamente conquistada; por causa desse receio, queria dar a Landry o tempo de desejar intensamente o seu amor.

Ele ficou junto dela até o final da noite, pois, ainda que não ousasse cortejá-la, estava tão envolvido e tinha tanto prazer em vê-la e escutá-la falar que não conseguia se resolver a deixá-la um instante. Brincou com o Gafanhoto, o qual nunca estava longe da irmã e logo veio juntar-se a eles. Mostrou-se bom com o menino e logo percebeu que o pobrezinho, tão maltratado por todo mundo, não era nem tonto nem malvado com os que o tratavam bem; ao fim de uma hora, ele estava tão cativado e reconhecido que até mesmo beijava as mãos ao babaço e o chamava "Landry querido", como chamava sua irmã "minha Fanchon querida"; e Landry ficava compadecido e enternecido por ele, julgando todos e inclusive a si mesmo, no passado, muito culpados com relação aos dois pobres netos da dona Fadet, os quais só precisavam ter um pouco mais de amor para serem os melhores de todos.

Na manhã seguinte e nos dias subsequentes, Landry conseguiu ver a pequena Fadete, ora à noite e então podia conversar um pouco com ela, ora de dia, encontrando-a no campo: e ainda que ela não pudesse parar muito tempo, não querendo ou não sabendo faltar com seu dever, ele ficava contente em lhe dizer quatro ou cinco palavras de todo o coração e em tê-la olhado com toda a atenção. E ela continuava gentil em seu falar, no vestir, nas maneiras com todos: o que fez com que todos notassem, e logo mudaram de tom e de modos com ela. Como nada mais ela fazia que desse motivo, não a injuriavam mais e, como não se viu injuriar, ela não teve a tentação de invectivar nem de aborrecer ninguém.

Mas, como a opinião das gentes não muda assim tão rápido quanto nossas resoluções, era preciso ainda que o tempo corresse até que passassem, com relação a ela, do desprezo à estima e da aversão à benquerença. Mais tarde lhes direi como se deu essa mudança; por ora, vocês podem imaginar por vossa conta que não deram grande atenção ao endireitamento da pequena Fadete. Quatro ou cinco bons velhos e boas velhas, desses que veem crescer a juventude com indulgência e que são, num lugar, como pais e mães de todo mundo, palestravam entre eles algumas vezes, debaixo das nogueiras da Cosse, olhando todos aqueles pequenos e jovens pululando à sua volta, alguns jogando boliche, outros dançando. E os velhos diziam:

— Esse aí será um belo soldado se continuar, pois tem o corpo bom demais para ser dispensado; aquele lá vai ser espertinho e entendido como o pai; aquele acolá terá a sabedoria e a serenidade da mãe; aí está a jovem Lucete, que promete dar uma boa camponesa; uma Louise gorda que vai agradar a muitos e quanto a essa Marion, deixem-na crescer e o juízo lhe virá como às outras.

E quando era a vez da pequena Fadete de ser examinada e julgada:

— Lá vai ela andando rapidinho — diziam — sem querer cantar nem dançar. Ninguém a viu mais desde a Santo Andoche. Pelo jeito, ela ficou muito chocada que as crianças daqui a tenham despenteado durante a dança, assim ela mudou aquela carapuça grandona e agora não está mais feia.

— Notaram como a pele dela clareou há algum tempo? — dizia, por sua vez, dona Couturier. — Essa menina tinha a cara como um ovo de codorna por causa de ser cheia de sardas, e a última vez que a vi de perto, fiquei surpresa de achá-la tão branca e pálida que fiquei pensando se não teve febre. Vendo como está agora, diria que ela poderá endireitar, e quem sabe? Já houve feias que se tornavam belas pegando os dezessete ou dezoito anos.

— E depois vem o juízo — disse seu Naubin — e uma menina que se ressente aprende a ficar elegante e agradável. Já era tempo que o Grilo percebesse que não é um menino. Meu Deus, a gente achava que ela ia se sair tão mal que ia ser uma vergonha para a região. Mas ela vai se arranjar e emendar como as outras. E vai perceber que é preciso fazer esquecer que teve uma mãe tão repreensível e vão ver que ela não dará motivos para que falem dela.

— Queira Deus — disse dona Courtillet —, pois é feio uma menina andar feito um cavalo desembestado; mas espero também que a pequena Fadete esteja tomando jeito, pois a encontrei anteontem e, em vez de se enfiar sempre trás de mim para arremedar minha coxeadura, ela me disse bom-dia e perguntou do meu portamento com muita decência.

— Essa pequena de que estão falando é mais doida do que má — disse seu Henri. — Ela não tem mau coração; eu que o diga; prova é que tomou conta dos meus netos nos campos com ela, por pura complacência, quando minha filha estava doente; e cuidava tão bem que eles não queriam mais largar dela.

— E não é verdade que me contaram — retomou dona Couturier — que um dos babaços do seu Barbeau se encantou por ela na última Santo Andoche?

— Ora bolas! — respondeu seu Naubin. — Não se deve levar isso a sério. É uma troça de crianças e os Barbeau não são tontos, os seus filhos menos ainda que o pai e a mãe, estão escutando?

Assim proseavam sobre a pequena Fadete e mais comumente pouco pensavam nela, pois quase não a viam.

25.

Mas quem a via com frequência e prestava grande atenção nela era Landry Barbeau. Ele ficava irado consigo mesmo quando não podia lhe falar o quanto quisesse; mas assim que se encontrava por um momento com ela, ficava apaziguado e contente, porque ela o fazia ver a razão e o consolava de todas as suas ideias. Ela fazia com ele uma brincadeirinha que era talvez recheada com um pouco de coquetismo; ao menos, ele às vezes assim pensava; mas como seu motivo era a honestidade, e ela não queria seu amor, a menos que tivesse bem virado e revirado a coisa em sua alma, ele não tinha o direito de se ofender. Ela não suspeitava que ele a quisesse enganar sobre a força daquele amor, pois era uma espécie de amor como não se vê muito nas pessoas do campo, as quais amam mais pacientemente do que na cidade. E justamente como Landry tinha um caráter mais paciente que o dos outros, nunca se pressagiaria que ele fosse se deixar arder tanto; e quem viesse a saber (pois ele escondia muito bem), ficaria estupefato. Mas a pequena Fadete, vendo que ele se dera a ela tão inteira e sutilmente, temia que fosse fogo de palha ou ainda que ela mesma levasse para o lado errado e a coisa não fosse mais longe entre eles do que a honestidade permite a duas crianças que ainda não estão em idade de se casar, ao menos no entender de seus pais e segundo a prudência: pois o amor raramente espera e, uma vez infiltrado no sangue de dois jovens, será milagre se esperar a aprovação de outrem.

Mas a Fadete, que na aparência fora criança por mais tempo do que as outras, possuía no interior uma razão e uma vontade bem acima de sua idade. Para que assim fosse, precisou de uma força de espírito inabalável, pois seu coração estava ardendo, e talvez ainda mais que o coração e o sangue de Landry. Ela o amava como louca e, no entanto, se portou com grande sabedoria; pois se de dia, de noite, a qualquer hora de seu tempo, pensava nele e morria de impaciência para vê-lo e de vontade de acariciá-lo, assim que o via tomava um ar sereno, falava-lhe seriamente, fingia até não conhecer ainda o fogo do amor e não lhe permitia que apertasse sua mão acima do pulso.

E Landry que, nos lugares retirados em que ficavam sempre juntos, e até mesmo quando a noite estava bem escura, poderia ter esquecido o dever e não lhe obedecer de tanto que estava enfeitiçado, temia muito, ao contrário, desagradá--la e se considerava tão inseguro de ser amado de amor que ele vivia assim inocentemente como se ela fosse irmã dele e de Jeanet, o gafanhotinho.

Para distraí-lo da ideia que não queria encorajar, ela o instruía nas coisas que sabia e nas quais seu espírito e talento natural haviam superado os ensinamentos de sua avó. Não queria fazer mistério de nada a Landry e, como ele sempre tivera um pouco de medo da bruxaria, ela pôs todos os seus cuidados para fazê-lo compreender que o diabo nada tinha a ver com os segredos de seu conhecimento.

— Ora, Landry — disse-lhe ela um dia —, não tem nada que ver com a intervenção do mau espírito. Só há um espírito e é bom, pois é o do bom Deus. Lúcifer é invenção do pároco e Georgeon invenção das velhas comadres do campo. Quando era bem pequena, eu acreditava, tinha medo dos malefícios da minha avó. Mas ela zombava de mim, pois é verdade quando dizem que se há alguém que duvida de tudo, é ele que faz com que os outros acreditem em tudo e ninguém acredita menos em satã do que os bruxos que fingem invocá-lo para qualquer propósito. Eles sabem muito bem que nunca o viram e nunca receberam dele nenhuma assistência. Os que forem simplórios a ponto de acreditar que podem chamá-lo, nunca o fizeram vir, prova disso é o farinheiro da Passe-aux-Chiens que, como minha avó me contou, ia por todos os cantos com uma grande matraca para chamar o diabo e lhe dar, dizia ele, uma boa surra. E o ouviam gritar na noite: "Virás, cara de lobo? Virás, cão danado? Virás, Georgeon do diabo?". E nunca o Georgeon veio. Tanto que esse farinheiro quase endoideceu de vaidade, dizendo que o diabo tinha medo dele.

— Mas — dizia Landry — isso que você pensa, que o diabo não existe, já não é muito cristão, minha pequena Fanchon.

— Eu não posso discutir sobre isso — respondeu ela —, mas se existe, estou certa de que não tem nenhum poder para vir sobre a Terra e abusar de nós ou pedir nossa alma para retirá-la do bom Deus. Ele não teria tanta insolência e, já que a Terra é do bom Deus, só o bom Deus pode governar as coisas e os homens que nela estão.

E Landry, recuperado de seu medo insano, não podia deixar de admirar o quanto, em todas as suas ideias e orações, a pequena Fadete era boa cristã. Ela demonstrava até mesmo uma devoção mais bonita do que a dos outros. Ela amava a Deus com todo o fervor de seu coração, pois tinha em todas as coisas a cabeça lúcida e o coração terno; e quando falava daquele amor a Landry, ele ficava surpreso de ter aprendido a fazer orações e a seguir práticas que nunca pensara compreender, e nas quais ele se portava respeitosamente por consciência de seu dever, todavia sem que seu coração fosse jamais verdadeiramente tomado de amor pelo Criador, como era o da pequena Fadete.

26.

Conversando e caminhando com ela, ele aprendeu a propriedade das ervas e todas as receitas para a cura das pessoas e dos animais, testou logo o efeito destas com uma vaca do seu Caillaud que tivera um inchaço por ter comido muita ferrã ainda verde; e como o veterinário a havia abandonado, alegando que não duraria mais que uma hora, ele a fizera tomar uma beberagem que a pequena Fadete lhe ensinara a compor. Ele a fez secretamente e, de manhã, quando os lavradores, muito contrariados com a perda de uma vaca tão bonita, iam buscá-la para jogar num buraco, encontraram-na de pé e começando a cheirar a comida, bem-disposta e quase toda desinchada. Noutra feita, um potro havia sido mordido por uma víbora, e Landry, sempre seguindo os ensinamentos da pequena Fadete, ligeirinho o salvou. Enfim, ele pôde tentar também o remédio contra a raiva num cachorro da Priche, o qual foi curado e não mordeu ninguém. Como Landry escondia o mais que podia seus encontros com a Fadete, não se vangloriou de sua ciência e atribuíram a cura dos animais aos grandes cuidados que ele lhes dispensara. Mas seu Caillaud, que também entendia disso, como todo bom fazendeiro ou meeiro deve fazer, surpreendeu-se e disse:

— Seu Barbeau não tem talento para a bicharada e não tem nem mesmo sorte, pois perdeu muitos animais ano passado e não foi a primeira vez. Mas Landry tem a mão bem-aventurada e é coisa com que já veio ao mundo. Isso se tem ou não se tem; e mesmo estudando nas escolas como os veterinários, não adiantaria nada se não tivesse jeito desde nascença. Por isso eu lhes digo que Landry tem jeito e sabe de cabeça o que convém. É um grande dom que recebeu da natureza e lhe valerá mais do que um capital para administrar bem uma fazenda.

O que dizia seu Caillaud não era de um homem crédulo e insensato, só que ele estava enganado em atribuir a Landry um dom da natureza. Landry só tinha o de ser cuidadoso e entendido em aplicar as receitas de seu aprendizado. Mas o dom de natureza não é uma fábula, pois a pequena Fadete o tinha; e com umas poucas lições razoáveis que a avó lhe dera, ela descobria e adivinhava, como quem inventa, as virtudes que o bom Deus colocou em certas ervas e em certas maneiras de empregá-las.

Nem por isso era bruxa; tinha razão em se defender; mas era dona de um espírito contemplador, que faz comparações, observações, experiências; e isso é um dom da natureza, não se pode negar. Seu Caillaud levava a coisa um pouco mais longe. Ele pensava que tal ou qual boiadeiro ou lavrador tem a mão melhor ou pior e que, tão somente por sua presença no estábulo faz bem ou mal aos animais. No entanto, como há sempre um pouco de verdade nas mais falsas crenças, deve-se concordar que os cuidados, a limpeza, o trabalho feito com consciência são uma virtude para tornar bom o que a negligência e a estupidez pioram.

Como Landry pusera sempre concentração e gosto nessas coisas, o afeto que concebera pela pequena Fadete aumentou com todo o reconhecimento que lhe devia por sua instrução e por toda a estima que tinha pelo talento daquela moça. E ele ficou grato por ela tê-lo forçado a se distrair do amor durante seus passeios e conversas, reconhecendo também que ela se dedicara mais ao interesse e à utilidade de seu apaixonado do que ao prazer de se deixar cortejar e elogiar incessantemente como ele quisera no início.

Landry logo ficou tão arrebatado que deixou cair por terra a vergonha de deixar transparecer seu amor por uma mocinha considerada feia, malvada e mal-educada. Se tinha precaução, era por causa do seu babaço, cujo ciúme conhecia e que já fizera um grande esforço para aceitar sem despeito o flerte que Landry tivera com Madelon, flerte este muito pequeno e calmo perto dos sentimentos que ele nutria agora por Fanchon Fadet.

Mas, se Landry estava animado demais em seu amor para ter prudência, em contrapartida a Fadete tinha um espírito inclinado ao mistério, que aliás não queria colocar Landry muito à prova das provocações do povo; a pequena Fadete, que afinal de contas o amava demais para consentir em lhe causar sofrimentos na família, exigiu dele tamanho segredo que passou quase um ano antes que a coisa fosse descoberta. Landry habituara Sylvinet a não mais vigiar todos os seus passos, e a região, que não é muito povoada mas entrecortada de ravinas e toda coberta de árvores, é bem propícia aos amores secretos.

Sylvinet, vendo que Landry não se preocupava mais com Madelon, ainda que inicialmente tivesse aceitado compartilhar sua amizade como um mal necessário tornado mais suave pela vergonha de Landry e a prudência daquela moça, regozijou-se bastante de pensar que Landry não tinha pressa em retirar dele o seu amor para doá-lo a uma mulher; uma vez apartado seu ciúme, ele deixou o irmão mais livre de suas preocupações e corridas nos dias de festas e de descanso. Landry sempre achava pretexto para ir e vir e, sobretudo domingo à noite, ele saía da Babaçoaria cedo e só voltava à Priche à meia-noite, o que lhe era bem cômodo, porque conseguira obter uma caminha no *cafarnion*. Vocês vão me repreender talvez por essa palavra, pois o professor da escola daqui fica bravo e quer que se diga "cafarnaum"; mas, se ele conhece a palavra, não conhece a coisa, e fui obrigado a lhe ensinar que era o lugar da granja ao lado dos estábulos onde se amontoam os jugos, as rédeas, as ferragens e tranqueiras de toda sorte que servem para os animais de arado e aos instrumentos de trabalho da terra.

Destarte, Landry podia voltar a hora que quisesse sem acordar ninguém: ele tinha sempre seu domingo para si até segunda-feira de manhã; por isso seu Caillaud e o filho mais velho — ambos homens muito sábios que nunca iam a cabarés nem faziam farra nos feriados — tinham o costume de tratar pessoalmente dos cuidados e da vigilância da fazenda nesses dias, a fim de que, diziam eles, toda a rapaziada da casa, que trabalhava mais do que eles durante a semana, pudesse se evadir e divertir livremente, segundo o mandamento do bom Deus.

Durante o inverno, quando as noites são tão frias que dificilmente se poderia falar de amor em pleno campo, havia para Landry e a pequena Fadete um bom refúgio na torre de Jacó, que é um antigo pombal abandonado pelas pombas há longos anos, mas é bem coberto e fechado e faz parte da fazenda de seu Caillaud. Eles o usavam até para guardar o excedente de provisões, e como Landry tinha a chave e aquilo ficava nos confins das terras da Priche, não longe do vau das Roulettes e no meio de uma lupulina bem fechada, nem mesmo o diabo seria esperto o suficiente para surpreender ali os encontros desses namorados. Quando o tempo estava ameno, eles iam entre as podas, que são as madeiras recém-cortadas e das quais a região está repleta. São também bons retiros para os ladrões e os amantes; e como ladrões não há na nossa região, os amantes aproveitam e não acham ali nem medo nem tédio.

27.

Mas como não há segredo que consiga durar, num belo dia de domingo Sylvinet, passando ao longo do muro do cemitério, ouviu a voz de seu babaço a dois passos dele, atrás da curva que fazia o muro. Landry falava muito baixinho, mas Sylvinet conhecia tão bem sua fala que a teria adivinhado mesmo se não tivesse ouvido:

— Por que você não quer vir dançar? — dizia a uma pessoa que Sylvinet não conseguia ver. — Faz tanto tempo que não a veem parar depois da missa que ninguém ia achar ruim que a tirasse para dançar, eu, que supõem que mal a conheça. Não diriam que é por amor, mas por hombridade e porque estou curioso em saber se depois de tanto tempo você ainda sabe dançar bem.

— Não, Landry, não — respondeu uma voz que Sylvinet não reconheceu, pois havia muito tempo que não a ouvia, já que a pequena Fadete se mantivera afastada de todo mundo e dele, especialmente. — Não — dizia ela —, melhor que não prestem atenção em mim e se você me tirar para dançar uma vez, vai querer recomeçar todos os domingos e nem precisaria tanto para dar o que falar. Acredite no que eu sempre disse, Landry, que o dia em que souberem que você me ama, será o início de nosso martírio. Deixe-me ir embora e depois que você passar uma parte do dia com sua família e seu babaço, venha me encontrar onde combinamos.

— Mas é triste não dançar nunca! — disse Landry. — Você gostava tanto de dançar, lindinha, e dançava tão bem! Como eu gostaria de pegar você pela mão e fazê-la girar nos meus braços, vendo-a leve e gentil, dançar só comigo!

— É justamente o que não deve acontecer — retrucou ela. — Mas vejo que você sente falta da dança, meu bom Landry, e não sei por que renunciou. Vá dançar um pouco; me agradaria imaginar que você está se divertindo e esperarei mais pacientemente.

— Oh! Você tem paciência demais! — exclamou Landry com uma voz que, ao contrário, não demonstrava nenhuma paciência. — Mas eu preferia que me cortassem as duas pernas a dançar com moças de quem não gosto e as quais não beijaria nem por cem francos!

— Pois bem, se eu dançasse — retrucou Fadete —, teria de dançar com outros além de você e também deixar que me beijassem.

— Trate de ir embora, logo — disse Landry —, eu não quero que ninguém beije você!

Sylvinet não ouviu nada além de passos se afastando e, para não ser surpreendido às escutas por seu irmão, que vinha em sua direção, entrou rapidamente no cemitério e o deixou passar.

Essa descoberta foi como uma punhalada no coração de Sylvinet. Ele não procurou saber quem era a moça que Landry amava tão apaixonadamente. Bastava-lhe saber que havia uma pessoa pela qual Landry o deixava e que ocupava todos os pensamentos dele, a ponto de os esconder de seu babaço, e este não os recebia em confidência. "Ele deve desconfiar de mim", pensou, "e essa moça, que ama tanto, o leva a me temer e detestar. Já nem me espanta ver que está sempre aborrecido em casa e tão inquieto quando quero passear com ele. Eu renunciava, crendo que ele tivesse gosto em ficar sozinho, mas agora vou tomar cuidado para não o incomodar. Não lhe direi nada; ele ficaria com raiva de mim por ter descoberto o que não quis me confiar. Vou sofrer sozinho, enquanto ele ficará contente de estar livre de mim."

Sylvinet fez como prometia e até foi mais longe do que o necessário, pois não somente ele não tentava reter seu irmão perto de si, mas também, para não o incomodar, saía primeiro de casa e ia devanear sozinho no pastio, sem querer ir ao campo porque, pensava ele, "se fosse encontrar Landry, ele iria imaginar que estou espiando e me demonstraria que o estou incomodando".

E aos poucos sua antiga mágoa, da qual estava quase curado, voltou tão pesada e obstinadamente que não tardaram a percebê-la estampada na sua própria figura. Sua mãe recomeçou a perguntar meigamente, mas como ele tinha vergonha de aos dezoito anos ter as mesmas fraquezas de espírito que tivera aos quinze, nunca quis confessar aquilo que o corroía.

Foi o que o salvou da doença, pois o bom Deus não abandona os que abandonam a si mesmos e aquele que tem a coragem de guardar seu sofrimento é mais forte contra ele do que aquele que se queixa. O pobre babaço tomou como hábito ficar triste e pálido; teve, de tempos em tempos, um ou dois acessos de febre e, mesmo tendo crescido um pouco, ficou bastante delicado e franzino. Ele não suportava muito a labuta e não por sua culpa, pois sabia que o trabalho lhe fazia bem e já bastava aborrecer o pai com sua tristeza; não queria zangá-lo nem prejudicar por sua desvirtude. Punha-se, então, ao trabalho, e labutava com raiva de si mesmo. Assim, frequentemente pegava mais do que podia aguentar e na manhã seguinte ficava tão cansado que não podia fazer mais nada.

— Nunca vai ser um lavrador forte — dizia seu Barbeau —, mas ele faz o que pode, e quando consegue, não se poupa. É por isso que não quero empregá-lo com um patrão, pois, temendo ser recriminado e com o pouco de forças que Deus lhe deu, ele se mataria num instante e eu teria do que me arrepender pelo resto da vida.

Dona Barbeau apreciava muito tais reflexões e fazia o possível para alegrar Sylvinet. Ela consultou vários médicos sobre sua saúde; alguns lhe disseram que era preciso poupá-lo muito e só deixá-lo beber leite porque estava fraco; outros, que era preciso fazê-lo trabalhar bastante e lhe dar bom vinho porque, estando fraco, precisava se fortalecer. E dona Barbeau não sabia a qual deles escutar, o que sempre acontece quando se pede várias opiniões.

Felizmente, na dúvida, ela não seguiu nenhum e Sylvinet trilhou o caminho que o bom Deus lhe traçara, sem encontrar motivos para desviar à direita ou à esquerda, e arrastou seu pequeno mal sem ser muito pressionado, até o momento em que os amores de Landry vieram à tona e Sylvinet viu aumentar sua dor com tudo o que fizeram a seu irmão.

28.

Foi Madelon que descobriu a mina; e se ela o fez sem malícia, ainda assim tirou disso um mau partido. Ela se conformara sem Landry e, não tendo perdido muito tempo em amá-lo, também não demorara a esquecê-lo. No entanto, ficara-lhe no coração um pequeno rancor que esperava a oportunidade para se revelar; tanto é verdade que o despeito nas mulheres dura mais do que o arrependimento.

Eis como a coisa aconteceu. A bela Madelon, que era conhecida por seu jeito bem-comportado e suas maneiras orgulhosas com os rapazes, era todavia muito coquete no fundo e não tinha nem a metade da sensatez nem da fidelidade do pobre Grilo — de quem tanto se falara e augurara mal — em suas amizades. Assim, Madelon tivera já dois namorados, sem contar Landry, e se insinuava para um terceiro, que era seu primo, filho caçula de seu Caillaud da Priche. Ela se insinuou tão bem que, sendo vigiada pelo último a quem dera esperança e receando que ele o espalhasse, sem saber onde se esconder para conversar à vontade com o novo, deixou-se persuadir por este para ir tagarelar no pombal onde justamente Landry tinha encontros honestos com a pequena Fadete.

O Caçula Caillaud procurara a chave desse pombal e não a encontrara porque ela estava no bolso de Landry; e ele não ousara perguntar a ninguém porque não tinha boas razões para justificar a pergunta. Tanto que ninguém, exceto Landry, se preocupava em saber onde a chave estava. O Caçula Caillaud, pensando que tivesse sido perdida ou que seu pai a mantinha no molho, não se preocupou em forçar a porta. Mas, no dia em que o fez, Landry e Fadete ali estavam, e os quatro namorados ficaram bem aflitos ao se ver. Foi por isso que tiveram de se manter todos calados e não espalhar nada.

Mas Madelon teve como que um retorno de ciúme e raiva vendo Landry, que se tornara um dos mais belos rapazes da região e dos mais estimados, guardar, desde Santo Andoche, tão bela fidelidade à pequena Fadete, e tomou a resolução de se vingar. Para isso, sem nada confiar ao Caçula Caillaud, que era honesto e não se prestaria a isso, ela se fez ajudar por uma ou duas mocinhas suas amigas, um pouco despeitadas também do desprezo que Landry parecia lhes reservar nunca as tirando para dançar, e se pôs a vigiar tão bem a pequena Fadete que não precisaram de muito tempo para ter certeza de seu namoro com Landry. E assim que os espiaram e viram uma ou duas vezes juntos, fizeram um estrondo em toda a região, dizendo a quem quisesse escutá-las — e sabe lá Deus se a maledicência não tem ouvidos para se fazer ouvir ou não tem língua para se fazer repetir — que Landry conhecera uma má pessoa, que era a pequena Fadete.

Então, todas as jovenzinhas se meteram, pois quando um rapaz de bela aparência e de posses se volta a uma pessoa é como uma injúria a todas as outras que, se acharem meios para atacar tal pessoa, não deixam de fazê-lo. Pode-se dizer também que, quando uma maldade é explorada pelas mulheres, anda rápido e longe. Assim, quinze dias depois da aventura da torre de Jacot, sem que se falasse da torre nem de Madelon, que tivera bastante cuidado em não se antecipar e que fingia até ficar sabendo como uma novidade o que ela fora a primeira a desvelar na surdina, todo mundo sabia, pequenos e grandes, velhas e jovens, dos amores de Landry, o babaço, com Fanchon, o Grilo.

E os rumores chegaram aos ouvidos de dona Barbeau, que muito se afligiu e não quis falar com o marido. Mas seu Barbeau ficou também sabendo e Sylvinet, que bem discretamente guardara o segredo de seu irmão, teve a mágoa de ver que todo mundo sabia.

Ora, uma noite em que Landry pensava deixar a Babaçoaria cedo, como costumava fazer, seu pai lhe disse, na presença da mãe, da irmã mais velha e de seu babaço:

— Não seja tão apressado em nos deixar, Landry, pois preciso falar com você; espere que seu padrinho esteja aqui, pois é diante dos da família que se interessam mais por seu destino que quero lhe pedir uma explicação.

E quando o padrinho, que era o tio Landriche, chegou, seu Barbeau lhe falou assim:

— O que tenho a lhe dizer lhe dará um pouco de vergonha, meu Landry; assim, não é sem um pouco de vergonha e sim muito a contragosto que me vejo obrigado a denunciá-lo diante da família. Mas espero que essa vergonha lhe seja salutar e o cure de uma fantasia que poderia prejudicá-lo. Parece que você conheceu alguém desde a Santo Andoche, o que fará logo um ano. Falaram-me desde o primeiro dia, pois era uma coisa de louco ver você dançar o dia inteiro de festa com a moça mais feia, mais suja e mal-afamada de nossa região. Eu não quis prestar atenção, pensando que você havia feito uma brincadeira e não aprovava exatamente a coisa porque, se não é caso de frequentar essas gentes, também não se deve aumentar-lhes a humilhação e o infortúnio que têm de serem detestáveis para todo mundo. Negligenciei em lhe falar, pensando, ao vê-lo triste no dia seguinte, que você se recriminava e não faria de novo. Mas há uma semana mais ou menos, ouço dizer outra coisa, e ainda que seja pelas pessoas dignas de fé, eu não quero crer, a menos que você me confirme. Se errei em suspeitar de você, você imputará à preocupação que tenho e ao dever de zelar por sua conduta: pois, se a coisa é mentirosa, você vai me agradar me dando sua palavra e me fazendo saber que me enganaram a seu respeito.

— Meu pai — disse Landry —, o senhor me diga de que me acusam e responderei com a verdade e o respeito que lhe devo.

— Acusam você, Landry, e creio ter dado suficientemente a entender, de ter um caso desonesto com a neta de dona Fadet, que é uma mulher bastante má; sem contar que a própria mãe dessa infeliz deixou covardemente o marido, os filhos e a própria terra para acompanhar os soldados. Acusam você de passear de todos os lados com a pequena Fadete, coisa que me faria temer de vê-lo comprometido com ela em amores ilícitos, dos quais você poderia se arrepender por toda a vida. Está entendendo, finalmente?

— Entendo bem, meu caro pai — respondeu Landry —, e conceda-me ainda uma pergunta antes que lhe responda. É por causa de sua família ou apenas dela mesma que o senhor vê Fanchon Fadete como má companhia para mim?

— Sem dúvida por causa de um e de outro — retomou seu Barbeau com um pouco de severidade, o que não tivera no início; pois ele esperava ver Landry bem aflito e o achava sereno como prestes a tudo. — É primeiro que uma má parentela é uma mancha ruim e nunca uma família estimada e honrada como a minha iria querer aliança com a família Fadet. Depois, é que a pequena Fadet, por si mesma, não inspira estima nem confiança a ninguém. Nós a vimos crescer e sabemos todos o que ela vale. Ouvi dizer e reconheço por ter visto duas ou três vezes que, há um ano, ela se comporta melhor, não fica mais correndo com os meninos pequenos e não é malcriada com ninguém. Você pode ver que não quero ser injusto; mas isso não basta para crer que uma criança que foi criada tão mal vá dar uma mulher honesta e, conhecendo a avó como conheci, tenho todos os motivos para recear que haja aí uma intriga armada para extorquir promessas de você e lhe causar vergonha ou embaraço. Disseram-me até que a pequena estava grávida, no que não quero crer assim levianamente, mas o que me afligiria muito, porque a coisa seria atribuída a você e criticada e poderia acabar num processo e num escândalo.

Landry, que desde a primeira palavra prometera ser prudente e se explicar com doçura, perdeu a paciência. Ficou vermelho como o fogo e disse, levantando-se:

— Meu pai, os que lhe contaram isso mentiram como cães. Fizeram tamanho insulto a Fanchon Fadet que, se eu os pegasse, iram ter de desmentir ou brigar comigo até que um de nós ficasse caído. Diga-lhes que são covardes e pagãos; e que me venham dizer na cara o que lhe insinuaram feito traidores e vão se ver comigo!

— Não se zangue assim, Landry — disse Sylvinet, todo abatido pela mágoa —, meu pai não o acusa de ter feito mal a essa moça; mas receia que ela tenha se encrencado com outros e queira fazer crer, passeando com você dia e noite, que é você quem lhe deve uma reparação.

29.

A voz de seu babaço acalmou um pouco Landry; mas as palavras que ele dizia não deixaram de marcá-lo.

— Meu irmão — disse ele —, você não entende nada disso tudo. Você sempre teve prevenção contra a pequena Fadete e não a conhece. Pouco me importa o que falem de mim; mas não suportarei o que dizem contra ela e quero que meu pai e minha mãe saibam, de mim mesmo, para se tranquilizarem, que não há na terra moça tão honesta, recatada, tão boa e desinteressada quanto esta. Se ela tem a infelicidade de ser mal aparentada, tem o mesmo tanto de méritos por ser o que é, e eu nunca pensei que almas cristãs pudessem recriminá-la pelo infortúnio de sua nascença.

— O senhor agora parece me fazer reprimendas, seu Landry — disse seu Barbeau se levantando também, para lhe mostrar que não suportaria que a coisa fosse mais longe entre eles. — Estou vendo, pelo seu ressentimento, que sente por essa Fadete mais do que eu gostaria que sentisse. Já que o senhor não tem nem vergonha nem arrependimento, não falaremos mais disso. Vou refletir sobre o que devo fazer para afastá-lo de uma desatinação de mocidade. Agora o senhor deve voltar para a casa de seus patrões.

— Vocês não vão se separar assim — disse Sylvinet, trazendo o irmão, que já estava saindo, de volta. — Meu pai, aqui está o Landry que está deveras magoado por tê-

-lo desagradado e não consegue nem falar. Dê a ele o vosso perdão e o abrace, pois ele vai ficar chorando de madrugada e seria punido demais por vosso desapontamento.

Sylvinet chorava, dona Barbeau chorava também e assim a irmã mais velha e o tio Landriche. Só havia seu Barbeau e Landry com os olhos secos; mas eles tinham o coração muito pesado; fizeram-nos se abraçar. O pai não exigiu nenhuma promessa, sabendo bem que, nos casos de amor, tais promessas são fortuitas e não queria comprometer sua autoridade; mas fez com que Landry entendesse que não estava acabado e ele voltaria a isso. Landry se foi, furioso e desolado. Sylvinet gostaria de tê-lo seguido; mas não ousou porque presumia que ele fosse compartilhar sua mágoa com a Fadete. Então se deitou tão triste que durante a noite toda só fez suspirar e sonhar com a desgraça na família.

Landry foi bater na porta da pequena Fadete. Dona Fadet tinha se tornado tão surda que, uma vez adormecida, nada a acordava, e havia algum tempo que Landry, tendo sido descoberto, só podia conversar com Fanchon à noite, no quarto onde dormiam a velha e o pequeno Jeanet; mesmo assim, ele corria altos riscos, pois a velha bruxa não o suportava e o teria feito sair a vassouradas em vez de cumprimentos. Landry contou seu sofrimento à pequena Fadete e a achou muito resignada e corajosa. Primeiro, tentou persuadi-lo de que ele faria bem, para seu próprio interesse, em retomar sua amizade e não mais pensar nela. Mas quando viu que ele se afligia e se revoltava cada vez mais, fez com que prometesse obediência, dando-lhe esperança no tempo vindouro.

— Escute, Landry — disse ela —, eu sempre previ o que está nos acontecendo e muitas vezes pensei no que faríamos, quando fosse o caso. Seu pai não está errado e não tenho raiva dele; pois é por grande amor por você que ele receia vê-lo envolvido com uma pessoa tão pouco merecedora como sou. Perdoo dele um pouco de orgulho e injustiça para comigo; pois não podemos discordar que minha primeira juventude foi louca e você mesmo me recriminou no dia em que começou a me amar. Se há um ano me corrigi de meus defeitos, não foi tempo suficiente para ganhar confiança, como ele lhe disse hoje. É preciso então que o tempo passe ainda e, pouco a pouco, as prevenções que tinham contra mim vão-se embora, as mentiras cruéis que contaram agora cairão por si mesmas. Seu pai e sua mãe verão que sou sensata e que não quero desencaminhar você nem lhe extorquir dinheiro. Eles farão justiça à honestidade da minha amizade e poderemos nos ver e falar sem nos escondermos de ninguém; mas, enquanto esperamos, é preciso que obedeça a seu pai que, tenho certeza, vai proibi-lo de me frequentar.

— Nunca terei coragem para isso — disse Landry —, preferiria me jogar no rio.

— Muito bem! Se não tem coragem, eu terei por você — disse a pequena Fadete. — Irei embora, deixarei a região por um pouco de tempo. Há dois meses me ofereceram um bom emprego na cidade. Minha avó está tão surda e idosa que quase não cuida mais de preparar e vender suas beberagens e não pode mais dar consultas. Ela tem uma parenta muito boa que lhe ofereceu para vir morar aqui e cuidará muito bem dela e do meu pobre Gafanhoto.

A pequena Fadete ficou com a voz cortada por um instante pela ideia de deixar aquela criança que era, com Landry, o que ela mais amava no mundo, mas retomou coragem e disse:

— Agora ele já está bastante forte para ficar sem mim. Vai fazer a primeira comunhão e o divertimento de ir ao catecismo com as outras crianças o distrairá da dor de minha partida. Você deve ter observado que ele se tornou muito sensato e que os outros garotos quase não o provocam. Enfim, é preciso, Landry, é preciso que você me esqueça um pouco, pois há, a esta altura, uma grande raiva e inveja na região. Quando eu tiver passado um ou dois anos longe e voltar com bons testemunhos e boa reputação, a qual vou adquirir mais facilmente alhures do que aqui, não nos atormentarão mais e seremos mais amigos do que nunca.

Landry não quis escutar essa proposta; ele só fez desesperar-se e voltou à Priche num estado que dava pena ao mais vil coração.

Dois dias depois, quando levava a cuba para a vindima, o Caçula Caillaud lhe disse:

— Estou vendo, Landry, que você está com raiva de mim e que, há algum tempo, não fala comigo. Você acha, sem dúvida, que fui eu quem espalhou sobre seus amores com a pequena Fadete e estou chateado que possa crer em semelhante vilania da minha parte. Tão verdadeiro quanto Deus no céu é que nunca murmurei uma palavra e é até um desgosto para mim que lhe tenham causado todos esses aborrecimentos, pois sempre o considerei muito e nunca fiz injúria à pequena Fadete. Posso até falar da estima que tenho por essa menina desde o que nos aconteceu no pombal, coisa de que poderia tagarelar de seu lado e de que ninguém nunca soube nada, de tanto que foi discreta. No entanto, ela poderia ter se servido disso com o único objetivo de se vingar da Madelon, que ela sabe muito bem que foi a autora de todos esses mexericos; mas ela não o fez e vejo, Landry, que não se deve confiar nas aparências e nas reputações. A Fadete, que passava por malvada, foi boa; Madelon, que passava por boazinha, foi uma traidora, não somente com a Fadete e com você, mas também comigo que, por enquanto, tenho muito que me queixar da fidelidade dela.

Landry aceitou de bom coração as explicações do Caçula Caillaud e este o consolou de sua mágoa o melhor que podia.

— Fizeram você sofrer um bocado, meu pobre Landry — disse-lhe ele, encerrando —, mas você deve se consolar pela boa conduta da pequena Fadete. É bom que ela vá embora para pôr fim ao tormento de sua família, e acabo de lhe dizer isso pessoalmente quando lhe dei adeus no caminho.

— O que você está me dizendo, Caçula?! — exclamou Landry. — Ela vai embora? Ela partiu?

— Você não sabia? Pensei que fosse coisa combinada

entre vocês e que você não a estava acompanhando para não ser acusado. Mas ela está indo embora, com certeza; passou na frente da nossa casa há menos de um quarto de hora e levava sua trouxinha debaixo do braço. Estava indo para Château-Ville, ou para a costa de Urmont.

Landry largou seu aguilhão encostado no frontal dos bois, saiu correndo e só parou quando alcançou a pequena Fadete, no caminho de areia que desce das vinhas de Urmont até a Fremelaine. Então, esgotado pela dor e a pressa da corrida, caiu de través na estrada, sem conseguir falar, mas fazendo-a saber por sinais que para deixá-lo precisaria passar por cima de seu corpo.

Quando ele se recompôs, Fadete lhe disse:

— Queria poupá-lo desse sofrimento, meu querido Landry, e você está fazendo tudo o que pode para me tirar a coragem. Seja um homem e não me impeça de ter coração; custa-me mais do que você pensa e quando penso que meu pobre pequeno Jeanet está me procurando e gritando atrás de mim a essa hora, eu me sinto tão fraca que, por um nada, estouraria a cabeça nessas pedras. Ah! Eu lhe peço, Landry, que me ajude em vez de me desviar do meu dever, pois, se eu não partir hoje, não irei jamais e estaremos perdidos.

— Fanchon, Fanchon, você não precisa de uma grande coragem — respondeu Landry. — Só lamenta por uma criança que vai se consolar logo, porque é uma criança. Você não se preocupa com meu desespero; não sabe o que é o amor, não o tem por mim e vai me esquecer rápido, o que fará com que talvez nunca volte.

— Eu voltarei, Landry, e tomo Deus por testemunha de que voltarei no mínimo num ano e no mais tardar em dois e o esquecerei tão pouco que nunca terei outro amigo nem outro namorado.

— Outro amigo, é possível, Fanchon, porque não encontrará nunca nenhum que lhe seja tão submisso como eu; mas outro namorado, sei lá: quem pode dizer?

— Sou eu quem está dizendo!

— Você não sabe nada sobre si mesma, Fadete, nunca amou e, quando o amor chegar, você mal vai se lembrar de seu pobre Landry. Ah! Se você me amasse da maneira como a amo, não me deixaria assim.

— Acha, Landry? — disse a pequena Fadete olhando-o com um ar triste e muito sério. — Talvez você não saiba o que está dizendo. Eu acho que o amor me exigiria ainda mais do que aquilo que a amizade me manda fazer.

— Muito bem, se é o amor que comanda, eu não ficaria tão magoado. Oh! Sim, Fanchon, se fosse amor, eu acho que ficaria quase feliz na minha desgraça. Teria confiança na sua palavra e esperança no futuro, eu teria a coragem que você tem, verdade! Mas não é amor, você me disse muitas vezes e vi por seu grande sossego ao meu lado.

— Então acha que não é amor? — disse a pequena Fadete. — Está bem certo disso? — E, olhando-o, seus olhos se encheram de pesadas lágrimas que lhe caíram pela face, enquanto ela sorria de uma maneira muito estranha.

— Ah! Meu Deus! Meu bom Deus! — espantou-se Landry, tomando-a em seus braços. — Se eu pudesse estar enganado!

— Pois eu acho que você está muito enganado, de fato — respondeu a pequena Fadete, sempre sorrindo e chorando —; acho que desde os treze anos a pobre grilinha notou Landry e nunca mais notou outro. Acho que, quando ela o seguia pelos campos e pelas estradas, dizendo-lhe loucuras e provocações para forçá-lo a prestar atenção nela, não sabia ainda o que estava fazendo, nem o que a atraía para ele. Acho que, quando ela se pôs um dia à procura de Sylvinet, sabendo que Landry estava sofrendo, e o encontrou à margem do rio, todo pensativo, com um carneirinho no colo, ela bancou um pouco a bruxa com Landry para que Landry fosse obrigado a ficar agradecido. Acho que quando ela o injuriou no vau das Roulettes, tinha despeito e mágoa porque ele não lhe falara desde então. Acho que, quando ela quis dançar com ele, é porque estava louca por ele e esperava agradá-lo com seu belo passo. Acho que, quando ela estava chorando no carril de Chaumois, era pelo arrependimento e penar por ter desagradado. Acho também que, quando ele quis beijá-la e ela lhe respondia com palavras de amizade, era por receio de perder aquele amor ao contentá-lo rápido demais. Enfim, acho que, se ela se vai com o coração despedaçado, é pela esperança que tem de voltar digna dele na cabeça de todo mundo e poder ser sua mulher, sem desolar e humilhar sua família.

Dessa vez Landry acreditou que fosse ficar completamente louco. Ele ria, gritava, chorava e beijava as mãos de Fanchon, seu vestido, e poderia ter beijado seus pés, se ela quisesse aguentar; mas ela o levantou e lhe deu um beijo de amor pelo qual ele quase morreu, pois era o primeiro que jamais recebera, dela ou de qualquer outra, e enquanto ele foi caindo como desvanecido à margem da estrada, ela pegou sua trouxa, toda vermelha e confusa que estava, e partiu, proibindo-o de segui-la e jurando que voltaria.

30.

Landry cedeu e voltou à vindima, muito surpreso de não se ver tão infeliz quanto esperava, tamanha a doçura de se saber amado e porque a fé é grande quando se ama profundamente. Ele estava tão perplexo e tão bem que não conseguiu evitar de contar ao Caçula Caillaud, que muito se surpreendeu também e admirou a pequena Fadete por ter sabido tão bem se defender de todas as fraquezas e de toda a imprudência, uma vez que ela gostava de Landry e era correspondida.

— Estou contente em ver — disse-lhe ele — que essa moça tem tantas qualidades, pois, pela minha conta, nunca a julguei mal e posso até dizer que, se ela tivesse me dado atenção, não teria me desagradado. Por causa dos olhos que tem, ela sempre me pareceu mais bonita do que feia e há um certo tempo dava para todo mundo ver, se ela quisesse, que se tornava cada dia mais agradável. Mas ela amava unicamente a você, Landry, e se contentava em não desagradar aos outros; nunca procurou outra aprovação além da sua e lhe digo que me conviria uma mulher com esse caráter. Aliás, por menor e mais criança que a tenha conhecido, sempre considerei que tinha um grande coração e, se fôssemos pedir que cada um dissesse com consciência e verdade o que pensa e o que sabe, todos seriam obrigados a testemunhar por ela; mas o mundo é feito assim; quando duas ou três pessoas se põem atrás de outra, todos se metem, atiram pedras e criam má reputação sem saber muito bem por quê; é como se fosse pelo prazer de massacrar quem não pode se defender.

Landry sentia muito alívio em ouvir Caçula Caillaud mostrar que pensava daquela maneira e, daquele dia em diante, fez uma grande amizade com ele, consolou-se um pouco de seus aborrecimentos confiando-se com ele. E até lhe disse um dia:

— Não pense mais nessa Madelon, que não vale nada e que nos causou sofrimentos a ambos, meu grande Caçula. Você tem a mesma idade que eu e nada o apressa para um casamento. Ora, eu tenho uma irmãzinha, Nanete, que é linda como uma princesa, bem-educada, meiga, graciosa e vai fazer dezesseis anos. Venha nos visitar um pouco mais; meu pai o estima muito e, quando você conhecer bem a nossa Nanete, verá que não vai pensar em outra coisa senão em se tornar meu cunhado.

— Pois ora, não digo que não — respondeu o Caçula —, e se a moça não está comprometida com ninguém, irei à sua casa todos os domingos.

À noite da partida de Fanchon Fadet, Landry quisera ir ver seu pai para lhe contar a conduta honesta daquela moça que ele julgara mal e, ao mesmo tempo, mostrar-lhe, sob todas as reservas quanto ao futuro, sua obediência quanto ao presente. Seu coração pesou quando ele passou na frente da casa de dona Fadet; mas ele se armou de grande coragem, pensando que, se Fanchon não partisse, talvez tivesse ficado muito tempo sem conhecer a felicidade de ser amado por ela. Ele viu dona Fanchete, a parenta e madrinha de Fanchon que viera para cuidar da velha e do pequeno em seu lugar. A mulher estava sentada na frente da porta, com o Gafanhoto no colo. O pobre Jeanet chorava e não queria ir para a cama porque sua Fanchon ainda não tinha voltado — dizia ele — e era ela que devia fazê-lo rezar suas orações e se deitar. Dona Fanchete o reconfortou como pôde, e Landry ouviu com prazer que ela lhe falava com muita ternura e afeto. Mas assim que o Gafanhoto viu Landry passar, escapou das mãos de Fanchete, quase deixando uma das "patas", e correu a se jogar nas pernas do babaço, abraçando-o e questionando, conjurando-o a trazer de volta a sua Fanchon. Landry o pegou nos braços e, chorando, consolou-o como deu. Quis lhe oferecer um pouco de suco das boas uvas que trazia no cestinho de dona Caillaud para dona Barbeau; mas Jeanet, que habitualmente era guloso, não quis nada, a não ser que Landry lhe prometesse ir procurar sua Fanchon, e foi preciso que este lhe prometesse, suspirando, sem o que ele não obedeceria à Fanchete.

Seu Barbeau não esperava por aquela grande resolução da pequena Fadete. Ficou contente, mas quase lamentou o que ela fizera, porque era homem justo e de bom coração.

— Estou zangado, Landry — disse ele —, que você não tenha tido a coragem de renunciar a frequentá-la. Se tivesse agido como manda o dever, você não teria sido a causa de sua partida. Deus queira que essa menina não tenha de sofrer em sua nova condição e que sua ausência não prejudique sua avó e seu irmãozinho; pois se há muita gente que fala mal dela, há também quem a defenda e me asseguraram que era muito boa e de muita serventia para a sua família. Se o que me disseram sobre ela estar grávida é uma falsidade, saberemos logo e a defenderemos como se deve; se, por desgraça, for verdade e você for culpado, Landry, nós a assistiremos e não a deixaremos cair na miséria. Que você nunca se case com ela, Landry, é tudo o que exijo.

— Meu pai — disse Landry —, nós julgamos a coisa de maneira diferente, o senhor e eu. Se fosse culpado do que o senhor está pensando, pediria, ao contrário, sua permissão para desposá-la. Mas como a pequena Fadete é tão inocente quanto minha irmã Nanete, eu não lhe peço nada além de me perdoar pela contrariedade que lhe causei. Falaremos dela mais tarde, conforme o senhor me prometeu.

Seu Barbeau teve de aceitar a condição de não insistir mais. Ele era prudente o bastante para não pressionar e se dava por contente com o que obtivera.

Daquele momento em diante, a pequena Fadete não estava mais em questão na Babaçoaria. Evitou-se até dizer seu nome, pois Landry ficava vermelho e em seguida pálido quando seu nome escapava a alguém na sua frente e ele ficava feliz em ver que não a esquecera nem um pouco em relação ao primeiro dia.

31.

Primeiro, Sylvinet teve como que um contentamento egoísta ao saber da partida de Fadete e se persuadiu de que dali em diante seu babaço só amaria a ele e não o deixaria mais por ninguém. Mas não foi assim. Sylvinet era de fato o que Landry mais amava no mundo depois da pequena Fadete; mas não conseguia estar bem por muito tempo na companhia dele, porque Sylvinet não quis se demover de sua aversão por Fanchon. Assim que Landry tentava lhe falar dela e colocá-lo a par de seus interesses, Sylvinet se afligia e o recriminava por obstinar-se com uma ideia tão repugnante a seus pais e tão entristecedora para ele mesmo. Landry desde então não lhe falou mais sobre o assunto; porém, como não podia viver sem falar nisso, compartilhava seu tempo com o Caçula Caillaud e o pequeno Jeanet, que ele levava para passear e de quem tomava o catecismo, instruindo-o e consolando o mais que podia. E quando o encontravam com aquela criança, ai que ousassem zombar, iam se ver com ele! Mas além de Landry não se deixar jamais ridicularizar no que quer que fosse, ficava mais orgulhoso do que envergonhado em mostrar sua amizade para com o irmão de Fanchon Fadet e foi desse modo que ele protestava contra os que supunham que seu Barbeau, em sua sabedoria, havia dado jeito naquele amor. Sylvinet, ao constatar que seu irmão não se voltava para ele tanto quanto desejara, sendo obrigado a projetar seus ciúmes no pequeno Jeanet e no Caçula Caillaud; e vendo ainda, por outro lado, sua irmã Nanete, que até então o consolara e alegrara com cuidados muito ternos e atenções cheias de mimo, começando a gostar muito da amizade daquele tal Caçula Caillaud, cuja inclinação ambas as famílias aprovavam totalmente, o pobre Sylvinet, que fantasiava possuir para si unicamente a estima dos que amava, caiu num tédio mortal, numa languidez singular, e seu espírito ensombreceu tanto que não se sabia mais por onde começar para contentá-lo. Ele não ria mais; não tinha gosto em nada, quase não conseguia trabalhar, de tanto que se consumia e enfraquecia. Enfim, temeram por sua vida, pois a febre não o largava quase nunca e, quando estava um pouco mais alta que de costume, ele dizia coisas nada sensatas e muito cruéis para o coração de seus pais. Ele imaginava não ser amado por ninguém, logo ele, que sempre papariaram e mimaram mais do que a todos os outros na família. Desejava a morte, dizendo que não prestava para nada, que o poupavam por compaixão ao seu estado; mas que ele era um fardo para seus pais, e a maior graça que o bom Deus poderia lhe conceder seria livrá-los dele.

Às vezes seu Barbeau, ouvindo essas palavras pouco cristãs, repreendia-o com severidade. Isso não levava a nada de bom. Outras vezes seu Barbeau lhe suplicava, chorando, a reconhecer melhor o seu amor. Era ainda pior: Sylvinet chorava, se arrependia, pedia perdão ao pai, à mãe, ao babaço, a toda a família; a febre voltava mais forte depois que ele dava vazão à enorme ternura de seu coração doente.

Consultaram novamente os médicos. Eles não aconselharam grande coisa. Viram, por seu aspecto, que todo o mal vinha daquela geminação que devia matar um ou outro, o mais fraco dos dois, consequentemente. Consultaram também a curandeira de Clavières, a mais sábia mulher do cantão depois da Sagete, que havia morrido, e de dona

Fadet, que ia voltando a ser criança. A mulher hábil respondeu à dona Barbeau:

— Só uma coisa poderia salvar seu filho: que ele amasse as mulheres.

— Justamente: ele não as suporta — disse dona Barbeau. — Nunca se viu um rapaz tão orgulhoso e tão bem-comportado, e, desde o momento em que seu babaço botou o amor na cabeça, ele só faz é dizer mal de todas as moças que conhecemos. Ele as culpa todas pelo que uma entre elas (e infelizmente não é a melhor) lhe tirou, segundo pensa: o coração de seu babaço.

— Pois bem — disse a curandeira, que tinha grande sabedoria sobre todas as doenças do corpo e da mente —, seu filho Sylvinet, no dia em que amar uma mulher, amará a ela mais loucamente do que ama seu irmão. Eu prevejo isso. Ele tem um excesso de amor no coração e, por tê-lo sempre direcionado a seu irmão, quase se esqueceu de seu sexo, e nisso faltou para com a lei do bom Deus, que quer que o homem estime uma mulher mais do que a pai e mãe, mais do que a irmãos e irmãs. Console-se, no entanto; não é possível que a natureza não venha logo lhe falar, por mais atrasado que ele esteja nesse particular; e a mulher que ele amar, seja ela pobre, feia ou malvada, não hesite em lhe conceder em casamento, pois, pelo jeito, não amará mais de uma na vida. Ele tem o coração muito apegado e seria preciso um grande milagre da natureza para que se separasse da pessoa que vier a eleger.

A opinião da curandeira pareceu muito sábia a seu Barbeau e ele tentou enviar Sylvinet às casas onde havia belas e boas moças casadoiras. Mas, por mais bonito e bem-educado que fosse Sylvinet, seu ar indiferente e triste não alegrava o coração das moças. Ele não tinha nenhuma iniciativa e não porque fosse tímido, mas imaginava, de tanto temê-las, que elas o detestassem.

Seu Caillaud, que era o grande amigo e um dos melhores conselheiros da família, emitiu outra opinião:

— Eu sempre lhes disse — fez ele — que a ausência era o melhor remédio. Veja Landry! Ele estava ficando insensato por causa da pequena Fadete e, no entanto, uma vez que ela partiu, ele não perdeu nem a razão nem a saúde e até ficou menos triste do que quase sempre estava, pois a gente notava isso e não sabia o porquê. Agora ele parece completamente racional e conformado. E seria a mesma coisa com Sylvinet se, durante cinco ou seis meses, ele não visse seu irmão de jeito nenhum. Vou lhes dizer o jeito de separá-los devagar. Minha fazenda da Priche vai bem; mas, ao contrário, minha própria terra, que é do lado de Arthon, vai muito mal porque, há mais ou menos um ano, meu colono está doente e não consegue se recuperar. Eu não quero mandá-lo embora porque é um verdadeiro homem de bem. Mas se eu pudesse lhe enviar um bom lavrador para ajudar, ele se recuperaria, visto que só está doente de fadiga e de excesso de esforços. Se consentirem, enviarei então Landry para passar na minha propriedade o resto da estação. Nós o faremos partir sem dizer a Sylvinet que é por muito tempo. Diremos, ao contrário, que é por oito dias. E depois, passados os oito dias, falaremos de oito outros dias, e assim por diante até que se acostume; sigam meu conselho em vez de sempre incentivar a fantasia de um filho que vocês pouparam demais e deixaram que os dominasse em demasia.

Seu Barbeau inclinou-se a seguir esse conselho, mas dona Barbeau se apavorou. Foi preciso transigir com ela, pois pedia que fizessem primeiro a tentativa de manter Landry quinze dias em casa, para saber se seu irmão, vendo-o a toda hora, seria curado. Se piorasse, ao contrário, ela se renderia à opinião de seu Caillaud.

Assim foi feito. Landry veio de bom grado passar o tempo requisitado na Babaçoaria e o fizeram vir sob o pretexto de que seu pai precisava de ajuda para malhar o resto do trigo, já que Sylvinet não podia mais trabalhar. Landry pôs todos os seus cuidados e sua bondade para tornar o irmão contente com ele. Via-o a toda hora, deitava-se na mesma cama, cuidava dele como se ele fosse uma criancinha. No primeiro dia Sylvinet ficou bem alegre; mas, no segundo, afirmava que Landry se entediava com ele, e Landry não conseguiu lhe arrancar aquela ideia da cabeça. No terceiro dia Sylvinet ficou furioso porque o Gafanhoto veio ver Landry e este não tivera coragem de mandá-lo embora. Enfim, ao término de uma semana foi preciso renunciar, pois Sylvinet se tornava cada vez mais injusto, exigente e ciumento de sua sombra. Então pensou-se em executar a ideia de seu Caillaud, e ainda que Landry não tivesse muita vontade de ir para Arthon, ficar no meio de estranhos, ele, que gostava tanto do seu lugar, do trabalho e da família e patrões, submeteu-se a tudo o que lhe aconselharam fazer em prol de seu irmão.

32.

Dessa vez, Sylvinet quase morreu no primeiro dia; mas no segundo ficou tranquilo e no terceiro a febre o largou. Ele mostrou primeiro resignação, em seguida resolução e no final da primeira semana reconheceram que a ausência de seu irmão lhe valia mais do que a presença. Ele achava, no raciocínio a que o ciúme o levava em segredo, um motivo para ficar quase satisfeito com a partida de Landry. "Ao menos", pensava, "lá aonde vai não conhece ninguém, não fará logo novas amizades. Ele vai se entediar um pouco, pensará em mim e sentirá minha falta. E quando voltar, vai me amar mais."

Havia já três meses que Landry estava ausente e quase um ano que a pequena Fadete deixara a região, quando de repente voltou, porque sua avó tinha ficado paralisada. Cuidou dela de bom coração e com um grande zelo, mas a idade é a pior das doenças e, ao fim de quinze dias, dona Fadet entregou a alma sem nem perceber. Três dias depois, tendo conduzido ao cemitério o corpo da pobre velha e organizado a casa, trocado seu irmão e o colocado na cama, beijado sua madrinha que se retirara para dormir no outro quarto, a pequena Fadete, sentada tão tristemente diante de um fogo tão miúdo que mal emitia claridade, ouviu cantar o grilo de sua chaminé, que parecia dizer:

*Grilinho, Grilinho,
toda fada tem seu diabinho.*

A chuva caía e crepitava na vidraça e Fanchon pensava em seu namorado, quando bateram à porta e uma voz lhe disse:

— Fanchon Fadet, você está aí e me reconhece?

Ela não demorou a abrir e grande foi sua alegria ao deixar-se abraçar contra o peito de seu Landry. Este soubera da doença da avó e do retorno de Fanchon. Não pudera resistir à vontade de ir vê-la e veio à noite para só partir com o amanhecer. Passaram então toda a noite conversando junto ao fogo, muito séria e sabiamente, pois a pequena Fadete lembrava a Landry que o leito onde sua avó rendera a alma acabava de esfriar e não era nem hora nem lugar para devanear em felicidade. Mas, apesar de suas boas resoluções, eles se sentiram muito felizes por estarem juntos e verem que se amavam mais do que nunca.

Quando o dia raiava, Landry começou, entretanto, a perder a coragem e rogou que Fanchon o escondesse no sótão para que pudesse vê-la de novo na noite seguinte. Mas, como sempre, ela o trouxe de volta à razão e o fez entender que não ficariam separados por muito mais tempo, pois ela estava decidida a ficar na região.

— Tenho para isso — disse-lhe ela —, razões que lhe farei saber mais tarde e que não prejudicarão a esperança que tenho em nosso casamento. Vá terminar o trabalho que seu patrão lhe confiou, pois, pelo que me narrou minha madrinha, está sendo útil para a cura do seu irmão não o ver ainda por algum tempo.

— Não há somente esta razão que me convença a deixá-la — respondeu Landry —, pois meu pobre babaço me causou muito sofrimento e receio que venha a causar mais ainda. Você, que é sábia, Fanchonete, deveria encontrar um jeito de curá-lo.

— Não sei de outro meio senão a reflexão — respondeu ela —, pois é sua mente que torna seu corpo doente e quem conseguisse curar a primeira, curaria o segundo. Mas ele tem tanta aversão por mim que nunca terei a oportunidade de lhe falar e consolar.

— No entanto, você tem tanto espírito, Fadete, fala tão bem, tem um dom tão particular para persuadir do que quer quando o faz, que se falasse apenas uma hora, ele sentiria o efeito. Tente, lhe peço. Não se desencoraje com o orgulho e mau humor dele. Obrigue-o a escutar. Faça esse esforço por mim, minha Fanchon, e pelo sucesso do nosso amor também, pois a oposição de meu irmão não será o menor de nossos impedimentos.

Fanchon prometeu e eles se separaram depois de se repetirem mais de duzentas vezes que se amavam e se amariam sempre.

33.

Ninguém nos arredores ficou sabendo que Landry viera. Quem quer que o dissesse a Sylvinet ia fazê-lo recair no seu mal. Ele não teria perdoado seu irmão por ter vindo ver Fadete e não a ele.

Dois dias depois, a pequena Fadete se vestiu muito apropriadamente, pois não estava mais sem eira nem beira e seu luto era de uma bela sarja fina. Ela atravessou o burgo da Cosse e, como crescera muito, os que a viram passar não a reconheceram de imediato. Ela ficara consideravelmente bonita na cidade; estando mais bem alimentada e abrigada, pegara cor e encorpara conforme convinha à sua idade e já não se podia confundi-la com um menino fantasiado, de tanto que tinha o corpo bonito e agradável de se ver. O amor e a felicidade trouxeram-lhe à figura e à pessoa aquele toque que não se vê nem se explica. Enfim, não era a mais bela moça do mundo — como imaginava Landry —, mas a mais graciosa, a mais bem-feita e desabrochada e talvez a mais desejável que havia na região.

Ela carregava um grande cesto pelo braço e entrou na Babaçoaria, onde pediu para falar com seu Barbeau. Foi Sylvinet quem a viu primeiro e se desviou, de tanto desprazer que sentia em reencontrá-la. Mas ela lhe perguntou com tanta modéstia onde estava seu pai, que ele foi obrigado a responder e a conduzi-la à granja; lá estava seu Barbeau ocupado em carpintejar. Como a pequena Fadete lhe pediu que a levasse a um lugar onde pudesse lhe falar secretamente, ele fechou a porta da granja e disse que ela podia dizer tudo o que quisesse.

A pequena Fadete não se deixou abalar pela frieza de seu Barbeau. Ela se sentou num montinho de palha e ele noutro, e lhe falou assim:

— Seu Barbeau, ainda que minha finada avó tivesse ressentimento contra o senhor e o senhor contra mim, não é menos verdade que o conheço como o homem mais justo e mais confiável de toda a nossa região. Há uma unanimidade nisso e minha própria avó, mesmo que o acusasse de ser orgulhoso, fazia-lhe justiça por outro lado. Além disso, eu tenho, como o senhor sabe, uma amizade de longa data com seu filho Landry. Ele me falou sobejamente do senhor e sei, por ele, ainda melhor do que por qualquer um, o que o senhor é e de seu grande valor. É por isso que venho lhe pedir um favor e lhe dar minha confiança.

— Diga, Fadete — respondeu seu Barbeau. — Nunca recusei minha assistência a ninguém e se é alguma coisa que minha consciência não me proíbe, pode confiar em mim.

— Aqui está — disse a pequena Fadete, erguendo seu cesto e colocando-o entre as pernas de seu Barbeau. — Minha finada avó ganhou em sua vida, dando consultas e vendendo remédios, mais dinheiro do que se pensava; como não gastava quase nada e não aplicava nada, não dava para se saber o que tinha num velho buraco do porão, que sempre me mostrava, dizendo: "Quando eu não estiver mais aqui, é ali que você encontrará o que eu lhe tiver deixado: é tudo o que possuo e é sua herança, assim como do seu irmão; e se os privo um pouco agora, é para que um dia tenham um pouco mais. Mas não deixe que os homens da lei toquem nisso, eles a devorariam com taxas. Guarde-o quando herdar, esconda-o por toda a sua vida para que lhe sirva nos dias de velhice e nunca lhe falte". Quando minha pobre avó foi enterrada, eu obedeci às suas ordens; peguei a chave do porão e desfiz os tijolos da parede, no lugar que ela tinha me mostrado. Encontrei o que lhe trago neste cesto, seu Barbeau, e lhe rogo que me faça a aplicação que bem entender, depois de ter satisfeito a lei, que não conheço, me poupando das taxas altas, que tanto temo.

— Sou-lhe grato pela confiança, Fadete — disse seu Barbeau, sem abrir o cesto, ainda que estivesse um pouco curioso —, mas não tenho o direito de receber seu dinheiro, nem de cuidar de seus negócios. Não sou seu tutor. Sem dúvida sua avó fez um testamento?

— Ela não fez testamento e a tutora que a lei me dá é minha mãe. Ora, o senhor sabe que não tenho notícias dela há muito tempo e não sei se está viva ou morta, a pobre alma! Depois dela, não tenho outro parentesco além de minha madrinha Fanchete, que é uma mulher corajosa e honesta, mas completamente incapaz de gerir meus bens ou de conservá-los e mantê-los em segredo. Ela não conseguiria evitar de contar nem de mostrar para todo mundo e receio que fosse fazer uma má aplicação ou que, deixando-se manipular por curiosos, perdesse sem tomar cuidado, pois a coitada da madrinha não tem condições de fazer contas.

— É então uma soma importante? — indagou seu Barbeau, cujos olhos grudavam, sem querer, na tampa do cesto; e ele o pegou pela alça para sentir o peso. Mas o achou tão pesado, que se surpreendeu e disse: — Se é ferradura, não é preciso tanto para carregar um cavalo.

A pequena Fadete, que era espirituosa como o diabo, divertiu-se também com a vontade que ele tinha em ver o cesto. Ela fez de conta que ia abri-lo; mas seu Barbeau pensou que seria faltar com a dignidade em deixá-la fazer isso.

— Não tenho nada com isso — disse ele —, já que não posso tomar em depósito, não devo saber dos seus negócios.

— O senhor precisa, seu Barbeau, ao menos me fazer esse pequeno favor. Eu não sou muito mais sábia que minha madrinha para contar acima de cem. Depois, não sei o valor de todas as moedas antigas e novas e só posso me fiar no senhor para me dizer se eu estou rica ou pobre e para saber ao certo a conta dos meus haveres.

— Vejamos, então — disse seu Barbeau, que não se aguentava mais —, não é uma grande coisa que me pede e não posso recusar.

Então a pequena Fadete levantou lestamente as duas tampas do cesto e tirou dois grandes sacos, cada um com um conteúdo de dois mil escudos francos.

— Pois bem! É muito bom — disse-lhe seu Barbeau —, e aí está um pequeno dote que a fará cobiçada por muitos.

— Não é tudo — disse a pequena Fadete —, ainda tem mais no fundo do cesto, alguma coisinha que não sei direito.

E ela tirou uma bolsa de couro de congro, que verteu no chapéu de seu Barbeau. Havia cem luíses de ouro cunhados em antiga prensa, que fizeram o bravo homem arregalar os olhos; e, quando ele contou e os recolocou no couro de congro, ela tirou uma segunda com o mesmo conteúdo e depois uma terceira e uma quarta e, finalmente, tanto em ouro quanto em prata e moeda menor, não havia no cesto muito menos de quarenta mil francos.

Era mais ou menos um terço a mais do que todos os bens que seu Barbeau possuía em imóveis e, como as gentes do campo não acumulam muito em espécie, ele nunca vira tanto dinheiro de uma só vez. Por mais honesto e desinteressado que seja um camponês, não se pode dizer que a visão do dinheiro lhe faça mal; assim, seu Barbeau teve, por um instante, suor na testa. Quando contou tudo:

— Só lhe faltam, para ter quarenta vezes mil francos, vinte e dois escudos, o que equivale a dizer que você herda, por sua parte, duas mil belas moedas; o que a torna o melhor partido da região, pequena Fadete, e seu irmão, o Gafanhoto, pode ficar cativo e manco por toda a vida: ele poderá ir visitar seus bens de carriola. Anime-se, então, a dizer que está rica e espalhar a notícia, se quiser logo encontrar um belo marido.

— Não tenho pressa — disse a pequena Fadete. — Eu lhe peço, ao contrário, que guarde em segredo essa riqueza, seu Barbeau. Tenho a fantasia, feia como sou, de que não me desposem por dinheiro, mas por meu bom coração e por minha boa reputação; e como tenho má reputação nas redondezas, desejo passar aqui algum tempo para que percebam que não a mereço.

— Quanto à sua feiura, Fadete — disse seu Barbeau, levantando os olhos que ainda tinha deitados no cesto —, posso lhe dizer, em sã consciência, esta que dantes você lembrou, que você se refez tão bem na cidade que pode passar agora por uma senhorita muito fina. E quanto à sua má reputação, se, como quero crer, não a merece, aprovo a sua ideia de demorar um pouco e esconder sua riqueza, pois não falta gente a quem ela deslumbraria a ponto de querer desposá-la sem ter por você, previamente, a estima que uma mulher deve desejar de seu marido.

"Agora, quanto ao depósito que quer fazer em minhas mãos, seria contra a lei e poderia me expor mais tarde às suspeitas e incriminações, pois não faltam más línguas; além disso, supondo-se que você tenha o direito de dispor do que lhe pertence, não tem o de aplicar levianamente o que é do seu irmão menor. Tudo o que eu poderia fazer seria pedir uma consulta para você, sem designá-la. Eu lhe farei saber então a maneira de aplicar com segurança e bom rendimento a herança da sua mãe e a sua, sem passar pelas mãos de homens da lei, que nem sempre são muito fiéis. Leve então tudo isso e esconda até que eu lhe dê uma resposta. Eu me ofereço, quando for o caso, para dar testemunho diante dos mandatários de vosso co-herdeiro, da soma que contamos e que escreverei num canto da minha granja para não esquecer."

Era tudo o que queria a pequena Fadete: que seu Barbeau soubesse ao que se ater. Se ela se sentia um pouco orgulhosa diante dele em ser rica é porque ele não mais podia acusá-la de querer explorar Landry.

34.

Seu Barbeau, vendo-a tão prudente e compreendendo o quanto era esperta, apressou-se menos em lhe fazer seu depósito e aplicação do que em perquirir sobre a reputação que adquirira em Château-Meillant, onde ela passara o ano. De fato, se aquele belo dote lhe pertencia e fazia passar por cima do mau parentesco, não era o caso quando se tratava da honra de uma moça que desejasse ter por nora. Foi pessoalmente a Château-Meillant e tirou diretamente suas informações. Foi-lhe dito que não apenas a pequena Fadete não viera grávida e não tivera criança, mas ainda que se tinha comportado tão bem que não havia a mínima acusação a lhe imputar. Ela servira a uma velha senhora religiosa nobre, a qual tivera mais prazer em sua amizade do que em seus serviços domésticos, de tanto que aprovava sua conduta, bons costumes e maneira de pensar. Sentia muito a falta de Fadete e dizia que era uma perfeita cristã, corajosa, econômica, limpa, cuidadosa e de um caráter tão amável que nunca encontraria outra igual. E essa velha senhora era bastante rica e fazia grandes caridades, a pequena Fadete a secundava maravilhosamente para cuidar de doentes, preparar medicamentos e instruir-se sobre vários belos segredos que a patroa aprendera no convento antes da revolução.

Seu Barbeau ficou muito contente, voltou à Cosse decidido a esclarecer a coisa até o fim. Reuniu a família e encarregou os filhos mais velhos, seus irmãos e todos os parentes de proceder prudentemente a uma enquete sobre a conduta que a pequena Fadete tivera desde que atingira a idade da razão, a saber se todo o mal que disseram dela era por causa das infantilidades e daria para deixar de lado; ou se alguém podia afirmar que a viu cometer uma má ação ou fazer uma coisa indecente, e ele manteria a proibição que fizera a Landry de frequentá-la. A enquete foi feita com a prudência que ele desejava e sem que a questão de dote fosse espalhada, pois ele não dissera uma palavra, nem mesmo à sua mulher.

Durante esse tempo, a Fadete vivia muito retirada em sua casinha, onde não quis mudar nada, senão mantê-la limpa a ponto de seus móveis brilharem como espelho. Ela mandou vestir apropriadamente seu pequeno Gafanhoto e, sem demonstrar, providenciou-lhe, como a si mesma e à sua madrinha, uma boa alimentação, o que fez grande efeito para a criança; ele se refez o melhor possível, ficando sua saúde logo tão boa quanto se desejava. A felicidade lhe emendou o temperamento; e, não sendo mais ameaçado e repreendido pela avó, mas só encontrando carícias, palavras ternas e bons tratos, tornou-se um menino bem bonitinho, cheio de ideias engraçadinhas e amáveis e não desagradava mais ninguém, apesar de seu coxear e do narizinho achatado.

E, por outro lado, havia uma mudança tão grande na pessoa e nos hábitos de Fanchon Fadete que suas malvadezas foram esquecidas, e mais de um rapaz, vendo-a andar tão ligeira e graciosa, desejaria que ela estivesse no término de seu luto, a fim de poder cortejá-la e tirá-la para dançar.

Somente Sylvinet não quis voltar atrás a esse respeito. Ele via que tramavam alguma coisa sobre ela em sua família, pois o pai não conseguia evitar de falar no assunto com frequência e, quando recebia a retratação de alguma antiga mentira feita a respeito de Fanchon, ele aplaudia no interesse de Landry, dizendo que não suportava que tivessem acusado seu filho de ter feito mal a uma jovem inocente.

Falava-se também no retorno próximo de Landry, e seu Barbeau parecia desejar que a coisa fosse com o consentimento de seu Caillaud. Enfim, Sylvinet bem via que não estariam mais contra os amores de Landry e sua mágoa voltou. A opinião, que muda com o vento, havia pouco estava a favor de Fadete; não a sabiam rica, mas ela agradava e por isso desagradava ainda mais Sylvinet, que a via como rival de seu amor por Landry.

De tempos em tempos, seu Barbeau deixava escapar diante dele a palavra casamento e dizia que seus babaços não tardariam a chegar à idade de pensar nisso. O casamento de Landry fora sempre uma ideia desoladora para Sylvinet, como se fosse a última palavra para a separação deles. Ele voltou a ter febres, a mãe consultou de novo os médicos.

Um dia, ela reencontrou a madrinha Fanchete. Esta, ouvindo-a se lamentar de sua preocupação, perguntou-lhe por que ela ia consultar tão longe e gastar tanto dinheiro quando tinha na mão uma remediadora mais hábil que todas as outras da região e que não queria exercer por dinheiro, como fizera sua avó, mas apenas por amor ao bom Deus e ao próximo. Denominou a pequena Fadete.

Dona Barbeau falou a seu marido, que não foi contrário. Ele lhe disse que em Château-Meillant Fadete era considerada por sua reputação de grande conhecedora e que de todos os lados vinham consultá-la, assim como à sua patroa.

Dona Barbeau rogou então que Fadete viesse ver Sylvinet, que estava de cama, e lhe desse assistência.

Fanchon procurara mais de uma vez oportunidade de lhe falar, tal como prometera a Landry; ele nunca aceitara. Ela não fez então cerimônia e correu a ver o pobre babaço. Encontrou-o dormindo com febre e pediu à família que a deixassem a sós com ele. Como é costume as remediadoras agirem em segredo, ninguém a contrariou permanecendo no quarto.

Primeiro, Fadete colocou a mão na mão do babaço, que pendia numa borda da cama; mas ela o fez tão devagar que ele não percebeu, ainda que tivesse o sono leve e uma mosca voando já o acordava. A mão de Sylvinet estava quente como fogo e se tornou mais quente ainda na da pequena Fadete. Ele mostrou agitação, mas sem tentar retirar a mão. Então Fadete colocou a outra mão sobre sua fronte tão devagar quanto a primeira vez e ele se agitou ainda mais. Mas, pouco a pouco, foi se acalmando, e ela sentiu que a cabeça e a mão de seu doente se refrescavam a cada minuto e que seu sono se tornava tão calmo quanto o de uma criancinha. Ela ficou junto dele até vê-lo disposto a acordar; e então retirou-se para trás do mosquiteiro e saiu do quarto e da casa, dizendo à dona Barbeau:

— Vá ver seu menino e lhe dê alguma coisa para comer, pois não tem mais febre; e principalmente não fale de mim, se quiser que o cure. Eu voltarei esta noite, na hora que a senhora me disser que ele piora, e tratarei de cortar de novo essa febre malsã.

35.

Dona Barbeau ficou muito surpresa de ver Sylvinet sem febre e lhe deu alegremente o que comer, mas ele comeu com pouco apetite. E como havia seis dias que a febre não o largava e ele nada quisera, extasiaram-se muito com a sabedoria da pequena Fadete que, sem despertá--lo, sem lhe fazer beber nada e pela virtude única de suas conjurações, conforme pensavam, já o tivesse colocado no bom caminho.

Vinda a noite, a febre recomeçou e bem forte. Sylvinet cochilava, divagava e devaneava e, quando acordava, tinha medo das pessoas que estavam em volta dele.

Fadete voltou e, como de manhã, ficou sozinha com ele durante uma horinha, apenas segurando-lhe as mãos e a cabeça bem devagar e respirando frescamente junto a seu semblante em fogo.

E, como de manhã, ela lhe tirou o delírio e a febre; quando saiu, recomendando sempre que não falassem a Sylvinet de sua assistência, encontraram-no dormindo um sono pacífico, sem a fisionomia vermelha e já não parecendo doente.

Não sei de onde Fadete tirara aquela ideia. Ela lhe viera, ao acaso e por experiência com seu irmãozinho Jeanet, que ela tirara mais de dez vezes das mãos da morte, não fazendo outro remédio senão refrescá-lo com suas mãos e sua respiração, ou aquecendo-o da mesma maneira quando a febre alta lhe dava calafrios. Ela imaginava que o afeto e a vontade de uma pessoa em boa saúde e um toque de mão pura e bem viva poderiam afastar o mal quando essa pessoa é dotada de um certo espírito e de grande confiança na bondade de Deus. Assim, toda vez que impunha as mãos, ela fazia em sua alma belas preces ao bom Deus. E o que fizera por seu irmão, o que fazia agora pelo irmão de Landry, não quis tentar com nenhuma outra pessoa que lhe fosse menos cara e em quem não tivesse um profundo interesse, pois achava que a primeira virtude daquele remédio era o afeto forte que se oferece de coração ao doente, sem o qual Deus não daria nenhum poder sobre o mal.

E quando a pequena Fadete encantava assim a febre de Sylvinet, dizia a Deus, em sua prece, o que dissera quando encantara a febre do irmão:

— Meu bom Deus, fazei com que minha saúde passe do meu corpo ao corpo desse sofredor, e como o afável Jesus Vos ofereceu sua vida para resgatar a alma de todos os humanos, se tal for a Vossa vontade, tirai-me a minha vida para dar a esse doente, tomai-a; eu a dou de bom coração em troca da cura que Vos peço.

A pequena Fadete bem que pensara em tentar a virtude dessa oração junto ao leito de morte de sua avó, mas não ousara, porque lhe parecia que a vida da alma e do corpo se extinguiam naquela velha mulher por efeito da idade e da lei da natureza que é própria à vontade de Deus. E a pequena Fadete, que punha, como vemos, mais religião que diabrura em seus encantos, teve receio de Lhe desagradar pedindo uma coisa que não era costume conceder sem milagres aos outros cristãos.

Fosse o remédio inútil ou eficaz por si mesmo, é bem verdade que em três dias ela livrou Sylvinet da febre e que ele nunca soube como; nem tendo acordado um pouco depressa, na última vez que ela viera, não a viu debruçada sobre ele, nem quando lhe tirou vagarosamente suas mãos.

Primeiro ele acreditou que ela fosse uma aparição e

fechou novamente os olhos para não ver; mas, tendo perguntado em seguida à mãe se Fadete lhe tateara a cabeça e os punhos ou se era um sonho que tivera, dona Barbeau, a quem o marido havia enfim revelado alguma coisa de seus projetos e que desejava ver Sylvinet voltar atrás com seu desagrado por ela, respondeu-lhe que ela viera, com efeito, por três dias, de manhã e à noite, tendo-lhe cortado maravilhosamente a febre, curando-o em segredo.

Sylvinet pareceu não acreditar em nada; ele disse que sua febre se fora por si mesma e que as palavras e segredos de Fadete eram só frivolidades e loucuras; ficou bem sereno e comportado durante alguns dias e seu Barbeau achou por bem aproveitar para lhe dizer alguma coisa sobre a possibilidade do casamento do irmão, sem todavia nomear a pessoa que tinha em vista.

— O senhor não precisa me esconder o nome da futura esposa que lhe destina — respondeu Sylvinet. — Eu sei muito bem que é essa Fadete, que enfeitiçou vocês todos.

Com efeito, a enquete secreta de seu Barbeau fora tão favorável à pequena Fadete que ele não hesitava mais e desejava muito poder chamar Landry de volta. Receava apenas o ciúme do babaço e se esforçava para curá-lo desse obstáculo, dizendo-lhe que seu irmão nunca seria feliz sem a pequena Fadete. Sobre isso, Sylvinet respondia:

— Que seja, então, pois meu irmão tem de ser feliz.

Mas ninguém ousava ainda, porque Sylvinet teve recaída da febre assim que pareceu ter concordado com a coisa.

36.

No entanto, seu Barbeau tinha medo de que a pequena Fadete guardasse rancor de suas injustiças passadas e que, consolando-se da ausência de Landry, pensasse em algum outro. Quando ela viera à Babaçoaria para cuidar de Sylvinet, ele havia tentado falar com ela sobre Landry; mas ela fingia não ouvir e ele ficou bastante embaraçado.

Enfim, uma manhã, ele tomou sua decisão e foi encontrar a pequena Fadet:

— Fanchon Fadet, vim lhe fazer uma pergunta e peço que me responda com toda a honra e verdade. Antes do falecimento da sua avó, a senhorita tinha ideia dos bens que ela lhe deixaria?

— Sim, seu Barbeau, eu tinha alguma ideia, porque eu a vi muitas vezes contar ouro e prata e nunca vi saírem de casa senão moedas pesadas e também porque sempre me dizia, quando a rapaziada zombava dos meus trapos: "Não se preocupe com isso, pequena. Você será mais rica que eles todos e virá o dia em que poderá estar vestida de seda da cabeça aos pés, se assim quiser".

— E então — retomou seu Barbeau —, tinha contado isso a Landry e não seria por causa do seu dinheiro que meu filho fazia de conta que estava apaixonado por você?

— Por isso, seu Barbeau — respondeu a pequena Fadete —, como sempre desejei ser amada pelos meus belos olhos, que são a única coisa pela qual nunca me desmereceram, eu não fui estúpida para dizer a Landry que meus belos olhos estavam nas bolsas de couro de congro; no entanto, poderia ter lhe dito sem risco para mim, pois Landry me amava tão honestamente e com tanto ardor que nunca se preocupou em saber se eu era rica ou miserável.

— Desde que sua avó faleceu, minha cara Fanchon — retomou seu Barbeau —, pode me dar sua palavra de honra de que Landry não foi informado por você ou alguém mais sobre isso?

— Dou-lhe a minha palavra — disse Fadete. — Assim como amo a Deus, o senhor é, depois de mim, a única pessoa no mundo que sabe disso.

— E quanto ao amor de Landry, você pensa, Fanchon, que ele o tenha conservado? Você recebeu, desde o falecimento da sua avó, algum sinal de que ele não lhe tenha sido infiel?

— Recebi o melhor sinal disso — respondeu ela —, pois eu lhe confesso que ele veio me ver três dias depois do falecimento e me jurou que estava sofrendo muito e que me queria como sua mulher.

— E você, Fadete, o que respondia?

— Isso, seu Barbeau, eu não seria obrigada a lhe dizer; mas eu o farei para contentá-lo. Eu lhe respondi que nós tínhamos ainda tempo para pensar em casamento e que eu não me decidiria facilmente por um rapaz que me cortejasse contra a vontade de seus pais.

E como a pequena Fadete dizia isso com um tom bastante orgulhoso e desenvolto, seu Barbeau ficou preocupado.

— Não tenho o direito de interrogá-la, Fanchon Fadet, e não sei se você tem a intenção de fazer meu filho feliz ou infeliz por toda a vida; mas eu sei que ele a ama perdidamente e se eu estivesse em seu lugar, com o intento que tem de ser amada por si mesma, eu pensaria: Landry Barbeau me amou quando eu usava trapos, quando todo mundo me repelia e quando seus próprios pais erravam cometendo um grande pecado. Ele me achou bonita quando todo mundo me negava a esperança de me tornar bela; ele me amou tanto ausente quanto presente; enfim, ele me amou tanto que não posso desconfiar dele e não quero nunca saber de outro marido.

— Faz muito tempo que pensei tudo isso, seu Barbeau — respondeu a pequena Fadete —, mas lhe repito, eu teria a maior repugnância em entrar numa família que enrubesceria por minha causa e eu não cederia senão por fraqueza e compaixão.

— Se é só isso que a detém, decida-se, Fanchon, pois a família de Landry a estima e deseja. Não creia que ela mudou porque você está rica. Não era a pobreza que nos repugnava em você, mas os maus comentários a seu respeito. Se eles fossem bem fundamentados, nunca, nem que meu Landry tivesse de morrer, eu consentiria em chamá-la de nora; mas eu quis saber a razão de todos esses comentários; estive em Château-Meillant de propósito; perguntei sobre cada coisinha naquele lugar e no nosso, e agora reconheço que me haviam mentido e que você é uma pessoa decente e honesta, assim como Landry afirmava com tanto fervor. Por isso, Fanchon Fadete, venho lhe pedir para desposar meu filho, e se disser sim, ele estará aqui em oito dias.

Essa abertura, que ela bem previra, deixou a pequena Fadete muito contente; mas não querendo muito demonstrá-lo, porque queria ser para sempre respeitada em sua futura família, só respondeu com precaução. E então seu Barbeau lhe disse:

— Vejo, minha filha, que lhe resta alguma coisa no coração contra mim e os meus. Não exija que um homem de idade lhe peça desculpas; contente-se com uma boa palavra e, quando lhe digo que será amada e estimada entre nós, confie em seu Barbeau, que até agora não enganou ninguém. Vamos, você quer dar o beijo da paz no tutor que escolheu ou no pai que quer adotá-la?

A pequena Fadete não pôde conter-se por muito tempo; jogou os dois braços em volta do pescoço de seu Barbeau, cujo velho coração se alegrou.

37.

As convenções logo foram feitas. O casamento seria celebrado assim que terminasse o luto de Fanchon; não se tratava mais de chamar Landry de volta, mas quando dona Barbeau veio ver Fanchon na mesma noite para beijá-la e lhe dar sua bênção, ela objetou que, com a novidade do casamento próximo de seu irmão, Sylvinet caíra novamente doente e ela pedia que se esperasse ainda alguns dias para curá-lo ou consolá-lo.

— A senhora cometeu um erro, dona Barbeau — disse a pequena Fadete —, não confirmando a Sylvinet que ele estava sonhando quando me viu ao seu lado ao sair da febre. Agora a intenção dele será a de contrariar a minha e eu não terei mais a mesma virtude para curá-lo durante o seu sono. Pode até ser que ele me rejeite e que minha presença faça piorar seu mal.

— Eu não acho — respondeu dona Barbeau —, pois há pouco, sentindo-se mal, ele se deitou, dizendo: "Mas onde está aquela Fadete? Está me parecendo que ela me aliviou. Será que não vai mais voltar?". E eu lhe disse que vinha procurá-la e ele pareceu contente e até impaciente.

— Eu vou — respondeu a Fadete —, só que, desta vez, será preciso que eu aja de outra maneira; pois, eu lhe digo, o que deu certo quando ele não me sabia lá não funcionará mais.

— E você não levará nem drogas nem remédios? — perguntou dona Barbeau.

— Não; seu corpo não está doente, é com seu espírito que preciso ter; vou tentar ali colocar o meu; mas não lhe prometo conseguir. O que posso prometer é esperar pacientemente o retorno de Landry e lhe peço para não o avisar antes que tenhamos feito tudo para que seu irmão recobre a saúde. Landry me recomendou tanto e sei que ele me aprovará em ter retardado seu retorno e seu contentamento.

Quando Sylvinet viu a pequena Fadete junto à sua cama, pareceu descontente e não quis lhe responder como estava se sentindo. Ela quis tocar seus pulsos, mas ele retirou a mão e virou o rosto para o outro lado da cama. Então a pequena Fadete fez sinal para que a deixassem a sós com ele e, quando todo mundo havia saído, ela apagou a lamparina e só deixou entrar no quarto a claridade da lua, que era cheia naquele momento. E depois voltou junto a Sylvinet e lhe disse, num tom de comando, ao qual ele obedeceu como uma criança:

— Seu Sylvinet, ponha suas duas mãos nas minhas e me responda segundo a verdade, pois eu não me movi por dinheiro e, se me dei ao trabalho de vir cuidar do senhor, não é para ser mal recebida e mal reconhecida. Preste atenção ao que vou lhe perguntar e ao que vai me dizer, pois não conseguirá me enganar.

— Pergunte-me o que achar que deve, dona Fadete — respondeu o babaço, todo abobalhado ao ouvir lhe falar tão severamente aquela zombeteira da Fadete, à qual, no passado, teria muitas vezes respondido com pedradas.

— Seu Sylvain Barbeau — retomou ela —, parece que o senhor deseja morrer.

Sylvinet tropeçou um pouco em seu interior antes de responder e, como Fadete lhe apertava a mão com um pouco de força e lhe fazia sentir sua grande vontade, ele disse com muita confusão:

— Pois morrer não seria o melhor que poderia me acontecer, quando vejo claramente que sou um fardo e embaraço para minha família por causa de minha saúde ruim e...

— Diga tudo, seu Sylvain, não deve omitir nada.
— E por minha mente desassossegada, que não consigo mudar — retomou o babaço arrasado.
— E por seu mau coração — disse a Fadete, com um tom tão duro que ele teve raiva e, mais ainda, medo.

38.

— Por que me acusa de ter um mau coração? Você está me dizendo injúrias quando vê que nem tenho força para me defender.

— Digo-lhe suas verdades, seu Sylvain — retomou Fadete —, e vou lhe dizer muitas outras. Não tenho nenhuma piedade da sua doença, porque eu a conheço o suficiente para ver que ela não é séria e que, se há um perigo para o senhor, é o de ficar louco, coisa que tenta o mais que pode, sem saber aonde o estão levando sua malícia e sua fraqueza de espírito.

— Recrimine-me por minha fraqueza de espírito — disse Sylvinet —, mas quanto à malícia, é uma recriminação que não creio merecer.

— Não tente se defender, eu o conheço um pouco melhor do que o senhor se conhece a si mesmo, seu Sylvain, e lhe digo que a sua fraqueza gera a falsidade; é por isso que o senhor é egoísta e ingrato.

— Se pensa mal de mim, Fanchon Fadet, é sem dúvida porque meu irmão me maltratou com suas palavras e a fez ver o pouco de estima que me tem, pois, se me conhece ou crê me conhecer, só pode ser por ele.

— Eu já esperava por essa, seu Sylvain. Eu sabia que não ia me dizer três palavras sem se queixar de seu babaço e sem acusá-lo, pois o amor que tem por ele, por ser louco demais e desordenado, tende a se transformar em despeito e rancor. Nisso sei que é meio louco, e que não é bom. Pois bem! Digo-lhe eu que Landry o ama mil vezes mais do que o senhor a ele, prova disso é que nunca o recrimina em nada, por mais que o faça sofrer, enquanto o senhor o critica por todas as coisas, mesmo que ele só faça ceder e servi-lo. Como quer que não veja diferença entre o senhor e ele? Assim, quanto mais Landry me falou bem do senhor, pior pensava eu, porque considerei que um irmão tão bom só não seria reconhecido por uma alma injusta.

— Então você me odeia, Fadete? Eu não exagerei nisso e sabia que me tiraria o amor do meu irmão falando mal de mim.

— Também esperava por essa, seu Sylvain, e estou contente que me atinja enfim. Pois bem! Vou lhe responder que é um malvado e mentiroso, visto que não me conhece e insulta uma pessoa que sempre o serviu e defendeu em seu coração, sabendo, entretanto, que lhe era contrário; uma pessoa que cem vezes se privou do maior e único prazer que tem no mundo, o prazer de ver o Landry e ficar com ele, para enviar o Landry ao pé do senhor e para lhe dar a felicidade da qual ela abria mão. Eu não lhe devia, contudo, nada. O senhor sempre foi meu inimigo e, desde que me lembre, nunca encontrei uma criança tão dura e altiva como era comigo. Eu poderia desejar me vingar e não me faltou oportunidade. Se não o fiz, e sem o senhor saber lhe dei o bem pelo mal, foi pela clara ideia de que uma alma cristã deve perdoar o próximo para agradar a Deus. Mas, quando lhe falo de Deus, sem dúvida o senhor não ouve nada, pois é Seu inimigo e também da salvação.

— Estou lhe deixando me dizer muitas coisas, dona Fadete; mas esta é forte demais e me acusa de ser um pagão.

— O senhor não acabou de me dizer que desejava a morte? E acha que é uma ideia cristã?

— Eu não disse isso, dona Fadete, eu disse que... — e Sylvinet parou, muito assustado pensando no que dissera, o que lhe parecia ímpio diante das reprimendas de Fadete.

Mas ela não lhe deu sossego e continuou a repreendê-lo:
— Pode ser que sua palavra seja pior do que sua ideia, pois eu tenho para mim que você jamais desejou a morte, mas sim o prazer de fazer todo mundo crer nisso e por aí ter o domínio sobre sua família, atormentar sua pobre mãe, que fica desolada, e seu babaço, que é simplório o suficiente para crer que o senhor quer pôr fim a seus dias. Eu não me deixo levar, seu Sylvain. Eu creio que você receia a morte tanto quanto qualquer um e que faz um jogo que bota medo em todos a quem é caro. Agrada-lhe ver que as decisões mais sábias e mais necessárias cedem sempre diante da ameaça que o senhor faz de deixar a vida e, com efeito, é muito cômodo e doce dizer uma única palavra para fazer todo mundo se dobrar à sua volta. Assim, o senhor é o patrão de todos aqui. Mas, como isso é contra a natureza e só se consegue por meios que Deus reprova, Deus o castiga, tornando-o ainda mais infeliz do que seria se obedecesse em vez de comandar. E o senhor se aborrece com uma vida que lhe tornaram suave demais. Vou lhe dizer o que lhe faltou para ser um rapaz bom e bem-comportado, seu Sylvain. Foi ter tido pais rudes, muita miséria, sem pão todos os dias e pancadas bem amiúde. Se tivesse sido educado na mesma escola que eu e meu irmão Jeanet, em vez de ingrato seria reconhecido pela mínima coisa. Olhe, seu Sylvain, não se esconda em sua babaçonice. Sei que repetiram demais em volta de vocês que esse apego de gêmeos era uma lei da natureza que, uma vez contrariada, os levaria à morte; e o senhor acreditou obedecer à sua sorte levando seu apego ao extremo; mas Deus não é tão injusto assim para nos marcar com má sorte no ventre de nossas mães. Ele não é mau para dar pensamentos que nunca pudéssemos superar, e o senhor está fazendo injúria, como um supersticioso que é, acreditando que há no sangue do seu corpo mais força e infortúnio do que resistência e razão no seu espírito. Eu nunca acreditarei, a menos que você seja louco, que você não possa combater seu ciúme, se quiser. Mas o senhor não

quer, porque acariciaram demais o vício da sua alma e o senhor gosta menos do seu dever do que da sua fantasia.

Sylvinet nada respondeu e deixou Fadete repreendê-lo por muito tempo ainda sem poupá-lo de nenhuma culpa. Ele sentiu que ela tinha razão no fundo e só faltava indulgência num ponto: é que ela parecia crer que ele nunca havia combatido seu mal nem que fora egoísta de propósito quando, na verdade, ele fora egoísta sem querer e sem saber. Isso o feria e humilhava muito e ele gostaria de poder lhe dar uma ideia melhor de sua consciência. Ela, por sua vez, sabia que estava exagerando e o fazia com o intuito de sacudir o espírito dele antes de o tomar pela ternura e consolação. Ela se forçava, então, para falar asperamente e parecer brava, enquanto em seu coração sentia tanta piedade e amizade por ele que ficava doente com seu próprio fingimento, e, ao deixá-lo, sentia-se mais cansada do que ele.

A verdade é que Sylvinet não estava nem a metade doente do quanto parecia e se comprazia em acreditar. A pequena Fadete, tocando-lhe os pulsos, tinha reconhecido primeiro que a febre não era forte e que se ele tinha um pouco de delírio era porque sua alma estava mais doente e enfraquecida do que o corpo. Ela concluiu então que devia pegá-lo pelo espírito, fazendo-o ter grande receio dela e, logo cedo, voltou para junto dele. Ele quase não dormira, mas estava tranquilo e como que abatido. Assim que a viu, estendeu-lhe a mão em vez de retirá-la como fizera na véspera.

— Por que me oferece sua mão, seu Sylvian — perguntou ela —, para que examine sua febre? Vejo por sua aparência que ela passou.

Sylvinet, envergonhado de ter de retirar a mão que ela não quisera tocar, disse-lhe:

— Era para lhe dizer bom-dia, Fadete, e para lhe agradecer por tanto trabalho que se dá por mim.

— Nesse caso, aceito seu bom-dia — disse ela, tomando-lhe a mão e segurando-a na sua —, pois jamais rejeito uma bondade e não creio que seria falso a ponto de mostrar interesse por mim se não tivesse nenhum.

Sylvain sentiu um grande bem, ainda que acordado, de ter a mão na da Fadete e lhe disse num tom suave:

— A senhorita, no entanto, me maltratou bastante ontem à noite, dona Fanchon, e não sei como não estou com raiva. Eu a acho até muito boa em vir me ver depois de tudo o que tem a me recriminar.

Fadete se sentou junto à cama e lhe falou de maneira completamente diferente da véspera, colocando tanta bondade, gentileza e ternura que Sylvain sentiu grande alívio e prazer maior ainda porque a julgara furiosa com ele. Ele chorou muito, confessou todos os seus erros e até lhe pediu perdão e sua amizade, com tanta alma e honestidade, que ela reconheceu que ele tinha o coração melhor do que a cabeça. Ela o deixou desabafar, repreendendo-o ainda algumas vezes, e, quando queria soltar a mão, ele a retinha, porque lhe parecia que aquela mão o curava de sua doença e de sua mágoa ao mesmo tempo. Quando o viu no ponto em que queria, dona Fadete disse:

— Vou sair e o senhor vai se levantar, seu Sylvain, pois não tem mais febre e não deve ficar se fazendo mimar, enquanto sua mãe se cansa de servi-lo e perde tempo lhe fazendo companhia. Vai comer em seguida o que sua mãe lhe apresentar de minha parte. É carne e sei que diz estar enjoado e que só vive de uns vegetais. Mas pouco importa, o senhor forçará e, mesmo que tenha repugnância, não deixará parecer. Agradará sua mãe vê-lo comendo coisas sólidas; e quanto ao senhor, a repugnância que tiver superado e escondido será menor na próxima vez e nenhuma na terceira. Verá se estou enganada. Adeus, então, e que não me façam voltar tão cedo por sua causa, pois sei que não vai mais ficar doente se não quiser.

— Então não vai voltar esta noite? Pensei que voltaria.

— Não sou médica por dinheiro, seu Sylvain, e tenho coisas para fazer além de cuidar do senhor quando não está doente.

— Tem razão, dona Fadete; mas o desejo de vê-la, se acha ainda que é egoísmo; era outra coisa, sentia-me aliviado em conversar com a senhorita.

— Pois bem, não é impotente e conhece meu domicílio.

Não ignora que serei sua irmã pelo casamento, como já o sou por amizade; pode vir conversar comigo, sem que nisso nada haja de repreensível.

— Irei, já que concorda — disse Sylvinet. — Até logo, então, dona Fadete; vou me levantar ainda que esteja com uma forte dor de cabeça por não ter dormido e ter ficado desolado a noite inteira.

— Quero lhe tirar essa dor de cabeça também — disse ela —, mas pense que será a última vez e que lhe ordeno dormir bem na próxima noite.

Ela pôs a mão na sua testa e, ao fim de cinco minutos, ele se sentiu tão refrescado e consolado que não sentia mais nenhuma dor.

— Vejo que estava errado em me recusar, dona Fadete, pois a senhora é uma grande remediadora e sabe encantar a doença. Todos os outros me fizeram mal com suas drogas e a senhora me cura apenas me tocando; acho que, se pudesse sempre ficar perto da senhora, iria me impedir de ficar doente ou cometer erros. Mas, diga-me, Fadete, não está zangada comigo? E quer contar com a palavra que lhe dei de lhe obedecer inteiramente?

— Eu conto — disse-lhe ela —, e, a menos que você mude de ideia, eu o amarei como se fosse meu babaço.

— Se pensasse como fala, dona Fanchon, não me trataria por "senhor", pois não é costume dos babaços se tratarem com tanta cerimônia.

— Vamos, Sylvain, levante, coma, converse, passeie e durma — disse ela, levantando-se. — Eis minha ordem por hoje. Amanhã você vai trabalhar.

— E irei vê-la — disse Sylvinet.

— Que seja — aceitou ela, e se foi olhando-o com um ar de amizade e perdão, o que deu a ele, de repente, a força e a vontade de deixar sua cama de miséria e indolência.

40.

Dona Barbeau não cansava de se maravilhar com a habilidade da pequena Fadete e, à noite, dizia a seu homem:

— Aí está Sylvinet melhor do que há seis meses; ele comeu de tudo o que lhe apresentamos hoje, sem fazer as costumeiras caretas; e o que há de mais imaginoso é que ele fala da pequena Fadete como do bom Deus. Não há bem que não me tenha dito e deseja muito o retorno e o casamento do irmão. É como um milagre e não sei se durmo ou vigio.

— Milagre ou não — disse seu Barbeau —, essa moça tem um grande espírito e creio que vá trazer felicidade tê-la numa família.

Sylvinet partiu três dias depois para ir procurar seu irmão em Arthon. Ele pedira a seu pai e à Fadete, como uma grande recompensa, para ser o primeiro a lhe anunciar sua felicidade.

— Todas as felicidades me vêm de uma vez — disse Landry, pasmando de alegria em seus braços —, já que é você que vem me buscar e parece tão contente quanto eu.

Eles voltaram juntos sem parar no caminho, como é de se crer, e não houve gentes mais felizes do que as da Babaçoaria quando os viram à mesa para jantar com a pequena Fadete e o pequeno Jeanet entre eles.

A vida foi bem doce a todos durante um meio ano; pois Nanete foi concedida ao Caçula Caillaud, que era o melhor amigo de Landry depois dos de sua família. E ficou acertado que as duas núpcias se celebrariam ao mesmo tempo. Sylvinet tomara por Fadete uma amizade tão grande que nada fazia sem consultá-la e ela exercia sobre ele tanta autoridade que ele parecia olhá-la como sua irmã. Ele não ficava mais doente e do ciúme nem era mais questão. Se algumas vezes ainda parecia estar triste e devaneando, a Fadete o repreendia e logo ele se tornava sorridente e comunicativo.

Os dois casamentos aconteceram no mesmo dia e na mesma missa e, como não lhes faltavam meios, fizeram tão belas núpcias que seu Caillaud, que em sua vida nunca perdera o sangue-frio, pareceu estar um pouco embriagado no terceiro dia. Nada corrompeu a alegria de Landry e de toda a família; podia-se até dizer, de toda a região; pois as duas famílias, que eram ricas, e a pequena Fadete, que era tão rica quanto os Barbeau e os Caillaud juntos, fizeram a todos grandes gentilezas e caridades. Fanchon tinha o coração bom demais para não desejar fazer o bem pelo mal aos que a haviam julgado mal. Do mesmo modo, em seguida, quando Landry comprou um belo patrimônio que governava da melhor forma por seu saber e o de sua mulher, esta mandou construir uma bela casa com o propósito de recolher todas as crianças infelizes da comuna durante quatro horas todos os dias de semana e ela mesma se dava ao trabalho, com seu irmão Jeanet, de instruí-las e lhes ensinar a verdadeira religião e até assistir os mais necessitados em sua miséria. Ela se lembrava de ter tido uma infância infeliz e abandonada, e os belos filhos que pôs no mundo foram doutrinados desde cedo a serem afáveis e clementes para com aqueles que não eram nem ricos nem mimados.

Mas o que foi de Sylvinet no meio da felicidade da sua família? Uma coisa que ninguém pôde compreender e que deu muito o que pensar a seu Barbeau. Mais ou menos um mês depois do casamento de seus irmãos, quando seu pai o encarregava de também procurar e tomar uma mulher, ele respondeu que não sentia nenhum gosto pelo casamento, mas que há algum tempo tinha uma ideia que queria satisfazer, que era a de ser soldado e se alistar.

Como os homens não são muito numerosos em nossas famílias e a terra tem menos braços do que precisa, quase não se vê alistamento voluntário. Assim, todo mundo se surpreendeu muito com aquela decisão, para a qual Sylvinet não conseguia dar nenhuma razão, senão sua fantasia e um gosto militar de que ninguém nunca soubera. Tudo o que conseguiram dizer seu pai e sua mãe, irmãos e irmãs e o próprio Landry não o demoveu e ele foi forçado a consultar Fanchon, que era a melhor cabeça e conselho da família.

Ela conversou duas longas horas com Sylvinet, e, quando os viram se separar, Sylvinet chorara, sua cunhada também, mas eles estavam tão tranquilos e decididos que não houve mais objeções a levantar quando Sylvinet disse que persistia e Fanchon aprovou sua decisão, augurando-lhe um grande sucesso no tempo vindouro.

Como não se podia ter certeza de que ela só soubesse aquilo que confessara, não se ousou resistir mais e a própria dona Barbeau se rendeu, não sem verter muitas lágrimas. Landry estava desesperado, mas sua mulher lhe disse:

— É a vontade de Deus e dever de todos deixar Sylvain partir. Acredite que sei bem o que lhe digo e não me pergunte mais.

Landry acompanhou seu irmão o mais longe que pôde e, quando lhe entregou sua trouxa, que ele quisera carregar até ali no ombro, pareceu-lhe estar entregando o próprio coração para que o levasse. Veio reencontrar sua querida mulher, que precisou cuidar dele, pois durante um mês sua dor o deixou verdadeiramente doente.

Quanto a Sylvain, ele não ficou doente e continuou sua estrada até a fronteira, pois era o tempo das grandes e belas guerras do imperador Napoleão. E ainda que nunca tivesse o menor gosto pelo estado militar, serviu e comandou tão bem que foi logo notado como bom soldado, bravo na batalha como um homem que busca a oportunidade de se deixar matar e, no entanto, terno e submisso à disciplina feito uma criança, ao mesmo tempo que era duro com o próprio corpo à maneira dos veteranos. Tendo recebido educação suficiente para ter promoções, logo as teve, e por dez anos de serviço, fadigas, coragem e boa conduta, tornou-se capitão e ainda condecorado.

— Ah! Se ele pudesse enfim voltar — disse dona Barbeau ao marido, na noite seguinte ao dia em que receberam dele uma bela carta, cheia de afeto por eles, por Landry, Fanchon, enfim por todos os jovens e velhos da família; ele já é quase general e seria tempo de descansar.

— O grau em que está já é bastante bonito — comentou seu Barbeau — e uma grande honra para uma família de camponeses!

— Essa Fadete bem predisse que a coisa aconteceria — retomou dona Barbeau. — Ah, sim! Ela bem que anunciou!

— Tanto faz — disse o pai —, eu nunca conseguirei entender como a cabeça dele virou de repente para esse lado nem como ele teve tamanha mudança de humor, logo ele que era tão tranquilo e amigo dos pequenos confortos.

— Meu velho — disse a mãe —, nossa nora sabe mais sobre isso do que quer nos contar; mas não se engana uma mãe como eu e acredito saber tanto quanto a nossa Fadete.

— Já é tempo de o dizer a mim! — retrucou o pai.

— Pois bem — replicou dona Barbeau —, nossa Fanchon é muito encantadora e encantou Sylvinet mais do que desejaria. Quando viu que o encanto operava com tanta força, quis retirá-lo ou atenuá-lo; mas não conseguiu, e nosso Sylvain, vendo que pensava demais na mulher do seu irmão, por grande honra e virtude, partiu, no que Fanchon o apoiou e aprovou.

— Se é assim — disse seu Barbeau, coçando a orelha —, temo que nunca se case, pois a curandeira de Clavière disse, daquela vez, que, quando ele se apaixonasse por uma mulher, deixaria de ser assim louco pelo irmão; mas que ele só amaria uma vez na vida, porque tinha o coração muito sensível e ardente.

Apêndice

As *Lendas rústicas* de George Sand foram publicadas em 1858, num trabalho em conjunto com seu filho Maurice Sand, que aliás as ilustrou uma a uma. Numa introdução à antologia, a autora deixa claro o seu fascínio pelo "fabuloso" e o "maravilhoso" e comenta a antiguidade da origem dessas tradições orais, que datam dos gauleses e se tornam "miscigenadas" na posteridade. A autora explica que, no caso de seu livro, as lendas e crendices foram pesquisadas no Berry, região da França onde se passam seus três romances campestres de 1846, 1847 e 1848: "É num canto do Berry, onde passei minha vida, que serei obrigada a localizar minhas lendas, pois é aqui, e não alhures, que as encontrei". Com a iniciativa, George Sand e seu filho ajudaram a preservar essas tradições, as quais, conforme ela esclarece e lamenta, já se perdiam à época de sua compilação, porque mesmo os camponeses não as guardavam como outrora.

Segue-se o conto "O diabrete ardente", cujos temas estão refletidos no romance *Fadete*, único dos três aqui traduzidos que apresenta elementos do folclore do Berry. George Sand dá a versão dita *berrichonne* do que é uma lenda normanda, na verdade. A autora, inclusive, aponta o livro *Normandie merveilleuse*, que compila lendas e tradições daquela região, organizado na cidade de Rouen em 1845 por Amélie Bosquet. Em ambas as versões, normanda e *berrichonne*, se encontram palavras e expressões dialetais, dessuetas ou regionais. De qualquer forma, esta tradução procura preservar algumas especificidades do vocabulário e da sintaxe, na medida do possível, e contém adaptações a fim de assegurar o prazer da leitura.

O diabrete ardente[39]

> *Sob a pedra d'Ep-nell se aninha um diabrete*
> *de raça ruim. É um diabrete de rabo: são os piores.*
> *Em vez de curar e guiar os cavalos, eles os assustam,*
> *maltratam e deixam esfolegados.*
> Maurice Sand

Georgeon era o diabo da parte do Berry a que se chama Vale Negro. Digo "era" porque está muito esquecido atualmente e é preciso remontar à lembrança dos velhos falecidos há trinta anos e pescar no rio do esquecimento, que passa tão rápido hoje, o nome misterioso que não devia jamais ser escrito "em papel, nem na madeira, nem na ardósia, nem numa pedra qualquer, nem no tecido, nem sobre a terra, a poeira ou areia, nem mesmo na neve que caiu do céu". Esse nome terrível, que presidia às fórmulas mais eficazes e mais secretas, só devia ser confiado aos adeptos de bruxaria ao pé do ouvido e não era permitido dizê-lo mais de três vezes. Se esqueciam, azar o deles. Era preciso subornar de novo para conseguir ouvir mais uma vez.

Esse nome não devia, sob hipótese alguma, ser revelado aos profanos nem jamais ser pronunciado em voz alta, a não ser na noite escura e na completa solidão. Quem o confiou a mim o havia surpreendido e não acreditava nele. No entanto, ele se arrependeu de ter me dito e veio me rogar que não o repetisse. "Tive pesadelos esta noite", dizia ele; "por três vezes minha janela ficou bem entreaberta sem que ninguém além de mim tivesse entrado no meu quarto."

Qual era a categoria e o título de Georgeon na hierarquia dos espíritos malignos? Pois não consegui saber. É ele que se devia evocar nas encruzilhadas ou cruzamentos dos caminhos, ou sob algumas velhas árvores mal-afamadas justamente por fazerem aparecer o espírito misterioso. Tinha ele, por si mesmo, poder sobre algumas coisas da natureza ou era somente um mensageiro intermediário entre o inferno e o adepto? Parece-me que sim: um homem de nome Georgeon fora dantes carregado a Montgivray pelo diabo. Talvez fosse essa alma penada que, desde aí, fazia o ofício de conduzir outras almas à perdição.

Georgeon era metade invisível; por isso ele só aparecia nas noites sem lua ou por entre densos nevoeiros. Ele então era visto sob uma forma humana maior do que a natural, mas os trajes, os traços e os detalhes dessa forma permaneciam sempre inapreensíveis ou tão vagos que era impossível mantê-lo na memória, nem tampouco reconhecê-lo pela voz, mesmo depois de já o ter divisado várias vezes. Toda vez a gente tinha que chamá-lo por seu nome e dizer: "Foi com você que falei em tal noite em tal lugar?". Se ele não respondesse "sou eu", a gente tinha que desviar e nada lhe contar do que se passara nos encontros precedentes com o diabo: fosse porque o Georgeon escondia sua identidade para testar a discrição e a prudência do adepto ou porque a prudência do camponês o faz desconfiar até do diabo, mesmo depois de ter se entregado para ele.

Mas uma coisa é certa: o camponês tem a pretensão de ser tão astuto quanto Satã e em toda a região as lendas maravilhosas são cheias de artimanhas atribuídas a bons rapazes que souberam açular o demônio e prendê-lo em suas próprias armadilhas. Entre as mais bonitas, deve-se citar a do diabrete ardente, que é contada pela autora da

Normandie merveilleuse e possui toda a graça da linguagem rústica.

O diabrete estava enamorado de uma bela mulher do campo; toda noite, enquanto ela fiava junto ao fogo, ele vinha se sentar num banquinho, do outro lado da lareira. A mulher, tendo percebido sua presença e seus olhares de cobiça, avisou o marido, que vestiu as roupas dela, tomou o seu lugar e a sua roca, e, fingindo fiar, ficou esperando o duende. Este chega, olha de través a estranha fiandeira e lhe diz: "Cadê a bela, bela de ontem à noite, que fia, fia e enrola, pois você roda, roda e não enrola?". O marido nada responde e espera que o diabrete se sente no banquinho de onde tinha o costume de devorar com os olhos a mulher da casa; o marido tinha posto ali, traiçoeiramente, a grelha incandescente. O diabrete se senta e, de fato, queima ultrajantemente o rabo e dá um grito agudo, dizendo: "Quem me fez essa maldade maldosa? Foi a bela, bela que fica enrolando?".

— Não — responde o marido —, eu mesmo, que nunca enrolo!

O diabrete, exasperado, sai voando pela chaminé para chamar seus companheiros que saltitavam no teto.

— Por que então você achou de gritar, gritar? — dizem eles.

— Estou queimando, queimando...

— E quem te queimou, queimou?

— *Eu mesmo, que não enrolo jamais!*[40]

A resposta pareceu tão estúpida aos outros diabretes, espíritos zombeteiros, que o marido da bela fiandeira os ouviu rir a bandeiras despregadas, vaiar, açular e expulsar o pobre apaixonado, coisa que deixou o marido bem folgado, pois ele tinha medo de atrair contra si todo o bando de duendes. E nunca mais aquele enamorado por sua mulher ousou se apresentar de novo na casa.

Essa lenda normanda tem uma espécie de vertente no Berry, ou é a mesma lenda com variantes que caracterizam o espírito local.

Aqui o diabrete ou *fadet*[41] — a história não diz precisamente a qual tipo de espíritos malignos pertence — não estava nadinha apaixonado. Interesseiro como um diabo do Berry, ele só pensava em irritar a fiandeira, que não enrolava o linho no carretel, mas fiava fazendo rodar a lã numa roda giratória e, em vez de contemplá-la com olhos ternos, o diabrete embaraçava e quebrava malvadamente o seu brim, a fim de poder, enquanto ela o reacomodasse, meter-se na arca (a cesta do pão) e roubar os crepes que a empregada havia reservado para seus filhos.

Percebendo esse manejo, a boa mulher fez como se nada fosse e, fingindo se abaixar, pegou sutilmente a pontinha da longa cauda do personagem, amarrou-a com o brim de lã e se pôs a rodar, rodar a sua roda, como se fosse um carretel.

O *fadet* não percebeu logo em seguida, ocupado que estava em se refestelar no crepe de queijo. Mas quando a roda enrolou cinco ou seis braças de rabo, ele sentiu bastante e começou a gritar: "Meu rabo, meu rabo!". A tecelã não deu bola e, continuando a enrolar, se pôs a cantar: "Enrola, enrola, minha roda-rodadeira!", com uma voz tão nítida e fazendo tanto barulho com a sua roda que os outros diabos emboscados no teto não ouviram os gemidos e as imprecações do camarada, o qual foi obrigado a se render e jurar, pelo nome do grande diabo do inferno, que não poria os pés de novo na casa.

De acordo com algumas versões, o duende que se diverte em bagunçar (embrulhar ou misturar) os fios das tecelãs é um espírito feminino, uma fada malvada. Ouvi, na minha infância, uma velha que costumava dizer, nessas ocasiões: a bagunceira se meteu aqui! Ela fazia uma cruz na mão para conjurar e expulsar a diabinha.

O que noutros locais se chama gnomo, *fadet*, duende, elfo, *djinn*, gênio etc. etc., no Berry se chama mais comumente *follet* (diabrete). Há os bons e os malvados. Os que tratam os cavalos no estábulo e cujo chicote todos os operários de fazenda ouvem, bem como os estalidos de língua que eles fazem; e há aqueles que, à noite, fazem os cavalos galopar no pasto e bagunçam sua crina para usá--las como estribos (visto que são muito pequenos para se manterem na garupa do animal e que o cavalgam sempre no pescoço); eles são seres bonzinhos e fogem à aproximação do homem. Toda a malvadeza deles consiste em fazer morrer ou abortar as éguas cuja crina eles tiveram o gosto de trançar e amarrar para seu uso e nós achamos de cortar... As montarias favoritas do diabrete são chamadas de *cavalos fechados* e outrora estes eram estimados como os melhores e os mais ardentes. As éguas tratadas pelo diabrete eram procuradas na feira como boas reprodutoras.

Esse diabrete dos estábulos ainda existe na nossa região, segundo a crença de muita gente. Todos os camponeses de quarenta anos que se dedicaram à criação de cavalos o viram e juram com uma candura que é impossível duvidar deles. Esses camponeses nunca tiveram medo do *follet*, pois sabem que ele não é malvado. Todos o descrevem da mesma maneira. É do tamanho de um frango e tem a crista vermelho-vivo. Os olhos são de fogo, o corpo é o de um homenzinho bem-feito, exceto por ter garras em vez de unhas. Há variações quanto ao rabo: segundo alguns, o rabo é de plumas, segundo outros, é um rabo de rato de comprimento desmesurado do qual ele se serve como de um chicote para fazer correr a montaria.

No norte da França, alguns desses anões são muito malvados e gostam de fazer os viajantes se perderem. Na Marche, em torno dos dólmens, qualquer espírito é perigoso e hostil ao homem, porque se crê destinado à guarda dos tesouros escondidos sob as grandes pedras. Azar dos curiosos, principalmente dos ambiciosos, que vão rondar à noite em volta desses monumentos onde reina o eterno mistério da tradição. Os diabretes saltam no pescoço do cavalo, derrubam o cavaleiro e o moem de pancada. No entanto, é possível se defender deles de várias maneiras, quando a gente é astuta para estudar, a todo o risco, seus hábitos e fantasias. Em geral, eles não são inteligentes e falam com dificuldade a língua de gente. Como os da Normandia e como os coringas da Bretanha, eles têm a mania, ou melhor, a doença, de repetir duas vezes a mesma palavra, mas não conseguem chegar a três, ou, se ultrapassam esse número dobrado, não podem dizer uma sétima vez.

Um caçador de tesouros, vendo o anão saltar diante dele e o colocar numa ronda magnética, dizendo sem cessar com uma vozinha rouca: "Vire, vire", cortou-o imediatamente, respondendo: "Viro, desviro, reviro". O duende não entendeu e, pensando que aquilo era uma fórmula acima do seu saber, largou o homem, saltou sobre a pedra e a fez dançar com tanta força e girar tão rápido que até saiu faísca. O homem não ousou se aproximar, mas conseguiu se retirar sem ser seguido. Só que o anão lhe havia imposto tamanho movimento de rotação ao fazê-lo valsar consigo em torno da pedra endiabrada que ele chegou em casa ainda rodopiando feito um peão lançado e foi cair de canseira na porta de entrada.

Notas

1. Trata-se do livro de Gênesis, 3,19.
2. George Sand repete o pensamento do poeta latino Virgílio (Gregóricas 2, 458), que evocara no início do texto e que se pode traduzir por "felizes os homens do campo se conhecessem a própria felicidade".
3. A festa de São João a que se faz referência aqui assemelha-se muito à festa junina brasileira. À época, e no cenário em que se passa o romance, era costume os camponeses empregarem-se noutras fazendas ou quintas por essa ocasião. O filho ou filha de um fazendeiro que desejasse trabalhar noutra fazenda por uma estação ou por mais tempo entrava, durante a festa, em contato com os que estivessem buscando mão de obra e os acordos eram fechados.
4. A festa de Saint-Martin é ainda celebrada em 11 de novembro. Tem origem no oficial romano que cortou com a espada o seu mantô e o compartilhou com um mendigo. A população quis transformá-lo em bispo, mas ele se esdondeu numa granja... Descoberto, foi feito bispo mesmo assim. A festa folclórica tem procissões, as crianças carregam lanternas e há canções típicas.
5. As observações e ressalvas que a autora faz aqui sobre a linguagem foram, muitas vezes, motivo de críticas em seu tempo. Justamente a dificuldade em "traduzir" plenamente o falar dos camponeses do Berry — sob pena de não ser a obra compreendida pelo leitor — faz com que George Sand apele a neologismos, vocabulário insólito e sintaxe

pouco usual também. Esta tradução buscou levar em consideração todos esses aspectos.
6. A respeito das especificidades da região do Berry e da vivência de George Sand em Nohant, ver a Introdução.
7. Sobre o fato de a autora assinar com pseudônimo masculino e se manifestar nesse gênero quando se refere a si mesma, ver a Introdução.
8. A autora usou um verbo arcaico em francês, "semondre", com duplo e contrário sentido, o de convidar/convocar e repreender.
9. É um intermediário junto aos pais da moça; em geral um alfaiate, ou um mensageiro do amor do rapaz. Tem por caduceu um galho de giesta florido, símbolo do amor e da união. O nome deriva de *baz* ("bastão") e *valan* ("giesta"). O personagem deve unir eloquência e alegria, conhecer a história da família dos noivos, tal como se verá a seguir no caso do coveiro e do linheiro.
10. Neste caso, a acepção de "sabá" é "assembleia de bruxas presidida por Satã no sábado à noite".
11. A cerimônia da "tosta" ("rôtie", no original) a que se refere a autora é conhecida também como *bouillon de la mariée*, ou seja, "sopa da noiva". Sand a omite certamente por seu caráter às vezes escatológico: prepara-se uma mistura de vinho e pães, ou champanha e chocolate, num penico e os noivos são obrigados a tomar, quando os convivas invadem o quarto matrimonial. Conforme demonstra George Sand nestes apêndices ao *Pântano do Diabo*, os casamentos tradicionais do campo em sua região duravam até três dias. Muitas vezes os noivos se recolhiam para a noite de núpcias num cômodo ou numa casa em segredo, sem que os convidados fizessem ideia de onde seria. Eles saíam então procurando pelo casal a fim de lhes levar a tal sopa. A gincana consistia ainda em lhes fornecer colheres furadas e várias outras artimanhas incômodas.
12. Hoje se sabe que a fecundidade nada tem a ver com o hímen ou com seu rompimento, mas era a forma como se referiam à época à fecundidade da mulher.
13. Não apenas esta tradição como as demais também parecem ser herdeiras do legado dos celtas na antiga Gália.

14. George Sand alude aqui a um jogo antigamente praticado pelos soldados e marinheiros, o *jeu de la drogue*, cujas regras são hoje desconhecidas. O termo "drogue" também já não aparece com esse emprego nos dicionários contemporâneos, mas os textos literários o registram, e há litografia a respeito. O jogo fazia com que o perdedor usasse uma espécie de prendedor de nariz, confeccionado com essa finalidade na hora da brincadeira, e assim permanecesse até começar a ganhar a partida.

15. George Sand fará um jogo entre as palavras francesas "nape" e "nappe". A primeira, que designa o lugar de que fala, é de fato derivada de Napée (Napeia, em português, ninfa dos bosques). A segunda se refere, em francês, a toalha ou lençol, daí sua comparação com a própria forma da planta que se estende sobre as águas. Assim, a autora diz preferir escrever "nape" com apenas um P para salvaguardar antes a etimologia mitológica da palavra a privilegiar a ideia de toalha, a que sua forma também leva a pensar. O jogo de palavras se perde em português.

16. Jean-Jacques Rousseau, autor da teoria do *"bon sauvage"* [bom selvagem], que idealizou, no século XVIII, o homem primitivo. Vale lembrar que a discussão entre George Sand e seu amigo reflete a mesma ideia debatida por dois ícones do Século das Luzes, Rousseau e Voltaire. Enquanto o primeiro defendeu uma espécie de revalorização da natureza e fincou as bases do chamado "mito do bom selvagem", o segundo foi detrator de tais teorias. A discussão entre eles pode ser ilustrada pela troca epistolar repleta de farpas que mantiveram. Numa carta, Voltaire, após a leitura do *Discurso sobre os fundamentos e a origem da desigualdade entre os homens*, de Rousseau, escreveu em 30 de agosto de 1755:

> Recebi, senhor, vosso novo livro contra o gênero humano; agradeço-vos. [...] Nunca se empregou tanto espírito para querer nos tornar animais; dá vontade de andar de quatro quando se lê vossa obra. No entanto, como há mais de sessenta anos perdi tal hábito, sinto que infelizmente me é impossível o re-

tomar, deixo esse andar natural àqueles que são mais dignos dele do que o senhor e eu [...].

A resposta de Rousseau, por sua vez, virá certeira em 10 de setembro de 1755:

O senhor vê que não aspiro a nos restabelecer em nossa animalidade, ainda que lamente muito, de minha parte, o pouco que dela perdi. [...] Não tente, pois, andar de quatro; ninguém no mundo conseguiria menos que o senhor. O senhor nos reergue bem demais sobre nossos dois pés para deixar de permanecer sobre os vossos.

Percebe-se, neste preâmbulo, que ao menos a dicotomia vida natural × vida urbana não se apagara no século XIX, ao contrário.

17. Deste ponto em diante, no preâmbulo, George Sand levanta a discussão sobre o trabalho com a linguagem a que se propôs. Ela reconhece que é muito difícil "equilibrar" suas obras campestres fazendo uso do que considera duas linguagens distintas, a formal e a regional. A essas questões não escapará a tradução; como a autora, nos vimos com a necessidade de verter seu texto de forma equilibrada e aprazível, com toques de regionalismos e/ou coloquialismos misturados à norma culta. Soma-se a essa dificuldade a questão do tempo, que transformou algumas das expressões correntes no século XIX em termos obsoletos...

18. Charles Nodier (1780-1844) foi um autor bastante popular e profícuo. Teve o mérito de apresentar vários escritores românticos e de influenciar uma geração com suas narrativas fantásticas. O conto a que George Sand se refere é curto e se baseia numa história de camponeses cujos filhos são salvos pela cadela da família, chamada Brisquet. Foi com a própria vida que Brisquet salvou as crianças, e esse fato é provavelmente a causa das lágrimas do interlocutor da autora.

19. A discussão aqui sugerida acerca do título do livro é fundamental para que se "aceite" em francês a palavra "champi" como designação de uma criança nascida no

campo e nele abandonada. A autora recorre a Montaigne, cuja obra se tornou um dos pilares da língua francesa moderna, para justificar sua escolha, da qual, como se vê, ela não abriu mão. Atualmente, a palavra "champi" está registrada nos dicionários de francês, porém com a ressalva de que seu emprego, que já era dessueto e regional, teria sido trazido à baila pelo romance de George Sand. Assim, há de se imaginar que a tradução desse vocábulo não é das mais simples. Optamos por "campesino", termo muito menos frequente do que "campestre" ou "camponês", mas que tem certa semelhança com a palavra "champi" e se aproxima no plano fonético da nossa forma diminutiva "inho". Pareceu-nos adequado por se tratar de um garotinho. Todavia, não está implícita em "campesino" a ideia de criança abandonada. Considerando-se que neste preâmbulo a autora deixa claro que não desejava intitular sua obra com o uso de termos específicos para o abandono, entendemos que deveríamos nos limitar a "campesino" e, em determinadas passagens da narrativa, introduzirmos, por razões de clareza, a palavra relativa ao abandono.

20. Festa tradicional do dia 11 de novembro, que marca a morte de Martin de Tours, ou seja, são Martinho, soldado do Exército romano nascido na província da Panônia (atual Hungria), em 316, e falecido onde servia, na antiga Gália (França), em 397. Seu gesto foi o de ter rasgado o próprio manto em duas partes a fim de dividi-lo com um mendigo que tremia de frio. No dia seguinte, sonhou que Jesus apareceu com a metade do manto que ele dera à criança abandonada, dizendo-lhe que fora a Ele que são Martinho dera agasalho. Não parece aleatório que George Sand situe o início de sua história no dia seguinte ao de são Martinho; Madeleine, ao entregar seu xale para cobrir a criança abandonada, repete o gesto do santo.

21. Como se trata de galinha-d'água e a personagem está no meio das águas, a imagem que a autora quer transmitir é de que a moça se parecia com a galinha num ninho flutuante, já que todo o terreno era cercado por águas.

22. Antiga moeda equivalente a dez francos.

23. George Sand criou o neologismo "champiage". Ao contrário de "champi", termo já em desuso quando ela o emprega, "champiage" não existe.
24. Fraise, em francês, "morango". Essa atribuição perpetua a ausência de um sobrenome de reconhecida importância e a condição de criança enjeitada do personagem.
25. Trata-se aqui da tradição do "bolo-rei", que se prepara no Dia de Reis (6 de janeiro), quando se encerram as comemorações natalinas. O *gâteau-roi*, como se diz em francês, é um bolo de frutas cristalizadas e secas que representaria os presentes entregues ao menino Jesus pelos Reis Magos. A ideia de colocar uma fava de feijão num pedaço do bolo segue a lenda segundo a qual a pessoa que a tirar terá sorte, mas também a incumbência de fazer o bolo no ano seguinte. A tradição remonta à época romana por razões diferentes; porém se crê que a difusão aconteceu na França nos tempos de Luís XIV.
26. A discussão proposta pela autora nessa interrupção da narrativa pelos supostos narradores é criativa e poética. O termo usado no original é "secousse", como se representasse uma "sacudidela" de tempo, um fremir, em nossa interpretação. A pertinência do emprego da expressão ilustra o que afirma a autora no preâmbulo sobre as diferenças de linguagem do campo e da norma culta.
27. Possivelmente essa proporção numérica se refere às fatias das terras arrendadas aos camponeses.
28. Não se pode afirmar que esta cantiga de ninar seja mera transcrição de uma que assim existia ou se está permeada de criações poéticas de George Sand. Se começa pelo nome do pássaro "dom-fafe" e seus filhotes (pive/piviots), as demais palavras não parecem possuir significado e é hipótese que sejam apenas efeitos onomatopaicos ligados ao canto dos pássaros em cena. Assim se explica no *Glosaire du Centre de la France* (conde Hyppolite-François Jaubert, Paris: Napoléon Chaix, 1856, p. 484). Preferimos a transcrição do original a fim de evocar o mundo de George Sand, o mesmo que circunda o personagem em seu retorno ao lar que não é senão o do campesino, situado no centro da França no século XIX.

29. George Sand se refere ao cultivo e à preparação do linho, ou do cânhamo-linho. Malgrado as revoluções industriais, essa prática se prolonga de forma artesanal durante muitos anos, sobretudo no campo. Aqui a autora se refere à segunda fase da preparação, após a maceração, quando a planta é submersa em água fria ou nos riachos. A secagem é feita com o arranjo das plantas em feixes que são enfileirados. Somente depois dessas etapas é que se vai preparar o linho para fiar etc.
30. A maceração é a terceira etapa do cultivo de linho, hoje feita por máquinas.
31. Trata-se de Armand Barbès (1809-70), revolucionário que chegou a ser condenado à morte em 1839. Foi liberado em 1848, na segunda revolução, mas novamente condenado, dessa vez à prisão perpétua. Foi agraciado por Napoleão III (e a intervenção de George Sand deve ter sido fundamental) e posto em liberdade. Não tendo aceitado a situação política do Segundo Império na França, exilou-se nos Países Baixos, onde veio a morrer.
32. "Sagette", em francês, é diminutivo de "sage", que neste caso se refere a "sage-femme", nome dado às parteiras. A palavra "sage" se refere a "sábio/a", "experiente". Mantivemos o nome no original, sobretudo por se tratar de uma senhora sábia que dá conselhos à família Barbeau. Nesta tradução, subtrai-se um T, pois se em francês, para o sufixo -*ette*, a duplicação do T é obrigatória, em português tal sufixo é grafado -*ete*.
33. Apresenta-se, neste momento do romance, a personagem "Fadete", que lhe dá nome. Conforme a autora alude, o termo se refere a uma espécie de pequena fada. Fadete seria então variante de "fadet", que significa diabrete ou duende no falar da região do Berry e nas histórias populares. Logo se percebe a raiz comum, inclusive com "fada", em português, o que vem a calhar para a tradução. Em francês não há o mesmo radical para a palavra "fée" (fada). A ideia de que "fadette" (com dois TT em francês) pudesse ser a fêmea do *fadet* é da autora e não das referências que se tem, nas quais "fadet/fadette" são sinônimos. Sobre as divindades lendárias da região do Berry, recomenda-se

34. Em *Legéndes rustiques* [*Lendas rústicas*], que George Sand escreveu e que seu filho Maurice Sand ilustrou, retomam-se crendices em torno do fogo-fátuo (ou fogo de santelmo), aqui tratado como "fadet", ou "diabrete".
35. Essa atitude de montar desvairadamente um equino é típica do diabrete ("follet"), conforme Sand deixará claro numa de suas lendas rústicas (ver o apêndice do romance).
36. Nesta passagem, a Fadete faz alusão a uma parábola bíblica (João 8,1-11), segundo a qual uma mulher adúltera está prestes a ser apedrejada e Jesus a defende desafiando a atirar a primeira pedra aquele que não tivesse cometido pecados.
37. Georgeon é uma espécie de lobisomem (ver Apêndice).
38. Beco do soldado.
39. O título original da lenda é "Le follet d'Ep-nell". Sem prejuízo da determinação do local (Ep-nell), preferimos "O diabrete ardente" porque, em todos os sentidos, o ser mítico descrito na fábula é um diabrete que se liga, talvez, à ardência do inferno; está ardente porque está loucamente apaixonado e fica ardente porque se queima.
40. George Sand se serviu de um recurso gráfico para denotar a troça existente na fábula: "eu mesmo" aparece em itálico na resposta do diabrete a seus companheiros. Ao pretender dizer o nome do marido que o queimou, o diabrete repete o que ouviu, ou seja, "eu mesmo". Daí seu infortúnio junto aos companheiros, que o tomam por estúpido. No parágrafo seguinte, a autora explica que se trata de uma fábula normanda cuja vertente do Berry ela passará a narrar. Todavia, ressaltamos que, na narrativa da fábula originária, essa repetição está explicada: "*Je me brûle, leur crie-t-il*", "*Eh! qui donc t'a brûlé?*", "*C'est Moi-même. Car il faut savoir que le rusé paysan avait fait dire au lutin par sa femme qu'il s'appelait Moi-même*" ["'Estou queimando!', grita ele." "E quem te queimou, ora?" "'Foi Eu Mesmo.' Pois é preciso saber que o astuto camponês havia mandado sua mulher dizer ao duende que ele se chamava Eu Mesmo."] A ausência dessa explicação

do original na narrativa de George Sand é passível de confusão. A solução que encontramos foi manter o itálico da autora, mas estendê-lo para a frase toda, já que o duende repete o que ouviu: "*Eu mesmo, que não enrolo jamais*". Um segundo ponto a ressaltar na construção da "armadilha/troça" está no termo *atorouler*, hoje inencontrável, que significa bobinar ou enrolar o fio sobre o carretel. Em português, podemos contar com a semântica plural do termo "enrolar", que se aplica ao texto em mais de um sentido: a "mulher que enrola" o diabrete, fazendo-o ter esperanças, e o marido que "não enrola", pois se decide rapidamente. Essas acepções se acrescentam, em português, ao sentido próprio que é enrolar o fio de linho no carretel.

41. "Fadet" é uma variação de duas palavras empregadas antes por Sand, conforme ela mesma explica no conto, para outros termos que designam entidades como duendes etc. Para *La petite Fadette*, a autora lança mão de recursos linguísticos específicos: "fadette" seria o feminino criado por ela para "fadet". Em francês, a palavra "fée" (fada) não tem a possibilidade de um diminutivo (ver: *Glossaire du Centre de la France*, v. 1, p. 419). Por sinal, a palavra "fade" é o masculino de "fadette", mas com o sentido de insosso ou inexpressivo, que nada tem a ver com o contexto aqui.

LEIA MAIS PENGUIN-COMPANHIA
CLÁSSICOS

Honoré de Balzac

A mulher de trinta anos

Tradução de
ROSA FREIRE D'AGUIAR
Introdução de
ELIANE ROBERT MORAES

Antes de Emma Bovary e Anna Kariênina existiu Julie. Contrariando os conselhos do pai, a heroína trágica de Balzac julga-se apaixonada e decide se casar ainda muito jovem com um coronel do exército napoleônico. Em pouquíssimo tempo, porém, descobre-se infeliz no casamento e na maternidade.

A mulher de trinta anos não é a história particular de Julie, mas a de alguém que concentra em si as contradições do que era ser mulher no século XIX e, por extensão, as discrepâncias da sociedade moderna. Profundamente interessado pela questão feminina, Balzac, que deveu sua formação às diversas mulheres mais velhas com quem se relacionou, faz aqui um elogio à mulher madura.

Esta edição do mais famoso texto de *Cenas da vida privada*, subdivisão de *A comédia humana*, traz uma introdução da crítica literária e professora da USP Eliane Robert Moraes.

WWW.PENGUINCOMPANHIA.COM.BR

LEIA MAIS PENGUIN-COMPANHIA
CLÁSSICOS

Gustave Flaubert

Madame Bovary

Tradução de
MARIO LARANJEIRA
Apresentação de
CHARLES BAUDELAIRE
Prefácio de
LYDIA DAVIS
Introdução de
GEOFFREY WALL

Reconhecido por autores como Henry James como "o romance perfeito", *Madame Bovary* é a obra fundamental de Gustave Flaubert (1821-80). Trata-se de uma raridade, mesmo em um clássico, um exercício meticuloso de escrita que igualmente desafiava as estruturas literárias e as convenções sociais.

Mestre do realismo, o autor documenta a paisagem e o cotidiano da segunda metade do século XIX, ironizando os romances sentimentais e folhetins, gêneros que considerava obsoletos.

A história faz um ataque à burguesia, desmoralizando-a com a descrição exuberante de sua banalidade. Em um tempo em que as mulheres eram submissas, Emma Bovary encontra nos tolos romances dos livros o antídoto para o tédio conjugal e inaugura uma galeria de famosas esposas adúlteras atormentadas na literatura.

WWW.PENGUINCOMPANHIA.COM.BR

LEIA MAIS PENGUIN-COMPANHIA
CLÁSSICOS

Júlia Lopes de Almeida

A falência

Prefácio de
LUIZ RUFFATO

Uma das maiores escritoras de sua geração, Júlia Lopes de Almeida oferece um notável panorama dos efeitos do boom do café na formação da nascente burguesia urbana, além de retratar com maestria uma sociedade machista, hipócrita e desigual, na qual subsistem as relações escravocratas.

No Rio de Janeiro de 1891, Francisco Teodoro, um bem-sucedido comerciante de café, casa-se com Camila, uma jovem de família pobre. Com o tempo, ele se envolve em negócios mais arriscados e ela, com um amante. Tudo vai bem, até que um golpe do destino acaba com a fortuna da família e tira Francisco de cena, deixando a esposa e os filhos numa nova e difícil situação social.

LEIA MAIS PENGUIN-COMPANHIA
CLÁSSICOS

Júlia Lopes de Almeida
Memórias de Marta

Introdução de
ANNA FAEDRICH
Estabelecimento de texto, notas e cronologia de
RODRIGO JORGE NEVES

Júlia Lopes de Almeida, uma das vozes mais impactantes da literatura brasileira do século XIX, cuja obra vem sendo resgatada, estreou com o folhetim *Memórias de Marta* em 1888.

Este romance de formação retrata a experiência de duas mulheres, mãe e filha, ambas chamadas Marta, que vivem em um cortiço insalubre no Rio de Janeiro no período de crescimento urbano desmedido. A narrativa é conduzida pela voz da filha, que rememora criticamente suas experiências desde a infância pobre, marcada pela perda do pai, até a vida adulta.

Para além de mero registro histórico ou comentário social inquietante, *Memórias de Marta* possui a força narrativa das grandes ficções, elaborando em poucas páginas um universo pleno e verossímil de figuras brasileiras complexas, em uma leitura prazerosa e de alta voltagem estilística.

Esta obra foi composta por Alexandre Pimenta em Sabon e impressa
em ofsete pela Lis Gráfica sobre papel Pólen Natural da Suzano S.A.
para a Editora Schwarcz em janeiro de 2025

A marca FSC® é a garantia de que a madeira utilizada na fabricação
do papel deste livro provém de florestas que foram gerenciadas de
maneira ambientalmente correta, socialmente justa e economicamente viável, além de outras fontes de origem controlada.